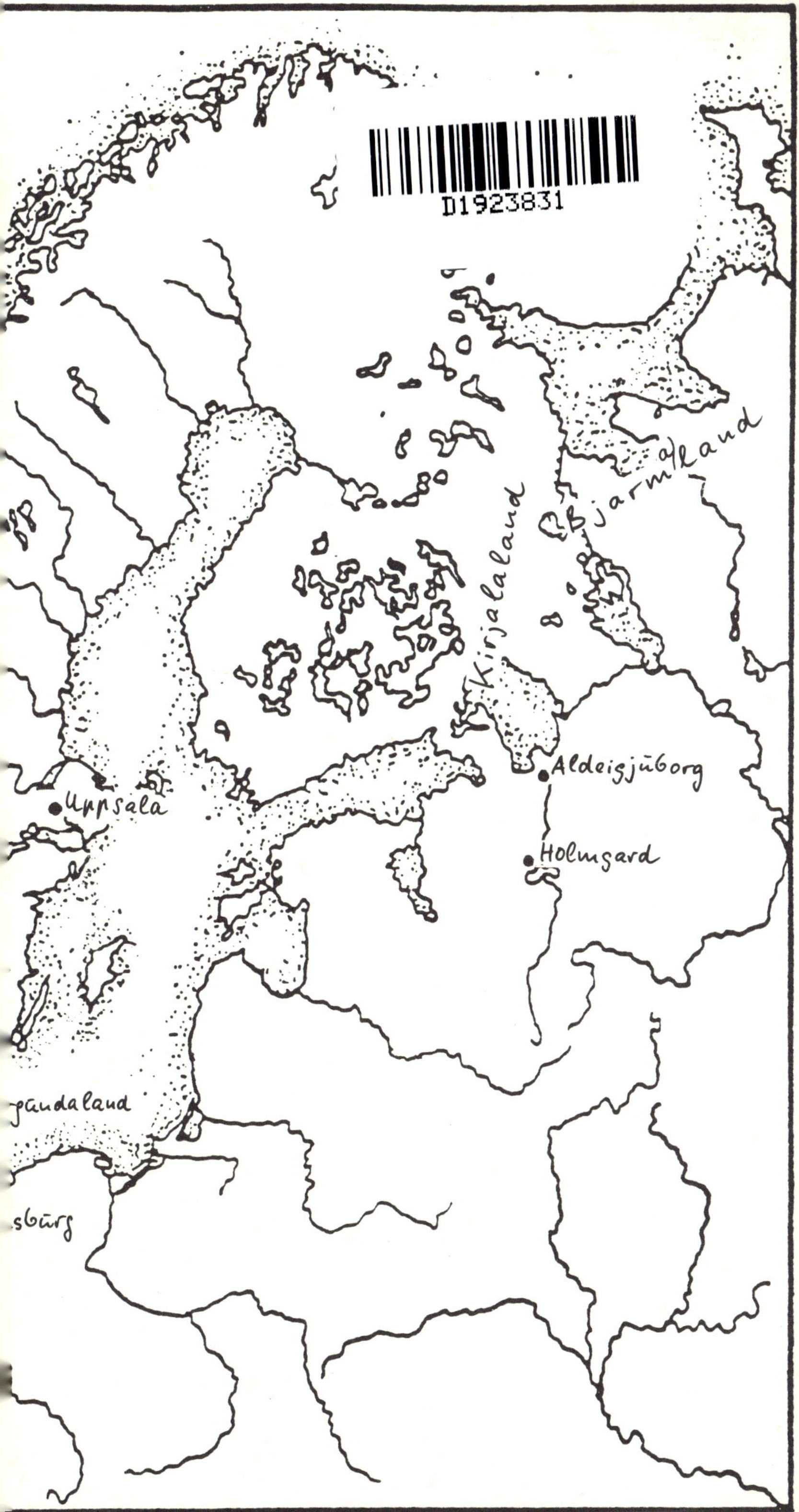
Uppsala
Kirjalaland
Bjarmaland
Aldeigjuborg
Holmgard

Die Männer vom Meer

Für Silke

*Von der Schulter schiebe,
was übel dir scheint,
und richte dich nur
nach dir selber.*

EDDA; aus dem Zaubersang der Groa

Konrad Hansen

Die Männer vom Meer

Nordland Saga

Roman

Eichborn Verlag

2. Auflage April 1992

Umschlaggestaltung: Rüdiger Morgenweck unter Verwendung eines
Fotos von Konrad Hansen.
Satz: Fuldaer Verlagsanstalt GmbH.
Druck und Bindung: Wiener Verlag, Himberg.
ISBN 3-8218-0254-5.
Verlagsverzeichnis schickt gern:
Eichborn Verlag, Hanauer Landstraße 175, D-6000 Frankfurt 1

Erstes Buch

1

Ein Mann hieß Bosi. Er war der Sohn des Tryn Halbtroll, der ein berüchtigter Berserker im Dienst der Könige von Uppsala gewesen war. Seinem Vater glich Bosi darin, daß ihn zuweilen, ohne warnende Vorzeichen, der Jähzorn überkam. Sonst war Bosi ein ruhiger und wortkarger Mann. Er sprach selten über Geschehnisse, die länger als zwei oder drei Tage zurücklagen. Deshalb wird es ein Rätsel bleiben, was ihn einst bewogen hatte, seinen Hof in Schonen zu verlassen und sich mit einem Boot, das kaum Platz genug für ihn und seine Familie bot, auf das Meer hinauszuwagen. Der Wind trieb ihn nach Westen, an manchen Inseln vorbei, die mit sattem Grün und fruchtbaren Äckern lockten. Aber Bosi nutzte den steten Ostwind, bis er über sandige Untiefen in einen weit ins Land greifenden Meeresarm gelangt war. Hier ging er an Land.

Zwei Tage und Nächte ließ Bosi seine Frau Vigdis und die Kinder unter dem Laubdach einer Weide allein. Am Morgen des dritten Tages kehrte er gutgelaunt zurück. Wortlos, wie es seine Art war, setzte er das Segel und steuerte das Boot dem Verlauf der Förde folgend nach Südwesten. An einigen Stellen war der Meeresarm schmal wie ein Fluß; dann wieder traten die Ufer weit auseinander, so daß man über einen See zu fahren glaubte. Gegen Abend kamen sie an eine Stelle, wo ein großer, seltsam geformter Stein am Ufer lag. Bosi zog das Boot ins Schilf und gab seiner Familie ein Zeichen, ihm zu folgen.

So kamen sie zu dem Platz, auf dem zuerst Bosis Hof und in späteren Jahren ein kleines Dorf entstehen sollten. Nach Asmund und Ingegärd, die bereits in Schonen geboren waren, machte Bosi seiner Frau Vigdis noch sieben Kinder, von denen zwei am Leben blieben: Tryn und Björn. Letzterer kam mit einer gespaltenen Oberlippe zur Welt und war sehr schmächtig, weshalb ihn Bosi, ohne ihm einen Namen zu geben, ins Wasser werfen wollte. Aber Vigdis schwor bei Freyr und Freya sowie dem goldborstigen Eber, sie werde ihm von Stund an das Beilager verweigern, falls er von seinem Vaterrecht Gebrauch mache. Dies verschlug dem einsilbigen

Mann vollends die Sprache. Stumm benetzte er dem Säugling das Haar und überließ es Vigdis, ihn, nach ihrem Vater, Björn zu nennen. Damit tritt Björn Hasenscharte in unsere Geschichte ein.

Keiner unter denen, die ihn heranwachsen sahen, bezog Vigdis' Weissagung, von Bosis Söhnen werde einer an der Tafel des Königs sitzen, auf Björn. Denn während Asmund schon im Knabenalter die Blicke der Frauen auf sich zog und Tryn aus jedem Wettkampf als Sieger hervorging, war an Björn keine Eigenschaft zu erkennen, die eine glanzvolle Zukunft erhoffen ließ. Er war weder schön wie Asmund noch stark wie Tryn und mußte nicht einmal den Kopf einziehen, wenn er über die Schwelle trat. Seine Brüder nannten ihn, je nach Laune liebevoll oder abschätzig, den Kleinen; Vigdis verhätschelte ihn und ließ ihn, bis diese mannbar wurde, in einem Bett mit Ingegärd schlafen; was Bosi über ihn dachte, wissen wir nicht, denn er hüllte sich, wie üblich, in Schweigen.

Der Hof lag auf einer Lichtung inmitten eines Waldes hochstämmiger Buchen. Nach Norden grenzte der Wald an ein unwegsames Moor, das, wie die Einheimischen erzählten, von Elfen bewohnt war. In der entgegengesetzten Richtung führte ein Pfad durch dorniges Gestrüpp und mannshohes Schilf an die Förde.

Dort sehen wir Björn am Ufer hocken. Er lauscht den Stimmen der Wasservögel, dem Wispern der Wellen. Hechte lauern mit trägem Flossenschlag im Schilf, Schlangen winden sich um funkelnde Kiesel, eine Bö fällt auf die spiegelnde Wasserfläche, macht sie rauh und stumpf. Björn, in sich zusammengekauert, noch aus der Nähe betrachtet einem Stein zum Verwechseln ähnlich, ist nur Auge und Ohr.

Lange bevor die Schiffe hinter dem Wald auftauchen, künden die Warnlaute der Vögel ihm ihr Kommen an. Dann vernimmt Björn klatschenden Ruderschlag, das Knarren des Tauwerks, menschliche Stimmen. Nun erst sieht er die Schiffe, sieht die hochaufragenden Steven, die Riemenreihe, die sich gleichmäßig hebt und senkt und auf dem Wasser eine keilförmige Spur rasch sich vergrößernder und ineinanderfließender Ringe hinterläßt.

Die Schiffe gleiten nah an ihm vorüber, er kann die ausgemergelten Gesichter der Ruderer sehen, er hört ihr Keuchen, riecht ihren Schweiß. Wenn der Blick des Mannes am Vordersteven an ihm haftenbleibt, hält Björn den Atem an, sein Herzschlag stockt, und erst, wenn er spürt, daß der Blick ihn losläßt, wagt er wieder zu atmen. Es ist gefährlich, sich am Ufer zu zeigen, wenn die Schiffe vorüberfahren. Björns Spielgefährte Thord, der Sohn des Ivar aus dem Dorf, wurde von einem Pfeil durchbohrt, als er seinen Kopf aus dem Schilf steckte. Wenn die Schiffe kommen, ist es das beste, im Wald zu verschwinden, denn nicht jeder weiß, wie Björn, die Reglosigkeit eines Steines vorzutäuschen.

Auf Bosis Hof wurde selten über die Schiffe gesprochen. Sie kamen und gingen wie der Sommer und der Winter, sie forderten ihre Opfer wie das Wasser oder der Blitz, man rief Thor um Beistand an, wenn das Eis im Frühjahr brach und die Förde den Schiffen freigab. Nur ein alter Knecht mit Namen Ubbe, der weit in der Welt herumgekommen war und Wörter wußte, die außer ihm keiner verstand, erzählte Björn von einer Stadt, die am Ende der Förde läge, einer großen Stadt mit vielen Häusern und einem Hafen; dorthin führen die Schiffe und von dorther kämen sie. Als Bosi das hörte, schlug er Ubbe und nannte ihn einen Schwätzer. Seitdem schwieg auch der alte Ubbe, wenn Björn mehr über die Stadt zu wissen begehrte.

Bis zu dem Morgen, als sie den Hof in aller Eile verlassen und sich im Moor verstecken mußten, geschah wenig, über das sich zu berichten lohnt. Vigdis begann zu kränkeln, was Bosi den willkommenen Anlaß bot, öfter als bisher und nunmehr ohne Heimlichtuerei aus dem Ehebett auf das Strohlager der dicken Gudrid hinüberzuwechseln, einer Unfreien, die Bosi gegen eine Kuh eingetauscht hatte. Tryn war inzwischen so stark und gewalttätig geworden, daß Asmund, nachdem er beim Kräftemessen einen Finger eingebüßt hatte, jedem Streit mit seinem jüngeren Bruder aus dem Weg ging. Ingegärd wurde von einem streunenden Hund gebissen, woraufhin sie ein seltsames Gebaren an den Tag legte: Manchmal warf sie sich zu Boden, zuckte an allen Gliedern und ließ ein schrilles Lachen hören. Bosi gab zu verstehen, es könne der Geist ihres Großvaters sein, der sich ihrer bemächtigt habe. Vigdis, in wärmende Felle gehüllt auf dem Krankenbett liegend, meinte griesgrämig, der Geist des Berserkers hätte besser daran getan, in Bosi zu fahren, und es sei nun schwer, einen Mann für Ingegärd zu finden. Von Björn ist nur soviel zu erzählen, daß er eines Tages auf seinen Streifzügen durch den Wald auf eine Halbinsel gelangte, von der aus er gegen Süden hin Rauch aufsteigen sah. Dort mußte sie liegen, die Stadt.

2

Sie kamen im Morgengrauen, zehn oder zwölf Männer auf kleinen zottigen Pferden. Ubbe, der seine Netze auslegte, sah sie in einer Reihe am Ufer entlangreiten und hörte, wie sie in einer fremden Sprache miteinander redeten. So schnell ihn seine gichtigen Beine tragen konnten, eilte er zum Hof und weckte Bosi. Schlaftrunken hob der Bauer seinen Kopf von Gudrids Brüsten und griff nach seinem Schwert.

»Mjölnir soll dich zermalmen, wenn du mich ohne Grund aus dem Bett holst«, knurrte er. »Bis jetzt hat noch kein Fremder den Weg zu uns gefunden.«

»Ob es richtig ist, sich auf sein Glück zu verlassen, weiß man immer erst hinterher«, sagte der alte Knecht.

Bosi befahl ihm, seine Söhne Asmund und Tryn zu wecken. Er selbst kleidete sich hastig an und trat auf den Hofplatz hinaus. Es war ein klarer, windstiller Morgen, im Osten begann der Himmel sich schon zu röten. Halbnackt, eine Axt schwingend, stürzte Tryn aus dem Haus; Bosi gebot ihm wortlos, sich ruhig zu verhalten. Gemeinsam horchten sie die Stille ab. Vom Wasser drang Möwengeschrei herüber, weit entfernt im Wald krächzte ein Rabe. Als Asmund sich zu ihnen gesellte, hörten sie Stimmen und das dumpfe Klopfen von Hufen auf weichem Waldboden; ein Pferd schnaubte, Eisen klirrte.

Sie beratschlagten leise, was zu tun sei. Tryn schlug vor, die Reiter in einen Hinterhalt zu locken und sie, einen nach dem anderen, niederzumachen. Asmund stimmte ihm halbherzig zu. Aber Bosi gab zu bedenken, daß es ihnen auch unter günstigen Umständen kaum gelingen werde, sich gegen eine solche Übermacht zu behaupten. Deshalb halte er es für das Klügste, sich im Moor zu verbergen, bis die Gefahr vorüber sei.

Schnaubend vor Zorn hob Tryn die Axt, und einen Augenblick lang schien es, als wolle er seinem Vater den Schädel spalten. »Willst du, daß sie den Hof niederbrennen und dein Vieh rauben?« fragte er mit mühsam gedämpfter Stimme. »Sollen wir uns verspotten lassen, weil wir kampflos das Feld geräumt haben?«

Da er, Sohn eines Berserkers, die Unberechenbarkeit eines wütenden Mannes zu fürchten gelernt hatte, trat Bosi vorsichtshalber einen Schritt zur Seite, bevor er antwortete: »An Odins Tafel zu sitzen wäre mir ein schwacher Trost, wenn ich wüßte, daß auf meinem Hof der Wald wächst.« Dann schlug er Tryn so heftig auf den Arm, daß diesem die Axt aus der Hand fiel.

Von Ubbe geführt, begab sich Bosi mit seiner Familie und dem Gesinde in das Moor. Tryn trug Vigdis, die, vom Fieber erhitzt, kein Hehl daraus machte, daß sie Bosi für einen Feigling hielt. Als die Sonne aufging, gelangten sie zu einer Hütte, die den Leuten aus dem Dorf als Unterschlupf diente, wenn sie beim Torfstechen vom Regen überrascht wurden. Hier fanden sie, dicht aneinandergedrängt, Schutz vor dem kalten Wind, der mit Tagesanbruch zu wehen begonnen hatte.

Nach einer Weile stieg dunkler Rauch aus dem Wald empor. Asmund, der draußen Wache hielt, rief seinen Vater aus der Hütte. Bosi sah stumm zu der Rauchwolke hinüber, kein Muskel regte sich in seinem Gesicht. Dann sagte er, und es war der längste Satz, den Asmund jemals von ihm hörte: »Als ich geboren wurde, weissagte mir eine alte Frau, ich würde drei Höfe haben, und jeder würde schöner und größer sein als der vorige. Wenn sich die Weissagung erfüllen soll, werden wir viel zu tun bckom men, Sohn.«

Was Asmund darauf entgegnen wollte, blieb ungesagt, weil ihn, kaum daß er den Mund geöffnet hatte, ein markerschütterndes Gebrüll zusammenfahren ließ.

»Wo ist Tryn?« fragte Bosi.

Asmund deutete mit dem Kinn in die Richtung,

aus der das Brüllen mit gleichbleibender Lautstärke zu ihnen drang. »Wie es scheint, vergnügt er sich auf seine Weise«, antwortete er.

Bosi rief Ubbe zu sich und befahl, ihn selbst, Asmund und einige Knechte auf dem kürzesten Weg zu Tryn zu führen. Von Grasbüschel zu Grasbüschel springend, eilten sie durch das Moor. Einer der Knechte rutschte aus und versank bis zu den Hüften im Morast. Ihn herauszuziehen, fehle es an Zeit, meinte Bosi; damit er sie aber nicht durch sein Schreien verrate, erschlug er ihn. Bald bekamen sie festen Boden unter die Füße, doch der Pfad war so schmal, daß sie hintereinander gehen mußten. Plötzlich blieb Ubbe stehen.

Ein Mann taumelte rückwärtsgehend auf sie zu. Ubbe stieß ihm seinen Speer zwischen die Schultern, der Mann brach zusammen, und nun sahen sie, daß sein Gesicht vom Haaransatz bis zum Kinn gespalten war. Kurz darauf kam ihnen ein weiterer Mann entgegen, der gleichfalls aus klaffenden Wunden blutete. Seine Augen waren starr vor Entsetzen, und es schien, als böte er sich bereitwillig dem Schwert dar, das ihm den Kopf vom Rumpf trennte.

Dann sahen sie Tryn. Er stand auf einer kleinen Anhöhe zwischen Wald und Moor, sein nackter Oberkörper war mit Blut bespritzt, in der Linken hielt er den mit Pfeilen gespickten Schild, in der Rechten die Axt, die er gerade jetzt, da Bosi und seine Leute aus dem Moor hervorstürmten, auf den Kopf seines Gegners schmetterte. Dabei lachte er, es war ein heiseres, beinahe lautloses Lachen, und Bosi fühlte sich an seinen Vater Tryn Halbtroll erinnert.

Von den Männern, die den Spuren der Hofbewohner gefolgt waren, war keiner mehr am Leben;

ihre Pferde sprengten reiterlos in den Wald zurück. Bosi zählte vier Tote, und wenn er die beiden hinzurechnete, die in das Moor geflohen waren, hatte Tryn bereits in jungen Jahren eine Tat vollbracht, die seinen Großvater, den Berserker, mit Stolz, wenn nicht gar mit Neid erfüllt hätte.

Tryn öffnete seinen Hosenbund und stellte sich breitbeinig über jenen, den er zuletzt getötet hatte. Während er sein Wasser auf ihn abschlug, sagte er mit einer Stimme, die vom Brüllen rauh geworden war: »Nun brauchst du nicht mehr zu rätseln, Vater, welcher deiner Söhne an der Tafel des Königs sitzen wird.«

»Eines Tages wird man dir ins Ohr pissen«, sagte Bosi und wandte sich ab.

Gegen Abend kehrten sie zum Hof zurück. Aus verkohlten Holzstümpfen kroch Rauch, hier und dort züngelten Flammen. Eine Kuh lag mit versengtem Fell in der Asche, aus ihrem Körper waren große Stücke Fleisches herausgeschnitten worden; in dem Topf über der Herdstelle brodelte noch das Wasser, in dem sie gekocht worden waren. Tryn erbot sich, von Asmund und zwei oder drei Knechten unterstützt, den Räubern das Vieh wieder abzujagen, aber Bosi hielt schon nach einem Platz Ausschau, auf dem er das neue Wohnhaus errichten wollte.

»Es wird dort oben stehen«, entschied er und deutete auf eine flache Mulde unterhalb der Hügelkuppe. »Dort ist es besser vor dem Westwind geschützt. Und wenn du aus der Tür schaust«, wandte er sich an Vigdis, »kannst du den ganzen Hof überblicken.«

»Dazu wird es nicht kommen«, antwortete Vigdis, die mehr als alles andere verdroß, daß Bosi ihre Tränen sah. »Denn wenn das neue Haus fertig ist, werde ich nicht mehr am Leben sein.« Sie blickte zu Gudrid hinüber, deren Bauch in den letzten Wochen einen Umfang angenommen hatte, wie er mit Gefräßigkeit allein nicht erlangt werden konnte: »Aber freu dich nicht zu früh; es kann sein, daß ich keine Ruhe finde.«

Den Winter über kamen sie bei einem Bauern im Dorf unter, der wie Bosi aus Schonen stammte. Während der Schneesturm um das Haus heulte, saßen sie am Herdfeuer, und der Bauer erzählte von Männern, die vor ihnen Schonen verlassen hatten und nach Westen über das Meer gefahren waren. Einer von ihnen, König Olov, hätte die Stadt am Ende der Förde erobert, und nach ihm hätten dort seine Söhne Knuba und Gyrd und sein Enkel Sigtrygg geherrscht. Nun aber seien sie vom Dänenkönig Gorm vertrieben worden.

3

Vigdis sollte recht behalten: An dem Tag, als Bosi die Runen in den Türbalken des neuen Wohnhauses ritzte, starb sie. Bosi begrub sie mit allem, was ihr an Schmuck und Kleidung gehörte, er versah sie in solcher Fülle mit Nahrung und Getränken, daß es für viele Tagereisen reichte, und häufte alle Steine auf ihre Grabkammer, die er in der Umgebung des Hofes finden konnte. Es wurde der größte Grabhügel weit und breit, den Bosi für Vigdis errichtete, und die Leute im Dorf gelangten, nachdem sie lange darüber gesprochen hatten, zu der Meinung, daß dies wohl die Art sei, wie sich bei einem wortkargen Mann Überheblichkeit äußere.

Drei Wochen, nachdem Bosi seine Frau begraben hatte, trat ein, was er insgeheim befürchtet zu haben schien: Vigdis machte ihre Drohung wahr. Mitten in einer windstillen Nacht brach ein Sturm los, der die Tür aus den Angeln riß und die Herdasche emporwirbelte. Als Bosi aus dem Bett sprang, spürte er, wie jemand ihn packte und gegen die Wand schleuderte. Gudrid wurde mit heißem Wasser übergossen; schreiend lief sie ins Freie, wo sie sich nur mit Mühe dagegen wehren konnte, in den Brunnen gestoßen zu werden.

Aber es sollte noch schlimmer kommen. In der nächsten Nacht setzte sich jemand mit solcher Wucht auf das Dach, daß das Haus zusammenzubrechen drohte. Bosi sah, wie die Pfosten sich bogen und zu splittern begannen. Er weckte Tryn, der als einziger fest geschlafen hatte, und sagte: »Da sitzt einer auf dem Dach, der sich mit einem Berserker messen möchte, Sohn.« Tryn nahm seine Axt und lief aus dem Haus. Für einen Augenblick trat Ruhe ein. Dann war ein Schrei zu hören, der den atemlos Lauschenden durch Mark und Bein drang. Nachdem das Echo des Schreies im Wald verhallt war, setzte ein Getöse ein, von dem Ubbe noch auf dem Sterbebett erzählte, daß es sich angehört habe, als ob zwei Heere aufeinandergeprallt seien. Durch die Dachsparren brach ein Bein und bewegte sich, nach einem Halt suchend, im Kreis. Doch ehe man ausmachen konnte, wem das Bein gehörte, verschwand es wieder und hinterließ ein Loch, durch das sich immer dann, wenn die Kämpfenden in seine Nähe gerieten, ein Blutstrom in die Halle ergoß. In dem Augenblick, als Tryn zu brüllen begann, zerbarst einer der Pfosten mit lautem Knall, kurz darauf ein zweiter; auf der dem Hofplatz zugewandten Seite stürzte das Dach ein und begrub Bosi und zwei Mägde unter sich. Abermals war der Schrei zu hören. Dann war es still.

Ubbe und Björn zogen Bosi unter dem Dach hervor. Er war bewußtlos, ein Balken hatte sein Nasenbein zerschmettert. Während Ingegärd ihm feuchte Tücher auf die Stirn legte und alte Sprüche murmelte, die sie von Vigdis und diese wiederum von ihrer Mutter gelernt hatte, machten sich die Männer auf die Suche nach Tryn. Sie fanden ihn, lallend vor ohnmächtiger Wut, an einem Pfosten hängen; Arme und Beine waren so ineinander verschlungen, daß er sich nicht aus eigener Kraft befreien konnte.

Asmund betrachtete ihn und sagte: »Wer immer es war, der unser Haus ritt: Er weiß hübsche Knoten zu knüpfen.«

Darauf erwiderte Tryn nichts, aber der Blick, den er seinem Bruder zuwarf, verhieß nichts Gutes.

Als Bosi wieder zu sich gekommen war, sagte er: »Es ist wenig übriggeblieben, das sich noch zu zerstören lohnt, doch nach der dritten Nacht werden einige von uns nicht mehr am Leben sein.« Dann blickte er Ubbe lange an, während ihm unablässig Blut aus der Nase tropfte.

»Es gibt einen, der Rat wüßte«, sagte endlich der alte Knecht. »Aber er scheut den Umgang mit Menschen, und es ist fraglich, ob man ihn bei guter Laune antrifft.«

»Ich werde dir ein Stück Land geben und dich freilassen, wenn du ihn herbringst«, sagte Bosi. Der

Knecht nannte das ein bedenkenswertes Angebot und verschwand im nachtdunklen Wald.

Die Sonne stand schon über den Bäumen, als Ubbe mit einem Mann zurückkehrte, der um vieles älter zu sein schien als er selbst. Der Greis trug ein löchriges, sackartiges Gewand; sein Gesicht war von verfilztem Haar bedeckt. Er stützte sich auf einen mit seltsamen Figuren verzierten Stock, der die Gestalt einer Schlange hatte.

Ubbe führte den Alten zu Bosi und sagte: »Dies ist Gris der Weise, Herr. Ich habe lange gebraucht, ihn zu überreden, mit mir zu kommen. Sprich leise mit ihm, laute Worte sind ihm zuwider.«

Bosi lud den Greis ein, sich neben ihm auf die Bank zu setzen. Nachdem sie Bier getrunken hatten, berichtete Bosi mit verhaltener Stimme, was sich in den beiden Nächten ereignet hatte. Der Greis hörte ihm schweigend zu; hin und wieder nickte er auf eine Weise, die zu besagen schien, daß ihm derartiges nicht fremd sei. Dann strich er sich mit seiner knochigen Hand das Haar von der Stirn, und jetzt sah Björn, daß der Alte nur ein Auge besaß.

»Ich werde dir sagen, was zu tun ist«, flüsterte der Weise. »Aber es wird der letzte Rat sein, den du von mir bekommst, denn ich hatte mich schon zum Sterben niedergelegt.«

So trugen sie in aller Eile den Grabhügel ab. Vigdis' Körper war schon in Verwesung begriffen und verbreitete einen üblen Geruch. Björn erbrach sich, als er die Maden in ihren Augenhöhlen sah. Tryn hob ein tiefes Loch unter der Türschwelle aus; dort legten sie Vigdis hinein, Bosi schnitt ihr den Kopf ab und trieb einen spitzen Pfahl durch ihre Brust. Als das Loch zugeschüttet war, ritzte Gris mit seinem

Stock geheimnisvolle Zeichen in die festgeklopfte Erde und verwischte sie sogleich wieder.

»Jetzt wird sie euch nicht mehr erschrecken«, sagte er.

»Was verlangst du dafür?« fragte Bosi.

»Laß mich in Ruhe sterben«, antwortete der Weise. In der Nähe krächzte ein Rabe. Der Alte hob den Kopf und lauschte. »Ist gut, Hugin, ist gut«, sagte er dann und ging, ohne noch ein Wort zu verlieren, in den Wald.

Es kam, wie Gris gesagt hatte: In den folgenden Nächten blieb es ruhig. Die Schäden am Haus waren bald behoben, und nach einigen Wochen hielt nur noch Bosis eingekerbte Nase die Erinnerung an die Schreckensnächte wach.

Gudrid gebar während der Arbeit auf dem Feld einen Sohn. Sie legte ihn unter einen Busch und hätte ihn dort vermutlich seinem Schicksal überlassen, wenn er nicht durch lautes Schreien Bosis Aufmerksamkeit erregt hätte. Der Bauer fand Gefallen an dem kräftigen Knaben, er nahm ihn auf seine Knie und gab ihm den Namen Tore.

»Er wird ein Bauer, wie ich«, sagte Bosi, nachdem er die Hände des Kindes betrachtet hatte.

Nach langwierigen Verhandlungen, die mehr als einmal daran zu scheitern drohten, daß Bosi nicht nur mit Worten geizte, sondern ebenso mit dem für die Ausrichtung der Hochzeit erforderlichen Geld, heiratete Ingegärd den Sohn des Bauern, bei dem sie den Winter verbracht hatten. Von Ingegärd ist noch soviel zu erzählen, daß sie nach dem ersten Kind von den Anfällen verschont blieb und mit den Jahren ihrer Mutter immer ähnlicher wurde. Nun kommt sie in dieser Geschichte nicht mehr vor.

4

Björn war jetzt in dem Alter, in dem Bauernsöhne auf Hof und Feld Mannesarbeit verrichteten, wenn sie es nicht vorzogen, in den Dienst eines Häuptlings zu treten und als Krieger Ruhm zu ernten. Aber sein Vater hielt ihn weder für das eine noch das andere geeignet; er war über Jahre nicht mehr als eine Handbreit gewachsen, und er wirkte so schwächlich, daß Bosi sich seiner schämte und es nicht ungern sah, daß Björn häufiger im Wald als auf dem Hof zu finden war.

Bosi fragte ihn nie, was er dort tat. Er wußte nichts von Björns einsamen Streifzügen durch Wald und Moor, wußte nicht, daß Björn inzwischen die Schiffe zu unterscheiden gelernt hatte nach solchen, die Fracht trugen, und anderen, die, schlank und mit vielen Ruderern bemannt, auf Raub ausfuhren. Wo die Förde nur einen Steinwurf breit war und das Ufer auf beiden Seiten steil zum Wasser hin abfiel, hatte Björn einen Platz gefunden, von dem aus er die Schiffe beobachten konnte, ohne selbst gesehen zu werden. Manchmal hallten die Ufer von Geschrei wider, und Björn sah, wie Männer mit Peitschen auf Menschen einschlugen, die aneinandergekettet auf dem Schiffsboden hockten. Einmal warfen die Männer einen leblosen Körper über Bord, der mit dem Rücken nach oben ans Ufer trieb. Als das Schiff hinter der Halbinsel verschwunden war, stieg Björn zum Strand hinunter und drehte die Leiche um. Es war ein Mädchen mit langen braunen Haaren, vielleicht zehn oder zwölf Jahre alt; ihre Lippen gaben zwei lückenlose Zahnreihen frei, so daß es aussah, als ob sie ihn anlächelte.

Nicht weit von Björns Versteck entfernt, auf der Spitze der Halbinsel, lag ein mit Palisaden bewehrter Wall, der einige aus rohen Stämmen zusammengefügte und mit Schilf gedeckte Hütten umschloß. Die Burg war ständig mit einer Handvoll bewaffneter Männer besetzt. Wenn Schiffe vom Meer her kamen, stellten sich die Männer an die Sehschlitze, die in den Palisaden eingelassen waren. Meistens kletterten sie, nachdem sie die Schiffe eine Weile beobachtet hatten, auf die Brüstung und schlugen ihre Schilde gegeneinander; zuweilen kam es aber auch vor, daß sie einen Holzstoß in Brand setzten und das Feuer mit feuchtem Laub oder Stroh abdeckten, woraufhin dicke Rauchschwaden emporquollen. Wenig später kam Antwort aus der Richtung, in der die Stadt lag: Auch dort stieg eine Rauchwolke aus dem Wald auf.

An einem der letzten sonnigen Herbsttage, bevor sich der Winter mit Nebel und Regen ankündigte, vernahm Björn Hugins Stimme. Der Rabe saß, zum Greifen nah, auf einem Baumstumpf und blickte ihn mit seitwärts geneigtem Kopf an. Als Björn sich ihm näherte, öffnete er seinen gewaltigen Schnabel, ließ ein Krächzen hören und strich ab, um sich ein Stück entfernt auf einem anderen Baumstumpf niederzulassen. Dies wiederholte sich einige Male, und Björn folgte ihm immer tiefer in den Wald hinein. Durch kniehohes Laub und Dornengestrüpp, über umgestürzte Baumstämme hinweg führte der Rabe ihn zu der riesigen Wurzel einer Esche, deren Stamm in Augenhöhe abgesplittert war und nun, von Ameisen bewohnt, auf dem Waldboden vermoderte.

Unter der Wurzel hauste Gris der Weise. Der Boden und die Wände seiner Höhle waren mit faulendem Laub bedeckt, vom Wurzelgeflecht der Decke hingen Spinnweben herab, in der Mitte brannte ein kleines Feuer, an dem der Greis sich die Hände wärmte. Der Rabe setzte sich auf seine Schulter.

»Ist gut, Hugin, ist gut«, murmelte der Weise. Obwohl er sein Auge nicht sah, spürte Björn, daß der Alte ihn anblickte. Eine Weile war nur das Knistern des Feuers zu hören und der Wind, der durch die Baumwipfel strich. Dann sagte Gris: »Du bist keiner von denen, die ihre Worte vergeuden, das gefällt mir. Es ist auch nicht nötig, mir etwas zu erzählen, denn von Hugin weiß ich genug über dich.« Wieder schwieg der Alte lange, bevor er fortfuhr: »Ich bin von Moder umgeben, in mir selbst breitet sich Fäulnis aus, gestern fielen mir zwei Zehen ab, mein Speichel schmeckt nach Eiter, Gestank kommt mir aus den Poren, alles deutet darauf hin, daß ich bald sterben werde. Aber bevor ich sterbe, will ich erzählen, was ich weiß. Und dich habe ich dazu ausersehen, es zu hören, Sohn des Bosi.« Die Hände immer noch über dem Feuer ausgestreckt, begann er, seinen Oberkörper hin und her zu wiegen und eintönig zu singen:

Gehör heisch ich
heilger Sippen,
hoher und niedrer
Heimdallssöhne:
Du willst, Walvater,
daß wohl ich künde,
was alter Mären
der Menschen ich weiß.

Er sang viele Strophen, erzählte von Ginnungagab, der gähnenden Leere, aus der zuerst das Reich der Riesen entstand, erzählte von Bors Söhnen Odin, Wili und We, die den alten Riesen Ymir erschlugen und aus seinem Fleisch die Erde schufen, aus seinen Knochen die Gebirge, aus seinen Haaren die Bäume und aus seiner Schädeldecke den sich über alles wölbenden Himmel. Zwischen den Strophen schwieg der Greis, damit Björn seine Worte nachsprechen und sie sich einprägen konnte.

Das Erzählen schien dem Alten keine Mühe zu bereiten, von seiner Gebrechlichkeit war um so weniger zu spüren, je mehr er die Sache der Götter zu seiner eigenen machte, zuweilen sprang er sogar auf und schlug mit geballten Fäusten auf unsichtbare Riesen ein. Hin und wieder drangen auch Töne durch den filzigen Schleier vor seinem Gesicht, die einem Lachen ähnelten; es waren vor allem Lokis Streiche, die ihn zu erheitern schienen, und als er davon sprach, wie Loki sich in eine rossige Stute verwandelte, um den Hengst Swadilfari von der Arbeit fortzulocken, und Monate später das achtbeinige Fohlen Sleipnir zur Welt brachte, da warf es den Greis rücklings auf das Laub, und sein dürrer Körper bebte vor Lachen.

Aber wenn der Alte einmal guter Laune war, pflegte er gleich darauf um so tiefer in Trübsinn zu versinken. Dann wurde er nicht müde, die Schrecken der Ragnarök auszumalen, der die Götter zum Opfer fielen, er raufte sich wehklagend das Haar, er brüllte, wie sie gebrüllt haben mochten, als sie die tödlichen Wunden empfingen, und er schilderte den Todeskampf eines jeden Gottes so anschaulich, daß Björn mehr als einmal versucht war, entsetzt das Weite zu suchen. Erst allmählich, im Laufe vieler Stunden, die er gebannt lauschend in der Höhle des Weisen verbrachte, lernte er, zwischen der Beschreibung eines Ereignisses und diesem selbst zu unterscheiden.

Wie lange Gris schon unter dem Baumstumpf wohnte, wußte er nicht zu sagen; er erinnerte sich nur, daß Wurzel und Stamm noch eins waren, als er die Höhle entdeckte. Schon damals, sagte Gris, habe er seine besten Jahre hinter sich gehabt, und Odin allein wisse, weshalb der letzte Lebensfunke in seinem von Krankheit und Alter zermürbten Körper nicht schon längst erloschen sei.

Über seine Herkunft sprach er nur in wenigen,

zudem noch widersprüchlichen Andeutungen. Einmal behauptete er, der Sohn eines Goden zu sein; dann wieder erzählte er von seiner Kindheit auf einer von Eis und Schnee bedeckten Insel im Nordmeer, wo in Notzeiten eine Ratte als Leckerbissen gegolten habe. Um so ausführlicher erging er sich in Schilderungen seines weiteren Lebens. Er rühmte sich, einem König zum Kriegsglück verholfen und einem mächtigen Jarl als Ratgeber gedient zu haben. Eines Tages sei sogar ein Abgesandter des Kaisers von Miklagard zum Hof des Jarls gekommen und habe Gris angeboten, in den Dienst seines Herrn zu treten. Darauf habe der Jarl gesagt: Wenn es dem Kaiser um den Kopf seines Ratgebers zu tun sei, könne er ihn bekommen, nicht aber dessen Rumpf. Manche seiner Geschichten erzählte Gris immer wieder und jedesmal anders, so daß es Björn schwerfiel, hinter den ständig wechselnden Ausschmückungen ihren wahren Kern zu erkennen.

Weshalb er sich vor vielen Jahren entschlossen hatte, das kärgliche Leben eines Einsiedlers zu führen, darüber ließ Gris nie ein Wort verlauten. Nur soviel erfuhr Björn: Der Alte liebte die Menschen nicht. Statt seinen Lebensunterhalt damit zu bestreiten, daß er Krankheiten bei Mensch und Vieh heilte, Trolle und Wiedergänger bannte oder in die Zukunft sah, zog er es vor, alle Entbehrungen auf sich zu nehmen, die ein Leben in menschenferner Einsamkeit mit sich bringt. Er ernährte sich von Beeren, Pilzen, Kräutern und dem Honig wilder Bienen, er sammelte Möweneier am Ufer der Förde und fing mit den bloßen Händen Kaninchen, wenn sie aus dem Bau schlüpften. Nur im Winter erschien er manchmal, zum Skelett abgemagert, im Dorf und ließ sich von den Bauern bewirten. Keiner wagte es, ihm die Tür zu weisen, denn das, glaubten sie, brächte Unheil für Haus und Hof.

Einmal kam ein Mann in Gris' Höhle. Er trug weite Pluderhosen, einen Mantel aus schimmerndem Stoff und silberne Armringe. Der Mann rümpfte die Nase, als ihm der Fäulnisgeruch entgegenschlug, aber er setzte sich neben Gris ans Feuer. Sie redeten lange darüber, wie hart der Winter gewesen und wie spät der Frühling gekommen war, sie unterhielten sich über den Wind, der seit Tagen mit unverminderter Stärke aus Westen wehte, und schließlich kam der Mann darauf zu sprechen, daß er eine weite Schiffsreise plane, für die er des Beistands der Götter, vor allem Njörds, bedürfe. Der Weise senkte den Kopf und dachte lange nach. Dann ritzte er Runen in ein Stück Holz und gab es dem Mann. Dieser legte einen kleinen Beutel in Gris' Schoß. Der Alte nahm den Beutel, wog ihn in der Hand und sprach:

Wertere Last
trägt auf dem Weg man nie
als starken Verstand:
Er frommt dir mehr
in der Fremde als Gold;
er ist der Hilflosen Hort.

Nach diesen Worten schnürte er den Beutel auf und verstreute seinen glitzernden Inhalt ringsumher im Laub.

Der Mann schien verärgert und sagte: »Dafür bekommst du mehr, als du in drei langen Wintern essen und trinken kannst.«

»Es mag sein, daß ich heute noch sterben werde, vielleicht auch erst morgen«, antwortete der Alte. »Aber eines weiß ich gewiß: Den Schnee werde ich nicht mehr sehen. Und nun geh, Thormod. Deine Augen sind hart geworden. Ich bin froh, daß wir uns nicht wiedersehen werden.«

Als der Mann gegangen war, fragte Björn, wer er sei und woher Gris ihn kenne.

»Er glaubt, daß ich sein Vater bin, so hat es ihm seine Mutter erzählt«, antwortete der Weise. »Ich aber weiß es besser, deshalb dulde ich es nicht, daß er mich Vater nennt.« Außerdem, meinte Gris, sähe ihm Thormod nicht im geringsten ähnlich – eine Behauptung, die der üppige Haarwuchs des Alten nicht nachzuprüfen erlaubte.

Thormod, erzählte Gris weiter, besitze in der Stadt am Ende der Förde ein Haus und habe es als Händler zu Reichtum gebracht. Aber er sei den alten Göttern untreu geworden; nur vor weiten und gefahrvollen Reisen pflege er sich ihres Beistands zu versichern. Neuerdings trüge er eines jener Amulette, die von geschickten Silberschmieden so gefertigt seien, daß man sie ebensogut für ein Kreuz wie für Thors Hammer halten könne.

Gris war früher oft in der Stadt gewesen, er erinnerte sich sogar noch an die Zeit, als sie schutzlos Überfällen vom Land oder vom Wasser her preisgegeben war und die Bewohner auf einen nahe gelegenen Hügel flüchten mußten, wenn Gefahr drohte. Er war dort, als der Schwedenkönig Knuba und dessen Söhne den ersten Wall aufschütten ließen, und er war dabei, als die Sachsen und wenig später die Dänen die Stadt eroberten. »Wenn es dir jetzt auch nicht sehr wahrscheinlich vorkommen mag«, sagte er zu Björn, »damals nahm ich es mit zwei Gegnern zugleich auf, und vier waren nötig, mich zu bezwingen und gefesselt vor König Gorm zu bringen, damit er entscheide, was mit mir geschehen sollte.«

»Wie entschied er?«

»Gorm nahm mir eigenhändig die Fesseln ab, gab mir mein Schwert zurück und ließ mich aus seinem Horn trinken. Er war der edelmütigste von allen Königen, denen ich begegnet bin.«

So verbringen sie viele Wochen miteinander in der Höhle unter dem Eschenstumpf. Längst hat der Winter den bunten Laubteppich mit einer dicken Schneeschicht zugedeckt, und es wird nicht mehr lange dauern, bis das Eis der Förde mit lautem Krachen zu bersten beginnt. Gris erwartet stündlich den Tod, und jeden Abend, wenn Björn ihn verläßt, nehmen sie Abschied, als würden sie einander nie wiedersehen. Dann kann es vorkommen, daß der Alte leise schluchzt und Tränen aus dem Auge wischt. Aber am nächsten Morgen sieht Björn ihn wieder am Feuer sitzen, mürrisch und mit den Göttern hadernd, weil sie ihn abermals das Tageslicht erblicken ließen. Inzwischen versteht sich Björn darauf, den Weisen von seinen düsteren Gedanken abzulenken, indem er vorgibt, dieses oder jenes nicht verstanden zu haben, oder Fragen stellt, die den Greis zu weitschweifigen Erklärungen verlocken. Und bereits nach den ersten Worten lebt er auf, sein Atem bläht den Haarschleier, seine Hände vollführen immer ausgedehntere Gebärden, und je mehr er sich der Lust des Erzählens hingibt, desto weniger gleicht er einem Sterbenden. Björn erfährt von ihm vieles über Götter, Riesen, Zwerge und Trolle, er lernt Zaubersprüche, glückbringende und solche, die Schaden stiften, er wird in das Geheimnis der Runen eingeweiht, in der Deutung des Vogelflugs und der Wolkenbildung unterwiesen – nur die Stadt erwähnt der Weise selten. Er weicht aus, wenn Björn ihn danach fragt, und er gerät in Zorn, wenn er auf einer Antwort besteht. Einmal sagt er: »Sie ist voll von Menschen, und mit jedem Tag werden es mehr. Wo viele Menschen beisammen sind, wächst das Böse in jedem einzelnen.«

Gegen Ende des Winters fand Björn den Weisen eines Morgens leblos neben dem schwelenden Feuer liegen. Zuerst glaubte er, der Alte sei nun endlich von den Göttern erhört worden. Als er sich aber über ihn beugte, sah er, daß er noch atmete. Björn bedeckte ihn mit Laub und blies in die Glut, bis das Feuer wieder aufloderte. Dann lief er zum Hof, stahl Bosi zwei seiner besten Felle und hüllte den Alten damit ein. Tagelang lauschte er den schwachen Atemzügen des Weisen, stets bangend, der eben gehörte könnte der letzte gewesen sein, und immer wieder erfreut, wenn diesem ein nächster folgte. Gris schlief so fest, daß Björn ihn nicht zu wecken vermochte. Auch Hugin schlief. Der Rabe hockte mit gespreiztem Gefieder auf der Schulter des Weisen und hatte den Schnabel unter eine seiner Schwingen gesteckt.

Manchmal verließ Björn die Höhle, um Feuerholz zu sammeln. Dabei geriet er eines Tages in die Nähe der Burg. Er hörte, wie die Männer ihre Schilde gegeneinander schlugen, und schlich, von Neugier gepackt, in sein Versteck. Ein Trupp pelzvermummter Männer kam vom jenseitigen Ufer über das schon von Rissen durchzogene Eis. Einer rief zur Burg hinauf, ob man es wagen könne, über das Eis zur Stadt zu gehen. Die Männer in der Burg erwiderten, es sei gefahrlos, sofern sie die Stellen mieden, wo Bäche in die Förde mündeten. Daraufhin entfernte sich der Trupp in südlicher Richtung über das Eis.

Plötzlich hört Björn einen Zweig knacken. Er schnellt herum und sieht einen Mann mit wurfbereitem Speer hinter sich stehen. Der Mann trägt einen Mantel aus braunem Schaffell; in seinem Bart hängen Eiszapfen.

»Du bist nicht so jung, wie ich dachte, als ich deinen Fußspuren folgte«, sagt der Mann. »Steh auf!«

Björn erhebt sich mit zitternden Knien. Der Mann geht um ihn herum und betastet seine Schultern und Arme. »Viel wirst du mir nicht einbringen«, sagt er unzufrieden, »aber wenig ist mehr als nichts. Also komm!« Er deutet zur Burg hinüber und stößt Björn den Speerschaft in den Rücken.

Den Männern in der Burg schien es nicht zu gefallen, daß Vagn, so hieß der Mann, mit einem Gefangenen zurückkehrte. Einer gab zu bedenken, ob es klug sei, sich die Bauern der umliegenden Höfe zu Feinden zu machen, denn an Björns Kleidung sei unschwer zu erkennen, daß er aus der Gegend stamme. Doch Vagn entgegnete, aus seinen Worten spräche der blanke Neid, und die Bauern hätten sich längst angewöhnt, jene ihrer Söhne und Töchter, an denen ihnen besonders gelegen sei, auf dem Sklavenmarkt freizukaufen. Mehr wurde darüber nicht gesprochen, denn Vagn galt als ein Mann, der Meinungsverschiedenheiten mit der Faust auszutragen liebte.

Die Besatzung der Burg bestand aus sechs Männern, die allesamt ein Alter erreicht hatten, in dem das Verlangen nach Abenteuern allmählich zu schwinden beginnt. Um so wortreicher prahlten sie abends am Feuer von ihren Taten; die Zahl ihrer getöteten Gegner wuchs mit jedem Becher, den sie leerten, und mitunter gerieten sie über die Frage, welcher von ihnen Odin in Walhall am nächsten sitzen werde, dermaßen in Zorn, daß sie mit glühenden Holzscheiten aufeinander einschlugen.

Mit Björn sprachen sie selten und auch dann nur, um ihm einen Tadel oder einen Befehl zu erteilen. Er mußte die Schlafkammer fegen und die Eimer ausleeren, in die sie nachts, weil es ihnen draußen zu kalt war, ihre Notdurft verrichteten. Morgens nahm Björn die Felle von den Schlafstätten und breitete sie im Burghof aus, damit die Läuse erfrören. Da er dies jeden Morgen tun mußte, schien ihm die Arbeit wenig sinnvoll zu sein. Manches Mal erwog er zu fliehen, und es war vor allem die Sorge um Gris, die ihn nach einer günstigen Gelegenheit Ausschau halten ließ.

Kurz nachdem das Eis eine schmale Fahrrinne freigegeben hatte, kam das erste Schiff. Es bewegte sich nur langsam vorwärts, weil die Eisschollen das Rudern erschwerten. Die Männer in der Burg waren unschlüssig, ob sie dem Schiff ihren Willkommensgruß entbieten oder ein Rauchzeichen geben sollten. Während sie erregt beratschlagten, sah Björn den Augenblick für die Flucht gekommen und kletterte auf den rückwärtigen Wall. Als er sich jedoch über die Palisaden schwingen wollte, bemerkte er, daß vom Wald her sechs Reiter auf die Burg zukamen. Er eilte zu den Männern zurück und berichtete ihnen, was er gesehen hatte. Diese brachen in lautes Freudengeschrei aus und öffneten den Reitern das Tor.

Wenig später sehen wir Björn, mit einer Hand an

Vagns Pferd gefesselt, die Burg verlassen. Vagn läßt das Pferd traben, so daß Björn laufen muß, um Schritt zu halten. Mehrfach gleitet er aus und stürzt zu Boden, aber Vagn wartet nicht, bis er wieder aufgestanden ist, er schleift ihn durch den verharschten Schnee hinter sich her.

So kam Björn Hasenscharte in die Stadt.

5

Die Stadt lag auf einer sanft geneigten Ebene an einem sich nach Süden erstreckenden Seitenarm der Förde. Sie war von einem halbkreisförmigen Wall umgeben, der ihr mitsamt einem vorgelagerten Wassergraben und einer Reihe mächtiger Pfähle, die man außerhalb des Hafens in das seichte Wasser gerammt hatte, Schutz vor Überfällen bot. In ihrer Mitte wurde die Stadt von einem Bach durchflossen, der die Anlage der Straßen bestimmte: Entweder verliefen sie in derselben Richtung wie er, oder sie führten im rechten Winkel auf ihn zu. Die Häuser standen so nahe beieinander, daß ihre Dächer sich fast berührten und zwischen ihnen kaum Platz genug für einen schmalen, mit Bohlen belegten Durchgang blieb. Sie waren allerdings von unterschiedlicher Größe: Einige Häuser nahmen doppelt oder dreifach soviel Raum ein wie die anderen und waren zudem noch von einem Zaun aus Weidenflechtwerk umgeben. Diese gehörten Händlern, die dort ihre Waren lagerten, oder Männern, die ihrem Ansehen ein weiträumiges Haus schuldig zu sein glaubten. Zwei Gebäude jedoch übertrafen selbst diese noch an Größe: die Kirche des Bischofs und das Haus, in dem der König wohnte, wenn er die Stadt besuchte.

In ihrer Ausdehnung war die Stadt nicht viel größer, als Björn sie sich vorgestellt hatte. Aber nie hätte er geglaubt, daß so viele Häuser innerhalb des Walles Platz finden würden. Und noch mehr erstaunte ihn die Zahl ihrer Bewohner. Während des Sommers herrschte in den Straßen und Gassen bisweilen ein solches Gedränge, daß es unmöglich war, einen Schritt zu tun, ohne jemanden anzurempeln.

In den ersten Monaten bekam er jedoch wenig von der Stadt zu sehen. Vagn verbot ihm, sein Haus zu verlassen, das nahe der Stelle lag, wo der Bach in einer Röhre durch den Wall floß. Nach starken Regenfällen trat der Bach über die Ufer und ergoß sich in Vagns Hütte. Dann füllte sie sich mit dem beißenden Qualm des erlöschenden Herdfeuers, und der Lehmboden verwandelte sich in klebrigen Schlamm. Vagns Hütte bestand nur aus einem Raum; zu beiden Seiten der Feuerstelle waren Felle ausgebreitet, auf denen Vagn und seine Frau am

Tage saßen und nachts schliefen. Björn bekam ein Strohlager im hinteren Teil der Hütte zugewiesen, wo es kalt und dunkel war.

Wie Vagns Frau hieß, erfuhr Björn nicht, denn Vagn nannte sie nie beim Namen. Sie war noch kleiner als Björn und an den Hüften nicht breiter als Vagns Oberarm, doch sie hatte eine Art, ihren Mann aus schmalen Augenschlitzen anzufunkeln, daß dieser ihr ohne Murren gehorchte. Sobald sie aber aus dem Haus gegangen war, pflegte Vagn auf Björn einzudreschen, als wolle er ihn dafür strafen, daß er Zeuge seiner Erniedrigung geworden war. Besonders grausam konnte er sein, wenn seine Frau ihn in der Nacht abgewiesen hatte und er sich schnaufend selbst Erleichterung verschaffen mußte. Dann kam es vor, daß er Björn durch das Rauchloch im Giebel hob und ihn dort hängen ließ, bis seine Kräfte erlahmten und er ins Feuer fiel. Zum ersten Mal in seinem Leben erfuhr Björn, was es heißt, einen Menschen zu hassen, und er schwor sich, es Vagn eines Tages heimzuzahlen.

Zu Beginn des Sommers, als die Zeit der Sklavenmärkte kam, forderte Vagns Frau ihren Mann auf, Björn zu verkaufen. Einer, der selbst von der Hand in den Mund lebe, könne sich keinen Sklaven halten, meinte sie, und wenn dieser auch nur Abfälle zu essen bekäme, sei es nützlicher, an seiner Stelle ein Schwein zu mästen.

Diesmal schien es Vagn schwerer als sonst zu fallen, seiner Frau zu gehorchen. Er wandte ein, zur Zeit sei es mit der Nachfrage noch schlecht bestellt, daher werde sich kein guter Preis erzielen lassen. Aber als seine Frau ihn eine Weile unverwandt angeblickt hatte, fügte er sich und brachte Björn, nachdem er ihm zuvor die Hände auf dem Rücken zusammengebunden hatte, zum Hafen hinunter.

Dort, auf einer freien Fläche zwischen einem Lagerhaus und einer Schiffswerft, fand der Sklavenmarkt statt.

Es war der erste Markt in diesem Jahr. Noch waren die großen Sklavenhändler nicht mit ihrer Beute aus fernen Ländern heimgekehrt, und deshalb mußte man mit jenen vorliebnehmen, die entweder aus eigenem Antrieb in die Stadt gekommen waren, weil sie die Knechtschaft dem Hungertod vorzogen, oder die man bei Überfällen auf wendische Dörfer gefangengenommen hatte. In der Mehrzahl waren es junge Männer und Frauen, aber Björn sah unter ihnen auch Kinder, die paarweise aneinandergekettet waren und für den Preis eines Erwachsenen feilgeboten wurden.

Einige Männer gingen zwischen den Sklaven umher, befühlten hier einen Arm, dort eine Brust, verlangten von diesem, die Zähne zu sehen, von jenem, daß er sich nackt ausziehe, jungen Frauen steckten sie einen Finger in die Scheide, um festzustellen, ob sie noch Jungfrauen waren, aber die Erwartung eines größeren und reichhaltigeren Angebots dämpfte ihre Kauflust merklich. Wenn sie den Preis erfragten, bedachten sie die Antwort meist mit einem spöttischen Lächeln. Schließlich kaufte einer der Männer einen kräftigen Jüngling für die Hälfte dessen, was sein Besitzer anfangs verlangt hatte. Und als sich Vagn mit seinem Sklaven, der kaum eines Blickes gewürdigt worden war, schon auf den Heimweg machen wollte, fand sich auch für Björn ein Käufer.

Er war von gedrungener Gestalt; über seinem

kugelförmigen Bauch spannte sich ein abgewetzter Kittel. Sein Kopf war fast kahl, nur hinter den Ohren hingen einige sorgfältig geflochtene Haarsträhnen. Er sah nicht aus wie einer, mit dem ein gutes Geschäft zu machen war. Doch Vagn begegnete ihm mit Achtung und sprach zu ihm in Wendungen, die unter seinesgleichen nicht üblich waren.

»Ich preise meinen Sklaven nicht an, denn wie Swain selber sieht, ist er schwächlich und viel zu klein für sein Alter«, sagte Vagn. »Wenn Swain ihn aber trotzdem haben will, soll das Geschäft am Preis nicht scheitern.«

»Wie heißt du?« fragte der Mann, der Swain hieß.

Björn sagte ihm seinen Namen und daß er Bosis Sohn sei.

»Ich nenne ihn Hasenscharte«, warf Vagn beflissen ein. »Und Swain wird mir zustimmen, daß ein Sklave nicht den Namen eines freien Mannes tragen sollte.«

»Ich gebe dir eine Mark Silber für ihn«, sagte Swain, nachdem er nachdenklich eine seiner Haarsträhnen gezwirbelt hatte.

»Könnte Swain möglicherweise noch einen Kamm dazulegen?« fragte Vagn, ohne sich, wie es schien, Hoffnung auf eine zustimmende Antwort zu machen. »Es fiele mir dann leichter, mich von diesem zwar kleinwüchsigen, ansonsten aber ganz brauchbaren Sklaven zu trennen.«

»Ich bin kein Händler, wie du weißt«, entgegnete Swain. Er wog eine Mark Silber ab und legte die Münzen in Vagns bereitwillig dargebotene Rechte.

»Einem anderen hätte ich mehr abverlangt«, sagte Vagn. »Wie ich Swain kenne, wird er das zu würdigen wissen.«

Darauf erwiderte Swain nichts. Er band Björn die Hände los und ging davon.

Vagn sagte: »Ich bin dir vielleicht kein guter Herr gewesen, aber glaub mir, es gibt schlechtere als mich, und wie du es bei Swain haben wirst, bleibt abzuwarten.« Björn sah Vagn an, bis dieser den Blick senkte. Dann folgte er seinem neuen Herrn, der, ohne sich nach ihm umzublicken, auf sein Haus zuging. Es lag in jenem Teil der Stadt, wo die Handwerker wohnten, und war in drei Räume unterteilt, von denen der größte als Werkstatt diente.

Swain war Kammacher. Wie Björn bald erfahren sollte, genoß er als solcher ein Ansehen, das sich mit dem der Silberschmiede, Bootsbauer und Holzschnitzer messen konnte. Seine kunstvoll verzierten Kämme hatten ihn weithin berühmt gemacht, und es wurde erzählt, daß Bischof Horath sich seine Pfründe nur dadurch zu erhalten wußte, daß er der Kaiserin zu jedem Namenstag eine von Swain angefertigte Haarnadel überreichen ließ.

An den Wänden seiner Werkstatt hingen Hirschgeweihe und Tierknochen, aus denen er Kämme und Haarnadeln, aber auch Messergriffe, Würfel und Spielsteine schnitzte. Diese Arbeit verrichtete Swain ganz allein, obwohl seine Einkünfte es ihm erlaubt hätten, sich mehrere Gehilfen zu halten. Doch Swain liebte es zwar, Geld einzunehmen, gab es aber ungern wieder her. Es hieß, daß er wahre Schätze an Gold- und Silbermünzen unter dem Holzfußboden seiner Werkstatt horte und daß ihr Anblick ihm größere Freude bereite als ein Lob aus königlichem Mund. Doch Swain kümmerte sich nicht darum, was die Leute über ihn sagten. Er saß von Sonnenaufgang bis zum Dunkelwerden in seiner

Werkstatt, immer mit demselben Kittel bekleidet, in dem er auch schlief und auf den Markt ging, er aß trockenes Brot und trank etwas Bier dazu, er wusch sich selten das Gesicht und seinen Körper nie – aber seine Kämme schmückten die Häupter von Königinnen.

Seit Swains Frau Gerlög ihn wegen seines Geizes verlassen hatte und zu einem Fischer gezogen war, lebte Swain mit einer Sklavin zusammen, die er Nanna rief, weil er sich ihren wirklichen Namen weder merken noch ihn aussprechen konnte. Nanna hatte langes schwarzes Haar, das im Sonnenlicht bläulich schimmerte, und Augen, die Björn von unergründlicher Tiefe zu sein schienen. Sie war so schön, daß Björn erschrak, als er sie zum ersten Mal sah, und auch späterhin überlief ihn manchmal ein Zittern, wenn sie unversehens vor ihm stand. Björn sollte noch vielen schönen Frauen begegnen, aber es war keine unter ihnen, deren Schönheit die Erinnerung an Nanna verblassen ließ.

Sie führte Swain den Haushalt und war seine Geliebte. Er beschlief sie jeden dritten Abend, nachdem er seine Arbeit getan hatte. Björn hörte Nannas Stöhnen durch die aus Weidenruten geflochtene Wand, sie flüsterte Worte in einer fremden Sprache, und wenn es ihr kam, stieß sie einen Schrei aus, der ihn wie ein Peitschenhieb traf. Von Swain dagegen vernahm Björn nur ein tiefes Grunzen, wenn alles vorüber war. Swain schien dem Beischlaf kein besonderes Vergnügen abzugewinnen, er überließ es Nanna, ihn nach zwei Abenden, an denen er, kaum im Bett liegend, in tiefen Schlaf gefallen war, daran zu erinnern, daß er ihren Körper begehre. Sie tat es, indem sie ihm ein seidenes Tuch unter die Nase hielt, das sie zwischen ihren Brüsten zu tragen pflegte. Wenn sie ihn damit nicht von der Werkbank fortlocken konnte, schlang sie ihre Arme von hinten um seinen Hals und fuhr ihm mit der Zungenspitze ins Ohr. Daraufhin gab Swain, wenn auch mitunter etwas mürrisch, zu verstehen, daß er nunmehr bereit sei, der Gewohnheit gemäß zu verfahren.

Eines Tages erzählte Nanna Björn, daß sie die Tochter des Kalifen von Cordoba sei. Während einer Seereise sei ihr Schiff von normannischen Piraten überfallen worden und sie mitsamt ihren Schwestern und zahlreichen Bediensteten in Gefangenschaft geraten. Die Diener habe man nach flüchtiger Begutachtung über Bord geworfen, ihren Schwestern sei, nachdem sich die Piraten auf widerwärtige Weise mit ihnen vergnügt hätten, das gleiche Schicksal zuteil geworden, nur sie selbst sei, ihrer Schönheit wegen, mit dem Leben davongekommen. Nach monatelanger, immer wieder durch Plünderungen, Brandschatzungen und langwieriges Feilschen um Lösegeld unterbrochener Fahrt sei sie in Lundenwic an einen Sklavenhändler verkauft worden. Dieser habe fünf Mark Silber für sie gegeben, was selbst dann ein ungewöhnlich hoher Preis sei, wenn man ihre vornehme Herkunft und ihre Schönheit in Rechnung stelle. Der Sklavenhändler habe sie bei Jarl Eirik auf Seeland gegen zwei junge Männer eingetauscht, und der Jarl hätte sie, wie er ihr des öfteren versichert habe, zur Kebse genommen, wenn seine Frau einverstanden gewesen wäre. Aber diese habe nur Nebenfrauen geduldet, die noch häßlicher waren als sie selbst, und weil sie, Nanna, unvergleichlich viel schöner war, habe der Jarl sich schweren Herzens entschlossen, sie dem Bischof von Ribe zu schenken. Dem Bischof sei das Geschenk jedoch ungelegen gekommen, weil er gerade zu jener Zeit das Weib als das schändlichste aller Werkzeuge des Teufels anzuprangern pflegte, und daher habe er sie bei der Durchreise Bischof Horath überlassen, der sie wiederum, als sichtbares Zeichen seines Wohlwollens, an Swain weiterverschenkt habe. Dies sei, schloß Nanna, in aller Kürze erzählt, ihre Geschichte.

Dann richtete sie ihre schwarzen Augen auf Björn, und während ihn das Gefühl überkam, in ihre schwindelerregenden Tiefen gesogen zu werden, begann er, stockend zunächst, bald aber geläufiger, von sich zu erzählen. Nach allem, was er von Nanna vernommen hatte, wollen wir Björn nicht der Prahlsucht bezichtigen, wenn er Bosi zum Großbauern und Thingsprecher erhob, seine Hasenscharte zum Anlaß nahm, einen Zweikampf zu schildern, aus dem er, wenn auch an der Oberlippe verwundet, als Sieger hervorging, und beiläufig einige Ruhmestaten erwähnte, die sich von Gris' Erzählungen nur dadurch unterschieden, daß er, Björn, im Mittelpunkt des Geschehens stand.

Nanna hatte ihm mit wachsender Aufmerksamkeit zugehört. Als Björn sich mehr und mehr die Rolle des Helden aneignete, waren ihr sogar Laute entschlüpft, die auf Bewunderung schließen ließen. Aber dann entblößte sie ihre braunen Brüste, verschränkte die Arme im Nacken und sagte lächelnd: »Du scheinst nicht sehr geübt im Lügen zu sein, Björn Hasenscharte. Sonst wüßtest du, daß du eine Wahrheit brauchst, um deiner Geschichte Glaubwürdigkeit zu verleihen. Sieh her, das ist meine.«

Björn schwieg betreten, nicht so sehr, weil Nanna ihn durchschaut, sondern weil ihre Geschichte in ihm nicht den geringsten Zweifel geweckt hatte. Später erfuhr er, daß es unter Unfreien üblich war, sich einer vornehmen Herkunft zu rühmen. Allerdings war es nicht jedem gegeben, seine Geschichte selbst zu erfinden, und so kam es gelegentlich vor, daß ein Sklave einen anderen umbrachte, weil jener sich mit Ahnen brüstete, die dieser während seiner stumpfsinnigen Arbeit erdacht hatte. In der Stadt gab es zu jener Zeit noch eine Sklavin, die von sich behauptete, die einzige Tochter des Kalifen von Cordoba zu sein. Da sie aber bei weitem nicht so schön war wie Nanna, beließ diese es dabei, sie dem Gespött der Leute preiszugeben.

Lange Zeit konnte sich Björn nicht erklären, weshalb Swain ihn gekauft hatte. Der Kammacher gab ihm wenig zu tun, er duldete es, daß Björn neben ihm stand und ihm bei der Arbeit zuschaute. Jeden Abend mußte Björn die Knochenstücke auflesen, die unter die Werkbank gefallen waren. Swain war sehr darauf bedacht, daß kein Splitter verlorenging, aus dem sich noch etwas herstellen ließ. Und Björn fand schnell heraus, welche Stücke es wert waren, aufgehoben zu werden, und welche er unbedenklich in die Grube hinter dem Haus werfen konnte.

»Du hast einen guten Blick«, sagte Swain eines Tages und gab ihm ein daumendickes Stück von einem Hirschgeweih, das er soeben zersägt hatte. »Was siehst du darin?«

»Eine Haarnadel mit dem Kopf eines Raben«, antwortete Björn ohne Zögern.

»Schnitz sie«, sagte Swain.

Drei Wochen brauchte er, bis er Swain die Nadel

zu zeigen wagte. Swain betrachtete sie lange, indem er sie dicht vor seine Augen hielt und langsam hin und her drehte. Dann nickte er wie jemand, der eine Vermutung bestätigt sieht.

»Noch willst du mehr, als du kannst«, sagte er schließlich. »Aber ich sehe kommen, daß eines Tages darüber gestritten wird, welcher von uns beiden der bessere Kammacher ist.« Er gab Björn die Nadel zurück und fuhr fort: »In meinem Handwerk ist es Brauch, daß man seine erste Arbeit nicht zu Geld macht. Schenke sie Nanna, sie wird es dir auf ihre Weise danken.«

Fortan schmückte die Nadel mit dem Rabenkopf Nannas blauschwarzes Haar, und ihr Dank bestand darin, daß sie Björn in der Kunst der Liebe unterwies. Auch hierin zeigte er sich gelehrig, doch Nanna meinte, es bestünde wenig Hoffnung, daß er es zu jener Meisterschaft bringen werde, die Swain ihm für das Kammacherhandwerk vorausgesagt hatte.

6

Sommerliche Hitze liegt über der Stadt; kein Windhauch schwemmt den Gestank aus den Gassen, stört den Tanz der Mücken. Auf den Bohlenwegen drängen sich fremdländisch gekleidete Menschen. Björn taucht in den Menschenstrom ein, er treibt ihn zum Hafen hinunter, wo zahllose Masten in der sanften Dünung schwanken, wo Händler einander an Stimmkraft zu überbieten suchen, wo Hunderte von Sklaven, halbnackt und in Lumpen gehüllt die einen, prächtig herausgeputzt die anderen, zum Kauf angeboten werden. Zwischen ihnen drängen sich Lastträger hindurch, die, von Aufsehern mit Peitschen zur Eile angetrieben, jeden beiseitestoßen, der ihnen den Weg versperrt. Und schon reißt der Menschenstrom Björn weiter mit sich fort, vorbei an den Speichern und Werften, an den Werkstätten der Reepschläger, Schmiede und Steinmetzen, vorbei am Hurenhaus und die Straße hinauf, die am Bach entlang zum Haus des Königs führt. Dort staut sich der Strom. Björn, zwischen zwei nach Tran riechenden Seeleuten eingekeilt, hört den einen sagen, Bue der Dicke sei gekommen, der Vertraute und Ratgeber des Königs. Ein mächtiger Mann, sagt der andere, und es geschehe nicht oft, daß man ihn zu Gesicht bekäme.

Björn ging nun jeden Tag zum Haus des Königs, um Bue den Dicken zu sehen. Und stets war der Platz vor dem Haus mit Menschen gefüllt, die aus dem gleichen Grund gekommen waren. Einige sagten, Bue sei noch mächtiger als der König, nur sei er viel zu klug, es diesen merken zu lassen. Eine zahnlose Hure mit rot ummalten Augen, die vorgab, einst Bues Geliebte gewesen zu sein, meinte, an Klugheit mangle es Bue gewiß nicht, wohl aber an Mut; deshalb habe der König nichts von ihm zu befürchten.

Nachdem Björn mehrere Tage vergeblich vor dem Haus des Königs gewartet hatte, kam Bue der Dicke in Swains Werkstatt. Er machte seinem Beinamen alle Ehre, denn er war ein Mann von erstaunlichem Leibesumfang. Auf dem riesigen Körper saß, ohne zwischen sich und dem Rumpf einen Hals zu dulden, ein massiger Kopf, der mit rötlichem, hier und dort schon ergrautem und leicht gekräuseltem Haar bedeckt war. Auch seine Nase entsprach in ihren Ausmaßen denen seines Körpers; nur zweierlei stand in auffallendem Gegensatz zu seiner üppigen Leibesfülle: Seine Augen waren so winzig, daß man sie kaum hinter den wülstigen Lidern erkennen konnte, und wer ihn zum ersten Mal reden hörte, blickte sich unwillkürlich nach einem anderen um, weil Bues gewaltige Brust nichts weniger als eine Fistelstimme erwarten ließ.

Swain erschrak, als Bue der Dicke, den Raum verdunkelnd, seine Werkstatt betrat. Bue kam mit großem Gefolge, unter dem sich auch der Wikgraf, einer der Söhne des Königs von Jorvik, befand. Diesem erlaubte es Bue als einzigem, ihn in Swains Werkstatt zu begleiten, während er den übrigen das Haus zu umstellen befahl. Denn Bue war ein vorsichtiger Mann.

Der Kammacher blickte sich nach einer Sitzgelegenheit um, die er Bue anbieten konnte. Aber er sah keine, von der anzunehmen war, daß sie dem Gewicht des königlichen Ratgebers standhalten würde. Deshalb zog er es vor, ihm seine Ehrerbietung dadurch zu erweisen, daß er sich erhob und mit gesenktem Kopf darauf wartete, daß Bue ihn ansprach.

»Dein Ruhm ist gewachsen, seitdem wir uns das letzte Mal begegneten«, sagte Bue leise, denn nur so gelang es ihm, seiner Stimme einen etwas tieferen Klang zu verleihen. »Wie ich höre, trägt sogar die Frau des Sachsenkaisers deine Haarnadeln.«

»Bischof Horath gefiel es, ihr einige meiner Arbeiten zu schenken«, erwiderte Swain bescheiden.

Bue nahm einen Kamm von der Werkbank, an dem Swain gerade schnitzte, und betrachtete ihn, während er fortfuhr: »Ich hoffe, daß dich der Bischof, obwohl es ihm neuerdings die Armut zu preisen beliebt, gut dafür bezahlt.«

»Bislang habe ich keinen Grund gehabt, mich zu beklagen«, antwortete Swain.

»Laß mir etwas zu trinken bringen«, sagte Bue, ein Wunsch, der von seinen Gastgebern als Gunstbeweis verstanden werden durfte.

Nanna brachte ein mit Bier gefülltes Trinkhorn und reichte es Bue. Sie hatte sich gekämmt und trug ein langes weißes Gewand, das sie, wie Björn aus Swains Stirnrunzeln schloß, der Kleidertruhe seiner Frau entnommen hatte. Es unterstrich den südländischen Reiz ihres schwarzen Haares und ihrer braunen Haut, und Björn spürte, wie sich Eifersucht in ihm regte, als er erkannte, daß sie Bue gefallen wollte.

Bue der Dicke gab das Trinkhorn an den Wikgrafen weiter und ließ diesen kosten. Dann wandte er sich Nanna zu, die, wie es sich einem hochgestellten Herrn gegenüber ziemte, mit niedergeschlagenen Augen vor ihm stand, und hob mit seiner fleischigen Hand ihr Kinn empor.

»Mir scheint, du bist ein vom Glück begünstigter Mann, Swain«, sagte Bue, während er in Nannas Augen blickte. »Aber nur ein Dummkopf verläßt sich darauf, daß sein Glück ewig währt, wohingegen der Kluge beizeiten Vorsorge trifft, daß es sich nicht zu bald von ihm abwende.«

»Deine Worte wollen gründlich bedacht sein, zumal sie aus dem Mund eines Mannes kommen, auf dessen Rat sogar der König hört«, sagte Swain.

»Du redest vernünftiger, als ich erwartet habe«, entgegnete Bue wohlwollend. Dann nahm er das

Trinkhorn, und nachdem er den Wikgrafen gründlich gemustert, an ihm jedoch keine Anzeichen von Unwohlsein ausgemacht hatte, trank er es in einem Zuge leer.

Mit der Hand, die eben noch Nannas Kinn gehalten hatte, wischte Bue sich den Schaum vom Mund und fuhr fort: »Um sich das Glück zu erhalten, ist es ratsam, die Freundschaft einflußreicher Männer zu suchen. Wo mehrere mächtig sind, gebietet es die Klugheit, zu dem zu halten, der die größere Macht besitzt, und sich von jenem loszusagen, der weniger mächtig ist. Aber es mit letzterem zu halten, wäre immer noch eine kleinere Torheit als die, mit beiden gut Freund sein zu wollen, denn ein halber Freund ist gefährlicher als ein ganzer Feind.«

Während er dies sagte, tastete Bue mit beiden Händen Nannas Schultern ab, ihre Brüste, ihre Hüften. Nanna bot ihm ihren Körper bereitwillig dar; als Bue ihren Schoß berührte, schloß sie seufzend die Augen. Björn fühlte plötzlich, daß seine Hand den Knauf eines Schnitzmessers umklammert hielt.

»Gib auf den Kleinen acht, Ragnar«, sagte Bue, dessen Augen offenbar nichts entging. »Ihm scheint nicht zu gefallen, was ich tue.«

Der Wikgraf sprang hinter Bue hervor und schlug Björn mit einem wuchtigen Fausthieb das Messer aus der Hand, so daß es davonschnellte und Bues Kopf nur um Haaresbreite verfehlte.

Bue zuckte zusammen. »Da siehst du«, sagte er zu Swain mit einer Stimme, die um einiges schriller klang, »wie sehr auch der Mächtige des Glückes bedarf. Dies hätte mein Tod sein oder mich ein Auge kosten können, wobei ich zugunsten deines Gehilfen annehmen will, daß er das Messer nicht absichtlich nach mir warf. Sonst müßte ich ihn bei lebendigem Leibe häuten lassen.«

Der Wikgraf gab indessen zu bedenken, daß eine öffentliche Hinrichtung abschreckend auf jene wirken würde, die Bue tatsächlich nach dem Leben trachteten. Er selbst böte sich als Zeuge dafür an, daß Swains Gehilfe einen Mordanschlag auf Bue verübt habe, und Swain sei nicht der Mann, der Wahrheit zuliebe allerlei Widrigkeiten auf sich zu nehmen, von denen die geringste sei, unter Zurücklassung seiner Habe aus der Stadt gewiesen zu werden.

Doch Bue der Dicke hatte anderes im Sinn, als sich wegen eines Unfreien mit Swain zu entzweien. Seine Hände lagen jetzt auf Nannas Hintern, wo sie jeweils eine der wohlgerundeten Backen umspannten.

»Wie heißt sie?« fragte er.

»Ich nenne sie Nanna«, antwortete der Kammacher. »Wenn du sie haben willst, schenke ich sie dir.«

»Du sprichst mit dem Freund und Ratgeber König Haralds«, entgegnete Bue zornig. »Mir gehören Höfe in allen Teilen des Reiches, vier Langschiffe und zehn Handelsschiffe. Ich halte dreihundert Mann unter Waffen, ich bin der Schatzmeister des Königs, jedes Stück Silber geht durch meine Hände, bevor es zu ihm gelangt, ich bezahle sein Heer, ich rüste seine Flotte aus, ich bin, mit einem Wort, nach dem König der mächtigste Mann Dänemarks. Dies alles halte dir vor Augen, und nun sage mir, wie ich es mit meiner Würde vereinbaren soll, von dir ein Geschenk anzunehmen.«

»Ich sah nur, daß sie dir gefällt, und vergaß darüber, wer du bist«, sagte Swain kleinlaut. »Nichts lag mir ferner, als dich zu kränken, Bue.«

»Gut, ich will darüber hinwegsehen«, sagte Bue. »Vielleicht werde ich dir sogar die Ehre erweisen, die Sklavin zu nehmen. Aber nur unter einer Bedingung.« Er schob Nanna beiseite und beugte sich zu Swain herab, als wolle er sichergehen, daß dieser jedes seiner Worte verstand, und zugleich an seinem Gesicht ablesen, wie er sie aufnahm.

»Du darfst ihm nie wieder etwas verkaufen«, flüsterte er. »Und wenn er das Doppelte bietet, werde ich dir das Dreifache geben. Und wenn er dir droht, dann denke daran, daß du unter dem Schutz eines Mannes stehst, der mächtiger ist als er. Wenn du ihn aber weiterhin mit Kämmen und Haarnadeln versorgst, werde ich dir beide Hände abhacken lassen.«

So sprach mit leiser Stimme Bue der Dicke, und obgleich er den Namen nicht erwähnte, wußte jeder in Swains Werkstatt, daß er Bischof Horath meinte. Man sagte Bue nach, daß er selbst das Bischofsamt begehre, um den Einfluß der vom Kaiser eingesetzten geistlichen Würdenträger auf König Harald einzudämmen. Außerdem war das Verhältnis zwischen Bischof und königlichem Ratgeber von einer unüberwindlichen gegenseitigen Abneigung geprägt, wie sie nicht selten bei Menschen anzutreffen ist, die einander im Wesen gleichen. Das durch keinerlei Rücksichtnahme gehemmte Streben nach Macht war beiden ebenso gemeinsam wie die Gerissenheit, mit der sie zu Werke gingen und die ihnen erlaubte, immer dann, wenn die von ihnen selbst gesäte Zwietracht in offene Feindschaft ausartete, die Rolle des Friedensstifters zu übernehmen. Was nun den König betraf, so unternahm er nichts, die beiden einflußreichsten Männer seines Reiches miteinander zu versöhnen, sondern sorgte im Gegenteil mit der ihm eigenen Bauernschläue dafür, daß beide genügend Gründe fanden, den Abscheu vor dem Widersacher zu rechtfertigen.

»Mit Drohungen bin ich nicht einzuschüchtern«, entgegnete Swain, und Björn sah, daß seine Stirnadern stärker als sonst hervortraten. »Aber wenn es ein Rat war, will ich ihn befolgen.«

»Du darfst es sogar eine Bitte nennen«, sagte Bue leutselig. »Laß alles in mein Haus bringen, was du von jetzt an herstellst, ich werde dich dafür zum reichsten Mann der Stadt machen.« Er griff in Nannas Haar und zog ihren Kopf so heftig nach hinten, daß sie vor Schmerz aufschrie. »Diese nehme ich gleich mit; mir scheint, daß sie nicht unerfahren darin ist, einem Mann Lust zu bereiten.«

»Da du ein Mann bist, aus dem zwei Männer hätten gemacht werden können, vermute ich, daß du auch mit doppelter Lendenkraft ausgestattet bist«, sagte Swain. »Sonst müßte ich befürchten, daß du mein Geschenk binnen kurzem als Bürde betrachtest.«

Bues Antwort war ein Lachen, das Björn frösteln ließ. Nanna jedoch ordnete, nachdem sie es Bues Fingern entwunden hatte, gleichmütig ihr Haar und sagte zu Swain: »Du hast mich gut behandelt, dafür danke ich dir.«

Den Kopf in den Nacken geworfen, in unnachahmlicher Weise die Hüfte schwingend, gleichsam mit jedem Schritt ihrer zierlichen Füße darauf pochend, daß sie die wahre Tochter des Kalifen von Cordoba sei, verließ Nanna Swains Haus. In Bues Gefolge wurden Rufe laut, die teils Nannas Schönheit, teils Bues unersättlicher Liebesgier galten, denn jeder seiner Männer wußte, daß der sonst so mißtrauische Ratgeber des Königs für Schmeicheleien dieser Art empfänglich war.

Nach dem Besuch Bues des Dicken legte sich Swain auf sein einsames Lager. Er nahm nichts außer Wasser zu sich, sprach nicht, bewegte sich nicht, blickte starr wie ein Toter, dem man die Augen zu schließen versäumt hat, zur Decke empor. Björn fragte ihn jeden Tag nach seinem Befinden, seinen Wünschen, aber er erhielt keine Antwort. Erst, als er dem leblos daliegenden Kammacher vom Saft der Stranddistel zu trinken gegeben hatte, fiel Swain in tiefen Schlaf. Am nächsten Morgen erwachte er zur gewohnten Stunde und machte sich gleich darauf an die Arbeit.

In der Stadt ging das Gerücht, daß Bue der Dicke gekommen war, den Besuch des Königs vorzubereiten. Bue selbst ließ nichts dergleichen verlauten; er pflegte alle Fragen nach den Reiseplänen des Königs damit zu beantworten, daß dieser sich im Norden Jütlands aufhalte, um dort persönlich die Aufstellung eines Heeres zu beaufsichtigen, an dessen Spitze er nach Norwegen überzusetzen gedenke. Da Bue selten eine Auskunft gab, die ihm keinen Nutzen brachte, wurde angenommen, daß er seine Geschäfte abwickeln wollte, ohne eine durch die Ankündigung königlichen Besuchs bewirkte Teuerung in Kauf nehmen zu müssen. Dennoch trug Bue selbst dazu bei, daß sich das Gerücht von Tag zu Tag verdichtete, denn kaum in der Stadt angelangt, ließ er seine Spitzel ausschwärmen und jeden überwachen, in dem er, sei es seiner Vergangenheit, seiner Abstammung oder unbedachter Äußerungen wegen, einen Feind des Königs vermutete.

Bischof Horath blieb nicht lange verborgen, weshalb sich der mächtige Ratgeber des Königs herabgelassen hatte, den Kammacher in seiner Werkstatt aufzusuchen. Denn wie Bue unterhielt auch der Bischof eine Schar von Zuträgern, die er, je nach dem Wert, den er einer Neuigkeit beimaß, zu bezahlten pflegte. In diesem Fall war es der Wikgraf, den der Bischof für seinen Augenzeugenbericht mit einer Handvoll Halbbrakteaten belohnte. Damit aber der Nachruhm des Wikgrafen keinen Schaden nehme, versichern wir, daß dieser achtbare Mann aus verletzter Ehre handelte, denn Bue hatte ihm zuvor, um sein Stillschweigen zu erkaufen, einen Betrag ausgehändigt, den der Wikgraf für einen Mann von königlichem Geblüt als kränkend empfand.

So kam es, daß kurze Zeit nach Bues Besuch ein Abgesandter Bischof Horaths in Swains Werkstatt trat, ein Priester namens Poppo, der, weil wir ihm in unserer Geschichte noch oft begegnen werden, eine ausführlichere Beschreibung verdient. Er brauchte seinen Namen nicht zu nennen, denn in der Stadt kannte ihn jedes Kind. Poppo stand in dem Ruf, jeden noch so verstockten Heiden zum christlichen Glauben bekehren zu können. Dabei kam ihm nicht nur seine Beredsamkeit zustatten, um die ihn sogar der keineswegs mundfaule Bischof beneidete, sondern vor allem seine jedes übliche Maß überschreitende Trinkfestigkeit. Poppo durfte sich rühmen, schon zu Lebzeiten Eingang in den Sprichwörterschatz gefunden zu haben, und noch hundert Jahre später pflegte man von einem standhaften Trinker zu sagen, daß er saufen könne wie Poppo. Wenn auch einiges darauf hindeutet, daß es Poppo Vergnügen bereitete, seine Trinkfestigkeit unter Beweis zu stellen, so steht doch außer Zweifel, daß er im Trinken ein vergleichsweise barmherziges Mittel sah, aus Heiden Christen zu machen. Statt die Ungläubigen mit Feuer und Schwert zu bekehren, bewies Poppo die den heidnischen Götzen überlegene Macht seines unsichtbaren Gottes damit, daß er, nachdem er diesen um die Gnade der Nüchternheit angefleht hatte, ganze Horden hartgesottener Säufer unter den Tisch trank. Das überzeugte, und es ist kein Fall überliefert, daß jemand, der sich, aus dem Rausch erwachend, in die Gemeinde Christi aufgenommen sah, vom Recht des Widerrufs Gebrauch machte.

Da der Schatten des Erfolges bekanntlich der Neid ist, blieb es nicht aus, daß manche in Poppos Trinkfestigkeit nicht eine Gnade Gottes sahen, sondern ein Geschenk des Teufels. Man munkelte, Poppo stünde insgeheim im Dienst jener finsteren Mächte, die er in Christi Namen zu bekämpfen vorgab. Von irischen Mönchen wollte man gehört haben, daß Poppo wegen Zauberei zum Tode verurteilt worden sei, sich der Hinrichtung jedoch mit Hilfe eines feuerspeienden Greifen habe entziehen können. Ein Händler aus Samarkand ließ verlauten, Poppo ähnle aufs Haar jenem Tempelpriester, der ihm aus den Eingeweiden frischgeschlachteter Jungfrauen die Zukunft gedeutet habe. Als den Händler kurz darauf der Schlag traf, diente dies Poppos Neidern als Beweis, daß der trinkfeste Priester sich dem Leibhaftigen verschrieben habe und von diesem dafür mit teuflischen Kräften ausgestattet worden sei. Sie ersuchten den Bischof, Poppo entweder der Teufelsaustreibung zu unterziehen oder ihn, falls er sich weigere, auf dem Scheiterhaufen zu verbrennen. Nun war Bischof Horath ein Mann, der gründlich nachzudenken pflegte, bevor er eine Entscheidung traf, und dieser

Angewohnheit verdankte es Poppo, daß er bislang, allen Anfeindungen zum Trotz, von peinlicher Befragung und Schlimmerem verschont geblieben war.

Barfüßig und mit einer Kutte bekleidet, deren grobgewirkte Fasern einen Geruch verströmten, wie er alten, an der Sonne getrockneten Bierfässern anhaftet, betrat nun also Poppo die Werkstatt des Kammachers. Er war in aufgeräumter Stimmung, in den Falten seines roten Gesichts nistete Heiterkeit, man sah ihm an, daß er, obwohl es noch früh am Tag war, bereits seines feuchtfrommen Amtes gewaltet hatte, aber plötzlich schien er sich seines Auftrags zu erinnern, und Furchen des Zorns gruben sich in seine Stirn. »Alle Zähne sollen dir ausfallen, bis auf einen für das Zahnweh!« fuhr er Swain an. »Welcher Troll hat dich geritten, als du Bue das Versprechen gabst, deine Kämme nur noch ihm zu verkaufen? Was nützen dir alle Reichtümer dieser Welt, wenn du in der Hölle schmorst? Denn wisse: Dies wird dein grauenvolles Los sein, wenn du der Fürbitte meines hochwürdigen Herrn verlustig gehst!«

Als er Swains erschrockenes Gesicht sah, glättete ein Lächeln Poppos Züge. »Du bist ein freier Mann, Swain«, fuhr er mit sanfterer Stimme fort, »du kannst deine Sachen verkaufen, wem du willst. Der Bischof würde dich in sein Gebet einschließen, wenn du ihm, wie bisher, die schönsten deiner Haarnadeln und Kämme überließest. Und siehe, Swain: Die Fürbitte des Bischofs wiegt mehr als die Gunst des dicken Bue, ja, selbst als die des Königs, denn sie reicht von hier bis in alle Ewigkeit.«

Darauf erwiderte Swain: »Mit der Ewigkeit weiß ich nichts anzufangen, Poppo; meine Gedanken sind zu kurz für etwas, was kein Ende hat. Dagegen fällt es mir leicht, mir auszumalen, wozu Bue imstande wäre, wenn ich mich seinem Willen widersetzte. So habe ich nur die Wahl, schon zu meinen Lebzeiten Höllenqualen zu erleiden oder erst nach meinem Tode. Wobei letzteres«, fügte er listig hinzu, »den Vorteil der Ungewißheit für sich hat.«

»Du würdest einen guten Christen abgeben, Swain«, schmunzelte der Priester. »Der allmächtige Gott mag Männer mit Witz. Deshalb werde ich dich mit seiner Hilfe eines Tages taufen, und wenn es mich ein ganzes Faß Bier kosten sollte.« Dann trat er zu Björn und sagte: »Gestern begegnete ich einer schönen Sklavin. Sie trug eine Nadel im Haar, die nicht von dir gemacht war und dennoch von großer Kunstfertigkeit zeugte. Ist es wahr, daß dein junger Gehilfe sie geschnitzt hat, Swain?«

Der Kammacher nickte, ohne von seiner Arbeit aufzusehen.

Poppo beugte sich zu Björn herab: »Eine Haarnadel wie diese würde den Bischof in Entzücken versetzen, mein Sohn. Es liegt nun bei Swain zu entscheiden, ob das Versprechen, das er unklugerweise Bue dem Dicken gab, auch für dich gelten soll.« Björn blickte den Priester an, und dieser zog einen seiner Mundwinkel zu einem verschmitzten Lächeln empor.

Als Poppo gegangen war, legte Swain die Spitze eines Walroßzahns vor Björn auf die Werkbank. Er sagte nichts, aber Björn wußte, daß der Meister ihn von nun an als seinesgleichen betrachtete.

7

Eines Morgens, als der Frühnebel sich zu lichten begann, bemerkte die Wache am Westtor eine Anzahl grauer Zelte, die über Nacht vor der Stadt errichtet worden waren. Die spitzen Kegel nahmen sich seltsam fremd aus auf der weiten, spärlich bewachsenen Heide. Einer von der Wachmannschaft namens Halldor, den es einst über Miklagard hinaus nach Osten verschlagen hatte, glaubte in den Zelten die Behausungen eines Nomadenvolkes wiederzuerkennen, das ihm eine Zeitlang Unterschlupf gewährt hatte. Man weckte den Wikgrafen. Dieser schickte einen Mann zu den Zelten hinüber, der die Bewohner unter Androhung von Gewalt auffordern sollte, ihre Zelte abzubrechen und weiterzuziehen. Denn ohne seine, des Wikgrafen, Erlaubnis war es streng untersagt, in Sichtweite der Stadt ein Lager aufzuschlagen.

Sie sahen, wie der Mann das Lager einmal in dieser, einmal in jener Richtung durchquerte und dann, offenbar auf einen Wink hin, eines der Zelte betrat. Er kam nicht wieder daraus hervor, und den Ereignissen vorgreifend fügen wir hinzu, daß er seitdem für immer verschwunden blieb.

Nach einer Weile vergeblichen Wartens traf der Wikgraf die Entscheidung, das Zeltlager anzugreifen. Er ließ das Tor öffnen und ritt, von einigen Bogenschützen gefolgt, auf die Heide hinaus. Halbwegs zwischen Wall und Lager jedoch wechselte der Trupp jäh die Richtung und kehrte auf dem kürzesten Wege in die Stadt zurück. Die auf dem Wall Stehenden brauchten nicht nach dem Grund für den fluchtartigen Rückzug zu fragen, denn sie sahen mit eigenen Augen, daß plötzlich ein Heer vor der Stadt stand, das auf ähnlich rätselhafte Weise wie die Zelte aus dem Boden gewachsen zu sein schien.

Es waren kleine, spärlich bekleidete und, soviel man auf die Entfernung erkennen konnte, braunhäutige Männer, die sich hinter Baumstümpfen und niedrigem Buschwerk verborgen haben mußten. Einige waren mit Speeren bewaffnet, deren Länge ihre Körpergröße um mehr als das Doppelte übertraf, andere mit Pfeil und Bogen. Sie verharrten reglos, bis das Westtor wieder geschlossen worden war. Dann legten sie ihre Waffen fort und begannen, mit unglaublicher Schnelligkeit weitere Zelte zu errichten. Bald war die Heide vor der Stadt mit spitzen grauen Kegeln übersät – einem Meer vergleichbar, das gegen die Strömung vom Sturm aufgepeitscht wird. All das ging in völliger Lautlosigkeit vor sich, und für die Bewohner der Stadt, die sich nun in großer Zahl auf dem Wall drängten, war nicht auszumachen, wessen Befehl die Fremden gehorchten.

Bue der Dicke kam, eingezwängt in ein Kettenhemd und reichlich versehen mit kriegerischer Ausrüstung. Er ließ Halldor zu sich rufen und hörte schweigend, was dieser über das Nomadenvolk zu berichten wußte.

Obgleich er sich nicht dafür verbürgen könne, sprächen etliche Anzeichen dafür, daß es jenes Volk sei, das ihn einst bei sich aufgenommen hatte, sagte Halldor. Er habe einige Monate bei dem Volk verbracht, während deren es, immer nur wenige Tage an einem Platz verweilend, große Entfernungen zurückgelegt habe. Da sich die Nomaden mehr mit Gebärden und Blicken als durch Worte zu verständigen pflegten, sei es ihm nicht gelungen, ihre Sprache soweit zu erlernen, daß er manches Rätselhafte durch Fragen habe ergründen können. Dazu gehöre, daß sie vornehmlich nachts wanderten und selbst bei völliger Dunkelheit ihren Weg fänden, noch dazu mit einer Geschwindigkeit, die es mit der eines Reiterheeres aufnehmen könne; dazu gehöre weiterhin die seltsame Art ihres Zusammenlebens, das statt Familien nur Sippen kenne, in denen die Frauen, und unter diesen wiederum die ältesten, den Ton angäben; und dazu zähle, um aus vielen unerklärlichen

Eigenarten die erstaunlichste herauszugreifen, daß sie sich dem Willen eines mit unumschränkter Macht ausgestatteten Herrschers unterzuordnen schienen, daß aber keiner von ihnen sich als solcher zu erkennen gebe. In Verhandlungen mit fremden Völkern pflege stets ein anderer die Rolle des Sprechers zu übernehmen, zuweilen auch eine anscheinend bunt zusammengewürfelte Schar von Frauen und Männern, gelegentlich sogar ein Kind. Er, Halldor, warne allerdings davor, dies als ein Zeichen der Schwäche anzusehen, denn wenn es den Nomaden auch an sichtbarer Führung mangle, so habe er es doch nie erlebt, daß sie einen Gegner nicht mit List, Kampfesmut und einer beispiellosen Grausamkeit überwunden hätten. So sprach Halldor, und da er als ein vertrauenswürdiger Mann galt, sah man einige Kaufleute in ihre Häuser eilen, um ihre Flucht vorzubereiten.

Auf Bues Stirn bildeten sich Schweißtropfen. Da es noch kühl war, wurde dies von seinen Gefolgsleuten als ein Zeichen seiner Ratlosigkeit gedeutet. Einer schlug vor, das trockene Gras außerhalb des Walles in Brand zu setzen und alles weitere dem günstigen Ostwind zu überlassen; ein anderer erbot sich, dem Gesindel mit einer Handvoll ausgesuchter Männer den Garaus zu machen, doch Bue brachte beide mit einer Handbewegung zum Schweigen und gab den übrigen zu verstehen, daß dies ein Fall sei, der einiges Nachdenken erfordere.

Es schien seinen Überlegungen nicht förderlich zu sein, daß jetzt auch Bischof Horath, von Poppo und anderen Priestern gefolgt, den Wall erklomm. Denn Halldor, kaum daß er des Bischofs ansichtig geworden war, begann abermals und mit den gleichen

Worten zu berichten, was er über die Nomaden wußte.

Bischof Horath wiegte während Halldors Erzählung mehrfach sein kahles Haupt; auch ihn schienen die seltsamen Eigenarten des Nomadenvolkes nachdenklich zu stimmen. Dann trat er auf Bue zu und sagte: »Als Diener des Allmächtigen rate ich dir, den einzigen und wahren Gott um Hilfe zu bitten, werter Freund. Obwohl du ein Heide bist, könnte dir ein Gebet von großem Nutzen sein.«

»Du verzeihst, wenn ich lieber meinen Verstand gebrauche«, entgegnete Bue mit kalter Liebenswürdigkeit. »Denn es kann nicht weit her sein mit der Macht eines Gottes, der es sich gefallen läßt, daß du dich seinen Diener nennst.« Björn, der mit anderen Unfreien am Fuß des Walles stand, sah, wie das Blut aus dem Gesicht des Bischofs wich. Stammelnd suchte er nach Worten. Doch da zwängte sich Poppo zwischen die beiden und sagte, auf die Zelte deutend: »Es würde uns größeren Genuß bereiten, eurem Wortwechsel zu lauschen, wenn nicht zu befürchten stünde, daß jene ihn vorzeitig beenden werden.« Das leuchtete beiden ein, dem Bischof wie dem königlichen Ratgeber, und während der eine die Priester zum Gebet um sich scharte, gab der andere zu erkennen, daß er inzwischen zu einem Entschluß gelangt sei.

»Wir haben nicht genug Männer, es mit ihnen aufzunehmen«, sagte Bue der Dicke. »Also werden wir, bis Verstärkung eintrifft, durch Verhandeln Zeit zu gewinnen suchen.« Er wandte sich an Halldor und fuhr fort: »Geh hin und sag ihnen, daß der Freund und Ratgeber König Haralds und nach diesem der mächtigste Mann des Reiches sie willkommen heiße und mit ihnen zu sprechen wünsche.«

»Bues Auftrag ehrt mich«, erwiderte Halldor mit einem Gesicht, das seine Worte Lügen strafte, »aber es könnte sein, daß er dadurch den einzigen Mann verlöre, der sich mit den Wilden verständigen kann. Es wäre besser, Bue ginge selbst zu ihnen und setzte sie mit seiner stattlichen Erscheinung in Erstaunen. Denn da sie selbst klein und schmächtig sind, werden sie Bue für einen Riesen halten.«

Diesen Worten stimmten alle zu, außer Bue selbst. Er befahl dem Wikgrafen, sich mit Geschenken zu versehen und mit Halldor und einigen seiner Leute zum Zeltlager hinüberzugehen; zum Zeichen dafür, daß sie sich in friedlicher Absicht näherten, sollten sie unterwegs ihre Waffen ablegen.

Als die Abordnung am Rand des Lagers angelangt war, ließ der Wikgraf die Geschenke – Stoffe in verschiedenen Farben, Glasperlen und Töpfe aus norwegischem Speckstein – auf dem Erdboden ausbreiten. Einige der Nomaden kamen neugierig näher und bildeten einen Kreis um den Wikgrafen und seine Männer. Halldor versuchte, ein Gespräch mit ihnen anzuknüpfen, aber kaum, daß die ersten Worte gewechselt waren, wandten sich die Nomaden lachend von ihm ab. Wie sich später herausstellte, belustigte es sie, Halldor in der Sprache eines Stammes reden zu hören, die ihrer eigenen zwar verwandt war, deren Wörter jedoch nur zum Teil dieselbe Bedeutung hatten, während manche etwas anderes, mitunter sogar Gegenteiliges besagten.

Dennoch gelang es Halldor, die Botschaft Bues des Dicken zu übermitteln. So kam es, daß der Wikgraf und seine Leute in Begleitung einiger hundert Männer, Frauen und Kinder zur Stadt zurückkehrten. Als Bue sah, daß sie unbewaffnet waren, zeigte er sich in voller Größe auf dem Wall. »Hast du herausgefunden, was sie von uns wollen?« fragte er Halldor.

»Die Verständigung mit ihnen ist schwieriger, als ich erwartet habe«, antwortete dieser. »Wenn ich etwas sage, lachen sie, und aus ihren Worten werde ich nicht schlau.«

»Wer spricht für sie?« fragte Bue.

Bevor Halldor antworten konnte, trat eine alte Frau aus der Menge hervor. Sie sah wie eine zerzauste Krähe aus, denn ihren Leib umspannte ein grauer, stellenweise mit schwarzen Federn besetzter Mantel, und auch ihr Kopf mit der schnabelartig hervorspringenden Nase ähnelte dem eines Vogels.

Sie rief etwas zu Bue hinauf, und dieser blickte Halldor an, den die Aufgabe, ihre Worte zu übersetzen, in arge Verlegenheit zu bringen schien. Dann sagte er: »Bue mag selbst versuchen, einen Sinn in ihren Worten zu entdecken. Sie sagt, Bues Eier würden verdorren und ihm wie faule Früchte von den Lenden fallen, wenn er nicht klug genug sei, die Freundschaft der Riesenschlange zu gewinnen.«

»Ich bin es nicht gewohnt, daß man in Rätseln zu mir spricht«, erwiderte Bue unwillig, während Schweißperlen über sein Gesicht rannen.

Da sagte Poppo: »Du darfst nicht zu wörtlich nehmen, was sie deinen Hoden prophezeite, Bue. Ich deute ihre Worte so, daß sie dir rät, dich ihrem Volk gegenuber zu deinem und unser aller Vorteil wie ein Freund zu verhalten.«

»Aber war nicht auch von Klugheit die Rede?« fragte der Bischof, über seine gefalteten Hände gebeugt. »Und wäre dies, wollte man sie von Bue erwarten, nicht dasselbe, wie dem Teufel Frömmigkeit abzuverlangen?«

Diesmal war es Bue, der eine Antwort schuldig blieb, denn die Nomaden waren unversehens vorgerückt und hatten den Wikgrafen und seine Männer an den Rand des Wassergrabens gedrängt. Dieser war erst vor kurzem auf eine Tiefe ausgeschachtet worden, daß selbst hochgewachsene Männer, auf seiner Sohle stehend, nicht ihren Kopf aus dem Wasser heben konnten. Bue mußte also schnell handeln, wenn er vermeiden wollte, daß seine Leute in den Graben gestoßen wurden. Er wandte sich an Halldor: »Sag ihr, daß ich sie zum Beweis unserer Freundschaft mit Geschenken überhäufen werde, wenn sie mir genügend Zeit geben, diese zu beschaffen.«

Stockend übersetzte Halldor Bues Worte, worauf die Nomaden in lautes Lachen ausbrachen. Die alte Frau wußte ihre Heiterkeit offenbar nicht anders zu zügeln, als daß sie zu tanzen begann; mit ausgebreiteten Armen drehte sie sich im Kreis und stieß spitze Schreie aus.

»Laßt euch nicht durch ihr Lachen täuschen!« rief Halldor zum Wall hinauf. »Was sie erheitert, ist sehr verschieden von dem, was uns Vergnügen bereitet. Sie lachen sogar, wenn sie ihre Toten bestatten.«

Da geschah etwas Seltsames, das später in Poppos Lebensbeschreibung zu den Wundern gezählt werden sollte, die dieser vollbrachte: Nachdem er kniend gebetet hatte, erhob sich der Priester und begann, in der Sprache des Nomadenvolkes zu reden. Schon nach seinen ersten Worten verstummte das Gelächter, und die Vogelfrau streckte ihm beide Hände entgegen.

Als Poppo geendet hatte, sprach die alte Frau, und jetzt richtete sie sich nur noch an ihn.

»Sie nennen ihr Volk den tausendfüßigen Wurm, und jeder von ihnen betrachtet sich als einen Teil desselben, der zugleich ihr Herrscher ist und ihr Gott«, sagte Poppo, nachdem er ihr eine Weile schweigend zugehört hatte. »Sie sind von weither gekommen, um unsere Stadt zu sehen, deren Pracht und Reichtum sie in allen Ländern rühmen hörten. Geschenke erwarten sie nicht, aber sie wollen, daß ihnen die Tore geöffnet werden.«

»Das darf nie geschehen!« rief der Wikgraf, der vergessen zu haben schien, daß er nicht schwimmen konnte. »Der König wird uns allesamt köpfen lassen, wenn wir diesen Wilden Einlaß gewähren!«

Daraufhin versetzte die Alte dem Wikgrafen einen Stoß in den Rücken, so daß dieser in den Wassergraben fiel. Er wäre wahrscheinlich ertrunken, wenn Halldor ihn nicht am Bein gepackt und an Land gezogen hätte.

»Was rätst du mir?« fragte Bue den Priester.

»Du beschämst mich«, antwortete Poppo. »Womit habe ich die Auszeichnung verdient, daß mich der Ratgeber des Königs um Rat bittet? Aber vielleicht sollte man ihre Neugier befriedigen, bevor sie sich gewaltsam Einlaß verschaffen.«

Bue der Dicke kniff seine Augenwülste zusammen und rieb sich die Nasenwurzel. Dann sagte er: »Es sollen von ihnen nicht mehr als jeweils zwanzig in die Stadt kommen, gleichgültig, ob es Männer, Frauen oder Kinder sind. Und diese sollen unbewaffnet sein und die Stadt bis zum Einbruch der Dunkelheit wieder verlassen haben.«

Poppo übermittelte der alten Frau Bues Entscheidung. Diese streckte ihm abermals ihre Handflächen entgegen. Dann zogen sich die Nomaden in ihr Lager zurück.

Björn hörte, wie der Bischof leise zu Poppo sagte: »Ich will nicht wissen, ob es ein echtes Wunder war, daß du plötzlich in der Sprache dieser Wilden reden konntest, oder nur ein scheinbares. Denn beides empört mich gleichermaßen. Wunder schaden dem Ansehen eines Bischofs, sofern er sie nicht selber vollbringt.« Nach diesem Vorfall sprach Bischof Horath lange Zeit nicht mehr mit Poppo, und wenn er geahnt hätte, daß ihn Poppos größtes Wunder eines Tages sein Amt kosten würde, hätte er vermutlich nicht länger gezögert, ihn als Hexer zu verbrennen.

Am nächsten Morgen ließ die Wache zwanzig Nomaden durch das Westtor ein. Mehr als die Hälfte von ihnen waren Frauen und Kinder. Die Frauen trugen Röcke aus zottigem Fell, von den Hüften aufwärts waren sie nackt. Da Bue den Bewohnern der Stadt befohlen hatte, in ihren Häusern zu bleiben, waren die Straßen leer. Nur im Hafen waren einige Händler damit beschäftigt, ihre Schiffe zu beladen. Als weitgereiste Männer wußten sie, daß Nomaden das Wasser scheuen und ihnen somit die Möglichkeit blieb, sich selbst und ihre Habe auf dem Seeweg in Sicherheit zu bringen. Unter ihnen war auch Gilli, den man den Russen nannte, einer der größten Sklavenhändler jener Zeit. Von ihm wird später noch zu berichten sein.

Eine für die Tageszeit ungewöhnliche Stille breitete sich in der Stadt aus; selbst aus den Werkstätten der Handwerker drang kein Geräusch hervor. Die Bewohner spähten durch die Türschlitze auf die Straße hinaus, sie hielten den Atem an, wenn die Nomaden vorübergingen, lauschten dem Klatschen ihrer nackten Füße auf dem Bohlenweg. Eine der

Frauen blieb vor Swains Haus stehen, hob ihren Rock empor, hockte sich nieder und ließ ihr Wasser. Björn sah den gelben Strahl zwischen ihren Schenkeln hervorschießen, und als er seine Augen wieder auf ihr Gesicht richtete, begegnete er ihrem Blick. Sie öffnete den Mund und leckte ihre Lippen. Björn spürte, wie ihn beim Anblick der langsam kreisenden Zungenspitze ein Frösteln überlief.

Plötzlich war aus dem oberen Teil der Stadt Geschrei zu hören. Zwei der Nomadenkinder waren, ein Huhn verfolgend, in Vagns Hütte eingedrungen und mit Vagns Frau in Streit geraten, weil diese nicht geneigt war, ihnen das Huhn freiwillig auszuliefern. Als Vagn in das Handgemenge eingriff, begannen die beiden Kinder laut zu schreien, worauf die gesamte Nomadenschar vor Vagns Behausung zusammenströmte und sich mit Knüppeln bewaffnete, die sie kurzerhand aus dem Flechtwerk der Hauswand gebrochen hatte.

Wieder war es Poppo, der zu verhindern wußte, daß es zu weiteren Gewalttaten kam. Er sprach beschwichtigend auf die Nomaden ein, ließ währenddessen ein Silberstück vor aller Augen verschwinden, zog es aus Vagns Nase wieder hervor und gab es Vagns Frau mit der Versicherung, daß er nur um des lieben Friedens willen bereit sei, einen derart hohen Preis für ein halbtotes Huhn zu zahlen. Vagns Frau zwängte das Silberstück zwischen ihre Backenzähne, denn andere besaß sie nicht mehr, und nachdem sie sich auf diese Weise von seiner Echtheit überzeugt hatte, überließ sie das Huhn den Nomadenkindern. Diese rissen ihm sogleich die Federn aus und gruben ihre Zähne in das zuckende Fleisch.

Nun erschien Bue der Dicke mit seinem Gefolge

und hinter diesem die halbe Einwohnerschaft der Stadt. Poppo berichtete ihm, was geschehen war, und Bue tadelte Vagns Frau, weil sie es wegen eines armseligen Huhns zu einem Streit mit den Wilden hatte kommen lassen. Denn diese, sagte er, sich an alle wendend, seien Gäste in der Stadt und demzufolge mit dem Entgegenkommen zu behandeln, auf das sie als solche Anspruch hätten. Seine Gefolgsleute rasselten beifällig mit den Waffen, aber Vagn trat vor und meinte, ein Huhn sei gewiß kein Anlaß, die Regeln der Gastfreundschaft außer acht zu lassen, doch erlaube er sich die Frage, ob man den Wilden auch gestatten sollte, Löcher in die Häuser zu reißen, und ob, falls Bue dies aus wohlerwogenen Gründen bejahe, nicht eine Entschädigung aus der königlichen Schatztruhe angebracht sei.

Diese Worte versetzten Bue in hellen Zorn. »Wie kannst du es wagen, mir mit einem solchen Ansinnen zu kommen, du Hundsfott!« schrie er. »Der König besitzt nicht einmal Geld genug, ein Heer aufzustellen, das dem des Graumantels gewachsen ist, und du verlangst von ihm auch noch eine Entschädigung für etwas, was du selbst verschuldet hast! Geh mir aus den Augen, wenn du nicht für diese Unverschämtheit ausgepeitscht werden willst!« Danach wandte er sein Pferd und nickte den Nomaden im Vorüberreiten lächelnd zu, damit diese nicht glaubten, sein Zorn habe ihnen gegolten.

An den folgenden Tagen geschah wenig, über das sich zu berichten lohnt. Die Bewohner der Stadt trauten sich nach und nach wieder auf die Straßen, und schon bald schenkten sie den Nomaden kaum größere Beachtung als den übrigen Fremden, die dem Handelsplatz während der Sommerzeit sein buntes Gepräge gaben. Die Stadt fand zu ihrer gewohnten Geschäftigkeit zurück, und die Angst vor den Wilden, wie sie allgemein genannt wurden, wäre vermutlich schon nach kurzer Zeit von den täglichen Sorgen verdrängt worden, wenn Bues Spitzeln nicht aufgefallen wäre, daß sich die Zahl der durch die Stadt streifenden Nomaden von Tag zu Tag um einige vermehrte.

Bue der Dicke zog den Wikgrafen zur Rechenschaft, dieser schwor jedoch bei seiner Ehre, daß jeden Morgen nie mehr als zwanzig Nomaden in die Stadt eingelassen würden und ebenso viele diese gegen Abend wieder verließen. Aber nachdem Bue die in der Stadt befindlichen Nomaden hatte zählen lassen, stellte sich heraus, daß sich ihre Zahl an jenem Tag nahezu verdoppelt hatte.

Bue verstärkte die Wachen ringsum auf dem Wall, ließ den Eingang des Hafens durch Tag und Nacht bemannte Schiffe sichern und unterzog sich persönlich der Mühe, die Nomaden beim Betreten und Verlassen der Stadt zu zählen. Doch auch dies konnte nichts daran ändern, daß sich die Nomaden tagsüber auf rätselhafte Weise vermehrten, während nach Sonnenuntergang mit den zwanzig, die durch das Tor hinausgelassen wurden, auch die überzähligen spurlos verschwanden.

Einige Händler sahen jetzt den Zeitpunkt gekommen, die Stadt auf dem Wasserweg zu verlassen. Dies versetzte die Einwohner noch mehr in Unruhe als die unerklärliche Vermehrung der Wilden, denn die Kaufleute waren dafür bekannt, daß sie eine untrügliche Witterung für nahendes Unheil besaßen. Die gerade erst wieder erwachte Betriebsamkeit erlahmte jäh, die Einwohner zogen sich in ihre Häuser zurück und überließen die Straßen den immer zahlreicher werdenden Nomaden.

Bue ließ Poppo zu einer Unterredung in das Haus des Königs bitten, aber Bischof Horath fing seinen Boten ab und trug diesem auf, dem Ratgeber des Königs mitzuteilen, daß ein gewöhnlicher Priester nur seines geistlichen Amtes zu walten habe und einen Rat in weltlichen Dingen zu erteilen allein ihm, dem Bischof, zukomme. Daraufhin wandte sich Bue an den heidnischen Priester Skallagrim, den man den Heulenden nannte, weil er in Vollmondnächten mit den Wölfen um die Wette zu heulen pflegte. Obwohl Skallagrims Anhängerschaft durch Poppos Bekehrungseifer zu einem kläglichen Häuflein zusammengeschmolzen war, sah Bischof Horath in ihm immer noch einen seiner ärgsten Widersacher, und nicht zuletzt dies mochte Bue bewogen haben, Skallagrim um Rat zu bitten.

In der nächsten Vollmondnacht setzte sich Skallagrim, in das blutige Fell einer Kuh gehüllt, auf eine Wegkreuzung und sog den Rauch getrockneter Pilze ein, die seine Anhänger auf sieben kleinen Feuern verbrannten. Bei Tagesanbruch erwachte er aus totenähnlicher Starre und erzählte Bue, er habe von riesigen Ameisen mit menschenähnlichen Gesichtern geträumt, die nacheinander aus einem Loch hervorgekrochen seien.

»Und wie deutest du deinen Traum?« fragte Bue.

»Die Wilden müssen durch einen unterirdischen Gang in die Stadt gelangen«, antwortete Skallagrim. »Suche seinen Ausgang und verstopfe ihn mit brennendem Reisig.«

Es war so, wie Skallagrim der Heulende gesagt hatte: Die Nomaden hatten von ihrem Lager aus einen Stollen unter dem Wall durch in die Stadt getrieben. Er mündete in ein verfallenes, seit Jahren nicht mehr benutztes Lagerhaus. Als aber Bues Leute den Ausgang gefunden hatten und sich daran machten, ihn mit Stroh und trockenen Zweigen zu füllen, drang von der Straße her ein Trupp bewaffneter Nomaden in das Lagerhaus und tötete sie.

Nun machte sich auch Gilli der Russe davon, nachdem er unter seinen Sklaven die kräftigsten und schönsten ausgewählt und an Bord getrieben hatte. Mit klatschendem Riemenschlag schoß sein Schiff aus dem Hafen, und erst jenseits der Landenge, die die Bucht bis auf eine schmale Durchfahrt von der Förde abtrennt, ließ er das Segel setzen. Wie wir noch erfahren werden, gelang es ihm nicht, das offene Meer zu erreichen, aber darin, daß Gilli, der unter den Händlern als der unerschrockenste galt, vor den Wilden floh, sahen viele ein schlechtes Zeichen.

Am Abend jenes Tages befand sich die Stadt in der Hand der Nomaden. Hunderte von ihnen waren durch den unterirdischen Gang in die Stadt eingedrungen, hatten die Wachen entwaffnet und die Tore geöffnet, durch die sich nun ein Strom von Männern, Frauen und Kindern in die Straßen ergoß. Bis zum Dunkelwerden war die Stadt zu einem Teil des Nomadenlagers geworden. Auf den Straßen und Plätzen wurden Zelte errichtet, und überall flammten Feuer auf. Unheimlicher noch als das Geschehen selbst war die Lautlosigkeit, mit der es sich vollzog. Obwohl inzwischen Tausende der kleinen dunkelhäutigen Nomaden die Stadt bevölkerten, herrschte eine Stille, als ob alles Leben in ihr erstorben sei.

Mehrere Tage wagte niemand, sein Haus zu verlassen. Wie Swain hatten auch die anderen Einwohner ihre Türen verrammelt, waren sie ängstlich darauf bedacht, jedes Geräusch zu vermeiden, durch das die Wilden verlockt werden konnten, in das Haus einzudringen. Allein der Rauch der Herdfeuer ließ erkennen, daß die Häuser noch bewohnt waren.

Die Einwohner hofften, daß Bue der Dicke etwas unternehmen würde, um die Nomaden zum Abzug zu bewegen, und ihre Hoffnung gründete sich nicht zuletzt darauf, daß der Freund und Ratgeber des Königs selbst Opfer dieser lautlosen Belagerung war. Das Haus des Königs barg zwar weitaus größere Vorräte als die anderen Häuser, aber es war abzusehen, daß diese eher einen Tag früher als später zur Neige gehen würden, denn wenn Bues Gefolgsleute schon nicht im Maßhalten geübt waren, so pflegte ihr Herr gerade in Augenblicken der Gefahr von hemmungsloser Freßlust heimgesucht zu werden.

Bue enttäuschte die Einwohner nicht: Am sechsten Tag, nachdem die Stadt von den Nomaden besetzt worden war, drang seine hohe Stimme durch die Stille. Im Namen des Königs befahl er Poppo zu erkunden, ob die Wilden zu Verhandlungen bereit seien. Nach einer Weile hörten die atemlos lauschenden Stadtbewohner, wie die Kirchentür geöffnet wurde und Poppo zu den Nomaden sprach. Jemand, der Stimme nach ein Kind, antwortete ihm.

»Sie verstehen nicht, weshalb wir uns in den Häusern verkriechen«, sagte Poppo, »und sie meinen, es sei eine ihnen unbekannte Art der Gastfreundschaft, sich seinen Gästen nicht zu zeigen.«

»Wo bist du?« rief Bue.

»Mitten unter ihnen«, vernahm man Poppos ruhige Stimme.

Bue schickte zwei seiner Gefolgsleute vor die Tür. Als diesen nichts geschah, trat er selbst auf die Straße hinaus, und nun öffneten sich hier und dort auch die Türen der umliegenden Häuser.

Der Platz vor dem Haus des Königs war bis in den letzten Winkel mit den zierlichen braunen Körpern der Nomaden bedeckt. Einige schliefen, andere unterhielten sich in einer flinken Gebärdensprache, es wurde gekocht und gewaschen, Mütter säugten ihre Kinder, Männer schnitzten Pfeile oder schärften die Klingen ihrer Speere, Paare wälzten sich in enger Umarmung im Staub. Und inmitten dieses lautlosen Gewimmels stand, die Hände über dem Bauch gefaltet, Poppo.

»Ich fange an, deinen Gott für mächtiger zu halten, als ich es bisher tat«, sagte Bue zu dem Priester. »Es kann sein, daß ich mich von dir taufen lassen werde, wenn er uns hilft, diese Wilden aus der Stadt zu vertreiben.«

»Die Absichten des Allmächtigen sind dem menschlichen Verstand verschlossen«, antwortete Poppo, während ihm eine junge Frau unter die Kutte griff. »Möglicherweise hat er uns die Nomaden zur Prüfung geschickt, vielleicht auch, um jene zu strafen, die noch immer nicht zum wahren Glauben gefunden haben.«

Die junge Nomadin hob nun Poppos Kutte hoch und entblößte vor aller Augen sein Geschlecht. Unter den Wilden schien es Staunen zu erregen, daß er ein Mann war.

»Aber wozu bist du ein Priester, wenn du nicht weißt, wie du deinen Gott dazu bewegen kannst, uns vor dem Hungertod zu bewahren?« fragte Bue stirnrunzelnd.

»Ich bin Gottes Diener, nicht sein Ratgeber«, antwortete Poppo, indem er sein Glied behutsam aus den Fingern der jungen Frau löste und den Beweis seiner Männlichkeit wieder unter der Kutte verbarg. »Ich kann ihn nur um seinen Beistand anflehen, aber es ist ungewiß, ob er ihn gewährt.« Und nun begann Poppo zu beten. Die Christen unter den Stadtbewohnern falteten die Hände und bewegten murmelnd ihre Lippen, und die Nomaden blickten stumm und mit ausdruckslosen Gesichtern zu Poppo empor.

Es war ein langes Gebet, das Poppo sprach. Einige meinten später, es sei zu lang gewesen für einen vielbeschäftigten Gott, und dies sei der Grund, weshalb er Poppo nicht erhört habe. Doch statt seiner griff ein anderer Gott in das Geschehen ein, wenn auch auf eine Weise, an der nicht abzulesen war, ob er auf seiten der Einwohner oder der Nomaden stand. Es war der alte Thor, der donnernd in die Stille brach und aus mächtigen schwarzen Wolken Blitze herabschleuderte. Zwei oder drei Häuser begannen sogleich zu brennen, und nur der unmittelbar nach den Donnerschlägen einsetzende Regen konnte verhindern, daß die ganze Stadt in Flammen aufging. Dieses Ereignis wurde von Skallagrim dem Heulenden als Beweis dafür angeführt, daß der Donnerer immer noch mächtiger sei als der Christengott, und es brachte seiner Anhängerschaft vorübergehend einigen Zulauf, blieb jedoch ohne Wirkung auf die weiteren Geschehnisse.

Am nächsten Tag zeigte sich, daß Gilli die letzte Möglichkeit zur Flucht genutzt hatte, denn die Nomaden hatten über Nacht einige mit Steinen beladene Schiffe zur Hafeneinfahrt geschleppt und dort versenkt. Auch auf dem der Stadt gegenüberliegenden Ufer waren jetzt die spitzen grauen Kegel der Nomadenzelte zu sehen. Der Ring um die Stadt hatte sich geschlossen.

Nachdem sie ihre Vorräte aufgebraucht hatten, trieb der Hunger die Einwohner aus ihren Häusern hervor. Da ihr Vieh von den Nomaden geschlachtet worden war und der Wunsch, ein Stück Fleisch gegen eine Handvoll Silber einzutauschen, bei diesen nur verständnisloses Kopfschütteln auslöste, plünderten sie den Kornspeicher am Hafen. Als das Brot aufgezehrt war, begannen die ersten, ihre Hunde und Katzen zu essen. Einen von Bues Gefolgsleuten peinigte der Hunger so sehr, daß er sich mit dem Schwert den Weg zu einem der Lagerfeuer bahnte und den Nomaden einen Braten entriß. Was nun geschah, ließ alle, die es sahen, vor Schreck erstarren: Die Wilden warfen den Mann zu Boden, entkleideten ihn und schnitten ihn bei lebendigem Leibe in Stücke. Während der Mann noch schrie, schwammen Teile seines Körpers schon im brodelnden Wasser eines Kessels, und wenig später war von ihm nicht mehr übrig als seine Kleidung und sein Schwert.

In Windeseile ging die Nachricht von Haus zu Haus. Manche der Einwohner wollten von Anfang an geahnt haben, daß die Wilden Menschenfresser seien, andere meinten, es handle sich um die bei diesem Volk übliche Art der Blutrache, denn immerhin habe Bues Gefolgsmann einige Nomaden erschlagen, bevor er an das Lagerfeuer gelangt sei.

Als Bue der Dicke davon erfuhr, soll er, wie später erzählt wurde, Skallagrim das Amt des Bischofs von Schleswig angeboten haben, falls dieser die alten Götter dazu bringen könne, dem schrecklichen Treiben ein Ende zu setzen. Skallagrim jedoch, sei es, weil er Titel und Pfründe eines Bischofs nicht begehrte, sei es, weil er durch eine erfolglose Beschwörung der Götter seinem Ansehen zu schaden fürchtete, Skallagrim bat sich Bedenkzeit aus, nahm einige Pilze zu sich und versank in eine mehrere Tage währende Bewußtlosigkeit. Als nächstes befahl Bue dem Wikgrafen, mit einer Handvoll kampferprobter Männer einen Ausfall zu machen, einige Nomaden gefangenzunehmen und mit diesen in das Haus des Königs zurückzukehren. Bei allen Verhandlungen, die er geführt habe, sagte Bue, sei es nützlich gewesen, im Besitz von Geiseln zu sein. Der Wikgraf lehnte den Auftrag zunächst rundheraus ab, aber Bue wußte ihm derart anschaulich die Folgen seines Ungehorsams auszumalen, daß er sich nach längerem Zaudern entschloß, den Befehl auszuführen.

Die Männer stellten sich mit gezückten Schwertern hinter der Tür auf und stürmten auf einen Wink des Wikgrafen auf den Platz hinaus. Anscheinend wurden die Wilden von dem Angriff überrascht, denn bevor sie zu den Waffen greifen konnten, waren der Wikgraf und seine Männer schon mit fünf Gefangenen in das Haus des Königs zurückgekehrt.

Es waren zwei Männer und drei Frauen, und unter diesen befand sich auch die Alte, mit der Poppo gesprochen hatte. Da ihm der Priester als Übersetzer nicht zur Verfügung stand, beauftragte Bue Halldor, den Nomaden draußen auf dem Platz mitzuteilen, daß den Geiseln kein Haar gekrümmt werde, wenn man ihm selbst und seinen Gefolgsleuten freien Abzug gewähre. Falls sie diesen jedoch verweigerten, werde er von nun an jeden Tag eine der Geiseln hinrichten lassen.

Halldors Vermutung, daß seine Worte unter den Wilden wiederum Heiterkeit auslösen würden, erwies sich als zutreffend: Kaum daß er Bues Botschaft übermittelt hatte, brachen nicht nur die Nomaden auf dem Platz, sondern auch die Gefangenen in schallendes Gelächter aus.

Bue deutete zornbebend auf die alte Frau und schrie: »Sag ihr, daß ich sie als erste töten werde, wenn ihre Leute uns nicht aus der Stadt lassen!«

Als Halldor seine Worte übersetzt hatte, begann sich die Alte aufreizend in den Hüften zu wiegen und entblößte ihre welken Brüste. Da geriet Bue der Dicke außer sich: Er riß sein Schwert aus der Scheide und holte zum Schlag aus. Aber mitten in der Bewegung stockte er, wandte sich an einen seiner Gefolgsleute, von dem er wußte, daß er ihm blindlings gehorchte, und befahl diesem, der Alten den Kopf abzuschlagen. So geschah es, und Bue ließ Kopf und Rumpf der alten Frau vor die Tür werfen.

Wer nun aber befürchtet hatte, die Mordtat würde die Nomaden in wilde Erregung versetzen, sah sich eines besseren belehrt. Einige Frauen gingen zum Haus des Königs, hoben die Leiche auf und tauchten mit ihr in der Menge unter. Weiter geschah nichts.

Nun wußte sich auch der Ratgeber des Königs keinen Rat mehr; er bettete seinen Kopf in Nannas Schoß und befahl, ihn mit weiteren Schreckensmeldungen zu verschonen.

In der Stadt wuchs von Tag zu Tag die Zahl der Toten. Aber nicht der Hunger raffte die Einwohner dahin, sondern der Durst. Die Wasservorräte waren zur Neige gegangen, und niemand wagte, sein Haus zu verlassen. Auch Swain und Björn waren stillschweigend übereingekommen, lieber zu verdursten, als in den Kochtöpfen der Nomaden zu enden. Aber eines Tages ließ Swain das Schnitzmesser fallen und taumelte wie trunken auf seine Schlafkammer zu. Doch bevor er sie erreichte, verlor er das Bewußtsein und stürzte zu Boden. Da wußte Björn, daß Swain sterben würde, wenn er nicht bald etwas zu trinken bekam, und er beschloß, im Schutz der Dunkelheit Wasser aus einem nahe gelegenen Brunnen zu holen.

Gegen Abend bezog sich der Himmel mit tiefhängenden Wolken, so daß es früher als sonst in dieser Jahreszeit dunkel wurde. Da die Nomaden unmittelbar vor Swains Tür ein Zelt errichtet hatten, kroch Björn durch ein Loch in der rückwärtigen Hauswand ins Freie hinaus. Es war windstill, in den Straßen hingen die Rauchschwaden der Lagerfeuer. Weit entfernt krächzte ein Rabe. Björn erinnerte sich eines Spruches, den Gris der Weise ihn gelehrt hatte, es war ein Spruch, der die Unterirdischen in Augenblicken der Gefahr um Hilfe anrief, und diesen leise vor sich hinmurmelnd, schlich er hinter der Häuserzeile entlang zum Brunnen.

Er taucht den Krug in das Wasser, schwarz und gurgelnd strömt es hinein. In das dumpfe Gurgeln mischt sich ein schriller Laut, löst sich von ihm, verstummt. Björn hält den Atem an. Da ist der Laut wieder, und jetzt weiß er, daß es ein Schrei ist, ein erstickter Schrei. Er blickt auf und sieht, nur wenige Schritte entfernt, ein Mädchen am Boden liegen. Über ihm zwei Nomaden, der eine hält ihr den Mund zu, der andere drängt sich zwischen ihre gespreizten Beine. Björn kennt das Mädchen, es ist Thordis, Steinns Tochter. Er möchte davonlaufen, aber etwas anderes ist stärker, es zwingt ihn, dem einen der Nomaden den Krug auf den Kopf zu schlagen, worauf dieser lautlos zusammenbricht. Der andere blickt Björn an, in seinen Augen flackert der Widerschein eines Feuers, Björn kommt es vor, als bohrten sich die Augen des Nomaden in seine, er glaubt zu fühlen, wie dieser Blick ihn zu lähmen beginnt, doch dann holt er noch einmal aus und trifft den Nomaden mitten auf die Stirn. Der Wilde sitzt eine Weile unbeweglich da, dann werden seine Augen plötzlich stumpf, und sein Oberkörper kippt langsam nach vorn. Björn spürt, wie sich Lippen auf seinen Mund pressen, warmer Atem streicht über sein Gesicht, er hört zwei, drei geflüsterte Worte, dann ist er allein mit den Toten.

Eine Zeitlang verharrte Björn in völliger Reglosigkeit. Er versuchte zu begreifen, was geschehen war, gelangte jedoch nicht über die Erkenntnis hinaus, daß er zwei Männer mit einem Gegenstand erschlagen hatte, der zerbrechlicher war als ein menschlicher Schädel. Der Krug indessen war unbeschädigt. Er füllte ihn wieder und lief zum Haus des Kammmachers zurück. Aber Swain lebte nicht mehr, als er ihm zu trinken geben wollte.

In der Nacht ging ein Wolkenbruch über die Stadt nieder. Die Bewohner schlugen Löcher in die Dächer ihrer Häuser und füllten alle verfügbaren Gefäße mit dem lange entbehrten Himmelsgeschenk. Dem Wolkenbruch folgte ein mehrere Tage andauernder Regen. Der Bach verwandelte sich in einen schäumenden Strom; er riß die Zelte der Nomaden und, als er noch weiter anschwoll, auch einige Hütten mit sich fort.

Die Nomaden nahmen dies mit unerschütterlichem Gleichmut hin; sie saßen schweigend an ihren erloschenen Lagerfeuern, während die Fluten sie umspülten und der Regen auf ihre nackten Körper prasselte.

Poppo, der sich als einziger aus dem Haus traute und mit geschürzter Kutte durch die Straßen watete, schlug Bue dem Dicken vor, die vier Geiseln zum Zeichen seines guten Willens freizulassen. Bue, entkräftet und vor Hunger nur noch halb bei Sinnen, machte eine Handbewegung, die Poppo als Zustimmung verstand. Die Nomaden zeigten jedoch weder Freude noch Dankbarkeit, als sie das Haus des Königs verließen; sie setzten sich wortlos zu den anderen in den unablässig strömenden Regen.

Am nächsten Morgen waren die Nomaden verschwunden. Es war, als habe der Erdboden sie verschluckt; ihre Spuren hatte der Regen getilgt, und wenn jemand behauptet hätte, daß alles nur ein böser Traum gewesen sei, wäre es schwergefallen, ihn zu widerlegen.

Die Bewohner kamen aus ihren Häusern hervor und stapften, einer am anderen Halt suchend, durch den Schlamm. Einige krochen auf den Wall, aber sie sahen nichts außer der weiten Heide und den dunklen Wolken, die über sie dahinjagten.

Als man Poppo fragte, wie er es sich erkläre, daß die Wilden so plötzlich verschwunden seien, verwies er nicht, wie allgemein erwartet wurde, auf die Allmacht seines Gottes, sondern sagte, das Nomadenvolk gehöre zu den ältesten Völkern der Erde, und daß es bis heute überlebt habe, verdanke es vor allem seinem untrüglichen Gespür für drohende Gefahr sowie der Gewohnheit, dieser auszuweichen, sofern es sich ihr nicht gewachsen fühle.

Den Bewohnern der Stadt erschien seine Antwort nicht weniger rätselhaft als das Verschwinden der

Nomaden. Aber schon am folgenden Tag fanden sie Grund, Poppos Klugheit zu rühmen: Vor der Landenge tauchten bunte Segel aus den Regenschleiern auf, und über die Heide rollte das Donnern unzähliger Pferdehufe.

König Harald kam mit seinem Heer.

8

Es war ein jammervoller Anblick, den die Bewohner der Stadt ihrem König boten. Teilnahmslos vor Entkräftung, die Gesichter von Not und Schrecken gezeichnet, säumten sie schweigend die Straßen, als Harald in die Stadt einzog. Aber auch ihm selbst und seinem Gefolge mangelte es an der gewohnten Pracht, denn alle waren bis auf die Haut durchnäßt und mit Schlamm bespritzt. Obwohl man ihn darauf vorbereitet hatte, daß ihm diesmal ein vergleichsweise dürftiger Empfang zuteil werden würde, machte der König aus seiner Enttäuschung kein Hehl: Er versetzte seinem Pferd einen Peitschenhieb und sprengte verdrossen zu seinem Haus, um es für die nächsten Tage nicht wieder zu verlassen.

Nun rafften sich einige der Stadtbewohner auf, zumindest seinem Gefolge einen schwachen Willkommensgruß zu entbieten. Man sah Haralds Mutter Thyra, die Witwe Gorms des Alten, seine Frau Hallgerd mit ihrem Sohn Sven, Haralds füllige Schwester Gunhild, die Bischöfe Reginbrand von Aarhus und Liafdag von Ribe, man sah die Brüder Sigurd und Harek von den Schafsinseln, Wichmann, den Brudersohn des Billungers, den Skalden Egil von Island, man sah die halbwüchsigen Söhne und Töchter fremder Fürsten, die mit ihrem Leben dafür bürgten, daß ihre Väter nicht vertragsbrüchig wurden, man sah, durch Nässe und Schmutz ihrer Schönheit beraubt, des Königs Gespielinnen und nach diesen die schier endlose Reihe großer Männer, deren Namen man einander ehrfurchtsvoll zuflüsterte.

Um Haralds Mißmut besser zu verstehen, muß man wissen, daß er mit seinem Heer bereits nach Norwegen übergesetzt und alle Vorkehrungen für die entscheidende Schlacht mit König Harald Graumantel getroffen hatte, als ihn die Nachricht erreichte, daß sein wichtigster Handelsplatz von Nomaden überfallen worden sei. Er kehrte sogleich mit seinem gesamten Heer nach Jütland zurück und durchquerte die Halbinsel in wenigen Tagen, während seine Flotte durch den Öresund nach Süden segelte. Indem er also auf einen Sieg verzichtete, der ihn vermutlich zum Herrn Norwegens gemacht hätte, rettete der König die Stadt vor ihrem Untergang. Statt nun aber, was ihm als das mindeste erschien, mit fröhlichen und dankbaren Mienen belohnt zu werden, glotzte ihn das stumme Elend an. Und dies verstimmte König Harald sehr.

Während der Regen sich weiter über die Stadt ergoß, blieb der König zwar unsichtbar, aber nicht untätig. Er ließ die versenkten Schiffe aus der Einfahrt schaffen, damit seine Flotte in den Hafen einlaufen konnte, er versorgte die Einwohner mit Getreide und frischem Fleisch und schickte eine Hundertschaft unter dem Befehl der Brüder Sigurd und Harek aus, um die Nomaden aufzuspüren und gnadenlos niederzumetzeln. Aber es gelang ihnen weder, sie einzuholen, noch auch nur festzustellen, in welche Richtung sie gezogen waren.

Als es endlich zu regnen aufhörte und die Sonne, zum ersten Mal seit Wochen, durch die Wolken brach, bewies die Stadt, die schon so oft durch Menschenhand oder Naturgewalten zerstört worden war, erneut ihre Fähigkeit, binnen kurzem wieder zu blühendem Leben zu erwachen. Bald kehrten auch die Kaufleute zurück, und über die alten Handelswege strömten Menschen und Waren herbei.

Auf Geheiß des mittlerweile wieder zu Kräften gelangten Bue kamen die Stadtbewohner nun Tag für Tag in großer Zahl vor dem Haus des Königs zusammen und baten, daß Harald sich ihnen zeigen möge. Der König erfüllte ihren Wunsch nicht sogleich, damit allen deutlich werde, wie tief seine Verbitterung saß. Aber dann erschien er mit seiner Frau, seinem Sohn und Bue dem Dicken vor der Tür und labte sich am Jubel seiner Untertanen. Björn sah, daß der König kleiner war, als er ihn sich vorgestellt hatte, und daß es ihm Mühe bereitete, seinen Körper in eine straffe Haltung zu bringen, denn Harald war, neben mancherlei anderen Gebrechen, auch von der Gicht geplagt.

Ohne daß der König es bemerkte, machte Bue dem Volk Zeichen, seiner Dankbarkeit noch vernehmlicher Ausdruck zu verleihen. Nun steigerte sich der Jubel zu einem ohrenbetäubenden Geschrei, und dem König schien dies zu gefallen; er entblößte lächelnd seinen einzigen Zahn, der unterhalb der Nase aus dem Kiefer ragte und ihm wegen seiner ungewöhnlichen Färbung den Beinamen ›Blauzahn‹ eingetragen hatte. Als jetzt auch noch der Wikgraf vor den König trat und ihn der immerwährenden Dankbarkeit aller Einwohner versicherte, schwanden die letzten Spuren des Unmuts aus Haralds Gesicht, und indem er nicht ohne Anstrengung eine Hand hob und sie auf die Schulter des Wikgrafen legte, sagte er: »Deine Worte erwärmen mein altes Herz, Verwandter.« Und als, auf einen Wink von Bue hin, Ruhe eingetreten war, sprach er zu den Stadtbewohnern: »Bittet eure Götter, welche es auch seien, daß ihr euch noch lange des Glücks erfreuen mögt, mich zum König zu haben.« Dem fügen wir hinzu, daß Harald Blauzahn zu jener Zeit bereits vierundvierzig Jahre zählte und ihn daher häufig die Sorge beschlich, jeder Tag könne sein letzter sein.

Nachdem Swain, reichlich mit Wegzehrung und Werkzeug versehen, vor der Stadt begraben worden war, bewohnte Björn eine Zeitlang allein das Haus des Kammachers. Er saß nun auf Swains Platz und schnitzte an einem Kamm, der für Bischof Horath bestimmt war. Manchmal schaute Poppo herein, blickte Björn über die Schulter und meinte, daß hier ein Schmuckstück entstünde, das schon im halbfertigen Zustand seinesgleichen suche. Und einmal, als er mit rotem Kopf und Bierdunst verströmend die Werkstatt betrat, sagte er: »Mein ehrwürdiger Herr läßt fragen, wann er den Kamm bekommt; ihm ist berichtet worden, daß sich die Kaiserin neuerdings nicht mehr seines Namens entsinnt.« Und schmunzelnd fügte er hinzu: »Aber verliere deswegen nicht die Geduld, mein Sohn. Sogar der Allmächtige ließ sich, obwohl er es in einem Atemzug vermocht hätte, sechs Tage Zeit, die Welt zu erschaffen.«

Eines frühen Morgens wurde Björn dadurch geweckt, daß jemand den Holzfußboden in der Werkstatt aufbrach. Er sprang aus dem Bett und sah, daß es Gerlög war, Swains Witwe, die ihren Mann einst wegen seines Geizes verlassen hatte. Sie war gekommen, um sich die unermeßlichen Schätze anzueignen, die Swain unter dem Fußboden versteckt haben sollte. Doch so emsig sie auch suchte: Außer einigen Knochenspänen fand sie nichts. Als sie sich nun aber aufrichtete, fiel ihr Blick auf Björn und blieb lange an ihm haften. Er war jetzt neunzehn Jahre alt, und obwohl er immer noch klein und schmächtig war, schien Gerlög Gefallen an ihm zu finden. So kam es, daß sie in das Haus zurückkehrte, das sie viele Jahre gemeinsam mit Swain bewohnt hatte, und Björn auch darin Swains Nachfolge antrat, daß er Tisch und Bett mit ihr teilte.

Wenn Björn während der Arbeit an den Augenblick dachte, da er sein Werk vollendet haben würde, hatte ihn dies stets in freudige Erregung versetzt. Nun aber, als er *Björn machte diesen Kamm* unter die kunstvollen Verzierungen ritzte, verspürte er ein

Gefühl der Leere. Er sah, daß er ein Meisterwerk geschaffen hatte, aber die Freude, die er während der Arbeit empfunden hatte, war verflogen.

Er wusch sich, streifte einen sauberen Kittel über und ging zum Haus des Bischofs. Poppo führte ihn in einen Raum, wo Horath, von mehreren Priestern umgeben, in einem faßähnlichen Zuber hockte. Als der Bischof den Kamm sah, erhob er sich ungeachtet seiner Blöße aus dem Wasser und wurde blaß vor Entzücken.

»Wer ist er, der einen Kamm von solch unvergleichlicher Schönheit gemacht hat?« stammelte er.

»Björn Hasenscharte«, antwortete Poppo, indem er Björn vor den Bischof schob. »Swains Gehilfe und nun selber ein Meister seines Handwerks.«

Bischof Horath musterte Björn, und an seiner Miene war abzulesen, daß es ihm schwerfiel zu glauben, die Hände dieses unscheinbaren Menschen könnten etwas so Vollkommenes geschaffen haben.

»Ist er getauft?« fragte er.

Die Priester schüttelten ihre Köpfe.

»Wie kann ein Heide ein solches Wunderwerk zustande bringen?« rief nun, gleichfalls den Kopf schüttelnd, der Bischof.

»Dieser Kamm beweist«, sagte Poppo, »daß Gottes Gnade zuweilen auch Ungetauften zuteil wird.«

»Und wenn es der Teufel war, der ihm die Hand führte?« fragte Horath besorgt.

»Ehrwürdiger Vater«, entgegnete Poppo, »wenn Luzifer soviel Kunstfertigkeit besäße, hätte Gott ihn dann aus dem Himmel verbannt?«

Jetzt nickten die Priester, und der Bischof gab Björn zwei Mark Silber für den Kamm. Als Björn den Beutel in der Hand wog, dachte er, daß dies das

Doppelte dessen war, was Swain einst für ihn bezahlt hatte, und er kam sich sehr reich vor.

Der Tag, an dem er seinen ersten Kamm verkaufte, sollte Björn noch wegen eines anderen Ereignisses in Erinnerung bleiben. Auf dem Heimweg begegnete er zwei jungen, einfach gekleideten Männern, von denen der eine ihn am Arm packte und sagte: »Geh nicht ohne Gruß an deinen Brüdern vorbei, Kleiner.«

So traf Björn seine Brüder Asmund und Tryn wieder. Asmund überragte ihn jetzt um mehrere Hauptеslängen, und sein schönes Gesicht mit den wasserblauen Augen umrahmte ein gestutzter Bart. Tryn dagegen war mehr in die Breite als in die Höhe gewachsen; das grobmaschige Hemd spannte sich über seiner Brust, und unter dem rötlichen Haarfilz seiner Arme zeichneten sich gewaltige Muskeln ab. Asmund trug ein kurzes Schwert und Tryn eine Axt; daran erkannte Björn, daß sie als freie Männer in die Stadt gekommen waren.

Er nahm seine Brüder mit in das Haus des Kammachers und ließ sie von Gerlög mit gesalzenem Fisch und Bier bewirten. Asmund schien verwundert, daß Björn eine Frau hatte, die dem Alter nach seine Mutter sein konnte, sagte aber nichts.

Nun erzählten die Brüder, daß sie mit Gillis Schiff in die Stadt gekommen waren. Der Sklavenhändler war unterhalb von Bosis Hof auf eine Sandbank geraten, die mit zunehmendem Nordwestwind völlig trockenfiel. Als Gilli sah, daß Menschenkraft allein nicht ausreichte, das Schiff wieder flottzumachen, ging er mit einigen Sklaven in den Wald, um Bäume zu fällen. So gelangte er zu Bosis Hof, und da er ein redegewandter Mann war, wußte er den Bauern zu überzeugen, daß er nicht in böser Absicht kam. Bosi, der selten Fremde zu Gesicht bekam und begierig nach Neuigkeiten war, schlug dem Sklavenhändler vor, günstigeren Wind abzuwarten, statt sich der Mühsal des Holzfällens zu unterziehen. Gilli stimmte zu und verbrachte nun manchen Abend an Bosis Herdfeuer, während der Sturm durch die Baumwipfel tobte.

Nach einigen Tagen flaute der Wind zwar ab, aber nun begann es so heftig zu regnen, daß Gilli sich genötigt sah, die Gastfreundschaft des einsilbigen Bauern noch eine Weile in Anspruch zu nehmen. Bosi brachte die Sklaven in seiner Scheune unter, und Gilli schenkte ihm zum Dank dafür eine schwarzhäutige Sklavin. Der Bauer lachte, als er sie sah, und fragte den Händler, ob die Kinder, die er ihr zu machen gedenke, ebenfalls eine schwarze Haut haben würden. Das läge in der Hand der Götter, antwortete Gilli, aber falls Bosi kein Gefallen an ihrer Hautfarbe finde, werde er sie ihm gern abkaufen, denn mit schwarzen oder braunen Sklaven ließen sich weiter im Norden gute Preise erzielen. »Und wenn die Kinder, die du mit ihr haben wirst, ebenso gut geraten wie diese beiden«, fuhr der Sklavenhändler auf Asmund und Tryn deutend fort, »dann möge dir deine Manneskraft noch lange erhalten bleiben.«

»Ich hätte sie längst verkauft, wenn sie nicht meine Söhne wären«, antwortete Bosi griesgrämig. »Denn für einen Bauern ist der eine zu eitel und der andere zu ungebärdig.«

»Sie sind zu anderem bestimmt, als die Arbeit eines Bauern zu verrichten«, sagte Gilli der Russe, während sein Blick wohlgefällig auf Bosis Söhnen ruhte. »Gib mir die beiden mit, ich werde dafür sorgen, daß sie es, jeder auf seine Art, zu etwas bringen.«

Dazu gab Bosi gern seine Einwilligung, denn es enthob ihn der Sorge, sein Hof könnte eines Tages in den Besitz gerade jener Söhne gelangen, die ihm für die Arbeit auf dem Feld und im Wald untauglich erschienen. Tore hingegen, Gudrids Sohn, war in allem Bosis Ebenbild. Er war inzwischen zu einem stattlichen Jüngling herangewachsen und übernahm mehr und mehr jene Arbeiten, die sein Vater, weil diesem allmählich die Kräfte zu schwinden begannen, nicht mehr verrichten konnte. Außerdem konnte man sich schweigend mit ihm verständigen, und das gefiel Bosi besonders an ihm.

Als nun der Wind auf Osten drehte und das Wasser in der Förde wieder stieg, machten sich Gilli und Bosis Söhne daran, das Schiff von der Sandbank zu ziehen. Es sei ein hartes Stück Arbeit gewesen, sagte Asmund, auf seine schmalen Hände blickend, und es hätte sie vermutlich mehrere Tage gekostet, wenn Tryn nicht von einer Wasserschlange gebissen worden wäre. Darüber geriet er in solche Wut, daß er das Schiff ganz allein ins Wasser schob. Kurz darauf fuhren die Schiffe des Königs an ihnen vorbei, und nun faßte Gilli den Entschluß, mit Bosis Söhnen und seinen Sklaven in die Stadt zurückzukehren.

»Niemand von uns hat geglaubt, daß du noch am Leben bist, Kleiner«, sagte Asmund. »Vater würde es sehr verwundern, wenn er erführe, daß du ein Haus hast und eine Frau.« Und als Gerlög hinausgegangen war, fügte er hinzu: »Aber ist sie nicht zu alt für dich?«

»Ich habe sie mir nicht ausgesucht«, antwortete

Björn. Nun erzählte er, wie es ihm ergangen war, und als er ihnen schließlich die Silberstücke zeigte, die er von Bischof Horath bekommen hatte, meinten seine Brüder, alles in allem habe er es besser getroffen als sie, die, obgleich mit mancherlei Vorzügen ausgestattet, nicht mehr besäßen, als sie am Leibe trügen. Björn verstand den Wink und sagte: »Bittet mich nicht um Geld, denn als euer Bruder müßte ich es euch geben. Aber als Unfreier würde ich damit eure Ehre verletzen, und ihr müßtet mich erschlagen. Also wäre eure Bitte mein Tod.« Da blickten die Brüder nachdenklich, und Björn fand, daß er gut gesprochen hatte.

Gerlög hatte nichts einzuwenden, als Björn sie bat, seinen Brüdern eine Zeitlang Unterkunft zu gewähren. Sie richtete ihnen eine kleine Kammer her, in der Asmund und Tryn die Nächte verbrachten, während sie tagsüber in der Stadt umherstreiften.

Außer dem, was seine Brüder erzählt hatten, wußten sie nicht viel über die Jahre zu berichten, die seit Björns spurlosem Verschwinden vergangen waren. Mit Hilfe seiner immer zahlreicher werdenden Nachkommenschaft hatte Bosi den Wald rings um den Hof urbar gemacht, so daß dieser nun inmitten grüner Wiesen und fruchtbarer Äcker lag. Gudrid war inzwischen so dick geworden, daß sie sich kaum noch aus eigener Kraft aus dem Bett erheben konnte; aber dies hinderte sie nicht daran, jedes Jahr ein Kind zu gebären. Mit seinem Vater um die Wette zeugend, hatte Tryn dafür gesorgt, daß sich die Zahl der Knechte und Mägde nahezu verdoppelt hatte. Asmund hingegen gab zu erkennen, daß er schon bei dem Gedanken, den Körper einer Frau zu berühren, Ekel empfinde.

Einmal war Tryn mit einem Knecht in Streit geraten und hatte diesem mit der bloßen Faust den Schädel zertrümmert. Weil er Bosis Zorn fürchtete, verscharrte Tryn die Leiche im Wald, und man deutete sein Verschwinden so, daß der Knecht den Wölfen zum Opfer gefallen sei. Aber der Tote fand keine Ruhe; in der nächsten Vollmondnacht ängstigte er die Hofleute damit, daß er aus dem Brunnenschacht mit dumpfer Stimme Tryns Namen rief. Bosi meinte, daß dies erst der Anfang sei und man, bevor es noch schlimmer komme, Gris um Rat bitten sollte. Abermals machte sich der alte Ubbe auf, obgleich er sich vor Gebrechlichkeit kaum noch auf den Beinen halten konnte. Er fand Gris in seiner Baumhöhle, einem Toten ähnlicher als einem Lebenden, aber das Feuer brannte, und im Topf lag ein Fisch, dessen Kiemen noch rot waren. Daraus schloß Ubbe, daß Gris noch nicht gestorben war, und er sprach so lange auf den Weisen ein, bis dieser die Augen öffnete. Als er sah, daß es Ubbe war, der bei ihm saß, richtete er sich ächzend auf und sagte, er habe den größeren Teil des Weges zum Totenreich bereits zurückgelegt, und niemand könne ihn dazu bewegen, jemals wieder einen Fuß vor seine Höhle zu setzen. Aber er gab Ubbe einen Knochen, in den Runen geritzt waren, und riet ihm, diesen in den Brunnen zu werfen, dann werde der Wiedergänger Ruhe finden. Das tat Ubbe, sobald er zum Hof zurückgekehrt war, und es kam so, wie Gris gesagt hatte.

Mehr erfuhr Björn nicht von seinen Brüdern, denn sie meinten, ein einziger Tag in der Stadt sei ereignisreicher als ein ganzes Jahr auf Bosis Hof, und deshalb lohne es sich nicht, darüber noch weitere Worte zu verlieren.

Gilli der Russe nahm beide in seinen Dienst und brachte sie in dem Haus unter, in dem er während der Sommermonate zu wohnen pflegte. Tryn machte er zum Aufseher, und den wortgewandten Asmund betraute er damit, die Aufmerksamkeit der Marktbesucher auf seine Sklaven zu lenken. Zu diesem Zweck kleidete er Asmund in bunte Gewänder und lehrte ihn, so zu sprechen, daß jeder annehmen mußte, er sei von weither gekommen, um von Gilli Sklaven zu kaufen. Eine Zeitlang glückte es ihnen, die Leute hinters Licht zu führen, und Gilli machte gute Geschäfte. Aber auch als man den Betrug längst durchschaut hatte, versammelten sich mehr Menschen um Gillis Stand als um jene der übrigen Händler, denn es bereitete vielen Vergnügen, einen fremdländisch gekleideten Mann in einer schwer verständlichen Sprache reden zu hören, von dem jeder wußte, daß er der Sohn eines Bauern aus der Umgebung war und bislang nicht mehr von der Welt gesehen hatte als die Häuser und Straßen dieser Stadt.

Nach dem Kamm, den er für Bischof Horath angefertigt hatte, schnitzte Björn einige Dutzend Spielsteine, die bei den Gefolgsleuten des Königs reißenden Absatz fanden. Sie waren vor allem deswegen begehrt, weil es für erwiesen galt, daß sie ihrem Besitzer Glück brachten. Die meisten Steine kaufte Wichmann, der Neffe des Billungers, von dem es hieß, daß er sein Erbe bereits verspielt hatte, bevor es in seine Hände gelangt war. Nun aber gewann er mit jedem Spiel eine der verpfändeten Besitzungen zurück.

Eines Abends, als Björn mit einem Sack voller Aale vom Hafen kam, saß ein graubärtiger Mann am Herdfeuer. Björn brauchte eine Weile, bis sich seine Augen an das Halbdunkel der Werkstatt gewöhnt hatten, aber dann sah er, daß es Thordis' Vater war.

Steinn wandte ihm sein von Sonne und Wind gegerbtes Gesicht zu und sagte: »Ich bin gekommen, dir dafür zu danken, daß du meine Tochter vor Schande bewahrt hast. Thordis steht meinem Herzen näher als meine anderen Töchter, deshalb sollst du bekommen, was du verlangst.«

Steinn war ein berühmter Schiffsbaumeister und hatte es als solcher zu Wohlstand gebracht, aber Björn fand, daß ihm die Freundschaft dieses Mannes von größerem Nutzen sein könnte als ein Beutel voll Silber. Daher antwortete er: »Es lag nicht in meiner Absicht, Steinn einen Gefallen zu erweisen, als ich die beiden Wilden erschlug. Andererseits will ich Steinn nicht dadurch kränken, daß ich seinen Dank ablehne. Doch bei einigen Worten sollte er es bewenden lassen.«

Steinn hob die Brauen. »Du redest klüger, als man es von einem Mann deines Alters erwarten kann«, sagte er. »Aber es soll nicht heißen, ich sei einem Unfreien etwas schuldig geblieben.« Nun rief er Gerlög und fragte sie, was sie für Björn haben wolle.

»Er ist das einzige, was mir der Geizhals hinterlassen hat«, antwortete die Witwe. »Und er ist ein guter Kammacher. Deshalb trenne ich mich ungern von ihm.«

Steinn nahm Gerlögs Hand und legte einige Silbermünzen hinein.

»Ohne ihn werde ich verhungern«, gab Gerlög zu bedenken.

»Dir gehört das Haus«, sagte Steinn, während er noch eine Münze dazulegte. »Laß ihn hier wohnen und seine Arbeit tun, dann wird er dafür sorgen, daß du keine Not leidest.«

»Du willst ihn nicht zu dir nehmen?« fragte Gerlög erstaunt.

»Mein Haus steht ihm offen, aber er kann kommen und gehen, wie es im beliebt«, antwortete Steinn. »Denn sobald wir uns einig sind, ist er ein freier Mann.«

Da schloß Gerlög ihre Finger um die Münzen und ging in die Schlafkammer.

9

Mit einem Schiff, das in Aldeigjuborg Pelze, Honig, Wachs und Bernstein geladen hatte, kam ein Mann in die Stadt, der schon dadurch Aufsehen erregte, daß er, obwohl allem Anschein nach von hohem Stand, nur von einem Jüngling begleitet wurde. Seine schlanke Gestalt war, bis auf die ringgeschmückten Hände und das braune Gesicht mit den tiefliegenden Augen und dem schwarzen Bart, ganz in weiße Seide gehüllt.

Einige weitgereiste Händler meinten, wenn er auch jetzt von Osten käme, sei an seiner Kleidung unschwer zu erkennen, daß er aus Ländern stamme, die in der entgegengesetzten Richtung lägen. Es seien dies Länder von sagenhaftem Reichtum, und man täte gut daran, den Fremden zuvorkommend zu behandeln. Ihre Versuche, mit ihm ins Geschäft zu kommen, schlugen jedoch fehl. Der Jüngling bat sie, von derlei Belästigungen abzusehen; sein Herr habe die Stadt nicht aufgesucht, um Handel zu treiben.

Dies brachte den Fremden nun erst recht ins Gerede, und bald kam das Gerücht auf, er sei vom Kaiser geschickt worden, um die Stadt und ihre Verteidigungsanlagen auszukundschaften. Wir wissen nicht, ob der Fremde von den Verdächtigungen erfuhr, aber wenn es so war, trug er es mit Würde. Er schritt erhobenen Hauptes durch die Straßen und nahm es wie selbstverständlich hin, daß die Leute vor ihm auswichen. Außer mit dem Jüngling sprach er mit niemandem, doch seinen Augen schien nichts zu entgehen, und sein Begleiter überschüttete die Stadtbewohner mit Fragen. Dies gab dem Gerücht weiteren Auftrieb, und es steht zu vermuten, daß der Fremde ein Opfer seiner Wißbegier geworden wäre, hätte ihm Gilli der Russe nicht Gastfreundschaft gewährt. Nun mochte niemand mehr glauben, daß der geheimnisvolle Fremde mit unlauteren Absichten in die Stadt gekommen war, denn Gilli galt als ein Freund des Königs und war viel zu klug, diese einträgliche Freundschaft leichtfertig aufs Spiel zu setzen.

Durch Gillis Gesinde erfuhr die ganze Stadt, daß der Fremde ein Vertrauter des Kalifen von Cordoba sei und von diesem Auftrag erhalten habe, ihm über fremde Länder, deren Bewohner und Sitten zu berichten. Er hieß Ibrahim ibn Ahmed At-Tartuschi und beherrschte viele Sprachen, aber keine von denen, die in der Stadt gesprochen wurden. Deshalb bediente er sich seines jungen Begleiters als Dolmetscher, denn dieser war der Sohn eines norwegischen Specksteinhändlers.

Als das Schiff entladen wurde, mit dem At-Tartuschi gekommen war, wurden auch mehrere eisenbeschlagene Kisten an Land gebracht, die der Araber in Gillis Haus schaffen ließ. Der Vermutung, daß sie mit Gold und Silber gefüllt seien, mochten sich die Lastträger nicht anschließen, dafür, meinten sie, seien sie zu leicht gewesen. Was wirklich in ihnen enthalten war, sollte den Stadtbewohnern jedoch nicht lange verborgen bleiben, denn wenn das Gewand, in dem sich At-Tartuschi zeigte, auch stets aus weißer Seide war, so war nicht zu übersehen, daß er jeden Tag ein anderes trug. Dies war selbst bei den Vornehmsten nicht üblich, und ebenso ungewöhnlich war, daß der Araber, wo er ging und stand, einen fremdartigen, die Sinne betörenden Duft hinterließ.

Bald sah man auch Asmund in At-Tartuschis Begleitung, und der Araber ließ es nicht an Beweisen der Zuneigung fehlen: Er schenkte ihm einen silbernen Stirnreif und Schuhe mit schnabelförmigen, nach oben gebogenen Spitzen. Manchmal fuhr er mit den Fingern durch Asmunds langes blondes Haar und kraulte ihm zärtlich den Nacken.

Asmund führte den Araber nun in der Stadt umher, er machte ihn mit Skallagrim dem Heulenden bekannt, und mit Poppos Hilfe gelang es ihm sogar, Bischof Horath zu bewegen, einem Anhänger

Mohammeds das Betreten der Kirche zu erlauben. Asmund erzählte, Poppo und At-Tartuschi hätten sich ohne Dolmetscher miteinander verständigt, und es sei ihm so vorgekommen, als ob sich der Priester und der Araber an diesem Tag nicht zum ersten Mal begegnet seien.

At-Tartuschi kam auch in das Haus des Kammmachers. Er raffte sein seidenes Gewand, als er über die Schwelle trat, und Björn sah, daß er schmale Goldreifen an den Fußgelenken trug.

»Du wirst es kaum glauben, daß er mein Bruder ist«, sagte Asmund, indem er auf Björn zeigte. »Aber sieh dir seine Kämme an, und du wirst mir zustimmen, daß es des Guten zuviel wäre, wenn einer, der solche schönen Dinge macht, auch noch ein schöner Mann wäre.«

Der Sohn des Specksteinhändlers übersetzte Asmunds Worte, und At-Tartuschi schmunzelte beifällig. Er wählte einen Kamm aus, legte einige arabische Silbermünzen auf die Werkbank und ließ Björn durch den Dolmetscher fragen, ob er die Geliebte Bues des Dicken kenne, von der es heiße, daß sie die Tochter des Kalifen von Cordoba sei. Björn fühlte, wie ihm das Blut in die Wangen schoß. Dies schien dem Araber als Antwort zu genügen, er lächelte und sagte einige Worte, die der junge Mann so übersetzte: »Gib ihr den Kamm und richte ihr aus, Ibrahim ibn Ahmed At-Tartuschi würde bei seinem Herrn in Ungnade fallen, wenn er es versäume, ihr die väterlichen Grüße des Kalifen zu übermitteln.«

Da der König sein Haus für sich selbst und sein zahlreiches Gefolge beanspruchte, wohnte Bue mit seinen Frauen und dem Gesinde im Nachbarhaus. Nanna war fülliger geworden, sie hatte ihre Wangen mit roter Farbe bemalt, wie es früher nur Huren zu tun pflegten, neuerdings aber auch unter vornehmen Frauen üblich war, und ihre Augen schienen etwas von ihrer Tiefe verloren zu haben. Doch Björn fand, daß sie noch immer sehr schön war.

Nanna rang nach Atem, als er ihr At-Tartuschis Worte übermittelte, und ihre Freude war so groß, daß sie Björn beinahe vor aller Augen umarmt hätte. Aber schon im nächsten Augenblick hatte sie sich wieder in der Gewalt, kniff ihre Lider argwöhnisch zusammen und sagte: »Ich habe gehört, daß er sich für einen Vertrauten meines Vaters ausgibt. Woher soll ich wissen, ob er die Wahrheit spricht?«

»Für die Tochter des Kalifen sollte es ein leichtes sein, das herauszufinden«, antwortete Björn mit ernsthafter Miene.

Nanna dachte eine Weile nach, dann sagte sie: »Ich werde zu ihm in Gillis Haus kommen, und dort will ich allein mit ihm sein. Aber du sollst dich in der Nähe aufhalten, Björn Hasenscharte. Denn es ist möglich, daß die Feinde meines Vaters ihn geschickt haben, mich aus dem Weg zu räumen.«

»Mein Bruder Tryn wäre besser geeignet, dich zu beschützen«, gab Björn zu bedenken. Doch Nanna schüttelte den Kopf.

Einige Tage später suchten Nanna und Björn den Araber in Gillis Haus auf. At-Tartuschi kniete vor ihr nieder und küßte ihre Fußspitzen. Mit solch unterwürfiger Begrüßung schien Nanna nicht gerechnet zu haben; sie blickte Björn überrascht an und bedeutete ihm mit einer Kopfbewegung, sich in einen Nebenraum zu begeben.

Was At-Tartuschi und Nanna miteinander besprachen, blieb Björn verborgen, denn sie redeten in einer ihm unbekannten Sprache. Aber am Klang ihrer Worte hörte er, daß ihr Gespräch zu beider Zufriedenheit verlief, und als er schließlich, von Nanna herbeigerufen, den Raum betrat, fand er sie in aufgeräumter Stimmung: Nannas Augen glänzten, und auf dem Gesicht des Arabers lag der Anflug eines spitzbübischen Lächelns.

»Bald wird niemand mehr bezweifeln, daß ich die Tochter des Kalifen von Cordoba bin«, rief Nanna ihm entgegen. »Denn At-Tartuschi, der Vertraute meines Vaters, wird es vor aller Welt bezeugen!«

Am nächsten Abend kam der Araber abermals in Björns Werkstatt. Diesmal war er allein. Er ging schweigend auf und ab, und Björn schien es, daß er jemanden erwarte. Kurze Zeit später schlüpfte Poppo zur Tür herein. Er hatte die Kapuze über seinen Kopf gezogen, und erst nachdem er sich vergewissert hatte, daß außer Björn und At-Tartuschi niemand in der Werkstatt war, entblößte er sein rotes Gesicht.

»Aus einem Mitwisser wird selten ein guter Freund«, sagte der Priester zu Björn. »Wenn du also das Angebot meiner Freundschaft nicht für zu gering erachtest, dann vergiß, daß At-Tartuschi und ich in deiner Werkstatt waren, vergiß weiterhin, daß ich dich gebeten habe, ein Feuer in der Esse zu entfachen, und wenn du dies getan und wieder vergessen hast, dann kriech zu Gerlög ins Bett und zieh euch beiden die Decke über die Köpfe, denn es wäre wahrlich zuviel verlangt, auch das übrige noch zu vergessen.« Und nachdem er eine Weile gewartet hatte, damit Björn hinter den Sinn seiner Worte gelange, fügte er lächelnd hinzu: »Wollen wir Freunde sein, mein Sohn?«

»Es fördert meine Vergeßlichkeit ungemein, daß sie der Preis für deine Freundschaft ist, Poppo«, entgegnete Björn augenzwinkernd.

Gemeinsam räumten sie nun das Gerümpel von der Esse fort, die noch aus der Zeit stammte, als Swain neben dem Handwerk des Kammachers auch das eines Schmieds betrieben hatte, und bald erhellte der flackernde Schein eines Feuers den Raum. Der Araber hatte unterdessen eine Anzahl kleiner irdener Gefäße auf der Werkbank nebeneinander aufgereiht, deren Inhalt in eine flache Schale entleert und durch eifriges Rühren vermengt.

»Nun laß uns allein«, sagte Poppo zu Björn, während er Holzkohle in die Esse schüttete. »Und vergiß nie, daß unsere Freundschaft auf dem Vergessen beruht.« Und wieder lächelte der Priester, doch diesmal verlor sich das Lächeln in seinem Gesicht, bevor es die Augen erreichte.

Gerlög schnarchte mit weit geöffnetem Mund, als er sich zu ihr in das Bett legte. Viel zu erregt, um schlafen zu können, dachte er darüber nach, was die beiden verschiedenartigen Männer in seiner Werkstatt zusammengeführt haben mochte. Ihr vertrauter Umgang bestätigte Asmunds Vermutung, daß der Araber und der Priester sich schon früher begegnet sein mußten; wahrscheinlich reichten die Anfänge ihrer Bekanntschaft sogar in Poppos dunkle Vergangenheit zurück. War At-Tartuschi als Bote jener finsteren Mächte in die Stadt gekommen, denen Poppo einst gedient hatte? Oder fand nebenan der Wettstreit zweier Zauberer statt, um auszumachen, welcher von ihnen der bessere sei?

Die beiden Männer wechselten kein Wort miteinander. Björn hörte nur das Fauchen des Blasebalgs und das Knistern der Holzkohle. Nach einer Weile stieg ihm der Geruch versengten Haars in die Nase, und nun hielt es ihn nicht länger im Bett; er schlich zur Tür und spähte durch eine der Ritzen in die Werkstatt.

Die Arme bis zu den Ellbogen entblößt, steht Poppo vor der Esse. Er wendet seine Hände über dem Feuer; Schweißtropfen triefen von seinem Gesicht und verpuffen zischend in der Glut. At-Tartuschi tritt zu ihm, nimmt Poppos Hände, betrachtet jeden Finger, dann die Handflächen, nickt zufrieden und beginnt nun, Poppos Hände von den Gelenken bis zu den Fingerspitzen mit der Salbe einzureiben, die er in der flachen Schale angerührt hat. Er reibt sie sorgfältig ein, dann knetet er Poppos Hände, knetet sie lange und gründlich, und währenddessen bewegen beide murmelnd die Lippen. Was nun geschieht, läßt Björns Herzschlag stocken: At-Tartuschi nimmt ein glühendes Stück Eisen von der Esse und legt es auf Poppos Handflächen. Dünner Rauch steigt von ihnen auf, der Geruch verbrannten Fetts dringt durch die Türritzen, Björn hält in Erwartung eines gellenden Schreis den Atem an, aber der Priester gibt keinen Laut von sich, er wendet sich, das glühende Eisen wie eine Opfergabe auf seinen Händen, At-Tartuschi zu. Dieser schmunzelt unter seinem schwarzen Bart, und nun lächelt auch Poppo.

Als Björn am nächsten Morgen die Werkstatt betrat, erinnerte nichts mehr an das nächtliche Ereignis. Poppo, schien es, hatte das Seine getan, ihm das Vergessen zu erleichtern. Dennoch blieb das Geschehen jener Nacht in seinem Gedächtnis haften, zumal es bald darauf noch eine unerwartete Bedeutung erlangen sollte.

Mit Swains Werkstatt hatte Björn auch dessen Gewohnheiten übernommen: Er arbeitete von Sonnenaufgang bis zum Einbruch der Dunkelheit, er gab wenig aus, obwohl er gut verdiente, und er verließ das Haus nicht öfter, als nötig war. Eines Tages aber kam Asmund und erzählte ihm, Thormods neues Schiff, das Steinn gebaut habe, werde dem Wasser übergeben, und dieses Ereignis dürfe Björn sich nicht entgehen lassen. So gingen die beiden Brüder zum Hafen hinunter, Asmund eine schillernde Augenweide, Björn in der derben Arbeitskleidung des Handwerkers.

Um das Schiff, einen bauchigen Knorr mit genieteten Planken aus Eichenholz, hatte sich eine größere Menge Schaulustiger versammelt. Hier sah Björn auch Thormod wieder, dem er einst in Gris des Weisen Höhle begegnet war. Sein Haar war grau geworden, und auf seiner Stirn zeichneten sich die Wülste einer schlecht verheilten Narbe ab. Thormod ließ Bier und süßes Brot austeilen, während ein christlicher Priester die Steuerbordseite mit Weihwasser besprengte und Skallagrim der Heulende backbords glückbringende Strophen sang. Wenn es nach Thormod gegangen wäre, hätte er sein Schiff auch dem Schutz Allahs anvertraut, aber At-Tartuschi verweigerte dessen Anrufung, indem er sagte, sein Gott dulde es nicht, mit den Göttern der Ungläubigen auf eine Stufe gestellt zu werden.

Ein letztes Mal umschritt Steinn mit prüfendem Blick sein Werk, dann ließ er die Klötze wegschlagen, und das Schiff rollte auf Baumstämmen in das Hafenbecken. Dort wurde es von Steinns Leuten in Empfang genommen, die seine Fahrt bremsten und es an die Pier verholten.

Plötzlich hörte Björn, wie jemand seinen Namen rief. Er blickte sich um und sah eine junge Frau hinter sich stehen. Sie hatte rötliches Haar und graue Augen, und Björn fand, daß sie gut anzusehen war, wenngleich sie bei weitem nicht so schön war wie Nanna.

»Erkennst du mich nicht wieder?« fragte sie. Sie preßte ihre Lippen auf seine, und nun wußte Björn, daß es Thordis war, Steinns Tochter.

»Du hast eine eigenwillige Art, Erinnerungen heraufzubeschwören«, schmunzelte Björn. »Schickt es sich für Steinns Tochter, einen fremden Mann vor aller Augen zu liebkosen?«

»Mir wäre lieber, du würdest ernsthaft mit mir reden«, sagte sie. »Denn seit jener Nacht quält mich der Gedanke, daß ich für immer in deiner Schuld stehe.«

»Steinn hat mich mehr als großzügig belohnt«, entgegnete Björn verwundert. »Es kann also keine Rede davon sein, daß du mir etwas schuldest, Thordis.«

»Mein Vater hat dir seinen Dank abgestattet, ich dir meinen nicht!« sagte sie und stampfte mit dem Fuß auf. »Du hast mich vor Schlimmerem als dem Tod bewahrt, und das ist nicht mit Geld aufzuwiegen. Es gibt nur eines, mit dem ich meine Schuld begleichen könnte, das bin ich selbst.«

Björn sieht Tränen in ihren Augen, und vielleicht sind sie es, die das Verlangen in ihm wecken, sie an sich zu ziehen, seine Arme um sie zu legen, ihr Gesicht zu streicheln. Je länger er sie ansieht, desto begehrenswerter erscheint sie ihm, und auf einmal hört er sich sagen: »Willst du meine Frau werden, Thordis?«

»Ja, das will ich«, antwortet sie.

Steinn hörte sich schweigend an, was Björn und Thordis ihm zu sagen hatten. Er schwieg noch, als sie längst verstummt waren. Dann sagte er zu Björn: »Ich zweifle nicht daran, daß du eines Tages ein reicher Mann sein wirst. Aber du mußt noch viele Kämme schnitzen, bis dein Wohlstand sich mit meinem messen kann, und ich habe mir in den Kopf gesetzt, daß Thordis keinen Mann bekommen soll, bei dem sie es schlechter hat als bei mir.«

»Und ich will Björn Kinder gebären, Vater«, sagte Thordis. »Soll ich damit warten, bis ich alt und grau bin?«

»Ich habe dir oft nachgegeben, vielleicht öfter, als gut für dich war«, wandte sich Steinn an seine Tochter. »Doch in diesem Punkt lasse ich nicht mit mir handeln. Ich will sehen, daß Björn ein Haus baut, das so groß ist wie meines, ich will sehen, daß dich nicht weniger Mägde bedienen, als du es gewohnt bist, und ich will sehen, ob er dich ebenso großzügig mit Kleidern und Schmuck beschenkt wie ich. Wenn ich all dies gesehen habe und es mich zufriedenstellt, sollst du seine Frau werden, keinen Tag früher.« Und zu Björn sagte er: »Dies ist meine Bedingung, und du sollst wissen, daß ich sie dir auch zu deinem eigenen Vorteil stelle. Denn wenn du sie nicht erfüllst, wird dir mancher Verdruß erspart bleiben.«

Björn beriet sich mit Poppo. Der Priester meinte, Steinn sei ein besonnener Mann, und daß er ihm diese Bedingung gestellt habe, sollte Anlaß zu gründlichem Nachdenken geben. »So sehr sich die Frauen auch durch ihr Äußeres unterscheiden mögen«, sagte Poppo, »so sehr gleichen sie einander im Wesen. Da nun das eine vergänglich, das andere aber beständig ist, macht es keinen großen Unterschied, ob du dein Leben mit dieser oder jener teilst. Andererseits weiß ich, daß ich tauben Ohren predige, denn diese absonderliche Form der Trunkenheit, die man Liebe nennt, pflegt den Verstand zu trüben. Wenn du also Thordis haben willst, sie und keine andere, dann sollst du sie in Gottes Namen bekommen.«

»Wirst du mit Steinn reden?« fragte Björn, Hoffnung schöpfend.

»Oh nein, das werde ich nicht!« rief Poppo. »Es ist leichter, ein Schiff gegen den Wind zu segeln, als Steinn umzustimmen. Ich werde Gott auch nicht um ein Wunder bitten, falls du mir dies nahelegen möchtest, dafür wäre der Anlaß denn doch zu nichtig. Aber ich will darüber nachdenken, wie du das Geld beschaffen kannst, das du brauchst, um Steinns Bedingung zu erfüllen.« Er legt eine Hand auf Björns Schulter und runzelte die rosige Stirn: »Sieh darin einen Beweis meiner Freundschaft, mein Sohn. Denn mit nichts anderem werde ich mich dereinst vor Gott rechtfertigen können, wenn er mich fragt, weshalb ich der Vermehrung Ungetaufter Vorschub geleistet habe.«

Tags darauf betrat Asmund, prächtiger herausgeputzt denn je, Björns Werkstatt und gab schon durch die Art, wie er seine Worte wählte, zu erkennen, daß er nicht als Bruder, sondern als Bote seines Herrn kam. »Ibrahim ibn Ahmed At-Tartuschi, der Wesir des Kalifen von Cordoba«, sagte er, »erweist dir die Ehre, dich um eine Gefälligkeit zu bitten.« Er griff mit spitzen Fingern nach Björns Hand und legte einen Ring hinein, der ringsum mit grünen, kunstvoll geschliffenen Steinen besetzt war. »Gib diesen Ring der Tochter des Kalifen und sag ihr, er sei ein Geschenk meines Herrn.«

»Warum gibt er ihn ihr nicht selbst?« fragte Björn.

Asmund kraulte eine Weile seinen Bart und schürzte wichtigtuerisch die Lippen, bevor er antwortete: »Als At-Tartuschis Freund und Diener bin ich zur Verschwiegenheit verpflichtet, Bruder. Deshalb wirst du von mir nur soviel erfahren, daß der König meinen Herrn an seiner Tafel zu sehen wünscht und daß es kein Geringerer als Bue der Dicke war, der ihm die Einladung überbrachte. Nun reime dir, wenn du willst, das übrige zusammen.« Damit raffte er würdevoll sein Gewand und schritt über die Schwelle.

Noch am selben Abend ging Björn zu Nanna und brachte ihr den Ring. Er traf sie allein an; die anderen Frauen waren im Haus des Königs, um es für das Fest zu schmücken. Nanna streifte den Ring über ihren kleinen Finger und ergötzte sich am Funkeln der Steine.

»Du hast mir Glück gebracht, Björn Hasenscharte«, sagte sie. »Dafür darfst du dir etwas wünschen.« Björn versank in ihren Augen, und wie von weither hörte er Nanna sagen: »Bue wird uns beide töten, wenn er uns überrascht.« Sie legte ihren Schmuck ab, löste die Fibel, die ihr Kleid über der Schulter zusammenhielt: »Ist es dir das wert?«

»Ja«, sagte Björn, und seine Stimme kam ihm seltsam fremd vor.

10

»Ich bin ein Bauer«, sagte König Harald. »Ihr müßt euch also mit dem begnügen, was ein Bauer auf den Tisch bringt.«

Die Halle erzitterte von dröhnendem Gelächter, und der König entblößte schmunzelnd seinen Zahn.

»Gelobt sei das Land, in dem ein Bauer auftischt, womit sogar der Kaiser Ehre einlegen würde«, sagte Bischof Horath. Diesmal lachte niemand, denn jeder wußte, daß es allein Harald Blauzahn vorbehalten war, sich einen Bauern zu nennen.

Der König überging die unbedachte Äußerung des Bischofs, ohne daß ein Schatten des Unmuts seine Stirn streifte. Er saß leicht nach vorn gebeugt auf dem Hochsitz, fischte umständlich eine Fliege aus seinem Trinkhorn und gab den Bischof der stummen Empörung seiner Gäste preis.

Außer diesen hatte noch ein knappes Dutzend Zuschauer Einlaß gefunden. Es waren reiche Kaufleute, denen Bue der Dicke für ein ansehnliches Schmiergeld dazu verholfen hatte, als Zaungäste am Fest des Königs teilzunehmen, sowie einige von Bues Frauen, unter ihnen auch Nanna. Dieser war es gelungen, Bue davon zu überzeugen, daß er ihrem nunmehr verbürgten Rang als Tochter des Kalifen allen sichtbar Rechnung tragen müsse: entweder dadurch, daß er ihr einen Platz an der Tafel des Königs verschaffe, oder, und dies sei das mindeste, indem er ihr erlaube, sich in Begleitung eines waffenfähigen Mannes unter den Zuschauern zu zeigen. Bue, der einerseits stolz darauf war, eine Prinzessin zur Geliebten zu haben, andererseits jedoch gewisse Zweifel an ihrer vornehmen Herkunft hegte und es demzufolge für geraten hielt, nicht zuviel Aufhebens davon zu machen, entschied sich für das letztere. So kam es, daß auch Björn unter den Zuschauern war.

»Ich sehe viele große Männer an meinem Tisch«, brach nun der König das Schweigen, »und jeder von ihnen hätte es verdient, daß ich ihn namentlich willkommen heiße. Aber das Alter hat mich geschwätzig gemacht, und ich will euch nicht mit den Erinnerungen langweilen, die der Anblick eines jeden in mir wachruft. Betrachtet es daher nicht als Herabsetzung, wenn ich nur die Namen jener nenne, die neu in unserer Runde sind. Ich grüße dich, Egil Skallagrimsson von Island!«

Ein hochgewachsener, breitschultriger Mann erhob sich und trat vor den König. Sein Kopf war fast kahl, sein Gesicht bartlos, aber über seinen Augen wölbten sich zwei mächtige schwarze Brauen.

»Jeder hier kennt deinen Namen«, sagte der König. »Doch nur wenige wissen, daß du es nicht nötig hast, anderer Männer Taten zu preisen.«

Der Skalde neigte sein Haupt und sprach, halb an den König, halb an die Tafelrunde gewandt, die Strophe:

Wenn mit vieren ich fahre, weißt du,
können sechs nicht streiten
wider mich mit Schildlärm – Gottes
verletzenden Messern, den roten;
wenn aber mit acht ich bin,
sind zwölf nicht genug, zu erschüttern
mir, dem Schwarzbrauigen, das Herz,
wenn gegeneinander die Schwerter man zieht.

»Das ist nicht nur wohl gesprochen, sondern auch wahr«, sagte Harald. »Denn wenn es mir selbst auch nicht vergönnt war, mich im Zweikampf mit ihm zu messen, so habe ich doch genügend Männer gekannt, die es mit ihrem Leben bezahlen mußten, daß sie Egils Worte für Prahlerei hielten.«

Nun richtete sich der Blick des Königs auf At-Tartuschi, der am unteren Ende der Tafel zwischen dem Sohn eines wagrischen Fürsten und Poppo saß. »Ich grüße auch dich«, sagte er und nahm einen Schluck aus seinem Trinkhorn, während ihm Bue der Dicke beflissen den Namen seines arabischen Gastes zuflüsterte. »Sei mir willkommen, At-Tartuschi«, fuhr der

König fort. »Es heißt, der Kalif von Cordoba habe dich ausgesandt, ihm über andere Länder zu berichten. Was nun, verzeih mir meine Neugier, wirst du ihm über mein Land erzählen?«

Poppo übersetzte Haralds Worte und begleitete At-Tartuschi vor den Hochsitz, wo der Araber, nachdem er sich tief verbeugt hatte, gestenreich zu reden begann. Er sprach mit solcher Eindringlichkeit, daß der König sich zu häufigem Kopfnicken veranlaßt sah.

Als der Araber geendet hatte, sagte Poppo: »Erspare mir, Herr, in dürren Worten wiederzugeben, was At-Tartuschi mit dem Wortreichtum eines Dichters an Lobendem über dich und dein Land zu sagen weiß. Nur die unerschütterliche Überzeugung, daß sich das Paradies allein dem guten Christen und diesem auch erst nach dem Tode öffnet, hindert mich daran, seine Worte so zu deuten, daß sich deine Untertanen bereits zu Lebzeiten darin befinden.«

Haralds Augen ruhten wohlgefällig auf At-Tartuschis braunem Gesicht. »Sag ihm, daß mir seine Worte gut getan haben«, trug er Poppo auf. »Zugleich aber betrübt es mich«, wandte er sich an die Tafelrunde, »daß ein Mann vom anderen Ende der Welt kommen muß, mir das zu sagen. Von euch höre ich immer nur Klagen.«

»Wir Isländer sind dafür bekannt, daß wir mit Königen nicht viel im Sinn haben«, sagte Egil und erhob sich abermals. »Dennoch verdienst du es, Harald Gormsson, daß man dich in einer Sprache rühmt, die uns allen geläufig ist. Höre denn:

Zu Gast mich der Fürst lud,
Pflicht ist sein Lob mir,
bring Odins Met

in der Angeln Land;
konnte preisen den Herrn,
rühme gewiß ihn,
um Gehör ich ihn bitte,
da ein Loblied ich fand.

Dies war die erste von vielen Strophen, die der Skalde sang. Auf- und abschreitend, mit lauter Stimme und ausladenden Gebärden beschwor er Schwertlärm und Schlachtgetümmel, türmte Hügel von Toten vor den gebannt Lauschenden auf und tränkte die Erde mit Strömen von Blut. Aus allem aber stieg strahlend der siegreiche Herrscher empor, in dem Harald zu erkennen schwergefallen wäre, hätte der Skalde nicht mehrfach mit starker Betonung seinen Namen genannt.

»Man hält dich nicht zu unrecht für den größten aller lebenden Skalden«, sagte der König, während die Röte, die von seinem Hals aufgestiegen war, nun auch sein Gesicht überflutete. »Vielleicht schmückst du einiges zu sehr aus und dichtest mir im Überschwang Taten an, für die andere zu rühmen wären, doch ich verhehle nicht, daß mich deine Strophen mit Freude erfüllen.« Er schenkte Egil ein Stirnband mit einem Goldknoten sowie einen russischen Hut und ließ ihn neben seiner Mutter Thyra Platz nehmen.

Diese hatte es schon zu Beginn des Festes mit Verdruß vermerkt, daß der einzige Platz an der Tafel, der ihr als der Witwe Gorms des Alten angemessen erschien: der zweite Hochsitz gegenüber dem des Königs, von Haralds Frau Hallgerd eingenommen wurde. Daß ihr, die ohnehin beengt saß, nun noch zugemutet wurde, ihren Platz auf der Bank mit dem Skalden zu teilen, versetzte sie in Zorn. »Dein Vater hätte es nie gewagt, einen Isländer neben mich zu setzen«, sagte sie zum König. »Denn diese Leute stinken nach Schafen und Torf, wenn nicht nach Üblerem.«

»Mach dir nichts daraus, Egil«, sagte der König. »Statt ihr Weisheit zu schenken, hat das Alter sie zänkisch gemacht.«

»Wäre sie ein Mann, hätte ich sie dafür erschlagen«, brummte Egil und zog seine Brauen zusammen.

Thyras schwammiger Körper begann zu zittern. Die Adern an ihren Schläfen traten blaurot hervor, und Speichel sprühte von ihren Lippen, während sie schrie: »Gebt mir ein Schwert, und ihr sollt sehen, wie dieser isländische Maulheld um sein Leben bettelt!« Da niemand ihrer Aufforderung nachkam, griff sie nach einem Trinkhorn und schlug es Egil auf den Kopf. Dieser atmete schwer und warf dem König einen Blick zu, der zu besagen schien, daß ein weiterer Schlag nicht unerwidert bleiben würde.

»Höre meinen Schwur, Mutter«, sagte Harald mit einer Stimme, die keinen Zweifel an seiner Entschlossenheit zuließ: »Du wirst den Rest deines Lebens auf einer Felsklippe im Nordmeer verbringen, wenn du Egil nicht auf der Stelle Genugtuung gewährst.«

Thyra preßte die Lippen zwischen ihre Zahnstümpfe. »Was verlangst du?« fragte sie, ohne Egil anzublicken.

»Nach allem, was ich gehört habe, bist du sehr reich«, entgegnete der Skalde.

»Bedenke aber auch, daß sie eine törichte alte Frau ist; vermutlich erinnert sie sich schon jetzt nicht mehr daran, was sie tat«, mischte der König sich ein, der offenbar um sein Erbteil zu fürchten begann.

»Ich sagte, daß er stinkt, und ich schlug ihn«, stellte Thyra fest. »Und du, Isländer, vermutest zu recht, daß du mich mit deiner Forderung nicht so leicht in Verlegenheit bringen wirst.«

Egil sagte: »So füll das Horn, das du mir aufs Haupt schlugst, bis zum Rand mit Silber. Damit will ich mich zufriedengeben.«

»Das ist weniger, als ich erwartet habe«, sagte die alte Königin. »Aber für einen Isländer mag es genug sein.«

»Schweig jetzt, Mutter!« fuhr sie der König an. »Egils maßvolle Forderung beweist seinen Großmut; ein Mann seines Ansehens hätte weit mehr verlangen können.« Und zum Skalden sagte er in milderem Tonfall: »Trink einen Schluck aus meinem Horn, Egil, und sieh darin ein Zeichen meiner Freundschaft.«

Der Skalde ließ sich das Horn reichen und trank es in einem Zuge leer. Als er es absetzte, sagte er: »Du trinkst Bier, Harald Gormsson, während du deine Gäste mit teurem Wein bewirtest?«

»Wäre es umgekehrt, müßtet ihr mich einen Geizhals schelten«, schmunzelte der König. »Aber mir bekommt das süße Zeug nicht. Statt mich in gute Laune zu versetzen, macht es mich müde und schwächt meine Manneskraft. Bier hingegen verschafft mir Wohlbehagen, und je mehr ich davon trinke, desto öfter kräht mein Hahn. Ich bin nun mal ein Bauer, wie auch Gorm ein Bauer war und alle Könige Dänemarks vor ihm.« Sein Blick blieb auf dem zehnjährigen Sven haften, der am anderen Ende der Tafel neben seiner Mutter saß, und Verachtung kräuselte seine Lippen, als er fortfuhr: »Aber das Milchgesicht dort ist aus der Art geschlagen. Das macht mir Sorgen. Denn wie soll aus ihm ein guter König werden, wenn er nicht wie ein Bauer denkt und fühlt?«

Aller Augen richteten sich auf Sven, dessen blasses Gesicht bei den Worten des Vaters seine kindliche Unbekümmertheit verlor. Hallgerd griff nach seiner Hand. »Hüte dich vor unbedachten Worten, mein Sohn«, sagte sie. »Dein Vater würde es dir mit einer weiteren Kränkung vergelten.«

»Sechzehn Söhne habe ich, von denen ich weiß«, fuhr Harald fort. »Alle sind wohlgeraten, aus jedem könnte ebensogut ein Bauer wie ein König werden. Und ausgerechnet diesem Jammerlappen muß ich mein Reich anvertrauen, weil er das Recht auf seiner Seite hat. Alles Glück, das mir die Götter beschert haben, wird durch dieses eine Unglück zunichte gemacht.«

»Laß ihn reden und denke dir deinen Teil«, ermahnte Hallgerd ihren Sohn.

»Ich hasse ihn«, sagte Sven, ohne daß sich seine Lippen bewegten. Die Gespräche verstummten; eine lähmende Stille breitete sich aus.

»Was hat er gesagt?« fragte der König.

Niemand antwortete ihm. Verstohlene Blicke aus den Augenwinkeln, betretenes Schweigen, hier und da ein Räuspern.

»Ich will wissen, was er gesagt hat!« schrie der König.

Da erhob sich Bue der Dicke und trat in geduckter Haltung an den Hochsitz. Harald wandte ihm sein Ohr zu und hörte unbewegten Gesichts, was Bue ihm zuflüsterte. Dann öffneten sich langsam seine Lippen, gaben nach und nach den Zahn frei, nun auch die schwarzen Zahnstümpfe, die rissige Zunge.

Haralds Körper erbebte von kurzen, rasch aufeinanderfolgenden Atemstößen, der König lachte. Bue, den es sichtlich erleichterte, daß seine Mitteilung den König zu erheitern schien, begann ebenfalls zu lachen, das Lachen pflanzte sich von einem zum anderen fort, nahm, je weiter es um sich griff, an Lautstärke zu und füllte die Halle mit tosendem Lärm.

Auf einen Wink des Königs verebbte das Gelächter. »An dir ist ein Possenreißer verlorengegangen, Sohn«, sagte Harald. »Du verstehst es, eine ganze Tafelrunde mit drei Worten zum Lachen zu bringen, das will schon etwas heißen. Was meint ihr«, fragte der König in die Runde, »würde Sven Haraldsson nicht einen guten Narren abgeben?«

Da nickten etliche und schmunzelten. Andere wichen Haralds Blick aus, rissen Fleischstücke aus dem Braten und stopften sie sich in den Mund. Was sie nun kauend, schmatzend, gnurpschend hervorbrachten, konnte ebensogut als Zustimmung wie als Widerspruch gedeutet werden. Harald war, wenn man ihm glauben durfte, ein vom Tode gezeichneter Mann. Demnach konnte Sven schon in wenigen Jahren seine Nachfolge antreten, und es war zu vermuten, daß er, wie sein Vater, ein gutes Gedächtnis besaß.

»Aber wenn es so wäre, wie du sagst: Aus welchem Grund solltest du mich hassen?« fragte der König seinen Sohn.

Statt zu antworten, steckte Sven seinen Zeigefinger in das eine Nasenloch und schnaubte vernehmlich aus dem anderen.

»Wärst du nicht der Sohn einer Frau aus königlichem Geschlecht, hätte ich dich gleich nach deiner

Geburt ertränkt«, fuhr der König fort. »Noch immer bist du ein Bündel schlaffer Haut und weicher Knochen. Verübelst du es mir, daß ich einen Mann aus dir zu machen versuche?«

Jetzt richtete der Zehnjährige seine leicht hervorquellenden kalten Augen auf seinen Vater und hielt dessen Blick schweigend stand.

»Als ich in deinem Alter war«, sagte der König, »setzte mich Gorm im Wald aus. Tagelang irrte ich umher, wehrlos Wölfen, Bären und anderem Getier preisgegeben. Ich lernte den Hunger kennen, fraß Baumrinde, Schnecken und Würmer. Aber ich fand den Weg zurück, und als ich an Gorms Hoftor klopfte, war ich ein anderer als jener, den er in der Wildnis alleingelassen hatte. Im Winter darauf warf er mich ins Meer und ließ mich darin schwimmen, bis ich ein Eisklumpen war. Ich verfluchte ihn, ich schwor mir, ihn zu töten, aber als ich ein Mann war, liebte ich ihn, weil er einen Mann aus mir gemacht hatte. Ich bin mit dir glimpflicher verfahren, Sohn. Ich verlange nicht, daß du mich dafür liebst, noch erwarte ich Dank. Aber wenn du mich haßt, wenn es wirklich so ist, daß du mich haßt, dann will ich dir auch einen Grund dafür geben.« Die letzten Worte sprach der König mit leiser Stimme, sie schwirrten beinahe lautlos durch den Saal, und manch einer duckte sich, als fürchte er, von ihnen getroffen zu werden.

»Früher ging es lustiger auf deinen Festen zu, Bruder«, sagte Gunhild, die Witwe des Königs von Jorvik. Sie war eine stattliche Frau mit breitem Gesäß und schweren Brüsten, die sie der Bequemlichkeit halber vor sich auf den Tisch zu legen pflegte. »Da wurde gesungen und erzählt, und wenn es Streitigkeiten gab, wurden sie an Ort und Stelle mit dem Schwert ausgetragen. Erinnerst du dich, wie Erik seinem Gegner den Kopf abschlug und dieser vom einen Ende des Tisches bis zum anderen rollte?« Sie riß ihren Mund auf und lachte mit schwabbelndem Busen.

»Ja, die alten Zeiten«, seufzte König Harald. »Ich wollte, ich könnte sie vergessen, dann fiele es mir leichter, die Freudlosigkeit meines jetzigen Daseins zu ertragen. Seitdem ich König bin, ist mir aller Frohsinn abhandengekommen; die Verantwortung, die auf meinen Schultern lastet, die Sorge um das Wohlergehen meiner Untertanen haben mich schwermütig und krank gemacht. Ich weiß, daß es etliche unter euch gibt, die sich gern an meiner Stelle sähen. Aber die Götter mögen sie davor bewahren, daß ihr Wunsch jemals in Erfüllung geht. Denn es ist ein hartes Los, sich für sein Land aufzuopfern und dafür nichts als Undank zu ernten.« Damit lehnte der König sich zurück und starrte trübsinnig zur Decke empor.

»Außerdem treiben sie es mit Ziegen und Kühen«, sprach Thyra in die Stille hinein. Offenbar hatte sie inzwischen überschlagen, daß ihr ein Trinkhorn voll Silber noch eine weitere Kränkung erlaube. Und damit niemand im ungewissen blieb, wer gemeint sei, fügte sie hinzu: »Für die Isländer ist ein Loch so gut wie das andere.«

»Schafft sie hinaus!« sagte der König, ohne den Blick vom Deckengebälk zu lösen.

Zwei seiner Leibwächter, Männer von riesenhaftem Wuchs, traten hinter die alte Königin, hoben sie von der Bank und trugen sie durch den Saal. Thyra wehrte sich nicht, kein Schrei kam über ihre Lippen, keines jener Schimpfwörter, für die sie berüchtigt war. Als sie aber an der Tür angelangt war, packte sie Björns Schulter und grub ihre Fingernägel in sein Fleisch. Björn roch die ranzigen Ausdünstungen ihres Körpers, er sah das rote Aderngespinst ihrer Augäpfel, und da er ihr so nahe war, vernahm er deutlicher als alle anderen die Worte, die sie zwischen keuchenden Atemzügen hervorstieß: »Dein Zahn, Harald Gormsson, ist das einzige, das von dir in Erinnerung bleiben wird. Denn was du an Taten vollbracht hast, wird schon am Tage nach deinem Tod vergessen sein.«

Einer der Leibwächter versetzte Thyra einen Stoß, so daß sie über die Schwelle stolperte und in die Knie brach. Björn sah, wie sich zwei Mägde über sie beugten und, während sie sie aufzurichten versuchten, nach ihrem Schmuck griffen. Dann schlug jemand von außen die Tür zu.

»Warum lacht ihr nicht?« fragte der König in die Runde. »Mich belustigt es, was meine Mutter sagte, euch nicht?«

Da begannen seine Gäste zur gleichen Zeit zu reden, das Stimmengewirr schwoll an, Entrüstung griff um sich. Die Brüder Sigurd und Harek von den Schafsinseln sprangen auf und erboten sich, Thyra zu erwürgen; Bischof Horath verschaffte sich mit der Behauptung Gehör, Gorms Witwe sei vom Teufel besessen, und daher empfehle er, sie auf dem Scheiterhaufen zu verbrennen; Bue der Dicke hingegen erinnerte den König an dessen eigenen Schwur und schlug vor, Thyra nach Litla Dimun zu verbannen, einer Felsinsel im Nordmeer, die an Unwirtlichkeit ihresgleichen suche. Harald jedoch wiegte unentschlossen den Kopf, schien an keinem der Vorschläge so recht Gefallen zu finden und brachte seine Gäste schließlich mit einer Handbewegung zum Schweigen.

»Mir wäre lieber gewesen, wir hätten gemeinsam über das Geschwätz der alten Frau gelacht«, sagte der König. »Aber offenbar seid ihr euch einig, daß sie dafür eine Strafe verdient. Oder ist einer hier im Saal anderer Meinung?«

»Ich, Herr«, sagte Poppo und erhob sich.

»Si tacuisses!« stöhnte Bischof Horath und sank in sich zusammen. Die Bischöfe von Aarhus und Ribe tauschten erstaunte Blicke: Wer war dieser Priester, daß er es wagte, an der Tafel des Königs das Wort zu nehmen?

»Man sagte mir, du seist ein sprachkundiger Mann«, versetzte der König. »Nur aus diesem Grund habe ich dich zu meinem Fest eingeladen. Da du nun aber hier bist, laß uns deinen Rat hören.«

»Es steht mir nicht zu, dir einen Rat zu erteilen, König Harald«, antwortete Poppo. »Ich will jedoch nicht mitschuldig daran sein, daß du deinen Nachruhm durch einen Muttermord befleckst. Wenn es, wie mein ehrwürdiger Herr meinte, der Teufel war, der aus deiner Mutter sprach, so räche dich an ihm, nicht aber an jener, deren Stimme er sich lieh.«

»Das ist leichter gesagt als getan, Priester«, entgegnete der König. »Wie soll ich mich an einem rächen, von dem niemand mit Sicherheit sagen kann, ob es ihn gibt?«

»Ich habe ihn gesehen«, sagte Poppo mit fester Stimme. »Ich habe ihn gefühlt, gerochen, mit all meinen Sinnen habe ich ihn wahrgenommen. Es gibt den Teufel so gewiß wie es Gott gibt und seinen Sohn Jesus Christus und die Jungfrau Maria. Nimm den wahren Glauben an, Herr, dann wirst du auch den Teufel erkennen, und Gott wird dir die Kraft geben, ihn zu bezwingen.«

»Immerhin würde sich, wenn ich an deinen Gott glaubte, die Zahl meiner Feinde um einen vermehren«, warf der König gewitzt ein. »Noch dazu um einen, dem mit dem Schwert nicht beizukommen ist.«

»Das Gebet ist stärker als das Schwert«, sagte Bischof Reginbrand, der dem Wortwechsel zwischen König und Priester mit wachsender Aufmerksamkeit gelauscht hatte.

Poppo verneigte sich vor dem Bischof von Aarhus. Dann fuhr er, zum König gewandt, fort: »Und Gott ist mächtiger als die Götzen und Dämonen, die ihr die alten Götter nennt. Denn siehe: Eure Götter sind von Menschenhand gemacht, sie sind aus Gold, Silber, Kupfer, Stein oder Holz, sind taub, blind und stumm. Sie leben nicht, bewegen sich nicht, fühlen nicht. Bedenke doch: Welche Rettung können sie dir bringen, die ja nicht einmal, da sie ohne Verstand sind, sich selbst helfen können?«

Da stand Thormod auf und sagte: »Wenn du einem weitgereisten Mann erlaubst, von seinen Erfahrungen zu berichten, Herr: Der Gott der Christen ist mir auf dem festen Land in manchem nützlich gewesen, über das Meer jedoch hat er keine Macht, dort herrscht immer noch Njörd. Laß dir also von dem Priester nicht einreden, daß sein Gott allmächtig sei.«

Thormods Worte fanden bei vielen Zustimmung, und auch König Harald zeigte durch ein Kopfnicken an, daß sie ihm einleuchtend erschienen.

»Höre, was ein erfahrener Mann sagt, und erkläre

uns, wozu es gut sein soll, auf den Beistand vieler Götter zu verzichten und sich statt dessen einem einzigen anzuvertrauen«, forderte Harald den Priester auf.

»Noch dazu einem, der das Wasser scheut!« rief Bue der Dicke, die Augen beifallheischend auf das Gesicht des Königs gerichtet. Aber dieser schneuzte sich mit Daumen und Zeigefinger, was unter seinen Vertrauten als Ausdruck der Mißbilligung galt.

»Es wundert mich nicht, wenn Gott jenen seinen Beistand versagt, die ihn neben ihre Götzen und Dämonen stellen«, antwortete Poppo. »Bedenke vor allem dies, Herr: Eure Götter sind wie Menschen geboren. Odin wurde von Bor gezeugt, und Bestla brachte ihn zur Welt. Bor war Buris Sohn, und diesen leckte die Kuh Audumla aus dem Eis. Davor war der Riese Aurgelmir, den andere Ymir nennen, und davor war der Knall, als das Eis von Niflheim mit dem Feuer von Muspellheim zusammenkam. Aber wer erschuf Feuer und Eis, wer die gähnende Leere Ginnungagap, Herr? Und wenn du meinst, dies sei schon immer dagewesen: Wer herrschte über die Welt, bevor eure Götter geboren wurden? Ich sage es dir: Es war der einzige, der wahre, der allmächtige Gott; er war vor allem anderen da, er selbst ist der Anfang!«

Es wurde sehr still im Saal. Von draußen war Kindergeschrei zu hören; Spatzen tschilpten im Reetdach der Halle. Die Bischöfe von Ribe und Aarhus flüsterten einander lateinische Worte zu; Bischof Horath stocherte mißmutig in seinen Zähnen.

»Alles mag so sein, wie du sagst, Poppo«, ließ sich nun der König wieder vernehmen. »Aber wie willst du beweisen, daß dein Gott auch heute noch mächtiger ist als unsere Götter? Odin und Thor, Njörd und Freyr tun ihre Macht durch Zeichen und Wunder kund, von der Macht deines Gottes hingegen höre ich nur aus deinem und anderer Christenpriester Mund.«

Da übermannte den sonst so beherrschten Priester der Zorn. Er schleuderte seinen hölzernen Becher gegen die Wand und rief: »Gott, Vater, Sohn und Heiliger Geist sind die einzige Gottheit, alle anderen nur Abgötter!«

Björn sah, wie Sigurd und Harek nach ihren Schwertern griffen; auch Bue machte sich bereit, den Priester auf einen Wink seines Herrn hin mit der Waffe zu belehren, wie man sich in Gegenwart des Königs zu benehmen habe. Doch Harald bedeutete mit beschwichtigenden Gebärden, daß er keine Handgreiflichkeiten wünsche.

»Bist du bereit, dies durch deines Gottes eigenes Urteil zu bekräftigen?« fragte er lauernd.

Poppo stützte sich mit beiden Armen auf den Tisch, stand eine Zeitlang so da, reglos, die Augen zusammengepreßt, als lausche er einer inneren Stimme. Dann richtete er sich langsam auf, öffnete die Augen, blickte zur Decke empor. »Ja, Herr«, sagte er leise.

»Bringt mir ein Stück glühenden Eisens«, befahl der König.

Seine Leibwächter stürmten waffenklirrend aus dem Saal. Poppo kniete zwischen den Bänken nieder, bekreuzigte sich und umhüllte sich mit seiner Kutte, so daß von ihm nicht mehr zu sehen war als seine ledrigen Fußsohlen.

»Was tut er da?« fragte Gunhild, die, auf ihren Brüsten ruhend, eingeschlummert war.

»Er betet«, antwortete Bischof Liafdag.

»Er fleht Gott um seinen Beistand an«, verdeutlichte Bischof Reginbrand.

»Si tacuisses, si tacuisses«, murmelte Bischof Horath.

»Ich setze mein bestes Pferd darauf, daß er sich die Pfoten verbrennt«, rief Wichmann, der Brudersohn des Billungers. »Wer hält dagegen?« Niemand meldete sich, obwohl allgemein bekannt war, daß Wichmann beim Wetten meist den kürzeren zog.

Der König ließ sich eine Specksteinschale reichen und schlug darin sein Wasser ab. Währenddessen sagte er: »Ihr seid meine Zeugen, daß ich den Priester nicht gezwungen habe, die Macht seines Gottes durch die Feuerprobe zu beweisen. Es ist sein eigener Wille. Wenn er sich also, woran ich nicht zweifle, die Hände verbrennen wird, ist kein anderer als er selber daran schuld. Ich sage dies, weil ich weiß, daß einige unter uns sind, die Erzbischof Adaldag nur zu gerne berichten würden, ich hätte einem seiner Priester Schaden zugefügt.« Sein Blick streifte die drei Bischöfe nur flüchtig, blieb dafür aber um so länger an Wichmann haften, von dem es hieß, daß er ein Günstling des mächtigen Erzbischofs sei.

Nun geschah etwas, was in Sagas besungen, in Holz geritzt, in Stein gemeißelt werden sollte. Die Zahl derer, die sich rühmten, Zeugen des Ereignisses gewesen zu sein, wuchs von Jahr zu Jahr; keine Halle, und wäre sie um ein Vielfaches größer gewesen als die König Haralds, hätte ihnen allen Platz geboten. Es kam soweit, daß der Zeitpunkt bedeutender und alltäglicher Geschehnisse danach bestimmt wurde, ob er vor oder nach Poppos Feuerprobe lag. Keine Hungersnot, keine Sturmflut, kein

Königsmord und kein Krieg gruben sich tiefer in das Gedächtnis der Menschen ein.

Einer der Leibwächter trägt das glühende Eisenstück mit einer Zange in den Saal. Es ist armlang und breit wie ein Schwert. Björn sieht die rote Glut zwischen bröckligem Grau, spürt die Hitze auf seinem Gesicht. Der Leibwächter bleibt neben Poppo stehen und hält das Eisenstück über ihn. At-Tartuschi besprengt es mit Wein, knallend zerspringen die Tropfen. Die weiter entfernt Sitzenden stehen auf, drängen nach vorn; Nanna greift nach Björns Hand, steigt auf eine Bank und zieht ihn zu sich empor. Poppo, unter seiner Kutte kauernd, rührt sich nicht. Ist er inzwischen zu der Einsicht gelangt, das Unmögliche zu versuchen; hat ihn der Mut verlassen?

»Es ist soweit, Priester«, sagt der König. »Oder willst du dir nachsagen lassen, du hättest gewartet, bis das Eisen erkaltet ist?«

»In nomine patris et filii et spiritus sancti«, sagt Bischof Reginbrand und schlägt über Poppo das Kreuz.

Unter der Kutte bewegt es sich, zwei Arme kommen zum Vorschein, schlagen die Kutte zurück, Poppo erhebt sich. Sein Gesicht ist weiß, selbst aus seinen Lippen ist das Blut gewichen. Poppo blickt in die Runde, seine Augen sind starr, seine Pupillen geweitet und tiefschwarz. Nun senkt er den Blick auf das Eisen, er streckt beide Hände aus, die Handflächen nach oben gekehrt, und bedeutet dem Leibwächter mit einer Kopfbewegung, das Eisenstück auf seine Hände zu legen. Björn stockt der Herzschlag, obwohl er das alles schon einmal sah, und wie damals steigt jetzt Rauch von Poppos Händen auf, es riecht nach verbranntem Fett, doch kein Schrei durchdringt die atemlose Stille.

»Wirf das Eisen fort, bevor es dich zum Krüppel macht!« ächzt König Harald, als erleide er selbst die Qualen, die Poppo ohne Anzeichen von Schmerz zu ertragen scheint.

»Es ist nur das Fett, das mir die Hitze aus den Poren treibt, Herr«, sagt Poppo. »Doch meine Haut widersteht der Glut, solange Gott es will.«

So steht er da, das glühende Eisenstück auf seinen ausgestreckten Händen. Der König läßt sein Horn füllen. Als er es leergetrunken hat, steigt er vom Hochsitz, geht zu Poppo, spuckt auf das Eisen, sein Speichel verpufft mit lautem Zischen.

»Damit wollen wir es genug sein lassen, Poppo«, sagt er. »Zeig mir deine Hände.«

Der Leibwächter nimmt das Eisenstück mit der Zange von Poppos Händen. Die Haut ist ein wenig gerötet, wo das glühende Eisen lag, aber sie ist glatt und unversehrt, zeigt keine Brandstellen, keine Blasen. Der König hält Poppos Hände hoch und führt den Priester schweigend durch die Halle. Als sie an Björn vorüberkommen, blickt Poppo ihn an, und ein dünnes Lächeln spielt um seine blutleeren Lippen.

Drei Tage nach Poppos Feuerprobe ließ sich König Harald taufen. Nachdem er den wahren Glauben angenommen hatte, gelobte er, auch seine Untertanen zu Christen zu machen, und damit niemand an seiner Entschlossenheit zweifle, setzte er einen Stein, auf dem das Bekehrungswerk bereits als vollendet vermerkt war.

Bischof Horath zog sich verbittert in ein Kloster zurück. An seiner Stelle wurde Poppo Bischof von

Schleswig. Zunächst sträubte er sich, dieses Amt zu übernehmen; als man ihn jedoch wissen ließ, Horath arbeite in der Abgeschiedenheit seiner Klosterzelle an einer Lebensbeschreibung des wundertätigen Poppo, die mit besonderer Sorgfalt die Zeitspanne vor seiner Hinwendung zum Christentum behandle, nahm er den Krummstab unter der Bedingung an, daß Horath wegen seiner angegriffenen Gesundheit eine Tätigkeit an der frischen Luft zugewiesen werde.

Eines Abends ließ Poppo Björn zu sich in das Haus des Bischofs bitten. Poppo lag im Bett, seine Wangen waren eingefallen, und noch immer hatte sein Gesicht nicht die gewohnte Röte wiedererlangt. Er richtete sich auf und blickte Björn an. »Ich sehe, daß du dir Sorgen um mich machst«, sagte er. »Aber ich bin nicht krank, nur sehr erschöpft. Die Feuerprobe wird wohl mein letztes Wunder gewesen sein, denn es gehört viel Kraft dazu, Gottes Werkzeug zu sein.« Er ließ sich auf das Kissen zurücksinken, schwieg längere Zeit, hob dann den Zeigefinger und winkte Björn zu sich heran: »Ich versprach dir, darüber nachzudenken, wie du zu Reichtum kommen kannst. Höre denn: Geh zu Thormod und sag ihm, daß du es bist, der ihm auf seiner Reise Glück bringen wird. – Gott möge dich beschützen, mein Sohn, und weil du noch ein Heide bist, wird er es dir verzeihen, wenn du hin und wieder auch den guten alten Njörd um Hilfe bittest.« Damit wandte er den Kopf zur Seite und schloß die Augen.

Thormod tat verwundert, als Björn ihm Poppos Botschaft überbrachte. »Ich will nicht verhehlen, daß mir eine Reliquie lieber gewesen wäre, denn eine solche nimmt nicht viel Platz weg und verlangt keinen Anteil«, sagte er. »Aber wenn Poppo meint, daß du mir Glück bringen wirst, dann willkommen an Bord, Björn Hasenscharte.«

Als Björn am Morgen der Abreise zum Hafen hinunterging, löste sich eine Gestalt aus dem Schatten der Häuserzeile und trat in das Sonnenlicht.

»Ich wollte dich noch einmal sehen«, sagte Thordis.

»Gestern abend waren wir so vergnügt miteinander«, sagte er. »Weshalb weinst du jetzt?«

»Ich weine nicht«, entgegnete sie störrisch.

Björn deutete auf die Tropfen, die glitzernd an ihren Wimpern hingen: »Und was ist das?«

Thordis fuhr sich mit dem Handrücken über die Augen. »Ach, das«, sagte sie, »das sind nur Tränen.«

11

Es war ein windstiller Morgen; auf dem Wasser lagen flache, langgestreckte Nebelbänke. Als sich das Schiff der Landenge näherte, war die Stadt bereits im Dunst versunken. Von einem kahlen Baum am Ufer strich ein Krähenschwarm ab und umkreiste lautlos das Schiff. Hedin, der Steuermann, beobachtete ihn, bis der Schwarm in der dunklen Wand des Waldes versickert war. Jenseits der Landenge wandte sich das Schiff in weitem Bogen nach Osten; wo sein

Kiel das glatte schwarze Wasser durchschnitten hatte, blieb ein rötlich schimmernder Streifen zurück, beiderseits gesäumt von den ringförmigen Spuren der Ruderblätter.

Neben Hedin stand Thormod. In seiner Kleidung unterschied er sich nicht von den anderen Männern, die teils auf den Ruderbänken saßen, teils, an die Reling gekauert, zu schlafen versuchten. Nur der Platz, den er einnahm, zeigte an, daß Thormod der Eigner und Schiffsführer war, denn die Schanze zu betreten, das schmale Deck vor dem Achtersteven, war außer diesem nur dem Steuermann erlaubt.

Hedin war für einen Steuermann bemerkenswert jung. Er selbst gab sein Alter mit dreißig Jahren an, aber keiner glaubte, daß er älter als fünfundzwanzig sei. Auch daß er aus Norwegen stamme, weckte bei manchen Zweifel, denn Hedin war nicht nur klein und schwarzhaarig, sondern unterschied sich von seinen Landsleuten auch dadurch, daß er jedem Zank aus dem Wege ging. Eines jedoch wurde bald von niemandem mehr bestritten: daß Hedin Gudmundursson ein guter Steuermann war.

Bei der Auswahl der übrigen Mannschaft schien Thormod vor allem seinem Hang zur Sparsamkeit gefolgt zu sein. Von den erfahrenen Seeleuten, die zur Sommerszeit von weither in die Stadt kamen und für gutes Geld ihre Dienste anboten, befand sich keiner darunter. Dagegen war es zwei stadtbekannten Hafenstrolchen gelungen, sich bei Thormod einzuschmeicheln, indem sie außer Beköstigung nur die Hälfte des üblichen Anteils verlangten. Der eine, Bjarki Fleischsuppe, pflegte haarsträubende Geschichten zu erzählen, die schon deswegen der Glaubwürdigkeit entbehrten, weil er behauptete, sie selbst erlebt zu haben. Der andere war Ketil Nase. Von ihm hieß es, er sei so faul, daß er es seiner Frau überlasse, ihm in seiner ungewöhnlich großen Nase zu bohren. Außer diesen gab es noch einen Mann an Bord, den Björn kannte. Er saß, in einen grauen, fadenscheinigen Mantel gehüllt, auf dem Mitteldeck, die Beine weit von sich gestreckt, den Rücken gegen den Mast gelehnt.

Wenn Vagn ihn wiedererkannt hatte, wußte er es geschickt zu verbergen. Er hatte Björn, als dieser an Bord kam, kurz zugenickt und sich wieder gleichmütig seiner Arbeit zugewandt. Sein Bart war weiß geworden, sein Körper aufgedunsen und schwerfällig. Björn verspürte einen Stich in der Brust, als er den schlafenden Vagn ansah. War es der Haß, der sich damit in Erinnerung brachte?

Die Besatzung des Schiffes bestand aus vierzehn Männern unterschiedlichen Alters. Björn zählte acht Ruderer, vier auf jeder Seite. Das Schiff lag tief im Wasser. Was es geladen hatte, wußte niemand außer Thormod; er hatte die Waren in abgedichteten Fässern oder in Häute eingenäht an Bord schaffen lassen.

An der Backbordseite tauchte die Burg auf, in der Björn einst gefangengehalten worden war. Einige Männer zeigten sich oberhalb des Palisadenzauns und schlugen ihre Schilde gegeneinander. Das Geräusch ließ Vagn aufhorchen. Er erhob sich schlaftrunken, hielt sich taumelnd am Mast fest und brüllte unverständliche Worte zur Burg hinauf. Die Männer antworteten mit mehrstimmigem Johlen. Vagn grinste. Und nun fiel sein Blick auf Björn. Langsam wich das Lächeln von seinem Gesicht, und seine Augen wurden schmal.

»Träume ich, oder bist du's wirklich, Hasenscharte?« fragte er.

»Du träumst nicht«, antwortete Björn und hielt seinem Blick stand, bis Vagn sich abwandte.

Die Fahrrinne verlief ein Stück am Fuß des Steilhangs entlang und schlängelte sich dann zwischen Untiefen zur Mitte der Förde hin. Björn sah die Stelle, wo er die Leiche des jungen Mädchens gefunden hatte, er erinnerte sich ihrer weißen Zähne, ihres im Tod erstarrten Lächelns. Nun schob sich der große Stein in sein Blickfeld, bei dem Bosi einst mit seiner Familie an Land gegangen war; ganz in der Nähe der Platz, von dem aus Björn, im Schilf verborgen, die fremden Schiffe beobachtet hatte. Vom Ufersaum bis zur halben Höhe des Hügels war ein Streifen Waldes gerodet worden; zwischen den von Gras überwucherten Baumstümpfen wuchs spärlicher Roggen. Oberhalb des Feldes, hinter den mächtigen, in rotes Sonnenlicht getauchten Buchen, mußte Bosis Hof liegen.

Wenig später rückten die Ufer so nahe zusammen, daß zwischen den Schilfgürteln nur ein schmaler Durchlaß blieb. Thormod weckte die schlafenden Männer und befahl ihnen, ihre Speere auf alles zu werfen, was sich im Dickicht bewege. Der Verlust eines Speeres, fügte er hinzu, sei leichter zu verschmerzen als der eines Schiffes samt Ladung. Die Männer verteilten sich, ihre Speere wurfbereit in den Händen, ringsum an der Reling und spähten in das Waldesdunkel.

»Das gilt auch für dich, Glücksbringer«, sagte Thormod und reichte Björn einen Speer, der um etliches länger war als er selbst.

»An der Eisenspitze erkennst du, wo vorn ist«,

murmelte Vagn in seinen Bart. Björn sah seinen mit grauem Haarfilz bedeckten Nacken, sah, wie Vagns Schultern von lautlosem Lachen zuckten, und auf einmal wußte er, daß er Vagn töten würde.

Als sie wieder in freies Gewässer gelangt waren, wurden die Ruderer ausgewechselt. Auch Björn mußte auf einer der Ruderbänke Platz nehmen. Er lernte schnell, den schweren Riemen zu handhaben und seine Kraft gleichmäßig auf Oberkörper und Arme zu verteilen. Dennoch begann er, vor Anstrengung zu schwitzen. Die Landschaft glitt vorbei, ohne daß er etwas von ihr wahrnahm; er sah nur seine um den Riemen gespannten Hände und den Rücken des Vordermannes. Er kam aus dem Takt, versuchte aufzuholen, aber schon schlug sein Riemen mit dem seines Vordermannes zusammen, kurz darauf auch mit dem des hinter ihm sitzenden Ruderers, und beide Male versetzte es Björn einen Ruck, der ihm die Arme aus den Gelenken zu reißen drohte. Eine Flut von Schimpfworten ergoß sich über ihn, sein Hintermann trat ihm in den Rücken, Björn ruderte verbissen weiter, der Schweiß rann über sein Gesicht, er spürte, wie sich, von seinen Händen her, ein Gefühl der Leere in ihm ausbreitete, wie es von seinen Armen auf den übrigen Körper übergriff, in seinen Kopf vordrang, alles auslöschte bis auf den Willen, der ihn rudern, den Rudertakt einhalten hieß.

Nach einer Zeitspanne, die ihm unermeßlich lang erschien, entriß man ihm den Riemen und stieß ihn von der Ruderbank. Er ließ sich auf das Deck fallen und schlief sogleich ein. Er träumte von mannshohen Kämmen, die sich in langbeinige, krabbenähnliche Ungetüme verwandelten, sah sich von ihnen umzingelt, wollte fliehen, aber seine Beine versagten ihm den Dienst. Thormods barsche Stimme schreckte ihn aus dem Schlaf.

»Geh an Land und sammle Holz, Björn Hasenscharte«, sagte der Schiffsführer. »Wir wollen etwas essen.«

Björn stand auf und schleppte sich mit zitternden Knien zur Reling. Undeutlich, als ob er durch trübes Glas blicke, nahm er wahr, daß das Schiff inmitten flachgewellter Sandbänke vor Anker lag. Er ließ sich ins Wasser gleiten und watete an Land. Dort hatten einige Männer schon einen Kessel an drei Stangen aufgehängt und ein Feuer unter ihm entfacht.

»Beeil dich, Faulpelz, sonst geht uns das Feuer aus!« sagte Ketil Nase, der es sich neben der Feuerstelle bequem gemacht hatte.

»Am Strand liegt genug Holz herum«, sagte ein anderer, den sie Gunne Seehundsfloh nannten.

Björn stapfte durch den weichen Sand, fand unterwegs ein Nest mit Möweneiern, die er in aller Eile ausschlürfte, und stieg auf einen kleinen Hügel. Von dort sah er zum ersten Mal das Meer; kein Windhauch rauhte die weite, im schrägen Sonnenlicht gleißende Fläche, und es erschien ihm kaum glaubhaft, daß es sich in jenes tobende, brüllende, allesverschlingende Ungeheuer verwandeln konnte, von dem er so oft hatte erzählen hören.

Der Strand war mit Treibholz übersät; da lagen Äste, Baumwurzeln, Bretter, zersplitterte Planken, sogar ganze, ihrer Rinde entblößte, vom Sand weißgeschliffene Baumstämme. Björn lud sich, soviel er tragen konnte, auf die Schultern, und kehrte zur Feuerstelle zurück. »Damit werden wir das Fleisch nicht zum Kochen bringen«, sagte Ketil Nase. »Hol mehr, Kleiner!«

»Geh selbst, wenn du meinst, daß es nicht reicht«, antwortete Björn.

»Ich bin es nicht gewohnt, mir so etwas von einem sagen zu lassen, der vor nicht allzu langer Zeit noch käuflich zu erwerben war«, entgegnete Ketil. Er hob, nicht ohne merken zu lassen, wieviel Anstrengung es ihn kostete, den Kopf und rief zum Schiff hinüber: »Was hat dir Swain für ihn bezahlt, Vagn?«

Von Bord kam keine Antwort, aber als nun Ketil den Kopf wieder auf seine verschränkten Arme legen wollte, kniete Björn auf seiner Brust und packte mit einer Hand Ketils Nase. »Ich bin kein Sklave mehr«, sagte Björn, ohne lauter als gewöhnlich zu sprechen. »Und du wirst es bereuen, wenn du mich wie einen solchen behandelst.« Ketil schrie vor Schmerz und beschimpfte Björn mit üblen Wörtern, bis dieser ihn mit einem Fausthieb zum Schweigen brachte.

Zum Essen kamen alle bis auf zwei Männer, die als Wache auf dem Schiff zurückblieben, an Land und setzten sich um das Feuer. Gunne schnitt das Fleisch in Stücke; das größte bekam Thormod, ein etwas kleineres Hedin, die übrigen erhielten gerade soviel, daß der ärgste Hunger gestillt wurde. Als sie ihre Fleischstücke hinuntergeschlungen hatten, sahen sie zu, wie Thormod mit sichtlichem Genuß den Knochen abnagte, ihn aufbrach, das Mark ausschlürfte und die Überbleibsel hinter sich ins Wasser warf.

»Ein voller Bauch macht träge und unvorsichtig«, sagte Thormod, während er seine Finger einzeln abschleckte. »Deshalb dürft ihr mich nicht für knauserig halten, wenn ich euch nur so viel zu essen gebe, daß ihr bei Kräften bleibt. Vor uns liegt eine weite Reise; wir werden in Gegenden kommen, wo noch keiner von euch war, da gilt es, beweglich und wachsam zu sein.«

Bjarki Fleischsuppe hob seine rechte Hand. »Ich habe, wie jeder von euch sehen kann, nur noch drei Finger an dieser Hand, die anderen hat mir eine Seeschlange abgebissen«, sagte er. »Aber selbst diese drei reichen aus, die Länder aufzuzählen, in denen ich noch nicht war. Wollte ich dagegen alle Länder aufzählen, auf die ich meinen Fuß gesetzt habe, so müßte ich zu meinen eigenen die Finger von euch allen zu Hilfe nehmen und eure Zehen noch dazu.«

Die Männer begannen zu lachen. Bjarki jedoch, statt sich darüber zu entrüsten, wartete geduldig, bis das Gelächter verklungen war, und fuhr dann fort: »Thormod ist gewiß weit herumgekommen, aber nicht einmal er dürfte in den Abgrund am Ende der Welt geblickt haben. Er ist das Furchtbarste, was Menschenaugen jemals sahen, das laßt euch von einem sagen, dem der Schreck noch heute in den Knochen sitzt.«

»Fragt ihn jetzt nicht, weshalb er nicht hinuntergefallen ist«, bat Ketil Nase die anderen. »Die Geschichte dauert eine ganze Nacht.«

Nun zeigte sich, daß Bjarki Fleischsuppe durchaus in Zorn geraten konnte. »Misch du dich nicht ein!« schrie er und machte Miene, sich auf Ketil zu stürzen. »Während ich die ganze Welt bereist habe bis dorthin, wo sie zu Ende ist, hast du nicht einmal deinen eigenen Bauchnabel gesehen.«

»Streitet euch nicht, Brüder«, sagte ein großer, hohlwangiger Mann, der sein Haar nach Art der Mönche geschnitten trug. Wie er Björn später in einer der langen Winternächte erzählte, war er in Schimpf und Schande aus dem Kloster gejagt worden, weil er anhand der Bibel nachgewiesen hatte, daß Gott ein Zwitter sei. »Wer weiß, ob uns ein solch ruhiger Abend noch einmal vergönnt sein wird.«

»Egbert hat recht«, sagte Thormod. »Vergeudet die Zeit nicht mit läppischem Gezänk, sondern nutzt sie zum Schlafen. Für die Westsee braucht es ausgeruhte Männer.«

Sie saßen noch eine Weile schweigend am Feuer, während die Sonne unterging und sich der Himmel über dem fernen Waldstreifen glühend rot färbte. Hedin sah zu den Wolken hin, die wie ein Haufen ausgekämmter Wolle im Osten über dem Horizont lagerten, und sagte: »Wir werden Wind bekommen, aber er wird es uns schwermachen, aufs Meer hinauszugelangen.«

Als es dämmrig zu werden begann, löschten sie die Glut und gingen an Bord. Thormod ließ das Schiff in tieferes Wasser verholen, um besser vor einem Überfall geschützt zu sein. Unter den Einheimischen, erläuterte er Hedin, sei es bekannt, daß die Sandbänke zwischen Förde und Meer ein beliebter Ankerplatz für auslaufende Schiffe seien, und daher habe schon mancher Seefahrer an dieser Stelle Ladung und Leben verloren.

Thormod teilte die Wachen ein; die erste übernahmen Bjarki Fleischsuppe und Halfdan Lämmchen, ein Bauernsohn von Seeland. Die übrigen krochen zu zweit in die Fellsäcke, in denen tagsüber die Waffen und ihre persönliche Habe aufbewahrt wurden. Björn teilte einen Fellsack mit einem gleichaltrigen jungen Mann, der Leif hieß und ein entfernter Verwandter von Vagn war. Leif machte kein Hehl daraus, daß er Vagn nicht leiden konnte, ja, ihn zutiefst verabscheute. So entstand eine Freundschaft, die man Björn noch in hohem Alter rühmen hörte, ungeachtet dessen, daß sie ein schlimmes Ende fand.

In der Nacht wurde Björn durch ein Geräusch geweckt; ein Stück des Segels hatte sich aus der Verschnürung gelöst und flatterte im Wind; der Sternenhimmel drehte sich langsam um die Mastspitze, mal in dieser, mal in jener Richtung. Auf der Back stand Vagn; sein Gesicht war fahl, und grünliche Schatten lagen in seinen Augenhöhlen. Eine Zeitlang schien es Björn, daß Vagn ihn anblicke. Aber als sich das Schiff wieder drehte und das Mondlicht auf Vagns Gesicht fiel, sah er, daß er die Augen geschlossen hatte.

Noch vor Sonnenaufgang weckte Thormod die Mannschaft. Mit dem Wind hatte eine starke Strömung eingesetzt, so daß der Bug, obwohl das Schiff noch vor Anker lag, weiße Gischt aufwarf. Thormod befahl den Ruderern, sich mit aller Kraft in die Riemen zu legen, und schlug mit einem Speerschaft den Takt. Aber so sehr sich die Männer auch mühten: Das Ankertau blieb straff. Da sprang Thormod über Bord und forderte die anderen auf, seinem Beispiel zu folgen. Nun schoben sie, bis zur Brust im kalten Wasser stehend, das Schiff durch die enge Fahrrinne zwischen den Sandbänken hindurch ins Meer, und erst, als sie den Boden unter den Füßen verloren, kletterten sie wieder an Bord. Jetzt hatten die Ruderer es nur noch mit dem Wind zu tun, und jeder Riemenschlag trieb den Schiffsbug ein Stück weiter in die grünen Meereswogen vor. Außerhalb der gefährlichen Untiefen lenkte Hedin das Schiff auf Nordkurs und ließ das braune Segel setzen. Die Ruderer sanken erschöpft in sich zusammen; wie die anderen vom Meerwasser, waren sie von Schweiß durchnäßt.

Das Schiff machte gute Fahrt. Nachdem sie eine Weile in nördlicher Richtung an der Küste entlanggefahren waren, ging Hedin, so hoch wie möglich am Wind segelnd, auf Nordostkurs.

»Nach meinem Dafürhalten«, sagte Thormod zum Steuermann, »müssen wir weiter nach Norden segeln und dann auf günstigen Westwind warten. So machten es jedenfalls die Steuerleute, mit denen ich früher auf Fahrt ging.«

Hedin deutete auf eine riesige Doppeleiche, die einsam auf dem flachen Küstenstreifen stand: »Wenn wir diesen Baum querab an Backbord haben, gelangen wir auf Nordostkurs durch die Inseln, ohne auf Westwind warten zu müssen.«

»Du bist der Steuermann«, sagte Thormod. »Und doch wundert mich, wie gut du dich in dieser Gegend auskennst. Hast du mir nicht erzählt, du seist noch nie so weit südlich gewesen?«

»Ich weiß es von meinem Vater«, antwortete Hedin. »Er hat den größten Teil seines Lebens auf dem Meer verbracht, und als er alt wurde, gab er sein Wissen an mich weiter.«

Der Wind frischte noch mehr auf; die Wellen nahmen eine dunkelgrüne Farbe an; hier und da zeigten sich die ersten Schaumkronen. Die Männer hängten ihre Kleider zum Trocknen auf und kauerten sich fröstelnd an windgeschützte Stellen. Aber Thormod meinte, nichts wärme den Körper besser als Arbeit, und er befahl ihnen, das Wasser aus dem Laderaum zu schöpfen, das durch die Nietlöcher eingedrungen war. Nur Ketil Nase gelang es, dem wachsamen Auge des Schiffsführers zu entgehen, indem er sich in einen mit getrocknetem Fisch gefüllten Hautsack zwängte.

Gegen Mittag drehte der Wind auf Südost, wodurch das Schiff, seinen Kurs beibehaltend, an Fahrt gewann. Gischt sprühte vom Bug auf und ergoß sich schäumend über das Deck. Die Männer mußten die Schöpfkellen gegen Holzkübel austauschen, um der hereinbrechenden Flut Herr zu werden. Bald tauchten voraus die dunstigen Umrisse von Inseln auf. Mit zunehmender Annäherung löste sich das Grau in verschiedene Farbtöne auf: unten der von Gelb und Braun in ein rostiges Rot übergehende Ufersaum, darüber das helle Grün der Wiesen und das dunklere der Wälder. Von Ansiedlungen war nichts zu sehen; nur die dem Wald abgerungenen Felder, der Geruch eines Holzfeuers und ein geteerter Kahn, der am Wurzelgeflecht eines Baumes vertäut war, deuteten darauf hin, daß die Inseln bewohnt waren.

Ein Mann, der von einer dieser Inseln stammte und den sie Olaf Dorschbeißer nannten, weil er Fische durch einen Biß in den Kopf zu töten pflegte, schlug vor, die Nacht auf dem Hof seines Vaters zu verbringen; dort würden sie reichlich zu essen bekommen, und sein Vater braue ein gutes Bier. Doch Thormod schüttelte den Kopf: Angesichts der Strecke, die es zurückzulegen gelte, sei es nicht angebracht, unterwegs Verwandte zu besuchen, zumal dies erfahrungsgemäß in ein mehrtägiges Saufgelage ausarte. Im übrigen seien sie jetzt allesamt Seeleute, und für diese gäbe es kein anderes Zuhause als das Schiff.

Hedin beteiligte sich nicht an dem Gespräch. Unbeirrt und mit einer Geschicklichkeit, die alle in Erstaunen setzte, steuerte er das Schiff durch das Gewirr kleiner und größerer Inseln, wich Untiefen aus, die von den anderen erst bemerkt wurden, wenn sie an der Bordwand vorbeiglitten, und nutzte jeden Windhauch, um das Schiff auf Kurs zu halten.

Der einzige Mensch, den sie an diesem Tag zu Gesicht bekamen, war ein Fischer, der, auf einem flachen Stein am Ufer stehend, mit weit ausgreifenden, gleichmäßigen Bewegungen sein Netz einholte. Olaf Dorschbeißer formte mit den Händen einen Trichter, rief dem Fischer seinen Namen sowie den seines Vaters zu und bat ihn, diesem auszurichten, daß er eine weite Reise unternehme, von der er als reicher Mann zurückkehren werde. Der Fischer gab durch nichts zu erkennen, daß er Olaf verstanden hatte; er blickte nicht einmal auf, als das Schiff, von einer Bö erfaßt, mit schäumender Bugwelle an ihm vorüberfuhr. Aber Bjarki Fleischsuppe erhob warnend seine drei Finger und sagte: »Ich könnte dir viel erzählen von Männern, die arm ausfuhren und mit noch weniger zurückkehrten, Olaf Dorschbeißer. Und nicht selten waren es jene, die den Mund zu voll genommen hatten.«

»Entweder komme ich mit einem Sack voll Gold und Silber zurück oder gar nicht«, antwortete Olaf zuversichtlich. Ob er auf die eine oder andere Weise recht behielt, entzieht sich unserer Kenntnis, weil er, wie noch zu berichten sein wird, eines Tages auf Nimmerwiedersehen verschwand.

Am Abend gingen sie im Windschatten einer dichtbewaldeten Insel vor Anker. Da das Ufer unübersichtlich war, erlaubte es Thormod nicht, daß an Land abgekocht wurde, und ließ Fladenbrot, gedörrten Fisch und Sauermilch austeilen. Als der Fisch aus dem Vorratssack geholt wurde, kam auch Ketil Nase wieder zum Vorschein, den bis dahin niemand vermißt hatte. Unter den Gerüchen, die er ausströmte, stach nun der nach Stockfisch besonders hervor und blieb trotz manchen unfreiwilligen Bades an ihm haften.

Nachts kam ein Sturm auf; die Böen stürzten sich über den Wald hinweg mit solcher Wucht auf das Schiff, daß das Ankertau zu reißen drohte. Thormod ließ ein zweites Tau ausbringen, das an einem Findling befestigt wurde. Nun konnte das Schiff zwar nicht mehr auf die tobende See hinausgetrieben werden, aber je nach der Richtung, aus der die Böen kamen, zerrte es mal an diesem, mal an jenem Tau, und jedesmal gab es einen Ruck, daß die Männer erschrocken aus dem Schlaf fuhren.

Gegen Morgen flaute der Sturm etwas ab. Der Wald stand wie eine schwarze gezackte Mauer vor einer grauen Wolkenbank, deren unterer Rand sich zu röten begann. Thormod ließ die Ankerleinen einholen und das Segel setzen; Hedin steuerte das Schiff aus dem Windschatten der Insel, blieb aber so nahe wie möglich unter der Küste, um es nicht der ganzen Kraft des Windes auszusetzen. Die Insel war sehr lang und so schmal, daß sie das Donnern der Brandung auf der anderen Seite hören konnten. Je weiter sie nach Norden kamen, desto lichter wurde der Wald; schließlich löste er sich in einzelne sturmzerzauste Bäume auf und gab die Sicht auf eine mit niedrigem Buschwerk bewachsene Landzunge frei. Das Schiff legte sich ächzend auf die Backbordseite und nahm Wasser über. Thormod bemerkte, daß einige der Männer ihn besorgt anblickten, er lachte. »Das ist das Wetter, bei dem ihr auf der Westsee schlafen werdet!« schrie er. »Denn dort gilt so etwas als Flaute.« Der Steuermann sagte nichts; seine

Augen wanderten unablässig vom Segel zum Bug und von dort zu den Klippen vor der Nordspitze hinüber, an denen sich die Wogen mit dumpfem Grollen brachen.

Als die Landzunge hinter ihnen lag, ließ Hedin die Vorderkante des Segels mit dem *Beitiáss* steif durchsetzen und steuerte das Schiff so, daß Wind und Wellen fast von vorn kamen. Der Bug hob und senkte sich in mächtigen Schwüngen, aber es kam Ruhe in die Bewegungen des Schiffes, ganz so, als ob es tief und gleichmäßig zu atmen begonnen habe.

Sie fuhren so weit auf das Meer hinaus, bis die Küste von Seeland in Sicht kam. Dann warf Hedin das Ruder herum und ließ das Schiff mit achterlichem Wind nach Westen treiben. Aus den dahinjagenden Dunstschleiern trat immer deutlicher die Uferlandschaft einer großen Insel hervor. Björn sah ein im Sonnenlicht goldgelb aufleuchtendes Steilufer, wenig später schon die unzähligen Schlupflöcher der Seeschwalben, und während ihm das Donnern der Brandung noch in den Ohren dröhnte, war das Schiff bereits durch einen schmalen, kaum einen Steinwurf breiten Einschnitt in eine südwärts von Wald, nach Norden hin von Wiesen und Kornfeldern gesäumte Bucht gelangt.

Allmählich an Fahrt verlierend, aber noch immer von der Kraft des Windes zehrend, glitt das Schiff durch das seichte Wasser. Es war so klar, daß man den wellenförmig geriffelten Sandboden erkennen konnte, über den Schwärme blinkender Fischleiber zogen. Am jenseitigen Ufer der Bucht ließ Thormod das Schiff auflaufen.

»Ich werde zu Skjalm Hvide gehen und ihn fragen, ob ihm unser Besuch gelegen kommt«, sagte er zu Hedin, bevor er im Wald verschwand. Kurz darauf kehrte er mit einem Jüngling zurück, der Asser hieß und einer von Skjalms Söhnen war. Asser musterte die Besatzung schweigend, schien aber bald zu der Erkenntnis zu gelangen, daß keine Gefahr von ihr drohe, und bat sie, ihm zu folgen. Thormod ließ drei Männer als Wache beim Schiff zurück und schärfte den übrigen ein, sich gesittet zu betragen.

Skjalm Hvide nahm sie freundlich auf. Er entstammte einem Geschlecht, das seinen Ursprung auf den mit einer Riesin gezeugten Sohn des Gottes Baldur zurückführte, und wer ihn sah, mochte an seiner göttlichen Herkunft zweifeln, nicht aber daran, daß er ein Nachkomme der Riesin war. Sitzend überragte Skjalm alle, die neben ihm standen, sogar seine hünenhaften Söhne; wenn er sich jedoch erhob, wirkte er wie ein Baum, den statt eines Wipfels ein mächtiger, von grauem Haar umflatterter Kopf krönte. Gewaltig wie seine Körpermaße waren auch Skjalms Kraft und Stimme. Man sagte von ihm, daß er einem Ochsen mit bloßen Händen das Genick brechen und mit seinem dröhnenden Lachen ein Haus zum Einsturz bringen könne. Mochte das auch übertrieben sein, so war sich Thormods Mannschaft jedenfalls darin einig, daß Skjalm Hvide von allen lebenden Menschen der größte sei; selbst Bjarki Fleischsuppe fiel keine Geschichte ein, die das Gegenteil besagte.

Skjalms Hof ähnelte einer Festung: Rings um die kreisförmig angeordneten Wohnhäuser und Stallungen befand sich eine Mauer aus hohen, oben zugespitzten Baumstämmen. Skjalm Hvide hatte viele Neider und Feinde, und mit besonderem Stolz erfüllte es ihn, daß auch König Harald zu ihnen zählte. Diesem war der Großbauer und Jarl ein Dorn im Auge, denn Skjalm ließ kein Thing aus, ohne öffentlich zu verkünden, daß ihm, ginge es nach Reichtum, Klugheit und dem Alter seines Geschlechts, die Königswürde gebühre. Nun war ihm zu Ohren gedrungen, daß Harald Christ geworden war, und er war begierig, Näheres darüber zu hören.

Der Jarl ließ einen Ochsen und drei Lämmer schlachten und bewirtete seine Gäste mit einem Bier, das Björn schon nach dem ersten Becher die Sinne zu benebeln begann. Skjalm saß, von seinen zwölf Söhnen und einer unübersehbar großen Schar halbwüchsiger Enkel umgeben, am Kopfende der Tafel. Obwohl es warm war, trug er einen schweren kostbaren Pelz, denn Skjalm war nicht nur reich, er liebte es auch, seinen Reichtum zu zeigen. Anders als Harald duldete Skjalm keine Frauen an seiner Tafel. Im Beisein von Frauen, pflegte er zu sagen, suchten die Männer einander an eitlem Gebaren zu übertreffen, statt sich ungezwungener Fröhlichkeit hinzugeben; außerdem sei es in seiner Sippe immer so gewesen, und er denke nicht daran, auch nur um Haaresbreite von dem abzuweichen, was seine Vorfahren für gut befunden hätten.

»Nun laßt es euch schmecken«, rief er seinen Gästen zu, als die Speisen aufgetragen wurden. »Und wehe dem, der von meinem Tisch aufsteht, bevor er satt und besoffen ist!« Das Lachen, das diesen Worten folgte, brachte manchen dazu, sich für den Fall, daß das Haus zusammenstürzen sollte, nach einem Fluchtweg umzuschauen.

Wie eine Meute hungriger Wölfe fiel Thormods Mannschaft über die dampfenden Fleischberge her.

Bjarki wurde seinem Beinamen vollauf gerecht, indem er die kochendheiße Brühe aus den Schüsseln schlürfte. Thormod bemerkte es mit Mißfallen, und um Skjalm von den rüden Tischsitten seiner Leute abzulenken, übermittelte er ihm König Haralds Grüße.

»Ich danke dir, wenngleich ich sicher bin, daß er dir keine Grüße an mich aufgetragen hat«, schmunzelte der Jarl. »Doch laß mich hören, was Harald Blauzahn dazu brachte, den alten Göttern abzuschwören.«

Nun erzählte Thormod von König Haralds Fest und Poppos Feuerprobe. Obwohl er nicht ahnte, daß außer ihm noch ein weiterer Zeuge des denkwürdigen Ereignisses am Tisch saß, hielt er sich im großen und ganzen an die Wahrheit. Als er geendet hatte, sagte Skjalm: »Wie immer es dieser Poppo zuwege gebracht haben mag, daß er sich nicht die Hände verbrannte: Für Harald bedeutet die Taufe ein gutes Geschäft. Denn wie ich höre, hat ihm der Kaiser sämtliche Abgaben erlassen. Nun kann er aus eigenen Mitteln ein Heer aufstellen und uns das Leben schwermachen. Aber so wahr ich Skjalm Hvide heiße: Niemand soll mir nachsagen, ich sei den alten Göttern untreu geworden.«

Mit diesen Worten, befand Thormod nach angemessenem Schweigen, habe sich Skjalm erneut als ein Mann ausgewiesen, der zu Höherem berufen sei, und falls es der Jarl nicht als Kränkung empfinde, von einem einfachen Kaufmann ein Geschenk anzunehmen, bäte er um die Erlaubnis, ihm ein solches überreichen zu dürfen. Skjalm Hvide nickte wohlwollend, und Thormod ließ einen Hautsack vom Schiff holen, den er vor Skjalms Augen aufschlitzte. Der Sack barg eine größere Zahl von Schwertklingen. Thormod nahm eine heraus, strich liebevoll über die Schneide und deutete auf die Runen, die in die Klinge geritzt waren: »Ulfberht der Franke hat sie geschmiedet; hier siehst du seinen Namen.« Damit legte er die Klinge in Skjalms Hände.

Die Augen des Jarls leuchteten auf. »Ich habe von Ulfberht gehört, und man hat mir berichtet, daß niemand bessere Klingen schmiedet als er«, sagte Skjalm. »Du machst mir mit diesem Geschenk eine große Freude, Thormod. Aber was verlangst du für die übrigen?«

Thormod entgegnete, er sei als Gast auf Skjalms Hof gekommen, nicht als Händler. Dies bestätigte der Jarl nachdrücklich und ließ ein Faß Bier anzapfen, das er sich, wie er sagte, nur mit seinen besten Freunden zu leeren vorgenommen habe. So ging das Gespräch eine Weile hin und her, bis sie sich handelseinig wurden und die Schwertklingen den Besitzer wechselten. Beide waren zufrieden. Skjalm glaubte die Waffen für einen Spottpreis erworben zu haben, und Thormod fand die Erfahrung bestätigt, daß nichts eine Ware so begehrenswert macht wie der gute Name ihres Herstellers; deshalb hatte er große Sorgfalt darauf verwandt, Ulfberhts Runen eigenhändig in die Klingen zu ritzen.

Sie blieben drei Tage auf Skjalm Hvides Hof. Den größten Teil der Zeit verbrachten sie schmausend und trinkend an der Tafel des Großbauern. Nebenher verkaufte Thormod dem Jarl eiserne Speer- und Pfeilspitzen, Streitäxte, Helme und Kettenhemden. Der herzliche Abschied ließ darauf schließen, daß beide der Meinung waren, einen guten Schnitt gemacht zu haben. Skjalm schenkte der Mannschaft ein Faß Bier und geleitete sie persönlich zum Schiff.

Der Wind hatte sich gelegt. Sie ruderten das Schiff aus der Bucht auf das Meer hinaus. Vor der Küste stand eine hohe Dünung, aber die Brise war zu schwach, das Schiff allein durch die Wellen zu treiben. Deshalb befahl Thormod den Ruderern, an den Riemen zu bleiben. Björn hatte inzwischen herausgefunden, daß das Rudern zu jenen Arbeiten zählt, die um so besser von der Hand gehen, je weniger man sich bei ihrer Verrichtung des Verstandes bedient. So konnte er seine Aufmerksamkeit ungeschmälert den Männern zuwenden, mit denen ihn das Schicksal auf dem Schiff zusammengeführt hatte. Da war, außer jenen, die wir bereits erwähnt haben, Hemmo der Kurze, der noch kleiner war als Björn, aber über ungewöhnliche Körperkraft verfügte; er pflegte seine Gegner von hinten mit den Armen zu umschlingen und ihnen den Brustkorb einzudrücken. Ein anderer hieß Torkel Hakenlachs; er fiel Björn dadurch auf, daß er sich ausschließlich von Fischen ernährte, die er unterwegs angelte und in rohem Zustand verschlang. Schließlich war da noch Tosti Einauge, der nur mit einem Auge, dem linken, zur Welt gekommen war. Dies beeinträchtigte zwar sein Sehvermögen, hatte jedoch seinen Geruchssinn derart geschärft, daß er nicht nur Land riechen konnte, bevor es in Sicht kam, sondern auch mit untrüglicher Sicherheit vorauszusagen wußte, ob es bewohnt war. Und wenn dies allein schon erstaunlich genug war, so konnte er darüber hinaus noch riechen, ob sich unter den Bewohnern Frauen befanden. Denn Frauen, behauptete er, zumal mannbare, strömten einen unverwechselbaren Geruch aus. Mit dieser Fähigkeit erwarb sich Tosti Einauge bei der Besatzung große Achtung, und es kam im weiteren

Verlauf der Reise des öfteren vor, daß der Steuermann Tosti zu Rate zog.

Von den übrigen Männern, die hier ungenannt bleiben, nahm Björn nicht mehr wahr, als daß sie zusammen mit ihm an Bord lebten und arbeiteten, daß sie, wie er, hungerten und kämpften und, einer auf diese, der andere auf jene Weise, den Tod fanden.

Bei mäßigem Wind aus Südwest segelten sie weiter nach Norden. Bald blieb Seeland hinter ihnen zurück, und während auf der Backbordseite die buchtenreiche Küste von Jütland vorüberzog, dehnte sich steuerbord das Meer. Die Männer lagen an Deck, einige schliefen, andere vertrieben sich die Zeit mit Spielen oder lauschten, von den Tafelfreuden des Jarlhofes ermattet, mit halbem Ohr Bjarki Fleischsuppes unglaublichen Geschichten. Björn saß mit Leif auf der Back, und dieser erzählte ihm, daß er aus dem nördlichen Angeln stamme. Nachdem sein älterer Bruder den Hof übernommen habe, sei er in die Stadt zu Vagn gegangen, der ein Vetter seines Vaters war. Doch Vagn habe ihn nicht nur bei jeder Gelegenheit spüren lassen, wie unwillkommen er ihm war, sondern wie einen Knecht behandelt. Manches von dem, was Leif berichtete, erinnerte Björn an die Zeit, die er selbst bei Vagn verbracht hatte, aber davon erzählte er nichts. Er wollte seinen Haß mit niemandem teilen.

Nachts ankerten sie in Buchten, die sich nur dadurch unterschieden, daß der Wald am Ufer, je weiter sie nach Norden kamen, immer spärlicher und niedriger wurde. Bald fiel es schwer, einen windgeschützten Ankerplatz zu finden, denn statt von Wald waren die Buchten jetzt nur noch von dornigem Gestrüpp gesäumt. Dahinter erstreckte sich bis zum Horizont baumlose, sumpfige Heide. Auch Thormod hatte unterdessen Vertrauen zu Tostis Geruchssinn gefaßt; wenn Tosti Einauge keine Menschen witterte, ließ Thormod einige Männer an Land gehen, um das Essen zu kochen.

Eines Abends opferte Thormod einen kleinen gelben Hund, der bislang, von den meisten unbemerkt, in einem Verschlag unter dem Schanzdeck eingesperrt gewesen war. Thormod öffnete ihm die Schlagader, ließ das Blut über seine Hände strömen und hob diese dann, den Meeresgott Njörd mit lauter Stimme um seinen Beistand anrufend, zum Himmel empor. Das Bild prägte sich Björns Gedächtnis ein: Thormod, bis zu den Knien in verkrüppeltem Gesträuch auf einem Hügel am Ufer stehend, seine blutigen Hände mit gespreizten Fingern emporgestreckt, dahinter der in ein fleckiges Rot getauchte Abendhimmel. Später ließ Thormod einen Holzstoß errichten, auf dem er den Kadaver des Hundes verbrannte.

An diesem Abend gab es reichlich zu essen und mehr von Skjalm Hvides Starkbier zu trinken, als einige der Männer vertragen konnten. Halfdan Lämmchen watete trunken am Schiff vorbei in die Bucht hinaus, wo ihn die Strömung erfaßte und auf das Meer hinausgetrieben hätte, wäre er nicht an einem von Torkels Angelhaken hängengeblieben. Bei Ketil Nase führte der übermäßige Biergenuß dazu, daß ihn das Verlangen überkam, Björn einen faustgroßen Stein an den Kopf zu werfen. Da er, wenn er sich überhaupt bewegte, dies sehr langsam tat, gelang es Leif, ihm einen Schlag auf den zum Wurf ausholenden Arm zu versetzen. Erst Ketils Schrei ließ Björn herumfahren und erkennen, in welcher

Gefahr er geschwebt hatte. Er dankte Leif und nahm sich vor, Ketil Nase nie wieder den Rücken zuzukehren.

Thormods Opfer schien den Meeresgott gnädig zu stimmen: Als das Schiff um die Mittagszeit des folgenden Tages die Nordspitze Jütlands rundete, zeigte allein die dunkelblaue Farbe des Wassers an, daß sie in die Westsee gelangt waren. Das für seine Wildheit berüchtigte Meer glitzerte glatt und friedlich in der Sonne. Ein schwacher, aber stetiger Wind trieb das Schiff nach Norden; die Sanddünen der Landzunge versanken hinter der Kimm. Nun befanden sie sich auf dem offenen Meer.

Das gleichmäßige Dahingleiten, das eintönige Rauschen des Wassers an der Bordwand, das träge Knarren der Takelage machten die Männer schläfrig. Sie dösten blicklos vor sich hin und wiegten ihre Körper in den sanften Bewegungen des Schiffes. Nur Hedin ließ keine Müdigkeit erkennen. Der unerwartete Empfang, den ihnen die Westsee bereitete, schien den Steuermann mit Mißtrauen zu erfüllen; unablässig suchten seine Augen den Horizont ab, folgten dem Flug der Seevögel oder wandten sich seinem eigenen Schatten zu, der kurz und gedrungen vor ihm auf dem Schanzdeck lag.

Als der Sonnenball westwärts ins Meer tauchte, kam voraus ein flacher, grauer, eine Daumenbreite über dem Wasserspiegel schwebender Streifen in Sicht. Die Männer, durch den Ruf des Stevenmannes aufgeschreckt, stritten darüber, ob es Land oder eine Nebelbank sei. Sie baten Hedin um seine Meinung; dieser gab die Frage stumm an Thormod weiter, denn nur dem Schiffsführer stand es zu, der Mannschaft Auskünfte zu erteilen.

»Es ist die Küste von Norwegen«, beschied Thormod die Fragenden. »Wenn Njörd uns weiterhin wohlgesinnt ist, wird sie unserer Reise von nun an für viele Wochen die Richtung geben.«

Nachdem er eine Weile mit Hedin beratschlagt hatte, gab Thormod der Mannschaft seinen Entschluß bekannt, die Nacht auf dem Meer zu verbringen, statt durch die Suche nach einem geeigneten Ankerplatz Zeit zu verlieren. Dies fand nicht bei allen Zustimmung, denn es bedeutete, daß sie sich mit kalter Verpflegung begnügen mußten, die vorwiegend aus Sauermilch, Stockfisch und verschimmeltem Fladenbrot bestand.

Die Nacht war sternenklar und beinahe windstill. Riesige Möwen umstrichen lautlos und schattenhaft das Schiff. Als die Männer in der Morgendämmerung aus den taubenetzten Fellsäcken krochen, sahen sie, daß das Schiff jetzt nach Westen segelte und auf ein schroff zum Meer hin abfallendes Kap zuhielt. Die Küste war felsig und zerklüftet; weiter im Landesinneren traten die Umrisse wellenförmiger Hügelketten aus dem Dunst hervor.

Kurz nach Sonnenaufgang hatte Björn Hemmo den Kurzen als Stevenmann abgelöst. So kam es, daß er als erster das Schiff sichtete, das lang und schmal hinter einem Felsen hervorschoß. Einen Augenblick lähmte ihm der Schreck die Zunge; er brachte nur ein Stammeln über die Lippen, dem unvermittelt ein schriller Ton folgte. Nun sah auch Hedin das fremde Schiff; er riß das Ruder herum und steuerte auf das Meer hinaus. Aber der schwerfällige Knorr hatte kaum beigedreht, als das mit zwanzig Ruderern bemannte Langschiff schon auf gleicher Höhe war. Auf der Back stand ein vierschrötiger Mann; er trug einen zottigen Pelz, der seine Arme freiließ, und als sich der Abstand zwischen den Schiffen weiter verringerte, konnte Björn erkennen, daß nicht nur seine Arme von den Fingerspitzen bis zu den Schultern, sondern auch sein Gesicht tätowiert waren.

Der Anblick des Mannes ließ Hedin erbleichen. »Das ist Thorgeir Bryntroll«, flüsterte er Thormod zu.

»Du kennst ihn?« fragte Thormod leise.

»Mein Vater und er sind früher gemeinsam auf Wiking gegangen«, antwortete der Steuermann. »Daher weiß ich, daß Thorgeir ebenso grausam wie unberechenbar ist.«

»Das erstere könnte uns nützlich sein«, sagte Thormod. »Vielleicht freut es ihn, dem Sohn seines einstigen Schiffsgenossen zu begegnen.« Er ließ das Segel streichen und wies die Mannschaft an, ihre Waffen griffbereit hinter das Schanzkleid zu legen.

Die Schiffe dümpelten jetzt, beide mit meerwärts gewandtem Bug, nur noch einige Riemenlängen voneinander entfernt in der schwachen Dünung. Der Wikinger hob die Waffe, die ihm seinen Beinamen verliehen hatte: eine zweischneidige Streitaxt, deren oberes Ende mit einer Eisenspitze versehen war. Dann fragte er nach dem Namen des Schiffsführers, nach der Ladung des Schiffes und dem Ziel der Reise. Als Thormod dies alles beantwortet hatte, wobei er allerdings die mitgeführten Waren als wertlosen, für die Wilden im Nordland bestimmten Plunder abtat, lachte Thorgeir und sagte: »Du brauchst nicht so weit nach Norden zu fahren, wenn du mit Wilden Handel treiben willst, Thormod Grisson. Wildere Männer als uns wirst du schwerlich treffen. Laß mich also sehen, was du zu bieten hast.«

Thormod entgegnete: »Es ist wenig darunter, was dein verwöhntes Auge erfreuen könnte, Thorgeir. Aber ich lasse es mich gern einen Beutel Silber kosten, daß ich mich rühmen darf, dem großen Thorgeir Bryntroll von Angesicht zu Angesicht gegenübergestanden zu haben.«

»Wie alle Händler bist auch du ein Schwätzer«, sagte Thorgeir. »Deshalb rate ich dir, nicht durch weiteres Reden meinen Zorn zu wecken. Zeig mir, was du geladen hast, dann wollen wir weitersehen.« Er befahl den Ruderern, die Riemen gegen Enterhaken auszutauschen und sich an der Reling aufzustellen.

»Sprich du mit ihm«, tuschelte Thormod seinem Steuermann zu und schob ihn nach vorn. Hedin nannte seinen Namen und gab sich als Sohn des Gudmundur Einarsson zu erkennen, der mit Thorgeir viele Jahre auf Raub ausgefahren war. Der Wikinger hörte es mit Verdruß, denn er rühmte sich gern seines Edelmuts, und dieser verlangte es, daß er mit dem Sohn seines Freundes und dessen Gefährten glimpflich verfuhr. Als Hedin schließlich noch erwähnte, daß sein Vater Thorgeir einst das Leben gerettet hatte, gebot der Wikinger ihm mit einer Handbewegung zu schweigen und sagte: »Du hast Glück, Thormod, daß du dir Hedin Gudmundursson zum Steuermann nahmst. Doch es wäre zuviel des Glücks, wollte ich dich gänzlich ungeschoren davonkommen lassen. Gib mir für jeden deiner Leute eine Mark Silber, und wir wollen im Guten voneinander scheiden.«

Dieses Verlangen versetzte Thormod in große Erregung. Er raufte sich das Haar und rief alle Götter zu Zeugen an, daß er eine solche Menge Silbers nie und nimmer zu zahlen imstande sei. Daraufhin ließ sich Thorgeir einen Speer geben und schleuderte ihn auf einen von Thormods Männern. Der Speer durchbohrte seine Brust und heftete ihn an den Mast.

»Jetzt kommt es dich etwas billiger«, grinste Thorgeir. »Und so werde ich weitermachen, bis du meine Forderung erfüllen kannst.«

Mit zitternden Händen zerrte Thormod einen prallgefüllten Lederbeutel unter dem Schanzdeck hervor und warf ihn auf Thorgeirs Schiff hinüber. Der Wikinger öffnete ihn, prüfte den Inhalt und schüttelte den Kopf. »Das reicht gerade für Hedin Gudmundursson und dich selbst«, sagte er. »Wollt ihr das Schiff allein nach Nordland segeln?«

»Mehr habe ich nicht!« schrie Thormod. Aber als der Wikinger nun abermals die Hand nach einem Speer ausstreckte, nestelte Thormod zwei kleinere Beutel von seinem Gürtel und warf sie Thorgeir zu. »Ich schwöre dir, daß ich jetzt kein einziges Stück Silber mehr besitze«, sagte er mit brüchiger Stimme.

»Auf den Schwur eines Kaufmannes gebe ich nichts«, erwiderte Thorgeir. »Aber die Erinnerung an meinen Weggefährten Gudmundur hat mein Herz erweicht, deshalb beeilt euch, mir aus den Augen zu kommen, bevor ich meinen Großmut bereue.«

Ohne Thormods Befehl abzuwarten, stürzten die Männer zu den Ruderbänken und brachten das Schiff mit peitschendem Riemenschlag aus der Reichweite der Wikingerspeere.

»Mit dem Geld, das ich für euch bezahlt habe, hätte ich eine Mannschaft ausgesuchter Seeleute anheuern können«, sagte Thormod zu den Männern. »Da ihr aber ein Haufen nichtsnutziger Landratten seid, werde ich den Anteil eines jeden von euch um die Hälfte kürzen, und ich denke, daß euch euer Leben soviel wert ist.« Dagegen erhob sich zunächst kein Widerspruch, aber als sie abends im Windschatten einer Felsinsel vor Anker lagen, hörte Björn, wie Egbert den Schiffsführer einen Halsabschneider nannte.

Mehrere Tage lang hielt das gute Wetter an. Es schien, als ob die Westsee ihren bösen Ruf Lügen strafen wolle. Nachdem das Schiff die Südspitze Norwegens in weitem Bogen umsegelt hatte, ging es wieder auf Nordkurs. Mehr von einer starken Meeresströmung als vom Wind getrieben, fuhr das Schiff an einer baumlosen Schärenküste entlang, hinter der sich schroffe, bis zur halben Höhe bewaldete Berge erhoben. Zuweilen öffnete sich auf der Steuerbordseite ein tief ins Land vorstoßender, von Steilhängen gesäumter Fjord.

Dann frischte der Wind auf, und an der Wolkenbildung war zu erkennen, daß er noch zunehmen würde. Hedin steuerte das Schiff zwischen die Schären, wo es zwar vor dem Wind geschützt war, aber ständig Gefahr lief, an einer der zahllosen, teils sichtbaren, teils knapp unter dem Wasserspiegel verborgenen Klippen zu zerschellen. Nun hing alles von Hedins Können ab, und es erregte Bewunderung, wic umsichtig und geschickt er den Knorr durch die Schären lenkte.

Die Männer gaben es auf, die Tage zu zählen, die seit ihrer Abreise vergangen waren. Jeder Tag glich dem anderen, wie ein Ankerplatz dem nächsten ähnelte. Die stete Wiederkehr des Gleichen führte dazu, daß die Zeit nach Ereignissen gemessen wurde, die sich vom Gewohnten unterschieden. Die Begegnung mit dem Wikinger Thorgeir Bryntroll war eines jener Ereignisse, mit dem eine neue Zeitrechnung begann. Ein anderes war mit einer Frau verknüpft, die Dagbjört hieß. Wir schildern den Vorfall so, wie Björn ihn in späteren Jahren am Herdfeuer erzählte.

Eines Abends hätten sie auf einer flachen Felsplatte am Ufer gesessen und einen Topf mit Grütze auf dem Feuer gehabt. Die Felsplatte sei noch warm von der Sonne gewesen. Vom Meer her habe man das Tosen der Brandung hören können, hinter den Schären jedoch sei es beinahe windstill gewesen. Mückenschwärme hätten über ihren Köpfen getanzt. Plötzlich hätten sich Tostis Nasenflügel gebläht; er habe die Luft schnuppernd eingesogen, seinen Kopf zum Land hin gedreht und gesagt, ganz in der Nähe müsse sich eine Frau befinden, dem Geruch nach zu urteilen nicht mehr jung, aber noch gut im Fleisch. Nun seien die Männer aufgesprungen und in die Richtung gegangen, in die Tostis Nase wies. Hinter einem Stein sei eine Frau hervorgekommen und vor den Männern davongelaufen. Alle, sogar der faule Ketil, hätten sich an die Verfolgung gemacht. Nur Thormod und Hedin seien beim Schiff zurückgeblieben. Die Frau habe, obwohl sie ziemlich dick gewesen sei, sehr schnell laufen können, aber einige der Männer seien noch schneller gewesen; sie hätten der Frau, kurz bevor sie den Wald habe erreichen können, den Weg abgeschnitten. Nun sei die Frau stehengeblieben und habe sich umgewandt. Trotz ihres Alters sei die Frau noch schön gewesen, sie habe langes braunes Haar und große Brüste gehabt. Die Männer hätten einen Kreis um die Frau gebildet, und die Frau habe heftig atmend einen nach dem anderen angeblickt. Dann habe sie ihr Kleid bis zu den Hüften hochgehoben, habe sich rücklings in das Moos gelegt und die Beine gespreizt. Die Männer seien unschlüssig gewesen, wer von ihnen den Anfang machen sollte, aber dann habe Torkel Hakenlachs seine Hose fallen lassen und sich auf die Frau gelegt. Als nächster sei Egbert drangekommen und nach diesem die anderen. Die Frau habe sich währenddessen nicht bewegt, auch keinen Laut von sich gegeben, sie habe nur so dagelegen und die Beine breitgemacht. Als alle ihren Samen losgeworden seien, habe sie sich mit dem Rocksaum abgewischt und aufgerichtet. Sie hätten dann noch eine Weile miteinander im Moos gesessen, und die Frau habe erzählt, daß sie Dagbjört heiße und in den Wald gegangen sei, um Beeren zu sammeln. Dann habe sie die Männer gefragt, wer sie seien und woher sie kämen, und als alles gesagt gewesen sei, habe Dagbjört gefragt, ob man sie nun gehenlassen würde, und die Männer hätten nichts dagegen gehabt.

Als Thormod davon erfuhr, wurde er sehr wütend und schimpfte die Männer hirnlose Lüstlinge; keinem, schrie er, hätte er eine Träne nachgeweint, wenn sie von der Frau in einen Hinterhalt gelockt und allesamt erschlagen worden wären. Weil er Egbert als einzigem einen Funken Verstand zubilligte, ließ er diesen an den Mast fesseln und achtete darauf, daß er einige Tage nichts zu essen bekam. Dadurch machte er sich Egbert zum Feind.

Der Westwind dauerte zwei Wochen lang an; deshalb vermied es Hedin, auf das offene Meer hinauszusteuern, und hielt, so gut es ging, an der Leeseite der Schären nordwärts. Weil dort aber entweder

Flaute herrschte oder unerwartete Böen das Schiff zum Kentern bringen konnten, mußten sie die meiste Zeit rudern. An Björns Händen hatte sich eine aus Blut, Schmutz und Eiter bestehende Kruste gebildet, die, wenn er nach stundenlangem Rudern die Finger von den Riemen löste und sie dehnte, von den Innenflächen seiner Hände platzte.

Dagbjört war fast schon in Vergessenheit geraten, als ein weiteres Ereignis die Gemüter erregte und für neuen Gesprächsstoff sorgte. Die Männer hatten sich so daran gewöhnt, daß hinter der vor ihnen liegenden Schäreninsel eine nächste auftauchte, kahl und unbewohnt wie diese, und hinter jener eine weitere, daß sie ihren Augen zunächst nicht trauen wollten, als unversehens ein Hof vor ihnen lag. Er war von einer Steinmauer umgeben und bestand aus mehreren niedrigen Gebäuden, deren grasbewachsene Dächer fast den Erdboden berührten. Aus einem der Häuser stieg Rauch empor, aber es waren weder Menschen noch Vieh zu sehen.

Thormod gab Befehl, den Anker auszuwerfen, und ließ das Schiff so nahe ans Ufer treiben, bis sein Kiel über felsigen Boden schrammte.

Hedin riet zur Vorsicht. Daß sich niemand zeige, sei kein gutes Zeichen; er vermute, daß sie von den Hofbewohnern längst bemerkt worden seien und diese sich in Verteidigungsbereitschaft gesetzt hätten. Aber Thormod meinte, auch ein Bauer könne unschwer einen Knorr von einem Langschiff unterscheiden, und nach seiner Erfahrung seien Händler in dieser Einöde stets willkommen. Dann sagte er zu Björn: »Du kommst mit mir, Glücksbringer«, und watete an Land.

Auf dem Hof rührte sich nichts. Als sie an die

Steinmauer gelangten, begann ein Hund zu bellen, verstummte jedoch nach kurzem Aufheulen, als sei er durch einen Tritt zum Schweigen gebracht worden.

Thormod rief seinen Namen zu dem Haus hinüber, aus dem Rauch durch ein Loch im Dachfirst hervorquoll. Er und seine Leute kämen in friedlicher Absicht, und er habe Waren an Bord, die es sich anzuschauen lohne.

In die Stille, die nun eintrat, mischte sich ein schwirrendes Geräusch. Björn warf sich auf Thormod und riß ihn zur Seite. Wo Thormod eben noch gestanden hatte, steckte ein Pfeil mit zitterndem Schaft im Erdreich.

»Du hast eine grobe Art, mir Glück zu bringen, Björn Hasenscharte«, stöhnte Thormod, während er hinter dem Steinwall Schutz suchte.

»Der Pfeil muß von dort oben gekommen sein«, sagte Björn und deutete zum Berghang empor, wo man die grobgefügten Mauern eines Schafstalls erkennen konnte.

Mit lauter Stimme beteuerte Thormod erneut, daß er nichts anderes im Sinn habe, als den Hofleuten seine Waren zu zeigen und ihnen, falls sie dafür Verwendung hätten, das eine oder andere zu verkaufen.

Nun öffnete sich die Tür des Wohnhauses, und eine alte Frau trat daraus hervor. Sie war groß und breitschultrig wie ein Mann; in der einen Hand hielt sie eine Axt, mit der anderen machte sie eine Einhalt gebietende Gebärde zum Schafstall empor. Hinter ihr zeigte sich eine weitere Frau in der Tür, auch sie war von kräftigem Körperbau, aber jünger; diese trug einen Speer.

»Wir brauchen nichts«, sagte die alte Frau. »Laßt uns in Ruhe und fahrt weiter.«

»Ist es bei euch Sitte, daß die Hausfrau das Wort führt?« fragte Thormod. »Sag deinem Mann, daß ich mit ihm sprechen will.«

»Hier ist keiner, der mit dir reden will«, antwortete die Frau und verschwand im Haus. Sie hörten, wie die Tür von innen verriegelt wurde.

»Da wohnen arme Leute, Thormod«, sagte Hedin, als sie zum Schiff zurückkehrten. »Was willst du denen verkaufen?«

»Wenn es so wäre: Weshalb treten uns dann sogar die Frauen bewaffnet entgegen?« erwiderte der Schiffsführer. »Wer nichts besitzt, hat auch nichts zu beschützen.«

»Dafür gibt es eine einfache Erklärung«, mischte sich Tosti Einauge in das Gespräch ein: »Sie beschützen sich selbst, denn in dem Haus dort befinden sich nur Frauen.« Er schnupperte in den Wind, der vom Berghang herniederstrich: »Auch der Bogenschütze ist eine Frau.«

»Da Tosti sich bislang noch nicht geirrt hat, wird er auch diesmal recht haben«, sagte Hedin. Nun erzählte er, daß die meisten Bauern dieser Gegend im Sommer auf Wiking gingen, weil der Boden zu karg sei, ihnen ausreichend Nahrung zu geben; oft blieben nur die Frauen und Kinder auf den Höfen zurück. »Aber«, schloß er warnend, »man sagt von ihnen, daß sie sich gut zu wehren wissen.«

In Thormods Augen trat ein fiebriges Glitzern. Er rief Hemmo den Kurzen zu sich, zeigte ihm den Schafstall und sagte: »Dort oben ist eine, die von dir umarmt werden möchte. Aber mach es leise.« Hemmo entblößte grinsend seinen zahnlosen Kiefer und kletterte im Geröll eines Bachbetts am Berghang empor. Nach einer Weile kehrte er mit einem Bogen und einem Köcher zurück, in dem ein Pfeil fehlte. »Zu Mittag hat es Lammfleisch gegeben«, sagte er, indem er auf seinen rechten Unterarm deutete, an dessen Haarfilz die Reste von Erbrochenem klebten.

»Laß es damit genug sein«, bat Hedin den Schiffsführer. »Wenn wir vor dem Winter aus dem Nordland zurückkehren wollen, dürfen wir keine Zeit vergeuden.«

»Bisher bin ich überall freundlich aufgenommen worden«, entgegnete Thormod. »Deshalb ärgert es mich, hier vor verschlossener Tür zu stehen.« Er gab den Männern Bier zu trinken, aber nichts zu essen. Im Haus, sagte er, würden sie genug finden, womit sie ihren Hunger stillen könnten, und wenn auf Tostis Nase Verlaß sei, würden sie dort auch in anderer Hinsicht nicht zu kurz kommen.

»Ich mache nicht mit«, sagte Hedin. »Denn wenn es sich herumspricht, daß ich an dem Überfall beteiligt war, kann ich nicht wieder in diese Gegend kommen, ohne um mein Leben fürchten zu müssen.«

Da lachte Thormod und sagte: »Redet so der Sohn eines Wikingers, Hedin Gudmundursson? Aber bleib meinetwegen an Bord; wir brauchen deine Hilfe nicht, um die Weiber die einfachsten Regeln der Gastfreundschaft zu lehren.«

Als die Sonne untergegangen war und sich eine fahle Dämmerung über die Schären senkte, ließ Thormod die Männer rings um den Hof ausschwärmen. Er selbst ging, wiederum nur von Björn begleitet, zu der Steinmauer und forderte die Frauen auf, ihm und seinen Männern für die kommende Nacht Obdach zu gewähren; wenn sie sich aber weigerten, werde er sich mit Gewalt Einlaß verschaffen.

Die Antwort war ein Pfeil, der, aus der halbgeöffneten Tür eines Stalls hervorschnellend, nur um Haaresbreite Thormods Kopf verfehlte. Nun gab er den Männern Befehl, von allen Seiten gleichzeitig zum Hof vorzudringen. Thormod sprang über die Mauer, entging durch rasches Wegducken einem weiteren Pfeil und stürmte mit gezücktem Schwert in den Stall. Björn folgte ihm. Als sich seine Augen an das Dunkel gewöhnt hatten, sah er zwei halbwüchsige Mädchen, von denen das eine mit einer klaffenden Halswunde am Boden lag, während das andere einen Speer auf Thormod gerichtet hatte. Thormod hebt sein Schwert, Blut trieft zähflüssig von der Klinge, das Mädchen starrt wie gebannt auf die Blutstropfen, Thormod geht langsam auf sie zu, stößt den Speer mit seinem Schwert beiseite, jetzt berührt die Schwertspitze ihre Brust, dringt ein, dringt tief ein, ohne daß sich der Klinge Widerstand zu bieten scheint, das Mädchen öffnet die Lippen, als ob es etwas sagen wolle, dann bricht es zusammen. Thormod zieht die Klinge aus ihrer Brust, wischt das Blut an ihrem Kleid ab, vor Björns Augen taucht das Bild auf, wie Dagbjört mit dem Rocksaum ihre Scham abwischte, dort der Samen, hier das Blut.

»Sie wäre schön geworden, wenn sie noch ein wenig gelebt hätte«, sagte Thormod.

Er ging zum Wohnhaus hinüber und stellte sich seitwärts neben die Tür. »Drei von euch sind tot«, rief er. »Euch da drinnen wird es genauso ergehen, wenn ihr uns nicht hereinlaßt.« Als keine Antwort kam, gab er Hemmo ein Zeichen; dieser warf sich mit der ganzen Wucht seines Körpers gegen die Tür. Sie sprang aus den Angeln. Aber bevor die Männer in das Haus eindringen konnten, stürzte die Alte aus ihm hervor. Sie wandte sich sogleich, ihre Axt schwingend, Thormod zu. Er wich ihr aus, die Axt grub sich knirschend in Halfdan Lämmchens Kopf. Nun sprang Olaf Dorschbeißer vor und hieb der Alten den Arm ab. Sie bückte sich, streckte die linke Hand nach der Axt aus, die ihre rechte noch umklammert hielt, aber Thormod stieß ihr das Schwert in die Rippen. Die alte Frau fiel auf den Bauch, drehte ihren Kopf aber so, daß sie Thormod sehen konnte, und sagte: »Du wirst mich von nun an nicht wieder loswerden, Thormod. Wenn du wach bist, werde ich hinter dir stehen, wenn du schläfst, werde ich durch deine Träume geistern, wenn du stirbst, werde ich zuschauen. Und es wird mein Dorn sein, der dir ins Herz dringt.« Damit starb sie.

»Was kümmert mich das Geschwätz eines alten Weibes«, sagte Thormod. Aber ihm war anzusehen, daß ihre Worte ihn erschreckt hatten. Dann befahl er den übrigen Frauen, aus dem Haus zu kommen, wenn sie weiteres Blutvergießen vermeiden wollten.

Nacheinander traten sie aus der Tür: eine kleine, verhutzelte Greisin, die die Mutter jener Frau sein mochte, die Thormod getötet hatte, zwei junge Frauen, von denen die eine schwanger war, und ein Mädchen von sechs oder sieben Jahren. Dieses lief zu der toten Frau und warf sich weinend über sie.

Die Männer scharten sich um die jungen Frauen. Hemmo tätschelte der Schwangeren den Bauch und meinte, bei ihrem Zustand sei es wohl besser, wenn er es ihr von hinten besorge. Doch Thormod scheuchte seine Männer fort und bat die Frauen, ihnen etwas zu essen zu geben. Die Männer murrten, denn ihr Verlangen nach Frauen war noch größer als ihr Hunger.

Später saßen sie auf weichen Fellen rings um das Herdfeuer, dessen spärliches Licht nur ihre Gesichter aus dem Dunkel hob. Sie aßen geräucherte Hammelköpfe und tranken Bier, das Thormod vom Schiff hatte holen lassen. Die Frauen waren schweigsam; wenn man sie etwas fragte, gaben sie einsilbige Antworten. Aber soviel erfuhren die Männer, daß Thormod eine Frau getötet hatte, die in der ganzen Gegend als Zauberin bekannt war.

Dies bot Bjarki Fleischsuppe Gelegenheit, von Erik Blutaxt zu erzählen, der eines Tages achtzig Zauberer, darunter zwei seiner Brüder, ertränkt habe. Da aber bekanntlich die letzten Worte eines Zauberers in Erfüllung gingen und sein letzter Blick Unglück brächte, habe Erik ihnen den Mund mit Werg stopfen und einen Sack über den Kopf stülpen lassen, bevor man sie ins Wasser warf. Obwohl dies offenkundig der Anfang einer längeren Geschichte war, mußte Bjarki es dabei bewenden lassen, denn Thormod schnitt ihm unwirsch das Wort ab. »Es war nicht meine Schuld, daß sie ums Leben kam«, sagte er. »Oder hätte ich mir von ihr den Schädel spalten lassen sollen, wie es Halfdan geschah?«

Gleichwohl sei es ratsam, dafür zu sorgen, daß sie ihre Drohung nicht wahrmachen könne, meinte Björn.

»Das ist ein guter Rat, Glücksbringer«, sagte Thormod. »Ich hoffe nur, du weißt auch, was da zu tun ist.«

Noch am gleichen Abend hoben sie eine Grube unter der Türschwelle aus, legten die Alte hinein, schnitten ihr den Kopf ab und trieben einen Pfahl durch ihre Brust. Dann schütteten sie das Loch zu, und Björn ritzte Zeichen in die Erde, die er sogleich wieder verwischte.

Als alles getan war, sagte Thormod: »Mir scheint, daß es Bischof Poppo wahrlich gut mit mir meinte, als er dich zu mir schickte, Björn Hasenscharte. Aber die Art, wie du Wiedergänger bannst, kommt mir nicht gerade christlich vor. Wer hat es dich gelehrt?«

»Gris der Weise«, antwortete Björn. Nun erzählte er, daß sie einander schon einmal begegnet seien, damals in Gris' Höhle, und Thormod erinnerte sich des Jünglings, der neben seinem Vater am Feuer gesessen hatte. Von diesem Tage an herrschte zwischen Thormod und Björn ein gutes Einvernehmen; öfter als die anderen zog der Schiffsführer ihn ins Gespräch und fragte ihn um Rat. Es sollte sich jedoch erweisen, daß Björns Gegenzauber dem Fluch der alten Frau nicht gewachsen war.

Am nächsten Morgen begruben sie Halfdan Lämmchen in einer flachen Felsmulde in der Nähe des Wassers; weil nicht genug Erde da war, häuften sie Steine und Moos auf den Leichnam. Als sie den Anker lichteten und das Schiff, von einer leichten Brise erfaßt, in die Schären hinaussegelte, gingen die Frauen ihrer Arbeit nach, als ob nichts geschehen sei. Aber gegen Ende des Sommers würde der Bauer mit seinen Söhnen heimkehren, und die Frauen würden von dem Überfall erzählen und Thormod und seine Mannschaft so genau beschreiben, daß man sie noch Jahre später als die Männer wiedererkennen würde, an denen es Rache zu nehmen galt.

Hedin stellte keine Fragen. Vermutlich hätte er ohnehin keine Antwort erhalten, denn die Männer waren verbittert und gereizt; auch Thormod hüllte sich in düsteres Schweigen. Ihm war, wie er Björn später erzählte, noch in derselben Nacht die alte Frau im Traum erschienen.

Der Wind war günstig, so daß Hedin es wagte, das Schiff aus den Schären auf das Meer hinauszusteuern. Je weiter sie sich von der Küste entfernten, desto deutlicher traten hinter den bewaldeten Kuppen des Vorgebirges die schroffen Flanken gewaltiger Felstürme hervor; oben waren sie von Wolken umhüllt, die nur selten den Blick auf einen schneebedeckten Gipfel freigaben. Nie zuvor habe er eine derart wilde und furchteinflößende Bergwelt gesehen, meinte Leif, und es falle ihm schwer, sich vorzustellen, daß dort Menschen lebten. Der Küstenstrich sei tatsächlich nahezu unbewohnt, entgegnete Hedin. Aber am Rand der tief ins Land einschneidenden Fjorde gäbe es Wiesen und fruchtbare Äcker, und die Fjorde selbst wie auch die Bäche und Bergseen seien reich an Fischen. In einem der Täler, fuhr der Steuermann fort, habe er seine Kindheit verbracht, und es erfülle ihn mit Schmerz, in diesem Land nun geächtet zu sein.

»Du hast dir doch nichts zuschulden kommen lassen«, sagte Björn.

»Ich hätte einen Kurs steuern können, daß keiner von euch den Hof bemerkt hätte«, erwiderte Hedin. Und nun senkte er seine Stimme zu einem Flüstern: »Aber ich dachte, daß ich das Schiff eines Händlers steuere, nicht das eines Seeräubers. Und wenn es schon eine Dummheit war, den Hof zu überfallen, so war es eine noch größere, auch nur eine einzige von den Frauen am Leben zu lassen.«

Einige Tage darauf kreuzte ein Walfänger ihren Kurs. Die Schiffe näherten sich einander bis auf Rufnähe, und der Steuermann des Walfängers rief etwas herüber, was außer Hedin keiner verstand.

»Es sind Männer aus Tröndelag«, sagte er zu Thormod. »Sie kennen einen Platz, wo wir über Nacht bleiben können, und sie laden uns ein, von ihrem Walfleisch zu kosten.«

»Kann man ihnen trauen?« fragte Thormod.

Es komme gelegentlich vor, daß sich Seeräuber als Händler tarnten, selten jedoch als Walfänger, entgegnete Hedin – eine Antwort, die Thormod sichtlich verdroß. Mit barscher Stimme befahl er, dem Walfänger zu folgen.

Sie gelangten zu einer Felsklippe, die zum Meer hin einen aus großen Steinen bestehenden Ringwall bildete und den Schiffen Schutz vor Wind und Wellen bot. Die Walfänger trugen einen Kessel an das Ufer, und während einige von ihnen Treibholz sammelten, machten sich andere daran, den Schwanzteil eines Grindwals zu zerlegen.

Nachdem Thormod seinen Männern eingeschärft hatte, auf der Hut zu sein und sich auf keinen Streit einzulassen, ging er mit seiner Mannschaft an Land. Es zeigte sich jedoch, daß die Walfänger friedfertige Leute waren, denen an nichts anderem gelegen war, als etwas Abwechslung in ihr eintöniges Leben zu bringen. Die Verständigung war allerdings schwierig, denn die Männer aus Tröndelag redeten in einem rauhkehligen Singsang, in dem nur wenige bekannte Wörter auszumachen waren.

Das Walfleisch war saftig und wohlschmeckend; einige von Thormods Männern verschlangen es mit solcher Gier, daß ihnen übel wurde. Aber kaum, daß sie sich erbrochen hatten, fischten sie aufs neue dampfende Fleischlappen aus dem Kessel und würgten sie beinahe unzerkaut hinunter.

Der Steuermann des Walfängers hieß Tungu-Odd. Sein gedrungener Körper war ganz in zottiges Fell gehüllt, und auch seine Hände und sein Gesicht waren nahezu vollständig behaart. Tungu-Odd erzählte, daß er am nördlichsten von allen Norwegern wohne. Das Land erstrecke sich zwar noch sehr weit nach Norden, aber es sei unbewohnt – mit Ausnahme weniger Plätze, an denen sich Finnen aufhielten, die im Winter jagten und im Sommer fischten. Als Thormod verlauten ließ, daß er noch weiter nach Norden zu segeln beabsichtige, fragte Tungu-Odd den Steuermann, ob er sich in den nördlichen Gewässern auskenne. Hedin verneinte; weder sein Vater noch er selbst seien jemals so weit nach Norden gelangt.

Dann sei es mehr als waghalsig weiterzufahren, sagte Tungu-Odd, er habe etliche Schiffe nach Norden segeln sehen, aber nur selten sei eines von ihnen zurückgekommen. Denn das Meer dort sei rauh, die Küste voller tückischer Gefahren, und die Bjarmen seien unberechenbarer als wilde Tiere. Dies alles malte Tungu-Odd in solch düsteren Farben aus, daß es Thormods Männern kalt über den Rücken lief. Doch der gewitzte Händler hatte längst erkannt, daß Tungu-Odds in Schreckensbildern schwelgende Beredsamkeit allein dem Zweck diente, den Preis einer noch nicht näher bezeichneten Ware in die Höhe zu treiben.

»Frag ihn, welchen Rat er mir gibt, falls ich dennoch nicht von meinem Vorhaben ablasse«, bat Thormod seinen Steuermann.

Als Hedin dies übersetzt hatte, schwieg Tungu-

Odd längere Zeit und kaute nachdenklich auf seinen Lippen. Dann sagte er, er habe einen Finnen namens Karhu in seiner Mannschaft, der von der Halbinsel Ter im äußersten Norden stamme und dort oben jeden Stein kenne, gleichgültig, ob sich dieser auf dem Land oder im Wasser befinde. Aus diesem Grund könne er allerdings kaum auf Karhu verzichten, ja, wenn er es recht bedenke, sei er ihm schlechthin unentbehrlich, und Thormod möge verzeihen, daß er einen flüchtigen Gedanken in Worte gefaßt habe.

Als die Schiffe früh am nächsten Morgen die Anker lichteten, gehörte Karhu zu Thormods Mannschaft; Tungu-Odd hatte ihn Thormod für eine Handvoll Glasperlen, zwei Speerspitzen und ein Messer verkauft. Karhu war jung, fast noch ein Knabe; er hatte breite Backenknochen und flinke schwarze Augen. Seine Bewegungen waren schwerelos und geschmeidig wie die eines Eichhörnchens, deshalb belustigte es die Männer, als sie erfuhren, daß sein Name ›der Bär‹ bedeutete.

Drei Tage fuhren sie, dem Verlauf der Küste folgend, nach Nordosten, und die ganze Zeit lag das öde Land an Steuerbord und die offene See an Backbord. Dann hatten sie jenen Punkt erreicht, von dem Karhu sagte, daß die Walfänger selten über ihn hinaus nach Norden führen. Von dort segelten sie drei weitere Tage, ohne nachts vor Anker zu gehen, bis sich die Küste nach Osten bog. Auf Karhus Rat warteten sie in Lee einer senkrecht aus dem Meer emporsteigenden Felswand nordwestlichen Wind ab und segelten dann ohne Unterbrechung vier Tage ostwärts am Land entlang. Nun bog die Küste nach Süden, und nach fünf Tagen gelangten sie an die

Mündung eines breiten Flusses, dessen Wasser sich lehmig-trüb ins Meer ergoß. Mit günstigem Nordwind segelten sie ein Stück flußaufwärts, bis die Strömung so stark wurde, daß das Schiff kaum noch Fahrt machte.

Die ganze Zeit über hatten sie längs der Küste keine Anzeichen menschlicher Besiedlung entdeckt. Nun aber sahen sie beiderseits des Flusses bebautes Land. Dies sei das Gebiet der Bjarmen, sagte Karhu. Er riet jedoch davon ab, es zu betreten, bevor sie von den Bewohnern dazu aufgefordert worden seien. Zunächst gelte es, ihnen klarzumachen, daß man in friedlicher Absicht gekommen sei.

Karhu ließ sich von Thormod eine kleine Auswahl seiner Waren geben und legte sie auf einen flachen Stein am Ufer. Am nächsten Morgen waren sie verschwunden; statt dessen lagen einige Marder- und Otterfelle, ein Stück geräucherten Rentierfleisches sowie ein aus Walroßhaut gefertigtes Tau auf dem Stein. So ging es einige Tage weiter, ohne daß sie ihre Tauschpartner zu Gesicht bekamen. Als aber Thormod eines Abends eine Schwertklinge auf den Stein legte, zeigte sich am darauffolgenden Morgen eine Anzahl seltsam gekleideter Männer am Ufer, die wie plumpe Vögel aussahen, denn sowohl ihre Hüte wie auch ihre Mäntel waren mit bunten Federn gespickt. Einer gab durch Gebärden zu verstehen, daß sie mit den Fremden zu sprechen wünschten, woraufhin Thormod das Schiff näher an das Ufer rudern ließ.

Als Karhu eine Weile mit den Männern gesprochen hatte, übermittelte er Thormod ihre Einladung, mit ihnen ins Dorf zu kommen, wo man bereits Vorkehrungen für einen ehrenvollen Empfang getroffen habe. Ohne seine Stimme zu verändern, fügte er hinzu, daß dies zweifellos eine Falle sei, denn die Bjarmen seien als äußerst hinterlistig bekannt, und wenn jene dort auch keine Waffen trügen, so sei zu vermuten, daß sich ganz in der Nähe eine größere Anzahl bewaffneter Männer verberge.

»Ich wäre ein schlechter Händler, wenn ich einer List nicht eine bessere entgegenzusetzen wüßte«, schmunzelte Thormod. »Welcher von ihnen, glaubst du, ist der angesehenste?«

»Der, mit dem ich gesprochen habe«, antwortete Karhu.

Thormod belud nun drei seiner Männer mit allerlei wertlosem Tand und watete mit ihnen ans Ufer. Dort ließ er die Waren ausbreiten, und als sich die Bjarmen neugierig über sie beugten, packte er jenen, den Karhu als den angesehensten bezeichnet hatte, und brachte ihn, obwohl er sich heftig sträubte, an Bord. Die Männer waren kaum auf das Schiff zurückgekehrt, als ein Hagel von Pfeilen auf sie herniederprasselte. So schnell sie konnten, ruderten sie das Schiff auf den Strom hinaus, und nun sahen sie, daß Karhu recht gehabt hatte, denn hinter jedem Stein, der einem Mann Deckung bieten konnte, sprang ein Bogenschütze hervor und stürzte zum Ufer hinunter.

Thormod ließ das Schiff an einem Felsen vertäuen, der mitten im Fluß aus dem Wasser ragte. So brauchten sie nur das Tau zu kappen und sich von der Strömung auf das Meer hinaustreiben zu lassen, falls die Bjarmen versuchen sollten, mit Booten an sie heranzukommen.

Der Gefangene war weder durch Drohungen noch durch Schläge zum Reden zu bringen. Erst als Thormod ihm ein Ohr abschnitt, gab er sich als Priester und Häuptling zu erkennen. Nun setzte ein langwieriges Feilschen ein, das damit endete, daß Thormod den Gefangenen gegen drei Bärenfelle, fünfzehn Marderfelle und zwanzig Walroßzähne eintauschte. Dann nagelte er das Ohr an den Mast und meinte, er habe selten ein so gutes Geschäft gemacht.

Karhu drängte zum Aufbruch; nun, da sich der Priester und Häuptling in Sicherheit befinde, sei jederzeit mit einem Überfall zu rechnen. Wiederum sollte der Finne recht behalten: Als sich das Schiff der Flußmündung näherte, sahen sie sich plötzlich von kleinen, mit Häuten bespannten Booten umringt. Von allen Seiten schwirrten Harpunen heran; eine durchbohrte den Hals eines Ruderers, eine andere schlug Björn das Schwert aus der Hand. Die Männer duckten sich hinter das Schanzkleid, deshalb bemerkten sie nicht, daß einige Boote längsseits gingen und mit Messern bewaffnete Bjarmen an Bord kletterten. Einer von ihnen warf sich auf Leif; Björn riß eine Harpune aus den Decksplanken und bohrte sie dem Bjarmen zwischen die Schulterblätter. Eine Zeitlang schien es, als würden die immer zahlreicher an Deck enternden Bjarmen die Oberhand gewinnen, aber da wurde Hemmo der Kurze von einer Harpune ins Gesäß getroffen. Vor Schmerz und Wut brüllend stürmte er über das Deck und hieb seine Axt blindlings in das Menschengewimmel. Wie Karhu später erzählte, galten Berserker unter den Bjarmen als Schützlinge der Götter, gegen die niemand die Hand erheben durfte, und weil Hemmo sich wie ein solcher gebärdete, ließen die Bjarmen ehrfürchtig die Waffen sinken und sich widerstandslos von ihm niedermetzeln. So verdankten es Thormod und seine Mannschaft genaugenommen den Göttern der Bjarmen, daß sie noch einmal mit dem Leben davonkamen.

Sie ruderten das Schiff aus der Flußströmung und segelten weiter nach Osten. Gegen Abend sahen sie oberhalb der Felsküste, in einer flachen Senke zwischen steil aufragenden Bergflanken, eine Anzahl spitzkegeliger Zelte; ihre Form erinnerte Björn an jene der Nomaden, die einst die Stadt belagert hatten.

Das seien Terfinnen, sagte Karhu, und er sei sicher, daß sie ihnen Gastfreundschaft gewähren würden. Außerdem seien die Terfinnen Meister der Heilkunst, und da kaum einer von Thormods Männern unverletzt geblieben sei, empfehle er, ihnen einen Besuch abzustatten. Thormod, dem selbst der Arm vom Schultergelenk bis zum Ellbogen aufgeschlitzt worden war, fand, das sei ein guter Vorschlag, und ließ das Schiff unterhalb des Zeltlagers vor Anker gehen.

Es war so, wie Karhu gesagt hatte: Die Terfinnen nahmen sie freundlich auf. Sie bewirteten die ausgehungerten Männer mit Bären- und Rentierfleisch und rohem Fisch, dessen abscheulicher Gestank die meisten davon abhielt, seinen köstlichen Geschmack zu genießen. Dann gingen die Frauen daran, die Verwundeten zu versorgen. Je nachdem, an welchem Teil des Körpers sich die Wunde befand, wandten die Frauen verschiedene Mittel an: hier Kräuter und den Saft ausgepreßter Wurzeln, dort einen Brei aus Grütze und Harn, gelegentlich auch rohes Fleisch, das schon merklich in Verwesung übergegangen war. Um den Mann, dessen Hals von einer Harpune durchbohrt worden war, kümmerten sie sich nicht; er habe den Tod bereits in den Augen, übersetzte Karhu. Kurz darauf starb der Mann.

Das Oberhaupt des Stammes, auch er Häuptling und Priester zugleich, hieß Yrrjölä und war, wenngleich schon sehr alt, flink und wendig wie ein Jüngling. Yrrjölä galt unter den Terfinnen als ein reicher Mann, denn er besaß vierhundert Rentiere, von denen allerdings die meisten halbwild umherstreiften und nur mit Hilfe zahmer Rentiere angelockt und eingefangen werden konnten.

Als Thormods Männer wieder zu Kräften gekommen waren, nahm Yrrjölä sie mit auf die Jagd. Jenseits des gebirgigen Küstenstreifens erstreckte sich ein weites Hochmoor. Es bot sich den Seefahrern in verschwenderischer Farbenpracht dar: Das grelle Gelb der Zwergbirken und Rentierflechten wetteiferte mit dem satten Rot der Blaubeersträucher; in den Sumpfseen spiegelte sich der blaue Himmel.

Der Winter werde nicht mehr lange auf sich warten lassen, meinte Yrrjölä, und die Fremden täten gut daran, ihn in den Koten seines Stammes zu verbringen, statt wieder auf das Meer hinauszufahren.

Thormod dankte ihm in wohlgesetzten Worten, ließ jedoch offen, ob er Yrrjöläs Einladung annehmen werde. Als sie sich aber ein Stück von den anderen abgesondert hatten, sagte er zu Björn: »Diese Wilden besitzen nichts, um das sich zu handeln lohnt, deshalb denke ich nicht daran, mich noch länger bei ihnen aufzuhalten.«

Sie erlegten einen Bären, wobei es Thormods Männer in Erstaunen setzte, wie nahe die Terfinnen das mächtige Tier an sich herankommen ließen, bevor sie es töteten. Karhu erklärte ihnen, daß sein Volk die Bären zu den Menschen zähle und daß es Unglück bringe, einem Bären das Leben zu nehmen, ohne sich der Gefahr auszusetzen, von ihm getötet zu werden. Andernfalls verwandle sich der Bär nach seinem Tode in einen Troll und nähme als solcher furchtbare Rache.

Als sie sich nach einem reichhaltigen Abendessen zum Schlaf niederlegten, teilte Yrrjölä jedem eine Frau zu und empfahl, nach Kräften dafür zu sorgen, daß sich sein Stamm um eine Anzahl hellhäutiger Kinder vermehre. Bei der Zuteilung verfuhr Yrrjölä so, daß er die dicksten Frauen für Thormod und Hedin auswählte, während sich die Mannschaft mit weniger beleibten zufriedengeben mußte. Zu Björn kroch eine Frau unbestimmbaren Alters unter die Felldecke. Sie schnalzte nah an seinem Ohr, was unter den Terfinnen offenbar ein bewährtes Mittel war, die Männer in Erregung zu versetzen. Auf Björn jedoch verfehlte es seine Wirkung, denn der ranzige Trangeruch ihres Körpers unterdrückte in ihm jedes Lustgefühl. Aber spät in der Nacht wurde er durch ein Stöhnen geweckt und fand sich zu seiner Verwunderung auf der Frau liegen. Er sah in der fahlen Morgendämmerung ihr Gesicht; sie lächelte und schnalzte leise mit der Zunge.

Unter Thormods Männern galt es als ausgemacht, daß man den Winter über bei den Terfinnen bleiben würde. So gut wie hier, meinten sie, würden sie es während der kalten Jahreszeit nirgends finden, und für die meisten hatte der Gedanke an Heimkehr ohnehin nichts Verlockendes; es gab niemanden, der sie erwartete oder dem es gar Freude bereitet hätte, sie wiederzusehen. Thormod ließ sich jedoch nicht umstimmen. Als Yrrjölä eines Tages mit seinen Leuten das Lager verließ, um die Rentiere einzufangen, rief er seine Mannschaft zusammen und gab ihr seinen Entschluß bekannt, unverzüglich in See zu stechen.

Nun trat ihm Egbert entgegen, den die Männer zu ihrem Sprecher bestimmt hatten. Mit großer Beredsamkeit beschwor er Thormod, von seinem Vorhaben abzulassen; er verstieg sich sogar zu der Behauptung, ihm sei die Jungfrau Maria erschienen und habe ihn wissen lassen, daß sie allesamt umkommen würden, falls sie sich so kurz vor Anbruch des Winters auf das Meer hinauswagten.

Thormod hörte ihm geduldig zu. Als Egbert geendet hatte, sagte er, seine Götter hätten ihm, nachdem er sie auf altbewährte Weise befragt habe, das Gegenteil verkündet, und da nun Meinung gegen Meinung stehe, bleibe keine andere Wahl, als die Entscheidung durch einen Holmgang herbeizuführen. Als Kampfplatz schlug er eine flache, kaum einen Steinwurf vom Ufer entfernte Felsinsel vor.

Da blickte Egbert auf seine schmalen Hände und sagte: »Es hätte wenig Sinn, dafür erschlagen zu werden, daß du in den Augen der anderen recht bekommst.«

»Dann wollen wir nicht weiter darüber reden«, sagte Thormod.

Sie kreuzten vier Tage gegen den Wind, bis sich das Land an Backbord nach Westen bog. Vor der Küste stand eine hohe Dünung, so daß Hedin auf Thormods Geheiß weiter nach Norden hielt. Bald sahen sie sich nur noch von Meer umgeben. Regen setzte ein, der später in großflockigen Schnee überging. Die Männer drängten sich zitternd vor Kälte und naß bis auf die Haut im Windschatten des Schanzkleids.

Karhu war der erste, der voraus einen milchigen Schimmer am Horizont bemerkte. Er rief Hedin etwas zu, worauf dieser sogleich das Ruder herumwarf und nach Westen abfiel.

»Warum bleibst du nicht auf Kurs!« schrie ihn Thormod an.

»Willst du, daß dein Schiff vom Eis zermalmt wird?« erwiderte Hedin ruhig.

Jetzt spürten sie den frostigen Hauch der Eismasse, und der Wind trug ein dumpfes Knirschen an ihr Ohr. Der helle Widerschein des Eises dehnte sich aus und nahm die Form einer riesigen Kuppel aus blendend weißem Licht an.

Thormod stieg zu Hedin auf das Schanzdeck und legte ihm begütigend eine Hand auf die Schulter. »Wie weit, glaubst du, ist es entfernt?« fragte er.

»Nicht weit genug, daß es überflüssig wäre, Njörd um günstigen Wind zu bitten«, antwortete der Steuermann.

»Njörd ist ein launischer Gott«, sagte Thormod. »Nachdem er uns so lange wohlgesonnen war, könnte es ihm gefallen, uns diesmal übel mitzuspielen. Deshalb wird es das beste sein, wenn wir auf Südkurs gehen.«

So lenkte Hedin das Schiff nun auf die Küste zu. Als sie sich ihr näherten, sahen sie, daß sich mächtige Wellen an den Felsen brachen; Berge aus Schaum stiegen empor und sanken donnernd in sich zusammen. Karhu beschwor den Steuermann mit aufgeregten Gebärden, der Brandung nicht zu nahe zu kommen, aber Hedin behielt unbeirrt den Kurs bei.

Was nun geschehen sei, erzählte Björn später, könne er nicht in allen Einzelheiten wiedergeben, weil er in Erwartung des fürchterlichen, alles zerschmetternden Aufpralls die Augen geschlossen habe. Das Schiff sei mit atemberaubender Geschwindigkeit auf die Küste zugerast, auf beiden Seiten hätten sich schimmernde Wände aus Fels oder Wasser erhoben, voraus habe ihn der gähnende Schlund der Unterwelt angestarrt. Von diesem Augenblick an habe er nichts mehr gesehen, nichts mehr sehen wollen, er erinnere sich nur noch an ein ungeheures Getöse und daß ihn ein Wasserschwall auf das Deck warf und daß er ein Bein umklammert hielt und daß er das Bein nicht losließ, als er gegen den Mast und von dort gegen die Reling geschleudert wurde, und daß nach einem ohrenbetäubenden Krach unvermittelt Ruhe eingetreten sei. Diese Ruhe sei unbeschreiblich wohltuend gewesen; er habe eine Weile mit geschlossenen Augen dagelegen und darüber nachgedacht, ob es einem Toten erlaubt sei, die Augen zu öffnen. Doch dann habe er der Verlockung nicht widerstehen können, sich in Niflheim ein wenig umzuschauen.

Das Schiff lag auf dem steinigen Grund eines Trichters, der, bis auf einen engen Spalt, ringsum von schwarzen Felswänden umgeben war. Zwischen den Rändern des Trichters war ein Stück grauen Himmels zu sehen. Björn richtete sich auf und bemerkte, daß es Bjarki Fleischsuppes Bein war, das er umklammert hielt. Bjarki blutete aus der Nase; er öffnete den Mund, und während ihm nun auch Blut über die Lippen rann, sagte er: »Wenn ich jemals erzählen werde, wie wir in dieses Loch gelangt sind, wird es mir wie mit meinen anderen Geschichten gehen: Niemand wird mir glauben.«

Von den Männern hatte keiner die Strandung unversehrt überstanden; auch Thormod blutete aus klaffenden Wunden. »Wir brauchen uns jetzt nicht mehr darüber zu streiten, wo wir den Winter verbringen wollen«, sagte er griesgrämig. »Denn wenn ihr das Schiff anseht, wird euch auffallen, daß es zwar um einiges schmaler, aber darum nicht unbedingt seetüchtiger geworden ist.« Dann fuhr er Hedin heftig an: »Hättest du uns nicht an einer anderen Stelle an Land setzen können, du Tölpel!«

»Sei froh, daß ich diese gefunden habe, sonst könntest du mich jetzt nicht beschimpfen«, erwiderte der Steuermann.

Am Algenbewuchs einiger Steine war zu erkennen, daß das Meer bisweilen auch in den Trichter vordrang. Deshalb schleppten sie das arg beschädigte Schiff vor dem Dunkelwerden auf einen höhergelegenen Steinsockel, stützten es mit Planken ab und legten sich unter ihm schlafen. Dies war die erste von vielen Nächten, die sie in dem Felstrichter verbringen sollten.

Am nächsten Morgen türmte sich grünlich schimmerndes Eis vor dem Spalt. Nun waren sie von allen Seiten eingeschlossen, und aus dem beklemmenden Gefühl, in einer Falle zu sitzen, wurde Angst. Es würde Monate dauern, bis das Eis den Durchlaß zum Meer wieder freigab, und obwohl sie nicht darüber sprachen, waren sie sich darin einig, daß keiner von ihnen diesen Tag erleben würde, wenn sie die Zeit mit untätigem Warten verbrachten.

Gunne Seehundsfloh erbot sich freiwillig, die steile Felswand zu erklimmen. Er war im Klettern geübt, denn er stammte von einer Insel, deren Bewohner sich hauptsächlich von den Eiern der Seevögel ernährten. Er gelangte zu einem Absatz, der wie ein Sims aus hellerem Gestein aus dem schwarzen Fels hervorragte, aber angesichts der über ihm befindlichen, nach außen gewölbten Trichterwand verließ ihn der Mut. Nun versuchte Karhu sein Glück. Er kletterte an den Eisschollen empor, die sich in den

Spalt geschoben hatten, stieg von dort auf den Fels über, schwang sich mit pendelnden Bewegungen von einem Vorsprung zum nächsten, flog schließlich, wie vom Aufwind erfaßt, über den Trichterrand und war den Blicken entschwunden.

Während einige Männer schon die Vermutung äußerten, er sei meerwärts vom Felsen gestürzt, erschien Karhu auf der gegenüberliegenden Seite des Trichterrands und bat, ihm ein Tau zuzuwerfen.

Als dies geschehen war, ließ Thormod eine Strickleiter anfertigen, auf der er selbst und die Männer nacheinander aus dem Trichter stiegen. Oben angelangt, sahen sie sich von einer Felswüste umgeben, die einem aufgepeitschten, zu Stein erstarrten Meer ähnelte. Zwischen schartigen Berggipfeln gähnten dunkle Abgründe; außer Flechten und Moos bot der Fels keinen Pflanzen Schutz und Nahrung. Eine lauernde Feindseligkeit haftete der felsigen Einöde an, und als sie in den Trichter zurückkehrten, sprach Torkel Hakenlachs aus, was alle dachten: »Heute morgen kam mir unser Loch viel ungemütlicher vor.«

Thormod rief die Männer zu einer Beratung zusammen. Nach seiner Schätzung, sagte er, reichten die Eßvorräte noch für drei bis vier Wochen; er halte es demnach für lebensnotwendig, sich beizeiten mit zusätzlicher Nahrung, vor allem mit frischem Fleisch zu versorgen. Von Karhu wisse er, daß es sie an eine unbewohnte Küste verschlagen habe; die nächstgelegenen Ansiedlungen befänden sich weit im Landesinnern und seien nur auf zeitraubenden Umwegen zu erreichen. Andererseits hege Karhu Zweifel, ob es möglich sei, die Mannschaft den Winter über durch Jagd und Fischfang zu ernähren.

Schließlich wolle er nicht verschweigen, daß ihn der Gedanke, in diesem Loch gefangen zu sein, mit großer Sorge erfülle; selbst wenn das Schiff wieder instandgesetzt und das Eis getaut sei, halte er es für ausgeschlossen, durch den Spalt wieder auf das Meer hinauszugelangen.

»Wenn du auf unseren Rat gehört hättest, müßten wir jetzt nicht den Worten eines ratlosen Schiffsführers lauschen«, sagte Egbert. Darauf erwiderte Thormod nichts, aber Björn sah, wie die Adern an seinen Schläfen schwollen.

»Wieviel Zeit bleibt uns noch, bis der Winter kommt?« fragte Olaf Dorschbeißer.

Thormod zuckte die Achseln und blickte Karhu an. Dieser deutete stumm auf das Eis, das sich knirschend in den Spalt zwängte.

»Was rätst du, Hedin?« fragte Thormod den Steuermann.

»Tu das, was du selbst für richtig hältst«, antwortete Hedin. »Einen besseren Rat kannst du von einem Tölpel nicht erwarten.«

In der Nacht begann es zu schneien. Am Morgen war der Grund des Trichters mit einer knöchelhohen Schneeschicht bedeckt, und es schneite unaufhörlich weiter. Thormod befahl, Mast und Steven abzunehmen und das Schiff umzudrehen. In den folgenden Tagen verkleideten sie die offenen Seiten mit Planken und Brettern und dichteten die Fugen mit Tang und Moos ab. So entstand nach und nach eine Hütte, die sich nur noch durch ihre ungewöhnliche Form als ein kieloben liegendes Schiff zu erkennen gab. Das Schiffshaus bot den Männern Schutz vor den Unbilden des Winters und vermittelte ihnen ein Gefühl der Geborgenheit. Wenn sie abends in ihren

Fellsäcken lagen und der Rauch des Feuers in dicken Schwaden über ihren Köpfen hing, wenn sie das Krachen des Eises hörten und das Heulen des Schneesturms am Trichterrand, gelang es ihnen zuweilen, sich einzureden, daß ihr Los, alles in allem, nicht das schlechteste sei.

Als der Sturm sich gelegt hatte, scheuchte Thormod die Männer aus den klammen Fellsäcken. Eine Gruppe, zu deren Führer er Karhu bestimmte, schickte er auf die Jagd; er selbst stieg, von Björn und einigen anderen gefolgt, aus dem Trichter, um die Küste zu erkunden. Die Zurückbleibenden hieß er, das reichlich vorhandene Treibholz auf einem trockenen Platz zusammenzutragen und dabei nach Holzteilen Ausschau zu halten, mit denen das Schiff ausgebessert werden konnte. Unter den letzteren war auch Egbert. Wie sich später erwies, nutzte er Thormods Abwesenheit, um die Männer gegen ihn aufzuwiegeln.

Auf dem von Eis und Wind glattgeschliffenen Fels hatte der Schnee keinen Halt gefunden; er hatte sich in den Mulden gesammelt und die Schluchten teilweise mit einer dünnen, brüchigen Kruste überzogen. Deshalb mieden sie die harschigen Schneeflächen und suchten sich ihren Weg auf dem bloßliegenden Felsboden. Von einer Anhöhe aus sahen sie das Meer. Es war bis zur Kimm mit übereinandergetürmten Eisschollen bedeckt und ging dort in einen schorfigen grauen Himmel über. Auf der Eisfläche waren hier und dort dunkle Punkte zu erkennen.

»Das sind Robben«, sagte der scharfäugige Torkel Hakenlachs, und Thormod ließ einen Schnaufer der Erleichterung hören.

Kurze Zeit später nahm ihnen dichtes Schneetreiben die Sicht. Sie tasteten sich Schritt für Schritt über den felsigen Grund und schlossen dicht auf, um einander nicht aus den Augen zu verlieren. Nach vorn gebeugt, die Gesichter von den peitschenden Schneeflocken abgewandt, stapften sie durch die weiße, heulende Leere. Einmal gelangten sie an den Rand einer Schlucht, deren schneebedeckte Ränder sie wie die Zähne eines Ungeheuers anbleckten; sie mußten, ihrem Verlauf folgend, bergan steigen, bis die Schlucht so schmal wurde, daß sie sie überqueren konnten. Ein andermal befanden sie sich unversehens vor einem Krater, aus dessen Tiefe ein dumpfes Grollen an ihr Ohr drang. Hier geschah es, daß Thormod plötzlich Björns Arm packte und mit schreckensbleichem Gesicht in den Abgrund deutete.

»Siehst du sie auch?« flüsterte er.

»Laß uns weitergehen«, sagte Björn, ohne zu fragen, wen er meinte.

Schließlich fanden sie, wonach Thormod offenbar gesucht hatte: eine Bucht, die einen schiffbaren Zugang zum Meer besaß und zugleich Schutz vor Wind und Wellen bot. Sie stiegen hinab und kamen im inneren Teil der Bucht zu einem von Treibholz übersäten Sandstrand. Zwischen dem faulenden Holz lag ein Gerippe. Bis auf den Brustkorb war es vom Treibholz zerdrückt worden, so daß zunächst nicht auszumachen war, ob es sich um das Skelett einer Robbe oder eines Menschen handelte. Aber dann fand Hemmo einen Schuh und kurz darauf einen menschlichen Schädel, aus dessen Augenhöhlen trockener Tang hervorringelte. Alle wußten, daß ein Ort, an dem ein unbestatteter Leichnam lag, von bösen Geistern bewohnt wurde und daß es Unglück brachte, an ihm zu verweilen. Doch Thormod war nicht geneigt, den Geistern einen Platz zu überlassen, der ihm für sein Vorhaben günstig erschien; er ließ die Gebeine des Toten nahe am Felssockel im Sand verscharren.

Abends erläuterte er den Männern seinen Plan: Sobald es das Wetter zuließe, würden sie das Schiff in seine Bestandteile zerlegen, diese einzeln in die Bucht schaffen und dort wieder zusammensetzen. Nachdem dies geschehen sei, gelte es nur noch, darauf zu warten, daß das Eis zurückweiche, um von jener Bucht aus die Weiterfahrt anzutreten.

»Da du, wie es scheint, an Wunder glaubst, Thormod«, sagte Egbert, »weshalb ersparst du uns nicht die Mühe und bittest Gott, daß er uns Flügel wachsen läßt, damit wir auf geradem Weg nach Süden fliegen können?«

»Wenn ich nicht jeden Mann brauchte, würde ich dir jetzt mit einem glühenden Holzscheit dein Mundwerk stopfen«, entgegnete Thormod grimmig.

»Auf mich und ein paar andere wirst du ohnehin verzichten müssen«, sagte Egbert. »Wir haben beschlossen, uns soviel von den Vorräten zu nehmen, wie uns zusteht, und uns in bewohnte Gegenden durchzuschlagen.«

»Du würdest anders reden, wenn du heute mit uns dort oben gewesen wärst«, sagte Torkel Hakenlachs. »Falls ihr nicht vorher in eine Schlucht gestürzt seid, werdet ihr entweder erfrieren oder verhungern.«

»Ein Dach über dem Kopf zu haben macht noch nicht satt«, sagte Vagn, der damit zu erkennen gab, daß er auf Egberts Seite stand.

»Sieh dir Karhus Jagdbeute an und sag mir, warum du glaubst, daß wir hier sicherer vor dem

Hungertod sind als woanders«, wandte sich Egbert an Thormod.

»Wir haben Robben gesehen«, sagte Thormod zu den anderen, denn von nun an sprach er nicht mehr mit Egbert.

»Nach den Walen sind die Robben die schlauesten Meerestiere«, ließ sich nun Bjarki Fleischsuppe vernehmen. »Als ich vor Jahren oben auf Svalbard war, das soweit nördlich liegt, daß man die gefrorenen Nebelwolken von Niflheim sehen kann, lockten uns die Robben auf dünnes Eis, so daß wir allesamt einbrachen und uns nur mit knapper Not auf eine glatte, seltsam geformte Insel retten konnten. Hört nun, daß diese Insel gar keine Insel war, sondern der Rücken eines –«

»Ich hindere niemanden daran zu gehen, wohin er will«, unterbrach Thormod Bjarkis Redefluß. »Aber ich weigere mich, jemanden, dessen Tod gewiß ist, mit Wegzehrung auszustatten.« Nun wandte er sich an Hemmo und sagte: »Du wirst Egberts Anteil bekommen, wenn du dafür sorgst, daß sich keiner an unseren Vorräten vergreift.«

»Komm und hol dir was«, sagte Hemmo zu Egbert und setzte sich, die Axt griffbereit zwischen seinen Knien, auf den Fellsack, der alles barg, was sie noch an Nahrungsmitteln besaßen. Thormod zog sein Schwert und legte es neben sich, um Hemmo, falls es erforderlich werden sollte, zu Hilfe zu kommen.

Darauf verließen Egbert, Vagn, Olaf Dorschbeißer, Ketil Nase, Tosti Einauge sowie zwei weitere Männer das Schiffshaus und beratschlagten draußen mit gedämpften Stimmen. Als sie wieder hereinkamen, sagte Egbert zu Thormod: »Wir werden morgen aufbrechen, mit oder ohne Verpflegung.«

Thormod hob die Schultern und blickte gleichmütig ins Feuer.

Am nächsten Morgen stiegen sie nacheinander die Strickleiter empor, als erster Egbert, dann die anderen, zuletzt Vagn. Björn sah, wie er ächzend und schnaufend und immer wieder vor Erschöpfung verharrend eine Sprosse nach der anderen erklomm. Er verspürte ein schwach aufkeimendes Gefühl der Erleichterung: Jetzt würde es nicht seine Hand sein, die Vagn den Tod brachte. Zugleich aber fühlte er sich um etwas betrogen, auf das sein Haß Anspruch erhob. Sein Haß wollte nicht, daß Vagn in einer Felsspalte erfror. Sein Haß verlangte, daß er ihn tötete. Sein Haß holte ihn zurück. Unterhalb des Trichterrands verließen Vagn die Kräfte. Sein Fuß glitt von einer Sprosse ab, und nun rutschte Vagn, sich mit beiden Händen an die Seile klammernd, nach unten. Er fiel rücklings auf den Felsboden und brüllte vor Schmerz. Im Trichter verbreitete sich der eklige Geruch versengten Fleisches. In diesem Augenblick wußte sich Björn mit den Göttern im Bunde; sie hatten ihm Vagn ausgeliefert.

Später drehte der Wind auf Süden und brachte anderes Wetter. Zwischen den Wolken zeigten sich kleine Splitter blauen Himmels, die Sonne brach durch, und ein Schwall dumpfiger Wärme kroch in den Trichter hinab. Einige meinten, wenn dieses Wetter noch länger anhalte, könne es Egbert und seinen Gefährten vielleicht doch gelingen, besiedeltes Gebiet zu erreichen, und Gunne Seehundsfloh bat Thormod zu erwägen, ob man sich ihnen nicht anschließen sollte. Aber dieser hüllte sich in Schweigen. Am Abend drehte der Wind abermals, und nun brach ein Unwetter über sie herein, wie sie es bis dahin noch nicht erlebt hatten. Es wurde stockfinster, das Eis drang mit vielstimmigem Kreischen durch den Spalt in den Trichter, und von oben stürzten große Schneeklumpen mit solcher Wucht auf das Schiffshaus, daß es wie bei starkem Seegang zu schaukeln begann.

In der Nacht wurden sie durch Rufe geweckt. Drei von Eis und Schnee verkrustete Gestalten taumelten in die Hütte. An ihren Stimmen konnten sie erkennen, daß es Egbert, Ketil Nase und Tosti Einauge waren. Sie schälten sie aus ihren steifgefrorenen Kleidern, rieben ihre Körper mit Schnee ab, wuschen sie mit heißem Wasser. Als sie sich soweit erholt hatten, daß sie wieder zusammenhängende Sätze sprechen konnten, erzählten sie, daß sie dank des günstigen Wetters ein gutes Stück vorangekommen seien. Sie hätten sogar ihren Hunger stillen können, denn in einer Schlucht hätten sie ein verendetes Rentier gefunden, dessen Fleisch noch genießbar gewesen sei. Dann jedoch habe Tosti Einauge das herannahende Unwetter gewittert, und kurz darauf hätten sie eine schwarze Wolkenwand bemerkt, die wie eine riesige Woge auf sie zugekommen sei. Sie hätten sich in einer Felsspalte verkrochen, und was dann geschehen sei, lasse sich mit Worten nicht beschreiben. Außer Egbert hätten alle geglaubt, über ihnen tobe die Ragnarök, die letzte große Schlacht zwischen den Göttern und den Riesen. Obwohl sie sich mit Händen und Füßen am Boden festgekrallt hätten, seien zwei von ihnen fortgerissen und gegen eine Felswand geschleudert worden. Als der Schneesturm etwas nachgelassen habe, hätten sie beschlossen, auf dem kürzesten Wege zurückzukehren, aber das Unwetter habe die Felslandschaft in einen Wald aus Eis verwandelt. Stundenlang seien sie bei nun wieder einsetzendem Schneesturm in ihm umhergeirrt. Dann habe Olaf Dorschbeißer plötzlich zu lachen begonnen und gesagt, all dies sei ein Schabernack, den ihnen die Unterirdischen spielten, er aber lasse sich nicht länger von ihnen narren, denn er wisse jetzt genau, in welche Richtung sie gehen müßten, um auf Menschen zu treffen. Sie hätten ihn zurückzuhalten versucht, aber er habe ihnen vergnügt auf die Schulter geklopft und sei im Schneetreiben verschwunden. Nun seien sie nur noch zu dritt gewesen, und daß sie lebend zurückgekehrt seien, verdankten sie allein Tosti Einauges guter Nase.

»Was würdet ihr an meiner Stelle mit einem Mann tun, der schuld daran ist, daß ich drei meiner Männer verloren habe?« fragte Thormod jene, die bei ihm geblieben waren.

»Laß mich mit ihm vor die Tür gehen«, grinste Hemmo der Kurze. »Ich verspreche dir, daß nur einer von uns beiden wieder hereinkommen wird.«

Thormod dachte eine Weile nach. Dann sagte er: »Von einem toten Mann kann ich nicht verlangen, daß er für drei arbeitet und für sich selbst noch dazu.« Mehr wurde darüber nicht gesprochen.

Das Unwetter dauerte mehrere Tage lang an. Über den Trichterrand schoben sich Schneewächten, die ihre wulstigen weißen Zungen tief herabhängen ließen. Zuweilen brach eine von ihnen ab und zerbarst mit lautem Knall auf dem Grund des Trichters. Aus Angst, unter den herabstürzenden Schneemassen begraben zu werden, wagten sich die Männer nicht mehr ins Freie. Ihre Nahrung bestand nur noch aus Stockfisch, und der Fellsack, auf dem

Hemmo tagsüber saß und nachts schlief, wurde mit jeder Mahlzeit schlaffer.

Eines Tages versammelte Thormod die Männer um sich und sagte: »Bislang habe ich euch durchgefüttert, jetzt werdet ihr selbst für euren Lebensunterhalt sorgen müssen.« Er teilte die Mannschaft in zwei Gruppen ein; der einen befahl er, jeden Fußbreit der Felswüste nach eßbarem Getier, sei es tot oder lebendig, abzusuchen; mit der anderen, zu der wiederum Björn gehörte, machte er sich auf den Weg nach der Bucht, um von dort aus Robben zu jagen. Diesmal duldete er es nicht, daß einer im Schiffshaus zurückblieb; deshalb mußte sich auch Vagn an der schwankenden Strickleiter emporquälen.

Am Abend kehrten sie mit leeren Händen in die Hütte zurück. So war es auch am zweiten und dritten Abend. Vagn spuckte einen seiner Zähne ins Feuer und schwor, er werde nie wieder seinen Fuß auf die Strickleiter setzen, denn es werde sein Tod sein, wenn er diese ein weiteres Mal erklimmen müsse. Als er sich am nächsten Morgen tatsächlich weigerte, ließ ihm Thormod ein Tau um den Körper schlingen und ihn wie einen Sack aus dem Trichter ziehen. Dies führte dazu, daß sie am Abend des vierten Tages reichlich zu essen bekamen, denn es war Vagn, der vor Erschöpfung ins Straucheln geriet, einen Abhang hinunterrollte und durch sein lautes Gezeter einen Bären aus dem Winterschlaf weckte. Karhu erlegte das vom Schlaf benommene Tier, indem er auf seinen Rücken sprang und ihm sein Messer in den Nacken stieß.

Zum letzten Mal für lange Zeit konnten sie sich satt essen. Denn das Unwetter, das Egbert und seine Gefährten zur Umkehr gezwungen hatte, war nur ein Vorbote des Winters gewesen. Nun tobten Tag für Tag Schneestürme über den Trichter und hielten sie in ihrer schwankenden Hütte gefangen. Der Winter drang von allen Seiten auf sie ein; es war, als ob er von der Belagerung zum Angriff übergegangen sei.

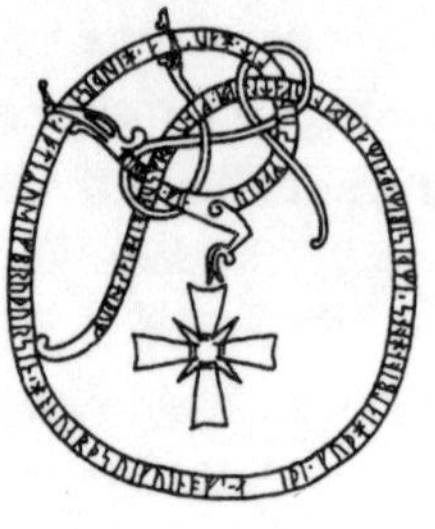

12

So bereitwillig er später von dieser Fahrt erzählte, so verschlossen gab sich Björn, wenn er gefragt wurde, wie sie den Winter überlebt hatten. Im nachhinein, pflegte er zu sagen, komme es ihm vor, als habe er die Zeit im Halbschlaf verbracht; es falle ihm schwer zu unterscheiden, welche seiner Erinnerungen an diesen Winter er geträumt habe und welche wahr seien. Der Hunger habe sich auf seltsame Weise seiner Sinne bemächtigt, indem er Wirkliches verschleiert und Hirngespinste mit handfester Körperlichkeit ausgestattet habe. So sei ihm des öfteren die Zauberin erschienen, die Thormod getötet hatte, sie habe sogar neben ihm am Feuer gesessen, und einmal, erinnere er sich, habe er ihre hellgrünen Augen gesehen. Eines Tages sei Ketil Nase gestorben, nachdem man ihm zuerst die erfrorenen Zehen, dann den Fuß und bald darauf auch das Bein abgeschnitten habe. Um nicht den Gestank seines verwesenden Körpers ertragen zu müssen, habe man ihn aus dem Trichter gehievt und in eine Felsschlucht geworfen. Andererseits könne er beschwören, daß Ketil, und zwar zweibeinig, geholfen habe, das in seine Einzelteile zerlegte Schiff aus dem Trichter in die Bucht zu schaffen. Nun habe sich ersteres noch zu Beginn des Winters zugetragen, letzteres an seinem Ende, demnach könne eines von beidem nicht der Wahrheit entsprechen, wolle man nicht in Betracht ziehen, daß der arbeitende Ketil sein eigener Wiedergänger gewesen sei. Nein, man möge nicht weiter in ihn dringen; er könne nur mit wenigen, zudem noch widersprüchlichen Erinnerungen an diesen schrecklichen Winter aufwarten, und man möge sich damit zufriedengeben, daß er ihn nahezu unversehrt, wenn auch zum Skelett abgemagert, überstanden habe.

Es dauerte Wochen, bis die entkräfteten Männer das Schiff wieder zusammengesetzt hatten. Während dieser Zeit schliefen sie unter freiem Himmel, und wenn es über Nacht geschneit hatte, ähnelte ihre Schlafstätte morgens einer Ansammlung flacher, schneebedeckter Grabhügel. Wie üblich zu zweit in ihren Fellsäcken liegend, drängten sie ihre stinkenden Körper so nahe wie möglich aneinander, hielten sie sich wie Liebespaare umschlungen, damit nichts von der Wärme verlorengehe, die ihnen noch geblieben war.

Die Sonnenstrahlen tasteten sich von Tag zu Tag ein Stück tiefer an der Felswand herab, und eines Mittags füllten sie die Bucht mit gleißendem Licht. Die Männer verharrten eine Weile in blinder Reglosigkeit. Es war, als habe eine Schar nächtlicher Schatten, vom Tageslicht überrascht, unfreiwillig menschliche Gestalt angenommen. Ihre Gesichter waren ausgemergelt, von Schmutz und schwärenden Wunden bedeckt; einigen waren Nasen und Ohren abgefroren, anderen die Finger, fast allen waren die Zähne ausgefallen, so daß sich ihre Lippen tief nach innen wölbten. Statt sie zu töten, hatte der Winter Thormod und seine Männer zu tapsigen, halbblinden, seibernden Greisen gemacht. Und als sie einander nun aus schmalen Augenschlitzen betrachteten, regte sich in manchem der Gedanke, daß dies von allen Grausamkeiten, die ihnen der Winter zugefügt hatte, die schlimmste war.

Eines Morgens war das Eis verschwunden. Thormod, selbst vor Schwäche taumelnd, trieb seine Männer zur Eile an. Sie rollten das Schiff auf Baumstämmen in das Wasser, schoben es zwischen den Uferfelsen hindurch aus der Bucht und kletterten mit letzter Kraft an Bord. Hedin wriggte das Schiff aus dem Windschatten der Küste und überließ es dann dem ablandigen Wind, es auf das Meer hinauszutreiben. Thormod befahl, das Segel zu setzen, und als er sich heiser geschrien hatte, ohne daß dies etwas gefruchtet hatte, trat er die an Deck umherliegenden Männer so lange mit Füßen, bis sie sich murrend an die Arbeit machten.

Hedin ging nun auf westlichen Kurs, während

Björn und Hemmo sich aufrafften, das Wasser aus dem Laderaum zu schöpfen, das sprudelnd durch die Fugen zwischen den ausgetrockneten Planken eindrang.

Noch am selben Tag machte ihnen der Meeresgott einen Seehund zum Geschenk. Er lag auf einer Eisscholle; der abgebrochene Schaft einer Harpune ragte aus einem seiner Augen hervor. Karhu sprang mit einem gewaltigen Satz auf die Eisscholle hinüber; dort klemmte er sich den toten Seehund zwischen die Schenkel, zerlegte ihn mit geübten Schnitten und warf die Fleischstücke auf das Deck, wo sich die Männer, unversehens aus totenähnlicher Starre zum Leben erwacht, um sie zu raufen begannen. Aber Thormod jagte sie mit der Axt auseinander und drohte, jedem den Schädel einzuschlagen, der sich hinreißen lasse, seinen Hunger auf Kosten der anderen zu stillen.

Die meisten der Männer vertrugen das fette und halbgefrorene Fleisch nicht, zumal sie es, weil sie keine Zähne mehr besaßen, unzerkaut hinunterschlucken mußten. Sie erbrachen sich, aßen das Erbrochene wieder und fuhren so fort, bis sie das Fleisch, inzwischen halbwegs verdaut, in sich behielten.

Mehrere Tage lang segelten sie zwischen der Küste und dem Eis nach Westen. Dann wurden sie von einer Strömung erfaßt, die sie bei abflauendem Wind auf das offene Meer hinaustrieb. Hedin riet, aus der Strömung zu rudern, da diese, wie er von seinen Landsleuten wisse, stärker werde, je weiter man sich von ihr treiben lasse; überdies ändere sie mehrfach ihre Richtung, so daß ungewiß sei, wohin sie das Schiff tragen werde. Doch Thormod winkte ab und sagte: »Mag uns die Strömung treiben, wohin sie will; solange sie uns vom Eis fortbringt, soll mir alles recht sein.«

Jeden Abend, wenn der Sonnenball ins Meer tauchte, rief Thormod den Meeresgott um seinen Beistand an. Obwohl Njörd als ein Gott galt, der sich mit beschwörenden Worten allein nicht zufriedengab, sorgte er für gleichmäßigen Wind, der das Segel schwellte, ohne dem notdürftig zusammengefügten Schiff den Beweis seiner Seetüchtigkeit abzuverlangen. Zudem ließ er riesige Dorschschwärme ihren Kurs kreuzen, so daß Torkel Hakenlachs einen Fisch nach dem anderen aus dem Wasser zog. Ihren Durst stillten die Männer mit Regenwasser, das sie in den Mulden ihrer Fellsäcke auffingen.

»Sobald wir an Land kommen, werde ich Njörd ein Dankopfer bringen«, sagte Thormod, den die Gunstbeweise des wankelmütigen Gottes mit Besorgnis zu erfüllen schienen.

»Du könntest ihm schon jetzt einige Schwertklingen opfern«, schlug Björn vor.

»Sieh mich an«, erwiderte Thormod. »Als ich ausfuhr, war ich ein stattlicher Mann, jetzt bin ich nur noch ein Schatten meiner selbst. Sieh dir mein Schiff an, es ist ein Wrack, bemannt mit einem Haufen kraftloser Gespenster. Von allem, was ich besaß, sind nur die Schwertklingen übriggeblieben; jede von ihnen ist einen fetten Hammel wert oder auch zwei. Es wäre demnach wider alle Vernunft, auch nur eine einzige von ihnen ins Meer zu werfen.«

Eines Tages, als die Sonne ihren höchsten Stand erreicht hatte, zeigte sich voraus ein dunkler Streifen über der Kimm. Die Männer krochen zur Reling und starrten auf das glitzernde Meer. Flüsternd versicherten sie einander, der Streifen werde sich, wie schon so oft, als eine Wolkenbank entpuppen. Als sie aber näher herankamen, traten hier und dort dunkle Zacken aus ihm hervor, und bald sahen sie seltsam geformte Berge, sahen Türme aus dunklem Gestein, an denen die Gischt leckte, und ihre Augen labten sich am zarten Grün windgeschützter Senken. Zu ihrem Schrecken bemerkten sie jedoch, daß die Strömung ihre Richtung änderte und das Land nach Backbord auswanderte. Thormod wählte unter seinen Männern jene aus, die noch imstande waren, einen Riemen zu handhaben, und beschwor sie, um ihr Leben zu rudern. Die Angst, am Land vorbei wieder auf das offene Meer hinausgetrieben zu werden, verlieh ihnen ungeahnte Kräfte; sie ruderten, bis sie ohnmächtig zusammenbrachen und andere, darunter Thormod selbst, ihre Plätze einnahmen. So gelangten sie in eine vor der Küste stehende Gegenströmung und von dieser in einen schmalen, vielfach gewundenen Fjord.

In der Nähe eines Wasserfalls gingen sie an Land. Da war eine Sandbank, und zwischen dieser und der Felswand wuchsen dicke Grasbülten. Die Männer warfen sich auf den Erdboden und schliefen sogleich ein. Keiner von ihnen vermochte später zu sagen, wie lange sie geschlafen hatten, als sie durch das Blöken einer Schafherde geweckt wurden. Die Schafe waren nicht zu sehen, aber das Echo ihrer Stimmen pendelte zwischen den Felswänden hin und her. Nun bemerkten sie einen Mann, der über ihnen auf einem Felsvorsprung saß. Er trug einen Mantel, der so grau war wie der Fels, und von gleicher Farbe waren sein Haar und sein Bart. Auf seinen Knien lag ein langer Stab. Nachdem er Thormod und seine

Männer eine Weile beobachtet hatte, hob der Mann den Stab und richtete ihn auf Thormod. »Komm her und laß uns ein wenig miteinander reden«, sagte er.

Von ihm erfuhren sie, daß sie zu den Schafsinseln gelangt waren, deren Bewohner sich teils vom Fischfang und den Eiern der Seevögel, teils vom Fleisch jener Tiere ernährten, die den Inseln ihren Namen gegeben hatten. Vor wenigen Menschenaltern erst seien sie von Norwegen herübergekommen, weil sie sich nicht unter das Joch Harald Schönhaars hätten beugen wollen. Aber nun habe sich einer der ihren zum Herrscher über seine Landsleute gemacht, und dieser, Tröndur i Göta mit Namen, gebärde sich schlimmer als der norwegische König. Er selbst, sagte der Mann, sei nur ein kleiner Bauer, aber auch von ihm fordere Tröndur so hohe Abgaben, daß ihm kaum etwas zum Leben bleibe.

»Ich hoffe, daß du uns trotzdem etwas zu essen geben kannst«, sagte Thormod.

»Ihr seid viele«, antwortete der Mann, »und ihr seht hungrig aus. Soll ich meine Leute darben lassen, damit ich euch beköstigen kann?«

»Ich würde dafür bezahlen, falls es deinen Stolz nicht verletzt«, sagte Thormod.

Er ließ einige Walroßzähne vom Schiff holen und zeigte sie dem Mann. Dieser betrachtete sie flüchtig und meinte, mit Walroßzähnen pflege er sein Dach zu decken, denn sie seien auf den Schafsinseln leichter zu bekommen als Holz. Nun breitete Thormod ein Bärenfell vor ihm aus. Der Mann befühlte es, roch an ihm, wendete es um und um und sagte dann: »Ich werde ein Seil herablassen, und du wirst das Fell daran festbinden, und wenn das geschehen ist, werde ich euch ein Schaf herunterwerfen. Aber versuch nicht, mich zu betrügen, Fremder. Dort oben liegen viele Felsbrocken herum, und meine Söhne sind ebenso stark wie treffsicher.« Damit stand er auf und kletterte neben dem Wasserfall an der Felswand empor.

Am Abend aßen sie zum ersten Mal seit vielen Monaten wieder gebratenes Fleisch, nachdem es Karhu auf geheimnisvolle Weise gelungen war, ein Feuer zu entfachen. Als sie gesättigt waren, fielen sie abermals in tiefen Schlaf. So verbrachten sie auch die folgenden Tage: Sie wachten auf, um zu essen, und kaum daß sie ihren Hunger gestillt hatten, übermannte sie bleierne Müdigkeit. Allmählich gelangten sie wieder zu Kräften und begannen, die Umgebung zu erkunden. Sie fanden heraus, daß sie nahe der Nordspitze einer großen, gebirgigen Insel an Land gegangen waren. Die Berggipfel waren kahl und zerklüftet, einige von ihnen ragten in die Wolken empor. Am Fuß der Berge erstreckte sich eine grüne, von zahlreichen Bächen durchflossene Ebene. Die Männer sahen keine Menschen, aber sie spürten, daß sie auf Schritt und Tritt beobachtet wurden.

Eines Nachts klatschte ein großer Felsbrocken in das Wasser; die Wellen überfluteten die Sandbank bis dorthin, wo die Männer lagen. Erschrocken fuhren sie aus dem Schlaf. Keiner von ihnen glaubte, daß der Stein von selbst herabgestürzt sei, und daher fand Thormod sogleich ihre Zustimmung, als er sagte: »Wenn das der erste Tropfen war, sollten wir nicht auf den Regen warten.«

Ängstlich darauf bedacht, jedes unnötige Geräusch zu vermeiden, ruderten sie das Schiff an den steil aufragenden Felswänden entlang. Dunkle Grotten glitten vorüber, aus denen das Schmatzen der Wellen seltsam verzerrt widerhallte. Sie zwangen sich, nicht nach oben zu blicken, als fürchteten sie, schon ein Blick könne den alles zerschmetternden Steinhagel auslösen. Dann tauchte das Schiff in einen Dunstschleier ein, und erst während sie ihre Lungen mit wäßriger Luft vollsogen, wurde ihnen bewußt, daß sie die ganze Zeit über kaum geatmet hatten.

Je weiter sie nach Süden kamen, desto flacher wurde das Ufer, so daß der Wind ungehindert über die Wasserfläche streichen konnte. Thormod ließ das Segel setzen und stellte sich, nach bewohnten Plätzen Ausschau haltend, an den Vordersteven. Überall an den Hängen, selbst auf winzigen Grasflächen inmitten senkrecht abfallender Felswände weideten Schafe. Außer den Vögeln schienen diese vierbeinigen, von Wind und Wetter zerzausten Trolle die einzigen Lebewesen zu sein.

Als sich die Bergflanken auf der Backbordseite im Licht der Abendsonne zu röten begannen, bemerkten sie voraus, auf einer weit in den Sund vorspringenden Halbinsel, fünf Reiter. Es schien, daß diese sie erwarteten, und als sie auf Rufnähe herangekommen waren, lenkte einer der Reiter sein Pferd zum Ufer hinunter und winkte sie herbei.

»Ich bin Össur, Tröndurs Ziehsohn«, sagte der Reiter. »Mein Vater will euch sehen.«

»Es würde mir größeres Vergnügen bereiten, Tröndurs Einladung anzunehmen, wenn dies nicht wie ein Befehl klänge«, sagte Thormod.

»Es ist ein Befehl«, erwiderte Össur. Nun kamen auch die anderen Reiter ans Ufer und spannten ihre Bogen.

Es war ein weiter und beschwerlicher Weg, den

Thormod und seine Männer zurücklegen mußten, bis sie Tröndurs Hof erreichten. Er lag auf der anderen Seite der Insel in einer von hohen Bergen halbkreisförmig umschlossenen Bucht. Ein Wasserfall ergoß sich dröhnend ins Tal und verwandelte sich dort in einen Fluß, der vielarmig ins Meer mündete. Oberhalb des Schwemmsands, in einer mit Geröll angefüllten Senke, sahen sie eine Anzahl grasbewachsener Dächer. Der Abstieg erwies sich als der schwierigste Teil des Weges, und vermutlich wäre keiner von ihnen mit heilen Knochen unten angelangt, hätten sie nicht in Össur einen ortskundigen Führer gehabt.

Eine Meute riesiger schwarzweiß gefleckter Hunde stürzte ihnen entgegen. Einer sprang Björn an und legte ihm seine Pranken auf die Schultern; er war größer als ein ausgewachsener Mann. Erst als ein scharfer Pfiff ertönte, ließ der Hund von ihm ab.

Es war Tröndur i Göta selbst, der den Pfiff einer kleinen, aus Schilfrohr gefertigten Flöte entlockt hatte. Tröndur war hochgewachsen, hatte langes rotes Haar und einen roten Bart, sein Gesicht war mit Sommersprossen übersät. Er trug einen langen Mantel aus gefärbter Wolle, und seine Füße steckten in Stiefeln aus Seehundfell.

Schweigend musterte er Thormod und seine Männer. Dann fragte er jeden nach seinem Namen und hörte geduldig zu, als Bjarki Fleischsuppe mehr über sich zu erzählen für nötig befand. Schließlich deutete er auf die Fellsäcke, die die Männer auf Össurs Geheiß aus dem Schiff geholt und über die Berge geschleppt hatten, und verlangte zu wissen, was sie enthielten.

»Es ist um weniges mehr, als daß ich sagen müßte,

ich sei mit leeren Händen zu dir gekommen«, erwiderte Thormod

»An der Art, wie du meine Frage beantwortest, erkenne ich den Händler«, sagte Tröndur. Er zog ein Messer hervor und schlitzte die Säcke auf. Als er die Schwertklingen sah, hoben sich seine Brauen.

»Seid mir willkommen«, sagte er dann. »Ich werde euch ein Haus geben, in dem ihr schlafen könnt. Ihr werdet zu essen und trinken bekommen, soviel ihr wollt. Wenn es euch nach Frauen gelüstet, laßt es mich wissen. Bei allem aber müßt ihr bedenken, daß ich zwei ungleiche Hände habe: Die eine gibt, die andere nimmt.« Damit wandte er sich ab und ging, von seinen Hunden gefolgt, in ein Haus, dessen Türbalken aus dem Kiefer eines Wals bestanden.

Össur führte sie in ein kleineres Haus, das in der kalten Jahreszeit als Schafstall dienen mußte, denn der Boden war mit knolligem Kot bedeckt. Aber in der Mitte des Raumes brannte ein Feuer und verbreitete eine wohlige Wärme, und kaum daß die Männer sich auf ihren Fellsäcken ausgestreckt hatten, brachten Mägde dampfende Grütze und gekochtes Hammelfleisch, einen Stapel warmen Fladenbrots und einen waschzubergroßen Bottich frischen Wassers.

»Gibt es bei euch kein Bier?« fragte Hemmo der Kurze.

Die Mägde begannen, hinter der vorgehaltenen Hand zu kichern, denn Bier kannten sie vom Hörensagen als ein Getränk, das ernsthafte Männer in grölende Toren zu verwandeln vermochte.

»Du kannst an meinen Titten lutschen, wenn du kein Wasser magst«, sagte eine der Mägde. Doch bevor Hemmo nach ihr greifen konnte, war sie mit den anderen kreischend davongelaufen.

Drei Wochen vergingen, ohne daß Tröndur ihrer überdrüssig zu werden schien. Die Untätigkeit und das reichhaltige Essen führten dazu, daß die Männer jede Gelegenheit nutzten, ihre wiedergewonnenen Kräfte zu messen. Aus Wettkämpfen wurden blutige Schlägereien; ein achtlos dahingesprochenes Wort lieferte den Anlaß zu einem Zweikampf auf Leben und Tod. Gunne Seehundsfloh verletzte Bjarki Fleischsuppe so schwer, daß dieser nicht mehr die Zeit fand, seine letzte Geschichte zu Ende zu erzählen. Da ließ Tröndur i Göta die Männer zu sich rufen und sagte, nun sei es soweit, daß sie sich für die erwiesenen Wohltaten erkenntlich zeigen könnten.

»Einige meiner Landsleute«, fuhr er fort, »wollen nicht begreifen, daß es eine Kleinigkeit kostet, wenn jemand wie ich die Bürde auf sich nimmt, das Gesetz zu verkörpern und sie vor den Überfällen der Seeräuber zu beschützen. Sie zwingen mich, mir zu holen, was mir von Rechts wegen zusteht, und dafür brauche ich Männer, die keine Rücksicht nehmen müssen, weil sie mit diesem versippt und jenem verschwägert sind.«

So wurden Thormod und seine Männer in Tröndurs Horde aufgenommen. Meistens von Össur, seltener von Tröndur selbst angeführt, schwärmten sie über die Inseln aus und verbreiteten unter den Bewohnern schon durch ihr Auftreten Angst und Schrecken. Wer nicht freiwillig die von Tröndur geforderten Abgaben entrichten wollte, mußte zusehen, wie sein Hof in Flammen aufging, sein Vieh fortgetrieben wurde. Setzten sich die Bauern jedoch zur Wehr, so richteten Tröndurs Leute unter ihnen ein Blutbad an, dessen schreckliche Einzelheiten wir in alten Geschichten ausführlich geschildert finden.

Tröndur besaß mehrere Höfe. Der größte lag in einer Bucht auf der Ostinsel und war von einem hohen Wall aus Steinen und spitzen Pfählen umgeben. Dort hielt Tröndur sich die meiste Zeit auf, und es verging kaum ein Tag, ohne daß er an dem Schutzwall etwas auszubessern fand. Tröndur war kein ängstlicher Mann, aber offensichtlich rechnete er mit einem Überfall, und unter seinen Leuten ging das Gerücht, daß sich die Bauern von der Südinsel gegen ihn verschworen hätten.

Mehrere Tage hüllte dichter Nebel den Hof ein. Er fühlte sich kalt und glitschig an, und Björn schien es, als habe sich alles außerhalb eines Fußbreits begehbaren Bodens in graues Nichts aufgelöst. Tröndur ließ die Wachen auf dem Wall verstärken; er selbst gesellte sich zu ihnen und horchte mit seitwärts geneigtem Kopf. Der Nebel war voller Geräusche: vertrauter, wie das Kreischen der Möwen und das Glucksen der Wellen, und anderer, die ihn in Unruhe zu versetzen schienen. War nicht das Knarren von Tauwerk zu hören, das dumpfe Klatschen mit Tuch umwickelter Riemen, dann und wann ein Flüstern? Tröndur zog das Schwert und gab seinen Männern Zeichen, sich in Kampfbereitschaft zu setzen. Lautlos verteilten sie sich ringsum an der Innenseite der Verschanzung.

Der Nebel spie einen Mann aus. Er war groß und kräftig, seine nackten Arme waren mit Silberringen geschmückt. Er trug einen Helm und ein rotes Wams, darüber einen Kettenpanzer. An seinem Gürtel hing ein langes Schwert; in der Hand hielt er eine silberbeschlagene Axt, die wie eine Hellebarde geformt war.

»Da bin ich wieder, Vetter«, sagte der Mann.

»Für deine Heimkehr hätte ich dir besseres Wetter gewünscht, Sigmund«, erwiderte Tröndur.

»Dieses kommt mir nicht ungelegen«, sagte der Mann.

Unter Tröndurs Leuten sprach sich schnell herum, wer der Mann war, denn einige waren ihm schon früher begegnet. Sigmund Brestirsson war ein naher Verwandter Tröndurs, aber seit den Tagen ihrer Kindheit herrschte zwischen ihnen unversöhnlicher Haß. Man sagte, sie haßten einander so sehr, daß jedes andere Gefühl in ihnen erstorben sei. Sigmund war vor Jahren nach Norwegen gefahren, und während Tröndur die Inseln mit List und Gewalt unter seine Herrschaft brachte, erwarb sich Sigmund im Dienst Jarl Hakons den Ruf eines unbesiegbaren Helden. Sein Ruhm war sogar bis zu den entlegenen Schafsinseln gedrungen, und als er nun, unversehens aus dem Nebel aufgetaucht, vor ihnen stand, wußten alle, daß Tröndurs Wachsamkeit nicht den Bauern der Südinsel gegolten hatte.

»Ich höre, daß du wohlhabend und mächtig geworden bist, Vetter«, sagte Sigmund. »Das sei dir vergönnt; ich kann nichts Schlechtes daran finden, wenn jemand auf seinen Vorteil bedacht ist. Ich will mich auch nicht zum Sprecher derer machen, die du unterjocht und beraubt hast, denn es wäre ihre Sache gewesen, sich dagegen zu wehren. Doch es betrübt mich, daß du all dies ohne meine Einwilligung unternommen hast. Dafür fordere ich einen Anteil, Vetter.«

»Wenn es wahr ist, was erzählt wird, bist du um ein Vielfaches reicher als ich«, antwortete Tröndur. »Was wiegen die Abgaben armer Bauern, was wiegt der Besitz unfruchtbaren Bodens gegen die Schätze, die du angehäuft haben sollst?«

»Zeig dem Skalden eine Handvoll Silber, und er wird einen Berg daraus machen«, sagte Sigmund. »Aber ich bin gekommen, mich im Guten mit dir zu einigen, Tröndur. Wenn du mir also meinen Anteil nicht geben kannst, laß mich statt dessen mit der Neuigkeit nach Norwegen zurückkehren, daß du Christ geworden bist.« Er tauchte seine Hand hinter sich in den Nebel: »Einen Priester habe ich mitgebracht.«

Aus Tröndurs Gesicht wich das Blut; selbst die Sommersprossen schienen zu erblassen. Von allen Beleidigungen, die man ihm zufügen konnte, war dies die schlimmste. Denn Tröndur war ein erbitterter Feind der Christen. Er hatte die Mönche, die seit Menschengedenken auf einer winzigen Schäre vor der Südspitze der Strominsel wohnten, fangen und bei lebendigem Leibe häuten lassen; er brannte jedem, der im Verdacht stand, Christ zu sein, eigenhändig die Augen aus, und nun dieses Ansinnen, noch dazu aus dem Mund eines Mannes, den er wie keinen anderen haßte.

Tröndur entriß Össur seinen Speer und warf ihn auf Sigmund. Der Speer prallte von seinem Helm ab. Sigmund lachte: »Das war die Antwort, die ich von dir erwartet habe, Vetter.« Dann verschluckte ihn der Nebel.

Eine Zeitlang blieb es ruhig. Ein leichter Wind kam auf, aber statt vor ihm zu weichen, drängte sich der Nebel tiefer in die Bucht und ballte sich zu wabernden Klumpen. Zuweilen öffneten sich Spalten in der Nebelwand, und einmal gab sie den Blick auf drei Langschiffe frei, die nebeneinander am Ufer lagen. Plötzlich hallte die Bucht von donnerndem Getöse wider; von mehreren Seiten zugleich rollten große Felsbrocken von den Bergflanken herab. Einer übersprang den Wall und begrub zwei Männer unter sich; ein anderer riß eine Bresche in die Verschanzung. Nun stürzte ein Mann aus dem Nebel hervor und sprang durch die Lücke. An seinem roten Wams erkannte Björn, daß es Sigmund war. Einer von Tröndurs Leuten warf seinen Speer nach ihm. Sigmund fing ihn auf und stieß dem Mann die Spitze seiner Axt in die Brust. Als nächsten traf er auf Össur. Dieser holte mit seinem Schwert aus, aber bevor er zuschlagen konnte, hatte Sigmund ihm den Schädel gespalten.

Nach Sigmund drangen seine Männer durch die Bresche in den Hof, und als Tröndurs Leute sahen, daß diese ihnen an Zahl überlegen waren, warfen sie ihre Waffen fort und flehten um ihr Leben. Aber damit war der Sieg noch nicht errungen, denn nun brach Tröndurs Hundemeute aus einem Stall hervor und fiel mit schaurigem Geheul über die Eindringlinge her. Sechs von Sigmunds Männern wurden von den Hunden zerfleischt, und vermutlich wären auch die übrigen den Bestien zum Opfer gefallen, hätten ihnen Tröndurs Leute nicht unerwartet Hilfe geleistet, denn diese wußten, daß die Hunde, war ihre Blutgier erst geweckt, keinen Unterschied machten zwischen Freund und Feind. So kam es, daß man Tröndur das einzige Mal in seinem Leben weinen sah, und es wurde später viel darüber gesprochen, ob seine Tränen mehr dem Ziehsohn oder seinen Hunden gegolten hatten.

Der Hofplatz war mit Leichen bedeckt. Von Thormods Männern waren Torkel Hakenlachs und Karhu getötet worden; letzterem hatte einer von Tröndurs Hunden die Kehle zerfetzt. Hedin war an der Schulter verwundet worden; sein linker Arm hing leblos herab. Tosti Einauge irrte mit ausgestreckten Armen zwischen den Toten umher, ein Speer hatte sein Auge durchbohrt. »Wo bist du, Thormod!« schrie er. »Du hast mich ins Unglück gebracht, jetzt töte mich auch!« Hemmos Axt zerschmetterte seinen Kopf.

Sigmund ließ den Priester kommen. Er war ein junger Mann mit mädchenhaften Zügen. Der Anblick der Toten, der verstümmelten Leiber, des Blutes schien ihm Übelkeit zu bereiten; er wurde sehr blaß.

»Ich lasse dir die Wahl zwischen zwei ungleichen Bedingungen, Vetter«, sagte Sigmund. »Die eine ist gut: Du nimmst den rechten Glauben an und läßt dich taufen. Andernfalls wirst du sofort auf der Stelle hier erschlagen. Und das wäre schlimm für dich, denn du verlierst alles, was du besitzt, und alles Glück auf dieser Welt, um dafür Qual und Höllenpein in der jenseitigen Welt zu erhalten.«

Tröndur erwiderte: »Ich bin über die Mitte des Lebens hinaus, Vetter. Es lohnt nicht, jetzt noch die Götter zu wechseln.«

Sigmund rief einen seiner Männer zu sich und gab ihm sein Schwert. »Ich kann es nicht selbst tun, er ist mein Verwandter«, sagte er.

Der Mann ging um Tröndur herum und holte mit dem Schwert aus. Da hob Tröndur die Hand. »Du läßt mir nicht viel Zeit, über deine Bedingungen nachzudenken, Sigmund«, sagte er. »Da du es aber so eilig hast, wähle ich jene, die du die gute nennst.«

So rettete Tröndur i Göta sein Leben damit, daß er sich taufen ließ. Sigmund fuhr nun von Insel zu Insel und ruhte nicht, bis alle Bewohner der Schafsinseln Christen geworden waren. Sein Bekehrungswerk stieß nur selten auf Widerstand, denn ihm eilte der Ruf voraus, daß, so gern er die erste seiner ungleichen Bedingungen erfüllt sah, es ihm nicht weniger Freude bereitete, verstockten Heiden den Kopf abzuschlagen.

Tröndur gelangte später wieder zu Macht und Ansehen, er herrschte mit größerer Härte als zuvor, und er überlebte Sigmund um viele Jahre. Es heißt, er habe Sigmund ermordet, ohne selbst Hand an ihn zu legen. Davon wird in einer anderen, sehr alten Geschichte erzählt. Wir verlassen Tröndur zu dem Zeitpunkt, da er sich, entmachtet und wegen seiner Feigheit verspottet, auf die einsam gelegene Vogelinsel zurückzog und dort auf Sigmunds Abreise wartete. In dieser Geschichte kommt Tröndur i Göta jetzt nicht mehr vor.

Sigmund ließ Thormod und den Rest seiner Mannschaft frei, nachdem er einen Kopfpreis von je einer Schwertklinge gefordert und, da er nicht mit sich handeln ließ, erhalten hatte. Nun besaß Thormod nichts mehr außer drei Schwertklingen und einigen Walroßzähnen.

»Wo bleibt das Glück, das du mir bringen sollst, Björn Hasenscharte?« raunzte er, als sie sich auf den Weg zum Liegeplatz ihres Schiffes machten. »Nie war ich ärmer als jetzt. Was habe ich den Göttern getan, daß sie mich so hart strafen?«

»Du bist ihnen ein Opfer schuldig«, antwortete Björn.

»Seitdem ich sah, wie es Tröndur erging, zweifle ich an der Macht der alten Götter«, sagte Thormod. »Was hätte es für einen Sinn, den Machtlosen ein Opfer zu bringen und zugleich den einen und allmächtigen Gott dadurch zu erzürnen?«

»Wie aber können dich die alten Götter strafen, wenn sie keine Macht mehr besitzen?« fragte Björn, bemüht, ein Schmunzeln zu verbergen.

Thormod bedachte ihn mit einem scheelen Blick. »Du redest wie Poppo«, sagte er. Kurz darauf blieb er stehen, und Björn las von seinem Gesicht ab, daß er einen Entschluß gefaßt hatte. »Von nun an werde ich den Christengott um seinen Beistand bitten«, verkündete Thormod.

»Soviel ich weiß, tut auch er nichts umsonst«, sagte Björn.

»Ich werde mich taufen lassen«, war Thormods Antwort.

Das Schiff lag noch dort, wo sie es verlassen hatten. Als sie aber näherkamen, sahen sie, daß das Deck von grünem Wasser überflutet war. Durch die notdürftig abgedichteten Fugen war das Meer eingedrungen und hatte das Schiff auf seinen felsigen Grund hinabgezogen.

Nach einem halben Tag rastlosen Schöpfens erkannten die Männer, daß ihre Mühe vergeblich war; sie warfen die Eimer fort und ließen sich ermattet auf die Felsen fallen. Thormod befahl ihnen, wieder an die Arbeit zu gehen, er verfluchte sie, beschwor sie, bettelte. Als sich keiner der Männer rührte, sprang Thormod auf das Schiff und fällte mit einem einzigen Axthieb den Mast. Dann zertrümmerte er in besinnungsloser Wut die Decksplanken, das Schanzkleid, die Back. Die Männer richteten sich auf und sahen verwundert zu, wie Thormod sein Schiff zerschlug.

Die Nacht verbrachten sie in einer Grotte. Sie legten sich in der Nähe des Eingangs auf den feuchtkalten Steinboden, sahen jenseits des Sunds die schwarze Wölbung eines Bergrückens, darüber einige blinzelnde Sterne. Sie fröstelten, aber es war weniger die Kühle, die sie schaudern ließ, als die Furcht vor den Unterirdischen. Sie wagten nicht, laut miteinander zu sprechen, und wenn sie flüsterten, antwortete ihnen aus dem Dunkel ein vielzüngiges Tuscheln.

Björn lag lange wach, bevor er in unruhigen Schlummer fiel. Er träumt von Nanna. Sie ist nackt. Sie schmiegt sich an ihn, er spürt ihre harten Brustwarzen auf seiner Haut. Sie streichelt ihn. Ihre Hände gleiten an seinen Armen hinab, liebkosen seine Hüften, schließen sich um sein Glied. Er fühlt, wie es anschwillt, der Druck ihrer Hände nimmt zu, es tut ihm weh, der Schmerz wird stärker, er schreit auf, sein Schrei mischt sich mit anderen Schreien, sie verdichten sich zu schrillem Gekreisch, stinkender Atem fährt über sein Gesicht, er packt die Hand, die sein Glied umklammert hält, es ist eine große Hand, eine behaarte Hand, er tastet am Arm empor, faßt in einen struppigen Bart, umschließt mit beiden Händen einen Hals.

So kam es, daß er Vagn tötete.

Am Morgen, als die anderen sich von ihrem harten Lager erhoben, blieb Vagn als einziger liegen. Leif packte seine Schulter und rüttelte ihn. Vagns Kopf fiel leblos auf die Seite, zwischen den Lippen zwängte sich die Zunge hervor. Leif richtete sich auf und sah die Männer der Reihe nach an. Dann blieb sein Blick auf Björn haften, und dieser neigte beinahe unmerklich den Kopf.

Die Männer häuften Steine und Grassoden über Vagns Leichnam. Niemand fragte, woran er gestorben war. Wenn sein Tod überhaupt eine Frage in ihnen weckte, war es die, wer der nächste sein würde. Von Thormods Männern waren nur noch sechs am Leben. Sie hatten einander zu hassen begonnen; jeder sah im anderen, vor allem aber in Thormod, den Urheber seines Unglücks und erwog im stillen, sein Schicksal in die eigene Hand zu nehmen, statt es noch länger mit dem der anderen zu verknüpfen.

Zwei Tage gingen sie am südlichen Ufer des Sunds entlang, bis sie zu einem Hof kamen, der von zwei alten Leuten bewohnt war. Ohne daß ein Wort gewechselt wurde, führte die Bäuerin sie in die Vorratskammer. Sie enthielt nichts außer einem Stapel Stockfisch und einem Topf mit Hammelfett. Die Männer brachen den Fisch in kleine Stücke und wässerten ihn mit dem eigenen Speichel, bevor sie ihn hinunterwürgten. Dann nahmen sie das Boot des Bauern, einen schmalen, hochbordigen Kahn, dessen Steven sichelförmig nach oben gebogen waren, und ruderten auf den Sund hinaus.

Die See war kaum bewegt; die buchtenreiche Küste spiegelte sich in der glatten Wasserfläche. Möwenschwärme umwirbelten kreischend das Boot, während es an unzähligen Inseln vorbei nach Süden fuhr. Es dauerte mehrere Tage, bis die schroffen Klippen vor der südlichsten der Schafsinseln querab lagen und sie von einer starken Strömung auf das offene Meer hinausgetrieben wurden. Noch immer herrschte eine für diese Breiten ungewöhnliche Flaute. Es war, pflegte Björn später zu sagen, als ob Njörd das Atmen vergessen hatte.

Eine Weile ruderten sie noch, einer nach dem anderen. Sie ruderten kraftlos und mit langen Pausen zwischen den Ruderschlägen. Dann ließen sie sich von der Strömung treiben. Stille umgab sie und gleißendes Licht, das ihnen wie glühende Nadeln in die Augen stach. Mehr noch als der Hunger quälte sie der Durst. Hedin warnte sie, ihn mit Meerwasser zu stillen. Gunne Seehundsfloh trank es dennoch und begann daraufhin, die Augen zu verdrehen und wunderlich zu reden. In all den Tagen regnete es nicht ein einziges Mal, und nachts fiel kein Tau. Aber die Nächte schenkten ihnen Kühle und linderten den Schmerz in ihren Augäpfeln.

In einer dieser Nächte geschah es, daß Björn, ganz nah an seinem Ohr, Leifs Stimme vernahm: »Ich hätte es selbst tun sollen. Jetzt wird es einen von uns beiden das Leben kosten.«

Leifs Worte waren das letzte, was Björn mit wachen Sinnen vernahm. Von nun an verwoben sich Traum und Wirklichkeit auf unentwirrbare Weise. Er sah schwarze Vögel in enger werdenden Kreisen über sich schweben, auf ihren nackten Hälsen saßen alte, verschrumpelte Menschengesichter; er sah den grauen Rücken eines Wals vor dem Boot auftauchen; sah Wellen, hoch wie Berge, mit glatten, grünschimmernden Flanken; er hörte das Heulen des Sturms, hörte menschliche Stimmen, leise Stimmen, laute Stimmen, Schreie, Wispern. Er sieht sich, wie aus tiefem Schlaf erwachend, in einem dämmrigen Raum liegen, unter seinem Rücken knistert Stroh, da ist ein glimmendes Feuer, an dem Feuer sitzt eine alte Frau, sie hat einen langen hageren Hals und ein kleines, von unzähligen Falten zerfurchtes Gesicht. Sie steht auf und reicht Björn einen Becher.

»Trink das, es wird dir guttun«, sagt sie.

Björn zuckte vor Schmerz zusammen, als die Flüssigkeit in seine aufgesprungenen Lippen drang; er betastete sein Gesicht: Schorfige Haut blieb an seinen Fingern haften. Er roch den würzigen Duft des Holzfeuers. Dies war kein Traum mehr.

»Wer bist du?« fragte er.

»Nenne mich Hyrrokkin, wenn du mir einen Namen geben willst«, antwortete die alte Frau.

Björn erinnerte sich, daß Gris der Weise ihm von einer Hexe erzählt hatte, die Hyrrokkin hieß. Sie ritt auf einem Wolf; als Zügel diente ihr eine Kreuzotter. Hyrrokkin war es, die Balders Totenschiff ins Wasser stieß. Aber das mußte vor langer Zeit geschehen sein.

Im Gesicht der alten Frau öffneten sich zwei Falten und gaben ein Paar hellgrüner Augen frei. Sie wirkten sehr jung in dem zerknitterten Gesicht. »Hexen haben mehrere Leben, Björn Hasenscharte, wußtest du das nicht?« sagte sie leise.

Nun erzählte Hyrrokkin, wie sie das Boot, leckgeschlagen und mit zerbrochenem Kiel, am Ufer gefunden hatte. Die sieben Männer hätten ein Knäuel ineinander verschlungener Gliedmaßen gebildet, ihre Körper seien mit einer Kruste aus Salz und Sand bedeckt gewesen. Als sie sie mit Meerwasser abgespült habe, hätten sich einige der Männer zu regen begonnen. Es habe ihr große Mühe bereitet, die Schiffbrüchigen aus der Umklammerung ihrer Leidensgenossen zu lösen und sie vom Strand in ihre Hütte zu schaffen. Manches Mal habe sie sich verflucht und geschworen, die übrigen ihrem Schicksal zu überlassen. Allein der Gedanke, an jenen schuldig zu werden, denen sie ihre Hilfe verweigere, habe sie bewogen, nicht eher zu ruhen, bis sie den letzten der Männer in ihrer Obhut wußte. »Und dieser«, schloß sie ihren Bericht, »warst du, Björn Hasenscharte.«

Während Hyrrokkin erzählte, hatte sich Björn aufgesetzt und sie genauer betrachtet. Nun, da sie groß und breitschultrig vor ihm stand, ein Mann mit dem verhutzelten Gesicht einer Greisin, war ihm, als sähe er sie nicht zum ersten Mal.

»Du fängst an, etwas zu denken, was du besser nicht denken solltest«, sagte Hyrrokkin, während sie, am Herdfeuer niederkauernd, wieder die Gestalt einer alten Frau annahm. »Weder betrifft es dich, noch kannst du es ändern. Bei allem aber, was dich selbst angeht, könnte ich dir von Nutzen sein. Du wirst meiner Hilfe noch das eine oder andere Mal bedürfen.«

»Wo sind die anderen?« fragte Björn

»Ich habe sie hinausgejagt, sie waren mir zu laut«, erwiderte Hyrrokkin.

Noch immer vom Schlaf benommen, trat Björn vor die Tür. Hyrrokkins Hütte lag am Rande einer kahlen Ebene, die zum Meer hin in einen schmalen Dünengürtel überging. Von den Dünenkämmen strichen lange, flirrende Sandschleier ab und zerstoben im Wind. In der Ferne, über dem glitzernden Spiegel eines Sees, erhob sich eine Reihe kegelförmiger Berge. Kein Laut war zu hören außer dem klagenden Ruf eines Vogels und dem feinen Sirren des Sands. Erst als Björn auf einen unweit der Hütte gelegenen Hügel gestiegen war, trug der Wind Stimmen an sein Ohr und wies ihm die Richtung, in der er seine Gefährten suchen mußte.

Sie lagen oberhalb der Stelle, wo das Boot angetrieben war, in einer Dünensenke. Hemmo fuhr herum, als Björns Schatten über ihn fiel. Sein Gesicht war von Narben entstellt, sein Mund eine eiternde Wunde. Mit aufgerissenen Augen starrte er Björn eine Weile an, bevor er ihn erkannte. Dann sagte er: »Dein Glücksbringer ist da, Thormod. Verrate uns jetzt deinen Plan.«

»Ich habe in letzter Zeit daran gezweifelt, daß du mir Glück bringen würdest«, sagte Thormod, und Björn bemerkte wieder den fiebrigen Glanz in seinen Augen. »Poppo mag mir verzeihen; jetzt zeigt sich, daß ich ihm unrecht tat.«

Hyrrokkin, fuhr Thormod fort, habe ihm erzählt, daß sich eine Tagereise entfernt, auf einer der Küste vorgelagerten Insel, ein Kloster befinde. Die Mönche lebten in äußerster Bedürfnislosigkeit, obwohl sie es, als Besitzer einer Quelle, deren Wasser Krankheiten heile, durch Geschenke und Stiftungen zu unermeßlichem Reichtum gebracht hätten. Da sie gering an Zahl seien und außerdem, allein dem Schutz ihres Gottes vertrauend, keine Waffen besäßen, sei es ein leichtes, sich ihrer Schätze zu bemächtigen.

Die Männer hörten ihm begierig zu; es schien, als saugten ihre Augen jedes Wort von Thormods Lippen. Hemmo der Kurze fuhr mit dem Daumen über die Schneide seiner Axt; ein Grinsen trieb seine Mundwinkel auseinander: »Meine Axt kennt eine Krankheit, die kein Wasser heilt. Laß uns aufbrechen, Thormod.«

»Ich traue der Alten nicht«, sagte Egbert. »Ich bin lange genug selber Mönch gewesen, um solchem Gerede Glauben zu schenken. Es wäre mehr als leichtsinnig, die Reichtümer allein dem Schutz eines Gottes anzuvertrauen, der allen Besitz an die Armen zu verteilen gebietet.«

»Ich zwinge niemanden, mit mir zu kommen und den Mönchen ihre Schätze abzunehmen«, sagte Thormod zu den anderen. »Wer mir aber folgt, soll wissen, daß ich die Hälfte der Beute beanspruche. Denn ihr seid nicht ärmer als zuvor, während ich alles verloren habe, was ich besaß.«

Als sie sich auf den Weg machten, sah Björn, daß Hyrrokkin aus ihrer Hütte trat und ihnen nachblickte. Sie stand unbeweglich da, groß und breitschultrig wie ein Mann, und Björn war es, als könne er ihre grünen Augen sehen. Der Gedanke durchfuhr ihn, Thormod zu warnen, aber etwas hielt ihn davon ab. Vielleicht, dachte er später, war es ihr Blick gewesen.

Die Nacht verbrachten sie in einem Tal inmitten der kegelförmigen Berge. Durch den Talgrund schlängelten sich Bäche, deren Ufer mit saftiggrünem Gras bewachsen waren. Sie fingen Fische mit bloßen Händen und verschlangen sie roh, und als sie gesättigt waren, ließen sie das kalte Wasser über ihre zerschundenen Körper strömen.

Gegen Mittag des nächsten Tages sahen sie das Kloster. Es lag auf einer flachen Schäre, ein Klotz aus grauem Gestein, der sich allein durch seine regelmäßige Form als ein Werk von Menschenhand zu erkennen gab. Thormod wies die Männer an, ihre Waffen zu verbergen und sich dem Kloster auf eine Weise zu nähern, die keinen Argwohn weckte. So stiegen sie, eine Schar zerlumpter und ausgemergelter Gestalten, zum Strand hinunter und wateten durch das knietiefe Wasser zu der Stelle, wo eine eisenbeschlagene Tür in das Gemäuer eingelassen war. Dort ließen sie sich auf einem Tanghaufen nieder, nachdem Thormod einige Male, zaghaft zunächst, dann vernehmlicher, an das Tor geklopft hatte. Drinnen rührte sich nichts, aber das Wasser begann zu steigen und drang langsam zu dem Platz vor, auf dem die Männer lagerten. Hemmo der Kurze faßte die Tür ins Auge und sagte: »Mir scheint, daß sich das Sprichwort bestätigt, nach dem

Reichtum harthörig macht, Thormod. Soll ich hineingehen und den Mönchen unseren Besuch ankündigen?«

Da hörten sie, wie die Tür entriegelt wurde. Sie tat sich einen Spaltbreit auf, und in diesem erschien das runde Gesicht eines Mönchs.

»Gelobt sei Jesus Christus«, sagte Egbert. Der Mönch lächelte, gab aber keine Antwort.

Nun trat Thormod vor und bat den Mönch, ihn zu taufen. In höchster Not, den Tod vor Augen, habe er das Gelübde getan, den heidnischen Göttern abzuschwören und den wahren Glauben anzunehmen, falls der Gott der Christen ihn und seine Männer vor dem Schlimmsten bewahre. Da der eine und allmächtige Gott ihn erhört habe, sei es nun an ihm, sein Gelübde zu erfüllen. Der Mönch nickte abermals, sein rundes Gesicht glänzte vor Freude, er öffnete die Tür und wedelte einladend mit der Hand.

Sie folgten ihm durch einen langen schmalen Gang, der in einen Innenhof mündete. In seiner Mitte befand sich ein Brunnen, und auf seinem gemauerten Rand saßen einige Mönche, die hölzerne Becher in den Händen hielten. Sie erwiderten Thormods Gruß mit einem Kopfnicken, und als er den Prior zu rufen bat, ging einer von ihnen fort und kehrte bald darauf mit einem Greis zurück, der sich, obwohl er vor Gebrechlichkeit wankte, sehr aufrecht hielt.

Thormod zog sein Schwert aus dem Hosenbein hervor und setzte die Spitze auf die Brust des Priors. »Zeig uns, wo ihr eure Schätze versteckt habt«, sagte er. Im gleichen Augenblick begann eine Glocke laut und gellend in rasch aufeinanderfolgenden Schlägen zu läuten.

»Mach, daß es aufhört!« schrie Thormod Hemmo zu. Dieser stürzte in eines der angrenzenden Gebäude; wenig später brach das Läuten ab, aber noch lange hielt sich der letzte Ton im Gemäuer; es war, als hätten die Steine zu singen begonnen, nachdem die Glocke verstummt war.

Hemmo kam zurück. Sein Gesicht war mit Blutspritzern übersät. Er wischte die Schneide seiner Axt an der Kutte eines der Mönche ab und sagte zu Thormod, indem er auf den Prior deutete: »Soll ich ihn zum Reden bringen?«

»Ich verlange nicht, daß er redet«, antwortete Thormod. »Es genügt, daß er mich versteht und tut, was ich sage.«

Der Prior blickte Thormod unverwandt aus seinen vom Alter getrübten Augen an, nichts deutete darauf hin, daß er Angst hatte, ja, es schien, als recke er seine Brust bereitwillig der Schwertspitze entgegen. Thormod wich seinem Blick aus, er spürte, daß der Greis nicht einzuschüchtern war, nicht mit Drohungen, die ihn selbst betrafen. Und als Thormod dies erkannt hatte, drehte er sich mit jähem Schwung um die eigene Achse und hieb sein Schwert einem der Mönche in den Hals.

»Du hast die Wahl«, sagte er zum Prior. »Führe mich zu euren Schätzen, oder ich werde einen nach dem anderen töten und als letzten dich selbst.«

Der Prior kniete neben dem sterbenden Mönch nieder und faltete die Hände. Dann streckte er die Arme aus, ließ sich von zwei herbeieilenden Mönchen aufhelfen und machte Thormod ein Zeichen, ihm zu folgen.

Sie kamen in einen Raum, der durch das Licht zweier Altarkerzen dürftig erhellt wurde. Ein schwacher Luftzug strich über die Kerzen und ließ die Flammen erzittern. Dem Flackern antwortete aus dem Dunkel ringsumher ein hastiges Funkeln. Überall waren Schalen aufgestellt, und diese quollen über von Münzen und Schmuck aus Gold und Silber, aus Bernstein und Glas. Armreife und Ringe, Fibeln, Spangen und Ketten: all das lag ungeordnet da, als sei es nie wieder berührt worden, seitdem es die Spender dort zurückgelassen hatten.

Thormod nahm eine Kerze vom Altar und ging von Schale zu Schale. Die Augen der Männer folgten ihm, starr vor Staunen. Niemand wagte zu sprechen; es war, als fürchteten sie, ein lautes Wort könne den Anblick all dieser Kostbarkeiten wie ein Trugbild zerstieben lassen.

Als erster streifte Egbert seinen Mantel ab, verwandelte ihn mit wenigen Handgriffen in einen Sack und füllte diesen mit glitzerndem Geschmeide. Die anderen folgten seinem Beispiel, und wer keinen Mantel mehr besaß, benutzte seine Hose als Beutel. Dies ging ohne Hast vor sich, in wortlosem Einverständnis, der Überfluß machte sie großzügig, Neid und Habgier wurden von der Sorge verdrängt, daß man sich mehr auflade, als man zu tragen vermöge. Aber Thormod erinnerte sie daran, daß ihm die Hälfte der Beute gehöre; jetzt zogen einige auch ihre Hemden aus und stopften sie mit edlem Metall, bis die Nähte zu platzen drohten.

Als sie schwerbeladen in den Innenhof zurückkamen, war es dämmrig geworden. Nacheinander tauchten sie in die von Fledermäusen durchhuschte Finsternis des Ganges ein; das Geräusch ihrer Schritte mischte sich mit dem Rauschen der Wellen, die nun, da die Flut aufgelaufen war, gegen die Mauern des Klosters brandeten.

Das Meer schloß sich kalt um ihre Glieder, während sie, bis zu den Hüften im Wasser, zum Ufer hinüberstapften. Als sie den Strand erreicht hatten, löste sich ein grauer Fleck aus dem Dunkel der Felswand und nahm, je näher er kam, desto deutlicher menschliche Gestalt an. Es war ein Mann, ein vierschrötiger Mann. Er ging breitbeinig und wiegte sich leicht in den Hüften. Seine Arme schimmerten weiß vor dem Dunkel, und als sie ihn lachen hörten, wußten sie, wer er war.

»Kommt her und laßt mich sehen, was ihr den Mönchen gestohlen habt!« rief Thorgeir Bryntroll.

Wie Tiere, die plötzlich erkennen, daß sie in eine Falle geraten sind, verharrten die Männer in steinerner Reglosigkeit. Der Gedanke, daß sie, die das Schicksal eben erst mit Reichtum überhäuft hatte, nun wieder alles verlieren sollten, lähmte sie mehr noch als die Angst vor dem Tod.

Groß und stattlich stand der Wikinger vor ihnen. Sie sahen das Muskelspiel seiner tätowierten Arme, das Lachen auf seinem von roten und blauen Ätzungen entstellten Gesicht.

»Mir ist, als hätte ich euch schon einmal gesehen«, sagte, noch einen Schritt näher tretend, Thorgeir Bryntroll. Er faßte Hedin ins Auge: »Bist du nicht der Sohn meines Freundes Gudmundur Einarsson?«

»Er ist es«, antwortete Thormod an Hedins Stelle. »Du hast schon einmal bewiesen, daß du deine Freundschaft auch auf den Sohn deines Freundes und dessen Gefährten überträgst, Thorgeir Bryntroll. Wir haben später noch oft und gut von dir gesprochen. Laß uns auch diesmal wie Freunde miteinander umgehen.«

»Besitzt ihr mehr als das, was ihr den Mönchen abgenommen habt?« fragte der Wikinger.

»Nein«, antwortete Thormod. »Aber du wirst uns nicht knauserig finden, wenn du einen Anteil verlangst.«

»Dann werde ich nicht umhinkönnen, euch totzuschlagen«, seufzte Thorgeir. »Die stummen Mönche dort«, er deutete zu den in der Dunkelheit verschwimmenden Umrissen des Klosters hinüber, »würden es mir sehr verübeln, wollte ich mit Räubern wie euch gemeinsame Sache machen.«

»Du könntest den Mönchen erzählen, wir seien mit der Beute entkommen«, schlug Thormod vor.

»Das könnte ich wohl, nur wäre es nicht klug«, antwortete Thorgeir. »Außer diesem haben sich noch drei weitere Klöster unter meinen Schutz gestellt. Die Mönche bezahlen gut. Auf Dauer gesehen bringt es mehr ein, die Klöster zu beschützen, als sie auszurauben. Überdies ist es gefahrloser, sich mit ein paar Strauchdieben herumzuschlagen als mit einem ganzen Heer. Denn die Mönche haben mächtige Gönner.«

Thormod holte einen Armreif aus einem seiner Beutel hervor und hielt ihn Thorgeir hin. »Nimm das als Anzahlung«, sagte er.

»Ich will alles!« entgegnete der Wikinger hart.

Da ließ Thormod den Armreif zu Boden fallen, bückte sich und warf dem Wikinger emporschnellend eine Handvoll Sand in die Augen. Thorgeir schrie auf, taumelte ins Dunkel zurück, und nun hasteten die Männer, so rasch es ihre Last erlaubte, über den steinigen Strand. Sie hörten, wie Thorgeir

Befehle brüllte, hörten Waffengeklirr und knirschende Schritte, aber die Dunkelheit verhalf ihnen zu einem winzigen Vorsprung vor den ungestüm nachsetzenden Wikingern. Sie warfen sich in das kaum kniehohe Seegras, und als ihre Verfolger an ihnen vorübergestürmt waren, rafften sie sich wieder auf und stiegen durch eine Schlucht zum Rand der Felsküste empor. Oben war ein flacher Talkessel; auf seinem Grund lagen große Steine, die ein gutes Versteck boten. Dort verbrachten Thormod und seine Männer schlaflos die Nacht.

Als es hell zu werden begann, breiteten sie ihre Beute auf dem Moos aus. Das Licht des frühen Tages entlockte den Geschmeiden ein mattes Schimmern, im Bernstein glomm es rötlich. Die Männer labten sich am Anblick ihres Reichtums, sie strichen mit den Fingerspitzen über das kalte Metall, als wollten sie sich durch die Berührung vergewissern, daß ihre Augen sie nicht trogen. Einiges war während der Flucht verlorengegangen; von dem, was nun vor ihnen lag, würde Thormod, wie er verlangte, die Hälfte bekommen, aber auch dann noch würde jedem soviel bleiben, daß er als wohlhabend gelten konnte.

Noch Jahre später erinnerte sich Björn an das Lächeln, das auf den bleichen Gesichtern seiner Gefährten lag. Es war die letzte Freude, die ihnen vergönnt war. Mit dem ersten Sonnenstrahl brach das Unheil über sie herein; markerschütterndes Gebrüll erfüllte den Talkessel, Schwerter blitzten auf, und Axtklingen, Speere durchschnitten pfeifend die Luft. Thormods Männer rafften hastig ihre Schätze zusammen und suchten Hals über Kopf, jeder auf eigene Faust, das Weite. Björn gelang es, den Rand des Talkessels zu erklimmen. Von dort sah er, daß ihm Leif und Thormod folgten, die übrigen lagen leblos inmitten ihrer ringsumher verstreuten, im Sonnenlicht glitzernden Beute. Er hörte, wie Thorgeir seinen Männern befahl, den Flüchtenden nachzusetzen, worauf sich ein Trupp unter Führung eines rotbärtigen Hünen an ihre Verfolgung machte.

»Wohin jetzt?« fragte Thormod mit gehetztem Blick. Er hielt zwei prallgefüllte Säcke mit den Armen umklammert, von denen der eine aus Egberts Mantel geformt war.

»Du wirst nicht weit kommen, wenn du dich nicht von einem dieser Säcke trennst«, entgegnete Björn.

»Lieber sterbe ich als reicher Mann, als daß ich mit leeren Händen heimkehre«, keuchte Thormod, unter der Last seiner Beute wankend. »Nimm mir also einen ab, wenn sich bewahrheiten soll, was Poppo versprach.«

So kam es, daß nun Björn das Gewicht zweier mit Gold und Silber gefüllter Säcke zu spüren bekam, daß er, über Steine und Sträucher stolpernd, alle Kräfte aufbieten mußte, um Thormod und Leif nicht aus den Augen zu verlieren. Mehrfach, erzählt Björn, habe er mit dem Gedanken gespielt, sich eines der Säcke oder gar beider zu entledigen, zumal er aus mancherlei Geräuschen habe entnehmen können, daß ihm die Verfolger dicht auf den Fersen waren. Was ihn davon abgehalten habe, den Gedanken in die Tat umzusetzen, wisse er nicht; vielleicht sei es die Ahnung gewesen, daß er für die Mühsal reichlich belohnt werden würde.

Nachdem sie einen Fluß durchquert und den jenseitigen Berghang erstiegen hatten, gelangten sie in einen kleinen Wald, der aus kaum mannshohen, verkrüppelten Bäumen bestand. Dort ließen sie sich erschöpft ins Moos fallen und lauschten mit angehaltenem Atem. Aber es blieb still, nur der Wind raschelte im Laub abgestorbener Zweige. Mit Anbruch der Dunkelheit zog ein Gewitter herauf. Im bläulichgrellen Licht der Blitze sprangen knorpelige Verwachsungen aus dem Dunkel hervor, gespenstische Fratzen grinsten sie an, und einmal war es Björn, als sähe er in einer Astgabel Hyrrokkins verschrumpeltes Gesicht, ihre hellgrünen Augen. In der Nacht träumte Björn von Hyrrokkin; sie stand groß und breitschultrig neben dem schlafenden Thormod, hielt mit beiden Händen eine Kreuzotter gepackt und zog sie auseinander, bis sie lang und schmal war wie ein Pfeil.

Am nächsten Morgen war Thormod tot. Ein dünner Stock war mit solcher Wucht zwischen seine Schulterblätter getrieben worden, daß dessen Spitze fast eine Handbreit aus seiner Brust hervortrat. Thormods Augen waren weit aufgerissen, so, als sei er noch im Tod von Schrecken ergriffen. Björn zog den Stock aus Thormods Rücken; er war aus schwarzem, sehr hartem Holz, und es gelang ihm nicht, ihn zu zerbrechen. Wortlos häuften sie Laub und Moos über den Leichnam, leerten den Sack aus, den Thormod getragen hatte, und teilten untereinander auf, was ihnen am wertvollsten erschien.

Da zu vermuten war, daß Thorgeirs Männer die Suche nach ihnen noch nicht aufgegeben hatten, verließen sie den Wald erst, als es dunkel zu werden begann. Der Wind kam vom Meer her; er wies ihnen die Richtung, die sie einschlagen mußten, wenn sie ihren Verfolgern nicht in die Arme laufen wollten.

Sie gingen die ganze Nacht hindurch, und nach einem beschwerlichen Anstieg durch eine mit Geröll gefüllte Klamm gelangten sie in der Morgendämmerung auf eine Felsplattform, von deren Rand sie in einen tief unter ihnen liegenden, beinahe kreisrunden See blicken konnten. Sein Wasser war hellgrün, so daß Björn der Gedanke durchfuhr, ihn starre eines von Hyrrokkins Augen an.

»Ein guter Platz, findest du nicht?« fragte Leif. Er ließ den Sack mit dem Beutegut von seiner Schulter gleiten. »Wenn du einverstanden bist, wollen wir es jetzt hinter uns bringen.«

»Niemand weiß, daß ich Vagn getötet habe«, sagte Björn.

Leif zog sein Schwert und fuhr mit dem Daumen über die Klinge. »Ich weiß es«, erwiderte er.

»Er hat dir Übles angetan.«

»Das ist wahr. Aber er war mein Verwandter, deshalb lohnt es nicht, noch länger darüber zu reden.«

Den Hergang des Zweikampfes finden wir in Björns Erzählungen nicht annähernd so ausführlich beschrieben wie seine anderen Erlebnisse. Meistens pflegte er seine Zuhörer darauf hinzuweisen, daß er, Björn, leibhaftig vor ihnen sitze, womit sich die Frage nach dem Ausgang des Kampfes von selbst beantworte. Drang man jedoch in ihn, gab Björn zu verstehen, daß er seinen Sieg als unverdient betrachte; einen Gegner wie Leif hätte er schwerlich bezwingen können, wäre ihm nicht Hilfe von anderer Seite zuteil geworden. Während eines hitzigen Schlagabtausches sei er vor dem ungestüm nachsetzenden Leif an den Rand der Felsplatte zurückgewichen, der Blick hinunter in das grüne Auge des Sees habe ihn mit Entsetzen erfüllt, aus Angst, in die

Tiefe zu stürzen, habe er beide Arme nach vorn geworfen, dabei sei ihm das Schwert entglitten, und als er nun auf den Knien liegend mit geschlossenen Augen den tödlichen Hieb erwartet habe, sei ein leises, allmählich ersterbendes Röcheln an sein Ohr gedrungen. Niemand vermöge sein Erstaunen zu beschreiben, als er nach einer Weile die Augen geöffnet und Leif blutüberströmt am Boden habe liegen sehen. Wie das geschehen konnte, wisse er nicht zu sagen, aber er sei sicher, daß es nicht seine Hand gewesen sei, die das Schwert bis an den Knauf in Leifs Brust gerammt habe.

Als die Sonne hinter einem Berggipfel hervorkam, wanderte ein langer schmaler Schatten über die Felsplattform und fiel auf Björn. Er hob den Kopf und sah, daß es Hyrrokkin war. Ihr wirres, in gleißendes Licht getauchtes Haar umzüngelte flammengleich das faltige Gesicht.

»Geh jetzt, Björn Hasenscharte, geh, bevor dir ein Wort des Dankes entschlüpft«, sagte Hyrrokkin. »Nicht weit von hier wirst du ein Boot finden, groß genug, dich selbst und deine Schätze aufzunehmen. Nimm es und frag nicht, wem es gehört. Aber laß etwas Silber am Ufer zurück, damit der Besitzer dir kein Unglück wünscht.«

Das Boot lag im versumpften Seitenarm eines träge dahinfließenden Flusses. Es war alt und morsch, und zwischen seinen Planken wuchs Gras. Wolken von Mücken fielen über Björn her, als er das Boot über Schlingpflanzen und schlammige Untiefen hinweg in den Fluß ruderte. Dort überließ er es, mit einem Riemen steuernd, der Strömung.

Je näher er der Mündung kam, desto flacher wurden die Ufer; Land und Meer gingen beinahe unmerklich ineinander über; kleine Inseln glitten vorbei, zunächst noch mit niedrigem Buschwerk bewachsen, dann sandig und kahl. So gelangte Björn gegen Mittag auf das Meer hinaus, und während die Küste schon zu einem schmalen Strich zusammenschmolz, schien ihm, als werde das Boot noch immer von der Kraft des Stromes vorangetrieben. Er streckte sich im Boot aus und sank in Schlaf. Als er wieder erwachte, stand die Sonne tief über dem Horizont, der Himmel hatte sich bewölkt, und vor sich sah er die von schrägen roten und grauen Streifen gebänderte Felsküste einer Insel. Sein Gefühl sagte ihm, daß es eine andere war als jene, von der er fortgefahren war, aber sein Verstand meldete Zweifel an. Denn was sollte dem Boot eine solche Geschwindigkeit verliehen haben, daß er im Laufe eines halben Tages zu einer Insel gelangen konnte, die er zuvor nicht einmal in der Ferne gesichtet hatte? Oder war zwischen Einschlafen und Erwachen mehr Zeit vergangen als die vom Mittag bis Abend eines einzigen Tages? Während er diese Überlegungen anstellte, ohne indessen zu einem Ergebnis zu kommen, das Gefühl und Verstand miteinander versöhnte, geriet das Boot in die Brandung am Fuße der Felsen. Es legte sich auf die Seite und nahm einen Schwall kalten Wassers über, der Björn von Kopf bis Fuß durchnäßte und ihn, jäh ernüchtert, die Gefahr erkennen ließ, in der er schwebte. Mit aller Kraft legte er sich in die Riemen, riß den Bug herum und ruderte das Boot gegen die Brandungswellen. Eine Zeitlang schien es, als spielten die Wellen mit dem Boot: Ließ es die eine entkommen, so warf es die nächste zurück, doch dann rollte eine mächtige Woge heran und trug das Boot zurückflutend aus der Brandung.

Zitternd vor Erschöpfung, aber ohne sich eine Ruhepause zu gönnen, ruderte Björn weiter an der Küste entlang. An der fasrigen Form der Wolken sah er, daß es Sturm geben würde, und das Meer zeigte jene gläserne Glätte, mit der sich ein Unwetter anzukündigen pflegt. Als die ersten Böen den Wasserspiegel zu trüben begannen, entdeckte er hinter den Felsen eine kleine, windgeschützte Bucht. Dort ging Björn an Land. Und nun geschah etwas Seltsames: In dem Augenblick, da sein Kiel sich in den Sand grub, fiel das Boot, das eben noch den Brandungswellen getrotzt hatte, auseinander. Mit einem Geräusch, das wie ein wohliges Seufzen klang, löste sich eine Planke nach der anderen, bis schließlich ein hölzernes Gerippe übrigblieb.

»Ich sehe, du meinst es gut mit mir, Hyrrokkin«, sagte Björn. »Aber es hätte dieses Winks nicht bedurft, mich daran zu erinnern, daß man das Glück nicht durch Leichtsinn herausfordern soll.«

Die Nacht verbrachte er in einer Höhle, deren Eingang so schmal war, daß Björn sich nur mit Mühe hindurchzwängen konnte. Sie mußte vor langer Zeit bewohnt gewesen sein, denn als sich seine Augen an das Dunkel gewöhnt hatten, bemerkte er einen mannshohen Kegel aus Menschenschädeln, und als das Unwetter losbrach, sah er im Licht der Blitze, daß die Wände mit rätselhaften Zeichnungen versehen waren.

Hier ließ er seine Beute zurück, als er sich am nächsten Morgen aufmachte, die Umgebung zu erkunden. Oberhalb der Bucht stieß er auf einen Stall, in dem es nach frischem Schafsmist roch, und als er dem Pfad folgte, den die Schafe in den Boden getrampelt hatten, gelangte er zu einem ärmlichen Hof.

Der Bauer nahm Björn freundlich auf. Njal und seine Frau Thora waren fröhliche Menschen, und als Björn erzählte, daß sich sein Boot ohne fremdes Zutun in seine Bestandteile aufgelöst hatte, wußten sie sich vor Lachen kaum zu halten. Er schenkte Njal eine Silbermünze und Thora einen Ring und ließ durchblicken, daß er, um in den Besitz eines seetüchtigen Schiffes zu gelangen, jeden Preis zahlen würde. Da bekreuzigte sich Thora, denn wenn einer, der wie ein Bettler aussah, so viel Geld besaß, um ein Schiff kaufen zu können, mußte er ein Zauberer sein.

Am nächsten Tag brachte Njal ihn mit einem Mann zusammen, der Schweineinsel-Bjarni hieß. Dieser besaß einen Knorr, mit dem er Vieh von den Inseln zu den Märkten des Festlandes hinüberzubringen pflegte. Das Schiff lag in einem kleinen Hafen, unweit der Bucht, in der Björn an Land gegangen war. Es war breit und plump, die Bordwand war bis über die Wasserlinie mit Muscheln und Algen bewachsen, die Decksplanken starrten von Schmutz, und aus dem Laderaum schlug Björn ein übler Geruch entgegen. Aber sein Gespür sagte ihm, daß das Schiff ihn sicher über das Meer tragen würde. Er fragte Schweineinsel-Bjarni nach dem Preis, und da dieser ein gewitzter Händler war, verlangte er gleichmütig das Dreifache dessen, was er zu erhalten hoffte. Statt aber zu feilschen, gab ihm Björn eine goldene Kette. Dies verschlug dem sonst nicht mundfaulen Schweineinsel-Bjarni die Sprache; einerseits war es das erste Mal, daß er mehr bekam, als er gefordert hatte, und zum anderen hatte er noch nie einen Zauberer gesehen. Denn daß Björn mit den Unterirdischen im Bunde stand, daran zweifelte nun auch Schweineinsel-Bjarni nicht mehr. Aus

Angst, Björn könne ihn wegen seiner unverschämten Forderung in ein Schwein verwandeln, heuerte Bjarni auf eigene Kosten eine Mannschaft an. Es waren drei Brüder, die man nach ihrer Haarfarbe den Gelben, den Braunen und den Roten nannte.

Weil der Knorr schwer zu rudern war, mußte Björn auf günstigen Wind warten. Die Zeit verbrachte er damit, seine Schätze in wasserdichte Hautsäcke einzunähen; an diese befestigte er mit Luft gefüllte Schweinsblasen. Die drei Brüder beobachteten ihn bei diesem Tun mit stummer Ehrfurcht, denn da sie nicht wußten, was die Säcke enthielten, glaubten sie, es handle sich um eine ihnen unbekannte Art der Geisterbeschwörung.

Auch während der zwei Tage und Nächte dauernden Fahrt über das offene Meer hüllten sich die Brüder in Schweigen, und stets vermieden sie es, Björn in die Augen zu sehen. Nach dem Grund befragt, gab der Rote zögernd zur Antwort, daß es Unglück bringe, wenn sich der eigene Blick mit dem eines Zauberers kreuze.

Als der Wind stärker wurde und rings um das Schiff graue Wellenberge auftürmte, zeigte sich, daß der klobige Knorr es mit einem Langschiff an Seetüchtigkeit aufnehmen konnte. Wie ein altes Schlachtroß durchbrach er die Wogen und stieg immer wieder mit gischtumsprühtem Bug aus den Brechern empor. Das Ruder hatte Björn dem Gelben überlassen, der, als es aufzubrisen begann, neben ihn getreten war und ihm die Pinne wortlos aus der Hand genommen hatte. Er erwies sich als ein ebenso erfahrener Seemann wie seine Brüder, die das rauhe Wetter nicht im geringsten aus der Ruhe zu bringen schien.

Am Morgen des dritten Tages kam die Küste von Norwegen in Sicht, und ihrem Verlauf zunächst nach Süden, später nach Osten folgend, gelangten sie nach Skiringssal.

Die Brüder wollten ihren Augen nicht trauen; nie zuvor hatten sie eine Stadt gesehen, und ihr Erstaunen war so groß, daß sie aufgeregt miteinander zu schwatzen begannen. Der Gelbe wagte es sogar, das Wort an Björn zu richten. Ob all diese Häuser bewohnt seien, fragte er, und als Björn dies bejahte: wovon sich die vielen Menschen ernährten, da doch weit und breit weder Ackerland noch Wiesen zu sehen seien? Björn erzählte ihm, daß diese Stadt klein sei im Vergleich zu jener, aus der er stamme, die Bewohner aber hier wie dort vor allem vom Handel lebten.

Er ließ das Schiff außerhalb des Hafens vor Anker gehen, nahm einen Beutel mit Silbermünzen aus einem der Hautsäcke und watete an Land. Als er zurückkehrte, dauerte es eine Weile, bis die Brüder ihn erkannt hatten. Denn anstelle der Lumpen, in denen er fortgegangen war, trug er eine rote Pluderhose, ein gelbes Wams und einen gestreiften, mit einer Goldborte gesäumten Mantel.

»Bei Thor, er ist ein Zauberer!« entfuhr es dem Braunen, obgleich er, wie seine Brüder auch, zwei- oder dreimal getauft worden war.

Die prächtige Kleidung hatte Björn bei einem Trödler erstanden; sie stammte aus dem Nachlaß eines schwedischen Kleinkönigs, der nach drei aufeinanderfolgenden Mißernten von seinen Untertanen aus dem Land gejagt worden und in Skiringssal bei einer Schlägerei umgekommen war. Das Wams wies in der linken Brustseite einen mit groben

Stichen vernähten Einschnitt auf: Dort war dem Kleinkönig der Dolch seines Gegners in die Brust gedrungen. In späteren Jahren, als sich in Björns Geschichten eigene Erlebnisse mit denen anderer immer dichter verwoben, sollte ihm das Loch im Wams noch des öfteren als Beweis dafür dienen, daß er seinen Reichtum beinahe mit dem Leben bezahlt hätte.

Als sie den Anker lichteten, lief ein Langschiff in den Hafen ein, bei dessen Anblick Björn der Herzschlag stockte. Es war Thorgeir Bryntrolls Schiff. Und während es nun, von seinen zwanzig Ruderern kraftvoll vorangetrieben, auf den Knorr zuhielt, sah er, wie der Wikinger den Stevenmann beiseite schob und dessen Platz einnahm.

Eine knappe Schiffslänge vor dem Knorr drehte das Langschiff bei; die Ruderblätter klatschten flach auf das Wasser. Thorgeir Bryntroll kniff die Augen zusammen, und auf seinem Gesicht zeigte sich ein Anflug von Staunen. Was, mochte er sich fragen, tat ein prachtvoll gekleideter Mann auf diesem unansehnlichen Knorr? Und wo, schien er zu überlegen, hatte er den Mann schon einmal gesehen? Der Wikinger legte einen seiner tätowierten Arme um den Vordersteven und neigte, während er Björn von oben bis unten musterte, nachdenklich den Kopf.

»Ich habe seit Tagen kein Bier mehr getrunken«, sagte Thorgeir Bryntroll. »Sonst wüßte ich, wo ich dich hintun soll. Wer bist du?«

Einer plötzlichen Eingebung folgend, wandte sich Björn, als habe er Thorgeir nicht verstanden und sei demzufolge auf ihre Dolmetscherdienste angewiesen, an die drei Brüder. Diese wichen seinem Blick aus und stierten gleichmütig vor sich hin. Nun begann

Björn in einem seltsamen Kauderwelsch zu reden, in dem sich Wörter aus sämtlichen Sprachen wiederfanden, die er jemals gehört hatte; er mischte das kehlige Gurren des Arabischen mit den Schnalz- und Zischlauten der Terfinnen, flocht hier und da den Singsang alter Zaubersprüche ein und überschüttete den Wikinger mit einem solchen Redeschwall, daß dieser, nach mehreren vergeblichen Versuchen, zu Wort zu kommen, angewidert die Augen schloß. Als Björn schließlich verstummte, weil er seinen Vorrat an fremdartigen Wörtern und Lauten erschöpft sah und nicht durch ständige Wiederholung Thorgeirs Argwohn wecken wollte, sagte dieser zu seinem Steuermann: »Hast du ihn verstanden, Tryggve?«

»Er muß seiner Mutter aus dem Arsch gekrochen sein«, antwortete der Steuermann bedächtig. »Denn was er sagte, klang so, als ob es rückwärts gesprochen sei.« Da verzog der Wikinger sein buntes Gesicht zu einem Grinsen und befahl seinen Männern weiterzurudern.

Der ablandige Wind trieb den Knorr schnell von der Küste fort. Als die Sonne unterging, befanden sie sich schon auf dem offenen Meer, und als sich der Himmel im Osten wieder zu röten begann, sah Björn voraus die Nordspitze von Jütland. Ohne die Fahrt zu unterbrechen, segelten sie an der Küste entlang nach Süden. Gegen Abend flaute der Wind ab, so daß der Knorr kaum noch Fahrt machte. Die Nacht verbrachten sie an Bord; sie aßen gepökeltes Hammelfleisch und tranken von dem Bier, das Björn in Skiringssal gekauft hatte. Es war stark und süß, und während das Schiff langsam und beinahe geräuschlos durch das Wasser glitt, spürten sie, wie das Bier sie trunken machte. In dieser Nacht geschah nichts, außer daß sie reihum Geschichten erzählten und sangen; die Brüder kannten viele Geschichten und noch mehr Lieder, sie sangen laut und nicht immer so, daß es dem Ohr schmeichelte, aber wenn Björn an die Reise zurückdachte, war diese Nacht unter allen Nächten, die er in der Fremde verbracht hatte, die einzige, in der er sich glücklich gefühlt hatte. Darüber sprach er aber nur selten, denn es war nicht einfach, seinen Zuhörern klarzumachen, daß es noch ein anderes Glück gab als jenes, dem er seinen Reichtum verdankte.

Mehrere Tage kreuzten sie bei wechselnden Winden zwischen den Inseln, bevor Björn die Sandbänke sichtete, die das Meer vor der Mündung der Förde aufgeworfen hatte. Die Rinne, durch die sie Thormods Schiff in die offene See geschoben hatten, war versandet. Aber weiter südlich fand Björn einen schiffbaren Kanal. Vom Ostwind und einer starken Strömung getrieben, rauschte der Knorr in das kabbelige Wasser der Förde.

Bald darauf kamen ihnen zwei Langschiffe entgegen, von denen das eine ein Purpursegel trug. Auf dem Schanzdeck stand ein Jüngling mit einem spitzen glänzenden Helm. Als die Schiffe kaum einen Steinwurf entfernt vorüberglitten, sah Björn, daß es König Haralds Sohn war. Svens blasses Gesicht hatte die kindlichen Rundungen verloren, war schmal und hart geworden, und als ihn der Blick aus den hervorquellenden Augen traf, überlief Björn ein Schauer.

»Das ist Sven Haraldsson«, flüsterte er den Brüdern zu. »Man sagt ihm voraus, daß er über ein großes Reich herrschen werde, und nur wenige können sich rühmen, ihn mit eigenen Augen gesehen zu haben.«

»Bei uns daheim gelten Könige nicht viel«, entgegnete der Gelbe, der in jener Nacht Vertrauen zu Björn gefaßt hatte und seitdem nicht mehr so schweigsam war. »Soweit die Erinnerung zurückreicht, haben sie uns schlimmer heimgesucht als Stürme, Hungersnöte und Seuchen. Und auch diesem dort steht der Wohltäter nicht im Gesicht geschrieben.«

»Kennst du ein Ungeheuer, das hungriger wird, je mehr du ihm zu fressen gibst?« fragte der Braune.

»Ich hätte euch gern bei mir aufgenommen«, sagte Björn zu den Brüdern. »Aber nun halte ich es für besser, wenn ihr der Stadt schleunigst den Rücken kehrt. Denn für Leute, die so reden, hält man dort eine Reihe spitzer Pfähle bereit, und es könnte sein, daß sich mein Kopf neben euren wiederfindet.«

Als der große Stein in Sicht kam, der unterhalb von Bosis Hof am Ufer lag, legte Björn kurzerhand das Ruder herum und steuerte den Knorr neben dem Stein in das Schilf. Da war der Pfad, der vom Ufer durch dorniges Gestrüpp und weiter oben zwischen hochstämmigen Buchen zum Hof emporführte. Da war das Feld in der Lichtung, das im vorigen Jahr Roggen getragen hatte und nun brachlag. Björn roch den Duft des Herdfeuers, hörte Kühe brüllen, Kindergeschrei. Und da lag der Hof vor ihm, Bosis Hof.

Auf dem Platz zwischen Wohnhaus und Stallungen spielten Kinder. Björn zählte mehr als zehn und fragte sich schmunzelnd, wie viele von ihnen Bosi noch gezeugt haben mochte. Eine Frau kam aus dem Wohnhaus. Sie rief den Kindern etwas zu, und an ihrer Stimme erkannte Björn, daß es Gudrid war, Bosis Weib. Während sie sich wieder der Tür zuwandte, fiel ihr Blick auf Björn. Ihr fülliger Körper erstarrte in der Drehung, und ihr Mund öffnete sich, bis das Kinn in den Fettwülsten zwischen Hals und Brust versunken war. Dann stieß sie einen schrillen Laut aus und verschwand im Haus.

Björn wollte ihr folgen, als eine Stimme sagte: »Was für ein bunter Vogel hat sich da zu uns verirrt?« Er fuhr herum und sah einen Mann hinter sich stehen, der in allem Bosi glich, nur daß er um etliches jünger war.

»Erkennst du mich nicht, Bruder?« fragte Björn.

Tore musterte Björn mit dem abwägenden Blick eines Bauern, dem ein Stück Vieh zum Kauf angeboten wird. Dann sagte er: »An deiner Hasenscharte sehe ich, daß du Björn bist, Björn Hasenscharte. Was willst du?«

»Lebt Vater noch?« fragte Björn.

»Komm rein und sieh selbst«, antwortete Tore.

Vor dem Herdfeuer saß, von den Zehenspitzen bis zum Hals in Decken gehüllt, ein alter Mann. Sein Kopf war kahl, bis auf einige Büschel verfilzten Haars. Als Björn sich neben ihn setzte, murmelte der alte Mann, mit dem Daumen auf Tore deutend: »Ich wünschte, ich hätte meinen Samen in den Acker gespritzt, statt den da zu zeugen. Er ist böse und habgierig, er hat mir meinen Hof weggenommen und alles, was ich besaß. Sobald ich wieder bei Kräften bin, werde ich zum Thing gehen und dort Anklage gegen ihn erheben, ja, das werde ich tun.«

»Sieh, wer da ist, Vater«, sagte Tore.

»Er kann es nicht erwarten, daß ich sterbe«, flüsterte Bosi. »Nach allem, was er mir schon gestohlen hat, möchte er auch noch meinen Sitz auf dem Thing einnehmen. Aber wenn ich diese Krankheit überstanden habe, werde ich gesünder sein als je zuvor.« Er kicherte in sich hinein und rieb sich die von Gicht verkrüppelten Hände.

»Es ist Björn, Vater«, sagte Tore, »dein und Vigdis' Sohn.«

»Als ich herkam, war hier Wald«, fuhr Bosi fort. »Ich habe einen Hof gebaut und später einen zweiten, der noch größer war. Jeden Fußbreit Bodens habe ich mit meinem Schweiß getränkt, und jetzt tut dieser Sohn einer Magd, als gehöre alles ihm.« Er warf die Arme empor und schrie: »Wo sind die Söhne, die ich mit Vigdis hatte? Warum kommen sie nicht und verhelfen mir zu meinem Recht?«

»Einer von ihnen sitzt neben dir, Vater«, sagte Tore.

»In meinem ganzen Leben bin ich noch nicht krank gewesen«, sagte Bosi. »Gudrid meint, das käme vom Alter, aber ich weiß es besser.« Er griff nach Björns Ohr und zog es dicht vor seinen Mund: »Er hat mir Gift ins Essen getan, den Saft der blauen Glockenblume und das Fleisch des Fliegenpilzes, ich sage nicht, woher ich es weiß, aber seitdem ich davon erfahren habe, esse ich nur noch Speisen, die ich selbst zubereitet habe, und nun geht es mir von Tag zu Tag besser.« Als wolle er seine eigenen Worte Lügen strafen, neigte er sich vor und erbrach blutigen Schleim.

Tore nahm ein Tuch und beugte sich über Bosi, um ihm das Kinn abzuwischen. Doch der Alte stieß seine Hand zurück. »Komm mir nicht zu nah!« keifte er, während roter Schaum von seinen Lippen stob. »Du hast mir den Hof gestohlen, du hast mich zu vergiften versucht, es sollte mich nicht wundern, wenn du auch meine Söhne umgebracht hast, damit sie dir nicht das Erbe streitig machen.«

»Laß uns hinausgehen, Bruder«, sagte Tore. »Es würde seinen Zustand verschlimmern, wenn er noch länger meinen Anblick ertragen müßte.«

Björn legte eine Hand auf die Schulter seines Vaters. Bosi wandte ihm langsam das Gesicht zu. Es war grau und rissig wie altes, von der Sonne ausgedörrtes Holz.

»Für den Enkel des Tryn Halbtroll bist du sehr klein geraten«, sagte er leise.

»Das hat mich selbst oft genug betrübt, Vater«, erwiderte Björn. »Aber inzwischen habe ich einer Reihe hochgewachsener Männer auf den Kopf gespuckt.«

Bosi nickte, und in seine blutverkrusteten Mundwinkel stahl sich ein dünnes Lächeln. Dann zog er den Kopf ein, so daß nur eines seiner Haarbüschel noch aus den Decken hervorragte. Es war das letzte Mal, daß Björn seinen Vater sah.

Die Brüder stiegen den Hügel hinter dem Wohnhaus empor und setzten sich auf einen Baumstumpf. Gudrid brachte ihnen Bier; sie schien vor Neugier zu bersten, wagte es jedoch nicht, das Wort an Björn zu richten, bevor er sie angesprochen hatte. Obgleich Bosi sie zur Frau genommen und viele Kinder mit ihr gezeugt hatte, fühlte sie sich Vigdis' Sohn gegenüber immer noch als Magd. Und als Björn keine Neigung zeigte, ein Gespräch mit ihr anzuknüpfen, stapfte sie schwerfällig zum Hof zurück.

»Es ist die Arbeit, die unseren Vater alt und krank gemacht hat«, sagte Tore nach einer Weile. »Er wollte den größten Hof weit und breit haben, er hat es geschafft, aber sich selbst hat er dabei zugrundegerichtet. Im vorigen Sommer, kurz nach der Ernte, erlebte ich es zum ersten Mal, daß er bei Sonnenaufgang noch nicht auf den Beinen war. Das Aufstehen fiel ihm von Tag zu Tag schwerer, er schleppte sich an die Arbeit, ja, es kam vor, daß man ihn auf Händen und Füßen über den Hof kriechen sah. Ich versuchte, ihn zu überreden, im Bett zu bleiben; ich sagte ihm, ich würde dafür sorgen, daß alles seinen gewohnten Gang ginge, und von da an begann er mich zu hassen. Es verging kein Tag, ohne daß er mich eines Verbrechens bezichtigte, er nannte mich Dieb und Mörder, er warf mir sogar vor, meine eigene Mutter zu beschlafen. Einmal stach er mit einer Forke nach mir, ein andermal gab er einem Knecht Geld, damit dieser mich hinterrücks ermorde; ich wußte mir schließlich nicht mehr anders zu helfen, als Gris den Weisen um Rat zu bitten.«

»Ist er immer noch nicht gestorben?« fragte Björn erstaunt.

»Wenn man seinen eigenen Worten glauben will, ist er so gut wie tot«, erwiderte Tore. »Mir dagegen kam es nicht so vor, als ob er mit dem Leben abgeschlossen habe. Während wir miteinander redeten, verzehrte er eine Hammelkeule und trank ein kleines Faß Bier leer, das ich ihm geschenkt hatte. Als ich ihn verließ, war ich allerdings nicht klüger als zuvor, denn so sehr er sein eigenes Schicksal beklagte, so gleichgültig schien ihn das anderer Menschen zu lassen. Nur nach dir fragte er einmal.«

»Was hast du ihm geantwortet?« wollte Björn wissen.

»Was habe ich ihm geantwortet«, versuchte sich Tore zu erinnern. »Daß ich nicht wüßte, was aus dir geworden sei, nehme ich an. Keiner hatte bis dahin etwas von dir gehört; die meisten glaubten, du seist tot. Doch gegen Ende des Winters kam Asmund auf den Hof, um Abschied zu nehmen; er gehe, sagte er, mit seinem Herrn fort, einem arabischen Fürsten, und dieser habe ihn dazu ausersehen, an seiner Seite über ein großes Land zu herrschen. Von Asmund erfuhren wir nun, daß du in der Stadt ein wohlhabender Mann geworden seist, dich dann aber aus unerfindlichen Gründen auf eine Seereise begeben hättest, von der du vermutlich nie zurückkehren würdest.«

»Wie du siehst, hat er sich geirrt«, schmunzelte Björn.

Tore griff nach dem Saum von Björns Mantel und ließ die Goldborte durch seine Finger gleiten. »Überdies scheint sich die Reise gelohnt zu haben«, sagte er.

»Ich will nicht behaupten, daß ich mit leeren Händen heimkehre«, entgegnete Björn. Er schenkte Tore einen Armreif, der, zwei Finger breit, aus purem Silber gefertigt war.

Tore wog den Armreif in der Hand: »Du bist sehr großzügig, Bruder. Aber er wird mir wenig nützen. Ich kenne keinen Bauern, der mir den Rest herausgeben könnte, wenn ich davon eine Kuh kaufen wollte.«

»Dann hack ihn in Stücke«, schlug Björn vor. »Oder kauf zwanzig Kühe!« Er lachte, und er fand, daß es ein gutes Gefühl war, reich zu sein.

Sie saßen noch lange auf dem Baumstumpf und sprachen miteinander. Tore erzählte weitschweifig von Schneestürmen und Dürre, vom Schweinesterben und einem Kalb mit zwei Köpfen, doch wenn Björn das Gespräch auf die Stadt lenkte, wurde er einsilbig und gab ausweichende Antworten. Wie alle

Bauern sah auch Tore in der Stadt einen Fremdkörper, den man beizeiten auszumerzen versäumt hatte; inzwischen war er zu einem Ungeheuer herangewachsen, das man, da es nicht mehr aus der Welt zu schaffen war, zumindest aus seinen Gedanken zu verbannen suchte.

Von Tryn wußte Tore zu berichten, daß er während eines Saufgelages mit den Leibwächtern des Königs aneinandergeraten sei. Da diese zu dritt gewesen seien, hätten sie ihn zuerst arg in die Enge getrieben. Als aber einer der Leibwächter ihm ein Trinkhorn ins Gemächte gerammt habe, sei in Tryn der Berserker erwacht. Mit einem Tischbein habe er einem der Leibwächter den Schädel zertrümmert und die beiden anderen in die Flucht gejagt. Er sei ihnen bis vor das Haus des Königs gefolgt, und als Harald Blauzahn aus der Tür geblickt und zu wissen begehrt habe, was da vor sich ginge, habe Tryn dem einen vor den Augen des Königs das Genick gebrochen und den anderen auf das Dach geworfen.

»Wie nahm es der König auf, daß Tryn drei seiner Leute umbrachte?« fragte Björn.

»Man sagt, Harald Blauzahn habe Tryn sogleich angeboten, in seine Dienste zu treten«, antwortete Tore. »Damit traf der König eine gute Wahl, denn bislang soll Tryn ihm schon manches Mal das Leben gerettet haben. Auch wird erzählt, Tryn habe bei einer Schlacht gegen die Norweger ein solches Gemetzel angerichtet, daß das feindliche Heer, obwohl an Zahl weit überlegen, entsetzt die Flucht ergriffen habe.«

»Läßt der König ihn an seiner Tafel sitzen?« fragte Björn. Tore hob die Schultern. Davon, entgegnete er, habe Asmund nichts erzählt.

Mehr sprachen sie bei dieser Gelegenheit nicht miteinander. Danach ging Björn allein in den Wald. Er folgte dem Pfad, der zu Gris' Höhle führte, doch dieser wurde schmaler, je tiefer er in den Wald vordrang, und verlor sich schließlich im Dickicht. Eine Weile streifte er suchend umher, dann kehrte er auf demselben Weg, den er gekommen war, zum Schiff zurück.

Gegen Abend gelangten sie in den südlichen Seitenarm der Förde, an dem die Stadt lag. Die Brüder erhoben sich von den Ruderbänken und suchten hinter verkniffenen Mienen ihr Erstaunen zu verbergen.

»Das ist die Stadt, von der ich euch erzählt habe«, rief Björn. »Habe ich übertrieben, als ich sagte, daß sie um einiges größer sei als Skiringssal?«

Der Rote ließ seine Augen über die Stadt wandern. »Hat diese keinen Namen?« fragte er.

»Sie hat viele Namen«, erwiderte Björn. »Jeder nennt sie anders, je nachdem, woher er kommt.«

Die Brüder blickten einander an. Dann sagte der Gelbe: »Wir werden hier nicht lange bleiben.«

Als sie an Steinns Haus vorüberkamen, bat Björn die Brüder zu warten und ging um das Haus herum zur Hintertür. Sie war unverriegelt. »Erschrick nicht, Thordis«, flüsterte er, »ich bin es, Björn.« Aus dem Dunkel kam keine Antwort, aber ihm war, als hielte jemand den Atem an.

»Ich bin wieder da, Thordis«, sagte er etwas lauter.

Plötzlich stand sie vor ihm und streckte, taumelnd vor Schlaftrunkenheit, die Arme nach ihm aus. Er zog sie an sich. Ihr Körper war warm und fülliger, als er ihn in Erinnerung hatte.

»Bist du es wirklich?« murmelte sie.

Er lachte leise in ihr Ohr. »Du träumst nicht«,

sagte er. »Und ebensowenig ist es ein Traum, daß ich jetzt reich genug bin, die Bedingung deines Vaters zu erfüllen.«

»Mein Vater wird dich nicht mehr fragen, wieviel Geld du hast«, entgegnete Thordis. »Er wird froh sein, wenn du mich nimmst.«

»Warum dieser Sinneswandel?«

»Ich habe mich taufen lassen.«

»Steinn ist ein Freund der Christen, wenn nicht gar inzwischen selbst einer«, sagte Björn. »Deshalb kann ich nicht glauben, daß du ihm jetzt weniger bedeutest.«

»Du weißt noch nicht alles«, fuhr sie fort. »Bevor er mich taufte, hat Poppo mir auf mancherlei Weise den Teufel ausgetrieben, und dabei muß es geschehen sein.« Sie nahm seine Hand und legte sie auf ihren Bauch. Eine Weile standen sie so da, eng aneinandergepreßt und schweigsam. Dann fragte Thordis: »Willst du mich immer noch zur Frau haben?«

Björn drückte seine Lippen in ihr Haar. Das, fand er, mußte als Antwort genügen.

ZWEITES BUCH

1

Am Abend begann sie zu schreien. Sie schrie, als die Wehen einsetzten. Sie schrie, als man ihr den Bauch aufschnitt, damit sie sich ihrer über die Maßen groß geratenen Leibesfrucht entledigen konnte. Sie schrie die ganze Nacht hindurch. Am Morgen war Thordis tot. Björn ließ sich das Kind bringen, sah, daß es ein Mädchen war, daß es, wie Thordis, rötliches Haar und graue Augen hatte, und nannte es nach seiner Mutter, Bosis Frau. Nun wagte niemand mehr, in seinem Beisein an den Fingern abzuzählen, wie viele Monate er fortgewesen war.

Bischof Poppo, der kein Hehl daraus machte, daß er der kleinen Vigdis besonders zugetan war, drängte Björn, eine Frau zu heiraten, bei der man sie in guten Händen wisse. Er bot Björn sogar an, für ihn auf Brautschau zu gehen, wobei er sich jedoch auf die Töchter christlicher Familien zu beschränken gedenke. So kam es, daß Björn eine von Thordis' Schwestern heiratete. Diese hieß Asfrid, sie war groß und kräftig, hatte, was allgemein als ein Zeichen für Willensstärke gedeutet wird, ein hervorspringendes Kinn, und Björn sollte später noch manche Erklärung dafür finden, daß Steinn sie ihm ohne Zögern und sichtlich erfreut zur Frau gab.

Eine Zeitlang galt Björn unter den Bewohnern der Stadt als einer der wohlhabendsten. Als Asfrid jedoch kurz nacheinander vier Kinder zur Welt brachte, drei Töchter und einen Sohn, und Björn keine Anstalten machte, ein größeres Haus zu beziehen, begann man zu munkeln, er habe sich seine Geschichten, vornehmlich jene, wie er zu Reichtum gelangt sei, aus den Fingern gesogen. Obwohl ihm Prunksucht fremd und er mit wachsendem Wohlstand immer geiziger geworden war, sah Björn sich genötigt, seinen Erzählungen Glaubwürdigkeit zu verleihen, indem er jedermann vor Augen führte, wie reich er war. Unmittelbar neben dem Haus des Königs kaufte er zwei kleine Häuser, ließ diese abreißen und an ihrer Stelle ein Gebäude errichten, das sich an Höhe und Geräumigkeit nur um ein geringes, durch seine schmucklose Vorderfront hingegen auffallend vom Nachbarhaus unterschied. Daran zeigt sich, daß Björn bei allem, was er tat, Vorsicht walten ließ. Denn schon mancher war bei Harald Blauzahn in Ungnade gefallen, weil er in diesem eine so unkönigliche Empfindung wie den Neid geweckt hatte.

Bald nach seiner Rückkehr hatte Björn zwei Gehilfen eingestellt, denen er die Anfertigung einfacher Kämme und Haarnadeln überließ, während er selbst sich jenen Aufträgen widmete, die besondere Kunstfertigkeit erforderten. Zu dritt saß man jedoch recht beengt bei der Arbeit, und deshalb beschloß Björn, die Wand zwischen Werkstatt und Wohnräumen einzureißen, sobald seine Familie mit dem Gesinde in das neue Haus umgezogen war. Nun sollte sich abermals erweisen, daß ihm das Glück günstig war, denn als Björn eines Abends, nachdem seine Gehilfen gegangen waren, zur Axt griff und diese in das doppelwandige Flechtwerk hieb, quoll es funkelnd aus den Ritzen, und während er zum zweiten Schlag ausholte, dämmerte ihm, daß er einen Schatz gefunden hatte. Swains Schatz.

Mit bloßen Händen bricht er das Flechtwerk auseinander und sieht, daß es bis zum Boden mit Gold- und Silbermünzen gefüllt ist. Eine Weile steht er stumm da, schweißgebadet und von einer Staubwolke umgeben, dann hört er sich sagen, daß er den Schatz gefunden habe und daß es nun bei ihm läge zu entscheiden, ob er alles behalten oder einen Teil, einen bestimmten, nicht zu groß bemessenen Teil Swains Witwe zukommen lassen wolle. Was aber, fragt er sich, wenn Gerlög alles fordere?

In der Nacht vergrub er den Fund unter dem Abtritt. Er würde Gerlög das Haus abkaufen, das ihr, da es ihm jetzt als Werkstatt diente, ohnehin keinen Platz mehr bot. Er würde ihr zahlen, was sie verlangte, und wenn sie sich nicht allzu unbescheiden gab, würde er sogar noch etwas drauflegen. Jeder wußte, daß er reich war, also würde niemand danach fragen, woher er das Geld habe. Und als er sich die stinkenden Hände wusch, lachte er und fand, daß er um gute Einfälle nicht verlegen sei.

Gerlög, ungeübt im Feilschen, weil sie, wenn wir einmal von Björn absehen, nie etwas besessen hatte, um das es sich zu handeln lohnte, bat ihn, den Preis für das Haus festzusetzen. Überrascht von seiner Großzügigkeit nahm sie das Geld und kaufte davon im oberen Teil der Stadt die Hütte, in der einst Vagn mit seiner Frau gewohnt hatte. Nun kommt sie in dieser Geschichte nicht mehr vor.

Poppo war jetzt der mächtigste Mann in der Stadt. Selbst der Wikgraf traf keine Entscheidung, ohne vorher seine Zustimmung einzuholen. Der Bischof, der sich neuerdings nicht ungern einen Heiligen nennen hörte, ließ nördlich der Stadt auf einem Platz, der den Heiden bis dahin als Opferstätte gedient hatte, eine Kirche bauen und weihte sie dem heiligen Ansgar. Noch lange hielt sich das Gerücht, das Geld für den Kirchenbau stamme von einem Wikinger, der einige Klöster an der englischen Küste geplündert hatte. Zum allgemeinen Erstaunen nahm auch Skallagrim der Heulende an der Weihe teil, wobei er sich allerdings des Betens und Kreuzschlagens trotzig enthielt. Als man ihn fragte, wann damit zu rechnen sei, daß er sich taufen lasse, zog er einen weißen Wurm von mehr als einer Armlänge aus der Tasche und erzählte, daß Poppo ihn durch bloßes Handauflegen von diesem Untier befreit habe und er, Skallagrim, nun nicht umhin könne, die vom Bischof geforderte Gegenleistung zu erbringen. Dies bewahrte ihn jedoch nicht davor, daß seine Anhänger ihn einen Verräter schimpften und mit Kot bewarfen. Daraufhin verschwand Skallagrim aus der Stadt und wurde nicht wieder gesehen.

Poppo kam oft und jedesmal ohne Begleitung in Björns Haus. Mit nie ermüdender Aufmerksamkeit lauschte er Björns Erzählungen von seiner Reise und gab selbst dann keine Ungeduld zu erkennen, wenn Björn sich, was in letzter Zeit häufiger geschah, in Wiederholungen erging. Einmal jedoch unterbrach er Björns Redefluß und sagte: »Draußen auf der Heide, lieber Freund, ist ein alter Mann, der sich von allem Glück verlassen wähnt. Du solltest ihm deine Geschichten erzählen, damit er wieder Hoffnung schöpft. Denn siehe: Befandest du dich nicht selbst des öfteren in scheinbar auswegloser Lage und sitzt hier nun vor mir, gesund an Leib und Seele und reichlich versehen mit irdischem Gut?« Der Bischof hauchte gegen seinen Siegelring und rieb ihn an der Kutte blank. Dann sagte er: »Es wäre schlecht für uns alle, wenn sich der König noch tiefer in seinen Kummer vergrübe.«

Was er nun erzählte, bestätigte die Gerüchte, die seit Tagen in der Stadt umgingen. König Harald hatte dem Drängen des zwielichtigen Wichmann nachgegeben und war mit seinem Heer über den Grenzfluß nach Süden vorgestoßen. Unterwegs hatte sich ihm der Obodritenkönig Mistui angeschlossen, mit dem Harald eine alte und bislang für beide vorteilhafte Freundschaft verband. Als Harald jedoch vor der stark befestigten Hammaburg eintraf, erreichte ihn die Nachricht, daß der Kaiser ihm mit einem weit überlegenen Heer entgegenrücke. Mistui, der den Rittern des Sachsenkaisers schon zweimal unterlegen war und Wunderdinge von ihrer undurchdringlichen Rüstung zu berichten wußte, riet zum Rückzug. Doch Harald war nicht geneigt, die Belagerung aufzugeben; er ließ sogar Boote bauen, um die Burg vom Wasser her anzugreifen. Erst als ihm gemeldet wurde, die gepanzerten Ritter des Kaisers hätten weiter südlich den Strom überschritten und versuchten, ihm den Rückweg abzuschneiden, zog er sich in die unwegsamen Wälder jener Halbinsel zurück, die man Wagrien nannte. Dort wurde er vom Einbruch des Winters überrascht und mußte erleben, wie sein Heer durch Kälte und Hunger zu einem kläglichen Haufen zusammenschmolz. Um die Jahreswende floh der König, nachdem Mistui sein Versteck verraten hatte, mit dem Rest seines Heeres hinter die als unüberwindlich geltenden Wälle des Danewerks. Sein Lager schlug er in der Nähe der Stadt auf, etwa dort, wo die Heide nach Westen in eine sumpfige, von zahlreichen Flüssen und Bächen durchzogene Niederung übergeht. Nachts höre man den König weinen, und schon würden Stimmen laut, die meinten, von einem flennenden König sei nicht viel Gutes mehr zu erwarten, schloß Poppo seinen Bericht.

»Denkst du anders darüber?« fragte Björn.

»Selten steht es so schlecht, daß es nicht noch schlimmer kommen könnte«, antwortete der Bischof. »Gott behüte uns vor einem König, der weder lachen noch weinen kann!« Damit ging er.

König Harald ließ die Wachen auf dem Ringwall verstärken und einen Teil seiner Flotte nahe der Fördemündung vor Anker gehen, um einen Angriff von See her abzuwehren. Er selbst betrat die Stadt nicht, schickte aber Bue den Dicken mit dem Auftrag, die

Hälfte aller Vorräte, mit denen sich die Einwohner für den Winter versehen hatten, in das Lager zu schaffen. Überdies sollte Bue nach Männern Ausschau halten, die ihm für den Kriegsdienst tauglich erschienen. Kaufleute wußten zu berichten, daß die Vorhut des kaiserlichen Heeres bereits einen der Vorwälle des Danewerks erstürmt habe und nun weiter nach Norden vorrücke. Harald schickte dem Feind eine Hundertschaft Norweger unter dem Befehl der Brüder Sigurd und Harek entgegen. Aber bevor es zum Kampf kam, setzte ein Schneesturm von solcher Heftigkeit ein, daß die wetterfesten Norweger hinter Sträuchern und Erdhügeln Schutz suchten, während die Ritter, wenn man den Berichten glauben darf, mit ihren Pferden zu klumpigen Standbildern erstarrten.

Der Winter zwang den Kaiser, sich mit seinem Heer in ein Lager südlich der Elbe zurückzuziehen. Auch dort, erzählte man sich, hätten die meist aus wärmeren Ländern stammenden Söldner arg unter der Kälte gelitten, und nur durch die tägliche Auspeitschung vermeintlicher Unruhestifter sei es gelungen, die Ordnung aufrechtzuerhalten. So blieb Harald ohne eigenes Zutun vor der drohenden Niederlage bewahrt.

Nach dem Schnee kam der Frost. Ein eisiger Nordwind fegte den Himmel leer und ließ in einer einzigen sternklaren Nacht das Wasser der Förde gefrieren. Nun war es an der Zeit, sich gegen die Überfälle der Wenden zu wappnen, denn sobald die Förde mit einer tragfähigen Eisschicht bedeckt war, pflegten sie die Stadt plündernd heimzusuchen. Aber statt der schlitzäugigen Räuber kamen nur einige Bauern mit ihren Schlitten über das Eis. Unter ihnen war auch Tore, Bosis Sohn.

Er war zu einem stattlichen Mann geworden, breit in den Schultern und schon ein wenig rundlich um die Hüften, soweit es der unförmige Schaffellmantel erkennen ließ. Finsteren Gesichts schritt er dem Schlitten voran, den zwei Knechte zogen, sein Blick war voller Verachtung, und kopfschüttelnd sah er, was er an Widerwärtigem zu sehen erwartet hatte.

Björn saß mit den Seinen zu Tisch, als Tore an die Tür klopfte. Er nahm den Bruder freundlich auf, ließ ihm Grütze und Bier vorsetzen und brachte ihn durch beharrliches Fragen dazu, daß er zu erzählen begann.

So erfuhr Björn, daß sein Vater gestorben war. Mit dem Hof hatte Tore auch Bosis Sitz auf dem Thing übernommen. Unter den Bauern nördlich der Förde war Tore jetzt einer der reichsten, und sein Ansehen wuchs noch, als er die Tochter des Thingsprechers heiratete, der zwar nicht wohlhabend war, dafür aber König Knuba zu seinen Vorfahren zählen durfte. Tore erfüllte es mit nicht geringem Stolz, daß Bue der Dicke ihn im Namen König Haralds aufgefordert hatte, ein Langschiff mit dreißig Ruderern zu stellen. Solches, meinte Tore, werde sonst nur von Häuptlingen verlangt, und er denke darüber nach, ob er beim nächsten Thing nicht Anspruch auf die Häuptlingswürde erheben solle.

»Willst du meinen Rat, Bruder?« fragte Björn.

Deshalb, gab Tore zur Antwort, sei er in die verhaßte Stadt gekommen, und draußen auf dem Schlitten läge ein frischgeschlachtetes Schwein, mit dem er sich für einen guten Rat erkenntlich zeigen wolle.

»Reicht es dir nicht, daß Harald ein Langschiff mit dreißig Ruderern von dir fordert?« fragte Björn. »Verlangt es dich nach der Häuptlingswürde, damit er dich wie einen Häuptling schröpft?« Es dauerte eine Weile, bis Tore begriff, und es war Mitternacht, als er das Schwein hereinbringen ließ und mit schwerer Zunge Björns Klugheit rühmte. Sie tranken bis zum Morgen, und als es draußen hell wurde, legten sie sich zu Asfrid und beschliefen sie, um ihren Samen zu mischen und dadurch der brüderlichen Eintracht Bestand zu verleihen.

Beim Abschied sagte Tore: »Du hast eine Tochter, die schön und stark zu werden verspricht, Bruder. Wenn du es wünschst, will ich mich in der weitläufigen Verwandtschaft meiner Frau nach einem Mann für sie umsehen.«

Björn dankte ihm, bat aber, keine festen Abmachungen zu treffen, bis er mit Vigdis gesprochen und sich ihrer Zustimmung versichert habe. Denn neben manchen lobenswerten Wesenszügen besäße sie einen ausgeprägten Eigensinn, der, ginge man nicht behutsam vor, leicht in Verstocktheit umschlagen könne.

Da wurde Tore zornig und verfluchte die Stadt, wo man halbwüchsigen Töchtern bei Entscheidungen mitzureden erlaube, die allein Sache des Vaters seien.

Ungeachtet ihres trotzigen Wesens hegte Björn eine zärtliche Zuneigung zu Vigdis, und diese belohnte ihn dafür mit einer Anhänglichkeit, die ihn oft zu Tränen rührte. Stundenlang konnte sie neben ihm an der Werkbank sitzen und ihm bei der Arbeit zuschauen. Sie teilte seine Freude, wenn ihm ein Schmuckstück besonders gut gelungen war, und sie schalt ihn, wenn er es jemandem verkaufte, dem sie nicht zutraute, daß er seine Schönheit zu würdigen verstand. Am liebsten aber hörte sie zu, wenn er von seiner Kindheit erzählte, von ihrer Großmutter Vigdis, die als Wiedergängerin beinahe Bosis Hof verwüstet hätte, und von Gris dem Weisen.

Es konnte nicht ausbleiben, daß Asfrid ihren Mann zunächst andeutungsweise, dann immer unverhohlener dran erinnerte, daß sie vier Kinder geboren habe, die zweifelsfrei von ihm gezeugt seien und somit berechtigteren Anspruch auf seine väterliche Liebe hätten als Vigdis. Schließlich drohte Björn ihr Prügel an, falls sie ihn nicht mit solchem Weibergewäsch verschone. Nun sollte Vigdis die Abneigung ihrer Stiefmutter zu spüren bekommen.

Asfrid war nach jeder Geburt stattlicher geworden, und mit ihrer Leibesfülle wuchs ihre Herrschsucht. Bald genügte es nicht mehr, daß man ihr gehorchte, sie verlangte Unterwerfung. Da konnte es geschehen, daß Vigdis' Augen aus schmalen Lidern über die rundliche Gestalt der Stiefmutter glitten, daß sie, wie vor einem Zweikampf, Maß nahm.

Zu einem ersten Streit kam es, als Asfrid eines ihrer abgelegten Kleider nicht, wie üblich, den Mägden schenkte, sondern es Vigdis gab. Diese zerriß es vor ihren Augen. Daraufhin geriet Asfrid derart außer sich, daß sie Vigdis ins Gesicht schlug. Man erzählt, Vigdis habe mit beiden Händen den Hals ihrer Stiefmutter gepackt, aber sogleich wieder von ihr abgelassen und damit ein erstaunliches Maß an Beherrschung bewiesen. Wir vermuten jedoch, daß Vigdis in diesem Augenblick der Gedanke kam, sich nicht durch eine unüberlegte Tat um den Genuß zu bringen, den der Haß jenem beschert, der ihn reifen läßt.

Gegen Ende des Winters wurde die Stadt von einer Rattenplage heimgesucht. Schon immer waren die langschwänzigen Nager unerwünschte Hausgenossen gewesen, doch Katzen und Hunde hatten dafür gesorgt, daß ihre Zahl nicht überhandnahm. Nun aber traten sie in solcher Menge auf, wie man es seit Menschengedenken nicht mehr erlebt hatte. In wimmelnden Scharen fluteten sie durch die Straßen, und als sich ihnen dort, weil immer neue nachdrängten, kein Platz mehr bot, kletterten sie auf die Dächer, so daß es aussah, als habe sich ein lebendiger grauer Teppich über die Stadt gelegt.

Bald bestätigte sich die Vermutung, daß man es mit Wanderratten zu tun hatte, denn die ersten, die ihnen zum Opfer fielen, waren ihre in der Stadt lebenden Artgenossen. Als sie diese gefressen hatten, machten sie sich über die Haustiere her. Nur an die Menschen wagten sich die Ratten nicht heran. Doch der gierige Blick aus tausenden kleiner schwarzer Augen ließ befürchten, daß sie ihre Scheu bald überwunden haben würden.

Einige angesehene Stadtbewohner, unter ihnen auch Björn, gingen zu Bischof Poppo und baten ihn um Rat, wie man der Rattenplage Herr werden könne. Poppo empfahl zu beten, vergaß jedoch nicht zu erwähnen, daß das Gebet eines Heiden selten erhört werde. Daraufhin nahmen etliche die Taufe. Während der heiligen Handlung geschah es zum ersten Mal, daß ein Mensch von den Ratten gebissen wurde. Dies hatte einen hastigen Aufbruch zur Folge, denn welchen Nutzen sollte man sich von einem Gott versprechen, der das Ungeziefer nicht einmal vom eigenen Haus fernhalten konnte?

Björn blieb als einziger zurück. Auf die Ratten herabblickend fragte er: »Weißt du keinen besseren Rat, Poppo?«

»Du sprichst mit einem Diener des Allmächtigen, und welchen besseren Rat sollte ich dir geben, als meinen Herrn um Beistand zu bitten«, antwortete der Bischof mit strenger Miene. Dann senkte er die Stimme und fuhr fort: »Doch ich vergesse immer wieder, daß du ja ein verstockter Heide bist.« Er bückte sich, packte eine Ratte beim Schwanz und ließ sie, während sie mit den Beinen strampelte und ihn zu beißen versuchte, hin und her pendeln. »Sie haben einen König«, sagte er. »Wenn man ihn fängt und ihn quält, bis er zu schreien beginnt, nehmen die anderen Reißaus.«

»Aber woran erkennt man ihren König?«

»Da du ein vertrauenswürdiger Mann bist, will ich es dir verraten«, entgegnete Poppo. »Aber wehe dir, wenn jemand erfährt, daß du es von mir weißt!« Er griff der Ratte mit spitzen Fingern hinter die Ohren und drückte zu. Dann ließ er den leblosen Körper zu Boden fallen, wo er sogleich von den anderen Ratten vertilgt wurde. »Höre also, daß sich der Rattenkönig weder durch seine Größe noch andere Äußerlichkeiten von seinen Untertanen unterscheidet, sondern allein dadurch, daß er das Vorrecht genießt, sich an den feinsten Leckerbissen satt zu fressen, bevor die anderen davon kosten dürfen. Gelänge es also, einen jener Leckerbissen zu beschaffen, würde man den Rattenkönig unschwer daran erkennen, daß er sich als erster darüber hermacht.«

»Die dir an Weisheit Ebenbürtigen sind dünn gesät, Poppo. Doch erlaube mir die Frage, was den Ratten als Leckerbissen gilt.«

Nun gruben sich Falten in Poppos rotes Gesicht, und nachdenklich kaute er auf den nach innen gestülpten Lippen. »Ich wünschte, ich könnte dir mehrere nennen«, sagte er endlich. »Aber ich erinnere mich nur an einen, und diesen auszusprechen, sträubt sich meine Zunge.«

»Wenn es uns helfen könnte, die Stadt von dieser schrecklichen Plage zu befreien, darfst du es nicht für dich behalten«, ermahnte ihn Björn.

Der Bischof hob das Kruzifix vor Björns Gesicht. »Was gibt euch gottlosen Heiden das Recht zu verlangen, daß ich mich euretwegen versündige?« rief er. Dann aber, als Björn sich schon zum Gehen wandte, packte er ihn plötzlich am Arm.

»Schlag mir auf den Rücken, mein Sohn«, bat er mit gepreßter Stimme.

»Weshalb?«

»Tu, was ich dir sage!« schrie Poppo.

Björn schlug ihm mit der flachen Hand auf den leicht gekrümmten Rücken. Er traf etwas Weiches und vermeinte ein leises Quieken zu hören. Nun schüttelte sich der Bischof, und eine große Ratte fiel zwischen seine Füße. Poppo trat ihr so heftig auf den Kopf, daß zu beiden Seiten seines Schuhs blutiger Brei hervorquoll.

»Vernimm denn, daß sie das Herz eines neugeborenen Kindes als Leckerbissen schätzen, diese Bestien«, knurrte er und rieb sich mit dem Kruzifix an der Stelle, wo sich die Ratte in seine Haut gekrallt hatte.

Dank der ihrer Art eigenen Fruchtbarkeit wuchs die Zahl der Ratten mit jedem Tag. Von unersättlichem Hunger getrieben, drangen sie durch die Dächer oder unterirdische Gänge in die Häuser ein. Die Bewohner erkannten bald, daß es unklug war, die Eindringlinge zu erschlagen, denn jede tote Ratte lockte andere an, die sich an ihrem Kadaver gütlich taten. Deshalb beließen sie es dabei, die Ratten vom eigenen Körper fernzuhalten. Aber immer häufiger kam es vor, daß Greisen und kleinen Kindern in Augenblicken der Unachtsamkeit Finger und Zehen abgefressen wurde, daß sie schreiend aus dem Schlaf fuhren, weil sich spitze Zähne in ihr Fleisch gruben.

Im oberen Teil der Stadt, wo die kargen Vorräte schon nach wenigen Tagen von dem Ungeziefer verzehrt worden waren, brach eine Hungersnot aus. Daß es daraufhin nicht, wie in früheren Zeiten, zu einem Aufruhr kam, war allein den Ratten zu verdanken: Sie fielen in Rudeln über die vom Hunger geschwächten Menschen her und ließen von ihnen nicht mehr als einen Haufen abgenagter Knochen übrig.

Eines Abends, als Björn sein Haus betrat, hörte er aus den hinteren Räumen die erregten Stimmen der Mägde. Vor der Tür des Schlafgemachs stand Vigdis. Sie hatte die Ellbogen beiderseits gegen die Türpfosten gestemmt und musterte kalten Blicks die Mägde, die bittend, beschwörend, keifend auf sie einredeten. Weshalb sie den Mägden den Eintritt verwehre, fragte er. Sie antwortete nicht, bedeutete ihm jedoch mit einer Kopfbewegung zu lauschen. Aus dem Schlafgemach drang ein Wimmern; es hörte sich an, als versuche jemand kraftlos und nur noch halb bei Sinnen, um Hilfe zu rufen. Ein schrecklicher Gedanke durchzuckte Björn; er warf sich gegen Vigdis, so daß diese rückwärtstaumelnd die Tür aufsprengte. Was er nun sieht, läßt das Blut in seinen Adern stocken: Auf dem Bett liegt, an Händen und Füßen gefesselt, Asfrid. Um ihren mächtig vorgewölbten Bauch tummeln sich Ratten, zerren an ihren Brüsten, ihren Fingern, ihrem Gesicht. Björn überkommt bei diesem Anblick Übelkeit; er erbricht sich, während die Mägde mit lautem Schreien und heftigen Gebärden die Ratten verscheuchen und Tücher breiten über Asfrids blutigen Leib.

Nun zog Björn ein Messer aus dem Gürtel und durchschnitt die Stricke, mit denen Asfrid an das Bett gebunden war. Sie waren nach Seemannsart geknotet, und er wußte, daß es außer ihm nur eine im Haus gab, die solche Knoten knüpfen konnte, denn er hatte es sie selbst gelehrt. Vigdis hielt seinem Blick eine Weile unbewegten Gesichts stand, dann öffneten sich ihre Lippen zu einem Lächeln. Das Lächeln machte Björn zum Mitwisser, ohne daß zwischen ihnen ein Wort gewechselt wurde. Auch später sollten sie nie über dieses furchtbare Ereignis sprechen.

Noch am selben Abend brachte Asfrid, zwei Monate vor der Zeit, ein Kind zur Welt. Die Mägde erzählten, es habe gelebt, als man es Björn brachte. Dieser habe befohlen, ihn mit dem Kind allein zu lassen. In der Nacht seien sie durch einen langgezogenen Schrei geweckt worden; er sei so schrill gewesen, daß es in den Ohren geschmerzt habe, und als sie am Morgen nach dem Kind schauen wollten, sei es nicht mehr dagewesen, und Björn habe gesagt, die Ratten hätten es ihm, während er schlief, aus den Händen gerissen.

Am nächsten Tag waren die Ratten verschwunden. An den Spuren, die sie im Schnee hinterlassen hatten, konnte man erkennen, daß sie nach allen Richtungen aus der Stadt gestoben waren; noch etliche Meilen entfernt bildeten ihre Fährten ein Gewirr einander zuwiderlaufender und sich kreuzender Linien.

Asfrid war lange krank. Als sie sich nach vielen Wochen von ihrem Lager erhob, war sie kaum wiederzuerkennen, denn ihr Gesicht war von Narben entstellt und ihr Körper bis auf die Knochen abgemagert. Von Vigdis hielt sie sich seitdem fern; nie blieb sie allein mit ihr in einem Raum, und wenn sie einander unversehens begegneten, stockte ihr Schritt.

2

König Haralds Lager bestand aus Hunderten kleiner, mit Grassoden gedeckter Erdhütten, die sich in mehreren unregelmäßigen Kreisen um einen Bauernhof scharten. Dort wohnte Harald, seitdem es ihm im Zelt zu kalt geworden war.

Der Schnee war schmutziggrau von der Asche der Lagerfeuer. Aus den notdürftig abgedichteten Eingängen der Erdhütten stank es nach Unrat und Schweiß. Der Wind trieb löchrige Schneeschleier von der Niederung her durch das Lager und blähte die Mäntel der Männer, die fröstelnd den Hof bewachten. Einer von ihnen fragte sie nach ihren Namen, und als sie sie ihm genannt hatten, verschwand er im Haus, während ein anderer Poppo und Björn nach Waffen absuchte. Er zog das Messer aus Björns Gürtel und steckte es wortlos in den Türpfosten. Ein vierschrötiger Mann erschien in der Tür. Er hielt eine Axt in der herabhängenden Hand, und wie diese war auch sein massiger Kopf mit rotem Haarfilz bedeckt. Anstelle der Nase trug der Mann einen schlaffen Lederbeutel im Gesicht, und daran mochte es liegen, daß Björn ihn nicht sogleich erkannte.

»Was ist mit deiner Nase geschehen, Bruder?« fragte er.

Tryn musterte ihn schweigend. Dann blickte er den Wächter an, und als dieser nickte, trat er beiseite und ließ sie ein.

Sie kamen in einen Raum, in dessen Mitte ein mächtiges Feuer brannte. Ringsum an den Wänden standen rohgezimmerte Bänke, und auf diesen saßen dichtgedrängt die Gefolgsleute des Königs. Harald selbst hockte auf einem Fellstapel neben dem Feuer. Es war heiß und stickig in dem engen Raum, über den Köpfen der Männer lagerten Rauchschwaden, vom Reetdach tropfte geschmolzener Schnee.

Tryn flüsterte dem König etwas zu und stellte sich dann hinter ihn, die Axt quer auf den verschränkten Armen, wachsam und argwöhnisch. Die Gespräche verstummten, als Poppo und Björn eintraten; aller Augen richteten sich auf sie, während sie, den Gruß des Königs erwartend, an der Tür stehenblieben.

»Sieh da, Poppo«, sagte der König. »Man berichtete mir, der Sachse habe dir ein Erzbistum angeboten. Wie kommt es, daß du noch hier bist?«

»Von solchem Angebot weiß ich nichts, Herr«, erwiderte Poppo. »Es könnte mich auch nicht verlocken, weil mir ein hartgesottener Heide lieber ist als ein scheinheiliger Christ, und von denen soll es da unten viele geben.«

»Du bist, wie üblich, um eine gute Antwort nicht verlegen«, schmunzelte der König. »Wer ist der kleine Mann, den du bei dir hast?«

Der Bischof zog Björn näher an das Feuer, damit der König sein Gesicht sehen konnte, und sagte: »Dies ist Björn Hasenscharte, Herr, ein weithin berühmter Kammacher und Geschichtenerzähler. Ich selbst habe oft die Zeit darüber vergessen, wenn er von seinen Erlebnissen berichtete, und ich denke, daß es auch dir gefallen könnte, ihn erzählen zu hören.«

»Das bleibt abzuwarten«, sagte der König. »Denn ich bin sehr müde, und er muß gut erzählen können, wenn ich nicht einschlafen soll.« Er winkte sie herbei und ließ sie neben sich am Feuer Platz nehmen.

Björn erschrak, als er Harald aus der Nähe sah. Die Gicht hatte seine Hände verkrüppelt, das Alter seinen Rücken gebeugt und tiefe Furchen in sein Gesicht gegraben. Der Zahn, dem er seinen Beinamen verdankte, war schwarz geworden; er sei ihm, hieß es, schon vor längerer Zeit ausgefallen, jedoch pflege er ihn, bevor er sich in der Öffentlichkeit zeige, mittels einer klebrigen Masse am Kiefer zu befestigen. Haralds Hinfälligkeit sprang um so deutlicher ins Auge, als hinter ihm, von Kraft und Gesundheit strotzend, Tryn stand. Dieser schien die Aufgabe, das Leben seines Herrn zu schützen, so hoch über alle Auszeichnungen zu stellen, daß er es mit Gleichmut hinnahm, seinen Bruder neben dem König sitzen zu sehen.

Während Harald sich in weitschweifigen Schilderungen seiner Krankheiten erging und Poppo ihn mehrfach eindringlich auf die heilende oder doch schmerzlindernde Wirkung des Gebets verwies, blickte Björn sich in der Runde um. Unter den Männern erkannte er Bue den Dicken, die Brüder Sigurd und Harek von den Schafsinseln und, in eine dunkle Ecke gedrückt, den windigen Wichmann. Den übrigen war er bislang nicht begegnet, und da sie sich allenfalls durch den Grad ihrer Verwahrlosung voneinander unterschieden, fiel es ihm schwer, jene auszumachen, von denen er schon häufig mit Bewunderung oder Abscheu hatte erzählen hören.

»Alles in allem hat es mir wenig Glück gebracht, daß ich mich von dir taufen ließ, Poppo«, seufzte der König. »Denn was ist von einem Gott zu halten, der meinen Feinden hilft, mich aus dem eigenen Land zu vertreiben?«

»Vergiß nicht, Herr, daß ihr beide euch dem einen und allmächtigen Gott anvertraut habt, der Kaiser und du«, entgegnete Poppo. »Wärst du gegen die Heiden in den Krieg gezogen, hättest du allein mit Gottes Beistand rechnen dürfen, aber da du einen Glaubensbruder zum Feind hast, muß er das Kriegsglück zwischen euch aufteilen, denn wie sonst sollte er sich als ein gerechter Gott erweisen?«

»Ich habe versprochen, die Dänen zu Christen zu machen!« rief der König zornig. »Dafür verlange ich von deinem Gott, daß er auf meiner Seite steht und nicht mit einem Bein auch auf der meines Gegners! Er sollte sich ein Beispiel an den alten Göttern nehmen: Sie waren für mich oder gegen mich, aber niemals beides zugleich!«

»Das ist wahr gesprochen«, ließ sich ein finster blickender, breitschultriger Mann vernehmen. »Doch wer zwingt dich, das Versprechen einzulösen, wenn der Christengott dir nicht hilft?«

»Laß dich nicht von Götzenanbetern wie Styrbjörn vom rechten Glauben abbringen, Harald«, sagte der Bischof mit scharfer Stimme. »Denn nach allem Unglück, das dir widerfahren ist, wird sich Gottes Gerechtigkeit nun zu deinem Vorteil auswirken.«

»Ich werde den Kaiser besiegen?« fragte Harald und öffnete den Mund, als wolle er den Bischof durch den Ausdruck des Erstaunens zu einer überraschenden Antwort verlocken.

»Du wirst, Herr, Grund haben, dem Allmächtigen zu danken«, sagte Poppo, den Blick fest auf Haralds müdes altes Gesicht gerichtet.

»Wann, Poppo?«

»Wenn du ihm vertraust.«

»Der Sachse wartet nur das Ende des Winters ab, dann wird sein Heer wieder vor dem Danewerk stehen«, sagte Harald. »Reicht die Zeit von einigen Wochen, deinen Gott geneigt zu machen, auch mir gegenüber Gerechtigkeit zu üben?«

»Er ist auch dein Gott, Harald«, erwiderte der Bischof. »Bete zu ihm, flehe ihn um seinen Beistand an, Besseres kann ich dir nicht raten.«

»Soll ich mich dem Kaiser zur Schlacht stellen oder nicht?« schrie Harald und trommelte mit beiden Fäusten auf seine Schenkel. »Sag deinem Gott, er soll mir ein Zeichen geben, damit ich weiß, woran ich bin! Ich kämpfe, wenn er es will, ich fliehe, wenn er es will, aber er soll mir ein Zeichen geben, ein Zeichen, ein Zeichen!« Speichel sprühte von seinen Lippen und verpuffte zischend im Feuer. Er beugte sich nach vorn, er schlug die knotigen Hände vor sein Gesicht, er weinte. Die Männer blickten einander betreten an, einige reckten ihre Köpfe in den Rauch empor, damit man nicht von ihren Mienen ablesen konnte, wie sehr sie den König verachteten.

Poppo streckte eine Hand nach der Schulter des Königs aus, aber Tryn stieß sie mit der Axt beiseite. »Ich werde Gott um ein Zeichen bitten, Herr«, sagte der Bischof sanft und bedachte Tryn zugleich mit einem strafenden Blick.

Nun richtete sich Harald wieder auf, sah Björn an und sagte: »Wie war dein Name, Geschichtenerzähler?«

»Björn Bosison, Herr«, antwortete Björn.

»Erzähle, Björn Bosison«, sagte der König. »Aber merke dir, daß ich nur Geschichten mit gutem Ausgang mag. Und erzähle sie so, daß man glauben könnte, du hättest alles selbst erlebt.«

»Er hat so viel erlebt, daß er es nicht nötig hat, anderer Leute Geschichten zu erzählen, Herr«, warf Poppo ein.

»Dann laß hören«, sagte Harald Blauzahn.

Björn tat sich anfangs schwer, die rechten Worte zu finden; mehrfach geriet er ins Stocken, so daß die Aufmerksamkeit des Königs zu erlahmen begann, doch allmählich kam Leben in seine Erzählung. Als Björn endete, war es draußen finstere Nacht, und nicht ein einziges Mal hatte der König nach der Specksteinschüssel verlangt, in die er sonst nach jedem Becher Bier sein Wasser abzuschlagen pflegte.

»Seht ihn euch an«, sagte Harald und richtete

einen seiner verkrüppelten Finger auf Björn. »Seht euch diesen Mann an, der klein ist und schmächtig und seinem Aussehen nach alles andere als ein Held: Er ist der lebende Beweis, daß Kraft, Mut und Erfahrung, gepaart mit Klugheit und List – daß all dies wenig wiegt gegenüber dem Glück.« Nun wandte er sich an Björn und fragte: »Wie erklärst du es dir, kleiner Mann, daß das Glück dir in allen Widrigkeiten treu blieb?«

Björn dachte eine Weile nach, bevor er antwortete: »Mir scheint, Herr, daß es dafür keine Erklärung gibt. Es verlangt mich auch nicht, eine zu finden, denn ich fürchte, das Glück könnte sich von mir abwenden, wenn ich anfange, mir darüber Gedanken zu machen.« Aus den Augenwinkeln sah er, wie Poppo beifällig nickte.

»Gebt ihm zu trinken«, sagte der König. »Es tut gut, einen glücklichen Menschen in der Nähe zu haben, wo das Unglück mich von allen Seiten bedrängt.« Er stand ächzend auf und pißte in eine Schüssel, die ihm ein Sklave unter das runzlige Glied hielt. »Bosi ist ein seltener Name«, fuhr er fort. »Habt ihr denselben Vater, mein Beschützer und du?«

»Tryn ist mein Bruder«, bestätigte Björn. »Aber was ist mit seiner Nase geschehen?«

»Ich hätte ermordet werden können, weil er, statt an meinem Bett zu wachen, bei den Mägden lag«, antwortete Harald. »Da habe ich ihn vor die Wahl gestellt, ob man ihm zur Strafe die Nase oder den Schwanz abschneiden solle. Er entschied sich für die Nase.«

Sich umwendend begegnete Björn Tryns Blick. Seine Augen waren leer und teilnahmslos; in seinen Pupillen spiegelten sich die Flammen.

»Würde er dich töten, wenn ich es ihm befehle, was glaubst du?« fragte der König leise.

»Ohne mit der Wimper zu zucken«, entgegnete Björn.

»Das höre ich gern«, sagte Harald. »Ich mag keine Leute um mich haben, die einander mehr zugetan sind als mir.« Er lehnte sich zurück und schloß die Augen. Die Männer rings an den Wänden senkten die Stimmen, steckten tuschelnd die Köpfe zusammen, und als Tryn Holz nachlegen ließ, damit er die Gefolgsleute des Königs besser im Auge behalten konnte, war nur noch das Prasseln des Feuers zu hören.

Poppo beugte sich zum König und flüsterte: »Schläfst du, Herr?« Harald antwortete nicht, wandte ihm aber sein Ohr zu. »Ich habe Nachrichten bekommen, daß der Kaiser einige deiner Gefolgsleute bestochen hat.«

»Ihre Namen?« murmelte Harald.

»Die kenne ich nicht«, antwortete der Bischof. »Aber ich weiß, daß sie dir einreden sollen, dein Heer sei dem des Kaisers gewachsen, wenn nicht gar überlegen.«

Nun öffnete der König ein Auge und sagte mit gedämpfter Stimme: »Da meines Wissens keiner von ihnen das Lager verlassen hat, kann der Sachse sie nur durch einen Mittelsmann bestochen haben. Wer außer dir geht in meinem Lager ein und aus, Poppo?«

»Dein Mißtrauen kränkt mich, Harald«, entgegnete der Bischof, und seine Miene ließ keinen Zweifel, daß dies der Wahrheit entsprach. »Habe ich dich jemals hintergangen?«

»Wer könnte es sonst sein?« fragte Harald, indem

er den Kopf hob und sich lauernd umsah. In diesem Augenblick betrat Sven den Raum, und das Gesicht des Königs verfärbte sich jäh.

Sven Haraldsson trug einen hohen russischen Hut, der ihn größer erscheinen ließ, als er war, und einen Mantel aus weißgrauem Pelz. Sein Gesicht war vom Wind gerötet, und in dem schütteren Bart, der sich knapp unterhalb des Kinns teilte, hingen kleine Eisklumpen. So stand er aufrecht und reglos in der Tür, die hervorquellenden Augen auf den König gerichtet.

»Ich habe dich vermißt, Sohn«, brach Harald das Schweigen. »Wo treibst du dich herum, während ich unser Land gegen den Sachsen verteidige?«

»Du hast mich nicht wissen lassen, daß du mich brauchst, Vater«, erwiderte Sven. »Weil ich meine Zeit aber nicht gern nutzlos verbringe, habe ich die Jomsburg erobert.«

»Sieh an«, sagte Harald, »mein Sohn hat nichts Besseres zu tun, als mir meinen letzten Bundesgenossen zum Feind zu machen.«

»Mistui hat dich verraten«, sagte Sven.

»Und wenn es so wäre, was kümmert es dich!« entgegnete der König. »Mistui und ich sind Freunde von Kindesbeinen an, und seither hat es unserer Freundschaft nicht geschadet, daß jeder den eigenen Vorteil im Auge behielt. Aber nie wären wir gegeneinander in den Kampf gezogen. Wenn es also wahr ist, daß du die Jomsburg überfallen hast, wird Mistui nun auf Rache sinnen.«

»Keine Sorge, Vater. Mistui versichert dich seiner unverbrüchlichen Treue. Er hat mir drei seiner Söhne als Geiseln gegeben.«

»Das beruhigt mich nicht im geringsten. Denn soviel ich weiß, hat Mistui mehr als fünfzig Söhne.«

»Die übrigen leben nicht mehr«, sagte Sven.

Harald schneuzte sich mit zwei Fingern und schnippte den Rotz ins Feuer. Nachdem er eine Weile schweigend vor sich hingestarrt hatte, sagte er: »Du fragst mich nicht, wie es mir geht, Sohn. Sehe ich so schlecht aus?«

»Wie geht es dir, Vater?«

»Schlecht«, sagte der König. »Komm her und setz dich zu mir.«

»Ich würde deiner Aufforderung gern Folge leisten, sähe ich nicht, daß der Platz neben dir besetzt ist.«

»Dann bleib, wo du bist!« herrschte ihn der König an. »Aber bringt ihm einen hohen Stuhl, damit ich ihn sehen kann.« Dies war eine derbe Anspielung auf Svens zwergenhafte Gestalt. Es hieß, daß er sie als Makel empfand und hochgewachsene Männer allein durch ihre Größe sein Mißfallen erregen konnten. Deshalb hatten sich manche schon zu jener Zeit, als er noch nicht König war, angewöhnt, ihm in gebeugter Haltung entgegenzutreten. Andererseits war Sven dafür bekannt, daß er selten zu erkennen gab, welche Gefühle ihn bewegten. Er könne, sagte man, der schlimmsten Beleidigung mit einem Lächeln begegnen, während ihm Botschaften, die bei anderen lauten Jubel hervorgerufen hätten, allenfalls ein Achselzucken entlockten.

»Erik Segersäll kam mit dreißig Schiffen und tausend Mann von Schonen herüber«, ließ sich Styrbjörn vernehmen. »Aber er mußte unverrichteter Dinge wieder abziehen, weil er nicht warten wollte, bis uns der Hunger zwang, ihm die Tore zu öffnen.« Nun wandte er sich an den König und fragte: »Sollte uns Sven Haraldsson nicht darüber aufklären, wie es ihm gelungen ist, die Jomsburg zu erobern?«

»Du sprichst aus, was mir im Kopf herumgeht, Styrbjörn«, erwiderte Harald und gab die Frage stumm an seinen Sohn weiter.

»Willst du, daß ich ihm antworte, Vater?«

»Das liegt bei dir«, entgegnete der König.

Sven blickte hinter sich und hob die Hand. Ein Mann kam aus dem Dunkel hervor, den bislang niemand wahrgenommen hatte. Björn spürte, wie Poppo seinen Arm packte, ihn aber sogleich wieder losließ. Der Mann hatte sein langes schwarzes Haar über der rechten Schläfe zu einem Knoten geschlungen, sein Gesicht war bleich und hager, die tiefliegenden Augen waren von struppigen Brauen überschattet, und als er nun ins Licht trat, sah Björn, daß er eine Wolfsmaske auf der Schulter trug.

»Dies ist Skarthi, Vater«, sagte Sven. »Ich zog ihn vor Burgundaland aus dem Wasser und gewann dadurch einen listenreichen Freund. Es war Skarthis Plan, die Obodriten gegen ihren Herrscher aufzuwiegeln, indem wir, insgesamt nicht mehr als zwei Dutzend, von Dorf zu Dorf zogen und in Mistuis Namen die Steuern eintrieben, die jener ihnen nach zwei Mißernten zu erlassen versprochen hatte. Empört über Mistuis Wortbruch griffen die Obodriten zu den Waffen, und als sie sich in mehreren Heerhaufen der Jomsburg näherten, eilten wir ihnen voraus und boten Mistui unsere Hilfe an. Er schien nicht erfreut über dieses Angebot und zählte eine Reihe schlechter Erfahrungen auf, die er mit Wikingern gemacht hatte, aber nachdem ich mich als der Sohn seines Freundes Harald Blauzahn zu erkennen gegeben hatte, ließ er uns in die Burg. Als erstes ergriffen wir Mistui und zwangen ihn, seinen Leuten zu befehlen, die Waffen niederzulegen. Dann schickten wir einige seiner Söhne zu den Obodriten hinaus und ließen Mistui von der Mauer herab verkünden, daß man sie töten möge, falls er sich jemals wieder an ihrem Hab und Gut vergreifen werde. Daraufhin beeilten sich die Obodriten, in ihre Hütten zurückzukehren, denn sie sind es nicht gewohnt, bei eisiger Kälte im Freien zu sitzen. War es so, Skarthi?«

»So war es«, antwortete dieser. »Mit der einen Ausnahme, daß es dein Plan war, nicht meiner.«

»Es hat wenig Sinn, dein Licht unter den Scheffel zu stellen, Freund«, schmunzelte Sven. »Von den Männern hier glaubt ohnehin keiner, daß ich einen solch listigen Plan ersinnen könnte.«

»Aber wer hat Mistuis Söhne umgebracht?« rief Styrbjörn.

»Das geschah auf meinen Befehl, und du sollst auch den Grund erfahren, Styrbjörn«, erwiderte Sven. »Der ganze Stolz deines Schwagers sind, du weißt es, seine Söhne. Deshalb wird er eifrig bemüht sein, Ersatz zu schaffen. Da er jedoch kein junger Hahn mehr ist, wird es eine Weile dauern, bis er wieder soweit bei Kräften ist, daß er Unfrieden stiften kann.«

»Deine Worte sind nicht weniger abscheulich als die Tat, Sven Haraldsson!« versetzte Styrbjörn zornig. »Billigst du, was er getan hat, Herr?«

Der König antwortete nicht, sondern heftete seine Augen auf den schwarzhaarigen Fremden. »Woher kommst du?« fragte er.

»Laß mich an seiner Stelle sprechen, Vater«, sagte Sven. »Denn Skarthi liebt es nicht, sich mit seiner Herkunft zu brüsten. Er stammt aus dem alten Geschlecht der Ynglinge und diente seinem Ahnherren Freyr lange Zeit im Tempel von Uppsala.«

»Ein Götzenpriester«, flüsterte Poppo dem König zu.

»Bist du ein Priester?« fragte Harald laut.

»Meine Vorfahren wuschen Freyrs geschwungenes Glied, sie striegelten seines Ebers goldene Borsten, seither nennen wir uns seine Knechte«, erwiderte Skarthi.

»Es macht keinen Unterschied, ob er sich Priester oder Knecht nennt, Herr«, warf Poppo ein. »Ich aber sage dir, er ist ein Diener des Satans, und du solltest dir gut überlegen, ob du den einzigen und allmächtigen Gott dadurch erzürnen willst, daß du ihm Gastrecht gewährst.«

»Mich wundert, daß dich dieser Heide so in Erregung versetzt, Poppo«, sagte der König. »Was unterscheidet ihn von den anderen Ungetauften, die du hier siehst, daß du mich aufforderst, ihn vor die Tür zu setzen?«

»Ich hätte nicht gedacht, daß wir uns jemals wiedersehen würden, Naoise«, sagte Skarthi, indem er die Brauen hob und seinen Blick auf Poppo richtete.

»Wie nennt er dich?« fragte der König erstaunt.

»Stünde er nicht mit dem Teufel im Bunde, würde ich vermuten, daß er mich mit jemandem verwechselt, Herr«, antwortete Poppo. »Aber es ist seine Absicht, mich in ein schlechtes Licht zu rücken, indem er mich mit einem falschen Namen anredet und auf diese Weise Zweifel an meiner Vertrauenswürdigkeit weckt.«

Nun sagte Skarthi einige Worte in einer fremden Sprache zum Bischof, und wenn Björn auch deren Sinn verborgen blieb, spürte er doch, daß Zorn in ihnen mitschwang.

»Was sagt er?« wandte sich der König an Poppo.

»Ich verstehe ihn nicht, Herr«, entgegnete der Bischof. »Es ist nichts als ein weiterer Versuch, dir vorzutäuschen, wir hätten etwas miteinander gemein. Doch so wahr ich Poppo heiße und dich dank der Gnade des Allmächtigen habe taufen dürfen: Ich kenne diesen Mann nicht!«

»Du bist fett geworden, Naoise«, sagte Skarthi. »Erinnerst du dich, wie du am Türbalken hingst? Heute hätte dir dein Gewicht den Hals gebrochen.«

»Komm, Skarthi«, sagte Sven. »Wir wollen nicht mit Leuten unter einem Dach sein, die dich für einen Lügner halten.« Damit gingen sie hinaus. Ein Luftzug wirbelte die trägen Schwaden auf und trieb sie zum Rauchloch empor. Das Feuer war niedergebrannt, aber der König winkte ab, als Knechte mit Körben voller Holzscheite hereinkamen.

»Einer von euch beiden hat mich belogen, Poppo«, hörte Björn den König flüstern. »Damit ich nicht glauben muß, daß du es warst: Gib mir einen Beweis deiner Aufrichtigkeit und sag mir, wer der Mittelsmann ist.«

»Ich weiß es nicht, Herr«, antwortete der Bischof mit mühsam beherrschter Stimme.

»War es mein Sohn?«

»Er kann es nicht gewesen sein, weil er heute zum ersten Mal im Lager war.«

»Dann werde ich mich wohl an den Gedanken gewöhnen müssen, daß du Naoise hießest, bevor du dich Poppo nanntest«, seufzte der König.

»Gib auf deine Worte acht, sonst wirst du einen Freund verlieren, Harald«, zischte der Bischof wütend. »Vermutlich den einzigen, den du hast.«

»Ein König hat keine Freunde«, erwiderte Harald. Er griff nach Tryns Arm und zog sich an ihm empor, bis er, den Rücken gegen die Brust des Leibwächters gelehnt, auf seinen dürren Beinen stand.

»Das Reißen in meinen Gliedern sagt mir, daß es Tauwetter geben wird«, ächzte der König. »Nun wird es nicht mehr lange dauern, bis der Sachse mit seinem Heer anrückt. Wüßte ich nicht Männer wie Sigurd und Harek oder den tapferen Styrbjörn auf meiner Seite, ich wäre arg im Zweifel, ob ich mit einem Haufen schlecht bewaffneter Bauern gegen seine gepanzerten Ritter ins Feld ziehen soll.«

»Wenn du deinem Ratgeber das Wort zu ergreifen erlaubst«, vernahm man Bues des Dicken Fistelstimme, »so gebe ich zu bedenken, ob die Aussichten auf einen Sieg nicht dadurch geschmälert werden, daß du dem Kaiser die Entscheidung überläßt, wann und wo die Schlacht stattfinden soll.«

Nun sprang Harek auf und rief: »Darin gebe ich dem Feistling recht. Doch während er insgeheim an Rückzug denkt, rate ich zum Angriff! Laß uns noch in dieser Nacht aufbrechen und den Sachsen in seinem eigenen Lager überfallen! Bei Thor, es wäre das, womit er am wenigsten rechnet!«

»Noch hast du im Winter einen Bundesgenossen, gegen den auch seine Ritter machtlos sind«, pflichtete Sigurd seinem Bruder bei.

»Ein kühner Plan«, sagte der König, während seine Zunge den schwarzen Zahn umspielte. »Ich fürchte nur, daß jugendlicher Überschwang euch den Blick für die Tatsachen trübt. Seht euch die Männer an, die da draußen wie Maulwürfe in Erdlöchern hausen: Bereits auf halbem Wege wären die meisten verreckt.«

»Es sind etliche aus Tröndelag darunter, andere stammen von Vagar und Kirjalaland oder, wie wir, von den Schafsinseln, zähe Burschen allesamt und kampferprobt«, sagte Harek. »Überlaß es uns, Herr, sie auszuwählen und mit ihnen das Lager anzugreifen.«

»Keiner von euch käme wieder«, war nun Styrbjörns Stimme zu hören. »Und der König wäre seiner besten Männer beraubt.«

»War es Styrbjörn, der da sprach?« fragte Harek verwundert. »Styrbjörn, der letzte Jomswikinger, der Seite an Seite mit Erik Blutaxt gegen König Eadred kämpfte, der mit Herzog Richard die Franken besiegte, der mit einer Handvoll Männer achtzehn Städte in Asturien eroberte? Von diesem Styrbjörn hätten wir erwartet, daß er uns anspornt, statt uns ein schlimmes Ende vorauszusagen.«

»Mit Kühnheit allein vollbringt man selten große Taten«, entgegnete Styrbjörn. »Es gehört auch Verstand dazu, und dieser sagt mir, daß euer Vorhaben scheitern muß.«

»Da hört ihr es«, sagte der König. »Beherzigt also die Warnung eines erfahrenen Mannes und zügelt euren Tatendrang. Du aber, Styrbjörn, befrage deinen Verstand, was er mir zu tun rät.«

»Zieh dich nach Norden zurück, Harald«, antwortete der Jomswikinger. »Stell dort ein neues Heer auf, laß Schiffe und Festungen bauen und warte ab, was geschieht.«

»Das ist nicht schwer zu erraten«, mischte sich nun der bislang schweigsame Wichmann in das Gespräch. »Der Kaiser wird das Land bis zum Danewerk und die Stadt seinem Reich einverleiben, und wer den Sachsen kennt, weiß, daß er ungern wieder hergibt, was er einmal in Besitz genommen hat.«

»Es ist gut, daß du dich zu Wort meldest«, sagte

der König und spähte aus zusammengekniffenen Augen in das Dunkel, das Wichmann verbarg. »Sonst hätte ich womöglich versäumt, dich um Rat zu fragen.«

»Unter den Städten deines Landes ist keine, die sich mit dieser vergleichen kann, Herr«, antwortete Wichmann. »Was bleibt dir außer Wald und unfruchtbarer Heide, wenn du sie aufgibst? Und wenn es dahin kommen sollte: Willst du dir nachsagen lassen, du hättest sie kampflos preisgegeben?«

»Wäre es nicht Torheit, sich einem weit überlegenen Gegner zu stellen? Soll ich in eine Schlacht gehen, die schon verloren ist, bevor sie begonnen hat?« fragte der König lauernd zurück.

»Ich würde ein reicher Mann, wenn es mir gelänge, deine Bedenken zu zerstreuen, Herr«, erwiderte Wichmann, und Björn schien es, als höre er ihn leise lachen.

»Man hat dir Geld angeboten, Wichmann?«

Mit einem Schlag wurde es so still im Raum, daß man das Heulen des Schneesturms hören konnte.

»So ist es, Herr.«

»Ich werde dir jetzt eine Frage stellen, Brudersohn des Billungers«, sagte Harald langsam. »Und es könnte dein Leben um einiges verkürzen, wenn du mir die Antwort schuldig bleibst. Wer hat dich zu bestechen versucht? Nenn mir seinen Namen oder, falls er unter uns ist, zeig ihn mir.«

Eine schmale weiße Hand stieß aus dem Dunkel hervor. Die ringgeschmückten Finger bogen sich nach unten, bis auf den Zeigefinger, und dieser deutete auf Bue.

Der Ratgeber des Königs rückte erschrocken beiseite, als ob er zufällig auf den Platz des Verräters geraten sei, aber der Finger folgte ihm.

»Dort sitzt er«, sagte Wichmann.

Bues feister Körper begann zu zittern. Er warf den Kopf in den Nacken und riß den Mund auf wie jemand, der, dem Ersticken nahe, nach Luft schnappt. Dabei stieß er schrille Töne hervor, Laute der Wut und der Empörung. Schließlich wuchtete er sich von seinem Platz hoch, packte die leere Schwertscheide und schrie: »Gebt mir mein Schwert, damit ich ihm den Schädel spalten kann, dem Lügner!«

»Ich bin froh, daß du die Sprache wiedergefunden hast, Bue«, grinste der König. »Denn mit Gebärden allein vermagst du mich kaum zu überzeugen, daß er dich zu Unrecht beschuldigt.« Und zu Wichmann gewandt fuhr er fort: »Er hat dir also Geld versprochen, wenn du mich dazu bringst, gegen den Sachsen in die Schlacht zu ziehen?«

»Nicht nur bares Geld, Herr, darüber hinaus auch den einträglichen Posten des Wikgrafen, sobald der Kaiser die Stadt eingenommen habe«, erwiderte Wichmann.

Nun warf sich Bue der Dicke vor dem König auf die Knie und preßte beide Hände vor die Brust. »Wer ist dieser Mann«, keuchte er, »der mich des Verrats zu bezichtigen wagt? Hat er dich nicht schon einmal zu einem Feldzug überredet, der uns beinahe ins Verderben gebracht hätte? Wir hören ihn mit Verachtung vom Bruder seines Vaters reden, er wird nicht müde, die Wenden gegen ihn aufzuwiegeln, aber nie hat er dem Billunger ernsthaften Schaden zugefügt, und noch immer steht jener von allen Heerführern am höchsten in der Gunst des Kaisers. Was liegt also näher, als zu vermuten, daß er vom Billunger, wenn nicht gar vom Kaiser selbst den Auftrag erhalten hat, dich in eine Falle zu locken?«

»Was sagst du dazu, Wichmann?« fragte der König in das Dunkel.

»Mein Ruf ist nicht der beste, Herr«, antwortete Wichmann. »Man sagt mir nach, ich sei leichtsinnig und ginge verschwenderisch um, nicht nur mit eigenem Gut. Ich kann es ebensowenig bestreiten wie die Tatsache, daß mich verwandtschaftliche Bande an einen Feldherrn des Gegners knüpfen. Dies alles macht mich nicht sehr zuversichtlich, daß du mir mehr vertrauen könntest als ihm.«

»Hast du Beweise?« fragte der König.

»Bue gab mir zwei Mark Silber als Vorschuß«, entgegnete Wichmann. »Aber ich habe sie beim Spiel verloren.«

»Laß uns hinausgehen und die Sache mit dem Schwert austragen«, bat Bue den König, noch immer kniend, doch schon um einiges gefaßter.

Harald Blauzahn ließ sich auf den Fellstapel hinabsinken. »Ihr würdet euch kalte Füße holen, und ich bin nicht sicher, ob jener wieder hereinkommen würde, der die Wahrheit sprach«, sagte er.

Björn spürte, wie der Atem des Königs sein Ohr streifte. »Früher ließ ich die Götter beim Holmgang entscheiden, wenn ein Wort gegen das andere stand. Aber mit dem Glauben an die alten Götter ist mir auch die Gewißheit abhandengekommen, daß ich mich auf ihr Urteil verlassen kann. Was soll ich also tun, um herauszufinden, welcher von beiden ein Lügner ist? Was würdest du mir raten, Geschichtenerzähler?«

»Ich, Herr?« stammelte Björn. »Darauf weiß ich keine Antwort – außer der, daß ich mich in solchen Fällen auf mein Gefühl zu verlassen pflege.«

»Wie macht es sich bemerkbar, dieses Gefühl?«

»Das ist verschieden«, antwortete Björn. »Manchmal ist es ein leichter Schmerz unter den Zehennägeln, dann wieder ein kalter Hauch im Nacken oder ein Kribbeln auf dem Handrücken. Es kommt auch vor, daß ich einen Lügner an seinem Geruch erkenne. Dies lehrte mich in langen Winternächten ein Reisegefährte namens Tosti, der zwar nur ein Auge besaß, dafür aber eine um so empfindsamere Nase.«

»Was sagt dir Bues Geruch?«

Björn beugte sich vor und sog die Dünste ein, die Bues Fleischmassen verströmten. »Er riecht nach Geld«, entgegnete er, »nach Münzen, die durch vieler Menschen Hände gegangen sind. Mit anderen Worten: Er stinkt ein wenig. Dies mag jedoch auch so zu erklären sein, daß der Eifer, dir mit seinem Rat zu dienen, ihn seit längerem daran gehindert hat, ein Bad zu nehmen.« Aufblickend sah er, wie die Angst aus Bues Schweinsäuglein wich.

Der König entblößte schmunzelnd seinen Zahn. »Noch weiß ich nicht, ob du mehr bist als ein unterhaltsamer Aufschneider, Björn Bosison«, sagte er. »Aber ich werde schon noch dahinterkommen.«

Spät in der Nacht ließ der König Björn zu sich rufen. Der fand ihn in seiner Kammer auf einem Strohsack liegend. Durch die Ritzen in der Wand fauchte der Wind, und an den Balken der niedrigen Decke hingen Eiszapfen. Neben Haralds Kopf flackerte eine Kerze, doch sie beleuchtete nur eine Seite seines Gesichts, während die andere im Dunkel lag.

Da der König schwieg, auch durch keine Gebärde zu erkennen gab, daß er seine Anwesenheit bemerkt hatte, wandte sich Björn seinem Bruder zu, der breitbeinig in der Tür stand, die Augen beiderseits des Lederbeutels auf seinen Herrn gerichtet.

»Was will der König von mir?« flüsterte er.

Ohne seinen Kopf zu bewegen, schwenkte Tryns Blick langsam hoch und heftete sich auf Björns Stirn. In diesem Augenblick wurde Björn bewußt, daß er für Tryn ein Fremder war. Wie eine lästige Erinnerung hatte dieser ihn aus seinem Gedächtnis getilgt.

»Höre, Björn Bosison«, ließ sich nun der König vernehmen, »du bist ein freier Mann, hast Frau und Kinder, und wie man mir berichtet hat, bist du reicher, als man es von einem Mann deines Standes annehmen sollte. Es steht demnach zu befürchten, daß du die Ehre nicht zu schätzen weißt, wenn ich dir anbiete, in meinen Dienst zu treten. Nein, unterbrich mich nicht, ich habe noch nicht zu Ende gesprochen!« Er wischte sich mit zittriger Hand den Speichel vom Kinn und fuhr fort: »Mehr als alles andere unterscheidet uns, daß dir das Glück treu geblieben ist, während es mich, aus welchen Gründen auch immer, verlassen hat. Wüßte ich dich aber in meiner Nähe, könnte ich hoffen, daß ich auch deines Glückes teilhaftig würde.«

»Darf ich jetzt antworten, Herr?« fragte Björn beklommen.

»Bedenke zuvor noch zweierlei, Björn Bosison«, sagte der König. »Zum einen bin ich, obwohl alt und krank, noch nicht am Ende meiner Tage angelangt; manches steht mir noch zu tun bevor, dessen man mich später rühmen wird. Zum anderen bin ich dein König und als solcher nicht gewohnt, eine abschlägige Antwort zu erhalten.«

»Auch Thormod vertraute darauf, daß ich ihm

Glück bringen würde«, wandte Björn ein. »Doch wie du aus meiner Erzählung weißt, verlor er alles.«

»Das Glück mag die Dummen nicht, und Thormod war ein ausnehmend törichter Mann«, entgegnete der König ungehalten. »Aber daß ich dumm sei, behauptet nicht einmal mein Sohn. Im übrigen verdrießt es mich, daß du nach Ausflüchten suchst.«

»Gibst du mir Bedenkzeit, Herr?«

»Ich werde jetzt ein Weilchen schlafen«, sagte der König. »Wenn ich erwache, will ich deine Antwort hören.« Damit schloß er die Augen.

3

Thorulf hieß ein Mann. Er war der Sohn Önunds des Schiefmäuligen, der ein Ziehbruder Eriks des Roten war und diesem später nach Grönland folgte. Thorulfs Hof lag auf einer Lichtung unweit des Weges, der seit altersher Jütland mit den Ländern im Süden verband.

Thorulf war ein wohlhabender Mann, und er war nicht wenig stolz darauf, daß er alles, was er besaß, seinem unermüdlichen Fleiß verdankte. Aus Freude über den mit eigenen Händen erworbenen Besitz trank er gelegentlich etwas mehr, als ihm zuträglich war, und wenn sich seine Trunkenheit auch nicht darin äußerte, daß er schwankte oder mit schwerer Zunge sprach, so doch in prahlerischem Reden, dessen er sich nüchternen Sinnes geschämt hätte. Nun wollte es der Zufall, daß Thorulf nach getaner Arbeit wieder einmal dem selbstgebrauten Bier zugesprochen hatte, als er einige Männer auf der Straße vorüberreiten sah. Vermutlich hätten diese den Hof nicht bemerkt, wäre Thorulf nicht von dem Verlangen ergriffen worden, mit den Reitern ins Gespräch zu kommen. So begann er, laut zu rufen und mit den Armen zu fuchteln, um die Aufmerksamkeit der Fremden auf sich zu lenken. Später sollte er sich noch oft dafür verfluchen. Denn er ahnte nicht, daß es die Spitze eines Heeres war, die vom Weg abschwenkte und auf seinen Hof zukam. Thorulfs gute Laune wich leichter Beklommenheit, als die Reiter ihn umringten und einer von ihnen sein Gesicht entblößte. Er hatte den Mann noch nie gesehen, aber als dieser nun den Mund öffnete, wußte er, daß er Harald Blauzahn vor sich hatte.

Der König schien ermattet vom langen Ritt und nicht zum Reden aufgelegt zu sein. Deshalb schloß er den Mund wieder, als er sah, daß Thorulf ihn erkannt hatte, und winkte den Bauern herbei, damit dieser ihm vom Pferd helfe. Währenddessen gelangte ein weiterer Reitertrupp auf Thorulfs Hof, und diesem folgte in einigem Abstand und weit auseinandergezogenen Marschkolonnen des Königs Heer. Bevor noch Thorulfs Trunkenheit verflogen war, lag sein Hof inmitten eines lärmenden Heerlagers, war sein Vieh aus den Ställen auf die verschneite Lichtung hinausgetrieben worden, um Haralds Gefolgsleuten Platz zu machen, saß der König auf dem Hochsitz des Hausherrn und starrte triefäugig auf Thorulfs jüngste Tochter, die zu Ehren des hohen Besuchs ihr Festtagskleid angelegt hatte.

»Wie heißt du?« fragte der König.

»Herthrud, Herr«, antwortete Thorulfs Tochter, indem sie, die unter Haralds stierem Blick schon zu schwitzen begonnen hatte, vom Halsansatz bis zur Stirn jäh errötete.

»Sie soll bei mir schlafen«, sagte der König zu Thorulf. »Obwohl nicht zu erwarten steht, daß sie mir größeres Vergnügen bereiten wird als jenes, meine alten Glieder zu wärmen.«

Thorulf dankte in wohlgesetzten Worten für die Ehre, die der König damit seinem Haus erwies, und befahl Herthrud, ein heißes Bad zu nehmen. Im übrigen, gab er schmeichlerisch zu verstehen, bleibe abzuwarten, ob der jungfräuliche Leib seiner Tochter die vielgerühmte Lendenkraft des Königs nicht doch zu neuem Leben zu erwecken vermöge.

Über Haralds zerknittertes Gesicht glitt ein Lächeln, als er diese Worte vernahm. »Hörst du, Geschichtenerzähler?« wandte er sich an Björn. »Aus dem Mund dieses Bauern spricht das Volk. Es bringt mir Achtung entgegen, weil es nicht glaubt, daß mich das Glück für immer verlassen habe. Du aber, Thorulf, Önunds Sohn, laß sehen, womit du mich für die Nacht zu stärken gedenkst.«

Nun wurden Schüsseln mit dampfendem Fleisch aufgetischt, solchem vom Rind und solchem vom Schwein, aber auch Berge gesottenen Federviehs. Dazu gab es dunkelbraunes Starkbier zu trinken, das Thorulfs Gäste in eine aufgeräumte Stimmung versetzte, während der Hausherr insgeheim zu überschlagen begann, was ihn der Besuch des Königs kosten würde. Führte diese Schätzung schon dazu, daß ihn ein Gefühl des Unbehagens beschlich, so ergriff ihn Entsetzen, als der König den Wunsch äußerte, er möge sich auch darin als ein großzügiger Gastgeber erweisen, daß die Männer draußen an den Lagerfeuern satt zu essen bekämen und genügend Holz, damit sie nicht zu frieren brauchten. Thorulf befahl seinen Knechten, einige Ochsen zu schlachten, aber es half ihm nichts, daß er selbst die magersten aussuchte, denn die ausgehungerten Männer gaben sich nicht eher zufrieden, bis sie nach diesen auch die fetten verschlungen hatten. Seine Hoffnung, daß es damit sein Bewenden haben würde, schwand dahin, als Bue ihm am nächsten Morgen die Entscheidung des Königs übermittelte, noch zwei Tage Thorulfs Gast zu sein. Vergeblich beschwor Thorulf König Haralds Gerechtigkeitssinn, der es doch wohl nicht zuließe, daß man ihn zum Bettler mache, während andere und weit vermögendere Bauern in der nächsten Umgebung ungeschoren davonkämen. Der königliche Ratgeber ließ ihn jedoch nicht einmal ausreden, sondern versetzte mit schneidender Stimme, Thorulf dürfe sich glücklich preisen, daß es ihm vergönnt sei, Harald Blauzahn unter seinem Dach zu beherbergen. So kam es, daß Thorulf Önundsson in wenigen Tagen verlor, wofür er sein Leben lang gearbeitet hatte. Man erzählt, daß er über den Verlust seines Habs und Guts trübsinnig geworden sei und man ihn häufig, sich selbst laut verwünschend, durch den Wald habe irren sehen.

Wie Thorulf erging es vielen Bauern, deren Gehöfte den Weg säumten, auf dem Haralds Heer nach Norden zog. Je nach Witterung zwei oder drei Tage verweilend, hinterließ es eine Schneise aus Kahlfraß und Zerstörung. Denn wenn die Bauern ihre Tore verriegelt hatten oder dem König gar bewaffnet entgegentraten, gab Harald die Höfe zur Plünderung frei und überließ es seinen Männern, mit den Bewohnern nach Gutdünken zu verfahren.

Als sie in die Gegend von Jelling kamen, wo Haralds eigener Hof lag, ließ der König ein befestigtes Lager errichten und die Wälle mit Männern besetzen, die ihm von Sigurd und Harek als besonders zuverlässig benannt worden waren. Da das Lager inmitten unbewohnter Heide lag und somit ein Angriff kaum zu erwarten war, dürfen wir den Zweck dieser Festung wohl darin vermuten, Haralds weiträumiges Anwesen vor dem eigenen Heer zu schützen.

Jelling lag auf einer Anhöhe, die, bis auf einen schmalen, durch Palisaden gesicherten Zugang, von sumpfigem Gelände umgeben war. Über die Anhöhe waren Wohngebäude und Stallungen verteilt, aber ihre Kuppe wurde von zwei mächtigen, durch Menschenhand geschaffenen Hügeln und einer Holzkirche eingenommen. Letztere hatte Harald an einer Stelle errichten lassen, wo sich bis dahin ein im ganzen Norden berühmter heidnischer Tempel befunden hatte; der Erbauer der beiden Hügel jedoch war ebenso wie ihre Bedeutung in Vergessenheit geraten. Dies kam Harald gelegen, weil das Gerücht nicht verstummen wollte, er habe seine Mutter Thyra auf eine unwirtliche Insel im Nordmeer verbannt. So hatte er durch einen Skalden, der dem Volk das Unglaubliche mit einprägsamen Strophen glaubhaft zu machen verstand, verbreiten lassen, die Hügel enthielten die Gebeine seiner Eltern. Um ein übriges zu tun, hatte er einen Stein gesetzt, auf dem zu lesen stand, ihn habe König Gorm für Thyra, ›Dänemarks Zierde‹, errichten lassen, obwohl jeder wußte, daß Gorm vor seiner Frau gestorben war und diese sich durch nichts ausgezeichnet hatte, was solche Lobpreisung rechtfertigte. Doch Harald vertraute der Wahrheit zeugenden Kraft der Runen, und dies galt auch für den zweiten Stein, auf dem er sich rühmte, Dänemark und Norwegen unter seine Herrschaft gebracht und die Dänen zu Christen gemacht zu haben – zweier Taten, von denen die eine durch die Ereignisse inzwischen überholt war und die andere erst noch vollbracht werden wollte.

Auf Jelling begegnete Björn Nanna wieder, die mit den Gespielinnen des Königs im hinteren Teil des langgestreckten Wohnhauses untergekommen war. Damit niemand übersehe, daß sie die Tochter des Kalifen von Cordoba war, trug sie Kleider nach arabischer Art und hielt ihr Gesicht, bis auf die Augen, unter einem Tuch aus kostbarer Seide verborgen. Trotz des immer noch frostigen Wetters sah man sie in hauchdünnem Gewand und zierlichen Pantoffeln durch den Schnee schreiten, einem prächtigen Vogel vergleichbar, den es aus seiner sonnigen Heimat in den rauhen Norden verschlagen hatte.

Nannas schwarze Augen weiteten sich vor Erstaunen, als Björn ihr in den Weg trat. »Sieh her«, sagte sie und lüftete ihr Kopftuch ein wenig an der Stelle, wo die Nadel mit dem Rabenkopf in ihrem Haar steckte. »Erinnerst du dich an mich, Björn Hasenscharte?«

»Dazu bedürfte es der Nadel nicht«, antwortete Björn.

»Sie hat mir Glück gebracht«, sagte Nanna. »Wenn es auch nur darin besteht, daß ich mich diesen Barbaren teurer verkaufe als jemals zuvor.« Mehr sprachen sie bei dieser Gelegenheit nicht miteinander. Als sie auf das Wohnhaus zueilte und der Wind das Kleid gegen ihren Rücken preßte, sah Björn, daß Nanna fett zu werden begann.

Dem Winter fiel der Abschied schwer in diesem Jahr; mehrfach kehrte er, wenn der Schnee schon geschmolzen und das Eis der Förden geborsten war, mit Schneestürmen und grimmiger Kälte zurück. Beim ersten Tauwetter brach Sven mit Skarthi nach Norden auf. Niemand wußte, wohin sie ritten, und der König schwieg sich darüber aus, ob Sven ihn über Zweck und Ziel seiner Reise in Kenntnis gesetzt hatte. Allenfalls war Harald eine gewisse Erleichterung anzumerken, aber diese mochte auch davon herrühren, daß er sich seit Monaten wieder in gewohnter Umgebung befand.

Mit zunehmendem Alter trat unter Haralds Wesenszügen einer immer deutlicher hervor: seine Trägheit. Wenn er nicht zum Handeln gezwungen gewesen war, hatte er es schon in jüngeren Jahren gern anderen überlassen. Nun aber, durch Alter und Krankheit geschwächt, schien er sein Vergnügen allein noch im Nichtstun zu finden. So verbrachte er die ersten Wochen auf Jelling damit, auf weichen Fellen liegend oder im Badezuber hockend vor sich hin zu dösen. Mit seinen Leuten pflegte er sich durch knappe Gebärden zu verständigen, nur mit Björn wechselte er hin und wieder einige Worte.

Er war, außer Tryn, der einzige, den der König ständig in seiner Nähe duldete. Er wusch ihm den Rücken, wenn Harald sein tägliches Bad nahm, er kostete die Speisen, die man Harald brachte, bevor dieser selbst davon aß, er hockte an Haralds Bett und gab seine Geschichten zum besten, bis dem König die Augen zufielen und Tryn ihn mit einem Grunzen aufforderte, das Schlafgemach zu verlassen. Björn erzählt, Harald Blauzahn habe ihn anfangs nicht besser behandelt als seine Diener, doch nach einigen Wochen habe er ihn auf ungewöhnliche Weise in den Rang eines Gefolgsmannes erhoben. Eines Morgens sei er, Björn, fiebernd und in Schweiß gebadet erwacht. Vergeblich habe er den Knechten des Königs versichert, er sei krank und könne sich kaum auf den Beinen halten: Die Knechte hätten ihn vom Lager gehoben und in Haralds Schlafgemach getragen, wo der König ihn mit den Worten empfangen habe, der einzige Gefolgsmann, der es sich erlauben könne, seinen Herren warten zu lassen, sei ein toter Gefolgsmann.

Als die Tage länger wurden und die Sonne das erste Grün aus dem Boden lockte, schien im König das Bedürfnis nach Geselligkeit zu erwachen. Er ließ einige seiner Gespielinnen kommen, junge Sklavinnen von betörender Schönheit, die ihm mit schmiegsamen Händen manche Wohltat erwiesen. Einmal erschien auch Nanna im königlichen Schlafgemach. Sie legte ihr arabisches Gewand ab, schlüpfte aus den Kleidern, die sie darunter trug, und bot dem König ihren nackten, bei aller Üppigkeit immer noch wohlgeformten Körper dar. Harald streckte aus der zur Faust geballten Hand den Mittelfinger empor, und Nanna schien die Bedeutung dieser Geste geläufig zu sein, denn sie kniete nieder, legte mit kundigen Griffen Haralds Gemächt frei und nahm sein Glied zwischen ihre grellgeschminkten Lippen. Björn blickte auf Nannas weißes, ausladend gewölbtes Gesäß, während zugleich ein leises Schmatzen an sein Ohr drang, er hörte den König wohlig stöhnen, und dann ertrug er es nicht länger: Mit einem Ruck wandte er sich zur Tür und stürzte hinaus.

Nach einer Weile kam Nanna, nun wieder angekleidet, aus dem Schlafgemach und winkte Björn zu sich. »Was bewirkte deinen eiligen Aufbruch, Björn Hasenscharte?« fragte sie, und der Klang ihrer Stimme verriet ihm, daß sie lächelte. »Wenn es aus Eifersucht geschah, so hüte dich davor, daß sie aus dir einen Tölpel macht. Denn wie dem König stehe ich jedem zu Diensten, der zahlt, was ich als Tochter des Kalifen zu fordern berechtigt bin.« Damit entschwebte sie zierlichen Schrittes in die hinteren Räume.

Nachdem sich herumgesprochen hatte, daß Harald des Alleinseins überdrüssig geworden sei, versammelten sich seine Gefolgsleute frühmorgens vor der Tür des Schlafgemachs und gerieten nicht selten in lauten Streit darüber, welcher von ihnen, seinem Rang und seiner Verdienste gemäß, als erster zum König vorgelassen werde. Statt daran Anstoß zu nehmen, lauschte Harald vergnügt dem hitzigen Gespräch, bedachte diese Äußerung mit einem Kopfschütteln, jene mit verhaltenem Kichern, hielt sich jedoch nicht im mindesten an die Reihenfolge, auf die man sich vor der Tür nach langem Wortwechsel schließlich geeinigt hatte. Oftmals war es keinem seiner Gefolgsleute vergönnt, den morgendlichen Verrichtungen des Königs beizuwohnen, während er Reisenden, mochten sie auch niederen Standes sein, bereitwillig Einlaß gewährte.

Einer von ihnen war Gilli der Russe. Nachdem das

Eis eine schmale Fahrrinne freigegeben hatte, war er mit seinem Schiff bei günstigem Wind die Förde heraufgesegelt und in der Nähe des Königshofs vor Anker gegangen. Wie es den Gepflogenheiten entsprach, suchte Gilli zunächst den Anschein zu erwecken, er habe sich aus keinem anderen Grund auf die beschwerliche Reise begeben, als sich persönlich nach dem Befinden des Königs zu erkundigen. Wider Erwarten gab Harald jedoch nur eine oberflächliche Beschreibung seiner Krankheiten und fragte dann mit sichtlicher Ungeduld, was Gilli an Neuigkeiten bringe. Dies schien den Sklavenhändler in Verlegenheit zu setzen, und mit sorgenvoller Miene erinnerte er den König an dessen Vater Gorm, der Überbringer schlechter Nachrichten zwar anzuhören, gleich darauf aber zu köpfen geruht habe. Da solches jedoch von Harald Blauzahn, einem getauften und somit christliche Barmherzigkeit übenden Herrscher, wohl nicht zu befürchten sei, wolle er der Wahrheit gemäß berichten.

Wenige Tage nach der Schneeschmelze habe das Heer des Kaisers, von Hermann dem Billunger geführt, das Danewerk besetzt und sei dort, den Gegenangriff der Dänen erwartend, in Stellung gegangen. Als Späher dann aber Haralds verlassenes Lager entdeckt hätten, habe der Billunger seinen Rittern befohlen, gegen die Stadt vorzurücken. Zu ihrem Erstaunen seien sie auch dort auf keinen Widerstand gestoßen, im Gegenteil: Man habe ihnen die Tore geöffnet und sie mit einem Willkommenstrunk begrüßt. An dieser Stelle unterbrach sich Gilli und bat den König, seinen Zorn, so berechtigt er auch sei, nicht an ihm auszulassen, denn er, Gilli, berichte nur, was geschehen sei.

»Bemerkst du an mir Anzeichen von Zorn, Gilli?« fragte der König. »Ich hätte den Bewohnern nichts Besseres raten können, als die Stadt kampflos zu übergeben. Eine zerstörte Stadt nützt dem Sachsen so wenig wie mir. Denn, bei Thors Hammer und der Heiligen Dreifaltigkeit, eines Tages wird sie wieder mir gehören! Erzähl also unbesorgt weiter, Gilli.«

Der Billunger sei ein gestrenger Herr, fuhr der Sklavenhändler fort. Er habe den Einwohnern verboten, zwischen Sonnenuntergang und Sonnenaufgang ihre Häuser zu verlassen; wer sich dem Verbot widersetze, werde von den Schlachtrössern seiner Ritter zu Tode getrampelt. Außerdem habe der Billunger die Tore schließen und die Zugänge zum Hafen sperren lassen, so daß der Handel zum Erliegen gekommen sei. Unterdessen hätten schriftkundige Mönche damit begonnen, eine Liste zu erstellen, in der jeder Bewohner mit seiner beweglichen und unbeweglichen Habe verzeichnet sei; zwar schwiegen sich die Mönche über den Zweck dieser Liste aus, doch zweifle niemand daran, daß in ihr der Vorbote einer allgemeinen Besteuerung zu sehen sei. Mit der den Deutschen eigenen Gründlichkeit habe man ferner all jene erfaßt, die nicht mittels eines priesterlichen Zeugnisses beweisen konnten, daß sie getauft seien. Diese habe man aus ihren Häusern geholt und mit Peitschenhieben auf die Heide hinausgetrieben. So sei auch er selbst, obgleich nachweisbar getauft, aus der Stadt entkommen. Denn wie ein Stück Vieh davongejagt zu werden, erscheine ihm weniger schimpflich, als sich fremder Willkür auszuliefern.

»Sprich nicht so geschwollen, Gilli«, schmunzelte der König. »Du hast dich davongemacht, weil der

Billunger mit euch Händlern nichts im Sinn hat, während du von mir weißt, daß ich mir gern etwas aufschwatzen lasse. Also frei heraus: Was willst du mir verkaufen?«

Dieses Mal, antwortete Gilli, käme er nicht als Händler, denn die Sklaven, die er an Bord seines Schiffes zurückgelassen habe, seien es nicht wert, daß der König auch nur einen Blick an sie verschwende. Neben der Sorge um Haralds Gesundheitszustand, die sich erfreulicherweise als unbegründet erwiesen habe, sowie der Absicht, den König über die Geschehnisse in der Stadt zu unterrichten, sei es auf Bischof Poppos Wunsch zurückzuführen, daß er, ein einfacher Mann, sich erkühne, dem König seine Aufwartung zu machen. Poppo nämlich habe ihn gebeten, Harald eine Nachricht zu überbringen. Mit diesen Worten händigte er dem König einen kleinen Holzstab aus, in den ringsherum Runen geritzt waren.

Harald drehte den Stab vor seinen Augen hin und her: »Wenn er mir etwas mitteilen will, weshalb benutzt er Zeichen, die ich nicht lesen kann?«

Hierbei handle es sich vermutlich um eine Vorsichtsmaßnahme, erwiderte Gilli. Poppo sei jedoch sicher, daß Björn Hasenscharte sie deuten könne.

»Ist es so, Björn Bosison?« fragte der König erstaunt und reichte den Stab an Björn weiter.

Es waren Runen, die Gris der Weise ihn einst gelehrt hatte, alte, sehr alte Runen, deren göttlicher Ursprung noch daran zu erkennen war, daß nicht nur jede einzelne auf verschiedene Weise gedeutet werden konnte, sondern sie auch zusammengenommen einen anderen Sinn ergaben, je nachdem, in welcher Reihenfolge man sie las. Aber woher wußte

Poppo, daß Björn diese längst nicht mehr gebräuchlichen Runen zu deuten verstand?

»Was will der Bischof mir mit diesen Zeichen kundtun?« fragte der König.

»Es ist schwierig, den Sinn dieser Runen zu ergründen, Herr«, antwortete Björn. »Hier steht: *In den Pelz ich stecken muß der Brauen Mittelgrat,* und dort: *Die Schlechtgehörnte laß zurückgehen mit ihrem berauchten Schaft,* aber es mag auch sein, daß ich sie falsch aneinanderreihe.« Doch während er dies sagte, las er von unten nach oben und daneben in der entgegengesetzten Richtung: *Eile, Freund, dem Freund zu Hilfe, oder dir wird ein schlimmes Ende beschieden sein.*

»Deine Worte sind nicht weniger rätselhaft als die Zeichen auf dem Stab, Geschichtenerzähler«, seufzte der König. »Kannst du es nicht so sagen, daß ich es verstehe?«

»Deute ich die Runen richtig, so bittet dich Poppo um Hilfe, Herr«, antwortete Björn nach kurzem Zögern.

»Ist das alles?« fragte Harald. »So viele Zeichen für ein Hilfeersuchen? Läßt er mich nicht wissen, welcher Art die Hilfe sein soll?«

»Davon steht hier nichts, Herr«, entgegnete Björn und gab ihm den Holzstab zurück. Der König warf ihn ins Feuer. Er sollte nie erfahren, was Poppo ihm für den Fall prophezeit hatte, daß er ihm die Hilfe verweigere. Denn auch dies hatte Gris der Weise Björn gelehrt: Niemals dürfe der Runendeuter alles preisgeben, was er aus den Runen las.

»Kannst du mir sagen, was den Bischof veranlaßt, mich um Hilfe zu bitten, obwohl er weiß, daß ich außerstande bin, sie ihm, in welcher Form auch immer, zu gewähren?« wandte sich der König an den Sklavenhändler.

Er sei, gab Gilli zur Antwort, auf seinen Reisen zwischen Holmgard im Osten, Nidaros im Norden und Dyflinn im Westen mit etlichen Dienern des Christengottes in Berührung gekommen, und es habe ihn immer wieder erstaunt, welcher Bösartigkeit sie gegenüber ihresgleichen fähig seien, obwohl doch einer den anderen ›Bruder‹ nenne. Was nun Poppo beträfe, so habe er die deutschen Mönche herzlich willkommen geheißen, sie in sein Haus geführt und reichlich bewirtet. Doch nach wenigen Tagen schon hätten es die Mönche an der einem Bischof gebührenden Achtung fehlen lassen, und als Poppo sie freundlich ermahnt habe, seien ihm rüde Antworten zuteil geworden. Nun habe sich Poppo an Hermann den Billunger gewandt und diesen gebeten, die Mönche wegen ihres unziemlichen Betragens zurechtzuweisen. Da sei er allerdings vom Regen in die Traufe gekommen, denn der Billunger habe seinerseits den Bischof beleidigt, indem er ihn einen ehemaligen Götzendiener, verkappten Zauberer, Säufer und Hurenbock geschimpft habe. Als Poppo daraufhin, erregt zwar, doch in wohlgesetzter Rede die Beschuldigungen zurückgewiesen habe, sei er von den Mönchen gezwungen worden, ein Schriftstück zu unterzeichnen, in dem er, Poppo, sich selbst einer Reihe widerwärtigster Vergehen bezichtigte. Anschließend habe der Billunger Poppo für abgesetzt erklärt und an seiner Stelle einen Mönch namens Rimbert zum Bischof von Schleswig ernannt. Mit bewundernswerter Fassung habe Poppo die Demütigungen hingenommen, aber kaum in seine Kirche zurückgekehrt, habe er die deutschen Mönche in einer donnernden Predigt mit Ausdrücken bedacht, von denen ›Satansbrut‹ einer der harmlosesten gewesen sei. Derart in Zorn habe sich Poppo geredet, daß er schließlich das Kruzifix vom Altar gerissen und es einem an der Tür lauschenden Mönch auf den Kopf geschlagen habe. Dies wiederum habe der Billunger zum Anlaß genommen, Poppo in eine Grube werfen zu lassen, die den Mönchen als Abtritt diente.

»Der Allmächtige springt reichlich grob mit seinen Dienern um«, grinste der König. »Und nun erwartet er von mir, daß ich ihn aus der Scheiße hole?«

Drei Tage und Nächte habe Poppo in der Grube ausharren müssen, entgegnete Gilli, dann sei ihm Rettung von oben zuteil geworden.

»Wie das?« fragte der König, während sein Mienenspiel von Schadenfreude in Verblüffung überwechselte.

Er selbst sei zwar nicht dabeigewesen, räumte Gilli ein, aber da das Wunder am hellichten Tag geschehen sei, gebe es genügend Augenzeugen, die übereinstimmend berichtet hätten, daß ein Engel mit wehendem Haar vom Himmel herabgestoßen sei und Poppo aus der Grube gezogen habe. Dieses Ereignis habe Poppo eine Weile Ruhe beschert vor den Anfeindungen der Mönche, doch inzwischen habe sich das Blatt wieder zu seinen Ungunsten gewendet, denn nicht nur seien sämtliche Augenzeugen des Wunders der Aufforderung der Mönche gefolgt, ihre Aussage öffentlich zu widerrufen, überdies sei auch Poppos Vorgänger Horath, altersschwach zwar und erblindet, aber vor Rachsucht berstend in die Stadt zurückgekehrt. Zwei Mönche seien tagein, tagaus damit beschäftigt aufzuschreiben, was Horath über Poppos Vergangenheit in Erfahrung gebracht habe. Als man Poppo davon berichtet habe, sei er nur mit Gewalt daran zu hindern gewesen, sich einen Dolch ins Herz zu stoßen.

»Mein Freund Poppo liebt die starken Gebärden«, schmunzelte König Harald. »Ich denke, er wird sich selber zu helfen wissen, denn so schlimm kann es nicht kommen, daß Poppo nicht einen Ausweg findet.« Dann dankte er Gilli für seinen Bericht und bat Björn, den Sklavenhändler in eines der Nebengebäude zu geleiten, wo man Gäste niederen Standes unterzubringen pflegte.

Während sie über den Hof gingen, sagte Gilli: »Dir, Björn Hasenscharte, soll ich von Poppo ausrichten, daß du dich um deine Frau und die Kinder nicht zu sorgen brauchst. Außer Gottes Schutz, um den er täglich bäte, stünden sie auch unter seinem eigenen, und seine besondere Fürsorge gelte der inzwischen voll erblühten Vigdis, deiner Tochter.«

»Das ist eine gute Nachricht, Gilli«, sagte Björn. »Hat er dir sonst noch etwas aufgetragen?«

»Nur dies«, antwortete Gilli. »Aber da ich nicht weiß, was es bedeuten soll, bin ich nicht sicher, ob ich es richtig wiedergebe. Er sagte, das dir Beschiedene sei nicht unerschöpflich und könne bald zur Neige gehen, wenn du dein Schicksal mit dem eines Glücklosen verknüpfst. Ergibt das für dich einen Sinn?«

»Ich muß darüber nachdenken«, erwiderte Björn.

»Doch befriedige nun meine Neugier«, sagte der Sklavenhändler. »Nach allem, was man hört, war es deine freie Entscheidung, Haus und Familie zu verlassen und mit Harald nach Jütland zu ziehen. Welchen Nutzen versprichst du dir davon?«

»Ob es eine freie Entscheidung war, sei dahingestellt«, sagte Björn. »Aber ich will nicht leugnen, daß sie mir durch die Aussicht erleichtert wurde, Zeuge großer Ereignisse zu sein. Ein Geschichtenerzähler muß Neues erleben, will er seine Zuhörer nicht mit

Wiederholungen langweilen oder sich gar dem Verdacht aussetzen, er habe sich seine Geschichten zusammengelogen. Ist deine Frage damit beantwortet, Gilli?«

»Ich bin auf meinen Reisen vielen merkwürdigen Menschen begegnet«, sagte Gilli kopfschüttelnd, »aber ich habe noch keinen getroffen, der das Abenteuer sucht, um daraus Geschichten zu machen.«

Mittlerweile waren sie vor dem Haus angelangt, in dem der Sklavenhändler wohnen sollte. Björn öffnete die Tür und rief in das Dunkel: »Hier kommt Gilli der Russe, König Haralds Gast!« Drinnen erstarb ein vielstimmiges Tuscheln.

Gemessen an seiner Ausdehnung und der Zahl seiner Gebäude war Jelling nicht größer als der Hof eines Großbauern. Als aber das Frühjahr kam und die Wege wieder passierbar geworden waren, zeigte sich, daß es der Mittelpunkt des Reiches war. Aus allen Himmelsrichtungen strömten Menschen herbei und verlangten aus vielerlei Gründen, zum König vorgelassen zu werden. Es waren Verwandte aus Haralds weitverzweigter Familie, Abgesandte mächtiger Jarle und fremder Fürsten, Häuptlinge, darunter so berühmte wie Ulf der Ungewaschene und Ivar von Skaneyrr, die gekommen waren, Harald ihre Dienste anzubieten, aber auch solche, deren Fälle auf keinem Thing mehr verhandelt wurden und die sich nun vom König selbst einen gerechten Schiedsspruch erhofften. Nur wenigen öffnete sich das Tor in der Palisadenwand, und von diesen war es wiederum nur einer Handvoll Ausgewählter vergönnt, dem König von Angesicht zu Angesicht gegenüberzutreten. Die übrigen ließen sich rings um den Hof in Zelten, mit Zweigen und Grassoden überdachten

Erdmulden oder unter freiem Himmel nieder und vertrieben sich die Zeit mit Spielen, Raufereien und lärmenden Trinkgelagen. Wie jede Menschenansammlung wirkte auch diese anziehend auf andere, die sich den Wartenden zugesellten, weil es ihnen ein wohliges Gefühl der Zugehörigkeit vermittelte oder ihre Geschäfte von jener Art waren, die mitunter ein rasches Verschwinden in der Menge erforderte.

Nun hielt es auch König Harald nicht länger in seinem Schlafgemach. Er ließ sich ankleiden und trat, aus zusammengekniffenen Augen in die ungewohnte Helligkeit blinzelnd, auf den Hof hinaus. Sogleich stürzten all jene herbei, die bislang vergeblich darauf gewartet hatten, vom König empfangen zu werden. Einige, die von weither gekommen und mit den Gebräuchen am Hof von Jelling nicht vertraut waren, sah man vor Harald auf die Knie fallen und die Spitzen seiner Schuhe küssen. Der König, dem solch unterwürfiges Gebaren sonst zuwider war, nahm es mit sichtlicher Genugtuung hin, und als nun auch das Volk draußen vor dem Hof laut seinen Namen zu rufen begann, glitt ein Lächeln über sein zerknittertes Gesicht. Ungeachtet seiner Gebrechlichkeit bückte sich der König, half den Knienden hoch und schritt dann beinahe beschwingt seinen Gästen voran in die große Halle. Dort nahm er auf dem Hochsitz Platz, dessen mächtige Pfosten bis zur Decke emporragten. Zu beiden Seiten des Hochsitzes befanden sich zwei weitere, eine Armlänge niedriger und mit schmalerer Sitzfläche. Der eine war für die Königin bestimmt, der andere für den Thronfolger. Aber beide blieben leer, denn Sven war, wie sich inzwischen herumgesprochen hatte, nach Westen über das Meer gefahren, und Hallgerd, hieß es, weigere sich halsstarrig, auf einem Platz zu sitzen, den sie als unbequem und wegen des augenfälligen Höhenunterschieds als ihrer nicht angemessen empfand. Doch dies schien Harald nicht zu bekümmern; er wies den Sitz zu seiner Rechten Ivar von Skaneyrr zu, den anderen einem Verwandten namens Odinkar, der zu den reichsten Goden des Landes zählte, und überließ es Bue dem Dicken, die übrigen so auf die Bänke zu verteilen, daß jeder den Platz bekam, der ihm nach Stand und Ansehen gebührte.

Als seien ihm während des langen, untätig verbrachten Winters neue Kräfte zugewachsen, entwickelte Harald eine ungewöhnliche Beredsamkeit. Mit gefälligen Worten und Versprechungen suchte er die Großen des Reiches für seinen Plan zu gewinnen, bei günstiger Gelegenheit mit einem riesigen Heer und einer um das Zehnfache vergrößerten Flotte nach Süden vorzustoßen und dem Sachsenkaiser nicht nur die Stadt, sondern das ganze Land bis zur Elbe wieder abzunehmen. Vom Schwung der eigenen Rede hingerissen, nahm er sogleich eine Aufteilung des Gebietes südlich vom Danewerk vor, wobei er ein um so größeres Stück Landes versprach, je mehr Männer und Schiffe die Häuptlinge zu stellen bereit seien. Er selbst, Harald, beanspruche für sich nur die Hammaburg, die, wie jeder wisse, zwar stark befestigt, aber als Handelsplatz bei weitem nicht so bedeutend sei wie die Stadt am Ende der Förde.

Noch nie hatte Björn den König so wortreich und mit solcher Inbrunst reden hören, aber dennoch lockte er damit keine Zustimmung, geschweige denn Begeisterung hervor. Mochte er auch auf staunenswerte Weise verjüngt erscheinen, wie er da, alle überragend, auf dem Hochsitz saß und seine Worte mit großen Gebärden unterstrich, er war ein alter kranker Mann, dieser König, und weit schlimmer noch: Das Glück hatte ihn verlassen. Davon sprach keiner, doch Harald wußte das Schweigen zu deuten, das ihm entgegenschlug, und er sah ein, daß dem Reden Taten folgen mußten, wollte er nicht das Schicksal eines glücklosen Herrschers erleiden.

So kam es, daß Harald Blauzahn seine Getreuen um sich sammelte und Jelling verließ, um sein eigenes Land zu unterwerfen.

4

Im Sommer schloß sich ein Kreis in Björns Leben: Er stand wieder vor Skjalm Hvides Hof. Doch diesmal war das Tor verrammelt, und zwischen den Spitzen der Palisaden lugten Männer hervor und nahmen mit Staunen wahr, daß er sich schutzlos in die Reichweite ihrer Speere begab.

»Öffnet das Tor und führt mich zu Skjalm Hvide«, rief Björn zu den Männern hinauf. »Ich habe ihm eine Botschaft des Königs zu überbringen.«

»Bedient sich Harald Blauzahn für derlei Dienste neuerdings Halbwüchsiger, weil es ihm an Männern fehlt?« ließ sich eine tiefe Stimme vernehmen. Kurz darauf erschien Skjalm Hvides mächtiger, von grauem Haar umwucherter Kopf über der Palisadenwand.

»Mir ist, als hätte ich dich schon einmal gesehen, kleiner Mann«, sagte der Jarl.

Björn nannte seinen Namen und brachte sich als einer von Thormods Gefährten in Erinnerung, die einst Skjalm Hvides Gäste gewesen seien. Nun aber stünde er im Dienst des Königs, und dieser schicke ihn, um seinen Besuch anzukündigen.

»Sag ihm, er käme mir ungelegen«, antwortete Skjalm Hvide. »Ich habe mehr als zweihundert Männer bei mir, und bis zum Abend wird sich ihre Zahl verdoppelt haben. Wo sollte ich noch Harald Blauzahn unterbringen, zumal ich annehme, daß er nicht allein kommt?«

»Der König hat nichts davon verlauten lassen, daß er Skjalm Hvide in größerer Begleitung zu besuchen gedenkt«, sagte Björn. »Aber es würde ihn sicherlich verstimmen, wenn er vor verschlossenem Tor stünde. Und wer weiß, ob er nicht auf den Gedanken kommen könnte, Skjalm Hvides Gastfreundschaft zu erzwingen?«

»Wenn ich sage, daß mir sein Besuch ungelegen kommt, heißt das nicht, daß ich nicht auf ihn vorbereitet bin«, erwiderte der Jarl. »Denn die zweihundert Männer, von denen ich sprach, sowie jene, die ich noch erwarte, von meinen Söhnen und Enkeln ganz zu schweigen, sie alle brennen darauf, Harald Blauzahn einen gebührenden Empfang zu bereiten.«

»Ist Skjalm Hvide bekannt«, fragte Björn, »daß er

von den Großen des Landes der letzte ist, der dem König die Gefolgschaft verweigert?«

»Damit muß er sich abfinden«, entgegnete der Jarl. »Ich bin nicht aus dem Holz geschnitzt, aus dem man Untertanen macht.«

»Es war mein eigener Wunsch, mit Skjalm Hvide zu sprechen, bevor der König mit seinem Heer anrückt«, sagte Björn. »Ich dachte mir, daß ich von Skjalm Hvide Worte zu hören bekommen würde, die es wert sind, überliefert zu werden.« Damit ging er.

Hinter dem Wald und einer baumlosen Hügelkette verborgen, lagerten die Männer des Königs in weitem Bogen um Skjalm Hvides Hof. In der Bucht ankerten zwölf Langschiffe unter Styrbjörns Befehl, so daß der Jarlshof bis auf einen Moorstreifen von allen Seiten eingeschlossen war. Auf einer kleinen Anhöhe inmitten des Lagers stand das Zelt des Königs, ein kunstvolles Gebilde aus purpurfarbenem Tuch, das der Kaiser von Miklagard Harald geschenkt hatte.

»Ich habe es nicht anders erwartet«, sagte der König, als Björn ihm von dem Gespräch mit Skjalm Hvide berichtet hatte. Er lag behaglich ausgestreckt auf seidenen Kissen und spielte mit den Brüsten einer dunkelhaarigen Frau. »Doch wenn Skjalm sich für unbezwingbar hält, will ich ihn eines Besseren belehren.«

Noch am selben Tag befahl er, alle waffenfähigen Männer von den Dörfern und Höfen der Umgebung herbeizuholen und mit kriegerischer Ausrüstung zu versehen. Dann ließ er sein Heer, darunter auch die Besatzungen der Langschiffe, vor dem Jarlshof aufmarschieren, um Skjalm Hvide seine Überlegenheit vor Augen zu führen. Seit den Tagen, als er Norwegen eroberte, hatte Harald nicht mehr über eine Streitmacht verfügt, die dieser an Stärke gleichkam, und man erzählt, daß ihr Anblick den Jarl mit Stolz erfüllt habe. Denn erwies der König ihm nicht größere Ehre als jedem anderen Großen seines Reiches, indem er ihm mit solch gewaltigem Aufgebot entgegentrat? Andererseits war Skjalm Hvide nicht der Mann, der sich durch Drohgebärden einschüchtern ließ. Nach Einbruch der Dunkelheit durchquerte er mit seinen Söhnen das Moor und setzte eines der Langschiffe in Brand. Bevor der Überfall im Lager des Königs bemerkt wurde, hatten sich der Jarl und seine Söhne wieder hinter die Palisadenwand zurückgezogen. Da die Schiffe miteinander vertäut waren, drohte das Feuer auf die anderen überzugreifen, so daß die Besatzungen die Taue kappen und das brennende Schiff den Flammen überlassen mußten. Einer riesigen Fackel gleich trieb es ans Ufer und erhellte die Nacht mit loderndem Licht.

Der König biß sich vor Wut in den Daumenballen, als Styrbjörn ihm den Vorfall meldete. »Wie ist er herausgekommen?« schrie er. »Sucht das Schlupfloch und verstopft es!«

Drei von Styrbjörns Männern verschlang das Moor und ein vierter starb am Biß einer Schlange, bevor sie den Pfad gefunden hatten. Rückwärtsgehend trugen sie den kaum fußbreiten Damm ab, bis er unter schwarzem Moorwasser verschwunden war. Damit war Skjalm Hvides Hof nun ganz von der Außenwelt abgeschnitten, und der Jarl sollte sich während der folgenden Wochen noch oft dafür verfluchen, daß er sich durch seinen Wagemut zu einer Unbesonnenheit hatte verleiten lassen.

An einem nebligen Morgen, kurz nach Sonnenaufgang, gab der König den Befehl zum Angriff. Von drei Seiten zugleich stürmten seine Männer auf den Hof los, allen voran Sigurd und Harek, die ihre Oberkörper mit dem Blut eines in der Nacht erlegten Wolfs beschmiert hatten. Einige der Männer trugen beidseitig mit Sprossen versehene Stangen, auf denen sie die Palisadenwand erklimmen wollten. Während die Verteidiger von einem Pfeilhagel überschüttet wurden, der sie zwang, hinter den Palisaden Schutz zu suchen, brachen zwanzig Männer mit einem Baumstamm aus dem Wald hervor und rammten ihn gegen das Tor. Einer der aus schwerem Eichenholz gefertigten Torflügel gab der Wucht des Aufpralls nach. Aber als die Männer nun den Baumstamm fallen ließen, um durch den Spalt in den Hof einzudringen, trat ihnen der riesenhafte Jarl entgegen und trieb sie mit dem Schwert zurück. Ihnen nachsetzend geriet er mit Harek aneinander, und wir wollen uns nicht in Vermutungen verlieren, was geschehen wäre, wenn der Baumstamm nicht dort gelegen hätte, wohin Harek, der besseren Standfestigkeit halber, seinen Fuß setzte. Während Harek also den Jarl fest ins Auge faßte, trat er auf den Baumstamm und verlor den Halt. In diesem Augenblick schlug ihm Skjalm Hvide die flache Schwertklinge mit solcher Wucht auf den Schädel, daß Harek die Augen aus dem Kopf sprangen. Daß es dem Jarl, obwohl er von Feinden umringt war, unversehrt zu entkommen gelang, führt Björn auf das lähmende Entsetzen zurück, das sich aller beim Anblick des noch im Sterben nach seinen Augäpfeln tastenden Harek bemächtigt habe.

Als man dem König die Nachricht von Hareks Tod überbrachte, sagte er: »Dies war Skjalm Hvides

Tag.« Er befahl, von weiteren Angriffen auf den Jarlshof abzulassen und die Toten zu begraben. Hareks Leichnam wurde auf einem Hügel unter schweren Steinen bestattet, und Harald selbst wachte eine Nacht lang an seinem Grab. Skjalm Hvide aber ließ er ein Fäßchen Bier schicken, und dieser soll es, die Warnungen seiner Söhne mißachtend, auf einen Sitz ausgetrunken haben.

Anderntags gab der König seinen Entschluß bekannt, den Jarl und seine Leute auszuhungern. Bei der großen Zahl von Verteidigern würden die Vorräte bald aufgezehrt sein, so daß man lediglich zu warten brauche, bis Skjalm Hvide und seine Männer vom Hunger aus ihrem Bau getrieben würden. Zwar könne dies einige Wochen dauern, aber da im Land Ruhe herrsche, zwinge ihn nichts, die Belagerung abzubrechen, bevor sie ihren Zweck erfüllt habe. Nun liege es bei Skjalm Hvide zu entscheiden, ob er, seinem Rang gemäß, einer der ersten unter seinen Gefolgsleuten sein oder den Hungertod sterben wolle. Dies sagte der König im Kreise seiner Vertrauten, wohl wissend, daß seine Worte dem Jarl heimlich übermittelt werden würden.

Der Sommer verging, ohne daß etwas geschah, was auf eine Hungersnot im Lager des Gegners schließen ließ. Auch an Trinkwasser schien es dort nicht zu mangeln, obgleich es ein ungewöhnlich heißer und trockener Sommer war und die Brunnen in weitem Umkreis versiegt waren. Je mehr die Hoffnung dahinschwand, daß die Belagerung ein baldiges Ende nehmen würde, desto spürbarer wurde die Ungeduld im Heer des Königs. Die Bauern murrten, weil Harald ihnen nicht erlaubte, auf ihre Höfe zurückzukehren, um die Ernte einzubringen, und unter seinen Gefolgsleuten kam es zu Tätlichkeiten zwischen denen, die den König von Anfang an begleitet hatten, und jenen, die erst später zu ihm gestoßen waren. Letztere waren in der Überzahl, und Harald mußte die ärgsten Streithähne in Ketten legen lassen.

Eines Nachts, während eines heftigen Gewitters, machten Skjalm Hvides Männer einen Ausfall. Sie überwältigten die Wachen und drangen bis zu der Hütte vor, in der die Eßvorräte lagerten. Dort aber warf sich ihnen Tryn entgegen und trieb sie mit kreisender Axt und markerschütterndem Gebrüll in die Flucht. Immer noch tobend kehrte er in das Lager zurück, wo nun auch die eigenen Leute entsetzt vor ihm das Weite suchten. Der König packte Björns Arm und flüsterte mit schreckensbleichem Gesicht: »Geh hinaus und versuch ihn zu beruhigen!« Aber da stand Tryn schon im Zelt, den leblosen Körper eines Mannes auf der Schulter. Mit einer Hand griff er in den Haarschopf und warf ihn vor Haralds Füße.

»Wen bringst du mir da?« fragte der König.

Björn drehte den Mann auf den Rücken. Er blutete aus Mund und Nase, und sein rechtes Ohr baumelte an einem Hautfetzen.

»Es ist Asser, Skjalm Hvides Sohn«, antwortete Björn. »Wie es scheint, lebt er noch.«

»Das nenne ich einen guten Fang, Tryn«, sagte der König freundlich. »Aber wasch dir das Blut vom Gesicht, sonst macht mir dein Anblick böse Träume.«

Als sie allein waren, sagte Harald: »Nun wird es nicht mehr lange dauern, bis Skjalm Hvide zu Verhandlungen bereit ist, denn obwohl er zwölf Söhne hat, liebt er jeden mehr als sich selbst.«

Gegen Morgen erwachte Asser aus der Bewußtlosigkeit. Der König ließ ihn auf das freie Gelände zwischen Wald und Jarlshof bringen und an einen Pfahl ketten. Dann rief er mit lauter Stimme den Namen des Jarls, und kaum war das Echo im Wald verhallt, als auch schon Skjalm Hvides grauer Kopf über den Palisaden auftauchte.

Harald deutete auf den Schatten eines alleinstehenden Baumes, der eine Manneslänge von Asser entfernt auf dem steinigen Boden lag. »Siehst du diesen Schatten, Skjalm?« schrie er. »Wenn er auf deinen Sohn fällt, werde ich ihn in Stücke hauen lassen, falls du mir bis dahin nicht Rede und Antwort gestanden hast. Aber komm allein und unbewaffnet.«

Kurz darauf öffnete sich das Tor, und der Jarl kam mit weit ausgreifenden Schritten auf den König zu. Sein Gesicht war bleich und hohlwangig, die Augen lagen in tiefen Höhlen, und als der Morgenwind seinen Mantel bauschte, sah Björn, daß Skjalm Hvide bis auf die Knochen abgemagert war.

»Hier bin ich«, sagte der Jarl.

»Ich habe dich beleibter in Erinnerung, Skjalm«, entgegnete der König. »Schmeckt dir das Essen nicht mehr?«

»Nenn mir deine Bedingungen«, sagte Skjalm Hvide.

»Es schmerzt mich, daß du in mir einen Feind siehst, Vetter«, sagte Harald. »Was habe ich dir getan, daß du das Schwert gegen mich erhebst, statt mir Gastfreundschaft zu gewähren? Zu den Zeiten Gorms des Alten empfingst du mich in allen Ehren.«

»Damals warst du noch nicht der König, und es ist ein Unglück für uns alle, daß du es wurdest«, antwortete der Jarl. »Was verlangst du für das Leben meines Sohnes?«

»Was du deinem König schuldig bist, nicht mehr und nicht weniger«, erwiderte Harald. »Ich brauche deine Männer und deine Schiffe, um den Sachsen aus dem Land zu vertreiben, und ich sähe dich selbst nicht ungern unter meinen Gefolgsleuten. Jedoch würde ich mich auch mit einem Teil deines Vermögens zufriedengeben, falls du dich zu alt und schwach fühlst, an meiner Seite in die Schlacht zu ziehen.«

»Geh nicht darauf ein, Vater!« rief Asser. »Er will dich demütigen, und ich sterbe lieber, als daß du meinetwegen deine Ehre verlierst.«

Unterdessen war der Schatten ein gutes Stück näher an Asser herangerückt, und Tryn trat aus dem Kreis der Umstehenden vor, stellte sich hinter Skjalm Hvides Sohn und säuberte die Schneide seiner Axt sorgfältig von verkrustetem Blut.

Der Jarl kraulte nachdenklich seinen Bart. Dann sagte er: »Deine Bedingungen sind hart, aber nicht härter, als ich erwartet habe. Doch es soll nicht heißen, ich hätte mich dir kampflos unterworfen. Gib mir ein Schwert, Harald, damit ich meine Ehre im Zweikampf verteidigen kann.«

Harald öffnete den Mund, sagte jedoch nichts, so daß es schien, als habe ihm Skjalm Hvides Verlangen die Sprache verschlagen. Dann wich der Ausdruck fassungslosen Staunens von seinem Gesicht und machte einem gezwungenen Lächeln Platz. »Höre, Vetter«, sagte er nun, »du bist mir auf Gedeih und Verderb ausgeliefert. Weshalb sollte ich mich mit dir im Zweikampf messen, zumal außer Zweifel steht, welcher von uns beiden den Sieg davontragen würde?«

»Du warst nie ein großer Kämpfer, Harald«, erwiderte der Jarl herablassend. »Deshalb ziehe ich es vor, gegen einen deiner Männer anzutreten.«

»Das ist etwas anderes«, sagte Harald sichtlich erleichtert. »Es wäre auch eines Königs unwürdig gewesen, sich mit einem Mann niederer Geburt zu schlagen. Was aber habe ich davon, wenn ich dir Gelegenheit gebe, deine Ehre zu verteidigen?«

»Werde ich getötet, gehört dir alles, was ich besitze, und meine Söhne und meine Männer werden mit dir in den Krieg ziehen.«

»Gut«, sagte der König. »Und wenn du siegst?«

»Dann werde ich mich vor meinen Söhnen und Enkeln nicht zu schämen brauchen, daß ich deine Bedingungen erfülle.«

»Für mich ergibt das zwar nur einen geringfügigen Unterschied, aber so soll es sein«, entschied der König. »Such dir einen aus, Vetter.« Er winkte seine Gefolgsleute herbei und folgte dem Jarl, während dieser einen nach dem anderen ins Auge faßte.

»Dies ist Wichmann, der Brudersohn des Billungers«, sagte der König. »Ein junger Mann und sehr wendig.«

»Ich habe von ihm gehört«, antwortete Skjalm Hvide. »Überläufer fordere ich nicht zum Zweikampf, ich werfe sie meinen Hunden vor.« Damit ging er zum nächsten.

»Bue der Dicke, mein Ratgeber«, sagte der König. »Du wirst sehen, daß man ihm zu Unrecht nachsagt, er trüge das Schwert nur als Zierde.«

»Zu fett«, sagte Skjalm Hvide.

»Dann nimm dir Ulf den Ungewaschenen zum Gegner«, schlug der König vor. »Er ist so dürr wie du, wenn auch nicht ganz so groß, und läßt sich an Tapferkeit von niemandem überbieten, wenn man ihn gut dafür bezahlt.«

»Was mutest du mir zu!« raunzte der Jarl. »Soll

ich, Nachkomme Baldurs und der Riesin Röskwa, mit einem Mann kämpfen, dessen Vater ein Knecht war?«

»Du bist sehr wählerisch, Vetter«, sagte der König. »Aber was hältst du von Styrbjörn?«

Vor diesen trat nun Skjalm Hvide hin und blickte in Styrbjörns finsteres Gesicht. »Wir haben oft Seite an Seite gekämpft, aber noch nie gegeneinander«, sagte er langsam.

»Wenn mich mein Gedächtnis nicht trügt, haben wir geschworen, uns durch niemanden und nichts dazu verleiten zu lassen«, entgegnete Styrbjörn.

»Was wiegen alte Schwüre!« rief König Harald. »Willst du Styrbjörn zum Zweikampf fordern, Vetter?«

»Ich will, wenn er es will«, antwortete der Jarl.

»Styrbjörn ist mein treuester Gefolgsmann, er tut, was ich ihm befehle«, sagte der König. »Gebt Skjalm Hvide ein Schwert!«

»Nein«, sagte der Jarl, »gegen den Jomswikinger kämpfe ich nicht mit einem geliehenen Schwert. Ich hole mein eigenes.«

»Aber bleib nicht zu lange fort, Vetter«, ermahnte ihn der König und deutete auf den Schatten, der nur noch eine Armlänge von Asser entfernt war.

Mit großen Schritten eilte Skjalm Hvide in seinen Hof und kehrte alsbald mit Schild und Schwert zurück. Er stellte sich vor Styrbjörn auf, und während sich die Spitzen ihrer Schwerter berührten, sagte er: »Ich erinnere mich an keinen Schwur, Styrbjörn.«

»Es ist ja auch schon lange her«, antwortete dieser. »Aber ich führe nicht den ersten Hieb.«

Da holte Skjalm Hvide zum Schlag aus und zerschmetterte Styrbjörns Schild.

»Du solltest für deine Schilde kein morsches Holz verwenden«, sagte der Jarl.

»Dieser Schlag hätte einen Stein gespalten«, erwiderte Styrbjörn. Harald ließ ihm einen neuen Schild bringen, und sie setzten den Kampf fort. Die Sonne stieg höher, und längst war der Schatten über Asser hinweggeglitten, als Styrbjörn den zurückweichenden Jarl zu Fall brachte. Skjalm Hvide stürzte zu Boden, und die Wucht des Aufpralls war so stark, daß er für kurze Zeit die Besinnung verlor. Statt seinem Gegner nun aber den Garaus zu machen, wie es Haralds Gefolgsleute blutrünstig forderten, wischte sich Styrbjörn den Schweiß von der Stirn und wartete, bis der Jarl wieder zu sich gekommen war.

»Das hätte mir nicht zustoßen dürfen«, sagte Skjalm Hvide. »Ich habe schon bessere Tage erlebt.«

»Wir sind beide nicht mehr so jung wie damals vor Dyflinn«, sagte Styrbjörn. »Wollen wir weiterkämpfen?«

»Da hast du meine Antwort«, entgegnete der Jarl, schnellte empor und schlug ihm das Schwert mit solcher Kraft aus der Hand, daß es in hohem Bogen über die Köpfe der Zuschauer flog.

»Das war ein gewaltiger Hieb«, sagte Styrbjörn. »Nun liegt es bei dir, den Zweikampf zu beenden.« Er trat einen Schritt vor und breitete in Erwartung des tödlichen Stoßes die Arme aus.

»Es wäre eine üble Tat, einen Wehrlosen zu erschlagen«, entgegnete der Jarl. »Nimm ein anderes Schwert, dieses ist zu leicht für einen Mann von deiner Kraft.«

Der König gab Styrbjörn sein eigenes Schwert. Es war ein Geschenk arabischer Händler und besaß eine biegsame Klinge aus mehrfach gehärtetem Stahl.

Mit dem ersten Schlag spaltete Styrbjörn Skjalm Hvides Schild. Nun warf auch Styrbjörn seinen fort, und sie kämpften ohne Schilde weiter. Allmählich erstarb das Stimmengewirr der Zuschauer, die anfeuernden Rufe wurden spärlicher, und als die Sonne ihren höchsten Stand erreicht hatte, war nur noch das Keuchen der Kämpfenden zu hören und der schrille Klang der aufeinanderprallenden Schwerter. Beide waren in Schweiß gebadet, ihre Gesichter waren vor Erschöpfung verzerrt, ihre Hiebe wurden kraftloser in der sengenden Mittagshitze, und dann geschah es, daß der Jarl, während er zum Schlag ausholte, zu taumeln begann. Styrbjörn fing ihn auf und sagte: »Ich habe Durst, laß uns etwas trinken und ein wenig ausruhen.« Sie setzten sich nebeneinander auf den Erdboden, und der König ließ ihnen Bier von seinem eigenen Vorrat bringen.

»Das Schwert, das Harald dir gegeben hat, beißt besser als meines, obwohl Ulfberht es geschmiedet hat«, sagte Skjalm Hvide.

»Dann wollen wir den Kampf mit Waffen fortsetzen, die einander gleichwertig sind«, antwortete Styrbjörn. Er trank seinen Krug leer und holte zwei Streitäxte aus seinem Zelt. Diese legte er vor den Jarl hin und sagte: »Es sind die Äxte, die wir einst in Irland erbeuteten. Ich habe sie seitdem nicht benutzt.«

»Welch seltsame Fügung, daß sie jetzt einem von uns beiden den Tod bringen werden«, sagte Skjalm Hvide. Mühsam erhoben sie sich und begannen aufs neue zu kämpfen. Mehreren Hieben seines Gegners konnte der Jarl ausweichen, aber dann traf ihn Styrbjörns Axt an der Hüfte, so daß Skjalm Hvide vor Schmerz aufschrie und zu Haralds Füßen zusammenbrach.

Der König blickte auf den Jarl hinab und sagte leise: »Er ist dein, Styrbjörn. Töte ihn.«

»Ich töte keinen Verwundeten«, antwortete Styrbjörn.

»Du magst Gründe haben, ihn am Leben zu lassen«, sagte der König. »Ich habe keine.« Mit diesen Worten zog er einen Dolch aus seinem Gürtel. Doch schon stand Styrbjörn vor ihm.

»Du wirst uns beide töten müssen, Herr«, sagte er ruhig.

In diesem Augenblick erlangte Skjalm Hvide das Bewußtsein wieder. Styrbjörn packte ihn unter den Achseln und schleppte ihn zu der Stelle zurück, wo sie vorher gesessen hatten.

»Zerreiß meinen Mantel, damit ich die Wunde verbinden kann«, bat der Jarl. »Dann wollen wir es zu Ende bringen.«

»Höre, Skjalm«, sagte Styrbjörn, »bis jetzt war es mein Vorteil, daß du vom Hunger geschwächt bist, aber nun spüre ich, wie meine eigenen Kräfte zu schwinden beginnen. Laß uns den Zweikampf beenden, bevor das Mißgeschick des einen dem anderen zu einem unrühmlichen Sieg verhilft.«

»Für Männer unseres Alters haben wir uns nicht schlecht geschlagen«, antwortete der Jarl. »Mag es denn damit sein Bewenden haben.«

Am Abend gab König Harald ein Festmahl, und man erzählt, daß Skjalm Hvide einen halben Ochsen verzehrt habe, ehe er sich herbeiließ, den Treueeid zu schwören. Nur wenige bemerkten, daß er einen seltsam geformten Knochen in der linken Hand hielt, als er die Eidesformel sprach. Wie Björn später von

Skjalm Hvides Söhnen erfuhr, sei dies ein Zahn der Riesin Röskwa gewesen; er entbinde vom Eid, schon während man ihn schwöre.

5

Von Westen kam ein Schiff über das Meer und ging in einer Bucht nahe der Mündung des Limfjords vor Anker. Es war ein Knorr von jener klobigen, nicht sonderlich seetüchtigen Bauart, wie ihn Händler für ihre Reisen entlang der Küste benutzten. Um so überraschter waren die Bewohner der umliegenden Gehöfte, als zwei Männer über Bord sprangen und an Land wateten, von denen sich der kleinere als König Haralds Sohn zu erkennen gab. Dies löste unter den Bauern einen Streit darüber aus, wem die Ehre zuteil werden solle, Sven Gabelbart bei sich aufzunehmen. Doch bevor sie sich einigen konnten, hatte Sven zwei Pferde gekauft und war mit seinem Gefährten in südlicher Richtung davongeritten.

Harald lag mit seinem Heer in der Nähe von Aarhus, als ihm gemeldet wurde, daß Sven zurückgekehrt sei und sich im Zelt des Goden Odinkar aufhalte. Der König war darüber sehr ungehalten und ließ ihm durch Björn ausrichten, daß er ihn unverzüglich zu sehen wünsche. Sven hörte Björn schweigend an, dann stand er auf und trat vor ihn hin. Ihre Augen befanden sich in gleicher Höhe, und Sven schien es zu gefallen, einem erwachsenen Mann gegenüberzustehen, der nicht größer war als er selbst. Svens Gesicht war schmal geworden, scharfe Falten zogen sich von den Nasenflügeln zu den Mundwinkeln hinab und endeten in dem zweigeteilten, zu dünnen Zöpfen geflochtenen Bart. Manche vermuten, er habe diese ungewöhnliche Bartform gewählt, um zu verhindern, daß man seinen Beinamen von zwei anderen Merkmalen ableite: seiner zwergenhaften Gestalt oder den vorstehenden, kalten, das Gesicht beherrschenden Augen.

»Daß mein Vater dich schickt, mir seine Befehle zu übermitteln, läßt zwei unterschiedliche Deutungen zu, Björn Hasenscharte«, sagte Sven. »Entweder bist du inzwischen zu hohen Würden gelangt, oder er will mich kränken.«

»Weder das eine noch das andere«, antwortete Björn. »Aber es ehrt mich, daß du meinen Namen kennst.«

»Ich war lange fort und dürste nach Neuigkeiten, so erfuhr ich auch von dir«, erwiderte Sven. »Man sagt, du stündest meinem Vater am nächsten.«

»Das müßte mich, wenn es zuträfe, mit Stolz erfüllen«, sagte Björn. »Aber wahr ist daran lediglich, daß der König mich gern in seiner Nähe hat.«

»Du sollst immer bei ihm sein, Tag und Nacht.«

»Das gilt für meinen Bruder, nicht für mich.«

»Dein Bruder Tryn ist ein hirnloser Kraftprotz«, sagte Sven barsch. »Du hingegen, wird mir berichtet, seist ein kluger Mann. Meinst du nicht, du könntest deinen Verstand noch zu anderem nutzen, als dem alten Mann Geschichten zu erzählen?«

»Da der Verstand bekanntlich im Kopf sitzt, sollte man sich seiner vor allem dazu bedienen, diesen zu behalten, Sven Haraldsson«, antwortete Björn verschmitzt. »Darf ich dem König melden, daß du kommst?«

»Es wundert mich, daß es ihn so dringend nach mir verlangt«, schmunzelte Sven. »Sonst zeigte er Ungeduld eher darin, mich loszuwerden.«

Bald darauf trat Sven, von Skarthi gefolgt, in Haralds Purpurzelt. Der König ging ihm entgegen und schloß ihn in seine Arme, was nicht nur Sven überraschte, sondern auch jene, die Harald eben noch über das ungebührliche Benehmen seines Sohnes hatten zetern hören. Nun hieß ihn der König mit freundlichen Worten willkommen, tätschelte ihm die Wange und betrachtete ihn mit väterlichem Wohlwollen. Sven dagegen verharrte eine Weile reglos in steifer Haltung, die kugelig hervortretenden Augen auf Haralds Gesicht gerichtet. Doch dann erwies er sich seinem Vater als ebenbürtig in der Kunst der Verstellung: Er kniete vor ihm nieder und küßte seine Hand. Dies verblüffte den König so sehr, daß er sich an seinem Speichel verschluckte und hustend nach Atem rang.

»Steh auf, Sohn«, sagte er dann. »Hierzulande ist es nicht üblich, daß sich der Sohn dem Vater zu Füßen wirft. Wo hast du dir die fremde Sitte angeeignet?«

Sven erhob sich und klopfte den Staub von seinen Kleidern: »Bei den Pikten, Vater. Dort pflegt man seinen Vater auf diese Weise zu begrüßen, wenn man ihn lange hat entbehren müssen.«

»Du warst bei den Pikten?«

»Mein Freund Skarthi und ich befanden uns auf der Reise nach Norwegen, als uns ein heftiger Oststurm zwang, den Kurs zu ändern«, antwortete Sven. »So gelangten wir gegen unseren Willen in das Land der Pikten.«

»Ist es wahr, daß sie ihre eigenen Kinder essen?« fragte Harald. Er bot Sven den Platz zu seiner Rechten an, und Skarthi setzte sich an das andere Ende der Tafel, zwischen Wichmann und Ivar von Skaneyrr.

»Man darf nicht alles glauben, was über weit entfernt lebende Völker erzählt wird«, entgegnete Sven. »Ihre Weiber sind sehr fruchtbar, und da sie in einer öden Bergwelt wohnen, ersticken sie in Zeiten der Not ihre neugeborenen Kinder zwischen den Brüsten, damit sie nicht allesamt verhungern müssen. Spricht dies eher für ihre Vernunft, so steht doch außer Zweifel, daß sie ein wildes und grausames Volk sind. Die Engländer fürchten sie mehr noch als uns, und manches ihrer Gebete enthält die Bitte, daß Gott sie vor den Pikten bewahren möge. Dies vorausgeschickt, wird König Aethelred nun bald beklagen, daß die Gebete nicht erhört worden seien.«

»Mein Gefühl sagt mir, daß du daran nicht ganz unschuldig bist, Sohn. Ich hoffe, es trügt mich.«

»Ich fand in den Pikten aufmerksame Zuhörer, als ich ihnen von Aethelreds reichen Dörfern und Städten erzählte.«

»Du hast diese Wilden gegen einen Verwandten aufgewiegelt?« rief Harald und vergewisserte sich durch einen raschen Blick in die Runde, daß seine Entrüstung von vielen geteilt wurde.

»Sie dürften schon über den Großen Wall nach Süden vorgedrungen sein«, erwiderte Sven. »Jetzt wird es nicht mehr lange dauern, bis Aethelred dich um Hilfe bittet, Vater. Allein kann er sich der Pikten nicht erwehren.«

Harald schlug die Faust so heftig auf die Tischplatte, daß die Bierkrüge emporsprangen: »Was kümmert mich Aethelred, wo ich den Feind im eigenen Land habe?«

»Darf man einem Verwandten die Hilfe verweigern, wenn er darum bittet?« ermahnte ihn Sven mit sanfter Stimme.

»Es gibt nur einen, der verpflichtet wäre, Aethelred Hilfe zu leisten, das bist du selbst«, sagte Harald. »Denn du hast ihm die Pikten auf den Hals geschickt.«

»Wie viele Männer gibst du mir?«

»Keinen!« schrie Harald. »Und hätte ich hundert mal tausend, ich würde dir nicht einen einzigen geben!«

»Ich denke, daß fünfhundert fürs erste genügen müßten«, entgegnete Sven ruhig. »Wenn wir die Pikten in die Berge zurückgetrieben haben, brauche ich allerdings mehr.«

»Jetzt sprichst du in Rätseln, Sven«, sagte Wichmann. »Weshalb brauchst du mehr Männer, wenn die Schlacht geschlagen ist?«

»Aus Bundesgenossen werden in der Regel Feinde, sobald man sich des gemeinsamen Gegners entledigt hat«, antwortete Sven.

»Ich will nichts mehr davon hören!« brüllte König Harald. »Ein Wort noch, und ich lasse dich auspeitschen, du Zwerg!«

Björn sah, wie alle Farbe aus Svens Gesicht wich. Dann verließ er mit kleinen schnellen Schritten das Königszelt. Es war für lange Zeit das letzte Mal, daß sie miteinander sprachen.

Wenige Tage später traf eine Gesandtschaft König Aethelreds im Lager ein. Sie wurde von Torkel Wurmfraß angeführt, einem Norweger aus Nidaros, um den sich schon zu seinen Lebzeiten Legenden rankten. Harald nahm die Abgesandten freundlich auf, erwies vor allem Torkel die einem berühmten Mann gebührende Achtung, zeigte sich jedoch nicht geneigt, König Aethelred im Kampf gegen die Pikten Beistand zu leisten, solange der Sachsenkaiser einen Teil Dänemarks besetzt hielt. Nach dieser Unterredung kam Torkel mißgelaunt aus dem Purpurzelt, aber als nun Skarthi zu ihm trat und ihn beiseite nahm, hellte sich seine Miene auf. Für die nächste Zeit fand Aethelreds Gesandtschaft in Odinkars Zelt Unterkunft, und man sah dort etliche von Haralds Gefolgsleuten ein und aus gehen. Als dies dem König hinterbracht wurde, ließ er Aethelreds Abgesandte mit bewaffnetem Geleit zu ihrem Schiff bringen und rief seine Gefolgsleute zu sich. Mit zornigen Worten erinnerte er sie daran, daß sie ihm den Treueeid geschworen hatten, doch es zeigte sich, daß etliche bereits Svens Überredungskunst erlegen waren. Als ihr Sprecher trug Odinkar dem König vor, daß es die Kampfeslust seines Heeres sicherlich fördere, wenn es andernorts Siege errungen hätte, bevor es sich den Rittern des Sachsenkaisers zur Schlacht stelle. Außerdem könne man unter den stammverwandten Angelsachsen kampferprobte Männer anwerben, wodurch Haralds Heer beträchtlich an Schlagkraft gewönne. Im übrigen rege sich in manchem der Verdacht, daß der König nur deshalb gegen eine solch erfolgversprechende Unternehmung sei, weil der Plan von Sven stamme.

Noch während Odinkar sprach, hatte Harald stoßweise zu atmen begonnen. Jetzt aber geriet er dermaßen in Wut, daß ihm die Stimme versagte und er ihr nicht anders als durch eine Anzahl seltsamer Verrenkungen Ausdruck verschaffen konnte. Es war einer jener maßlosen Tobsuchtsanfälle, die den Wütenden als ein Zerrbild seiner selbst erscheinen lassen, und wenn solches schon bei gewöhnlichen Menschen lächerlich wirkt, so im besonderen bei einem Mann, der die Macht verkörpert. Reglos standen sie vor Harald und verbargen hinter gleichmütigen Mienen ihre Verachtung. Als er sie beschimpfte und des Verrats bezichtigte, nahmen sie dies ebenso gefaßt hin wie seine Drohung, er werde jeden köpfen lassen, der sich ohne seine Erlaubnis aus dem Lager entferne. Nur Odinkar trat noch einmal vor und sagte: »Dein Berserker wird viel zu tun haben, wenn er uns allen die Köpfe abschlagen soll, Harald.«

Der König packte seinen Trinkbecher und warf ihn nach Odinkar; er traf ihn zwischen den Augen. Der Gode wischte sich das Bier aus dem Gesicht und musterte Harald mit einem mitleidigen Blick. »Solcher Ermunterung bedarf ich nicht mehr, mich Sven Gabelbart anzuschließen.« Damit ging er, und die meisten der Männer folgten ihm.

Eine stattliche Zahl von Häuptlingen versammelte sich vor Svens Zelt. Von diesen war Odinkar der vornehmste, auch gebot er allein über mehr als vierhundert Bewaffnete. Die übrigen, zu denen Sigurd, Ulf der Ungewaschene, Ivar von Skaneyrr und Skjalm Hvides Söhne zählten, brachten es zusammen auf sechshundert Mann, so daß Sven eine weitaus größere Streitmacht zur Verfügung stand, als er von Harald gefordert hatte. Der Königssohn trat in klirrender Rüstung aus seinem Zelt, er trug einen Brustpanzer nach römischer Art und einen spitz zulaufenden, goldschimmernden Helm. In seinen Händen hielt er ein prächtiges Schwert, und als er es vor sich aufstellte und die Versammelten mit durchdringendem Blick musterte, war mancher versucht, ihn zum König auszurufen.

Währenddessen bot Harald ein Bild des Jammers. Von dem Wutanfall erschöpft, kauerte er auf seinem Lager. Bisweilen entwich ihm ein Stöhnen, als leide er unter starken Schmerzen, dann wieder ein von tiefer Verzweiflung kündendes Seufzen. Er aß nichts von den Speisen, die man, damit ihr verführerischer Duft seinen Appetit wecke, neben seine Lagerstatt gestellt hatte, und gleichfalls verschmähte er, was seinen Zustand vollends besorgniserregend erscheinen ließ, Met und Bier.

Außer Styrbjörn und einigen anderen waren auch Bue der Dicke und Wichmann bei ihm geblieben. Was letztere dazu bewogen haben mochte, können wir allenfalls vermuten. Wahrscheinlich entsprach es der Spielernatur eines Wichmann, gerade dort auf Gewinn zu hoffen, wo er nach vernünftiger Einschätzung am wenigsten zu erwarten war, während Bue den einzigen Platz an Svens Seite, der ihm erstrebenswert erschien, den des einflußreichen Ratgebers, durch Skarthi besetzt sah. Ob es aber diese Gründe waren oder andere: Daß Bue der Dicke und Wichmann sich für ihn entschieden hatten, dürfte König Harald als einen mageren Trost empfunden haben.

Die Meldung, daß sich jener Teil des Heeres, der mit Sven nach England ziehen wollte, außerhalb des Lagers sammle, schreckte den König aus seinem Trübsinn. Er befahl Styrbjörn, Sven festzunehmen oder ihn, falls er sich widersetze, auf der Stelle zu erschlagen, desgleichen alle, die nicht unverzüglich in das Lager zurückzukehren gewillt seien. Doch Styrbjörn wiegte mißbilligend den Kopf und sagte: »Willst du das wirklich, Herr? Willst du mich zum Mörder deines Sohnes machen, da du so gut weißt wie ich, daß er sich wehren wird?«

Während sich der König und Styrbjörn schweigend ansahen, warf Bue rasch ein, daß die anderen einer Festnahme kaum tatenlos zusehen würden und er gewisse Zweifel hege, ob Styrbjörns Männer mit der nötigen Entschlossenheit daran gingen, jenen, mit denen sie soeben noch beim Bier gesessen hätten, die Schädel zu spalten.

»Meine Männer tun, was ich ihnen befehle«, entgegnete der Jomswikinger. »Aber ich«, fuhr er wieder an den König gewandt fort, »wie kann ich dir noch in die Augen sehen, wenn ich vor dich hintrete und sage: Herr, ich habe deinen Sohn getötet?«

»Es wäre ein Befehl wie jeder andere«, erwiderte König Harald. Dabei blickte er abwesend vor sich hin, so daß es schien, als gingen seine Gedanken schon in eine andere Richtung.

»Dann wiederhole den Befehl vor allen hier, und ich werde ihn ausführen«, sagte Styrbjörn.

Harald nahm ein Stück Fleisch vom Teller, führte es zum Mund, biß aber nicht hinein, sondern warf es seinen Hunden zu. »Ich werde keinen daran hindern, mit Sven Haraldsson nach England zu gehen«, sagte er. »Wie sollte ich auch, da mir die einen offen, die anderen mit fadenscheinigen Gründen den Gehorsam verweigern? Und jetzt geht. Laßt mich allein.« Björn aber hielt er zurück, als dieser mit den anderen das Zelt verlassen wollte.

»Letzte Nacht«, sagte er, »erschien mir mein Vater Gorm im Traum. Er gab mir einen Apfel, es war der prächtigste Apfel, den ich je gesehen hatte, doch als ich ihn herumdrehte, bemerkte ich ein kleines Loch. ›Noch ist das Fleisch des Apfels schmackhaft und fest‹, sagte Gorm, ›aber in Kürze wird er faul sein, wenn du ihn nicht aufbrichst und den Wurm zertrittst, der in seinem Innern sitzt.‹ Nach allem, was geschehen ist, fällt es mir nicht schwer, den Traum zu deuten: Der Apfel ist mein Reich und der Wurm mein Sohn. Ich muß mein Reich vor ihm retten, sonst verfault es von innen her. Mir ist die Pflicht auferlegt, meinen eigenen Sohn zu töten. Meine Hände werden befleckt sein mit seinem Blut, und wer immer die Tat ausführt, er wird keine Schuld auf sich laden, da er nach meinem Willen handelt. Nun höre, daß ich dich dazu ausersehen habe, Björn Bosison, und sieh darin eine Auszeichnung besonderer Art, daß ich das Schicksal des Landes in deine Hände lege.« Mit diesen Worten zog er einen Dolch unter seinem Kopfkissen hervor, dessen Klinge in ein schmieriges Tuch gewickelt war. »Es genügt, wenn du ihm damit die Haut ritzt«, sagte er. »Das Gift wirkt so rasch, daß er nach wenigen Herzschlägen tot ist.«

»Warum ich, Herr?« fragte Björn, starr vor Entsetzen. »Weshalb willst du, daß ich es tue, wo unter deinen Leuten etliche sind, die sich um die Ehre reißen würden, dir diesen Dienst zu leisten?«

Der König hob die Brauen und bedachte die Namen, die Björn hastig hervorstammelte, mit wegwerfenden Gebärden. Dann sagte er: »Sven ist auch darin ein Zwerg, daß er in allem Böses wittert. Doch nicht einmal er würde vermuten, daß ich dir, einem Kammacher und Geschichtenerzähler, den Auftrag gab, ihn zu töten. Geh also zu ihm und sag dich vor ihm und allen von mir los. Er wird dich mit offenen Armen empfangen. Aber erwarte nicht, daß er dir Vertrauen schenkt, er vertraut niemandem. Deshalb sei vorsichtig bei allem, was du sagst und tust, und nutze nicht die erstbeste Gelegenheit, denn diese könnte eine Falle sein.«

»Gelänge es mir, Sven mit diesem Messer zu ritzen: Wie könnte ich darauf hoffen, daß du, Herr, seinen Tod ungesühnt ließest?«

»Du vergißt, daß ich getauft bin«, antwortete der König mit ernster Miene. »Für einen Christen gehört die Blutrache zu den schwersten Sünden. Statt Gleiches mit Gleichem zu vergelten, gebietet der Allmächtige, dem Mörder zu vergeben. Ist es somit Gottes Wille, dir den Mord an meinem Sohn nicht nachzutragen, will ich noch ein übriges tun und dich reichlich belohnen, sei es mit Geld oder, wenn dir dies lieber ist, indem ich dir zu einem hohen Amt verhelfe.«

»Gibst du mir Bedenkzeit, Herr?«

»Wozu?« fragte der König. »Ich habe dir einen Auftrag erteilt, und da dir keine andere Wahl bleibt, als ihn auszuführen: Was willst du noch bedenken?« Er legte den Dolch in Björns Hand und zog ihn so nahe an sich heran, daß Björn seinen fauligen Atem roch.

»Ich weiß, du liebst mich nicht«, fuhr der König fort. »Das wundert mich um so weniger, als ich selbst an mir nichts Liebenswertes entdecken kann. Du hingegen hast es verstanden, meine Zuneigung zu gewinnen. Deshalb vergiß nie, daß du mein Mann bist. Es wäre sehr schmerzlich für mich, wenn du es vergäßest. Weil ich dich dann umbringen lassen müßte, Björn Bosison.« Dabei lächelte er, und wenn Björn später von diesem Gespräch erzählte, versäumte er nie, Haralds Lächeln zu erwähnen, das, statt zu besänftigen, die Entschlossenheit habe ahnen lassen, mit der der König seine Drohung in die Tat umsetzen würde.

Am nächsten Tag ließ sich Björn bei Sven Gabelbart melden. Dieser empfing ihn mit merklicher Ungeduld, denn sein Heer befand sich im Aufbruch. Als Björn bat, mit ihm nach England fahren zu dürfen, gab Sven durch ein unwilliges Stirnrunzeln zu verstehen, daß dies der falsche Zeitpunkt sei, ihn mit einer Nichtigkeit zu behelligen. Enttäuscht über den kühlen Empfang schickte Björn sich an, das Zelt zu verlassen, doch da trat Skarthi ihm in den Weg und führte ihn vor Svens Tisch.

»Björn Bosison bietet dir seine Dienste an«, sagte Skarthi. »Du solltest ihm eine Antwort geben.«

»Was sagt mein Vater dazu?« fragte Sven. »Kann er seinen Glücksbringer entbehren?«

»Er hat mich einen Abtrünnigen und Verräter genannt, als ich den Wunsch äußerte, dich nach England zu begleiten«, erwiderte Björn, den Blick fest in Svens Froschaugen gerichtet. »Nun nehme ich mir das Recht des freien Mannes zu gehen, wohin und mit wem es mir gefällt.«

»Wie ich meinen Vater kenne, wird er alles daransetzen, mir in den Rücken zu fallen«, sagte Sven. »Deshalb wäre mir lieber, du bliebest bei ihm und hieltest mich über seine Pläne auf dem laufenden.«

»Ich könnte mir denken, daß Björn ein solches Ansinnen für beleidigend hält«, warf Skarthi ein.

»So ist es«, sagte Björn. »Daß der König mich einen Verräter schimpfte, kann ich verwinden, denn er sprach im Zorn und verbittert über das treulose Verhalten anderer. Wenn aber ein besonnener Mann wie du mich auffordert, ihm als Spitzel zu dienen, ist das eine schlimme Kränkung, Sven Haraldsson.«

»Und was nun, Björn Hasenscharte?« schmunzelte Sven. »Willst du mich zum Holmgang fordern?« Svens Gefolgsleute lachten, nur Skarthi blieb ernst und sagte: »Wie könnte ein Mann von einfacher Herkunft den Sohn des Königs zum Zweikampf fordern?«

»Sei froh, daß wir nicht gleichen Standes sind«, wandte sich Sven an Björn. »Denn das ist gewiß: Ich würde dich kurzerhand in Stücke hauen!«

»Ich könnte dir von manchem Zweikampf erzählen, aus dem ich, obwohl das Gegenteil zu erwarten war, als Sieger hervorging«, sagte Björn. »Aber du wirst meine Geschichten nicht zu hören bekommen.« Damit wandte er sich zum Gehen.

»Du bleibst, Björn Hasenscharte!« rief Sven.

»Sag deinen Leuten, sie sollen mir den Weg freigeben«, erwiderte Björn, während er sich zwischen zwei stämmigen Leibwächtern hindurchzuzwängen suchte.

»Von jetzt an stehst du in Sven Gabelbarts Diensten«, sagte Skarthi. »Tu also, was er dir befiehlt.«

»Ich wollte dich nicht kränken, Björn Bosison«,

sagte Sven. »Da es nun aber einmal geschehen ist, schulde ich dir Genugtuung.« Er schenkte ihm einen Rappen mit silberbeschlagenem Zaumzeug und einen Dolch. Als Björn diesen in seinen Gürtel steckte, fiel Skarthis Blick auf jenen, den Harald ihm gegeben hatte. Björn bedeckte ihn hastig mit seinem Mantel, aber als er in Skarthis Augen sah, lag in ihnen ein rätselhaftes Lächeln.

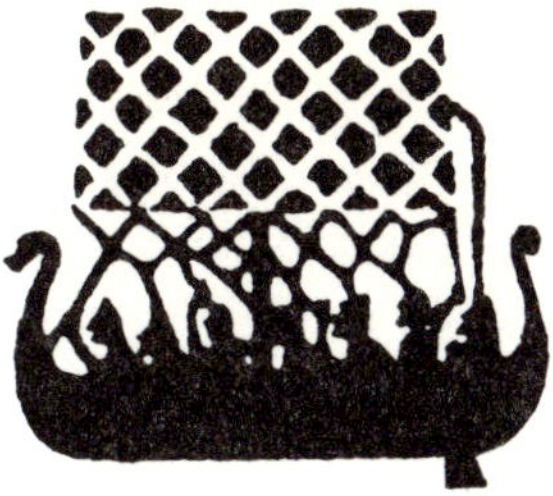

6

Auf der Heide von Ydby, nahe der Stelle, wo er einige Wochen zuvor mit Skarthi an Land gegangen war, sammelte Sven Gabelbart sein Heer. Die Bauern waren mit ihrem Vieh und ihren Vorräten in die Wälder geflohen, weil sie aus Erfahrung wußten, daß Kriegsvolk nicht danach fragt, auf wessen Kosten es den Hunger stillt. Sven ließ sie jedoch von ortskundigen Männern aufspüren und bot ihnen an, für alles, was er zur Verpflegung seines Heeres benötigte, das

Doppelte des üblichen Preises zu zahlen. Ihr Argwohn, daß dies eine List sei, mit der Sven sie aus ihren schwer zugänglichen Verstecken locken wollte, wandelte sich in Erstaunen, als er tatsächlich Wort hielt. Dadurch gewann er bei den Bewohnern dieser Gegend so großes Ansehen, daß man ihn dort noch zu Haralds Lebzeiten zum König ausrief.

Einige Tage darauf liefen sechzehn Langschiffe und eine Anzahl unbeladener Knorre in den Limfjord ein. Als erster kam Torkel Wurmfraß an Land und erkannte sogleich mit dem Blick des erfahrenen Heerführers, daß Sven über eine Streitmacht verfügte, die Aethelreds Heer an Schlagkraft überlegen war. Daher empfahl er Sven, zunächst mit einem Teil seines Heeres nach England überzusetzen und den anderen später nachkommen zu lassen. Wenn sie in begrenzter Zahl auftrete, falle es Aethelred leichter, sich an den Anblick der kriegslüsternen Horde zu gewöhnen. Denn im Unterschied zu den Dänen sei der englische König ein feinfühliger Mann und demzufolge ein wenig schreckhaft.

»Nicht aus Rücksicht auf Aethelreds zartes Gemüt, sondern aus Achtung vor dir will ich deinen Rat befolgen, Torkel«, schmunzelte Sven. »Allerdings nur zum Teil. Während also die eine Hälfte meines Heeres mit dir nach England übersetzt, wird die andere auf unseren eigenen Schiffen nach Norden fahren und die Pikten von See her angreifen.«

Dies, gab Torkel zu bedenken, dürfte König Aethelred kaum von der Sorge befreien, zu viele Dänen im Lande zu haben.

»Mein Verwandter hat mich um Hilfe ersucht«,

entgegnete Sven, wobei er sich unverfroren an Haralds Stelle setzte. »Es ist nicht meine Art, mich in solchen Dingen kleinlich zu zeigen.«

So wurde das Heer auf die einzelnen Schiffe verteilt, und als sich ein günstiger Wind erhob, ließ Sven die Anker lichten. In langer Reihe glitten die Schiffe durch die schmale Mündung des Limfjords auf das Meer hinaus. Im Morgengrauen schwenkte ein Teil unter Odinkars Befehl nach Norden ab, während die übrigen weiter auf Westkurs blieben. Der stürmisch auffrischende Wind trieb die Schiffe schnell der englischen Küste entgegen, und bald durchpflügten sie das braune Wasser einer Flußmündung. Ein Stück weiter flußaufwärts war eine von dichtem Wald umsäumte Bucht. Die Segel, eben noch prall gebläht, erschlafften jäh, und ungewohnte Stille umgab sie, als die Schiffe über kreischende Kiesel aufgelaufen waren.

»Ist es hierzulande nicht Brauch, daß man einen Verwandten willkommen heißt?« fragte Sven, während er an Land ging.

»Der König erwartet dich in einem Kloster, eine halbe Tagereise von hier«, antwortete Torkel Wurmfraß. »Doch es wäre ratsam, ihn zunächst mit kleinem Gefolge aufzusuchen, um ihm unnötige Aufregung zu ersparen.« Nun pfiff er auf zwei Fingern, woraufhin einige Knechte mit fünf Pferden aus dem Wald hervortraten.

»Du machst es mir leicht auszurechnen, wie groß mein Gefolge sein darf, Torkel«, sagte Sven belustigt. »Erlaubst du mir zumindest, diese vier selbst auszuwählen?«

»Da ich dich zu begleiten gedenke, wären es nach meiner Rechnung drei«, entgegnete Torkel und deutete durch ein Achselzucken an, daß er auf höhere Weisung handle.

»Dann werde ich, um dir einen Gefallen zu tun, nur diese beiden mitnehmen«, sagte Sven, indem er auf Skarthi und Björn deutete. »Das dritte Pferd soll die Geschenke tragen, die ich Aethelred überreichen will.«

Der Wald mit seinen gewaltigen Buchen und dem fast undurchdringlichen Unterholz erinnerte Björn an jenen, den er als Knabe durchstreift hatte. Und vollends fühlte er sich in das Land seiner Kindheit zurückversetzt, als sie jenseits des Waldes durch eine fruchtbare Hügellandschaft ritten, mit Bauminseln hier und dort, in denen sich Höfe und kleinere Dörfer verbargen.

Um die Mittagszeit machten sie Rast auf einem Bauernhof. Die Mägde brachten ihnen Fladenbrot und Milch; der Bauer hingegen blieb mißtrauisch in der Tür stehen, bis er sich vergewissert hatte, daß die Fremden nichts Böses im Schilde führten. Nun trat er zu ihnen und redete sie in einer Sprache an, die Björn verstand, wenngleich sie Wendungen enthielt, die bei ihm daheim nur noch alte Leute gebrauchten. Als der Bauer jedoch hörte, daß Sven der Sohn des Königs von Dänemark war, erstarrte er vor Schreck und forderte sie mit barschen Worten auf, sich davonzuscheren, denn kein Volk habe in diesem Land schlimmer gehaust als die Dänen, und dies sei umso verwerflicher, als nahezu jede der hier ansässigen Familien dänische Vorfahren habe. Um seinen Worten Nachdruck zu verleihen, griff er nach einem Dreschflegel, doch Torkel riet ihm freundlich davon ab, seinem Haß auf die dänischen Vettern freien Lauf zu lassen.

»Es ist vielleicht gut zu wissen, daß ihr hier nicht viele Freunde habt«, sagte er zu Sven, als sie vom Hof ritten.

»Aber zu den wenigen rechne ich dich, Torkel«, erwiderte Sven.

Darüber dachte Torkel eine Weile nach, bevor er antwortete: »Es wäre schwierig für mich, dein Freund zu bleiben, wenn du dich gegen Aethelred wendest. Wir Norweger, weißt du, schwören nicht heute den Treueeid, um ihn morgen wieder zu brechen.«

»Bezahlt er dich gut?«

»Ich habe Zeiten erlebt, da ich ärmer war als jetzt.«

»Sieh dir die Geschenke an, die ich Aethelred bringe. Gab er dir mehr, um dich zum Gefolgsmann zu gewinnen?«

»Weniger«, antwortete Torkel. »Aber da ist noch etwas anderes, was du bedenken mußt, Sven Gabelbart. Da ist der Wurm, der an meinen Eingeweiden nagt. Er ist in letzter Zeit so gewachsen, daß ich jede seiner Bewegungen spüre. Ich habe alles versucht, ihm den Garaus zu machen, ich habe Bäder genommen, so heiß, daß meine Haut Blasen warf, ich habe die bittersten Kräutersäfte getrunken, ich habe gehungert, aber statt mitzudarben, hat er sich an meinen Eingeweiden gütlich getan. Er hat mich von innen ausgehöhlt, dieser abscheuliche Wurm. Ich wäre leer, wenn er nicht dick und fett in mir säße. Und nun frage ich dich, was dir ein Freund nutzen soll, der jederzeit damit rechnen muß, daß der Wurm nach allem anderen auch sein Herz frißt?«

»Ich kenne Leute, die wegen weit geringerer Beschwerden wochenlang das Bett hüten«, sagte

Sven, und Björn fiel es nicht schwer zu erraten, wen er meinte. »Von dir aber wird berichtet, du seist stets im dichtesten Kampfgetümmel zu finden. Woher nimmst du die Kraft, da du deinen eigenen Worten nach nur noch eine leere Hülle bist?«

»Als ich geboren wurde, legte mir mein Vater ein Schwert in die Wiege«, entgegnete Torkel. »Ich wuchs mit dem Schwert auf, ich habe mit dem Schwert Ruhm geerntet. Soll ich mich von einem Wurm töten lassen, solange noch Aussicht besteht, in der Schlacht zu fallen? Denn dies«, schloß er grimmig, »wäre nicht nur ehrenvoller, es wäre auch der Tod des gefräßigen Untiers!«

Das Kloster lag auf einer Insel inmitten eines von Wasserrosen bedeckten Sees. In einem geteerten Nachen setzten sie über. Vor dem Tor erwartete sie ein Mönch und begrüßte sie mit leiser Stimme. Der König pflege der Mittagsruhe, flüsterte er, und es sei nicht ratsam, ihn zu wecken, nachdem er die letzten Nächte schlaflos verbracht habe. Auf Zehenspitzen und mehrfach den Finger an die Lippen legend führte er sie in einen Raum mit kahlen, weißgekalkten Wänden. Es gab dort einen Tisch und eine Bank, beide grob gezimmert und wurmstichig, und in der Ecke hockte ein alter Mönch mit weitgeöffneten leeren Augen.

»Das ist Bruder Angelus«, flüsterte der Mönch. »Der Herrgott hat ihm den Verstand genommen, als eure Landsleute ihm Holzspäne unter die Fingernägel trieben. Ich hole euch, sobald der König erwacht ist.« Damit ließ er sie allein.

»Du darfst aus der Art, wie Aethelred dich empfängt, keine falschen Schlüsse ziehen«, versuchte Torkel den sichtlich verärgerten Sven zu beschwichtigen.

»Es steckt keine Berechnung oder böse Absicht dahinter, sondern allein das Bedürfnis nach Schlaf. Ich habe es erlebt, daß er eine Schlacht abbrach, die schon so gut wie gewonnen war, weil ihm plötzliche Müdigkeit den lange entbehrten Schlaf zu verheißen schien.«

»Ich weiß es nicht«, begann der Mönch auf einmal zu wimmern, »so wahr ich Angelus heiße und vorher Fergus hieß und in Dyflinn das Licht der Welt erblickte, ich weiß es nicht!«

»Wovon spricht er?« fragte Sven.

Torkel zuckte die Achseln. Aber Björn trat zu dem Mönch und sah, wie ihn die Erinnerung an einen furchtbaren Schmerz mit solcher Wucht heimsuchte, daß er am ganzen Körper zitterte und sich seine verunstalteten Finger ineinander verknoteten. Dann stieß er einen Schrei aus, und es schien, als sei mit dem Schrei auch die Angst aus ihm gewichen, denn nun schloß er die Augen, seine Züge glätteten sich, und er sagte mit klarer Stimme:

Rauh ist der Wind heute nacht,
er reißt in der weißen Mähne des Meeres.
Heut' fürchte ich die wilden Wikinger nicht,
die auf der Irischen See kreuzen.

»Ist es Zufall, daß Aethelred uns in Gesellschaft dieses Wahnsinnigen warten läßt?« fragte Sven. »Oder will er uns auf solche Weise kundtun, was wir in seinen Augen sind?«

»Aethelred wurde von Mönchen erzogen«, antwortete Skarthi. »Es ist nicht ausgeschlossen, daß diese ihn die Kunst der wortlosen Anspielung gelehrt haben. Doch was kümmert es dich, wie er dich einschätzt, da du ausreichend Gelegenheit haben wirst, ihm zu zeigen, wer du bist?«

»Du findest stets die richtigen Worte, Freund«, sagte Sven, und während er Skarthi anblickte, verloren seine Augen ein wenig von ihrer Kälte.

»Ihr habt meinen Vater getötet«, sagte der alte Mönch, noch immer mit geschlossenen Augen, »ihr habt meine Mutter getötet, ihr habt meine Brüder getötet, die leiblichen wie jene in Christo, warum habt ihr mich am Leben gelassen? Ich weiß nichts von Gold, wir besaßen nie etwas Kostbareres als Wasser und Brot und gedörrten Fisch. Warum quält ihr mich? Warum tut ihr mir das an? Warum laßt ihr mich nicht sterben?« Dann sang er ein Lied mit vielen Strophen, und je länger er sang, desto fröhlicher wurde er, und schließlich stand er auf und drehte sich tanzend im Kreis.

Es ging schon gegen Abend, als sie zu König Aethelred geführt wurden. Er empfing sie im Refektorium, angetan mit einem knöchellangen Hemd aus weißer Seide, und wie dieses war auch sein Gesicht zerknittert vom Schlaf. Aethelred war nur wenig älter als Sven, aber sein rötliches Haar hatte sich bereits zu lichten begonnen, und unter seinen Augen hingen schlaffe Tränensäcke. Mühsam ein Gähnen unterdrückend streckte er Sven seine weiße, ringgeschmückte Hand entgegen, während er die übrigen mit einem Kopfnicken begrüßte.

»Sei nicht böse, daß ich dich warten ließ, Vetter«, sagte er in einem singenden Tonfall. »Aber nach langer Schlaflosigkeit lag ich wieder in Morpheus' Armen, und es wäre mir wie ein Frevel erschienen, mich ihnen gewaltsam zu entreißen. Setzt euch und kostet von dem Trank, den die Mönche hier brauen. Er sieht aus wie Bier, aber man braucht sehr viel weniger davon, um in gute Stimmung zu kommen.«

Die Mönche brachten hölzerne Becher und füllten sie mit einem bernsteinfarbenen Saft, den sie Lebenswasser nannten. Er schmeckte bitter und war von einer Schärfe, daß Björn der Atem stockte, doch wenn er in den Magen gelangt war, strahlte er von dort eine wohlige Wärme aus, die er bis in die Fingerspitzen zu spüren glaubte.

»Was tust du in diesem Kloster, Vetter?« fragte Sven. »Ich dachte, dich auf dem Schlachtfeld zu treffen.«

»Die Pikten sind ein hinterlistiges und unberechenbares Volk«, entgegnete der König. »Sie halten sich an keine Schlachtordnung, greifen mal hier an, dann wieder dort, mitunter sogar nachts, kurz: Es sind Wilde, gegen die man nicht auf anständige Weise Krieg führen kann. Deshalb habe ich mich nach zwei oder drei Schlachten, die nicht besonders glücklich verliefen, in dieses Kloster zurückgezogen, um die Zeit bis zu deinem Eintreffen im Gebet zu verbringen. Wie viele Männer hast du mitgebracht, Vetter?«

»Etwas mehr als fünfhundert«, antwortete Sven, nachdem er einen Blick mit Torkel gewechselt hatte.

»Wenn es Leute von der Art sind, die kürzlich drei Städte im Fünfburgenland überfallen und geplündert haben, hätten dreihundert genügt«, sagte Aethelred.

»Meine Männer haben mit Wikingern nichts gemein«, erwiderte Sven Gabelbart gereizt. »Ich halte auf Zucht und Ordnung, Vetter.«

Der König gähnte mit solcher Hingabe, daß er seinem Unterkiefer einen Stoß versetzen mußte, damit sein Mund sich wieder schloß. Dann sagte er: »Wir sollten beizeiten darüber reden, was du für deine

Hilfeleistung verlangst. Ich könnte dir eine meiner Schwestern zur Frau geben.«

»Nach allem, was ich gehört habe, soll keine von ihnen besonders schön sein.«

»Das ist wahr«, räumte der König ein. »Sie sind allesamt häßlich und von garstigem Wesen, aber seit wann werden Frauen aus königlichem Geblüt ihrer äußeren oder inneren Vorzüge wegen geheiratet?«

»Es wäre sicherlich von Vorteil, unsere verwandtschaftlichen Bindungen enger zu knüpfen«, antwortete Sven. »Auch dürfte mit einer ansehnlichen Mitgift zu rechnen sein. Doch weiß ich von Königen, die noch reicher und mächtiger sind als du, Vetter, und deren Töchter durchaus das Auge zu erfreuen vermögen.«

»Was also willst du?« fragte Aethelred ungehalten.

»Ich betrachte das Kriegführen als ein Handwerk wie jedes andere«, erwiderte Sven, »und wie ein Handwerker will ich nicht für eine Arbeit bezahlt werden, bevor sie getan ist.«

Spät am Abend trugen die Mönche ein einfaches Essen auf. Und da geschah es, daß sich Sven, vom Lebenswasser berauscht, zu einer Unbesonnenheit verleiten ließ. Als er sah, daß Aethelreds Teller zuerst gefüllt wurde, sprang er auf, schlug dem Mönch ins Gesicht und schrie: »Was fällt dir ein, den König von England vor dem König von Dänemark zu bedienen, wenn sie an einem Tisch sitzen?«

»Wahrlich, Vetter«, sagte Aethelred kühl, »du kannst den Wikinger nicht verbergen. Kaum hast du den Fuß auf mein Land gesetzt, schon machst du mir das Recht des Königs streitig. Widerfuhr deinem Vater ähnliches, da du dich König von Dänemark nennst?« Es war einer der seltenen Augenblicke, da man Sven um eine Antwort verlegen sah.

Am nächsten Morgen ritten sie zu der Bucht zurück, wo ihre Schiffe lagen, und brachen noch am selben Tag mit dem Heer nach Norden auf. Sie zogen durch Danelag, jenes Gebiet im Osten Englands, das vor Jahrhunderten von Angeln und Sachsen besiedelt worden war und seither zahllose Überfälle durch die blutsverwandten Wikinger erlebt hatte. Seit geraumer Zeit entrichtete Danelag eine Steuer, um von den Plünderungen der Dänen und Norweger verschont zu bleiben, aber das Danegeld, wie es genannt wurde, gelangte in die Hände einiger mächtiger Sippen, so daß viele Wikinger weiterhin an der Gewohnheit festhielten, Danelag zu verheeren.

Es zeugt von Svens Weitblick, daß er während des Marsches alles vermied, was den Einheimischen Grund geliefert hätte, seine Männer mit den berüchtigten Wikingern gleichzusetzen. Für Nahrungsmittel und Unterkunft, sogar für Schäden, die sein Heer auf den Feldern anrichtete, zahlte er den verlangten Preis. Wer seine Befehle mißachtete, wurde hart bestraft. So ließ er Plünderern die Hände abhacken, und einen seiner Leute, der ein Mädchen vergewaltigt hatte, entmannte er mit dem eigenen Schwert. Die Bewohner Danelags dankten ihm für die Schonung. Als er nach Jorvik kam, das jetzt York hieß, ersuchte ihn eine Abordnung vornehmer Bürger, auf Erik Blutaxts Hochsitz Platz zu nehmen, und nachdem er dort eine Weile gesessen hatte, bat man ihn aufzustehen, damit man den Hochsitz verbrennen könne, denn nach ihm gäbe es niemanden mehr, der würdig genug sei, auf Eriks Thron zu sitzen. Doch die Angelsachsen lernten nur eine Seite seines Wesens kennen: So behutsam Sven mit ihnen umging, so rücksichtslos verfuhr er mit den Pikten.

Das Bergvolk leitete seinen Ursprung von den Bären her, und diesen Tieren glichen sie nicht nur durch Wildheit und Kraft, sondern auch im Aussehen, wenn sie, in zottige Felle gehüllt und mit dumpfem Gebrüll aus ihren Verstecken hervorbrachen. Sie lebten in Höhlen oder Steintürmen, die sich nach oben hin verjüngten, und man erzählte, daß ihre bevorzugte Nahrung aus einem Gemisch von Schafsblut und Milch bestehe. Dies, glaubten sie, spende ihnen Kraft sowohl für den Kampf als auch zur Erfüllung der jedem Mann auferlegten Pflicht, für möglichst viele Nachkommen zu sorgen.

Obwohl sie an Zahl weit unterlegen waren, hatten die Pikten König Aethelreds Heer hinter die nördlichste der Fünf Burgen zurückgeworfen und diese in einer Neumondnacht erobert. Dort hatten sie Waffen erbeutet, die sie, die bislang vornehmlich mit Keulen und langen Speeren ausgerüstet waren, zu einem noch gefährlicheren Gegner machten. Als ihre Späher nun meldeten, ein Heer rücke von Süden heran, entnahmen sie den Schilderungen, es handle sich um Angelsachsen, und da sie sich diesen nach mehreren Siegen überlegen fühlten, wichen sie von ihrer Gewohnheit ab, sich zurückzuziehen, um dann unerwartet aus dem Hinterhalt anzugreifen. So kam es, daß sich die Pikten Sven Gabelbarts Heer auf freiem Gelände zur Schlacht stellten.

Über die Entfernung hin, erzählt Björn, habe man erkennen können, wie es unter den Pikten Verwunderung auslöste, daß sich der Gegner nicht zum Angriff herausfordern ließ, sondern in aller Ruhe sein Lager aufschlug. Bevor die Dämmerung hereinbrach, schickte Sven seine Männer zum Holzsammeln aus, und als es Nacht wurde, sahen die Pikten das feindliche Lager von loderndem Feuerschein erhellt. Die Unbekümmertheit, mit der sich der Gegner einem Überfall preisgab, weckte in den Pikten den Verdacht, man wolle sie in eine Falle locken. Sie blieben daher an dem Platz, den sie in Erwartung der Schlacht eingenommen hatten, und ließen sich auf dem Boden nieder. Zu spät erkannten die Pikten, daß sie das Opfer der eigenen Vorsicht geworden waren. Denn während sie argwöhnisch das feindliche Lager beobachteten, hatten die Dänen sie im Schutz der Dunkelheit umzingelt. Sie wurden bis zum letzten Mann niedergemacht.

Am nächsten Tag ließ Sven die Burg stürmen. Die Pikten hatten nur einige Dutzend Männer zu ihrer Verteidigung zurückgelassen, und diese stürzten sich von der Mauer, als das Tor unter den wuchtigen Stößen eines Baumstamms zersplitterte. Von den Bewohnern war keiner mehr am Leben; ihre verstümmelten Leichen lagen auf den Straßen. Etlichen hatte man die Halsschlagadern aufgeschnitten, was darauf schließen ließ, daß die Pikten ihr Blut getrunken hatten. Sven gab Befehl, die Leichen auf dem Burgplatz zu verbrennen, während er die toten Pikten enthaupten und ihre Köpfe zum Piktenfürsten Gumlà bringen ließ. Im Gegenzug schickte ihm Gumlà zwei seiner Töchter. Sie waren klein und rundlich und rochen nach Hammelfett, so daß Sven sie naserümpfend an seine Gefolgsleute weiterreichte.

Kurze Zeit später traf Torkel Wurmfraß mit Aethelreds Heer ein. Der König, wußte er zu berichten, habe Gilli den Russen empfangen, der mit kostbaren Geschenken und einer Botschaft von König Harald gekommen sei. Daraufhin habe Aethelred seine

Absicht fallenlassen, sich selbst an die Spitze seines Heeres zu setzen, und sich mit dem Sklavenhändler zu geheimen Beratungen zurückgezogen. Sven bedachte die Mitteilung mit einem spöttischen Lächeln.

Gemeinsam zogen nun Engländer und Dänen hinter den fliehenden Pikten her. Da es mehr als leichtsinnig gewesen wäre, sich aufs Geratewohl in die unwegsamen Berge zu wagen, suchte Sven einen Stamm schlitzäugiger Fallensteller auf, die vor vielen Menschenaltern über das Meer gekommen und seither von den Pikten dem jagbaren Wild zugerechnet worden waren. Sven schenkte dem Häuptling Gumlàs Töchter und versprach ihm die Herrschaft über weite Teile des Piktenlandes, wenn er ihm eine Handvoll ortskundiger Führer stelle. Der Häuptling nahm alles an, versicherte jedoch mit nachdrücklichen Gebärden, daß er auch ohne Geschenke zu dieser Hilfeleistung bereit gewesen wäre.

Auf schmalen Saumpfaden oberhalb der Täler führten die Fallensteller sie in eine schroffe, anscheinend unbewohnte Bergwelt. Die Höhlen und Rundtürme fanden sie verlassen, aber in einigen war die Herdasche noch warm. Die Fallensteller gaben in ihrer Zeichensprache zu verstehen, daß jederzeit mit einem Überfall zu rechnen sei, und sie rieten, sich so nahe wie möglich an der Felswand zu halten. Dann aber kamen sie an eine Schlucht, zu deren Sohle sich der Pfad hinabwand und dort mehrmals einen weißschäumenden Fluß kreuzte. Sie selbst, bedeuteten die Fallensteller, hätten diese Schlucht aus Angst vor den Pikten stets gemieden, doch führe durch sie der einzige Weg zu Gumlàs Burg, wenn man nicht einen zeitraubenden Umweg durch Sümpfe und über schneebedeckte Pässe in Kauf nehmen wolle. Von diesem wüßten sie allerdings nur vom Hörensagen, und kein Angehöriger ihres Stammes habe bislang zu erkunden versucht, ob es ihn auch wirklich gebe.

Björn hörte, wie Sven zu Skarthi sagte: »Jetzt ist guter Rat gefragt, Freund. Denn so beschwerlich der Umweg sein mag, so sicher ist diese Schlucht eine Falle.«

»Darin stimme ich dir zu«, entgegnete Skarthi. »Aber damit aus der Schlucht eine Falle wird, muß Gumlà uns den Rückweg abschneiden, und das kann er nur an der Stelle tun, wo wir uns jetzt befinden.«

»Du hast recht. Doch würde er die Falle zuschnappen lassen, ohne daß jemand drinsitzt?«

Beider Augen richteten sich nun auf Torkel Wurmfraß, und dieser sagte: »Der verdammte Wurm zwickt mich heute schlimmer denn je. Wenn ihr nichts dagegen habt, werde ich mit meinem Heer den Lockvogel machen.«

»Ich will deinem Schicksal nicht im Wege stehen, Torkel«, sagte Sven. »Aber laß ein paar Männer zurück, damit Aethelred aus ihrem Mund erfährt, daß es dein eigener Wille war.«

»Du denkst an alles, Sven Gabelbart«, schmunzelte Torkel und stieg mit seinen Männern in die Schlucht hinab. Währenddessen verteilte Sven seine Leute an ihrem Eingang und schärfte ihnen ein, sich dem Feind nicht eher zu zeigen, bis er den Befehl zum Angriff erteile. Er selbst kletterte mit Skarthi und Björn zu einer höhlenartigen Vertiefung im Fels empor, von der aus sie einen Teil der Schlucht und das Gelände an ihren Rändern überblicken konnten.

Eine Weile rührte sich nichts. Es war so still, daß Björn das Blut in seinen Ohren pochen hören konnte. Der Himmel war verhangen, doch das Licht in der baumlosen Einöde war von schmerzender Helligkeit. Hier und dort wuchs spärlich Gras, und wenn die Halme von einem Windhauch gestreift wurden, zog es die Blicke auf sich, weil es die einzige Bewegung in dieser unbelebten Landschaft war.

Plötzlich erfüllte donnernder Lärm die Schlucht, durchmischt von Schreien und dem furchterregenden Gebrüll der Pikten. Hinter Felsbrocken sprangen zottige Gestalten hervor, sammelten sich am Eingang der Schlucht und schmetterten ihre Keulen auf die Köpfe der flüchtenden Engländer. Jetzt gab Sven seinen Männern den Befehl zum Angriff. Johlend stürzten sie sich auf die verdutzten Pikten. Als diese erkannten, daß sie selbst in einen Hinterhalt geraten waren, rissen sie sich in ohnmächtiger Wut die Felle herunter, und nun sah man, daß auch Frauen unter ihnen waren. Damit sei ihr Schicksal besiegelt gewesen, erzählt Björn. Denn der Anblick nackter Frauen inmitten des Schlachtgetümmels habe in den Dänen hemmungslose Mordlust geweckt; wie eine Horde rasender Berserker seien sie über die Pikten hergefallen und hätten sie blindwütig niedergemetzelt. Den Frauen aber hätten sie die Schäfte ihrer eigenen Speere in die Scheiden getrieben.

Sven ging über das Schlachtfeld und betrachtete die grausam verstümmelten Leichen. »Gumlà ist nicht darunter«, sagte er zu Skarthi. »Wir werden ihn also in seiner Burg aufsuchen müssen.«

»Dann sollten wir es tun, bevor er sich von dem Schrecken erholt hat«, erwiderte Skarthi.

Torkel Wurmfraß gesellte sich zu ihnen. Er hinkte und rieb sich den Hals, wo er von einer Keule getroffen worden war. »Alles vergebens«, sagte er mißmutig. »Mehr als fünfzig meiner Leute haben sie umgebracht, aber mich, der ich meinen Körper schutzlos ihren Speeren preisgab und gegen zehn zugleich kämpfte, mich behandelten sie wie ein rohes Ei.«

»Gräme dich nicht, Torkel«, sagte Sven. »Dir wird sich auch künftig noch manche Gelegenheit bieten, den Heldentod zu sterben, dafür verbürge ich mich.«

Mit einem knappen Dutzend ausgewählter Männer stieg Sven Gabelbart nun in die Schlucht hinunter. Gumlàs Burg lag an ihrem Ende, oberhalb eines in mehreren Stufen herabstürzenden Wasserfalls. Sie bestand aus einer Anzahl miteinander verbundener Höhlen, die zur Talseite hin durch eine Mauer aus Felsgestein abgeschirmt waren. Die Fallensteller wußten zu berichten, daß die Burg, ähnlich einem Fuchsbau, mehrere Ausgänge besitze, von denen einer so nahe am Fluß liege, daß man diesen in ihn umleiten und die ganze Burg unter Wasser setzen könne.

Sven ließ in Sichtweite der Burg ein Zelt aufschlagen und rief seine Gefolgsleute zur Beratung zusammen. Als letzter erschien Ulf der Ungewaschene mit der Nachricht, daß der Fluß kaum noch Wasser führe. Daraufhin stürzten alle aus dem Zelt und sahen, daß aus dem reißenden Strom ein Bächlein geworden war und statt des tosenden Wasserfalls nur noch ein dünnes Rinnsal von den Felsen herabplätscherte.

»Die Pikten stauen den Fluß, um uns in dem Wasserschwall zu ertränken«, sagte Skarthi, ohne daß ihm Erregung anzumerken war.

»Wir müssen zurück«, rief Ivar von Skaneyrr.

»Ich habe einen besseren Vorschlag«, sagte Skarthi, an Sven gewandt: »Laß Torkel und mich zu

Gumlà gehen und herauszufinden suchen, wie sehr er am Leben hängt.«

Während die anderen sich fragend anblickten, erriet Sven, was Skarthi meinte. »Ich hatte schon oft Grund, deinen Mut zu bewundern, Freund«, sagte er langsam. »Doch wenn das gelingen soll, brauchst du vor allem Glück.«

»Du hast mich vor Burgundaland aus dem Wasser gezogen, mehr kann ich vom Glück nicht erhoffen«, antwortete Skarthi. Er bat Torkel, seinen Schmuck und alle Waffen abzulegen – bis auf ein Messer, das man beim Klettern zwischen die Zähne nehmen konnte. Dann schwärzten sie sich Gesicht und Hände mit Asche, und als es dunkel wurde, machten sie sich an den Aufstieg.

Die anderen lauschten mit angehaltenem Atem in die Finsternis. Einmal drang der klagende Laut eines Vogels an ihr Ohr, dann glaubten sie, flüsternde Stimmen zu hören, und nach einer Weile prasselten Steine herab, die den an der Felswand Emporklimmenden trügerischen Halt geboten haben mochten. Oder war es ein Zeichen, daß Skarthis tollkühnes Vorhaben mißglückt war?

Björn sah Sven Gabelbart allein vor dem Zelt stehen. Er war so tief in Gedanken versunken, daß er den zaghaft nähertretenden Björn nicht wahrzunehmen schien. Sven hatte sich des Kettenpanzers entledigt und war nur noch mit einem ärmellosen Hemd bekleidet, und plötzlich fühlte Björn den Knauf des Giftdolchs in seiner Hand.

»Es war ein Fehler, durch diese Schlucht zu Gumlàs Burg vorzustoßen«, sagte Sven, ohne sich zu Björn umzudrehen. »Wir hätten den Umweg nehmen sollen. Jetzt hängt unser Schicksal allein von Skarthi ab.«

»Zählt Torkel für dich nicht?« fragte Björn.

»Torkel Wurmfraß ist ein Held und als solcher mit einem Spatzenhirn versehen«, entgegnete Sven. »Nur Skarthi besitzt genügend Verstand, seinen Plan in die Tat umzusetzen. Aber man sagt, das Glück fliehe den, der an ihm zweifelt. Und wenn es so ist, muß ich dann nicht fürchten, daß sein Vorhaben trotz allem mißlingt?« Nun wandte er sich zu Björn um und musterte ihn mit argwöhnischem Blick. »Du solltest dich räuspern, wenn du dich mir von hinten näherst, Björn Hasenscharte. Sonst müßte ich annehmen, daß du Böses sinnst.«

»Ich werde es mir merken«, versprach Björn, während er seine Finger vorsichtig vom Dolchgriff löste.

Kurze Zeit später schob sich der Mond zwischen die Ränder der Schlucht und füllte sie mit bläulichem Licht. Skarthi und Torkel waren nicht mehr zu sehen. Aber dann hörten sie Skarthis Stimme. Sie klang seltsam hohl, und das Echo verzerrte seine Worte, so daß es schien, als sprächen mehrere Menschen zugleich. Doch sie verstanden, daß einer von Gumlàs Söhnen zu ihnen kommen und sie in die Burg führen werde. Bald darauf trat ein junger Mann aus dem Dunkel hervor. Sein Gesicht war unbewegt, aber in seinen Augen loderte der Haß. Er blickte schweigend vom einen zum anderen, dann hob er die Hand zum Zeichen, daß man ihm folgen möge.

Durch eine Höhle, die der Fluß am Fuß der Felswand in den Stein gewaschen hatte, gelangten sie in einen steil nach oben führenden Stollen. Er war an einigen Stellen so eng, daß man sich nur kriechend hindurchzwängen konnte. Björn fühlte, wie er am ganzen Körper zu schwitzen begann, und es war weniger die Anstrengung als die Angst, die ihm den Schweiß aus den Poren trieb. War es wirklich Skarthis Stimme gewesen, die sie geheißen hatte, sich einem von Gumlàs Söhnen anzuvertrauen? Oder war er von den Pikten gezwungen worden, sie in diese finstere Höhlenwelt zu locken? Wenn es sich so verhielt, waren sie von einer Falle in die nächste geraten – nur mit dem Unterschied, daß es aus dieser kein Entrinnen gab. Björn war nicht der einzige, der solche Befürchtungen hegte, denn als sie schließlich in einen breiteren, von Fackeln erleuchteten Gang kamen, entschlüpften auch den anderen Laute der Erleichterung.

Der Gang mündete in eine weiträumige Höhle, und dort sahen sie einen fetten alten Mann mit gekreuzten Beinen auf dem Boden sitzen. Er hielt eine leere Schüssel in seinen Händen. Hinter ihm stand Torkel und drückte ihm die Schneide seines Messers zwischen Hals und Kinn.

»Wo ist Skarthi?« fragte Sven.

»Er wäscht sich«, antwortete Torkel. »Das Blut dieser Pikten ist klebrig wie Harz.«

Doch da kam Skarthi aus dem Nebenraum, und Sven schloß ihn in seine Arme. »Ich war in großer Sorge um dich, Freund«, sagte er leise.

»Es ging leichter, als ich dachte«, antwortete Skarthi. Dann deutete er auf den alten Mann und fuhr fort: »Gumlà nahm mich sehr freundlich auf, weil er sich mein plötzliches Erscheinen nicht anders erklären konnte, als daß die Götter mich geschickt hätten.«

»Was hat es mit der Schüssel auf sich?« fragte Sven.

»Ich habe ihm versprochen, daß er sein Herz zu

sehen bekommt, bevor er stirbt«, erwiderte Skarthi. »Doch bis jetzt hat es ihn noch nicht danach verlangt.«

»Höre, Sven Haraldsson«, sagte nun Gumlà in leidlich verständlicher Sprache, »du warst es, der mein Volk lüstern machte nach Aethelreds reichen Dörfern und Städten. Weshalb fällst du jetzt über uns her, statt an unserer Seite zu kämpfen und die Beute mit uns zu teilen?«

»Die Frage beweist, daß du einen kurzen Verstand hast, Gumlà«, erwiderte Sven. »Warum sollte ich teilen, wenn ich alles haben kann? Nur hätte ich wenig Freude daran, solange ich euch zu Nachbarn habe.«

»Wie soll ich deine Worte deuten?« rief der Piktenfürst. »Willst du mein ganzes Volk ausrotten?«

»Ich verbinde das Notwendige gern mit dem Nützlichen«, antwortete Sven. »Ihr Pikten seid an Entbehrung gewöhnt und dennoch kräftig gebaut, was den Mangel an Schönheit verschmerzen läßt. Es käme mir also gelegen, wenn möglichst wenige von euch mein Angebot annähmen, auf die Inseln im Westen überzusiedeln. Denn jeden Pikten, den ich hier nach Ablauf eines halben Jahres noch antreffe, werde ich auf dem Sklavenmarkt verkaufen lassen.«

»Reißt mir das Herz aus der Brust«, schrie Gumlà, »tötet meine Söhne und Töchter, nehmt mir alles, was ich habe, aber jagt uns nicht aus unserem eigenen Land! Wir Pikten haben immer in den Bergen gewohnt, wir verabscheuen das Meer!«

»Ich weiß«, entgegnete Sven, während sich einer seiner Mundwinkel ein wenig hob. »Und deshalb könnte uns kein Wall, so hoch er auch sei, besser vor euch schützen als ein schmaler Streifen Wasser.«

Gumlà griff mit beiden Händen an seinen Hals,

als wolle er sich selbst erwürgen. Aber Torkel trat ihm in den Rücken, so daß er nach vorn kippte und bäuchlings vor Svens Füße fiel.

7

Aethelreds Frau hieß Melkorka. Sie war die Tochter des irischen Großkönigs Myrkjartan, und man sagte, daß dieser sie mit einer Elfe gezeugt habe, denn sie war ebenso unberechenbar wie schön. Ihr Vater hatte sie Aethelred zur Frau gegeben, um diesen zum Bundesgenossen gegen die Norweger zu gewinnen, die von Dyflinn aus sein Land beherrschten. Doch war dem feierlichen Gelöbnis nie die Tat gefolgt, und dafür strafte Melkorka ihren Gatten mit Verachtung.

Aethelred hingegen war ihr verfallen; ihre Schönheit entzückte ihn jeden Tag aufs neue, und das Verlangen nach ihrem Leib versetzte den schläfrigen Mann in zittrige Erregung. Ihre Dienerinnen erzählten, daß er nachts oft an ihre Tür klopfe und mit steifem Glied Einlaß begehre; die Königin lasse ihn jedoch selten herein, und noch seltener komme es vor, daß sie ihm das Beilager gestatte. Dies habe in Aethelred den Verdacht geweckt, daß sie ihre Lust bei anderen Männern befriedige, und seitdem halte sich stets eine von seinen Schwestern in Melkorkas Nähe auf.

Aethelred hatte vier Schwestern, allesamt älter als er und schon verblüht, falls ihnen jemals eine Zeit der Blüte vergönnt gewesen war. Die Versuche, sie standesgemäß zu verheiraten oder in einem Kloster unterzubringen, waren daran gescheitert, daß beides Aethelred einen Teil seines Vermögens gekostet hätte. Andererseits duldete er es nicht, daß sie sich mit Männern niederer Abkunft einließen, und als er einmal eine seiner Schwestern mit einem Stallknecht erwischte, brachte er diesen vor ihren Augen um. Er selbst dagegen ließ sich durch Standesunterschiede nicht am Vergnügen hindern, wenn die Bauern ihm ihre Töchter zuführten, damit er sie, altem Brauch gemäß, als erster beschlafe. Auf diese Weise, hieß es, habe König Aethelred mehr als hundert Kinder gezeugt, was Melkorka, da sie bisher kinderlos geblieben war, den Ruf einbrachte, unfruchtbar zu sein.

Aethelred weilte mit seinem Hof in der größten der Fünf Burgen, um dort Sven Gabelbart zu empfangen. Zu Ehren des siegreich aus dem Piktenland zurückkehrenden Vetters hatte er keine Kosten gescheut, die vom Verfall bedrohte Burg instandzusetzen und festlich zu schmücken. Er selbst hatte seine prächtigsten Gewänder angelegt und trug, obwohl sie ihm sichtlich zu schwer und wohl auch ein wenig zu groß war, die Krone der Könige von England auf dem Haupt, als er Sven vor dem Burgtor willkommen hieß. Dieser schien jedoch wenig beeindruckt zu sein von Aethelreds glitzerndem Prunk, sondern wandte sich, kaum daß er den König flüchtig umarmt hatte, der schönen Melkorka zu und legte, da sie um einiges größer war als er, seinen Kopf an ihren schwellenden Busen. So blieb er eine Weile stehen und sog mit geblähten Nasenflügeln Melkorkas Duft ein, während sich Aethelred verlegen auf die Lippen biß. Aber dann brach Skarthi das peinliche Schweigen, indem er Svens Kopf sanft von Melkorkas Brust zog und sagte: »Die Königin ist so schön, Freund, daß wir anderen uns nicht damit zufriedengeben mögen, nur einen Teil von ihr zu sehen.«

»Deine Frau ist wahrhaftig aus Fleisch und Blut, Vetter«, sagte Sven zum König. »Ich habe ihr Herz klopfen hören.«

»Die Art, wie du die Königin begrüßt, läßt vermuten, daß eure Sitten von unseren doch recht verschieden sind«, antwortete Aethelred knapp und ging seinen Gästen voran in die Halle. Dort nahmen sie vor einem riesigen Kamin Platz, in dem ein unscheinbares Torffeuer gloste. Aethelred ließ Bier und Wein bringen, nicht vom besten und auch nicht allzu reichlich, denn bei den Engländern galt es als unfein, sich in Gegenwart von Frauen zu betrinken. Dann bat der König Sven, von dem Feldzug gegen die Pikten zu erzählen, doch dieser winkte ab und schlug vor, daß man den Bericht von Björn Hasenscharte entgegennehmen möge, dem er die Aufgabe übertragen habe, sich alle Vorkommnisse einzuprägen und sie auf Verlangen wahrheitsgemäß wiederzugeben.

Aus dem Augenzwinkern, das Sven seinen Worten hinterherschickte, entnahm Björn, daß ihm eine großzügigere Auslegung des Wahrheitsgebots keineswegs verübelt werde. Und als er nun zu erzählen begann, deutete Sven hin und wieder mit einem Kopfnicken an, daß sie einander verstanden hatten. Auf solche Weise angespornt, flocht Björn in seinen Bericht eine Fülle farbig geschilderter Ereignisse ein, die, teils erdacht, teils anderen Geschichten entnommen, unter jenen, die dabei gewesen waren, Verwunderung auslösten und Torkel Wurmfraß gar zu der Klage veranlaßten, daß ihm die spannendsten Augenblicke des Kampfgeschehens entgangen seien. In verhaltenerem Tonfall und jener nüchternen Erzählweise, mit der sich der geübte Erzähler gegen den Vorwurf der Schmeichelei wappnet, lenkte Björn die Aufmerksamkeit seiner Zuhörer dann auf den Mann, dessen überragender Feldherrenkunst die Unterwerfung der Pikten zu verdanken war. Und der mit geringem Aufwand so eindrucksvoll Gerühmte vergalt es ihm mit einem Lächeln.

»Wir hören voller Bewunderung, wie du die Pikten bezwungen hast, Vetter«, sagte Aethelred, nachdem er eine Weile nachdenklich in die Glut gestarrt hatte. »Und es spricht für deine Klugheit, daß du den kleinen Mann erzählen ließest, denn aus deinem Mund hätte manches arg nach Prahlerei geklungen. Ich habe seinen Worten gern gelauscht, während mich die Berichte meiner eigenen Leute schrecklich gelangweilt haben. Möge dein Schatten nie kleiner werden, Vetter.« Darauf trank er Sven zu. Dieser leerte sein Glas und warf es über die Schulter gegen die Wand, und seine Gefolgsleute taten es ihm nach. Unter den Angelsachsen schien diese alte dänische Sitte in Vergessenheit geraten zu sein, denn sie blickten einander betreten an und lüpften mißbilligend die Brauen. Aethelred aber sagte zu Sven: »Es wäre nicht nötig gewesen, meine teuren rheinischen Gläser zu zerschmettern, um uns vor Augen zu führen, wie verschwenderisch ihr Dänen mit fremdem Gut umgeht, Vetter. Wie ich zu meinem Erstaunen vernommen habe, hast du die Pikten vor die Wahl gestellt, entweder ihr Land zu verlassen oder als Sklaven verkauft zu werden.«

»So ist es«, antwortete Sven. »Ich glaubte, damit in deinem Sinne zu handeln, denn ich weiß, daß du ein frommer Christ bist und dich als solcher nicht mit der Sünde befleckt sehen möchtest, Menschen in den Tod zu schicken, die man sich auch auf andere, womöglich gar gewinnbringende Weise vom Hals schaffen kann.«

»Ohne Zweifel hätte ich genauso entschieden«, gab Aethelred zu. »Aber da sich inzwischen herumgesprochen hat, daß es deine Entscheidung war, lieber Vetter, kann ich sie unmöglich gutheißen, ohne meinem Ansehen zu schaden. Ich werde die Pikten also schweren Herzens umbringen lassen müssen.«

»Die Mühe kannst du dir sparen, Vetter«, entgegnete Sven. »Denn ich fürchte, sie werden lieber auf den Inseln im Westen verhungern, als uns beiden zu Wohlstand verhelfen.«

»Diese Inseln sind öde und unfruchtbar und außer von einigen Norwegern von bösen Geistern bewohnt, aber sie gehören mir, Vetter«, sagte Aethelred, den das Reden sichtlich zu ermüden schien, denn er gähnte so ausgiebig, daß ihm die Krone vom Kopf zu rutschen drohte. »Wie könnte ich dir das Recht einräumen, über einen Teil meines Reiches zu verfügen?«

»Vergiß nicht, daß du Sven Gabelbart Dank für seine Hilfeleistung schuldest«, sagte nun die schöne Melkorka. »Schenk ihm die Inseln und die Pikten, bevor er mehr von dir verlangt.«

»Ich habe dich nicht um Rat gefragt, mein Augapfel«, sagte Aethelred und kniff ihr beiläufig in den Schenkel.

»Hättest du es öfter getan, würde man dich nicht den ›Ratlosen‹ nennen«, gab die Königin schnippisch zurück.

»Ach, Melkorka«, seufzte Aethelred, »was für eine spitze Zunge verbirgt sich hinter deinen rosigen Lippen.« Dann wandte er sich wieder Sven zu und fragte: »Wann gedenkst du dich mit deinem Heer nach Dänemark einzuschiffen, Vetter?«

»Dir dürfte nicht verborgen geblieben sein, daß ich mit meinem Vater im Streit liege, lieber Vetter«, antwortete Sven. »Kürzlich wurde mir sogar zugetragen, er trachte mir nach dem Leben. Kannst du mir verdenken, daß ich keine Eile habe, nach Dänemark zurückzukehren, sondern gern noch eine Zeitlang hierbliebe, bei Menschen, die mir, obwohl ich nur weitläufig mit ihnen verwandt bin, Vertrauen und Zuneigung entgegenbringen?« Dabei sah er Melkorka an und streichelte sie mit den Augen.

»Du selbst sollst mein Gast sein, solange du es willst, Vetter«, sagte Aethelred. »Auch Skarthi und deinen Geschichtenerzähler sähe ich gern unter meinen Hausgenossen. Aber ich kann kein fremdes Heer in meinem Land dulden, noch dazu eines, das in meinen Untertanen höchst unliebsame Erinnerungen weckt. Ich will auch nicht verschweigen, daß mir Gerüchte zu Ohren gekommen sind, nach denen du dich mit der Absicht tragen sollst, mir den Thron streitig zu machen, doch gebe ich nichts auf solches Geschwätz, denn dein Ehrgeiz wird durch deine Klugheit im Zaum gehalten, und es wäre mehr als unklug, gegen ein Heer zu kämpfen, das deinem an Zahl weit überlegen ist. Schick also deine Männer nach Hause und laß uns in Ruhe darüber nachsinnen, wie ich dir meinen Dank abstatten kann, lieber Vetter.«

»Wer mehr als einmal für seine Klugheit gerühmt wird, sollte sich fragen, ob man ihn nicht für einen Dummkopf hält«, schmunzelte Sven. »Sieh, lieber Vetter, meine Männer und ich haben gute Arbeit geleistet, wir bedürfen der Erholung, und diese glauben wir eher bei Freunden zu finden als jenseits des Meeres, wo man uns für Verräter hält. Was aber dein Heer betrifft, so scheinst du es gut versteckt zu halten, denn bislang sah ich nur einige hundert unzulänglich bewaffneter Männer, die hinter Torkels breitem Rücken Schutz suchten.«

»Es kostet mich weniger Zeit, ein Heer aus dem Boden zu stampfen, als Odinkar braucht, um seine Männer aus dem Norden heranzuführen, lieber Vetter«, erwiderte Aethelred gelassen. »Aber schau dir meine Schwestern an und sage mir, ob du dich nicht doch entschließen kannst, eine von ihnen zur Frau zu nehmen.«

Aller Augen richteten sich nun auf Aethelreds Schwestern, die in einer Reihe neben dem König saßen. Sie hatten Lippen und Wangen grellrot geschminkt und trugen schwere goldene Kämme im hochgetürmten Haar. Drei von ihnen waren hager, die vierte war fülliger, sie hatte ein rundes, etwas schwammiges Gesicht, und ihre Augen waren von schwarzen Wimpern beschattet. Dies verlieh ihr einen Hauch von Anmut, doch der Zufall wollte es, daß sie der Königin am nächsten saß und somit noch gnadenloser dem Vergleich mit Melkorkas Schönheit ausgesetzt war als ihre Schwestern. Björn sah, wie Svens Blick sie nur flüchtig streifte, dafür aber länger, als es die Höflichkeit erlaubte, auf der Königin haften blieb.

»Ich werde dir York dazugeben, wo du, wie ich höre, sehr beliebt bist«, sagte Aethelred und beugte sich vor, um Svens Blick auf sich zu lenken.

»Gib mir deine Frau, Vetter«, sagte Sven.

Aethelred nahm die Krone ab und fuhr mit den ringgeschmückten Fingern durch sein schütteres Haar. Sein Mund öffnete sich, aber statt zu gähnen, stieß er einen Laut hervor, den außer einem alten Diener niemand zu deuten wußte, denn dieser füllte sein Glas mit bernsteinfarbenem Lebenswasser, und der König trank es in einem Zug leer.

»Hast du gehört, was er gesagt hat?« fragte er Melkorka.

»Ich bin nicht sicher, ob ich deinen Vetter richtig verstanden habe«, antwortete sie.

»Er will dich«, sagte Aethelred. Nun richtete er seine wäßrigblauen Augen auf Sven Gabelbart. »Soviel ich weiß, soll es unter Wilden üblich sein, daß ein Mann dem anderen seine Frau überläßt. Demnach wäre zu fragen, ob du mich für einen Barbaren hältst oder dich selbst als einen solchen zu erkennen geben möchtest.«

»Ich will sie nicht für immer haben, nur für eine Nacht«, entgegnete Sven ruhig.

»Das ist ungeheuerlich!« stöhnte Aethelred auf und griff sich mit beiden Händen an die Schläfen. »Was sagst du dazu?« fragte er seine Frau.

»Dein Vetter hält mich für eine Hure«, antwortete die Königin.

»Oh nein, Melkorka«, widersprach Sven. »Aber du bist so schön, daß ich das Glück, bei dir zu liegen, nicht länger als eine Nacht ertragen könnte, ohne den Verstand zu verlieren.«

»Das ist immerhin gut gesprochen«, sagte Melkorka und schaute ihren Gemahl an, als erwarte sie Zustimmung von ihm. Doch Aethelred war zu tief gekränkt, als daß er an wohlgesetzten Worten hätte Gefallen finden können. Er stülpte sich die schwere Krone auf das Haupt und sagte: »Ich gebe dir drei Tage Zeit, mein Land zu verlassen, Sven Haraldsson!« Damit schritt er, von seinen Schwestern gefolgt, aus der Halle.

»War es unbillig, was ich verlangt habe?« fragte Sven mit geheucheltem Erstaunen.

»Mein Vater hätte dich dafür häuten lassen«, antwortete Melkorka und bot ihren prachtvollen Körper noch einmal den bewundernden Blicken dar, bevor sie ging.

»Du hast ihn an seiner empfindlichsten Stelle getroffen, Sven Gabelbart«, sagte Torkel. »Und ich kann nicht glauben, daß es ohne Absicht geschah.«

Svens Antwort war ein flüchtiges Schmunzeln. Dann sagte er: »Was wirst du jetzt tun, Torkel?«

»Drei Tage sind eine knapp bemessene Frist«, erwiderte dieser. »Ich will noch einen Tag länger warten, aber dann muß ich tun, was ich als König Aethelreds Gefolgsmann zu tun verpflichtet bin.«

»Hast du genügend Männer, uns zu vertreiben?«

»Es ist nicht meine Art, mich mit Zahlen zu brüsten«, antwortete Torkel Wurmfraß. »Du kannst sie selbst zählen, wenn ihr am fünften Tag noch im Lande seid.«

»Komm, laß uns trinken, Torkel«, sagte Sven. Den Dienern befahl er, das braune Lebenswasser auszuschenken, und davon tranken sie die ganze Nacht.

8

In York traf Sven wieder mit Odinkar zusammen, der südwärts an der Küste entlanggefahren und in heftige Kämpfe mit Wikingern verwickelt worden war. Diese, wußte er zu berichten, stünden unter dem Befehl eines Häuptlings, von dem man bislang angenommen habe, daß er nur noch als Sagengestalt lebendig sei, doch habe er, Thorgeir Bryntroll nämlich, dies auf überzeugende Weise dadurch widerlegt, daß er zwölf von Odinkars

Männern mit seiner zweischneidigen Streitaxt erschlagen habe.

»Daraufhin«, fuhr Odinkar fort, »bat ich Thorgeir um ein Gespräch, unbewaffnet und unter vier Augen. Du mußt wissen, daß ich Thorgeir einmal von einer bösen Krankheit heilte, und er erinnerte sich daran. Wir trafen uns auf einer Sandbank vor der Küste. Ich sah wohl, daß er älter geworden war, aber ebensowenig wie an Kraft hatte er an Schläue eingebüßt, daher kostete es mich große Mühe, ihm das Geständnis zu entlocken, daß wir nicht zufällig aneinandergeraten waren.«

»Wenn er dir aufgelauert hat«, sagte Sven, »dürfte es nicht schwer zu erraten sein, wer ihn bezahlt.«

»Dasselbe dachte ich auch«, entgegnete Odinkar. »Als ich aber Aethelreds Namen nannte, lachte mich Thorgeir aus und sagte, daß er mit diesem Schwächling keine Geschäfte mache.«

»Also mein Vater.«

Odinkar nickte: »Er hat ihm Geld und sechs bemannte Langschiffe gegeben.«

»Es muß schlecht um Harald Blauzahn bestellt sein, wenn er nichts Besseres gegen mich aufzubieten hat, als diesen alten Seeräuber«, sagte Sven. »Wie seid ihr verblieben?«

»Nach der Unterredung bat er mich, seine Wunden zu behandeln, und ließ mich unbehelligt weitersegeln. Aber es steht zu erwarten, daß wir ihm bald wieder begegnen werden, und du solltest dich hüten, Thorgeir Bryntroll zu unterschätzen.«

»Deinen Geschichten entnehme ich, daß du Thorgeir kennst«, wandte sich Sven an Björn. »Versuch ihm klarzumachen, daß es vorteilhafter für ihn wäre, mit mir ins Geschäft zu kommen.« Er reichte Björn einen Beutel mit Hacksilber, das er dem Wikinger als Handgeld geben sollte, wählte zu seiner Begleitung acht unerschrockene Seeländer aus und befahl, sogleich aufzubrechen.

Sie ritten auf geradem Weg zur Küste. Dort stießen sie auf eine Anzahl ausgebrannter Höfe. Auf den Weiden lagen die aufgeblähten Kadaver von Schafen und Kühen, denen die schmackhaftesten Teile herausgeschnitten worden waren. Menschen fanden sie keine, bis auf eine Frau, die man an ein Scheunentor genagelt hatte. Sie lebte noch, aber sie redete irre; der Schmerz hatte ihr den Verstand geraubt. Aus all dem schloß Björn, daß Thorgeir Bryntroll nicht weit sein konnte.

Er ließ seine Männer ausschwärmen, damit er nicht in einen Hinterhalt gerate. Doch die Vorsichtsmaßnahme erwies sich als überflüssig, denn der Wikinger hatte den Landstrich entlang der Küste so gründlich verwüstet, daß er sich vor Feinden sicher wähnte. Seine Schiffe lagen in einer Bucht, die bis auf einige Pfützen trockengefallen war. Thorgeir und seine Männer saßen beim Bier; ihr grölender Gesang mischte sich mit den Schreien der Seevögel. Über dem Meer türmten sich gewaltige Wolkengebirge von strahlendem Gelb.

Björn befahl den Seeländern zurückzubleiben und ritt allein über die sandige Böschung in die Bucht hinab. Tryggve, Thorgeirs alter Steuermann, bemerkte ihn als erster; er tippte dem Wikingerhäuptling auf die Schulter und deutete auf Björn. Thorgeir erhob sich ächzend, und während er die steifgewordenen Glieder streckte, wandte er sich zu Björn um. Sein Haar war grau geworden, und das Gesicht zeigte die ersten Anzeichen greisenhafter

Erschlaffung. Wie schon bei ihren früheren Begegnungen trug er den zottigen Pelz, der die kräftigen, tätowierten Arme frei ließ. An dem Grinsen, das seine groben Züge verzerrte, erkannte Björn, daß Thorgeir betrunken war.

»Ich kenne dich, Kleiner«, sagte der Wikinger, während sein Blick rasch zu den Seeländern hinüberglitt. »Ich vergesse kein Gesicht, das ich einmal gesehen habe. Aber ich weiß nicht, wer du bist.«

Björn nannte seinen Namen und sagte, daß er in Sven Gabelbarts Auftrag komme.

»Steig ab, kleiner Mann«, sagte Thorgeir. »Ich rede nicht mit Leuten, die zu Pferde sitzen, während ich stehe. Auch sagt mir der Name dessen nichts, der dich schickt. Wer ist Sven Gabelbart?«

Björn stieg ab und sagte: »Laß uns ein wenig abseits gehen, Thorgeir Bryntroll, ich will mit dir über Geschäfte reden, und je mehr zuhören, desto geringer könnte dein Gewinn ausfallen.«

»Das klingt vernünftig und läßt ein gutes Gespräch erhoffen«, sagte Thorgeir. Sie setzten sich auf einen Baumstamm, und der alte Tryggve brachte ihnen zwei Kannen dunklen Bieres.

»Du hast Glück, Kleiner, daß du mich bei guter Laune antriffst«, sagte der Wikinger. »Mit Leuten, die mich unerwartet besuchen, verfahre ich sonst anders.«

»Thorgeir Bryntroll ist dafür bekannt, daß er sich nur mit ebenbürtigen Gegnern schlägt«, erwiderte Björn. »Und weder bin ich dir an Kraft gewachsen, noch trage ich Waffen bei mir.«

»Bis auf die beiden Messer, die du unter deinem Mantel verbirgst«, sagte der Wikinger nachsichtig. »Aber wir wollen nicht von Kleinigkeiten reden.«

Sie sprachen lange miteinander und leerten etliche

Kannen. Die Farbe der Wolkenberge wechselte in ein trübes Weiß über, das Meer kehrte in die Bucht zurück, die Schiffe richteten sich langsam auf, und Thorgeirs Männer schliefen, über den Strand verstreut, den todähnlichen Schlaf der Trunkenen.

»Du hast mir zu mancher Einsicht verholfen, Björn Bosison«, sagte Thorgeir schließlich. »Doch zu der einen wäre ich auch ohne dein Zutun gelangt: daß ich nicht mehr jung genug bin, mich auf die Seite der Verlierer zu stellen. Richte Sven Gabelbart aus, daß er auf mich zählen kann.«

Björn gab ihm den Beutel mit dem Silber und sagte: »Sieh darin den Tropfen, dem der Regen folgt, Thorgeir Bryntroll. Sven Gabelbart wird dich reichlich belohnen.«

»Eines Tages«, sagte Thorgeir Bryntroll mit schwerer Zunge und glasigen Augen, »werde ich nach Westen segeln, immer weiter nach Westen. Tryggve wird mein Steuermann sein, wenn er noch lebt. Dort, ganz weit im Westen, gibt es Land, grünes Land, fruchtbares Land. Man wird uns freundlich aufnehmen, weil vor uns noch kein Wikinger dort war. Man wird uns mit Reichtümern überschütten, und die Frauen werden uns zu Willen sein, ohne daß wir Gewalt anwenden müssen. Ja, so wird es sein, dort weit im Westen.«

»Woher weißt du das, Thorgeir?«

»Ich habe es geträumt«, antwortete der Wikinger. Dann ließ er sich rücklings in den Sand fallen und schlief ein.

Sven Gabelbart lauschte Björns Bericht geduldig und sparte nicht mit Lob. Als Björn aber geendet hatte, fragte er: »Ist es wahr, daß du zwei Messer bei dir trägst?«

Björn nickte und verwünschte sich im stillen für seine Unbedachtsamkeit.

»Wozu zwei?«

Das, antwortete Björn nach kurzem Zögern, habe sich schon manchesmal als nützlich erwiesen, und um dies zu erläutern, zugleich auch weiteren Fragen auszuweichen, setzte er zu einer Geschichte an.

Doch Sven unterbrach ihn: »Auch ein einziger Dolch hätte genügt, dem alten Seeräuber den Garaus zu machen. Es wäre deinen Leuten und dir ein leichtes gewesen, sie alle umzubringen, die da trunken am Strand lagen. Warum hast du es nicht getan, Björn Hasenscharte?«

»Ich habe daran gedacht, Herr«, gab Björn kleinlaut zur Antwort. »Aber etwas in mir sträubte sich dagegen, ihn im Schlaf zu töten.«

»Deine Skrupel werden mich ein Vermögen kosten«, sagte Sven Gabelbart und entließ ihn mit einer knappen Gebärde.

9

Aethelred traf unverzüglich Vorkehrungen für den Kriegsfall. Er verteilte sein Heer auf die fünf befestigten Städte, ließ deren Mauern verstärken und sandte Boten zu den Stammesfürsten im Westen des Landes. Diese sahen zwar in Aethelred selbst einen Nachkommen fremder Eroberer, doch verglichen mit den Wikingern erschien er ihnen als das kleinere Übel, und so zögerten sie nicht, ihm die erbetene Unterstützung zu gewähren. Sie schickten ihm

Reiter auf kleinen schnellen Pferden, eine Hundertschaft Bogenschützen unter dem Befehl eines dunkelhäutigen Sarazenen und eine Schar verwegen aussehender Männer, deren Gesichter durch Brandzeichen entstellt waren. Diese, hieß es, seien Diebe und Wegelagerer, die man gebrandmarkt habe, damit sie zeit ihres Lebens als solche erkennbar blieben. Von der Insel Man in der Irischen See kamen Bauern herüber, hünenhafte Männer mit langen Bärten und wasserblauen Augen. Man sagte, sie seien in der Schlacht noch nie besiegt worden, und so altertümlich wie ihr Aussehen sei auch ihre Art zu kämpfen: Sie stellten sich in einer Reihe auf und mähten, ihre Äxte wie Sensen schwingend, alles nieder, was ihnen in den Weg komme.

Torkel Wurmfraß ritt unterdessen durch Danelag, um die Angelsachsen zu den Waffen zu rufen. Er brauchte ihnen nicht die Schrecken einer neuen Wikingerherrschaft auszumalen, denn es war noch nicht lange her, daß Erik Blutaxt das Land von York aus mit harter Hand regiert hatte. Torkel kehrte mit weit über tausend Mann zu Aethelred zurück, und der König ernannte ihn zum Befehlshaber des gesamten Heeres. Er selbst begab sich mit seinem Hof nach Lundenwic, das von den dort ansässigen Kaufleuten zu einer als uneinnehmbar geltenden Festung ausgebaut worden war.

Die Frist war inzwischen längst abgelaufen, ohne daß Sven Anstalten getroffen hatte, das Land zu verlassen. Torkels Kundschafter berichteten, die Dänen hielten sich noch immer in York auf und vertrieben sich die Zeit mit Wettkämpfen und Gelagen. Den Bürgern, erfuhr Torkel, begännen die ruppigen Krieger lästig zu fallen, und sie wünschten nichts sehnlicher, als daß man sie von diesem Joch befreie. Torkel ließ auf geheimen Wegen Waffen in die Stadt bringen und empfahl den Einwohnern, ihr Schicksal in die eigene Hand zu nehmen. Ob sie diesen Rat befolgten, ist nicht überliefert; da auch Björn nichts von einem Aufruhr berichtet hat, neigen wir zu der Annahme, daß die Bürger von York ihren Tatendrang zu zügeln wußten.

Unterdessen war die Nachricht von dem Zerwürfnis zwischen Angelsachsen und Dänen auch zu den Pikten gedrungen. Gumlà schickte zwei seiner Söhne zu Torkel und ließ ihm übermitteln, daß er sich selbst und seine Krieger Torkels Befehl unterstelle, wenn er dafür die Zusicherung erhalte, von Vertreibung und Sklaverei verschont zu bleiben. Torkel nahm das Angebot gegen den Rat der angelsächsischen Häuptlinge an und sandte dem Piktenfürsten, um das Bündnis zu besiegeln, ein kostbares Schwert. Einige Tage darauf kam Gumlà an der Spitze seiner zottigen Krieger von den Bergen herab. Er setzte sich vor Torkels Zelt und zog eine Schüssel unter seinem Pelz hervor. Nun sei es an Sven Gabelbart, sein Herz in der Schüssel zu betrachten, verkündete er, und er selbst werde es ihm aus der Brust schneiden.

Torkel sammelte sein Heer auf der Ebene vor York. Nach altem Brauch trat er dann allein vor die Stadtmauer und rief dreimal den Namen seines Gegners. Statt des dänischen Heerführers erschien eine Abordnung der Bürger auf den Zinnen und versicherte ihm, daß Sven Gabelbart und seine Männer die Stadt bereits im Morgengrauen verlassen hätten. Torkel befahl, die Tore zu öffnen, und ließ die Stadt durchsuchen, während er selbst mit dem Großteil seines Heeres die Verfolgung aufnahm. Diese erwies sich jedoch als schwierig, denn die Spuren verloren sich im unwegsamen Gelände, und von Leuten, die die Dänen gesehen haben wollten, erhielten sie widersprüchliche Auskünfte. Dann aber meldeten ihm seine Späher, daß die Dänen im Dorf Grimsby an der Mündung des Humber lagerten. Torkel überquerte den Fluß an einer Furt und führte sein Heer am südlichen Ufer entlang nach Osten. Als sie nach Grimsby kamen, erfuhren sie von den Einwohnern, daß die Dänen kurz zuvor aufgebrochen seien. Torkel schickte seine Reiter hinter ihnen her, und diesen gelang es, die Dänen aufzuhalten, bis er mit seinem Heer angerückt war.

Niemals zuvor hatte Björn ein so großes Heer gesehen. In mehreren Wogen flutete es über das Marschland heran und stellte sich in weitem Halbkreis vor den Dänen auf. Beim Anblick der waffenstarrenden Menge sank Svens Gefolgsleuten der Mut, und einige schlugen vor, sich der drohenden Umklammerung zu entziehen, solange noch Zeit dafür sei. Doch Sven schickte Skarthi zu Torkel und ließ ihn um eine Unterredung bitten. Sie trafen sich in der Mitte zwischen den Heeren.

»Hier soll es denn wohl sein«, sagte Sven.

»Kein übler Platz«, erwiderte Torkel. »Ich habe schon auf ungünstigerem Gelände gekämpft.«

»Höre, Torkel, es wird bald dunkel sein. Laß uns, was zu tun ist, auf morgen verschieben.«

»Dagegen hätte ich nichts einzuwenden, wenn ich nicht befürchten müßte, daß du dich im Schutz der Dunkelheit davonmachst.«

»Du tust mir unrecht, indem du solche Befürchtungen hegst«, sagte Sven. »Da es mir aber kaum gelingen dürfte, sie mit Worten zu zerstreuen, schlage ich vor, daß wir uns an dieser Stelle wiedertreffen und die Nacht gemeinsam am Lagerfeuer verbringen.«

Torkel dachte eine Weile nach, dann sagte er: »Ich werde allein und ohne Waffen kommen, das gleiche verlange ich von dir.«

»Bedenke, daß für einen von uns, wenn nicht gar für beide der letzte Tag anbricht«, entgegnete Sven. »Was immer zwischen uns besprochen wird, es sollte der Nachwelt überliefert werden. Ich werde also Björn Hasenscharte mitbringen, wenn du erlaubst.«

»Meinetwegen«, sagte Torkel. »Obwohl nicht zu erwarten steht, daß der Geschichtenerzähler den morgigen Tag überleben wird.« Damit trennten sie sich.

Die Zeit bis zum Einbruch der Dunkelheit nutzte Sven, um das Gelände zu erkunden. Sie befanden sich in einer Senke zwischen zwei Hügelketten, die bis auf einen versumpften See mit mannshohem Schilf und trockenem Gras bewachsen war. An den Hängen sah man Reste menschlicher Behausungen. Oben waren die Hügel kahl, nur Moos und Flechten ließ der Seewind dort gedeihen. Nach Westen hin stieß Sven auf eine verfallene Wallanlage, die den Bewohnern des Tals als Fluchtburg gedient haben mochte. Dort schlugen die Dänen ihr Lager auf. Dann ging Sven mit Björn zu dem Platz, wo Torkel ihn schon erwartete. Als er sich vergewissert hatte, daß dieser unbewaffnet war, zog er sein Schwert und rammte es in den Erdboden. Währenddessen flüsterte er: »Hast du deine Messer bei dir?«

Björn nickte.

»Leg das eine so ab, daß er es sehen kann, das andere behalte bei dir«, sagte Sven leise. Björn steckte sein eigenes Messer neben das Schwert in den Boden, jenes aber, das Harald ihm gegeben hatte, trug er im Gürtel, als er sich nun neben Sven an das Feuer setzte.

Torkel hatte ein kleines Faß Bier mitgebracht und drei hölzerne Becher. Während er diese füllte, sagte er: »Wer wie ich mit euch Dänen Schulter an Schulter gekämpft hat, weiß, daß ihr tapfere Männer seid. Ich sah euch allerdings selten in eine Schlacht ziehen, die ihr von vornherein für verloren hieltet.«

»Das sollte dir zu denken geben, Torkel«, antwortete Sven verschmitzt.

»Ich will dir nicht vorrechnen, wie viele von meinen Männern auf einen von deinen kommen«, sagte Torkel. »Nicht jeder mag euch Dänen ein ebenbürtiger Gegner sein, aber du weißt so gut wie ich, daß du gegen eine solche Übermacht nichts ausrichten kannst, Sven Gabelbart.«

»Wäre ich dessen so sicher, wie du annimmst, säße ich jetzt nicht hier«, entgegnete Sven. »Dann hätte ich meine Männer in Grimsby eingeschifft und mich übers Meer davongemacht.«

»Hättest du es nur getan!« rief Torkel. »Mir blutet das Herz, wenn ich daran denke, daß ihr morgen allesamt ins Gras beißen müßt.«

Da sprach Sven die Strophe:

Lobe abends den Tag,
nach dem Tode die Frau,
nach dem Hiebe das Schwert,
nach der Hochzeit die Maid,
bist du drüben, das Eis,
das Bier nach dem Trunk!

Dann hob er seinen Becher, und Torkel tat ihm Bescheid. Am unteren Teil der Senke, wo sie sich zum Marschland hin trichterförmig öffnete, flammten die Feuer des englischen Lagers auf. Der Wind trug vielerlei Geräusche zu ihnen herüber, durchwoben von einem gleichmäßigen Stampfen.

»Die Pikten tanzen ihren Kriegstanz«, sagte Torkel. »Sie wollen euer Blut trinken.«

»Es betrübt mich, den berühmten Torkel Wurmfraß als Anführer einer Horde von Wilden und anderen Gesindels zu sehen«, sagte Sven. »Nichts könnte deinem Ruf mehr schaden als ein Sieg, den du diesem Gesocks zu verdanken hättest.«

»Du irrst, Sven Gabelbart«, widersprach ihm Torkel. »Noch schimpflicher wäre es, die Schlacht zu verlieren. Im übrigen will mir bei aller Wertschätzung für euch Dänen wenig einfallen, wodurch ihr euch von dem Gesindel, wie du es nennst, unterscheidet.«

»Du wirst es erleben, lieber Freund«, versetzte Sven. »Es wird dich große Mühe kosten, diesen bunt zusammengewürfelten Haufen geschlossen in den Kampf zu führen. Weder die blutsaufenden Wilden noch die Diebe und Wegelagerer sind es gewohnt, in offener Feldschlacht zu kämpfen. Was aber die Angelsachsen betrifft oder die Bauern von Man, so fügen sie sich ungern dem Willen eines Mannes, der einem Schwächling dient.«

»Ich dulde es nicht, daß du so von meinem Herrn redest«, wies Torkel ihn zurecht.

»Ach, Torkel«, seufzte Sven, »könntest du ein wenig über die eigene Nasenspitze hinaus denken, du würdest dich nicht herbeilassen, für Aethelred die Kastanien aus dem Feuer zu holen.«

»Achte auf deine Worte, Sven Haraldsson«, erwiderte Torkel, »und schilt mich nicht einen Dummkopf, weil ich tue, was mich mein Treueschwur zu tun verpflichtet. Ich komme aus einem Land, wo Eidbruch als das schlimmste aller Verbrechen gilt.«

»Dafür achte ich euch Norweger wie kein anderes Volk«, sagte Sven. »Andererseits sollte auch ein rechtschaffener Mann hin und wieder darüber nachdenken, ob seine Gelöbnisse noch dem eigenen Vorteil dienen. Denn was wäre der Sinn eines Treueschwurs, wenn nicht der, daß man Gewinn daraus zöge, sei es Ansehen oder Reichtum?«

»Es mag Leute geben, die an Geld denken, wenn sie einen Treueeid schwören, ich gehöre nicht zu ihnen«, entgegnete Torkel barsch.

»Wenn es dir also nicht um Reichtum geht, um was dann?«

Torkel versank eine Weile in Schweigen. Dann sagte er: »Ich bin der Sohn eines Schmieds. Für einen Mann meiner Herkunft ist es eine Ehre, einem König zu dienen.«

»Dein König hält sich hinter Lundenwics dicken Mauern versteckt, lieber Freund«, sagte Sven. »Er ist ein König ohne Land, denn entweder werden wir sein Reich in Besitz nehmen oder jene, die er um Hilfe bat. Worin, Torkel Wurmfraß, liegt die Ehre, einem solchen König zu dienen?«

Darauf gab Torkel keine Antwort, sondern stocherte griesgrämig in der Glut, bis die Flammen aufloderten und ein Funkenschwall emporstob. Über dem Lager der Engländer wölbte sich eine Kuppel aus rötlich schimmerndem Rauch. Von Osten schoben sich strähnige Wolken über den sternklaren Himmel. Björn sah, daß Sven Gabelbarts Augen ihnen folgten, bevor sie sich wieder auf Torkels Gesicht hefteten.

»Ich gebe dir alles Land, das Erik Blutaxt gehörte«, sagte Sven. »Ich werde dich zum Jarl ernennen und zu meinem Statthalter in Danelag.«

»Wer bist du, daß du solche Versprechungen machst?« entrüstete sich Torkel. »Du wirst morgen tot auf dem Schlachtfeld liegen, und weil ich dich achte, werde ich dich wie einen Häuptling begraben. Mehr kannst du von mir nicht erwarten.«

»Du bist ein störrischer alter Esel, Torkel«, sagte Sven, indem er seinen Unmut hinter einer liebenswürdigen Miene zu verbergen suchte. »Wenn du so erpicht darauf bist, einem König zu dienen, was macht es für einen Unterschied, ob er Aethelred oder Sven Gabelbart heißt? Hilf mir, den Feigling vom Thron zu stoßen, und du sollst unter meinen Gefolgsleuten der erste sein.«

»Ich hatte gehofft, gemeinsam mit dir eine Nacht zu verbringen, die mir in guter Erinnerung bleibt«, sagte Torkel verdrossen. »Statt dessen beschimpfst du mich und machst mir unlautere Angebote. Ich denke, ich sollte mich in mein Lager begeben.« Er machte Miene aufzustehen, aber Sven hielt ihn zurück.

»Ich sehe ein, daß es keinen Zweck hat, dich umzustimmen, lieber Freund«, sagte er. »Laß uns also von etwas anderem reden. Erzähl von deinem Wurm.«

Torkel war dafür bekannt, daß er dieser Aufforderung nur zu gern nachkam. So begann er ohne Umschweife, von dem Untier zu berichten, als dessen menschliche Hülle er sich sah. Der Wurm sei, obwohl sich ihm kaum noch Platz biete, in unaufhörlichem Wachstum begriffen. Neuerdings habe er manchmal das Gefühl, der Wurm schiebe den Kopf durch seinen Hals und versuche, aus seinem Mund zu blicken. Nachts höre er ihn mit tiefer Stimme grunzen, was er als Zeichen dafür werte, daß der Wurm von seinen Eingeweiden gefressen habe und nun gesättigt sei. In den Morgenstunden scheide er, Torkel, Kot aus, der nicht von ihm selbst stammen könne, denn dieser sei kugelig geformt und rieche abscheulich. Auch in diesem Augenblick, da er zu ihnen rede, grunze der Wurm. Falls man ihm nicht glaube, möge einer der beiden das Ohr auf seinen Bauch legen.

»Laß mich hören«, sagte Sven.

Torkel lehnte sich auf die Ellbogen zurück und schob seinen Bauch vor. Sven beugt sich über ihn, und Björn sieht, daß er ein Messer in der Hand hält. Es ist sein Messer, das Messer, das Harald ihm gab, Björn erkennt es an der leicht gebogenen, zur Spitze hin grünlich verfärbten Klinge. Nun sieht auch Torkel das Messer und wirft sich mit einem Ruck zur Seite. Das Messer trifft ihn an der Schulter, gleitet vom Knochen ab und bohrt sich in den Boden. Torkel greift sich an die Schulter, zwischen seinen Fingern quillt Blut hervor, ein ungläubiges Staunen liegt auf seinem Gesicht. Dann reißt er ein Holzscheit aus dem Feuer und schlägt es auf Svens Hand, die den Messerknauf noch umklammert hält. Sven fährt mit einem Schmerzenslaut zurück.

»Warum so ungeduldig, Sven Gabelbart?« keuchte Torkel. »Kannst du nicht warten, bis wir uns in der Schlacht begegnen?«

»Die Gelegenheit war zu günstig, als daß ich sie ungenutzt hätte verstreichen lassen dürfen, lieber Freund«, erwiderte Sven. »Wir wären morgen in einer weit besseren Lage, wenn ich dich aus dem Weg geräumt hätte.«

»Du bist nicht nur dem Äußeren nach ein Zwerg, du kannst es mit den Unterirdischen auch an Falschheit und Hinterlist aufnehmen«, sagte Torkel. »Bis zu diesem Augenblick hättest du noch auf Schonung rechnen können, jetzt brenne ich darauf, dir den Schädel zu spalten!« Er erhob sich, begann zu taumeln, drehte sich einmal um sich selbst und sank zu Boden. Sein Gesicht war plötzlich aschgrau, die Augen traten ihm aus dem Kopf, mit aufgerissenem Mund rang er nach Luft. Dann beugte er sich weit nach vorn, als ob er sich erbrechen müsse, und fiel mit dem Kopf ins Feuer. Sven packte ihn am Nacken und riß ihn zurück. Aus Torkels Haar stieg beißender Rauch auf, sein Gesicht war schwarz von Ruß, sein Körper schlaff und leblos.

Torkel Wurmfraß war tot.

»Was ist mit ihm geschehen?« stammelte Sven fassungslos. »Ein Mann wie Torkel stirbt doch nicht an einer kleinen Wunde. Hast du eine Erklärung dafür, Björn Hasenscharte?«

»Es liegt an dem Messer, Herr«, gab Björn zögernd zur Antwort.

Sven zog das Messer aus dem Boden und fuhr mit dem Daumen über die mit krümeligem Erdreich bedeckte Klinge. »Ich kann daran nichts Ungewöhnliches entdecken.«

»Sei vorsichtig«, sagte Björn. »Schon ein kleiner Schnitt wäre tödlich.«

»Du trägst eigenartige Dinge bei dir, Björn Bosison«, sagte Sven. Er stützte den Leichnam mit kräftigen Zweigen ab, so daß ein Beobachter den Eindruck gewinnen mußte, Torkel säße in bequemer Haltung am Feuer, und nahm seinen Platz wieder ein.

Inzwischen war es Nacht geworden. Der Wind

fuhr rauschend durch das Schilf, und hinter dem Hügelkamm kam schwammigbleich der Mond hervor. Aus dem See am Grund der Senke stieg Nebel auf, dehnte sich zu langgestreckten Schwaden aus und kroch langsam an den Hügelflanken empor. Trotz der Wärme, die das Feuer spendete, begann Björn zu frösteln.

»Hör zu, Björn Bosison«, sagte Sven, »kurz nach Mitternacht wirst du zu Skarthi gehen und ihm ausrichten, daß wir im Morgengrauen angreifen werden. Bis dahin werde ich hier bei Torkel bleiben, denn keiner seiner Leute wird mit einem Angriff rechnen, solange sie uns beide friedlich am Feuer sitzen sehen.«

»Soll ich Skarthi erzählen, was mit Torkel geschehen ist?«

»Aber nur ihm allein«, erwiderte Sven. »Die anderen könnten vor Freude außer sich geraten, und unsere Aussichten sind um so besser, je später die Engländer erfahren, daß ihr Anführer tot ist.« Dann blickte er wieder zu den Wolken empor, die wie ausgekämmtes Greisenhaar unter den Sternen hingen. »Der Wind wird bis Tagesanbruch stärker werden«, sagte er befriedigt, »und es wird so sein, daß wir ihn und die Sonne im Rücken haben. Ich fange an zu glauben, daß du mir Glück bringst, Björn. Was aber hat es mit dem Messer auf sich, das einen Mann zu töten vermag, wenn es ihn nur ritzt?«

»Ich weiß nicht mehr, als daß es diese Eigenschaft besitzt, Herr.«

»Wie bist du zu dem Messer gekommen?«

»Jemand gab es mir.«

»Wer? Nenn mir seinen Namen.«

»Ich müßte um mein Leben fürchten, wenn ich es täte, Herr.«

»Das gleiche gilt für den Fall, daß du mir die Antwort schuldig bleibst.«

Björn blickte beiseite und schwieg.

»War es mein Vater?« bohrte Sven weiter. »Gab er dir den Auftrag, mich umzubringen?« Er nahm das Messer vom Boden auf, säuberte behutsam die Klinge und deutete auf den grünlichen Belag: »Ist das Gift?«

Plötzlich packte er Björns Hand und setzte die Messerspitze auf den Daumenballen. »Ich habe dir einige Fragen gestellt«, sagte er mit ruhiger Stimme. »Für jede, die unbeantwortet bleibt, werde ich dich ein wenig ritzen, Björn Hasenscharte.«

»Du vermutest in allem richtig, Herr«, sagte Björn, den Blick auf die kleine Delle gerichtet, die die Messerspitze in seine Haut drückte. »Aber bedenke auch, daß ich den Auftrag nicht ausgeführt habe, obschon sich mehr als eine Gelegenheit bot.«

»Das spricht zu deinen Gunsten«, räumte Sven ein. »Wenn es auch wenig darüber aussagt, wie du dich künftig verhalten hättest.« Er warf den Dolch ins Feuer. Björn ließ den angestauten Atem entweichen und tupfte sich den Schweiß von der Stirn.

»Ich weiß, zu welchen Missetaten der Alte fähig ist«, fuhr Sven nach einer Weile fort. »Doch das Volk würde ihm nicht zutrauen, daß er den eigenen Sohn ermorden lassen wollte. Es könnte also sein, daß ich dich als Zeugen brauchen werde. Schreib es vor allem diesem Umstand zu, daß du ungeschoren davonkommst.«

»Ich werde gleichwohl deinen Großmut zu rühmen wissen, Herr.«

»Daran will ich dich nicht hindern«, antwortete Sven. »Mach eine gute Geschichte daraus, Björn

Bosison. Geschichten sind langlebiger als die Wahrheit.«

Um Mitternacht stieg Björn zum Lager der Dänen empor. Skarthi war sofort wach, als er ihn am Arm berührte. Mit unbewegter Miene lauschte er Björns Bericht und nestelte nachdenklich an dem Haarknoten über seiner Schläfe. Als Björn geendet hatte, löste er die Wolfsmaske von der Schulter und legte sie in Björns Hand. »Bring dies Sven Gabelbart«, sagte er leise.

»Wozu soll ihm die *Grima* dienen?« fragte Björn.

»Es genügt, daß er es weiß«, erwiderte Skarthi.

Als er zu Sven zurückkehrte, nahm dieser die Wolfsmaske mit den Worten entgegen: »Es kann vielleicht nicht schaden, dem Schlachtenglück ein wenig nachzuhelfen.«

»Wer ist dieser Skarthi, Herr?«

»Ein Mann, den ich mir nicht als Feind wünschte, weil er noch über andere Kräfte verfügt als jene des Körpers und des Verstandes. Seitdem ich ihn aus dem Wasser zog, ist er mein Freund und würde sein Leben dafür hergeben, meines zu retten.«

»Poppo nannte ihn einen Götzenpriester und Diener des Satans.«

Sven schmunzelte: »Der Bischof sollte seine Zunge hüten. Mit solchem Priestergeschwätz könnte er sich leicht den Mund verbrennen.«

Sie leerten das Faß, ohne daß das Bier sie trunken machte. Die Nebelschwaden hatten sich mit Mondlicht vollgesogen; sie spendeten ein kaltes, unwirkliches Licht, das keine Schatten warf und die Gegenstände mit einer seidig schimmernden Haut umgab. Auf den Hügelkämmen sah Björn, schwarz vor dem heller werdenden Himmel, die reglosen Gestalten der Wächter. Von der Hügelflanke, an der die Dänen lagerten, waren gedämpfte Stimmen zu hören und leises Waffenklirren. Aus dem englischen Lager hingegen drang kein Laut durch den Nebel.

Plötzlich war Skarthi bei ihnen. Er trug einen Kettenpanzer und einen Helm. »Wir sollten nicht länger mit dem Angriff warten«, flüsterte er, während sein Blick den toten Torkel streifte.

»Was hast du mit deinem Haarknoten gemacht, Freund?« fragte Sven. »War es nicht so, daß er dich daran hinderte, einen Helm zu tragen?«

»Ich habe ihn abgeschnitten.«

»Mir schien, daß er mehr war als eine Zier.«

»Er wies mich als Freyrs Knecht aus«, erwiderte Skarthi. »Ich will nicht, daß man den Gott schmäht, wenn man mich tot auf dem Schlachtfeld findet.«

»Es bedrückt mich, dich so reden zu hören, Freund«, sagte Sven. »Aber geh zu den Männern zurück und achte darauf, daß das Feuer nicht ausgeht; wir werden es noch brauchen. Und greift nicht an, bevor ich den Befehl gebe.«

Ebenso lautlos, wie er gekommen war, verschwand Skarthi wieder im Schilf.

»Er würde mir sehr fehlen«, sagte Sven.

Die Sterne verblaßten. Über den Hügeln im Osten färbte sich der Himmel rot. Ein Vogelschwarm fiel mit schrillem Kreischen in das Tal ein und ließ sich am Ufer des Sees nieder. Der Wind wirbelte Asche in Torkels Gesicht, sein Mund war halb geöffnet, in seinen glasigen Augen flackerte der Widerschein des Feuers.

Auf dem Hügelkamm bewegte sich etwas. Einer der Wächter eilte in großen Sprüngen ins Tal hinab und tauchte im Nebel unter. Kurz darauf erhob sich

Lärm im englischen Lager. Sven Gabelbart sprang auf, bleich vor Zorn. »Ich hätte auf Skarthi hören sollen«, stieß er hervor. Sie liefen zur Fluchtburg hinauf. Die Männer hatten sich um Odinkar und Ivar von Skaneyrr geschart. Ihre Gesichter waren grau und mürrisch. Etwas abseits stand Skarthi.

»Einer von euch hat den Feind gewarnt«, herrschte Sven die Männer an. »Statt ihn mit unserem Angriff zu überraschen, müssen wir uns jetzt unserer Haut wehren.« Und zu Skarthi sagte er: »Hast du gewußt, daß ein Verräter unter uns ist?«

Dieser hob die schwarzen Brauen, als errege die Frage sein Befremden. »Er wäre mir schwerlich entkommen«, antwortete er.

»Aber ihr braucht nicht den Mut zu verlieren, denn wir werden gegen ein führerloses Heer kämpfen«, fuhr Sven in gemäßigterem Ton fort. »Ich habe Torkel Wurmfraß getötet.«

Die Männer blickten einander an; sie glaubten ihm nicht. Wie konnte der Zwerg einen Mann töten, den die Skalden als einen unbesiegbaren Helden rühmten?

»Björn Hasenscharte kann es bezeugen!« schrie Sven.

Vom Talgrund waren erregte Rufe zu hören, die ein vielstimmiges Geschrei auslösten. Die Männer stürzten zum Wall und sahen, daß Torkel von Reitern umringt war. Zu beiden Seiten des Sees wimmelte es plötzlich von Menschen; es war, als blicke man auf ein wogendes Meer hinab, das einen festen Block umbrandete. Das waren, an ihren riesigen Gestalten von weitem erkennbar, die Bauern von Man. Sie bahnten sich einen Weg durch die Menge und drangen in freies Gelände vor. Ihnen schloß sich das Menschenmeer an und ergoß sich über den noch im Schatten liegenden Talgrund.

Sven verteilte sein Heer so über den Hang, daß die Wallanlage die Mitte zwischen den weit auseinandergezogenen Flügeln bildete. Von dort, wo Odinkar mit seinen Männern lag, war eine laute Stimme zu hören: Der Gode rief Tyr um seinen Beistand an.

Schon tauchten die ersten Reiter hinter einer Bodenwelle auf. Sie waren bald so nahe, daß man ihre Gesichter unterscheiden konnte. Dann kamen die Bauern von Man. Sie hatten ihre Äxte geschultert und schritten gemächlich bergan. Ihnen folgten die Bogenschützen. Der Sarazene ritt auf einem tänzelnden Schimmel vor ihnen her. Er trug einen bunten Federbusch auf dem Kopf; das Weiß seiner Zähne stach aus dem dunkelbraunen Gesicht hervor. Hinter den Bogenschützen quoll ungeordnet die Masse des Heeres heran, ein breiter, zähflüssiger Strom. Der Piktenfürst Gumlà wurde auf einer Sänfte getragen; in seinen Armen hielt er die Schüssel. Sven sah sie im ersten Sonnenlicht aufblinken, und über seinen Wangenknochen spannte sich die Haut.

Der Sarazene hob den Arm. Ein Pfeilhagel rauschte durch die Luft heran. Skarthi riß Sven mit sich zu Boden. »Wie lange willst du noch warten?« rief er.

Nun gab Sven Skjalm Hvides Söhnen ein Zeichen. Diese rissen brennende Reisigbündel aus dem Feuer und warfen sie in das trockene Gras am Fuß des Walls. Wenige Augenblicke später wuchs eine Wand aus Flammen und Rauch zum Himmel empor und wälzte sich prasselnd dem feindlichen Heer entgegen. Als erstes scheuten die Pferde; sie stürzten sich auf die Bauern von Man und drängten diese gegen die noch im Vormarsch begriffene Heeresmasse. Eine Zeitlang schien es, als halte sie dem Druck stand, dann gab sie nach, barst auseinander und verstreute sich in heilloser Verwirrung über den Talgrund. Aber dort fand das Feuer reichlichere Nahrung als am Hügelhang; gewaltig auflodernd fraß es sich durch das Schilf bis an das Ufer des Sees vor.

Svens Männer brachen in lauten Jubel aus. »Es freut mich, euch in guter Stimmung zu sehen«, sagte Sven. »Doch für ein Freudengeschrei ist es noch zu früh am Tag. Spart es euch für den Abend auf.« Dann gab er den Befehl zum Angriff. In breiter Front stürmten die Dänen in das Tal hinab. Durch den allmählich dünner werdenden Rauch sahen sie, daß ein Teil des gegnerischen Heeres vom Feuer in den versumpften See getrieben worden war, während sich ein anderer, weitaus größerer, am jenseitigen Ufer zum Gegenangriff sammelte.

Wenn Björn später von dieser Schlacht erzählte, pflegte er damit zu beginnen, daß es ihm schwerfalle, die Ereignisse nach Art eines unbeteiligten Beobachters zu schildern. Denn wie die anderen habe er gekämpft und getötet und sei selbst oft nur um Haaresbreite dem Tod entgangen. Selten habe er seine Gedanken auf etwas anderes richten können, als darauf, das Gemetzel lebend zu überstehen. Eine Schlachtordnung sei nicht zu erkennen gewesen, weder auf der eigenen Seite noch auf der des Gegners. Mann habe gegen Mann gekämpft, und in dem Getümmel sei es kaum möglich gewesen, Freund und Feind zu unterscheiden.

Noch im Abstand etlicher Jahre wollte es Björn

nicht gelingen, von der Unmittelbarkeit des Erlebens zu einer die Fülle der Eindrücke ordnenden Erzählweise zu finden. Vieles sei gleichzeitig geschehen, und dann wieder nichts. Inmitten ohrenbetäubenden Lärms hätten sich unversehens Löcher aus Stille aufgetan. So erinnere er sich, eine Weile im Morast des Seeufers gelegen zu haben; außer fernem Vogelgezwitscher sei kein Laut zu hören gewesen. Neben ihm habe sich ein Haufen ineinander verknäulter Leichen aufgetürmt. Von diesem sei Blut in vielfachen Windungen zum See hinabgeflossen und habe dort, umgeben von zerwühltem Schlamm, eine rostbraune Lache gebildet. Kurz darauf sei der Schlachtlärm wieder über ihn hereingebrochen. Er habe blindlings nach allen Seiten Hiebe ausgeteilt, aber auch selbst etliche empfangen, so daß er aus mehreren Wunden zu bluten begonnen habe. Einmal sei er mit Odinkar aneinandergeraten, doch der Gode habe ihn erkannt und ihn weiterstürmend zu Boden gerissen. Bevor er sich wieder habe aufrichten können, sei eine Horde Pikten über ihn hinweggerast und hätte ihn mit ihren nackten Füßen in den Schlamm getrampelt. Ein andermal habe er einen der Bauern von Man beim Scheißen überrascht. Vermutlich sei es auf jener Insel Brauch, niemanden, und sei es den ärgsten Feind, bei dieser Verrichtung zu stören. Er jedoch, Björn, habe ihm das Schwert in den Rücken gebohrt, woraufhin der Hüne brüllend aufgesprungen sei, ihn am Hals gepackt und in die Luft geschleudert habe. Durch den Aufprall habe er die Besinnung verloren, und als er wieder zu sich gekommen sei, habe er blauen Himmel über sich gesehen und ringsum blühendes Sumpfgras, an dem unzählige weiße Schmetterlinge baumelten. Er habe sich nicht gerührt und nichts sehnlicher gewünscht, als dort bis zum Ende der Schlacht liegenzubleiben.

Doch dann habe er zwei Männer mit Brandzeichen auf der Stirn auf sich zukommen sehen. Er habe sein Gesicht rasch mit Blut beschmiert und sich tot gestellt. Die Männer hätten in einer unverständlichen Sprache miteinander geredet und sich dann auf widernatürliche Weise an ihm zu vergehen versucht. Darüber sei er dermaßen in Wut geraten, daß er wie ein Berserker zu toben begonnen habe. Dem einen habe er den Kopf abgeschlagen, dem anderen das schon entblößte Glied, doch sei sein Zorn damit noch nicht gestillt gewesen: Seiner Sinne nicht mehr mächtig, habe er sich abermals in das Kampfgetümmel gestürzt. Der Erdboden sei so dicht mit Toten und Verwundeten bedeckt gewesen, daß man auf ihnen stehend habe kämpfen müssen, und der schwankende Untergrund habe es nicht zugelassen, gezielte Hiebe zu führen. So sei es mehr dem Zufall zu verdanken, daß er, Björn, den Sarazenen getötet habe, der mit einem Trupp Bogenschützen aus den Rauchschwaden hervorgebrochen sei. Er habe ihm die Schwertspitze in den Mund gestoßen und diesen bis zum Ohr aufgeschlitzt. Nun aber sei es den Bauern von Man gelungen, sich in einer Reihe aufzustellen, und angesichts der alles niedermähenden Riesen hätten die Dänen das Weite gesucht. Er habe sich ihnen anschließen wollen, doch sei er über einen Pferdekadaver gestolpert und habe, das Gesicht im Morast vergraben, den Tod erwartet. Die Bauern hätten jedoch kehrtgemacht, weil in diesem Augenblick Sven Gabelbart mit seinen Gefolgsleuten herangestürmt sei.

Man bezichtige ihn jedesmal der Übertreibung

oder gar der Liebedienerei, wenn er erzähle, wie Sven Gabelbart ganz allein die Bauern von Man besiegt habe. Der Vorwurf sei indessen unberechtigt, denn er berichte nur, was er mit eigenen Augen gesehen habe. Rings um ihn her seien seine Gefolgsleute zu Boden gesunken; Sven aber, die *Grima* vor dem Gesicht, sei nicht nur verschont geblieben, sondern habe die hünenhaften Männer einen nach dem anderen erschlagen. Dies habe allerdings nur geschehen können, weil die Bauern von Man sich nicht gewehrt hätten. Über die Gründe für dieses rätselhafte Verhalten möge jeder seine eigenen Vermutungen anstellen, empfahl Björn seinen Zuhörern; er selbst erkläre es sich damit, daß sie durch die Wolfsmaske in einen Zustand willenloser Erstarrung versetzt worden seien.

Gegen Mittag habe sich der Wind gelegt. In der brütenden Hitze hätten seine Wunden entsetzlich zu schmerzen begonnen. Über Berge von Leichen, durch blutgetränkten Schlamm und verbranntes Gras sei er gekrochen, habe sich ein Stück den Hügelhang emporgeschleppt, dort unter einen Strauch gesetzt, der ein wenig Schatten spendete, und sei sogleich eingeschlafen.

An dieser Stelle pflegte Björn, von seinem ungeordneten und lückenhaften Bericht offensichtlich erschöpft, für längere Zeit die Augen zu schließen. Die meisten seiner Zuhörer verstanden dies als einen Wink, ihn mit den schrecklichen Bildern seiner Erinnerung allein zu lassen. So kam es, daß nur wenige von ihm etwas über den weiteren Verlauf jenes denkwürdigen Tages erfuhren.

Als Björn aus tiefem Schlaf erwachte, sah er Sigurd von den Schafsinseln blutüberströmt auf sich zuwanken. Dieser hatte nur noch einen Arm, den anderen zog er am Daumen hinter sich her. Sigurd ließ sich neben Björn auf den Boden sinken und sagte: »Ich wollte, mir wäre der Kopf abgeschlagen worden statt meines Schwertarms. Jetzt bin ich weniger wert als ein halber Mann.« Er legte den Arm auf seine Knie und streichelte ihn mit den Fingern seiner Linken. »Ein guter Arm, ein kräftiger Arm. Von allem hätte ich mich leichter getrennt als von ihm.« Dann grub er mit dem Messer ein Loch. In dieses legte er seinen Arm und bedeckte ihn sorgfältig mit Moos und Erde. Es war, als begrabe er einen Freund.

»Du mußt die Wunde verbinden lassen, sonst verblutest du«, sagte Björn.

»Was hätte es für einen Sinn, wenn ich am Leben bliebe«, entgegnete Sigurd. »Es steht nicht zu erwarten, daß mein linker Arm jemals die Fertigkeit erlangt, die mein rechter besaß. Aber laß uns noch ein wenig miteinander reden, bis ich leergelaufen bin.«

»Ist die Schlacht zu Ende?« fragte Björn.

»Sieh selbst, Björn Hasenscharte«, erwiderte Sigurd. Das Tal war bis an den Fuß der Hügel mit Toten übersät. An einigen Stellen wurde noch gekämpft, doch das blindwütige Gemetzel schien in der Mittagshitze zum Erliegen gekommen zu sein. Selbst die Schreie und das Wehklagen der Verwundeten klangen gedämpfter.

»Von unseren Leuten sind so viele tot, daß es einfacher wäre, jene aufzuzählen, die noch am Leben sind«, fuhr Sigurd fort. »Und dennoch sieht es so aus, als hätten wir die Schlacht gewonnen.« Er deutete zum Grund der Senke. Dort stand Sven Gabelbart, und vor ihm kniete Gumlà. Der Piktenfürst hatte beide Arme erhoben, als flehe er die Götter um Hilfe an, aber Sven drückte sie mit dem Schwert beiseite und trennte ihm mit einem einzigen Hieb den Kopf vom Rumpf. Daraufhin ergriffen die Pikten schreiend die Flucht, und die Jarle der Angelsachsen, die die Hinrichtung aus sicherer Entfernung beobachtet hatten, warfen ihre Schwerter fort und näherten sich Sven in unterwürfiger Haltung.

»Was immer man über die Schlacht erzählen wird, es war kein guter Waffengang«, sagte Sigurd nach einer Weile. »Eines Sieges, der mit Hexerei errungen wurde, kann man sich nicht rühmen. Oder wie sonst hätte Sven die Bauern von Man töten können oder einen Helden wie Torkel Wurmfraß?«

»Frag ihn selbst«, sagte Björn.

Sven Gabelbart kam mit Skarthi und Odinkar den Hügel herauf und trat zu ihnen in den Schatten. Er war über und über mit Blut bespritzt, und sein Haar war verklebt von Schweiß. »Wo hast du deinen Arm gelassen, Sigurd?« fragte er.

»Ich habe ihn begraben«, gab dieser mißmutig zur Antwort. »Das beste wäre, du schlügest mich tot, was kann dir ein Krüppel noch nützen?«

»Du gäbst einen guten Schatzmeister ab«, schmunzelte Sven. »Ein Einarmiger kann mir das Geld schwerlich mit beiden Händen aus den Taschen ziehen.«

Sigurds Gesicht wurde aschfahl. Er stand mühsam auf und ging beiseite.

»Das war ein schlechter Scherz«, sagte Skarthi.

»Es zeugt für meine gute Laune, daß sie schlechte Scherze gebiert, lieber Freund«, erwiderte Sven vergnügt. Dann sagte er zum Goden: »Tu etwas, damit er nicht noch mehr Blut verliert, Odinkar. Einen Mann wie Sigurd kann ich nicht entbehren.«

Plötzlich war das Tal von einem Lärm erfüllt, als ob die Schlacht von neuem begonnen habe. Vom Hügelkamm stürmten Thorgeir Bryntrolls Wikinger den Hang herab. Grölend schwangen sie ihre Schwerter und hieben auf die Toten und Verletzten ein. Danach wandte sich die tobende Horde den Engländern zu, die, vom Kampf ermattet, am Ausgang der Senke lagerten. Doch nun trat Sven Gabelbart ihr entgegen und rief mit schneidender Stimme: »Ist einer unter euch, mit dem man vernünftig reden kann?«

Thorgeir Bryntroll stellte sich breitbeinig vor ihm auf. Eines seiner Augen blickte himmelwärts, während das andere auf Sven gerichtet war. »Versuch es mit mir, Kleiner«, sagte er mit störrischer Zunge.

»Du sprichst mit Sven Gabelbart«, sagte Björn.

»Laß mich nachdenken«, sagte der Wikinger und legte seine tätowierte Stirn in Falten. »Warst du es, von dem ich einen kleinen Beutel Silber erhielt, damit es mich nach mehr gelüste?«

»Die Schlacht ist zu Ende«, sagte Sven. »Du kommst zu spät, Thorgeir Bryntroll.«

»Das bedauert niemand mehr als ich«, entgegnete Thorgeir. »Aber meine Männer kämpfen besser, wenn sie etwas getrunken haben, und so machten wir einen Umweg über Grimsby, wo, wie jeder weiß, ein gutes Bier gebraut wird.«

»Wie viele seid ihr?«

Thorgeir drehte sich schwankend zu seinen Männern um, die inzwischen begonnen hatten, die Leichen zu fleddern. »Als wir von Bord gingen, waren wir an die zweihundert, mittlerweile scheint sich ihre

Zahl etwas verringert zu haben. Ich denke, daß einige in Grimsby hängengeblieben sind.«

»Ich werde dir und deinen Männern Gelegenheit geben zu beweisen, daß ihr noch zu etwas anderem fähig seid, als Bier zu saufen und Wehrlose zu ermorden«, sagte Sven. »Höre also, Thorgeir Bryntroll: Du wirst mit deinen Leuten nach Lundenwic segeln und außerhalb des Hafens vor Anker gehen. Aber unternimm dort nichts auf eigene Faust.«

Thorgeir winkte seinen Steuermann herbei und sagte: »Kann es sein, daß ich mich verhört habe, Tryggve? Mir ist, als ob mir dieser Winzling etwas befohlen hätte.«

Skarthis Schwert traf ihn zwischen Schulter und Hals. Der Wikinger stand einen Augenblick reglos da, während ihm schon das Blut über Brust und Bauch strömte, dann brach er zusammen.

»Sieh zu, ob du ihn auch von dieser Krankheit heilen kannst, Odinkar«, sagte Sven. »Wenn er überlebt, werde ich ihn als meinen Gefangenen mit nach Lundenwic nehmen. Dort mag er dann entscheiden, ob er an unserer Seite kämpfen oder in einem Sack ersäuft werden will. Du aber, Freund, wirst mit Thorgeirs Männern nach Lundenwic segeln.« Dann rief er Tryggve zu sich, zog dessen Ohr dicht vor seinen Mund und flüsterte: »Sag deinen Leuten, daß Skarthi den bösen Blick hat. Er kann jeden damit töten oder in eine häßliche Kröte verwandeln.«

Die trunkene Röte erblaßte auf Tryggves Gesicht. »Dann muß sein wahrer Name Gizur der Zähnefletscher sein«, stammelte er. »Nur von diesem erzählt man sich, daß er über solche Fähigkeiten verfüge.« Als nun Skarthi zu ihnen trat, wich der Steuermann zurück und bekreuzigte sich mit zitternden Fingern.

»Was hast du ihm über mich gesagt?« fragte Skarthi.

»Nichts, was sich zu wiederholen lohnte, Freund«, lächelte Sven. »Windigen Unsinn.«

Am Ufer des Sees versammelte er den Rest seines Heeres und rief den Männern zu: »Ihr habt einen großen Sieg errungen. Zum Dank werde ich an dieser Stelle einen Stein errichten lassen, der noch in fernen Zeiten von eurer Ruhmestat künden soll.« Die Männer starrten ihn teilnahmslos an; der Sieg schien ihnen ebenso unbegreiflich zu sein wie die Tatsache, daß sie das Blutbad als einzige überlebt hatten. Nun führte ihnen Sven die Jarle der Angelsachsen vor, nannte ihre Namen und rühmte jeden einzelnen wegen seiner Tapferkeit. Dennoch hätten sie vor ihm das Knie gebeugt und würden nun an seiner Seite gegen Aethelred ziehen. Dies setzte die Jarle sichtlich in Erstaunen, doch keiner wagte, Sven Gabelbart zu widersprechen.

Skarthi zog mit Thorgeirs Männern zur Mündung des Humber, wo die Langschiffe der Wikinger lagen; Sven Gabelbart aber marschierte mit seinem Heer, das nun zum größeren Teil aus Angelsachsen bestand, nach York zurück. Durch Boten ließ er den Bürgern sein Kommen ankündigen, und diese empfingen ihn wie einen König.

10

Die Händler von Lundenwic verdankten ihren Reichtum vor allem der Erkenntnis, daß kein Geschäft größeren Gewinn bringt als ein Krieg – sofern man ihn nicht selber führt. Daher hatten sie Aethelred bereitwillig Gastfreundschaft gewährt, stand doch zu erwarten, daß früher oder später ein Widersacher den glücklosen König zum Kampf herausfordern würde. Bis dahin bot sich den Händlern manche Gelegenheit, ihren Gast zu schröpfen. Für einen Wucherpreis verkauften sie ihm ein windschiefes Gebäude, das noch vor kurzem ein Freudenhaus gewesen war, und als er sich dort mit seinem Hof notdürftig eingerichtet hatte, führten sie ihm eine Auswahl der neuesten Waffen vor, darunter auch die Knebellanze, die, versicherten sie ihm, jeden Eisenpanzer zu durchdringen vermöge. Der König gab eine größere Bestellung auf, sah sich jedoch als nächstes vor die Frage gestellt, wen er mit den Waffen ausrüsten sollte, da sich die Händler, und zu diesen zählten die meisten Einwohner von Lundenwic, für den Kriegsdienst als gänzlich ungeeignet erklärten. Doch auch hier wußten die Händler Rat: Sie erboten sich, für ein Handgeld im Gegenwert von zwanzig tragenden Kühen oder vierzig Sklavinnen jenseits des Meeres Truppen anzuwerben, vor allem bei den Normannen, zu denen Aethelred verwandtschaftliche Beziehungen unterhielt. Der König gab ihnen das Geld, und die Händler lobten ihn für seine Klugheit.

Unterdessen verbreitete sich in der Stadt das Gerücht, von Norden rücke Sven Gabelbart mit einem Heer heran, dem sich außer den Angelsachsen auch eine größere Schar jener blutrünstigen Seeräuber angeschlossen habe, die seit Jahrzehnten die Küstenstriche verheerten. Dies erfüllte die Bewohner von Lundenwic nun doch mit Besorgnis, denn während die Angelsachsen und Dänen als unnachgiebige, aber verläßliche Handelspartner galten, standen die Seeräuber in dem Ruf, zu jeder Ware, die man ihnen anbot, noch den Kaufpreis zu fordern. Die Händler hielten es daher für ratsam, die Stadt in Verteidigungsbereitschaft zu setzen und gleichzeitig Verhandlungen mit Sven Gabelbart aufzunehmen.

Ihre Abordnung wurde freundlich empfangen, auch nahm Sven ihren Vorschlag an, ihn mit Waffen zu versorgen, doch war er weder durch gute Worte noch Geschenke zu bewegen, Thorgeirs wilde Horde von Lundenwic fernzuhalten. Statt dessen gab er sein Wort, dafür zu sorgen, daß kein Bürger Lundenwics Schaden an Leib und Eigentum erleiden werde, wenn man ihm die Tore freiwillig öffne. Im übrigen befinde sich der Anführer jener berüchtigten Wikinger in einer Lage, die ihm keine Eigenmächtigkeiten erlaube. Zum Beweis zeigte er ihnen Thorgeir Bryntroll, den man, obwohl er noch sehr geschwächt war, an Händen und Füßen gefesselt hatte.

Unterdessen waren die sechs Langschiffe der Wikinger den Fluß hinaufgesegelt und Lundenwic gegenüber vor Anker gegangen. Selten hatte man die Seeräuber so besonnen zu Werke gehen sehen, denn statt die Bürger, wie man es gewohnt war, mit schrecklichen Drohungen in Angst zu versetzen, legten sie Sperren aus miteinander vertäuten Fischerbooten und Lastkähnen über den Fluß, eine oberhalb der Stadt und eine weitere seewärts. So kam es, daß, als zwei Tage später Svens Heer herangerückt war und mit der Belagerung begann, Lundenwic nach allen Seiten hin eingeschlossen war.

Unter den Händlern brach ein Streit darüber aus, wie man sich nun verhalten solle. Einige hielten es für das klügste, Sven Gabelbart beim Wort zu nehmen und ihm Einlaß zu gewähren, andere wandten dagegen ein, daß man für die eingelagerten Vorräte um so höhere Preise erzielen könne, je länger die Belagerung andauere, und da letztere in der Überzahl waren, beschloß der Rat, Sven Gabelbart, eine Weile die Stirn zu bieten. Der Gerechtigkeit halber fügen wir hinzu, daß dieser Beschluß nicht leichtfertig gefaßt wurde, denn wenige Städte waren zu jener Zeit so stark befestigt wie Lundenwic.

Gleichwohl waren die Händler bestrebt, mit Sven Gabelbart in Verbindung zu bleiben. Sie versorgten sein Heer mit Getreide, Fleisch und Bier, sie verkauften ihm Waffen, darunter jene, die Aethelred bereits bezahlt hatte, und versuchten vor allem herauszufinden, welche Vorteile ihnen ein König dänischen Geblüts über jene hinaus bringen würde, die ihnen der eigene, wohl oder übel, bereits gewährte. Hierauf gab ihnen Sven Gabelbart eine Antwort, die in ihren Ohren nicht eben verheißungsvoll klang: Nächst dem Ruhm sei es der Reichtum, der das Ansehen eines Königs ausmache, und daher werde er seine Gunst jenen schenken, die es auf diese oder jene Weise zu mehren verstünden.

Wochen vergingen, ohne daß etwas geschah. In Lundenwic stiegen die Preise für Nahrungsmittel von Tag zu Tag, und die Armen begannen, Hunde und Katzen zu essen. Im fischreichen Fluß zu angeln war mit Lebensgefahr verbunden, denn unter Thorgeirs Männern gab es treffsichere Bogenschützen. In Svens Lager hingegen herrschte an allem Überfluß, und seine Männer vertrieben sich die Zeit damit, ihn in ausgedehnten Freßgelagen zur Schau zu stellen.

Eines Tages wurden von den Wikingern zwei Schiffe mit einer Hundertschaft ausgedienter normannischer Recken aufgebracht. Skarthi führte die Gefangenen zu Sven, und dieser konnte sie ohne Mühe überzeugen, daß es vorteilhafter sei, in seinen Dienst zu treten. Einen von ihnen, der sich als ein Verwandter des englischen Königs zu erkennen gab, schickte er anderntags zu Aethelred und ließ ihn um eine Unterredung bitten.

Der Normanne kehrte mit dem Bescheid zurück, der König werde um die Mittagsstunde zum nördlichen Tor kommen und sich dort anhören, was Sven Gabelbart ihm zu sagen habe. Doch müsse das Tor geschlossen bleiben.

»Was meinst du, Freund«, wandte sich Sven an Skarthi, »soll ich über die Kränkung hinwegsehen, die in dieser Bedingung liegt?«

»Sie besagt nichts weiter, als daß er Angst vor dir hat«, antwortete dieser. »Geh also hin und sprich mit ihm. Aber halte dich von der Mauer fern, denn vor Pfeilen können wir dich schützen, vor Steinen und siedendem Wasser dagegen nicht.«

So kam es, daß Sven zur angegebenen Stunde unter einem Dach von Schilden unweit des nördlichen Tores stand. Auf den Mauern drängten sich die Einwohner von Lundenwic, und als plötzlich Stille eintrat, hörte man König Aethelreds Stimme: »Hier bin ich, Sven Haraldsson. Was willst du?«

»Wie geht es dir, Vetter?« rief Sven. »Bist du bei guter Gesundheit, hast du genug zu essen, behandeln dich die Händler mit der gebührenden Achtung?«

»Du hast mich um ein Gespräch ersucht. Ich höre.«

»Ich bin gekommen, dir meine Hilfe anzubieten, Aethelred. Denn wenn es wahr ist, was mir berichtet wurde, befindest du dich in einer schlimmen Lage. Es heißt sogar, die Händler hielten dich gefangen. Ist dem so, Vetter?«

Das sei eine hundsgemeine Lüge, riefen die Leute auf den Mauern, der König habe keinerlei Einschränkungen zu erdulden, und wer das Gegenteil behaupte, verdiene es, daß man ihm die Zunge herausreiße.

»Paßt auf, daß euch nicht dasselbe geschieht!« rief Sven zu den Leuten hinauf. »Denn wer außer euch könnte den König daran hindern, mir von Angesicht zu Angesicht gegenüberzutreten?«

Er selbst habe den Wunsch geäußert, durch das geschlossene Tor mit Sven Gabelbart zu sprechen, antworteten sie.

»Das ist nicht die Art, wie Vettern königlichen Geblüts miteinander Umgang pflegen«, erwiderte Sven. »Deshalb glaube ich euch nicht und werde euch dafür bestrafen, daß ihr den König seiner Freiheit beraubt.«

Nun vernahm man, wie das Tor entriegelt wurde; seine Flügel öffneten sich einen Spaltbreit, und dort stand, die Hände zu einer abwehrenden Gebärde ausgestreckt, König Aethelred. Er war sichtlich gealtert, seit Björn ihn das letzte Mal gesehen hatte, sein Kopf war fast kahl und sein Gesicht gezeichnet von Entbehrungen und Schlaflosigkeit.

»Komm etwas näher, lieber Vetter«, sagte Sven, »damit ich sehen kann, ob du es wirklich bist.«

»Ich werde mich hüten«, antwortete Aethelred. »Lieber würde ich dem Teufel die Hand reichen, als dir auch nur einen einzigen Schritt entgegengehen.«

»Sag ihm, daß du ein freier Mann bist und wir dir mit Achtung begegnen!« riefen die Bürger von Lundenwic.

»So ist es«, bestätigte Aethelred und unterdrückte mit großer Mühe ein Gähnen.

»Lieber Vetter«, sagte Sven, »dein Wort gilt mir so viel, daß ich nicht frage, weshalb du, wenn du ein freier Mann bist, keine Waffen trägst. Doch dein Aussehen bestärkt mich in der Sorge um dein Wohlbefinden. Bist du krank, oder ist es der Hunger, der aus einem gerade dem Jünglingsalter entwachsenen Mann einen Greis gemacht hat?«

»Ich hoffe, du übertreibst in der Absicht, mich zu ängstigen«, versetzte Aethelred betroffen. »Aber es ist wahr, daß ich mich nie zuvor so elend gefühlt habe. Seit ich in Lundenwic bin, habe ich keine Stunde mehr geschlafen; statt dessen befinde ich mich in einem Zustand immerwährender Müdigkeit. Du ahnst nicht, wie quälend Müdigkeit sein kann, wenn dich der Schlaf nicht erlöst.«

»Dem kann Abhilfe geschaffen werden, lieber Vetter«, entgegnete Sven. »Denn was dir den Schlaf raubt, ist die Sorge um dein Reich, und dieses Gespräch dient allein dem Zweck, sie zu vertreiben. Laß uns einen Tisch bringen, an den wollen wir uns setzen, ohne Waffen und allein, und bei einem guten Mahl in Ruhe miteinander reden.«

»Worüber?« fragte Aethelred gereizt. »Ich wüßte nicht, was es zwischen uns noch zu besprechen gäbe.«

»Du hast mich ins Land gerufen, weil du Hilfe brauchtest, lieber Vetter. Ich habe meine Aufgabe erfüllt, vielleicht sogar ein wenig über das gewünschte Maß hinaus. Jetzt ist es an dir, dich erkenntlich zu zeigen.«

»Was also willst du?«

»Ich sagte es dir bereits, bevor du den leichtsinnigen Entschluß faßtest, mich aus dem Land zu jagen«, antwortete Sven. »Damit will ich mich zufriedengeben, obwohl ich nach allem, was geschehen ist, weitaus mehr verlangen könnte.«

»Schließt das Tor!« rief König Aethelred.

»Gib mir Melkorka, Vetter«, sagte Sven. »Gib sie mir für eine Nacht.«

Aethelreds schlaffe Züge verzerrten sich vor Zorn. »Hört ihr nicht!« schrie er mit schriller Stimme. »Ich habe euch befohlen, das Tor zu schließen!« Aber nichts geschah, und während sich der König nun selbst an den schweren Torflügeln zu schaffen machte, äußerten die Leute auf den Mauern laut ihren Unmut über Aethelreds törichtes Verhalten. Wenn dies alles sei, was Sven Gabelbart fordere, riefen sie, könne nur ein Schwachkopf seine Zustimmung verweigern. Einige machten sich gar anheischig, Geld zu sammeln, damit Melkorka vor dem Beischlaf ein Bad in Eselsmilch nehmen könne.

»Höre, lieber Vetter«, sagte Sven, »da es dir offensichtlich schwerfällt, deine Einwilligung zu geben, soll Melkorka selbst entscheiden, ob sie eine Nacht mit mir verbringen will. Am nächsten Morgen, darauf hast du mein Wort, werde ich mein Heer abziehen und dein Land verlassen.«

Inzwischen waren Aethelreds Gefolgsleute ihrem Herrn zu Hilfe geeilt; mit vereinten Kräften schlossen sie das Tor. Von den Mauern waren empörte Rufe zu hören, doch Sven Gabelbart brachte sie zum Schweigen.

»Ich gebe euch drei Tage Zeit zu beweisen, daß ihr klüger seid als euer König, Bürger von Lundenwic«, rief er. »Jeder Tag, den ihr mich länger vor euren Toren stehen laßt, wird euch den zehnten Teil eures Vermögens kosten, der elfte das Leben!« Nach diesen Worten ging er in sein Lager zurück.

Wie später berichtet wurde, kam es daraufhin in der Stadt zu einem Aufstand, der jedoch von den

Gefolgsleuten des Königs niedergeschlagen wurde. Fortan hielten Aethelreds Männer die Tore besetzt. Da sie aber gering an Zahl waren und alle Hände voll zu tun hatten, eine Massenflucht zu verhindern, entging ihnen, was zur gleichen Zeit außerhalb der Mauern geschah.

Von Bergleuten aus den Silberminen im Westen des Landes hatte Sven Gabelbart einen Stollen unter die Stadtmauer treiben lassen. Am Abend des dritten Tages befahl er, die Stützbalken wegzureißen, worauf die Mauer mit donnerndem Getöse einstürzte. Als sich der Staub gelegt hatte, sah man einen breiten Spalt in der Mauer klaffen. Svens Gefolgsleute sammelten sogleich ihre Männer und schickten sich an, die Stadt im Sturm zu nehmen, doch Sven rief sie zurück und tadelte sie mit scharfen Worten. Niemand werde vor ihm den Fuß in die Stadt setzen, und er, Sven Gabelbart, habe nicht vor, sich durch ein Loch zu zwängen. Dann ging er mit Skarthi und Björn in sein Zelt.

Dort suchte ihn im Morgengrauen eine Abordnung der Händler von Lundenwic auf. Ihr Wortführer, ein beleibter Mann mit rotem Gesicht und fleischigen Ohren, berichtete, während der Nacht hätten sie des Königs Männer überwältigt, so daß man nun in der Lage sei, ihn mit allen Ehren zu empfangen.

»Was ist mit König Aethelred geschehen?« fragte Sven.

»Er ist uns entwischt«, antwortete der dicke Mann verlegen. »Niemand weiß, wie er aus der Stadt entkommen ist, aber als wir in sein Haus eindrangen, war er schon fort.«

»Und die Königin?«

Sie habe alles unversehrt überstanden, sagte ein anderer. Allerdings sei sie über Aethelreds Flucht dermaßen in Wut geraten, daß man sie in die Vorratskammer habe sperren müssen.

»Eine schöne Frau«, sagte der Dicke. »Wer sie im Zorn erlebt hat, kann sich ausmalen, wie sie in der Liebe ist. Willst du sie wirklich nur für eine Nacht, Sven Gabelbart?«

»Ich verlange, daß Melkorka unverzüglich freigelassen wird«, erwiderte Sven. »Für die Demütigung werdet ihr eine Buße zahlen, deren Höhe die Königin selbst festsetzen soll. Jetzt geht und richtet alles für meinen Empfang her.«

»Mit wie vielen Männern gedenkst du zu kommen?« fragte der Wortführer.

»Mit allen«, antwortete Sven.

Darüber gerieten die Händler in große Aufregung. Sie flehten Sven an, es bei einer Abordnung zu belassen, denn ihre Vorräte seien aufgezehrt, und nur ein einziger Brunnen spende noch trinkbares Wasser.

»Es war euer Fehler, daß ihr meine Männer so lange vor verschlossenen Toren stehen ließt«, entgegnete Sven. »Jetzt bleibt euch nur die Wahl, sie als Freunde oder Eroberer zu empfangen.«

Um die Mittagsstunde zog Sven Gabelbart mit seinem Heer in Lundenwic ein. Die Straßen der Stadt waren eng und winklig, und da die mächtigen Befestigungsmauern keine Ausdehnung in die Breite erlaubten, hatte man die Häuser im Laufe der Zeit zu Türmen ausgebaut, deren obere Stockwerke einander so nahe kamen, daß nur noch ein schmaler Streifen Himmel zu sehen war. Selbst bei Tage herrschte in den Gassen ein schummriges Licht, und

Björn sah, wie einige Männer zu ihren Waffen griffen, um gegen einen Überfall aus dem Dunkel gewappnet zu sein.

Auf dem Marktplatz kam ihnen eine Schar ehrwürdiger Greise entgegen, die Sven mit heiseren Willkommensrufen begrüßten. Einer reichte ihm ein Stück Brot, ein anderer eine Schale mit Salz, und als sie Svens fragenden Blick bemerkten, erklärten sie, dies sei ein alter Brauch, mit dem man hochgestellte Gäste zu empfangen pflege. Sven sah Skarthi an, und als dieser nickte, streute er etwas Salz auf das Brot und aß einen Bissen.

»Ihr seht, ich achte eure Bräuche, wenn sie auch von übertriebener Sparsamkeit zeugen«, sagte Sven. »Aber wie kommt es, daß ich von Männern begrüßt werde, die wegen ihres hohen Alters auf Schonung rechnen dürfen? Hat man euch vorgeschickt, weil die jüngeren um ihr Leben fürchten?«

»Wir sind die Ältesten, Herr«, erwiderte ein hochgewachsener Greis. »Unser Wort gilt nicht mehr viel, seitdem die Kaufleute unsere Stadt beherrschen. Doch in Zeiten der Not traut man uns mehr Weisheit zu als jenen, die nur den eigenen Vorteil im Auge haben.«

»Wie heißt du?«

»Ich bin Hengist, Ingjalds Sohn.«

»Du trägst einen großen Namen, Alter«, sagte Sven. »Nutze deine Weisheit, ihm Ehre zu machen, und bedenke, daß ich kein Händler bin, der eine Forderung stellt, um sich hernach mit der Hälfte zu begnügen.«

»Was verlangst du, Herr?«

»Fürs erste dies: Ich will, daß ihr meinen Männern zu essen und trinken gebt, soviel sie begehren. Ich will, daß ihr für ihre Unterkunft sorgt und es euren Frauen nicht verwehrt, das Bett mit ihnen zu teilen. Ich will, daß alle Waffen auf diesem Platz zusammengetragen werden, und ich würde eure Weisheit zu rühmen wissen, wenn sich darunter nicht weniger als hundert Knebellanzen befänden. Schließlich verlange ich ein Haus für Königin Melkorka, das sie selbst sich unter den Häusern der Reichen aussuchen soll.«

»Gib uns etwas Zeit zu beraten, Herr«, bat Hengist. Die Greise steckten tuschelnd die Köpfe zusammen. Dann trat der Alte wieder vor Sven und sagte: »Wir halten deine Forderungen nicht für unangemessen, Sven Haraldsson. Aber es steht nicht in unserer Macht, sie zu erfüllen. Wir Alten haben selbst kaum das Nötigste zum Leben, und bei den wohlhabenden Kaufleuten würden wir auf taube Ohren stoßen, wenn wir etwas von ihnen verlangten.«

»Wozu vergeudet ihr dann meine Zeit?« rief Sven erbost. »Was nützt mir eure Weisheit, wenn ihr nicht imstande seid, meine Befehle in Taten umzusetzen?« Er riß sein Pferd herum und sagte zu seinen Gefolgsleuten: »Ich werde die Stadt für drei Tage zur Plünderung freigeben.«

»Der Zorn ist ein schlechter Ratgeber, Herr«, sagte Skarthi mit gedämpfter Stimme. »Es wäre deinen Plänen nicht förderlich, wenn man dich in Lundenwic in böser Erinnerung behielte. Statte Hengist mit den Vollmachten aus, die er braucht, um deine Forderungen zu erfüllen.«

»Wenn Weisheit eine Gabe des Alters wäre, müßtest du hundert Jahre alt sein, Freund«, entgegnete Sven. Dann wandte er sich wieder an den Alten: »Höre, Hengist. Um den Bewohnern von Lundenwic mein Wohlwollen zu bekunden, will ich einen der ihren zum Wikgrafen ernennen. Bist du bereit, dieses Amt zu übernehmen, Hengist Ingjaldsson?«

»Es wäre mein Tod, Herr«, antwortete der Alte ruhig.

»Das mag sein«, erwiderte Sven. »Doch was wiegt ein Leben, das seinem Ende entgegengeht, gegenüber dem all jener, die dran glauben müßten, wenn ich die Stadt meinen Männern überließe?«

Darauf sagte Hengist nichts, und als er sich ratlos zu den anderen Greisen umwandte, schlugen sie betreten die Augen nieder.

»Ich will dir den Mann zeigen, dem ich das Amt des Wikgrafen gebe, wenn du es ablehnst«, fuhr Sven fort. Er ließ Thorgeir Bryntroll kommen.

Hengists Gesicht wechselte die Farbe, als er den Wikingerhäuptling sah. »Gott möge uns vor ihm bewahren!« stieß er hervor.

»Nun entscheide dich, Hengist.«

Der Alte senkte den Kopf und starrte eine Weile gedankenverloren zu Boden. »Sie werden mich dafür steinigen«, sagte er dann. »Ich nehme das Amt an, Herr.«

»Ihr habt es gehört«, sagte Sven zu seinen Gefolgsleuten. »Nächst meinem gilt von jetzt an der Befehl des Wikgrafen. Und damit du, Hengist, bei deinen Leuten Gehör findest, will ich dir Thorgeir Bryntroll unterstellen. Er kann sehr grob werden, wenn man ihm eine Abfuhr erteilt.«

So kam es, daß Sven Gabelbart mehr erhielt, als er gefordert hatte. Denn wenn Hengist die reichen Händler nicht überreden konnte, freiwillig etwas herzugeben, drang Thorgeir Bryntroll mit seinen Wikingern in ihre Häuser ein und nahm ihnen alles.

Vergeblich beschwor Hengist die Stadtbewohner, ihm die Plünderungen nicht anzulasten, und ebenso erfolglos waren seine Bemühungen, Sven zum Einschreiten zu bewegen. Binnen kurzem verlor der alte Hengist so den Ruf eines Weisen und erwarb sich dafür den eines rücksichtslosen Ausbeuters. Als Sven Gabelbart Lundenwic verließ, sollte Hengist das Schicksal erleiden, das er vorausgesehen hatte: Er wurde durch die Straßen gejagt und mit Steinen beworfen, bis er tot war.

Von Königin Melkorka war zu hören, sie weigere sich halsstarrig, ein anderes Haus zu beziehen. Sven schickte Skarthi zu ihr, um den Grund zu erfahren, aber man ließ ihn nicht zu ihr vor. Da machte sich Sven selbst mit großem Gefolge auf, ihr einen Besuch abzustatten.

Die Tür des einstigen Freudenhauses stand offen, und als sie eintraten, befanden sie sich in einem fensterlosen Raum, dessen Boden mit Kissen ausgelegt war. An der gegenüberliegenden Wand kauerte eine Gestalt auf einem niedrigen Bett. Sie trug ein weißes, mit Silberfäden durchwirktes Gewand, und als sie nun den Kopf hob und sich das Haar aus der Stirn strich, sah Björn, daß es Melkorka war.

»Ich habe dich gleich am ersten Tag erwartet, Sven Gabelbart«, sagte Melkorka. »Weshalb kommst du erst jetzt?«

»Ich wollte dir Zeit lassen, in ein schöneres und größeres Haus umzuziehen, bevor ich dir meine Aufwartung mache«, erwiderte Sven. »Dieses Haus ist einer Königin nicht angemessen, Melkorka.«

»Einer Königin nicht, wohl aber einer Hure«, sagte Melkorka. »Denn was bin ich in deinen Augen anderes, da du es nicht für nötig hieltst, mich zu fragen, ob ich bei dir liegen will?«

»Schöne Melkorka«, entgegnete Sven, »ich höre, daß Unmut in deinen Worten mitschwingt. Doch laß dir versichern, daß ich nicht dich kränken wollte, sondern Aethelred, als ich zum Dank für meine Hilfeleistung eine Nacht mit dir zu verbringen verlangte. Da die Kränkung ihren Zweck erfüllt hat, wollen wir nicht mehr davon sprechen.«

»Wäre Aethelred ein Mann, hätte er meine Ehre mit dem Schwert verteidigt«, erwiderte die Königin. »Aber dieser erbärmliche Feigling ist zu seinen normannischen Vettern geflohen und hat mich dir ausgeliefert, Sven Gabelbart. Willst du mich jetzt noch ein weiteres Mal demütigen, indem du vorgibst, es sei dir gar nicht um mich gegangen?«

»Die Wahrheit ist, daß mir die Begierde nach deinem Körper zu einem guten Einfall verhalf, schöne Melkorka«, gab Sven mit gewinnendem Lächeln zur Antwort. »Und du sollst wissen, daß meine Forderung als Wunsch in mir wachgeblieben ist.«

»Verfüge über mich, Sven Gabelbart«, sagte Melkorka. Sie klatschte in die Hände, woraufhin Mägde hereinkamen und rings um das Bett Kerzen aufstellten. Dann erhob sich die Königin von ihrem Lager und ließ sich entkleiden. Unter dem weißen Gewand trug sie ein weiteres aus hauchdünnem Gewebe, und als sie auch dieses abgelegt hatte, stand sie nackt im milden Licht der Kerzen. Nun holten die Mägde eine Anzahl kleiner goldener Tiegel herbei, und Melkorka sagte zu Sven: »In meiner Heimat ist es Brauch, daß der Mann den Körper der Frau salbt, bevor er ihr das erste Mal beiwohnt. Willst du, Sven Gabelbart?«

Sven hatte während ihrer Verrichtungen mehrfach Skarthis Blick gesucht, aber wie die übrigen Gefolgsleute schien dieser nur Augen für Melkorkas schönen Leib zu haben.

»Höre, Melkorka«, begann Sven nun stockend zu sprechen, »es gefällt mir nicht, daß du dich meinen Leuten nackt zeigst und den Eindruck erweckst, du wolltest es vor ihnen mit mir treiben. Das mag in deiner Heimat üblich sein, bei uns Dänen gilt es als unschicklich.«

»Ich bin König Myrkjartans Tochter«, sagte Melkorka, während sich die Mägde daran machten, ihren Körper mit wohlriechenden Salben einzureiben. »Mir bedeuten unsere Sitten mehr als eure. In Irland scheut sich kein Mann, eine Frau vor den Augen anderer zu begatten, es sei denn, es mangle ihm an Manneskraft. Soll ich annehmen, daß dies bei dir der Fall ist, Sven Gabelbart? Ist dein Schwanz nicht groß genug, mein Loch zu füllen?« Sie legte sich auf das Bett und spreizte ihre Beine. »Leg dich zu mir«, sagte sie mit dunkler Stimme, »Myrkjartans Tochter ist dir zu Willen.«

Zwei Mägde traten zu Sven und schickten sich an, ihn zu entkleiden. Doch er stieß sie beiseite und stolperte zurückweichend über ein Kissen, so daß er taumelnd in Skarthis Arme fiel.

»Sieh her, ich mache für dich die Beine breit«, rief Melkorka. »Jetzt komm und stoß mich!«

Wie gebannt starrten die Männer auf ihr von dunklem Haarflaum umkräuseltes Geschlecht. Sven Gabelbart hingegen schien Melkorkas Schamlosigkeit dermaßen zu verwirren, daß er hilflos um sich blickte und allem Anschein nach am liebsten davongelaufen wäre. Niemals zuvor, erzählt Björn, habe er den sonst so beherrschten Mann in solcher Verlegenheit gesehen. Als nun aber Melkorka mit den Fingerspitzen ihre Schamlippen auseinanderzog und den Unterleib ruckweise zu bewegen begann, packte Sven die Wut, und wenn es auch nur eine vorgetäuschte sein mochte, bewahrte sie ihn davor, sich vollends der Lächerlichkeit preiszugeben.

»Du sollst deinen Willen bekommen, du Hure!« schrie er. »Ich werde dich auf dem Marktplatz zur Schau stellen lassen, und dort soll dich jeder besteigen, der Lust auf dich hat!« Nach diesen Worten drehte er sich um und ging zur Tür.

Da sprang Melkorka vom Bett auf, schlüpfte in das hauchdünne Gewand und rief: »Triff keine voreilige Entscheidung, Sven Gabelbart! Es könnte sein, daß du die Wonne keinem anderen gönnst, nachdem du sie selbst genossen hast.« Sie eilte zu ihm und legte seine Hand auf ihre Brust. »Schick deine Leute fort, ich will mit dir allein sein.«

Sie sahen einander in die Augen, und Melkorka führte Svens Hand zu ihrem Schoß hinab. »Jetzt sind wir quitt, Sven«, sagte sie.

Skarthi gab den Gefolgsleuten ein Zeichen, worauf alle hinausgingen, als letzte Skarthi und Björn.

»Ich habe niemals eine schönere Hexe gesehen«, sagte Skarthi, als er die Tür hinter sich schloß. »Wehe dem, der ihr verfällt.«

Am Abend empfing Sven Melkorka in dem Haus eines reichen Händlers, das ihm und seinen engsten Vertrauten als Unterkunft diente. Die Königin trug ein in den Farben des Regenbogens schimmerndes Seidenkleid und einen schmalen goldenen Stirnreif. Die Gespräche verstummten, als sie eintrat, und während sich ihre Lippen zu einem Lächeln öffneten, wanderten ihre Augen von einem zum anderen, damit ihr kein bewundernder Blick entgehe. Dann blieben sie auf Sven haften, und als sie mit der Zungenspitze an ihren Zähnen entlangfuhr, begann sich mancher wollüstig auszumalen, wie sie sich auf diese oder jene Weise miteinander vergnügt haben mochten.

Sven ging Melkorka entgegen und führte sie zu dem Platz an seiner Rechten. Dann ließ er Wein bringen, und als sie davon getrunken hatten, sagte er: »Ihr habt gehört, daß sich Aethelred heimlich aus dem Staub gemacht hat, und es wird euch erheitern, daß er Frauenkleider anlegte, um nicht erkannt zu werden. Da England jetzt ohne König ist, erfüllt es mich mit großer Sorge, was aus dem Land wird, wenn ich ihm den Rücken kehre. Hört nun, daß ich mich mit der Absicht trage, die Geschicke des Landes in Melkorkas Hände zu legen und die Jarle durch einen feierlichen Eid darauf zu verpflichten, ihr Gehorsam zu leisten.«

»Einer Frau?« rief Gryth, der unter den Jarlen Nordenglands der mächtigste war. »Das schlag dir aus dem Kopf, Sven Gabelbart; bei uns würde kein Mann von Ehre einer Frau gehorchen.«

»Ich müßte mich von meinen eigenen Knechten verspotten lassen, wenn ich den Treueeid auf eine Frau ablegte«, pflichtete ihm ein anderer bei, der Morcar hieß und gleichfalls aus dem Norden stammte.

»Ich könnte euch zwingen«, gab Sven zu bedenken.

»Du weißt, was ein erzwungener Eid wert ist«, sagte Gryth. »Weshalb läßt du dich nicht selbst zum König krönen? Ich wäre der erste, der vor dir das Knie beugen würde.«

»Vielleicht werde ich dich eines Tages an diese Worte erinnern, Gryth«, erwiderte Sven und wandte sich an den Goden: »Es war sonst nicht deine Art, dich in Schweigen zu hüllen, wenn es um wichtige Dinge ging, Odinkar. Was hältst du von meiner Absicht, Melkorka zur Herrscherin über England einzusetzen?«

»Du bist zu klug, um nicht zu wissen, daß sie nur mit deiner Unterstützung herrschen könnte«, antwortete der Gode. »Sobald du das Land verlassen hast, werden ihr die Jarle den Gehorsam aufkündigen und selbst nach der Macht greifen.«

»Das ist zu erwarten«, sagte Sven. »Aber wie könnte ich es verhindern?«

»Indem du die Jarle einen Kopf kürzer machst und ihren Anhang mit Stumpf und Stiel ausrottest«, entgegnete Sigurd von den Schafsinseln, der, seitdem er nur noch einen Arm hatte, anderen ihre Unversehrtheit neidete. »Tote können keinen Unfrieden stiften.«

»Aber auch wenig nützen«, setzte Skarthi hinzu. »Wäre es nicht vernünftiger, dich des Beistands der Jarle und ihrer Männer zu versichern und gemeinsam mit ihnen den Sachsen aus deinem Land zu vertreiben?«

Sven nickte Skarthi beifällig zu und sagte: »Es fehlt mir an Worten, dich für deine Klugheit gebührend zu loben, Freund. Die Jarle werden dir dankbar sein, daß du sie der Schmach enthebst, einer Frau gehorchen zu müssen. Oder soll ich dein Stirnrunzeln, Gryth, so deuten, daß dir Skarthis Vorschlag mißfällt?«

»Ich denke nach«, antwortete der Jarl. »Was hätten wir davon, wenn wir dir helfen, den Sachsen zu vertreiben?«

»Ihr würdet in jedem Fall Gewinn daraus ziehen, und wenn es nur der an Lebensjahren wäre«, entgegnete Sven liebenswürdig.

»Ich habe mich und meine Männer deinem Befehl unterstellt, Sven Gabelbart«, sagte Leofwine, ein Häuptling aus dem Wasserland. »Dabei soll es bleiben, mag der Gegner heißen, wie er will.«

Nun erklärten sich auch die anderen Jarle mit Worten und zustimmenden Gebärden bereit, mit Sven nach Dänemark zu fahren, und je mehr ihnen der Wein zu Kopf stieg, desto größer wurde die Zahl an Männern und Schiffen, die jeder für die Heerfahrt zu stellen versprach.

Schließlich brachte Sven sie mit einer Handbewegung zum Schweigen und sagte: »Ihr zeigt euch großzügiger, als ich erwartet habe. Damit das Land aber während eurer Abwesenheit nicht schutzlos Dieben und Seeräubern preisgegeben ist, hat Königin Melkorka Boten zu ihrem Vater geschickt, um ihn zu bitten, für Ordnung zu sorgen.«

»Ich kann keinen Unterschied darin sehen, wenn uns statt vieler kleiner Räuber ein großer ausplündert«, ließ sich Gryth vernehmen.

»König Myrkjartan ist seiner schönen Tochter nicht weniger ergeben als mancher andere Mann«, antwortete Sven, indem er Melkorka mit einem zärtlichen Blick streifte.

»Daher würde er nichts tun, was sie nicht billigt. Hält sie es aber für angebracht, soll es nach ihrem Willen geschehen, denn sie ist jetzt die Herrscherin über England.«

»Es war ein kurzer Weg von der Absicht zum Entschluß, Sven Gabelbart«, sagte Gryth.

»Vielleicht kommt es dir so vor, weil ich ihn schneller ging, als es hierzulande üblich ist«, gab Sven schmunzelnd zur Antwort.

An den folgenden Tagen zog Sven Gabelbart sein Heer von Lundenwic ab. Ein Teil unter Odinkar wandte sich nach Osten, um in dem Gebiet entlang der Küste Schiffe für die Überfahrt zu beschaffen. Den anderen Teil führte Sven selbst nach Norden, und es wird berichtet, er habe mit unnachsichtiger Strenge darauf bestanden, daß die Jarle ihre großmäuligen Versprechungen erfüllten.

In der südlichsten der Fünf Burgen nahm er Abschied von Melkorka. Er schenkte ihr die Hälfte dessen, was er in Lundenwic an Gold und Silber erbeutet hatte, und unterstellte eine Hundertschaft kampferprobter Nordmänner ihrem Befehl. Es sei ein langer und tränenreicher Abschied gewesen, erzählt Björn, mehrmals habe Sven sein Pferd gewendet und sei zum Burgtor zurückgeritten, wo Melkorka ihn in ihre Arme geschlossen habe. Damals hielten es viele für ausgemacht, daß Sven sie eines Tages zur Frau nehmen würde, doch sie sollten einander nie wiedersehen.

Melkorkas weiteres Schicksal verliert sich im Ungewissen. Für kurze Zeit, heißt es, habe sie das Land mit eiserner Hand beherrscht, aber dann sei es zu Kämpfen zwischen den Nordmännern und Myrkjartans rothaarigen Kriegern gekommen, und Melkorka habe sich auf die Seite ihrer Landsleute geschlagen und sei später mit diesen nach Irland zurückgekehrt. Es wird auch berichtet, daß sie die Geliebte ihres Vaters wurde und dieser mit ihr eine Reihe überaus schöner aber schwachsinniger Kinder zeugte. In Björns Erzählung gründet sie in der Nähe von Dyflinn ein Kloster und verbringt dort den Rest ihres Lebens in selbstgewählter Einsamkeit. Dies erzählte er jedoch nur, wenn Poppo unter seinen Zuhörern saß. Es steht demnach zu vermuten, daß er es dem Bischof zuliebe erdichtet hat.

In unserer Geschichte kommt Melkorka nun nicht mehr vor.

11

Vor ihnen lag, vom Sonnenlicht aus dem wogenden Grau des Meeres gehoben, Jütlands Küste. Als sie näherkamen, sahen sie, daß Scharen von Menschen aus verschiedenen Richtungen zum Ufer strömten und sich dort zu einer dichten, reglos staunenden Menge vereinigten.

In Windeseile hatte sich unter den Küstenbewohnern herumgesprochen, daß Sven Gabelbart mit einer riesigen Flotte von Westen käme. Mochte auch die Zahl der Schiffe hinter ihren hochgespannten Erwartungen zurückbleiben, so stimmten doch alle darin überein, daß diese Flotte um vieles größer sei als jene, mit der Sven vor geraumer Zeit in See gestochen war. Einige besonders Scharfsichtige machten Sven Gabelbart an Bord eines der Schiffe aus, und nun wandte sich die Aufmerksamkeit der Menge ihm zu, König Haralds Sohn, von dem es hieß, er habe England unterworfen und kehre mit unermeßlicher Beute heim.

Verhaltener Jubel klang auf, während Sven von zwei Männern durch das seichte Wasser an Land getragen wurde. Als er jedoch auf den eigenen Beinen stand, verstummten die Rufe, und mancher schien seinen Augen nicht zu trauen, denn gemessen an den Taten, die er vollbracht haben sollte, kam er ihnen unsagbar klein vor. Sven spürte die Enttäuschung, ließ sich jedoch nichts anmerken, sondern sprach freundlich mit den Leuten und lauschte geduldig dem Wortwechsel zweier Greise, die sich nicht einig werden konnten, wie groß Gorm der Alte gewesen war.

Inzwischen waren auch seine Gefolgsleute an Land gekommen, und Sven ging mit ihnen zu der Bucht hinüber, die er als Ankerplatz für seine Flotte ausgewählt hatte. Dort blieben sie, bis die Nachricht eintraf, daß Asser, Skjalm Hvides Sohn, mit zwanzig Schiffen die Nordspitze Jütlands umrundet hatte.

Nun brach Sven mit seinem Heer nach Süden auf. Unterwegs schlossen sich ihm etliche Großbauern mit ihren waffenfähigen Söhnen an. Sie berichteten, König Harald habe, als er von Svens Rückkehr erfuhr, im ganzen Land zum Heerbann aufgerufen, und als seiner Aufforderung nur wenige gefolgt seien, habe er sich eines uralten Brauchs entsonnen und den Kriegspfeil von Hof zu Hof geschickt. Doch auch damit habe Harald nicht die erwünschte Wirkung erzielt; es sei von den meisten eher als ein Zeichen seiner Hilflosigkeit gewertet worden. Sven Gabelbart hingegen habe sich durch die Eroberung Englands großes Ansehen erworben, und niemand zweifle mehr daran, daß das Glück von Harald auf ihn übergewechselt sei.

So zog Sven Gabelbart mit seinem Heer unbehelligt durch Jütland. Er legte nur kurze Tagesstrecken zurück; oft machte er für zwei oder drei Tage Rast und ließ die Männer im Gebrauch der Knebellanze unterweisen. Es schien, daß er, während er sich ohne Eile Jelling näherte, schon ein anderes Ziel ins Auge gefaßt hatte.

Als sie sich von den fruchtbaren Marschen ostwärts wandten und die trostlose Ödnis der jütischen Heide durchquerten, geschah es, daß Sven eines Nachts, als er vor dem Zelt sein Wasser abschlug, von einem Wurfspeer zu Boden gerissen wurde. Der Speer verletzte ihn nur leicht an der Schulter, und Sven erhob sich sogleich wieder, leichenblaß zwar, aber ohne Anzeichen von Erregung.

Der Speer steckte neben Svens Zelt im Erdboden, und sein Schaft wies in die Richtung, wo die Zelte der Gefolgsleute lagen. Skarthi befragte die Wachen; sie versicherten ihm, sie hätten so nahe beieinander gestanden, daß kein Fremder ungesehen zwischen ihnen hindurch ins Lager hätte schlüpfen können. Nun ließ Skarthi die Gefolgsleute wecken. Sie krochen schlaftrunken aus den Zelten und traten in das Licht des Lagerfeuers. Skarthi zog den Speer aus dem Boden, säuberte dessen Spitze sorgfältig vom

Erdreich und ging, während er den Speer so hielt, daß jeder ihn aus der Nähe betrachten konnte, langsam vom einen zum anderen.

»Dieser Speer wurde auf Sven Gabelbart geworfen«, sagte er. »Sein Schaft ist aus Zedernholz und seine Spitze vierkantig ausgehämmert. Er wurde für einen Häuptling gemacht, denn nur ein Häuptling kann ihn bezahlen. Wem gehört er?«

»Geschieht es mit deiner Billigung, daß Skarthi Männer verdächtigt, die dir oft genug ihre Treue bewiesen haben?« rief Odinkar zu Sven hinüber.

»Skarthi soll tun, was er für richtig hält«, antwortete Sven.

»Ich weiß nicht, ob ich mich gekränkt oder geschmeichelt fühlen soll«, sagte Sigurd von den Schafsinseln. »Glaubst du, mein linker Arm hätte in so kurzer Zeit die Kraft und die Treffsicherheit gewonnen, die mein rechter besaß?«

»Ich frage noch einmal«, sagte Skarthi: »Welchem von euch gehört der Speer?«

Die Männer starrten mißmutig ins Feuer, und es war nicht zu erkennen, wer aus Empörung schwieg und wer aus Furcht.

»So mag sich der Speer selbst seinen Besitzer suchen«, fuhr Skarthi fort und schleuderte den Speer senkrecht in den Nachthimmel empor. Atemlose Stille trat ein. Dann war aus der Höhe ein Wispern zu hören, das rasch zu einem flatternden Zischen anschwoll, und plötzlich machte Gryth einen Satz zur Seite. Der Speer jedoch fuhr eine Armlänge hinter Skarthi ins Feuer.

»Du hältst deinen Speer für klüger, als er ist, Gryth«, schmunzelte Skarthi, und zu Sven sagte er: »Das ist der Mann, der dich töten wollte, Herr.«

»Es ist mein Speer, das gebe ich zu«, entgegnete der Jarl. »Aber was ist damit bewiesen? Ich war mit Morcar und Leofwine in einem Zelt. Könnte nicht auch einer von ihnen meinen Speer nach Sven Gabelbart geworfen haben?«

»Die Frage kann niemand besser beantworten als du selbst«, sagte Sven. Er ließ Gryth mit den Füßen nach oben an einen Baum hängen. Dort hing er zwei Tage mit aufgedunsenem Oberkörper und blaurotem Gesicht, und am dritten Tag erstickte er an erbrochenem Schleim. Nun wurde darüber gestritten, ob es als Beweis für seine Unschuld anzusehen oder mit der Angst vor der Todesstrafe zu erklären sei, daß Gryth trotz aller Qual kein Geständnis abgelegt hatte. Auch Sven selbst schien sich im Zweifel zu befinden, denn er wies seine Vertrauten an, Morcar und Leofwine zu beobachten und ihn nie mit den beiden Jarlen allein zu lassen. Nach dem Mordanschlag nahm Svens Mißtrauen krankhafte Züge an, und Björn erzählt, Sven habe sein Trinkgefäß mit einem gläsernen Boden versehen lassen, so daß er sein Gegenüber im Auge behalten konnte, wenn er den Becher an die Lippen hob.

Am östlichen Rand der Heide, nicht mehr weit von Jelling entfernt, kam ihnen ein Reitertrupp entgegen, an dessen Spitze Bue der Dicke ritt. Der Ratgeber des Königs hatte noch an Leibesumfang zugelegt, seit Björn ihm zuletzt begegnet war, und sein Pferd atmete hörbar auf, als Bue sich von seinem Rücken wälzte. Die Männer, die ihn begleiteten, trugen blitzende Rüstungen unter langen Mänteln und hatten ihr Haar zu Zöpfen geflochten. Daraus schlossen Svens Gefolgsleute, daß es Franken seien.

Bue der Dicke trat in gebeugter Haltung vor Sven

hin, und Björn sah, daß ihm, obwohl es nicht sonderlich warm war, der Schweiß in Strömen über das feiste Gesicht rann. Seine winzigen, in pralle Hautwülste gebetteten Augen waren schräg nach oben auf Sven gerichtet, während er, wie es die Form verlangte, darauf wartete, daß dieser das Wort an ihn richtete.

»Ist dir heiß, Bue?« fragte Sven. »Oder schwitzt du unter der Bürde eines Auftrags?«

»Das eine ist, daß ich dir die Grüße König Haralds, deines Vaters, überbringen soll, Sven Haraldsson«, antwortete der Dicke feierlich.

»Dafür hättest du dich nicht herzubemühen brauchen, denn ich bin auf dem Weg zu ihm«, sagte Sven. »Und was ist das andere?«

Dies bedürfe etwas breiterer Ausführung, entgegnete Bue und wischte sich den Schweiß von Stirn und Nase. Aus sicherer Quelle habe man erfahren, daß der Sachsenkaiser Otto, der zweite dieses Namens, in schwere Kämpfe mit Sarazenen und Byzantinern verwickelt sei. Um der drohenden Niederlage zu entgehen, habe er alle verfügbaren Truppen nach Süditalien beordert und Hermann den Billunger damit betraut, die Ostgrenze des Reiches gegen die Slawen zu sichern. Dadurch sei das ganze Land nördlich der Elbe nahezu von Feinden entblößt, und selbst die Stadt werde nur noch von einigen Dutzend sächsischer Ritter bewacht. Nach dieser Darlegung, die er im einzelnen mit verläßlichen Zahlen zu untermauern imstande sei, bedürfe es wohl kaum noch des Hinweises, daß der König entschlossen sei, die Gunst der Umstände zu nutzen.

»Es freut mich zu hören, daß mein Vater Pläne schmiedet, statt sich vor Gram über mich zu verzehren«, sagte Sven. »Aber weshalb schickt er dich, mir etwas mitzuteilen, was ich von ihm selbst erfahren könnte?«

»Der König ist der Ansicht, daß Eile geboten sei«, erwiderte Bue, während ihm von neuem der Schweiß ausbrach. »Er schlägt deshalb vor, daß du ohne Aufenthalt weiter nach Süden marschierst und ihr die Stadt von zwei Seiten angreift, du vom Land und er von See her.«

»Er setzt gern auf Bewährtes, der Alte«, schmunzelte Sven. »Da du aber mit Zahlen aufzuwarten versprachst: Wie groß ist sein Heer?«

Darauf antwortete Bue der Dicke, indem er die Stimme senkte und, als gelte es Vertrauliches mitzuteilen, einen Schritt näher an Sven herantrat: »Sieh dir die Männer an, die mit mir kamen. Es sind Franken, Sven Haraldsson. Jeder von ihnen hat auf dem Schlachtfeld Rühmliches geleistet. Der König hat sie durch Gilli anwerben lassen, der neuerdings mit Rittern handelt statt mit Sklaven, und da ich auch Haralds Schatzmeister bin, kann ich dir versichern, daß sie nicht billig waren.«

»Wieviele außer diesen hat er in Dienst genommen?«

»Ich will nicht übertreiben«, erwiderte Bue. »Insgesamt sind es nicht mehr als dreißig, vielleicht auch einige weniger. Aber jeder kämpft für zwanzig Mann, so daß der König, rechnet man noch seine eigenen Männer hinzu, über eine ansehnliche Streitmacht verfügt.«

»So verschwenderisch du Schweiß verströmst, so geizig bist du mit Zahlen, Bue«, sagte Sven. »Darum verlangt es mich, Haralds Heer mit eigenen Augen zu sehen. Kündige dem König meinen Besuch an.«

»Herr«, sagte Bue, und es mochte seiner Verwirrung zuzuschreiben sein, daß er Sven so anredete, »du bringst mich in eine heikle Lage! Mein Auftrag lautet, dich von Jelling fernzuhalten.«

Da lachte Sven und sagte: »Mach dich auf den Weg, Bue! Sonst bin ich da, bevor der Alte das Messer wetzen kann.«

Es war ein trüber Tag, als sie nach Jelling gelangten. Von Westen trieben tiefhängende Wolken über die Heide und tauchten das Land in ein dämmriges Licht. Sven ließ sein Heer vor dem Palisadenzaun ein Lager aufschlagen und ritt mit kleinem Gefolge zum Tor des Königshofes. Nach altem Brauch klopfte Odinkar, der unter den Gefolgsleuten der vornehmste war, mit dem Schwertknauf gegen das Tor, nannte Svens Namen und verkündete, dieser sei gekommen, König Harald seine Aufwartung zu machen. Nun öffnete sich das Tor und gab den Blick auf Styrbjörn frei, der Sven Haraldsson im Namen des Königs willkommen hieß. Sven dankte mit höflichen Worten und nannte, auch dies dem Brauch gemäß, die Namen seiner Gefolgsleute, und der Jomswikinger musterte jeden, als sehe er ihn zum ersten Mal.

König Harald erwartete sie in der großen Halle. Er saß zusammengesunken auf dem Hochsitz und bot Sven den Platz zu seiner Linken an.

»Frag mich lieber nicht nach meinem Befinden, Sohn«, sagte er mit brüchiger Stimme. »Die Antwort würde dich betrüben, und ich bin es müde, von meinen Leiden zu reden.«

»Wie du wünschst, Vater«, antwortete Sven, während er seine Gefolgsleute mit verstohlenen Blicken aufforderte, sich in seine Nähe zu setzen.

»Als ob mir Alter und Krankheit nicht schon genug zu schaffen machten, hat mich auch noch der Schlag getroffen«, sagte der König. Er hob den Kopf ein wenig, und nun sah man, daß sein rechter Mundwinkel herunterhing.

»Steht es so schlimm mit dir«, sagte Sven, indem er seinen Worten eine Betonung gab, die sie zwischen Frage und Feststellung in der Schwebe ließ.

»Nun, es hätte schlimmer kommen können«, schwächte der König ab. »Zuerst war mir, als sei ich am ganzen Körper gelähmt; jetzt sind nur noch der rechte Arm und eine Seite meines Gesichts ohne Gefühl. Davon ist teilweise auch meine Zunge betroffen: Manchmal gehorcht sie mir gar nicht; dann wieder sagt sie eigenmächtig Worte, die jeglichen Sinnes entbehren. Es ist, alles in allem, kein Vergnügen, alt zu werden, Sohn. Aber nun erzähle mir, was du in England erlebt hast.«

»Björn Bosison kann es unterhaltsamer in Worte kleiden«, antwortete Sven. »Wir haben nur noch keine Zeit gefunden, uns zu verständigen, welche Ereignisse erzählt und welche besser mit Schweigen übergangen werden sollten. Deshalb fasse dich noch ein wenig in Geduld, Vater, und laß uns statt dessen über deine Pläne reden.«

»Ich will nicht verhehlen, daß ich dich im Zorn mit einem Teil meines Heeres von dannen ziehen sah, Sohn«, sagte Harald. »Nun aber, da du mit einem weit größeren Heer zurückgekehrt bist, will ich es dir nicht mehr nachtragen und dich zum Befehlshaber beider Heere ernennen.«

»Es überrascht mich, dich von zwei Heeren reden zu hören«, entgegnete Sven. »Wo hältst du das andere verborgen?«

»Mir steht nicht der Sinn nach scherzhafter Rede«, wies der König ihn zurecht. »Ich unterstelle all meine Männer deinem Befehl, außer einigen wenigen, die ich zu meinem eigenen Schutz benötige.«

»Höre, Vater«, sagte Sven, »ich ziehe nicht mit Männern in den Kampf, die ein anderer gekauft hat. Da uns ihre vielgerühmte Tapferkeit aber von Nutzen sein könnte, schlage ich vor, daß du deine Ritter selbst befehligst.«

»Ich bin ein alter kranker Mann, vergiß das nicht«, erwiderte Harald. »Soll ich mich auf einer Bahre in die Schlacht tragen lassen?«

»Wenn ich den Feind aus dem Land vertreiben soll, wirst du mich begleiten müssen, Vater«, sagte Sven. »Ich will weder dich noch deine Söldner im Rücken haben, während ich gegen den Sachsen kämpfe.«

»Du stellst dem König Bedingungen?« rief Harald, indem sein rechter Mundwinkel heftig zu zucken begann.

»Bis jetzt habe ich nur eine genannt«, antwortete Sven gleichmütig. »Doch es kann sein, daß es nicht bei dieser bleibt.«

Mehr sprachen sie an diesem Abend nicht miteinander. König Harald brütete finster vor sich hin, während Sven vom Hochsitz herab mit seinen Gefolgsleuten scherzte und zuweilen lauter lachte, als man es von ihm gewohnt war. Einmal begegnete Björn König Haralds Blick. Er wich ihm aus, aber er spürte, wie er lange an ihm haften blieb.

Später gingen Svens Gefolgsleute zu den Frauen. So kam es, daß Björn Nanna wiedersah. Ihr Körper war noch etwas üppiger geworden und wies nun auch Rundungen an Stellen auf, wo vorher keine gewesen waren. Sie zog Björn auf ihr Lager und sagte: »Was hast du mir mitgebracht, Björn Hasenscharte?«

»Nicht viel mehr als mich selbst«, erwiderte Björn.

»So gib mir das Wenige, damit es nicht heißt, du hättest umsonst mit mir geschlafen.«

Björn schenkte ihr einen silbernen Armreif und eine Handvoll Münzen von geringem Wert, und Nanna meinte, dafür pflege sie sonst allenfalls ihre Hand zu leihen, doch er, Björn, solle für diesen Hungerlohn die Wonnen arabischer Liebeskunst genießen, denn er stünde ihrem Herzen näher als jeder andere Mann. Was nun geschah, sollte Björn bis an sein Lebensende nicht vergessen. Sie hätten sich, erzählte er mit lustvollem Behagen, mit solcher Hingabe geliebt, daß Zärtlichkeit nicht mehr von Qual zu unterscheiden gewesen sei, er habe sich winseln, brüllen, verzückte Schreie ausstoßen hören, und er schwöre bei Freyrs mächtigem Glied, daß er sich nicht weniger als ein dutzendmal in Nanna ergossen habe.

Als es Morgen wurde, lagen sie erschöpft nebeneinander und sahen zu den Fledermäusen empor, die wie kleine pralle Säcke an den Dachbalken hingen.

»Weißt du noch, wie ich dir erzählte, daß ich die Tochter des Kalifen von Cordoba sei?«

»Wie könnte ich das vergessen haben, Nanna.«

»Erinnerst du dich auch, daß ich sagte, man brauche eine Wahrheit, um einer Lüge Glaubwürdigkeit zu verleihen?«

»Ich erinnere mich an jedes deiner Worte.«

»Meine Wahrheit war meine Schönheit«, fuhr Nanna fort. »Solange ich schön war, glaubte man, daß ich die Tochter des Kalifen sei, oder tat so, um mir zu gefallen. Aber jetzt werde ich fett, die Brüste hängen mir auf den Bauch herab, ich fange an, wie ein altes Weib zu riechen. Meine Schönheit schwindet dahin und mit ihr alles, wofür es sich zu leben lohnte. Mir bleibt nicht mehr viel Zeit, wenn ich als Tochter des Kalifen von Cordoba sterben will.«

»Was redest du vom Sterben, Nanna!« rief Björn erschrocken. »Du bist kaum älter als ich und noch immer die schönste von allen Frauen, denen ich jemals begegnet bin.«

Ein Lächeln huschte über Nannas Gesicht. Dann sah sie ihn mit ihren schwarzen Augen an und sagte: »Würdest du mich töten, wenn ich dich darum bäte, Björn Hasenscharte?«

Die Antwort blieb ihm erspart, denn während er nach Worten suchte, war von draußen Lärm zu hören. Er eilte zur Tür und sah, daß Svens Gefolgsleute sich zum Aufbruch sammelten. An ihnen vorbei zogen die fränkischen Ritter in langer Reihe zum Tor hinaus. Auf ihren blanken Rüstungen spiegelte sich das Morgenrot, und ihre Feldbanner knatterten im Wind.

12

Auf dem Hügel nördlich der Stadt, der noch die Reste einer alten Fluchtburg trug, errichteten die Dänen ihr Lager. Von dort bot sich ihnen ein weiter Blick über die Heide und den inneren Teil der Förde. Unterdessen war Asser mit seiner Flotte bei günstigem Wind in den Meeresarm eingelaufen, hatte die Burg besetzt, in die Björn einst verschleppt worden war, und die Schiffe jenseits der Landenge vor Anker gehen lassen.

Die Stadt war wie ausgestorben. Weder in den Straßen noch auf dem sonst stets belebten Platz am Hafen waren Menschen zu sehen. Später erfuhr man, daß Ottos Ritter den Einwohnern bei Todesstrafe verboten hatten, ihre Häuser zu verlassen, damit sie im Falle eines Angriffs ungehindert durch die engen Straßen reiten konnten. Bis dahin hielten sie sich kampfbereit in den Lagerschuppen verborgen, während der Wall mit Söldnern aus allen Teilen des Sachsenreiches besetzt war.

Mehrere Tage vergingen, ohne daß Sven die für einen Angriff nötigen Vorkehrungen traf. Es war ihm inzwischen zur Gewohnheit geworden, daß er sich um so zaudernder gab, je dringlicher anderen schnelles Handeln geboten erschien. So war es vor Lundenwic gewesen, und so verhielt er sich auch jetzt, als seine Gefolgsleute ihn bestürmten, die Stadt einzunehmen, bevor es dem Sachsenkaiser möglich sei, Verstärkung zu schicken.

Schließlich kam der König selbst, auf Tryn gestützt, mit schmerzverzerrtem Gesicht in Svens Zelt. »Worauf wartest du?« keuchte er. »Wie lange sollen wir noch untätig auf diesem Hügel sitzen?«

»Gefällt dir der Ausblick nicht, Vater?«

»Ich fange an, daran zu zweifeln, daß du das Zeug zu einem Heerführer hast«, versetzte der König erbost. »Wäre es nach mir gegangen, wir hätten den Feind gleich in der ersten Nacht überrumpelt.«

»Es muß deine Zunge sein, die eigenmächtig solch törichte Worte spricht«, entgegnete Sven Gabelbart. »Wie willst du einen Gegner überrumpeln, der auf dein Kommen vorbereitet ist?«

»Die Gelegenheit ist ohnehin vertan, wozu noch darüber reden«, rief Harald. »Doch ich weiß aus bitterer Erfahrung, daß die eigene Unentschlossenheit stets nur dem Feind nützt. Also hör auf mich und greif endlich an, Sohn!«

»Meine Gefolgsleute haben mir dasselbe geraten«, gab Sven zu. »Alle außer Skarthi.« Auf diesen richtete er nun den Blick und fragte: »Was sagst du, Freund?«

»Ich habe mir den Wall aus der Nähe angesehen«, erwiderte Skarthi. »Er ist von den Sachsen so stark befestigt worden, daß es viel Blut kosten würde, ihn im Sturm zu nehmen. Deshalb rate ich dir, die Sachsen zum Angriff herauszufordern.«

»Man sagt den Sachsen allerhand Schlechtes nach«, warf der König ein. »Aber ich habe noch nie gehört, daß sie dumm seien. Was, glaubst du, könnte sie dazu bringen, ihr Leben ohne Not aufs Spiel zu setzen?«

»Deine Ritter«, antwortete Skarthi. »Zwischen Sachsen und Franken herrscht seit langem unversöhnlicher Haß. Zeig ihnen deine fränkischen Ritter, und sie werden nicht lange auf sich warten lassen.«

»Nun gut«, sagte Harald, nachdem er eine Weile nachgedacht hatte. »Mir soll es recht sein, denn wie es auch ausgeht: Ich schneide nicht schlecht dabei ab. Gilli hat mir für jeden, der im Kampf fällt, das Doppelte des Kaufpreises zu zahlen versprochen.«

Kurz darauf stand Björn mit Sven am Südhang des Hügels. Vor dem westlichen Tor hatten die fränkischen Ritter in geschlossener Front Aufstellung genommen. Steif saßen sie, von Kopf bis Fuß in Eisen gezwängt, auf ihren gleichfalls gepanzerten Pferden. Für einen Augenblick schien Bewegung in ihre Reihe zu kommen, doch es war nur ein Windstoß, der hier an einem Helmbusch zerrte, dort einen

Wimpel flattern ließ. Dann sprang das Tor auf. Da waren sie, Ottos gefürchtete Ritter, und der Boden erzitterte unter dem Hufschlag ihrer schweren Schlachtrosse. Sie durchbrachen die Front der Franken, rissen ihre Pferde herum und gingen mit angelegten Lanzen zum Zweikampf über.

Anfangs, erzählt Björn, hätten sie nach bestimmten, den Dänen unbekannten Regeln gekämpft, dann aber hätten sie ihren Haß nicht mehr zügeln können und blindwütig aufeinander eingeschlagen. Ein ohrenbetäubender Lärm sei zu ihnen heraufgedrungen, wie aus einer riesigen, von fieberhafter Betriebsamkeit erfüllten Schmiede. Die Franken hätten sich tapfer gewehrt, keiner sei auch nur einen Fußbreit zurückgewichen, doch den an Zahl, vor allem aber an ungestümer Kraft überlegenen Rittern des Kaisers seien sie nicht gewachsen gewesen, so daß einer nach dem anderen aus dem Sattel geworfen worden sei.

Jetzt gab Sven Gabelbart einem Teil seines Heeres den Befehl zum Angriff. Mit gellendem Kampfgeschrei stürmten die Männer den Hügel hinab. Die sächsischen Ritter, schon im Rückzug begriffen, machten kehrt. Dies war der Augenblick, auf den Sven Gabelbart gewartet hatte: Während die Sachsen den dänischen Heerhaufen auseinandersprengten und die Fliehenden weit in die Heide hinein verfolgten, stieß er selbst mit dem anderen Teil seines Heeres geradewegs zum westlichen Tor vor. Dort waren nicht mehr als eine Handvoll sächsischer Ritter zur Bewachung zurückgeblieben. Diese gaben bedenkenlos dem Verlangen nach, sich durch eine kühne Tat einen Anteil am Sieg zu sichern. Als sie jedoch hinter dem Wall hervor ins Freie gelangt waren, sollten sie erfahren, daß die Dänen über eine

Waffe verfügten, vor der sie ihre Eisenpanzer nicht zu schützen vermochten. Knirschend bohrten sich die Knebellanzen durch ihre Rüstungen, und alle fanden den Tod. Nicht besser erging es den Rittern, die, von der Heide zurückkehrend, ihren Landsleuten zu Hilfe kommen wollten. Ihr Angriff, erzählt Björn, sei von solcher Wucht gewesen, daß sie sich gleichsam selbst an den Knebellanzen aufgespießt und kurz darauf wie schwerfällige, hilflos mit den Gliedmaßen strampelnde Käfer am Boden gelegen hätten.

Unterdessen war Sven mit seinen Männern durch das Tor in die Stadt eingedrungen. Die Söldner suchten ihr Heil in der Flucht, indem sie vom Wall in den Graben hinuntersprangen, doch auch von denen, die nicht ertranken, kamen nur wenige mit dem Leben davon. Das westliche Tor wurde seit diesem Tage ›Svens Sturmloch‹ genannt, und der Name blieb erhalten, als die Stadt selbst längst vom Erdboden verschwunden war.

Ungerührt von den Bitten seiner Männer, er möge ihnen ein wenig Ruhe gönnen, traf Sven sogleich eine Reihe von Anordnungen: Er befahl, die Toten am Fuß des Hügels zu bestatten, ließ Ulf den Ungewaschenen mit zwei Hundertschaften das Danewerk besetzen und schickte Sigurd von den Schafsinseln mit einem Reitertrupp zur Erkundung nach Süden aus. Danach begab er sich zum Haus des Königs und wies das Gesinde an, das Haus zu säubern und wohnlich herzurichten, denn von nun an werde es ihm und seinen Vertrauten als Unterkunft dienen. Dies war die erste von zwei Kränkungen, die zum endgültigen Zerwürfnis zwischen König Harald und seinem Sohn führen sollten.

Während sich die übrigen Bewohner der Stadt noch in ihren Häusern aufhielten, weil sie entweder am Sieg der Dänen zweifelten oder nicht voreilig dem Falschen zujubeln wollten, kam Poppo aus seiner Kirche und begrüßte Sven mit überströmender Herzlichkeit. Die Stadt, rief er, schulde ihm auf ewig Dank, daß er sie vom sächsischen Joch befreit habe, und er werde für Sven Gabelbart, möge dieser auch immer noch ungetauft sein, eine Messe lesen. Im gleichen Atemzug bat er, die Mönche nicht dafür zu strafen, daß sie ihm, Poppo, so übel mitgespielt hätten. Es sei seines, des Bischofs, Amtes, sie aus teuflischer Verblendung auf den rechten Weg zurückzuführen.

Sven musterte ihn mit abschätzigem Blick. »Du wirst es noch dahin bringen, daß man dich eines Tages einen Heiligen nennt, Bischof«, sagte er und ging davon.

»Er mag mich nicht«, sagte Poppo zu Björn, der bei ihm zurückgeblieben war. »Und daran ist kein anderer als Skarthi schuld.«

»Laß uns in mein Haus gehen, Poppo«, schlug Björn vor. »Ich will mit dir einen Becher auf meine glückliche Heimkehr leeren.«

»Wir werden Wasser trinken müssen, mein Sohn«, seufzte Poppo. »Die Sachsen haben alles ausgesoffen; nicht einmal meinen Meßwein haben sie verschont.«

Als Björn sein Haus betrat, war ihm, als sei er Jahre fort gewesen. Die Kinder starrten ihn wie einen Fremden an, und Björn entsann sich nur mit Mühe ihrer Namen. Asfrid glich einem Gespenst aus Haut und Knochen; ihre Lippen waren über den zahnlosen Kiefern nach innen gesunken, und strähniges graues Haar hing über ihrem verwüsteten

Gesicht. Ihr Anblick erschreckte Björn so sehr, daß er es nicht über sich brachte, sie zu umarmen.

»Wo ist Vigdis?« fragte er.

Als sie den Namen hörte, drehte Asfrid sich um und verließ wortlos den Raum.

»Über deine Tochter gibt es Erstaunliches zu berichten«, sagte Poppo, als sie sich an den Tisch gesetzt hatten. »Obgleich sie mit allem ausgestattet ist, was eine Jungfrau begehrenswert macht, erntet sie größere Bewunderung durch Fähigkeiten, die man gemeinhin von einem Mann erwartet. Sie kann das Schwert so schnell schwingen, daß man drei in der Luft zu sehen glaubt; sie schießt mit dem Bogen und trifft jedesmal ins Ziel; sie springt höher, als sie lang ist, und rückwärts nicht kürzer als vorwärts; sie schwimmt wie ein Seehund, und daher kommt es selten vor, daß sie bei Wettkämpfen mit Jünglingen unterliegt. Wenn du nun aber in meinen Worten einen schwärmerischen Ton zu hören vermeinst, so laß dir sagen, daß mich dies alles eher mit Sorge erfüllt. Denn welcher Mann würde ein Weib zur Frau nehmen, das ihm in männlichen Fertigkeiten überlegen ist?«

»Es gelingt dir trotzdem schlecht, deine Begeisterung zu verbergen, Poppo«, schmunzelte Björn. »Könnte es daran liegen, daß du ihr Lehrmeister warst?«

»Ich habe sie Lesen und Schreiben gelehrt«, antwortete Poppo. »Wir haben gemeinsam das Buch der Bücher studiert, oft ganze Nächte hindurch. Manchmal sprachen wir zur Erholung auch von anderen Dingen. So erzählte ich ihr beiläufig, daß ich als Jüngling keiner Rauferei aus dem Wege ging. Darüber wunderte sie sich so sehr, daß ich, um nicht als

Lügner zu erscheinen, genötigt war, mich in Einzelheiten zu ergehen. Nun gab sie keine Ruhe mehr, bis ich mich bereit fand, ihr dieses und jenes beizubringen. Doch nie hätte ich geglaubt, daß meine Unterweisung auf derart fruchtbaren Boden fallen würde.«

»Du weißt viel über Vigdis zu berichten, Poppo. Aber meine Frage hast du noch nicht beantwortet. Wo ist sie? Weißt du es nicht, oder hast du einen Grund, es mir zu verheimlichen?«

Der Bischof griff zum Becher, führte ihn zum Mund und stellte ihn naserümpfend auf den Tisch zurück. »Was ich mit Bestimmtheit sagen kann, ist dies, mein Sohn: Vigdis ist verschwunden; alles andere weiß ich vom Hörensagen. So wird berichtet, Vigdis habe sich von deinem Bruder Tore ein Boot ausgeliehen und sei allein auf das Meer hinausgesegelt. Vor der Südküste Seelands soll sie Gilli dem Russen auf einem Achtruderer begegnet sein und ihm erzählt haben, das Schiff habe sie mitsamt der Besatzung von einem Seeräuber namens Thorgrim Flachnase bekommen. Da nun Gerüchte, so sehr sie auch aufgebauscht sein mögen, meist ein Körnchen Wahrheit in sich bergen, berechtigen sie uns immerhin zu der Hoffnung, daß Vigdis noch am Leben ist.« Nach einer Weile setzte er hinzu: »Ich liebe sie wie eine Tochter, deshalb blutet mir das Herz, daß ich versäumte, ihrem Tatendrang mit geistlicher Ermahnung entgegenzuwirken. Und du, mein Sohn, siehst mich tief beschämt vor dir sitzen, versprach ich doch, sie wie meinen Augapfel zu hüten.«

»Ich mache dir keine Vorwürfe, Poppo«, antwortete Björn. »Nach allem, was ich hörte, befandst du dich in einer schlimmen Lage. Wie hättest du dich bei allem Unglück, das dir geschah, noch um andere Menschen kümmern können?«

»Du bist barmherziger, als man es von einem Heiden erwarten sollte, lieber Freund«, sagte der Bischof dankbar. »Aber du hast recht: Von allen Prüfungen, deren mich der Allmächtige unterzog, war dies eine der schwersten. Ich war nahe daran, ihn zu verfluchen, als ich bis zum Hals im Kot steckte, und ich werde ihn bis an mein Lebensende dafür preisen, daß er mich durch ein Wunder vor dieser Sünde bewahrte.«

»War es wirklich ein Engel, der dich aus der Grube holte?«

Auf Poppos rotem Gesicht breitete sich Heiterkeit aus, während er zugleich die Augenlider zusammenkniff. »Die Leute sagen es«, antwortete er, »und da es fraglos mit Gottes Zustimmung geschah, daß die Mönche mich in die Scheiße warfen, ist es nicht mehr als recht und billig, daß er mich von einem Engel wieder herausholen ließ.«

Am nächsten Tag wurde bekannt, daß König Harald im Schutz der Dunkelheit in die Stadt gekommen war und mit seinen Gefolgsleuten in Bues des Dicken Haus Wohnung genommen hatte. Kurze Zeit später trafen Haralds Gespielinnen ein, unter ihnen auch Nanna. Königin Hallgerd, hieß es, sei in Jelling geblieben, weil sie sich unpäßlich fühle. Wir vermuten jedoch, daß sie nicht in die Auseinandersetzung zwischen zwei Männern einbezogen werden wollte, von denen sie dem einen durch Neigung, dem anderen durch ihr Wort verbunden war.

Der König, erzählte Bues Gesinde, sei in übler Laune. Ohne Grund teile er Schläge aus und ergehe sich in wüsten Beschimpfungen. Nachts finde er keinen Schlaf; man höre ihn wimmern und stöhnen, gelegentlich auch laut mit sich selber reden. Im Morgengrauen pflege er Bue, Wichmann und Styrbjörn an sein Bett zu rufen, und an der Art, wie sie miteinander sprächen, sei zu erkennen, daß sie finstere Pläne schmiedeten.

Währenddessen ging Sven Gabelbart in der Stadt umher, ließ sich mit den Bewohnern, ungeachtet ihres Standes, auf Gespräche ein und wies selten eine Bitte ab, wenn sie ihm in geziemender Weise vorgetragen wurde. Eines Tages führte Björn ihn in seine Werkstatt, und es zeigte sich, daß Sven auf den ersten Blick die Arbeiten der Gehilfen von jenen zu unterscheiden wußte, die Björn selbst gefertigt hatte. Während sie sich nun in die Betrachtung schöner Kämme vertieften und Björn die ebenso kunstvollen wie rätselhaften Verzierungen erklärte, hatte Poppo unbemerkt die Werkstatt betreten und war, den Augenblick erwartend, da sie ihm ihre Aufmerksamkeit zuwenden würden, an der Tür stehengeblieben.

Sven zuckte zusammen, als er Poppo sah. »Wie bist du hereingekommen, Bischof?« fuhr er ihn an. »Hat meine Wache dich nicht aufgehalten?«

»Ich gab deinen Leuten zu bedenken, was schwerer wöge: der Zorn des Allmächtigen oder deiner, Sven Haraldsson. Da traten sie beiseite.«

»Was willst du?« fragte Sven ungehalten.

»Laß uns allein, mein Sohn«, sagte Poppo zu Björn.

»Björn Hasenscharte bleibt hier!« befahl Sven. »Ich habe mir angewöhnt, mit niemandem unter vier Augen zu sprechen, außer mit ihm und Skarthi.«

»Was ich dir mitzuteilen habe, ist vertraulich, Herr«, sagte der Bischof. »Und Björn Bosison neigt neuerdings dazu, aus allem eine Geschichte zu machen.«

»Er schweigt, wenn ich es will«, erwiderte Sven.

»Gut, dann höre, daß ich in Sorge um dich bin, Sven Haraldsson. Mir träumte, du gingst, den Blick in die Ferne gerichtet, auf einen Abgrund zu. Unten, tief unten wogte dunkel das Meer. Ich sah, daß dein Schritt schneller wurde, je näher du dem Abgrund kamst. Ich schrie, um dich zu warnen, und mein Schrei hallte noch im Raum wider, als ich erwachte.«

»Du ißt zuviel, Bischof. Ein voller Bauch macht schlechte Träume.«

»Manche Träume kann man auf verschiedene Weise deuten«, fuhr Poppo fort. »Ich habe es auch bei diesem versucht, doch gelangte ich immer wieder zu dem gleichen Ergebnis. Er ist eine Warnung, Sven Haraldsson. Du stehst unmittelbar vor einem Abgrund, und du siehst ihn nicht. Was nun, frage ich, hindert einen vorsichtigen Mann wie dich daran, die drohende Gefahr zu erkennen? Könnte es sein, daß du dich auf sicherem Boden wähnst, weil das Auge nicht Ferne und Nähe zugleich mit gleicher Schärfe zu sehen vermag?«

»Du schlägst mir zu große Bögen, Bischof. Komm zum Eigentlichen.«

»Wir müssen unser Augenmerk auf etwas richten, was dir nahesteht, Sven Haraldsson. Und was könnte dies anderes sein als ein Mensch? Nun wollte es der Zufall, daß du eben selbst zwei Namen nanntest. Sagtest du nicht, du sprächest mit niemandem unter vier Augen, außer mit Björn Bosison und Skarthi? Wenn es nun einer von diesen wäre, vor dem dich mein Traum warnen will?«

»Du kennst mich seit vielen Jahren, Poppo, du

nennst mich sogar deinen Freund«, warf Björn entrüstet ein. »Traust du mir zu, ich könnte gegen Sven Gabelbart etwas im Schilde führen?«

»Verzeih mir, mein Sohn«, erwiderte Poppo. »Ich erwähnte deinen Namen nur, weil er im Zusammenhang mit jenem anderen fiel.«

»Also Skarthi«, sagte Sven. »Du erdreistest dich, meinen einzigen Freund zu verleumden.« Von plötzlichem Zorn ergriffen, packte er Poppo an der Kutte und schrie: »Scher dich fort, Priester, sonst bringe ich dich um!«

»Ich gehe nicht, bevor ich alles getan habe, das Unheil von dir abzuwenden«, entgegnete der Bischof mit gleicher Lautstärke.

»Denn für uns alle brächen schlechte Zeiten an, wenn der Thron nach dem Tod des Königs verwaist wäre. Höre mich also an, Sven Haraldsson, und entscheide dann, ob es gerechtfertigt ist, mich einen Verleumder zu schimpfen.«

Sven ließ ihn los, ging eine Weile auf und ab, umkreiste dann den Tisch, an dem die Kammacher zu arbeiten pflegten, und richtete den Blick auf Poppo. Dabei hielt er den Kopf zur Seite gewandt, als könne er aus den Augenwinkeln besser erkennen, ob Poppo die Wahrheit sprach. »Gut denn, ich höre.«

»Laß uns damit beginnen, wie du ihn aus dem Wasser zogst«, hob der Bischof an. »Kam er zufällig des Weges geschwommen, Herr?«

»Sein Schiff war in einen Sturm geraten und gesunken. Skarthi hatte sich als einziger retten können. So war es kein Zufall, daß er dort schwamm.«

»Sahst du etwas von einem Schiff, Sven Haraldsson? Sahst du auch nur eine Planke auf dem Wasser treiben? Hättest du, da du in der Nähe warst, nicht auch in jenen Sturm geraten müssen? Konnte außer Skarthi keiner von der Besatzung schwimmen?«

»Du fragst mich nicht, um eine Antwort zu bekommen Bischof. Du willst mir etwas einflüstern.«

»Ich gebe nur zu bedenken, Herr. Manches deutet darauf hin, daß er dort allein zu dem Zweck schwamm, von dir aus dem Wasser gezogen zu werden. Da du ihm das Leben gerettet hast, war es nun an ihm, sich dafür erkenntlich zu zeigen. Dies tat er in reichem, in überreichem Maß. Wie oft hat er dir seitdem das Leben gerettet, Herr? Wie viele Erfolge verdankst du seinem Rat? Gab er dir einmal Grund, an seiner Klugheit oder seiner Treue zu zweifeln? Beging er auch nur einen einzigen Fehler? Nun frage ich dich, Sven Haraldsson: Was für ein Mensch ist das, der nicht die geringste jener Schwächen aufweist, mit denen wir gewöhnlichen Sterblichen vom Tage unserer Geburt an behaftet sind? Ich sage dir: Er ist ein Hexer, ein Diener des Satans!«

»Das hörte ich dich schon einmal sagen. Damals gabst du vor, Skarthi nicht zu kennen.«

Poppo schlug die Augen nieder und sah auf seinen rundlich vorgewölbten Bauch. Dann sagte er: »In bestimmten Fällen kann die Wahrheit größeren Schaden stiften als eine Lüge.«

»Dann hatte Skarthi also recht. Ihr kennt euch von früher. Wie nanntest du dich damals?«

»Ich trug einen anderen Namen, ebenso wie Skarthi. Aber du wirst weder diesen noch jenen aus meinem Mund hören, denn mit beiden verknüpfen sich schreckliche Erinnerungen.« Nun hob Poppo die gefalteten Hände vor sein Gesicht und rief: »Herr, laß dich nicht vom Satan blenden und erkenne, daß Skarthi ausgesandt wurde, dich ins Verderben zu stürzen! Niemand weiß besser als ich, wie grausam er mit jenen verfährt, die ihm ihr Vertrauen schenken! Ich beschwöre dich, sag dich von ihm los, bevor du das Opfer seiner Bosheit wirst!«

»Du bist nicht in deiner Kirche, Poppo«, sagte Sven. »Laß uns also vernünftig miteinander reden. Mir scheint, du hast gewichtigere Gründe als ich, Skarthi aus dem Weg zu räumen. Du fürchtest, er könnte etwas von deiner Vergangenheit verlauten lassen, was einem Bischof schlecht zu Gesicht stünde.«

»Im Unterschied zu Skarthi gebe ich mir nicht den Anschein der Uneigennützigkeit«, erwiderte Poppo. »Ich bekenne freimütig, daß ich über manches, was damals geschah, gern den Mantel des Schweigens gebreitet sähe. Aber es wäre ein verhängnisvoller Fehler, meine Warnung deswegen in den Wind zu schlagen, Sven Haraldsson. Laß es nicht dahin kommen, daß du selbst erkennen mußt, wer Skarthi ist. Du wärst verloren.« Mit diesen Worten ging er.

Sven nahm einen Kamm vom Tisch, wog ihn in der Hand und sagte: »Verkaufst du mir diesen hier, Björn Bosison?«

»Wenn du erlaubst, möchte ich ihn dir schenken«, antwortete Björn.

»Wie denkst du über Skarthi?« fragte Sven, während er den Kamm ohne ein Wort des Dankes an sich nahm.

»Er ist mir ein Rätsel, Herr. Soviel ich über ihn erzählen könnte: Er fügt sich in keine Geschichte ein. Wenn ich ihn zu beschreiben versuche, kommt es mir vor, als entferne er sich mit jedem Schritt, um den ich mich ihm zu nähern glaube. Das ist alles, was ich über ihn sagen kann.«

Sven zwirbelte eine Weile gedankenverloren die Spitzen seines schütteren Bartes. Dann sagte er: »Skarthi hat mir unschätzbare Dienste erwiesen und nie etwas dafür verlangt. Ein solches Maß an Selbstlosigkeit hätte mich stutzig machen sollen, darin gebe ich dem Priester recht.«

Kurze Zeit darauf gab Sven Gabelbart im Haus des Königs ein Fest, zu dem außer seinen Gefolgsleuten, jütischen und angelsächsischen Jarlen auch einige Großbauern aus der näheren Umgebung geladen waren. Diese wurden angeführt von Tore, Bosis Sohn, der das Amt des Thingsprechers von seinem Schwiegervater übernommen hatte. Mit Worten, die er sich sorgfältig und vermutlich nicht ohne fremde Hilfe zurechtgelegt hatte, dankte er Sven Gabelbart für die Einladung und ließ sich neben Björn nieder. Vigdis, wußte er zu berichten, habe ihn nicht nur um ein Boot, sondern auch um Waffen gebeten, und er habe sie darüber hinaus noch mit Nahrung für zwei oder drei Wochen versorgt. Über Ziel und Zweck ihrer Reise habe sie keine klare Auskunft gegeben, und seine Ermahnung, daß das Meer kein Tummelplatz für Weiber sei, habe sie mit einem Lachen beantwortet.

»Du hättest sie zurückhalten sollen, Bruder«, sagte Björn.

»Ich habe es versucht«, erwiderte Tore und entblößte seinen Arm, auf dem eine frischvernarbte Wunde zu sehen war. »Sieh her, hier stach sie mich mit dem Schwert, das ich ihr soeben geschenkt hatte.«

Sven saß auf dem Hochsitz des Königs, und wenn er sich zwischen den mächtigen Pfosten auch recht verloren ausnahm, herrschte im Saal doch Einigkeit darüber, daß dies der ihm gemäße Platz sei. Als die Stimmung ausgelassener wurde und einer den anderen an Lautstärke zu übertreffen suchte, winkte Sven Skarthi zu sich und sprach zu ihm mit liebenswürdiger Miene und freundschaftlichen Gebärden. Was er sagte, ging im Stimmengewirr unter, aber Björn sah, daß alle Farbe aus Skarthis Gesicht wich und seine schwarzen Brauen sich über die Augen senkten. Als Sven geendet hatte, richtete Skarthi sich aus der vorgebeugten Haltung des Lauschenden auf und ging zu seinem Platz zurück.

Am nächsten Morgen war er verschwunden. Sven ließ in der Stadt nach ihm suchen, und als man ihn dort nicht fand, schickte er seine Männer auf die Heide hinaus. Sie meldeten, sie hätten hinter jeden Strauch und jeden Stein geschaut, ohne Skarthi selbst oder auch nur eine Spur von ihm zu entdecken. Erst Tage später fand ihn ein Schweinehirt in einer mit Zweigen und Heidekraut überdachten Mulde. Skarthi hatte sich die Pulsadern geöffnet, und ringsum war die Erde getränkt mit seinem Blut.

13

Sven Gabelbart nahm die Nachricht mit unbewegtem Gesicht entgegen. Er gab Befehl, Skarthis Leichnam in die Stadt zu bringen, und zog sich mit Björn in sein Schlafgemach zurück. Dort legte er sich auf das Bett und starrte längere Zeit zur Decke empor. Dann sagte er: »Sein Selbstmord fügt den vielen Rätseln noch ein weiteres hinzu. Brachte er sich um, weil er sich von mir durchschaut fühlte, oder war er mir so treu ergeben, daß er den Tod der Trennung vorzog?«

»Du wolltest dich von ihm trennen, Herr?«

»Wenn der Zweifel erst geweckt ist, läßt er sich schwer wieder zum Schweigen bringen«, erwiderte Sven. »Ich empfand Unbehagen in seiner Nähe. Daher sagte ich ihm, daß die Zeit gekommen sei, ihn für seine treuen Dienste zu belohnen. Überdies dürfe er, falls er nach Uppsala zurückkehren und dort Anspruch auf den Königsthron erheben wolle, mit meiner großzügigen Unterstützung rechnen.«

»Das war sehr klug von dir, Herr. Denn wie hätte ein Yngling ein solches Angebot ablehnen können?«

»Ich bin nicht mehr sicher, ob er aus dem Geschlecht der Ynglinge stammte; vielleicht war dies eine der Lügen, mit denen er mich umgarnen wollte. Doch nun höre, Björn Bosison, und merke dir, was ich sage: Ich habe Skarthi meinen Freund genannt, und ich will nicht, daß es heißt, ich hätte mich täuschen lassen. Was immer du von Skarthi erzählen wirst, sprich gut von ihm. Man soll Skarthi als einen Mann in Erinnerung behalten, der meiner Freundschaft würdig war.«

Als die Gefolgsleute mit Skarthis Leichnam in das Haus des Königs zurückgekehrt waren, rief Sven den Goden Odinkar zu sich und sagte, er habe ihn oft davon erzählen hören, wie die schwedischen Waräger ihre Häuptlinge zu bestatten pflegten, und da Skarthi aus königlichem Geschlecht stamme, sei es sein Wunsch, daß ihm die gleiche Ehre zuteil werde. Er beauftragte den Goden, unverzüglich mit den Vorbereitungen zu beginnen und ungeachtet der Kosten oder eines bischöflichen Einspruchs nach Warägerbrauch zu verfahren. So kam es, daß die Stadtbewohner Zeugen eines Ereignisses wurden, dessen Schilderung noch viele Menschenalter später ein lustvolles Schaudern hervorrufen sollte.

Ein Schiff wurde an Land gezogen und mit vier Pfosten abgestützt, so daß es aufrecht stand. Rings um das Schiff wurden Zelte für Sven Gabelbart, seine Gefolgsleute und die Jarle errichtet. Unterdessen wuschen Mägde den Leichnam und rieben ihn mit duftenden Kräutern ein. Wie es der Brauch erforderte, fragte Odinkar die Sklavinnen, welche von ihnen Skarthi in das Totenreich begleiten wolle. Während die Mägde erschrocken nach Ausflüchten suchten, kam Nanna herein. Sie trug ihre schönsten Kleider und hatte ihr Gesicht weiß und rot geschminkt. An ihrem starren Blick sah Björn, daß sie betrunken war.

»Ich will es«, sagte sie zu Odinkar.

Björn griff nach ihrem Arm, aber sie schüttelte ihn ab und trat einen Schritt näher an den Goden heran. »Du weißt, wer ich bin?«

»Du bist die Hure Nanna«, antwortete Odinkar.

»Ich bin die Tochter des Kalifen von Cordoba!« herrschte sie ihn an. »Die Tochter des Kalifen will mit Skarthi zu den Toten gehen.«

»Damit bist du deinem Wort verpflichtet«, sagte Odinkar feierlich. »Jetzt kannst du es nicht mehr zurücknehmen.« Er gab zwei Sklavinnen den Auftrag, sie zu bewachen und bei ihr zu sein, wohin sie auch ging. Nun sei Nanna durch die Straßen getanzt, erzählt Björn, habe mißtönende Weisen gesungen und sich für einen Becher Bier vor jedem Mann entblößt. Schließlich habe sie sich vor Trunkenheit nicht mehr auf den Beinen halten können; die Sklavinnen hätten sie in das Haus des Königs geschleppt, und dort sei sie neben der Leiche in tiefen Schlaf gesunken.

Unterdessen hatte man eine Bank auf das Schiff gestellt und darüber ein Zelt errichtet. Als der Tag anbrach, bekleideten die Sklavinnen Skarthis Leichnam mit Hosen, Schuhen, Wams und einem Mantel aus golddurchwirktem Stoff, stülpten ihm eine Mütze aus Marderfell auf und trugen ihn auf das Schiff. Dort setzten sie ihn auf die Bank und stützten ihn mit Kissen ab. Dann brachten sie Met, Früchte, Brot und Zwiebeln auf das Schiff, während die Knechte einen Hund, einen Hahn, zwei Pferde und zwei Ochsen in Stücke hieben und das blutige Fleisch rings um das Zelt legten. All dies geschah so, wie Odinkar es angeordnet hatte.

Schon am frühen Morgen hatte sich der Platz am Hafen mit Menschen gefüllt. Unter ihnen bemerkte Björn auch Wichmann, den König Harald geschickt hatte, damit er ihm über die Vorgänge berichte. Der König, erzählte er Björn, schäume vor Wut, weil Sven es nicht für nötig befunden habe, ihn zu der Feier einzuladen.

Gegen Mittag war das Gedränge so groß geworden, daß Odinkar sich mit Stockhieben einen Weg durch die Menge bahnen mußte. Er führte Nanna in den Ring, der durch die Zelte der Vornehmen gebildet wurde. Sie war einfacher gekleidet als am Tag zuvor und hatte ihr schwarzes Haar gelöst. Hinter ihnen ging eine alte Frau. Sie war groß und sehr dick, und ihr Gesicht war bis unter die Augen mit grauen Bartstoppeln bedeckt. Später erfuhr Björn, daß sie außerhalb der Stadt in einer Schilfhütte wohnte und man sie den ›Todesengel‹ nannte, weil sie ihren Lebensunterhalt damit verdiente, Kinder zu töten, die den Eltern aus diesen oder jenen Gründen unerwünscht waren.

Als Nanna Björn erblickte, kam sie zu ihm und gab ihm die Nadel mit dem Rabenkopf.

»Nimm sie zurück, Björn Hasenscharte«, sagte sie. »Ich will nicht, daß die Flammen sie verzehren.«

»Warum tust du das, Nanna?« fragte Björn. »Was verbindet dich mit Skarthi, daß du mit ihm sterben willst?«

»Wir sind beide aus königlichem Geschlecht«, antwortete Nanna. »Der Tod wird eine standesgemäße Ehe stiften.« Da trat Odinkar zu ihnen und ermahnte Nanna, sich an die Anweisungen zu halten, die er ihr gegeben hatte.

Nun ging Nanna von einem Zelt zum anderen und gab sich jedem der Vornehmen hin, und wenn dies geschehen war, tranken sie Met aus demselben Becher, und wie es der Brauch verlangte, sagte der Mann: »Melde Skarthi, daß ich dies aus Liebe zu dir tat.«

Als die Sonne tief im Westen stand, stellte sich Nanna in einen Holzrahmen, und mit diesem hoben sie die Männer dreimal hoch.

Beim ersten Mal sagte Nanna: »Sieh da, ich sehe meinen Vater, den Kalifen, und meine Mutter.«

Beim zweiten Mal sagte sie: »Sieh da, ich sehe alle meine toten Verwandten.«

Und beim dritten Mal sagte sie: »Sieh da, ich sehe Skarthi im Jenseits sitzen; es ist lieblich und grün, und bei ihm sind Männer und junge Dienerinnen. Er ruft nach mir. Laßt mich zu ihm gehen.«

Sie streifte ihre Armringe ab und gab sie der alten Frau, die sie töten sollte. Dann hob man sie auf das Schiff und reichte ihr einen Becher Met. Sie nahm ihn, sang und leerte ihn. Nun half man der Alten auf das Schiff, und diese packte Nanna und drängte sie zum Zelt. Plötzlich verzerrte sich ihr Gesicht vor Angst, und sie begann zu schreien. Da nahm die Alte Nannas Kopf zwischen ihre riesigen Hände und zog sie in das Zelt. Nun gingen sechs Männer zu ihr. Einer von ihnen erzählte, Nanna sei allen sechs zu Willen gewesen. Danach habe man sie neben Skarthi gelegt. Zwei Männer hätten ihre Füße ergriffen, zwei ihre Hände, und das alte Weib habe eine Schlinge um Nannas Hals gelegt und die Enden zwei Männern gereicht. Sie selbst habe Nanna ein breites Messer zwischen die Rippen gestoßen, und die Männer hätten Nanna mit der Schlinge gewürgt, bis sie tot war.

Kurz nach Sonnenuntergang entzündete Odinkar eine Fackel und rief: »Welcher von euch stand Skarthi am nächsten?« Da trat Sven Gabelbart vor und sagte: »Ich, Odinkar. Ich liebte ihn mehr als einen Bruder.«

Der Gode reichte ihm die Fackel, und Sven ging zum Schiff. Björn sah, wie er die Wolfsmaske von der Schulter nahm und auf das Schiff warf. Dann setzte er das Holz in Brand, das man unter dem Schiff aufgeschichtet hatte. Nun kamen auch seine Gefolgsleute und die Jarle mit brennenden Fackeln und legten sie auf das Holz. Eine Zeitlang schien es, als wolle das Feuer erlöschen, doch dann kam ein starker Wind auf, und wenig später stand das Schiff mit allem, was es trug, in Flammen. Einige wollen gesehen haben, wie Skarthi und Nanna sich aufrichteten und in aschiger Umarmung miteinander verschmolzen. Dies, meint Björn jedoch, sei eine jener abgeschmackten Ausschmückungen, deren sich ein guter Geschichtenerzähler enthalten sollte.

Es war Nacht geworden, als das Feuer endlich

erlosch. Odinkar befahl den Knechten, die Asche in ein Boot zu füllen und dieses außerhalb des Hafens zu versenken. Nachdem dies geschehen war, trat er vor Sven hin und sagte: »War es dir so recht, Herr?«

Sven dankte ihm mit überschwenglichen Worten, küßte ihn auf beide Wangen und ernannte ihn an Skarthis Stelle zu seinem Ratgeber. Als er aber mit Björn allein war, sagte er: »Mir ist nicht wohl bei dem Gedanken, daß Skarthi nur in deinen und anderer Leute Geschichten fortleben soll. Geschichten sind nichts Beständiges; sie gehen von Mund zu Mund, dieser fügt etwas hinzu, jener läßt etwas weg, und schließlich entarten sie zu Zerrbildern ihres Ursprungs. Was kann ich tun, die Erinnerung an Skarthi und unsere Freundschaft wachzuhalten und sie vor Verfälschung zu bewahren?«

»Wozu bedarfst du noch meines Rates, da du bereits einen Entschluß gefaßt hast, Herr?« gab Björn zur Antwort.

Sven sah ihn mit seinen kalten Froschaugen an und sagte: »Ich sollte dich in deine Werkstatt zurückschicken, Björn Hasenscharte. Du fängst an, in meinen Gedanken zu lesen.«

Auf einer Anhöhe westlich der Stadt, nur wenige Schritte vom Ufer der Förde entfernt, ließ Sven Gabelbart einen Stein errichten. In diesen schlug ein Steinmetz die Runen:

König Sven setzte diesen
Stein für Skarthi, seinen
Gefolgsmann, der nach
Westen gefahren war, nun aber
bei Haithabu den Tod fand.

Als man König Harald davon berichtete, geriet er außer sich vor Zorn. Es heißt, er habe sich so sehr erregt, daß ihm der Zahn aus dem Mund geflogen sei und man diesen erst nach längerem Suchen wiedergefunden habe. Niemals zuvor, soll er geschrien haben, sei es einem Sohn eingefallen, sich zu Lebzeiten des Vaters König zu nennen, und er, Harald Blauzahn, werde diese ungeheure Kränkung zum Anlaß nehmen, einen seiner unehelichen Söhne als Thronfolger einzusetzen. Dies sei jedoch auf den Widerspruch seiner Vertrauten gestoßen; sie hätten dem König klargemacht, daß Sven keinen anderen auf dem Thron dulden würde und jederzeit in der Lage sei, sich mit Gewalt anzueignen, was ihm rechtmäßig zustehe. Da tat Harald etwas, was er bis an das nicht mehr ferne Ende seiner Tage bereuen sollte: Er gab Tryn den Befehl, Sven zu töten.

Als sei dies ein Auftrag wie jeder andere, traf Tryn seine Vorbereitungen. Er schliff die Klinge seiner Axt und ging in den Wald, um Pilze zu sammeln. Diese schnitt er klein und vermengte sie mit Bier und Ochsenblut zu einem Brei. Nachdem er ihn gegessen hatte, legte er sich schlafen. Um Mitternacht hörte man ein dumpfes Grollen aus seiner Brust, ähnlich jenem, mit dem ein Vulkan seinen Ausbruch ankündigt. Dann riß es ihn vom Lager hoch. Er packte seine Axt und stürzte aus dem Haus.

Sven saß mit seinen Gefolgsleuten und den Jarlen in der Halle, als Tryn unter furchtbarem Gebrüll die Tür eintrat. Sie sei zersplittert wie dünnes Eis, erzählt Björn, und nicht nur ihn allein habe lähmendes Entsetzen befallen, als der Berserker unversehens vor ihnen stand. Er war nackt bis auf einen Schurz aus Ziegenfell. Inmitten seines aschfahlen Gesichts gähnten zwei dunkle Löcher, und vom Mund troff schaumiger Speichel auf seine rötlich behaarte Brust.

Mit einem gewaltigen Hieb schlug er Leofwine, der ihm am nächsten saß, den Kopf von den Schultern. Ein zweiter galt Sigurd von den Schafsinseln. Dieser wich ihm jedoch aus, und die Axt grub sich in die eichene Tischplatte. Nun trat Thorgeir Bryntroll ihm entgegen. Er stieß sein Messer in Tryns Hüfte, aber dieser riß die Axt aus dem Tisch und richtete sie gegen den Wikinger. Mit einer Behendigkeit, die man dem vierschrötigen Mann nicht zugetraut hätte, sprang Thorgeir Bryntroll über den Tisch und entging so dem sicheren Tod. Denn der Hieb, der ihm gegolten hatte, war mit solcher Kraft geführt, daß er einen der mächtigen Stützbalken fällte. Eine Staubwolke senkte sich von der Decke herab und hüllte alles in wirbelnde Schwaden. Jetzt faßten Svens Gefolgsleute Mut und drangen von mehreren Seiten zugleich auf Tryn ein. Einer traf ihn am Nacken, ein anderer schlug ihm ein Ohr ab, doch der Berserker stürmte unverdrossen weiter in die Richtung, wo er Sven Gabelbart vermutete. Sein Körper, erzählt Björn, sei mit klaffenden Wunden bedeckt gewesen, aber dies habe seiner blindwütigen Raserei keinen Abbruch getan, sondern sie noch in einem Maß gesteigert, daß selbst die Tapfersten vor ihm zurückgewichen seien. So kam es, daß Tryn plötzlich Sven Gabelbart gegenüberstand. Dieser saß wie versteinert auf dem Hochsitz; mit einer Hand hatte er den Knauf des Schwertes umklammert, das quer über seinen Knien lag. Tryn hielt einen Augenblick inne, als sammle er alle Kraft, den tödlichen Hieb zu führen, dann schlug er zu. Sven duckte sich, die Axt verfehlte ihn um Haaresbreite und durchschnitt einen der Pfosten des Hochsitzes. Da geschah es, daß Tryn, während er erneut zum Schlag ausholte, von einem herabstürzenden Balken am Kopf getroffen wurde. Mit einem tiefen Seufzer brach er zusammen. Thorgeir Bryntroll war der erste, der seine Verblüffung überwand; er stürzte sich auf Tryn und bohrte ihm die Spitze seiner Streitaxt ins Herz. Aber nun bäumte sich Tryn noch einmal auf, packte den Wikinger am Bein und schleuderte ihn mit solcher Wucht gegen die Wand, daß er ihm das Genick brach.

»Das war kein schlechter Sprung für einen alten Mann«, sagte Thorgeir Bryntroll, bevor er starb.

»Bei uns auf den Schafsinseln gilt ein toter Berserker nicht für weniger gefährlich als ein lebender«, sagte Sigurd. »Wir kennen aber auch ein Mittel, ihn zu bannen.« Nach diesen Worten stellte er sich breitbeinig über den toten Tryn und pißte ihm ins Ohr.

Svens Gesicht war kreideweiß. Seine Hand, die noch immer den Schwertknauf umklammert hielt, zitterte. Wie jemand, der längere Zeit den Atem angehalten hat, holte er tief Luft und sagte: »Schafft die Toten hinaus und laßt mich allein. Aber haltet euch bereit, ich werde euch bald brauchen.«

Im Morgengrauen wurde Björn durch ein Pochen an der Tür geweckt. Als er öffnete, stand Styrbjörn vor ihm.

»Du, Styrbjörn?« sagte Björn überrascht. »Was hat es zu bedeuten, daß du mich zu so früher Stunde weckst?«

»Zieh dir etwas Warmes an; auf dem Meer weht ein kalter Wind«, entgegnete der Jomswikinger und drängte ihn in die Schlafkammer. Asfrid richtete sich im Bett auf und sah teilnahmslos zu, wie Björn sich ankleidete.

»Eben träumte ich von dir«, murmelte sie schlaftrunken. »Du schnittst einem Kind das Herz aus der Brust.«

Björn warf eine Handvoll Silbermünzen auf das Bett und sagte: »Geh sparsam damit um. Es kann sein, daß ich länger fortbleibe.«

»Es war mein Kind«, sagte Asfrid.

Styrbjörn führte ihn zum Hafen hinunter. Am äußersten Ende des Stegs lag Björns Knorr, und in ihm sah er zwei in Decken gehüllte Männer sitzen. Als er an Bord gestiegen war, entblößten die Männer ihre Gesichter. Es waren König Harald und Bue der Dicke.

14

Es war, als hätte das Meer alles Licht in sich aufgesogen. Perlmuttfarben schimmerte es unter einem Himmel von stumpfem Schwarz. Das Segel hing schlaff und schwer von Nässe. Den ganzen Tag über hatte es in Strömen geregnet. Jetzt mochte es Abend sein oder vielleicht schon Nacht; unter dem unaufhörlich niederprasselnden Regen hatte Björn das Zeitgefühl verloren.

König Harald hockte zusammengekauert vor dem

Mast. Bislang hatte er schweigend und regungslos dagesessen, aber nun streckte er eine Hand unter der durchweichten Decke hervor und winkte Björn mit einer trägen Gebärde zu sich.

»Hörst du das Knirschen?« Er drehte seinen Kopf langsam hin und her, und tatsächlich vernahm Björn ein Geräusch, als ginge jemand über verharschten Schnee. »Zwischen meinen Knochen ist kein Fett mehr«, fuhr der König fort. »Sie reiben sich aufeinander wie Mahlsteine, davon kommt dieses entsetzliche Knirschen.« Wieder bewegte er den Kopf. »Hörst du es, Björn Bosison?«

»Ja, Herr.«

»Von der Nässe wird es noch schlimmer. Ich habe keinen trockenen Faden mehr am Leib. Was gäbe ich darum, an einem warmen Herdfeuer zu sitzen! Können wir nicht an Land gehen und uns eine Unterkunft suchen?«

»Ich weiß nicht, wo wir sind, Herr. Wir müssen warten, bis es hell wird oder die Sterne zum Vorschein kommen. Und dann bräuchten wir Wind.«

»Mir ist, als trieben wir dorthin zurück, woher wir gekommen sind«, mischte sich Bue der Dicke in das Gespräch. »Björn Hasenscharte ist nicht zu trauen, Herr. Er ist Svens Mann, vergiß das nicht.«

»Wenn Björn Bosison getan hätte, was ihm aufgetragen war, säße ich nicht in diesem stinkenden Kahn«, entgegnete Harald. »Jetzt kann er seinen Kopf nur noch dadurch retten, daß er mich sicher ans Ziel bringt. Glaubst du, er wüßte das nicht?«

Gegen Morgen begann das Segel zu schlagen. Mit plätschernder Bugwelle setzte sich der schwerfällige Knorr in Bewegung. Björn ging ans Ruder, und Styrbjörn stellte sich neben ihn.

»Welchen Kurs steuerst du?«

»Frag den Wind, wohin er uns treibt.«

»Hoffentlich ist es nicht die falsche Richtung«, sagte der Jomswikinger. »Ich bin es, der dich töten müßte, weißt du?«

Bald brach voraus ein rosiger Schimmer durch das farblose Grau, und Björn atmete erleichtert auf. »Es scheint, daß Njörd mir wohlgesonnen ist«, sagte er. »Aber ich bin noch nie so weit nach Osten gefahren. Der König hätte einen Steuermann nehmen sollen, der sich dort auskennt.«

»Er wollte dich, und er wird seine Gründe haben«, erwiderte Styrbjörn. »Daß er sich überdies für deinen schäbigen Knorr entschied, geschah auf meinen Rat, denn nur so kann er hoffen, daß seine Flucht nicht schon bei Tagesanbruch bemerkt wird.«

»Trotzdem, fürchte ich, werden wir nicht weit kommen. Sven Gabelbart wird seine Langschiffe hinter uns her schicken.«

»Das Meer ist groß, Björn Hasenscharte«, entgegnete der Jomswikinger gelassen.

Als sich der Nebel lichtete, sahen sie, daß vor ihnen Land lag. Es war eben und baumlos und wies keine Landmarken auf, von denen sie hätten ablesen können, wo sie sich befanden. Björn holte das Segel ein und ließ den Knorr auflaufen. Als sie über den steinigen Strand auf eine flache Düne gestiegen waren, erblickten sie in der Ferne einen hinter windzerzaustem Buschwerk versteckten Hof. Harald befahl Bue, beim Schiff zurückzubleiben, und machte sich mit Björn und Styrbjörn auf den Weg. Sie waren bis auf Rufweite an den Hof herangekommen, als ihnen beißender Brandgeruch in die Nasen stieg. Durch eine Schneise im Gebüsch gelangten sie auf einen Platz, der mit den schwelenden Überresten eines Hauses bedeckt war. Daneben stand ein Baum, auch er vom Feuer geschwärzt, und auf diesem saß ein Mann. Er hatte sich einen Strick um den Hals geschlungen und dessen anderes Ende an einem Ast befestigt.

König Haralds Schritt stockte, als er den Mann bemerkte. »Was tust du da?« fragte er zum Baum hinauf.

»Gedulde dich ein wenig, dann kann ich mir die Antwort ersparen«, sagte der Mann und schlug noch einen Knoten in den Strick.

»Gehört dir der Hof?« fragte Harald.

»Wo siehst du einen Hof?« erwiderte der Mann. »Ich sehe nur Asche. Wie könnte mir etwas gehören, was der Wind fortträgt?«

»Erzähle mir, was geschehen ist. Wer hat deinen Hof niedergebrannt?«

»Dieses Mal waren sie klein und schwarzhaarig«, antwortete der Mann. »Ansonsten unterschieden sie sich nicht von den Wikingern, die mich vor Jahren überfielen. Erst wollten sie wissen, wo ich mein Geld vergraben hätte, und als ich sagte, daß ich nichts besäße, das sich zu vergraben lohnt, folterten sie meine Kinder und meine Frau zu Tode. Dann schlachteten sie mein Vieh, und weil nicht genügend Feuerholz da war, steckten sie mein Haus an, um das Fleisch darauf zu braten.«

»Du hast ohne Frage Schlimmes erleiden müssen, und dies, wenn ich dich richtig verstanden habe, schon zum zweiten Mal«, sagte Harald. »Mich wundert nur, daß sie dich jedesmal am Leben ließen.«

»Sie halten mich für einen Schwachkopf«, entgegnete der Mann. »Sie glauben, ich baue den Hof wieder auf, nehme mir eine neue Frau, mache ihr Kinder und gebe mich der Täuschung hin, daß sie nicht wiederkommen. Aber so blöd bin ich nicht.« Er zog die Schlinge fest, die er um seinen Hals gelegt hatte, und beugte sich vor.

»Warte noch!« rief Harald. »Was für ein Land ist das, wo der König zuläßt, daß seine Bauern von Räubern ausgeplündert und ermordet werden?«

»Es ist dein Land, Harald.«

Der König verzog das Gesicht zu einem schiefmäuligen Grinsen: »Du kennst mich?«

»Ich war mit dir in Norwegen. Ich habe für dich gekämpft, Harald Blauzahn. Seitdem kam mir manchmal der Gedanke, daß du auch etwas für mich tun könntest. Aber ich höre, daß du mit nichts anderem beschäftigt bist, als Kriege anzuzetteln und dich mit deinem Sohn zu zanken. Wie kann ich da von dir erwarten, daß du mein Hab und Gut schützt?«

»Einiges liegt im argen, das will ich nicht bestreiten. Aber es kommen auch wieder bessere Tage. Ich werde mit eiserner Hand für Ordnung sorgen. Du sollst in Ruhe und ohne Angst vor Überfällen deinen Acker bestellen, das verspricht dir König Harald, der im Grunde seines Herzens selbst ein Bauer ist. Komm also herunter von dem Baum und laß uns ein wenig von alten Zeiten reden.«

»Es ist gut, daß du vorbeikamst«, sagte der Mann. »Ich habe nun mit eigenen Augen gesehen, was aus dir geworden ist. Du bist ein Wrack, Harald Blauzahn. Hätte ich die Hoffnung nicht schon aufgegeben, verlöre ich sie jetzt.«

Dann sprang er.

Der König wich zurück und griff stolpernd nach Styrbjörns Arm. »Dieser Mann ist ein Lügner!«

stammelte er. »Er kann nicht mit mir in Norwegen gewesen sein. Sonst wüßte er, daß mich Siege träge machen, während mir jede Schlappe neue Kräfte verleiht. Schneidet ihn ab!« Nachdem dies geschehen war, entfachten sie aus glimmenden Holzresten ein Feuer. Bald saßen sie nackt auf rußgeschwärzten Steinen und wärmten ihre klammen Glieder.

»Ihr dürft nicht glauben, daß mir der Entschluß leichtgefallen ist, Mistui um Hilfe zu bitten«, sagte Harald nach einer Weile. »Manche halten ihn für ein ausgekochtes Schlitzohr, andere für einen Teufel in Menschengestalt. Doch wer am Ertrinken ist, fragt nicht danach, wessen Hand ihn aus dem Wasser zieht. Oder weißt du besseren Rat, Styrbjörn?«

»Es ist nicht mein Amt, dir Rat zu erteilen; ich folge dir, wohin du gehst«, antwortete der Jomswikinger. »Nur solltest du dir nicht zuviel von Mistui erhoffen.«

»Obwohl er dein Schwager ist, kenne ich ihn besser als du«, entgegnete Harald. »Sein Vater, König Burislav, gab ihn als Geisel an Gorms Hof, und dort wuchsen wir wie Brüder zusammen auf. Als wir ins Jünglingsalter kamen, mischten wir unser Blut. Oft gingen wir gemeinsam auf die Jagd, und wenn uns der Hafer stach, fuhren wir nach Schonen hinüber und trieben es nach Wikingerart. In späteren Jahren sollte sich unsere Freundschaft noch manches Mal für beide als nützlich erweisen, denn wenn ich in den Krieg zog, hielt er mir den Rücken frei, und dasselbe tat ich für ihn. Er wird mir zu meinem Recht verhelfen, daran zweifle ich nicht. Allerdings steht zu erwarten, daß mich seine Hilfeleistung einiges kosten wird.«

»Im Feilschen nimmt Mistui es mit jedem arabischen Händler auf«, sagte Styrbjörn. »Aber er ist auch rachsüchtig. Er wird nie vergessen, daß Sven seine Söhne ermordet hat.«

»Ja, das kommt mir jetzt zugute«, antwortete der König und lächelte mit der linken Hälfte seines Gesichts, während die rechte ihren griesgrämigen Ausdruck behielt. Unterdessen waren ihre Kleider getrocknet. Sie zogen sich an und gingen zum Schiff zurück.

Bue der Dicke berichtete aufgeregt, er habe drei Segel gesehen. Sie seien von Westen gekommen, dann nach Süden abgeschwenkt und hinter der Kimm verschwunden.

»Waren es Langschiffe?« fragte Styrbjörn.

Das habe er bei der großen Entfernung nicht erkennen können, gab Bue zur Antwort. Doch sei er so gut wie sicher, daß es keine Handelsschiffe gewesen seien; dafür hätten sie sich zu schnell fortbewegt.

»Wir müssen auf der Hut sein«, sagte der Jomswikinger. »Wenn sie vor dem Wind laufen, sind Svens Langschiffe doppelt so schnell wie unser Knorr.«

Am späten Nachmittag fuhren sie weiter an der Küste entlang nach Osten. Der Wind hatte aufgefrischt, und bald wiegte sich das Schiff in der langen Dünung der offenen See. Kurz vor Einbruch der Dämmerung sichteten sie backbords wieder Land. Wenig später tauchte auch an der anderen Seite ein dunkler Streifen auf. Styrbjörn meinte, es sei ratsam, die Meerenge im Schutz der Dunkelheit zu durchfahren, denn wenn es Svens Schiffe gewesen seien, würden sie vermutlich an diesem oder jenem Ufer auf der Lauer liegen. So segelten sie die Nacht über weiter. Manchmal riß die Wolkendecke auf, und

Björn sah an den Sternen, daß der Knorr bei achterlichem Wind Kurs nach Osten hielt. Der König und Bue lagen unter ihren Decken in tiefem Schlaf. Styrbjörn hingegen zeigte keine Anzeichen von Müdigkeit; wachsam spähte er in die Finsternis und horchte sie nach verdächtigen Geräuschen ab.

Plötzlich packte er Björns Schulter. »Was ist das?« flüsterte er.

Hinter ihnen war ein Rauschen zu hören, das rasch näherkam. Dann das Knarren straffgespannten Tauwerks. Kurz darauf schälte sich der Vordersteven eines Schiffes aus dem Dunkel. Er trug einen Drachenkopf mit gefletschten Zähnen. Björn riß das Ruder herum, und kaum eine Armlänge hinter dem Heck glitt das andere Schiff vorüber. Es war, als hätte die Nacht es ausgespien und gleich wieder verschluckt.

»War es eines von Svens Schiffen?« fragte Styrbjörn.

»Ich glaube nicht«, erwiderte Björn. »Mir schien, daß es kleiner war.« Er holte das Segel ein, damit sie das Plätschern der eigenen Bugwelle nicht verrate, und ließ den Knorr steuerlos treiben. Bei dem jähen Kurswechsel waren König Harald und Bue der Dicke aus dem Schlaf geschreckt. Styrbjörn berichtete mit gedämpfter Stimme, was geschehen war, und bedeutete ihnen, sich ruhig zu verhalten.

Bei Tagesanbruch näherten sie sich einer weit ins Meer vorspringenden Landzunge. Auf Styrbjörns Geheiß lenkte Björn den Knorr in eine von riesigen Steinen gesäumte Bucht. Sie gingen an Land, tranken Bier und aßen rohen Fisch, weil Styrbjörn nicht zuließ, daß ein Feuer angezündet wurde.

Bue der Dicke nagte mißmutig an einem Dorschkopf. »Ist es jetzt so, daß wir uns Styrbjörns Befehl zu fügen haben, Herr?« fragte er.

»So ist es, wenn du von mir nichts anderes hörst«, entgegnete Harald knapp.

Da begann Bue vor Erregung laut zu keifen: »Was immer Styrbjörn so hoch in deiner Gunst hat steigen lassen, daß er mir Weisungen erteilen darf, ich will etwas Warmes zu essen haben!«

»Friß deine Scheiße, Bue«, antwortete der König, indem er schräg zum linken Ohr hin grinste.

Wie aus dem Boden gewachsen stand plötzlich ein Mann hinter ihnen. Er trug einen Kittel aus grobem Tuch, und seine Hosenbeine waren mit ledernen Riemen umwickelt. In der einen Hand hielt er einen Speer, in der anderen eine Streitaxt.

Styrbjörn faßte sich als erster. »Setz dich zu uns, es ist noch genügend da, einen hungrigen Mann zu sättigen«, sagte er freundlich.

»Seid ihr Händler?« fragte der Mann.

Der Jomswikinger hielt ihm seinen Becher hin. »Koste von unserem Bier. Wenn es dir schmeckt, verkaufen wir dir ein Fäßchen.«

»Ich bin nicht allein«, sagte der Mann. »Wir sind doppelt so viele wie ihr.«

»Das läßt ein gutes Geschäft erhoffen«, erwiderte Styrbjörn. Dann lehnte er sich etwas zurück, sah an dem Mann vorbei und sagte: »Allerdings zähle ich nicht mehr als drei.«

Der Fremde blickte sich um. Styrbjörn schnellte hoch, packte den Mann und riß ihn zu Boden. Dann warf er sich über ihn und drehte seinen Kopf herum, bis er ihm das Genick brach.

»Mach dir nichts draus. Du bist nicht der erste, der darauf hereingefallen ist«, sagte er zu dem Toten.

Nun fand auch Bue die Sprache wieder. »Das beste ist, wir verschwinden, bevor die anderen kommen«, flüsterte er.

Styrbjörn erklomm einen kleinen Hügel, um Ausschau zu halten. Als er zurückkam, berichtete er, auf der anderen Seite der Landzunge liege das Schiff, das ihnen in der Nacht begegnet war.

»Und wo ist die Besatzung?« fragte Harald.

»Fünf schlafen am Strand«, antwortete Styrbjörn. »Ein sechster sitzt auf der Uferböschung. Wir können nicht weitersegeln, ohne daß er uns bemerkt, und dann würde es nicht lange dauern, bis sie uns eingeholt haben.«

»Höre, Styrbjörn«, sagte Bue der Dicke, »wenn du meinst, es mit sechs Männern aufnehmen zu können, wollen wir deinem Tatendrang nicht im Wege stehen. Aber rechne bei solch waghalsigem Unterfangen nicht mit unserer Hilfe.«

»Was mich betrifft, so kann ich dir wenig nützen«, seufzte der König und hob mit der Linken seinen rechten Arm empor. »Wie soll diese Hand ein Schwert halten?«

Der Jomswikinger maß Bue mit einem verächtlichen Blick. »Ich kämpfe lieber allein, als mit einem Feigling an meiner Seite«, brummte er. Dann nahm er einen eigroßen Stein auf und gab ihn Björn. »Du kommst mit mir. Wenn ich dir ein Zeichen gebe, wirfst du den Stein ins Wasser.«

Auf allen vieren krochen sie hintereinander über die Landzunge. Das scharfe Seegras schlitzte Björn die Haut auf; an seinen Händen und Knien klebte blutiger Sand. Styrbjörn bedeutete ihm zurückzubleiben und robbte sich näher an den Wächter heran. Als er nur noch wenige Schritte von ihm entfernt war, hob er eine Hand. Björn schleuderte den Stein in hohem Bogen über den Mann hinweg; mit einem bauchigen Glucksen schlug er ins Wasser. Der Wächter wandte ruckartig den Kopf und blickte auf das Meer hinaus. Da traf ihn Styrbjörns Schwert am Hals. Der Mann sank langsam zur Seite, doch ehe er den Boden berührte, hatte ihm ein zweiter Hieb den Kopf vom Rumpf getrennt. Dies, erzählt Björn, sei so leise geschehen, daß die anderen Männer nicht davon erwacht seien. Nun aber habe Styrbjörn vorwärtsstürmend einen markerschütternden Schrei ausgestoßen, damit er seinen Ruhm nicht beflecke. Denn für einen Jomswikinger sei es unehrenhaft, seinen Gegner im Schlaf zu töten. Zwar habe der Schrei sie geweckt, doch bevor die Männer ihrer Verblüffung Herr geworden seien, habe Styrbjörns Schwert sie in einen anderen, ungleich tieferen Schlaf versetzt. Nur einem sei es zu fliehen gelungen, und diesem sei er, Björn Hasenscharte, mit erhobener Axt in den Weg getreten. Der Mann habe sich vor ihm in den Sand geworfen und um sein Leben gebettelt. Unter den Worten, die er hervorstammelte, habe er den Namen Thorgrim Flachnase zu hören vermeint, und dies habe ihn bewogen, sich schützend vor den Mann zu stellen, als Styrbjörn mit bluttriefendem Schwert herbeigeeilt sei.

»Kennst du Thorgrim Flachnase?« fragte Björn den Mann.

»Thorgrim ist unser Häuptling«, antwortete dieser mit bebender Stimme. »Er ist der größte Wikinger zwischen Seeland und Holmgard. Jenes Schiff dort ist eines von den sechzehn, die er besitzt.«

»Was ist? Schlag ihn tot!« rief Styrbjörn. »Glaubst du, er würde lange fackeln, wenn du vor ihm lägst?«

»Wir brauchen ein schnelleres Schiff, Styrbjörn«, entgegnete Björn »Dort liegt es, und hier ist der Mann, der es zu handhaben weiß.«

Der Jomswikinger kniff ein Auge zu, was er immer tat, wenn er angestrengt nachdachte. Dann sagte er: »Das ist ein guter Einfall, Björn Hasenscharte. Wenn Svens Männer deinen Knorr finden, werden sie annehmen, wir seien hier an Land gegangen. Auf diese Weise können wir uns einen Vorsprung verschaffen.« Nun wandte er sich an den Mann und fragte ihn nach seinem Namen.

»Harald«, antwortete der Mann.

»So heißt schon einer von uns«, sagte Styrbjörn. »Es bringt Unglück, wenn an Bord eines Schiffes zwei denselben Namen tragen. Woher kommst du?«

»Von Gautland«, antwortete der Mann.

»Dann werden wir dich Gaut nennen«, entschied Styrbjörn.

So kam es, daß sie auf einem jener Schiffe weitersegelten, deren bloßer Anblick die Küstenbewohner in Angst und Schrecken versetzte. Thorgrim Flachnase galt unter den Wikingerhäuptlingen als der grausamste. Er war einst Leibwächter des Kaisers von Miklagard gewesen und hatte sich dort vor allem der Aufgabe gewidmet, Verschwörungen aufzudecken, indem er mögliche Widersacher seines Herrn ausgeklügelten Folterungen unterzog. Ähnlich verfuhr er auch mit den Menschen, die ihm auf seinen Raubzügen beiderseits des Meeres in die Hände fielen: Er quälte sie auf eine Weise, daß selbst hartgesottenen Wikingern beim Zuschauen übel wurde. Und dieser Unhold, dachte Björn, sollte seiner Tochter ein Schiff samt Besatzung geschenkt haben?

Eines Tages, als sie allein am Ruder standen,

fragte er Gaut, ob er jemals einer jungen Frau namens Vigdis begegnet sei.

»Gesehen habe ich sie nicht, dafür aber um so mehr von ihr gehört«, antwortete der Seeräuber. »Sie muß ungewöhnlich stark sein, sonst wäre es ihr wohl kaum gelungen, Thorgrim das Schlüsselbein zu brechen.«

»Haben sie miteinander gekämpft?«

»Es soll im Bett geschehen sein. Thorgrim war sieben Tage krank, nachdem er sich eine Nacht mit ihr vergnügt hatte. Und danach war er so in sie vernarrt, daß er sie auf seine Beutezüge mitnahm. Vigdis war auch dabei, als Thorgrim Aldeigjuborg überfiel. Sie soll sich wie ein Mann geschlagen und mehr erbeutet haben als jeder andere. Zum Dank, heißt es, habe er ihr eines seiner Schiffe mit einer achtköpfigen Mannschaft geschenkt. Es geht aber auch das Gerücht, daß sie es gestohlen habe. Nach allem, was man von ihr erzählt, wäre nun zu vermuten, daß sie ein Mannweib sei. Doch wer sie gesehen hat, wird nicht müde, ihre Schönheit zu rühmen. Kennst du sie, Björn Hasenscharte?«

»Nicht so gut, wie ein Vater seine Tochter kennen sollte«, erwiderte Björn.

»Sieh an!« verwunderte sich Gaut. »Du bist Vigdis' Vater, der Alte ist König Harald, jener dort der letzte der sagenhaften Jomswikinger – wie es scheint, befinde ich mich in guter Gesellschaft.«

»Solche Ehre wird einem Seeräuber selten zuteil«, sagte Björn. »Vergiß nicht, wem du das verdankst.«

Über den weiteren Verlauf der Reise ist nur soviel zu berichten, daß Gaut sich als ein überaus nützlicher Gefährte erwies. Er kannte die Schlupfwinkel der Wikinger und die Untiefen vor den Flußmün-

Ja, ich möchte den Verlagsprospekt gern haben.

Meine Anschrift lautet:

____

____

____

Unsere beiden Lieblingsbücher:

16,80 DM

16,80 DM

Eichborn Verlag
(, der mit der Fliege)

Hanauer Landstraße 175

D-6000 Frankfurt am Main

dungen, er zeigte Björn Landmarken, nach denen dieser den Kurs festlegen konnte, er wußte, wo es frisches Wasser gab und Bauern, die nicht auf Bezahlung drängten, wenn das Schiff mit dem Drachenkopf am Ufer lag. Außerdem steckte Gaut voller Geschichten. Sie handelten von den Raubzügen der Wikinger, von Mord und Plünderung. Doch erzählte er sie so, daß sie auf unerklärliche Weise erheiternd wirkten. Mehr als einmal bemerkte Björn ein schiefes Lächeln auf Haralds Gesicht, und selbst der finstere Styrbjörn lauschte mit stillem Vergnügen. Björn hingegen vermißte an Gauts Geschichten den Stachel, der eine Erzählung davor bewahrt, daß sie unbedacht verschlungen wird.

15

Ein düsterer Steinklotz inmitten sumpfiger Wiesen, mächtige, vom Seewind glattgeschliffene Mauern, efeuberankte Türme über zerbröckelnden Zinnen: so bot sich die Jomsburg ihren Augen dar, als sie das vorgelagerte Kap umschifft hatten. Sie war einst von Palnatoki erbaut worden, der von Fünen fliehen mußte und die Landschaft Jom vom Wendenkönig zum Geschenk bekam. Palnatoki gab ihr den Namen Jomsburg, während die Slawen sie Jumne nannten.

Sie verfügte über eigene Brunnen und große Vorratslager; ihr Hafen bot Platz für dreihundert Schiffe und war mit eisernen Toren versehen, die im Falle eines Angriffs geschlossen werden konnten. Als die Jomswikinger die Burg für immer verlassen hatten, nahm der Obodritenkönig Burislav sie in Besitz und nach ihm sein Sohn Mistui.

Mit geschwelltem Segel lief das Schiff in den Hafen ein. Am Kai stand ein dürrer Mann, der sie zu erwarten schien. Er hatte seinen Oberkörper nach vorn gebeugt und suchte mit wedelnden Armen ihre Aufmerksamkeit auf sich zu lenken. Styrbjörn fragte ihn, was das Fuchteln zu bedeuten habe, und der Mann antwortete in kaum verständlicher Sprache, er sei von König Mistui geschickt worden, König Harald und seine Begleiter willkommen zu heißen und in die Burg zu führen. Ohne sich aufzurichten, ging er ihnen voran. Hier flechten wir ein, daß Jaczko, so hieß der dürre Mann, die gekrümmte Haltung nicht aus Unterwürfigkeit oder infolge eines Gebrechens einnahm, sondern sie als Hinweis auf das Amt verstanden wissen wollte, durch das er sich das besondere Vertrauen des Obodritenkönigs erworben hatte.

Sie gingen durch schmale, schummrige Gänge, deren Wände vom Ruß der Fackeln geschwärzt waren. Die Mauern strömten eine feuchte Kühle aus und den fauligen Geruch von Pilzen. Am Ende einer steilen Treppe öffnete Jaczko eine Tür und ließ ihnen den Vortritt.

In der Mitte eines mit Teppichen ausgelegten Raumes saß König Mistui. Die obere Hälfte seines runden Kopfes war kahl, während die untere von einem üppigen grauen Bart umwuchert war. An seinen Ohrläppchen hingen handtellergroße goldene Ringe, sonst trug er keinen Schmuck. Er musterte sie schweigend aus seinen schräggestellten Augenschlitzen, dann erhob er sich und ging ihnen mit kleinen schnellen Schritten entgegen. Jetzt sah man, daß auch sein Körper von kugeliger Gestalt war, und wenn Björn später von Mistui erzählte, verstieg er sich gelegentlich zu der Behauptung, der Obodritenkönig sei nicht höher als breit gewesen. Kaum daß Mistui aufgestanden war, hatte Jaczko sich hinter ihn gestellt und war ihm in gebückter Haltung gefolgt.

Mistui umarmte Harald und zog seinen Kopf zu sich herunter, damit er ihn auf die Wangen küssen konnte. »Verzeih mir, Bruder«, sagte er, »daß ich dich nicht selbst am Tor empfing. Aber ich lag auf einer Frau, als mir deine Ankunft gemeldet wurde, und ich bin nicht mehr so jung, daß ich zum zweiten Mal an einem Tag auf ein strammes Glied hoffen kann.« Nun wandte er sich Styrbjörn zu, begrüßte ihn auf die gleiche Weise und sagte: »Willkommen daheim, Schwager. Ich will meine Schwester schonend darauf vorbereiten, daß du zurückgekehrt bist. Die langen Jahre ohne Mann haben sie ein wenig schrullig gemacht.« Dann deutete er auf Bue den Dicken und Björn und fragte: »Ist dein Gefolge nicht etwas klein für eine weite Reise, Bruder?«

Da geschah es, daß König Harald in Tränen ausbrach. Mistui trat betroffen einen Schritt zurück und blickte Styrbjörn fragend an. Dieser berichtete nun in knappen Worten von den Ereignissen, die dazu geführt hatten, daß Harald sein Land verlassen mußte, und Mistui vernahm es mit wachsender Besorgnis. Als Styrbjörn geendet hatte, ließ Mistui einen Wind fahren. Sogleich näherte sich Jaczko mit geblähten Nasenflügeln Mistuis Gesäß und begann, andächtig zu schnuppern. Dann richtete er sich auf und flüsterte Mistui etwas zu.

»Dein Sohn ist ebenso hartnäckig wie schlau«, sagte der Obodritenkönig zu Harald. »Ich rate dir, weiter nach Osten zu fahren, Bruder. Dort, in der Gegend von Aldeigjuborg, lebt mein Vetter Vanhala, ein karelischer Fürst. In seinen Wäldern seid ihr sicherer als hier.«

Styrbjörn deutete auf den dürren Mann: »Hat er dir das ins Ohr geflüstert, Schwager?«

»Jaczko sagt, ihr bringt mich in Gefahr«, erwiderte Mistui. »Und ich habe allen Grund, ihm zu glauben. Denn bislang hat er sich noch nie geirrt.«

»Ein seltsamer Ratgeber, der seinem Herrn am Arsch schnüffelt«, ließ sich Bue der Dicke vernehmen.

Nun erfuhren sie, daß Jaczko über die Gabe verfügte, aus dem Geruch eines Furzes mehr oder weniger bedeutsame Erkenntnisse zu gewinnen. So roch er nicht nur, was der Furzende gegessen und getrunken hatte, wie es um seine Gesundheit bestellt war und welche Sorgen ihn drückten, sondern auch, wie sich seine Zukunft gestalten würde, falls er den Dingen ihren Lauf ließ. Durch diese Fähigkeit hatte er sich Mistui unentbehrlich gemacht, und es hieß, daß der König morgens nicht das Bett verließ, bevor Jaczko seine ersten Fürze auf das zu Erwartende hin gedeutet hatte.

»Mistui, bist du mein Freund?« fragte Harald mit zitternder Stimme.

»Bislang gab ich dir keinen Anlaß, daran zu zweifeln«, erwiderte Mistui abwartend.

»Dann höre, daß ich nicht die Absicht habe, mich

in den karelischen Wäldern zu verkriechen. Ich bitte dich, mir und meinen Leuten Gastfreundschaft zu gewähren.«

Der Obodritenkönig furzte ein weiteres Mal, und wiederum sog Jaczko den Geruch begierig ein. Der Befund schien Mistui etwas zuversichtlicher zu stimmen, denn er sagte: »Du sollst nicht um etwas bitten, worauf du mehr als jeder andere Anspruch hast, Bruder. Fühlt euch wie zu Hause.« Er klatschte in die Hände, woraufhin ein gutes Dutzend junger Frauen mit einer stattlichen Kinderschar hereinkam.

»Da seht ihr, daß ich nicht faul war«, sagte Mistui. »Ich habe dreiunddreißig Söhne gezeugt. Der jüngste wurde gestern geboren, und die ältesten üben sich schon im Schwertkampf. Eines Tages werden sie ihre toten Brüder rächen.« Mit einer Handbewegung scheuchte er die Frauen und Kinder wieder hinaus und ließ sich mit seinen Gästen auf dem Fußboden nieder. Mägde brachten Brot, Fleisch und Bier, und Björn sah mit Erstaunen, welche ungeheuren Mengen der Obodritenkönig verschlang.

Währenddessen tauschten die beiden Könige Erinnerungen an ihre Jugendzeit am Hof Gorms des Alten aus, und mehr als einmal sanken sie einander tränenselig in die Arme. Später gesellte sich Gaut zu ihnen, weil es Mistui danach verlangte, seine lustigen Geschichten zu hören. Der Seeräuber erntete lärmende Heiterkeit; auch Björn lachte ein wenig, damit man ihm nicht unterstelle, daß er neidisch sei. Als die Stimmung ihren Höhepunkt erreicht hatte, lüpfte Harald seinen Hintern, ließ einen knarrenden Wind streichen und bat Jaczko, ihn zu deuten. Dieser kauerte sich hinter dem König nieder, und nachdem er eine Weile geschnuppert hatte, sprach er zu Mistui in wendischer Sprache.

»Was sagt er?« fragte Harald gespannt.

»Deine Seele ist vergiftet von Haß«, erwiderte Mistui.

»Das ist nicht alles, er hat noch mehr gesagt«, warf Styrbjörn ein. »War nicht auch vom Tod die Rede?«

»Alle alten Männer riechen nach Tod«, sagte Mistui und reckte sich gähnend. »Ihr sollt in diesem Zimmer schlafen; es ist das schönste in der ganzen Burg.« Damit stand er auf und ging hinaus. Jaczko folgte ihm wie ein gekrümmter Schatten.

Sie streckten sich auf den Teppichen aus, und Harald fragte: »Willst du heute nacht nicht bei deiner Frau liegen, Styrbjörn?«

»Mir scheint, daß ich hier besser aufgehoben bin als in ihrem Bett«, antwortete der Jomswikinger. »Wenn ihr eigener Bruder sie schrullig nennt, muß man sich auf Schlimmeres gefaßt machen.«

»Mistui ist fett und träge geworden. Er wird nicht leicht dafür zu gewinnen sein, gegen den Zwerg in den Krieg zu ziehen«, murmelte der König. »Womit könnte ich ihn ködern, Styrbjörn? Soll ich ihm eine der östlichen Inseln als Belohnung versprechen?«

»Für ein Versprechen würde Mistui nicht den kleinen Finger rühren«, sagte Styrbjörn. »Du hast nur einen Köder, auf den er beißt, Herr: seine Rachsucht.«

»So dachte ich auch«, seufzte der König. »Aber wie es aussieht, läßt er sie auf kleiner Flamme schmoren. Da ich den Tag nicht mehr erleben werde, an dem Mistuis zweite Brut imstande ist, den Tod seiner ersten zu rächen: Wie soll ich aus deinen Worten Hoffnung schöpfen?«

»Hättest du mich, wie es mir zukommt, um Rat gefragt, wärst du zuversichtlicher gestimmt, Herr«, ließ sich Bues Fistelstimme vernehmen. »Denn statt auf Mistuis Rachsucht zu setzen, sollten wir der Tatsache Beachtung schenken, daß Mistui seinem Furzdeuter blindlings vertraut. Wenn dieser ihm riete, in Dänemark einzufallen, würde Mistui nicht lange zögern. Man müßte Jaczko also dazu bringen, daß er Mistuis Winde auf eine Weise deutet, die deinen Absichten entgegenkommt.«

»Glaubst du, wir könnten ihn bestechen?«

»Die Frage ist nur, womit. Überlaß es mir, das herauszufinden, Herr.«

Dies war jedoch schwieriger, als Bue angenommen hatte. Denn durch sein Amt war Jaczko gezwungen, sich stets im Windschatten seines Herrn aufzuhalten, und es hieß, daß er sogar neben Mistui schlief, damit ihm kein nächtlicher Furz entgehe. Nach mehreren erfolglosen Versuchen, mit Jaczko ein Gespräch unter vier Augen zu führen, überraschte Bue den Furzdeuter eines Tages im Pferdestall, wo er einer schönen jungen Stute den Hengst machte. Bue erzählte, Jaczko habe sich bei dieser Verrichtung nicht im geringsten stören lassen, sondern sei keuchend und vor Anstrengung schwitzend zum Erguß gekommen. Hinterher habe der Furzdeuter ihn jedoch gebeten, den Vorfall für sich zu behalten, und ihm sei Erleichterung anzumerken gewesen, als Bue dies zugesagt habe. Seitdem sah man Bue und Jaczko zuweilen miteinander tuscheln, und Mistui begann immer häufiger davon zu reden, daß es bald an der Zeit sei, Vergeltung zu üben.

Zwischen der Jomsburg und der Stadt am Ende der Förde bestand ein reger Handelsverkehr. So konnte Sven Gabelbart nicht verborgen bleiben, wo sich sein Vater aufhielt. Doch schien er mit wichtigeren Dingen beschäftigt zu sein, als Harald in seinem Schlupfwinkel aufzuspüren. Händler berichteten, Sven Gabelbart habe im Norden Jütlands und auf den Inseln eine Anzahl kreisrunder Wallanlagen bauen lassen, die ständig mit einigen Hundertschaften besetzt seien. Ob diese dort für den Angriff auf ein anderes Land ausgebildet wurden oder das eigene vor fremden Heeren schützen sollten, war nicht in Erfahrung zu bringen. Des weiteren wurde erzählt, daß Sven eine Tochter des Königs von Uppsala geheiratet habe und sie bereits guter Hoffnung sei. Sven, hieß es, sei überzeugt, daß seine Frau ihm einen Sohn schenken würde, und er habe öffentlich verkündet, daß dieser als Sohn des Königs von Dänemark zur Welt kommen werde.

Mistui vermerkte anfangs befremdet, bald aber mit wachsendem Verdruß, wie sehr solche Nachrichten seinen alten Freund in Zorn versetzten. Statt in geselliger Runde von alten Zeiten zu reden und Geschichten zu erzählen, mußte er Haralds Tobsuchtsanfälle über sich ergehen lassen, sah er sich genötigt, den Schmähungen beizupflichten, mit denen der Vater den Sohn bedachte. So gern er seinen eigenen Gefühlen freien Lauf ließ, so widerwärtig fand Mistui die Gefühlsausbrüche anderer. Wir vermuten daher, daß Haralds zügellose Raserei Mistui auf den Gedanken brachte, seinen Freund mit einer Aufgabe zu betrauen, die dessen häufige Abwesenheit erforderte. Eines Abends, als Harald nach langem Gezeter schluchzend in sich zusammengesunken war, bat er ihn, die Obodriten das Seeräubern zu lehren.

Harald faßte sich erstaunlich schnell und maß Mistui mit tränenfeuchtem Blick. »Was soll ich deinen Leuten noch beibringen, Bruder?« fragte er, indem er seiner Stimme Festigkeit zu geben suchte.

»Verglichen mit euch Wikingern sind sie allesamt Stümper«, antwortete Mistui. »Sie nehmen, was ihnen der Zufall in die Hände spielt, während ihr das Seeräubern wie ein Handwerk betreibt, das, je besser man es beherrscht, desto größeren Gewinn bringt. Ich würde dich nicht um diesen Gefallen bitten, wüßte ich nicht aus eigener Erfahrung, wie nützlich deine Unterweisungen sind.«

»Ach ja, das waren noch Zeiten, als wir drüben in Schonen auf Beute ausgingen«, schmunzelte König Harald. »Erinnerst du dich, wie wir Skaneyrr plünderten?«

»Du könntest statt Skaneyrr ein Dutzend anderer Namen nennen, und alles stünde mir vor Augen, als wäre es gestern gewesen«, erwiderte Mistui. »Du bist ein berühmter König geworden, Bruder, doch als Wikinger hättest du nicht geringeren Ruhm geerntet.«

Harald deutete mit einem Lächeln an, wie wohl ihm die Schmeichelei tat. »Dem König ist manches Mal zugute gekommen, daß ein Wikinger in ihm steckt, lieber Bruder«, sagte er. »Erlaubst du mir, die Männer selbst auszuwählen?«

»Ich lasse dir in allem freie Hand, Bruder.«

»Es sollen nicht mehr als dreißig sein, jeweils zehn auf drei kleine Schiffe verteilt. Von meinen Leuten will ich Styrbjörn dabei haben und Björn Hasenscharte. Der eine soll deinen Männern zeigen, wie ein Wikinger kämpft, und den anderen möchte ich im Auge behalten.« Dabei zwinkerte er Björn einäugig zu und schnitt eine schiefe Fratze.

Wenn Björn später von Harald Blauzahns letzten Tagen erzählte, zog er gern den Vergleich mit einem alten morschen Baum, der noch einmal grüne Triebe zeigt, bevor der Sturm ihn fällt. Bereits am nächsten Morgen habe Harald unter Mistuis Männern dreißig ausgewählt, und der Obodritenkönig habe ihm versichert, daß er selbst keine bessere Wahl hätte treffen können. Kurz darauf seien sie mit drei Schiffen zu einer Bucht im Norden der vorgelagerten Insel gesegelt. Dort habe Harald die Obodriten in eine harte Zucht genommen und ihnen binnen kurzer Zeit Kenntnisse vermittelt, die zu erwerben er, Björn, Jahre gebraucht habe. In jenen von strenger Unterweisung erfüllten Tagen und Nächten habe sich manches ereignet, das sich zu erzählen lohne, aber am tiefsten habe sich seiner Erinnerung eingeprägt, welche erstaunliche Wandlung mit König Harald vor sich gegangen sei. Mit jedem Tag habe sich der von Gebrechen geplagte Greis gleichsam um Jahre verjüngt; man habe förmlich sehen können, wie das Leben in den von Alter und Krankheit gezeichneten Körper zurückgekehrt sei. Statt wehleidig zu klagen, habe man ihn Befehle brüllen, scherzen, oft auch lachen hören. Kraftvoll, als sei sie schon immer seine Schwerthand gewesen, habe seine Linke das Schwert geschwungen, und es sei sogar vorgekommen, daß er eine Weile unter Wasser verbracht habe, um den Obodriten zu zeigen, wie man durch ein Schilfrohr atmet.

Als der Herbst sich mit den ersten Stürmen ankündigte, fand Harald, es sei nun an der Zeit, zur Tat zu schreiten. Sie überfielen einige Dörfer an der Küste, und der König vermerkte befriedigt, daß die Obodriten sich mit den Fertigkeiten der Wikinger auch deren Skrupellosigkeit angeeignet hatten, denn es waren ihre eigenen Landsleute, die sie mordend und plündernd heimsuchten. Auf eine härtere Probe wurden sie gestellt, als sie in einer Vollmondnacht westwärts fuhren und auf eines von Thorgrim Flachnases Schiffen stießen. Einen Augenblick, erzählt Björn, hätten die Obodriten gezaudert, dann jedoch seien sie, von Harald lauthals angefeuert, längsseits gegangen und hätten das Wikingerschiff geentert. Dies habe Thorgrims Männer dermaßen verblüfft, daß sie erst zu kämpfen begonnen hätten, als ihre Lage schon aussichtslos gewesen sei.

Mit dem Wikingerschiff im Schlepptau kehrten sie in den Hafen der Jomsburg zurück. Als sie dort anlegten, hörte Björn den König zu Styrbjörn sagen: »Es ist lange her, daß ich mich so wohl gefühlt habe. Was hindert mich, auf diese Weise den Rest meines Lebens zu verbringen?«

»Dein Sohn, Herr«, war Styrbjörns knappe Antwort.

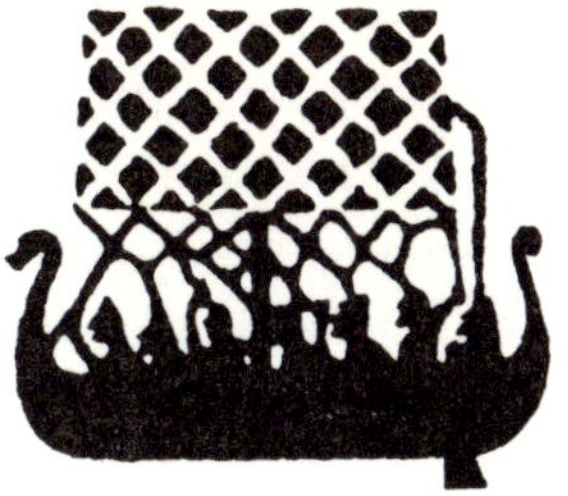

16

Sven Gabelbart kam nicht selbst. Er sandte Odinkar mit dreißig Langschiffen, von denen Skjalm Hvide, Haralds alter Widersacher, allein zwölf gestellt hatte. Der greise Jarl saß, in Felle gehüllt, an Bord eines seiner Schiffe; er hatte sich vom Krankenlager aufgerafft, um das Ende seines Todfeindes mitzuerleben.

Die dänische Flotte ankerte zwischen der Insel und den geschlossenen Eisentoren des Hafens. Der Ankerplatz lag außerhalb der Reichweite der Bogenschützen und Steinschleudern, doch nahe genug, daß man Einzelheiten erkennen konnte. Björn sah, wie Odinkars Männer an Land wateten und rings um die Burg ausschwärmten. Ihre Waffen blinkten in der Sonne, und ihre Schilde waren bunte Tupfen im satten Grün der Wiesen. Nach Einbruch der Dunkelheit leuchteten in weitem Rund ihre Lagerfeuer auf; es war, als hätte sich eine Kette aus funkelnden Edelsteinen um die Jomsburg gelegt.

Mistui rief alle waffenfähigen Männer auf, sich im Burghof zu versammeln. Björn schätzte ihre Zahl auf dreihundert; die meisten von ihnen waren Obodriten oder Angehörige anderer slawischer Stämme, aber es waren auch Nordmänner darunter, Griechen und dunkelhäutige Araber. Manche äußerten offen ihren Unmut, daß man den Dänen in kriegerischer Haltung entgegentrete, denn dafür gäbe es keinen vernünftigen Grund. Doch Mistui, durch Jaczkos Einflüsterungen kämpferisch gestimmt, schob die Einwände beiseite und gab vor, es seiner Ehre schuldig zu sein, die Jomsburg gegen jeden zu verteidigen, der sich ihr in feindlicher Absicht nähere. Im übrigen sei sie erwiesenermaßen unbezwingbar, so daß sie nur zu warten brauchten, bis die Dänen unverrichteter Dinge wieder abgezogen seien.

Tags darauf schickte Odinkar einen Unterhändler. Es war Asser, Skjalm Hvides Sohn. Mistui empfing ihn in dem Raum, wo Harald und seine Gefolgsleute ihre Nächte zu verbringen pflegten. Asser begrüßte Styrbjörn mit einem Neigen des Kopfes, auch Björn und Bue streifte er mit einem Blick, doch König Harald schien er nicht wahrzunehmen. Dann trat er vor Mistui und sagte: »Odinkar bittet dich um eine Unterredung.«

»Ist ihm das Bier ausgegangen?« fragte Mistui.

»Er möchte mit dir reden, an einem Ort außerhalb der Burg. Er gibt dir sein Wort, daß dir nichts geschehen wird, wenn du allein und ohne Waffen kommst.«

Mistui gab Jaczko einen Wink und preßte die Lippen zusammen. Wenig später vernahm er aufmerksam den geflüsterten Befund.

»Ja so, ja so«, sagte er und fuhr an Asser gewandt fort: »Richte Odinkar aus, daß ich keinen Fuß aus der Burg setze, solange er sie belagert. Wenn er mit mir sprechen will, soll er zu mir kommen.«

»Das wird er nicht.«

»Schade«, entgegnete der Obodritenkönig mit gespieltem Bedauern. »Ich hätte ihm gern meine Vorratskammern gezeigt und das knappe Tausend kampfbereiter Männer. So wird denn dieser Wunsch wie seine Bitte unerfüllt bleiben.«

»Odinkar hat damit gerechnet«, sagte Asser. »Deshalb hat er mich beauftragt, mit dir zu reden, wenn du ihm ein Gespräch verweigerst.«

»Ich höre.«

»Was ich zu sagen habe, ist nur für deine Ohren bestimmt. Schick die anderen hinaus.«

Da schüttelte Mistui so heftig den Kopf, daß ihm die Ohrringe ins Gesicht schlugen. »Hat Skjalm dir nicht beigebracht, wie man mit einem König redet?« rief er. »Sag, was du zu sagen hast, oder ich werde es mit glühenden Nägeln aus dir herauspressen!«

»Du hast einen Mann unter deinem Dach, der seinen Sohn ermorden wollte«, erwiderte Asser ruhig. »Odinkar hat den Auftrag, diesen Mann nach Dänemark zurückzubringen.«

»Es muß ein bedeutender Mann sein, wenn Odinkar mit dreißig Schiffen kommt, ihn zu holen. Willst du mir nicht seinen Namen nennen?«

»Du weißt, um wen es geht«, sagte Asser. »Sven Gabelbart will ihn haben, tot oder lebendig. Lieferst du ihn aus, wird Sven dir Burgundaland schenken; wenn du dich weigerst, holen wir ihn mit Gewalt.«

Nun konnte König Harald nicht länger an sich halten. »Burgundaland gehört mir!« stieß er hervor. »Woher nimmt der Zwerg das Recht, über das Eigentum des Königs zu verfügen? Geh zu Odinkar und sag ihm, daß König Mistui weder Geschenke noch Weisungen von einem Aufrührer entgegennimmt!«

»Ich beherrsche eure Sprache gut genug, ihm das selber mitzuteilen, Bruder«, sagte Mistui, während ein Schatten des Unmuts über seine Stirn kroch.

»Und vergiß nicht, daß er es war, der deine Söhne umgebracht hat«, setzte Harald hinzu.

»Kein Mann vergißt so etwas«, entgegnete Mistui und wandte sich wieder Skjalm Hvides Sohn zu: »König Harald ist mein Blutsbruder und mein Gast. Beides verpflichtet mich, für ihn mit meinem Leben einzustehen, wenn seines bedroht ist.«

»Das ist mannhaft gesprochen, Bruder«, lobte ihn Harald.

»Odinkar hat Befehl, die Jomsburg dem Erdboden gleichzumachen und dich selbst, Mistui, an der Rah aufzuhängen, wenn du seine Forderung nicht erfüllst«, sagte Asser.

Mistui kniff die Augenschlitze zusammen und kräuselte die Oberlippe, so daß man seine spitzgefeilten gelben Zähne sah. »Ich bin versucht, dies für eine schlechte Nachricht zu halten«, knurrte er. »Weißt du, wie man hierzulande mit dem Überbringer schlechter Nachrichten verfährt, Asser Skjalmsson?«

»Laß ihn laufen, Schwager«, sagte Styrbjörn. »Wer sollte Odinkar sonst deine stolzen Worte übermitteln?«

Da nickte Mistui und deutete wortlos auf die Tür.

Als Asser gegangen war, umarmte Harald den Obodritenkönig, dankte ihm überschwenglich und pries sich glücklich, ihn zum Freund zu haben. Niemals, schwor er, werde Mistui bereuen, ihn vor den Schergen seines bösartigen Sohnes in Schutz genommen zu haben. Für alles aber, was jener angedroht oder bereits getan habe, solle er zur Rechenschaft gezogen und unnachsichtig bestraft werden.

Mistui, schien es, hatte ihm nur mit halbem Ohr zugehört, denn als Harald verstummt war, sagte er nachdenklich: »Burgundaland ist eine schöne und reiche Insel.«

Verhilf mit zu meinem Recht, und sie gehört dir, Bruder«, entgegnete Harald.

»Da draußen liegen dreißig Langschiffe«, sagte Mistui. »Daß Sven sie entbehren kann, um dich nach Dänemark zurückzuholen, läßt vermuten, daß er noch etliche mehr besitzt. Was könnte ich gegen eine solche Flotte ausrichten, Bruder?«

»Noch vor kurzem klangen deine Worte zuversichtlicher«, sagte Harald. »Wie kommt es, daß du jetzt so zaghaft redest?«

Bue der Dicke warf Jaczko einen drohenden Blick zu. »Hat dein Furzdeuter diesen Sinneswandel bewirkt?« fragte er, worauf Jaczko hinter Mistuis Rücken eine Reihe verneinender Gebärden machte.

»Jaczko drückt sich in letzter Zeit recht gewunden aus«, antwortete Mistui. »Doch glaube ich, seinen Worten entnehmen zu können, daß es mir nicht zum Nachteil gereicht, wenn ich zu dir halte, Bruder. Das wundert mich um so mehr, als er sonst, unter weit günstigeren Umständen, stets davon abriet, ein Wagnis einzugehen.«

»Da er dich bislang immer gut beraten hat, solltest du ihm auch jetzt vertrauen«, sagte Harald.

Eines Morgens, kurz vor Sonnenaufgang, trieben vier lichterloh brennende Schiffe auf den Hafen zu. Odinkar hatte sie in einer Bucht mit Reisig, Stroh und Pech beladen und, nachdem ihre Fracht in Brand gesetzt worden war, aus dem Windschatten schleppen lassen. Der steife Nordwind drückte sie gegen die Eisentore, und ein Funkenregen ging über dem Hafen nieder. Zuerst fingen die Schiffe Feuer, dann die Lagerschuppen und die Hütten der Fischer, und bald wälzte sich ein prasselndes Flammenmeer gegen die Mauern der Burg. Den Brandern folgte der Angriff vom Land her. Auf langen, mit Sprossen versehenen Stangen erklommen Odinkars Männer die Mauer nahe dem südlichen Tor. Aber dort trafen sie auf Styrbjörn, der, mit der Kampfweise der Dänen vertraut, vorausgesehen hatte, von welcher Seite sie angreifen würden. Björn war ihm nachgeeilt, und er sah, wie Styrbjörn mit beidhändig geschwungenem Schwert auf die Männer einhieb, die sich zwischen den Zinnen hindurchzuzwängen suchten. Der Jomswikinger bewegte sich so schnell, daß Björn ihm kaum mit den Augen folgen konnte, und dank dieser für einen Mann seines Alters ungewöhnlichen Behendigkeit gelang es ihm, den Angriff abzuwehren. Doch plötzlich ließ Styrbjörn das Schwert fallen und brach in die Knie. Zwischen seinen Schulterblättern steckte ein Pfeil. Björn lief zu ihm, und Styrbjörn sagte: »Laß mich die Spitze sehen, Björn Hasenscharte.«

Björn zog den Pfeil heraus und reichte ihn Styrbjörn. Dieser führte die Spitze nahe an seine Augen heran. »Ich wünschte, ein dänischer Pfeil hätte mich getroffen, bevor dieser mir in den Rücken fuhr; es wäre ein ehrenvollerer Tod gewesen«, sagte er. »Doch sieh her, Björn Hasenscharte: Ich habe noch Fett um den Herzmuskel.« Nach diesen Worten sank er vornüber und starb.

Mistui ließ Styrbjörn in einer Gruft neben Burislav und seinen Söhnen bestatten. Dort hielt König Harald drei Tage und Nächte die Totenwache. Björn erzählt, er habe während dieser Zeit keine Speisen zu sich genommen und nichts außer Wasser getrunken. Als er wieder aus der Gruft hervorkam, ähnelte er selbst so sehr einem Toten, daß manche ihn für seinen eigenen Wiedergänger hielten. Hohlwangig und vor Schmutz starrend, die Augen in eiternde Wülste gebettet, warf er sich in Mistuis Arme und beklagte laut jammernd sein Los. Mistui wandte sich angewidert ab, denn noch mehr als das würdelose Gebaren des Freundes ekelte ihn dessen Gestank. Er bat ihn, sich zu beruhigen; auch er trauere um seinen Schwager, aber immerhin habe dieser noch eine Ruhmestat vollbracht, bevor er den Tod gefunden habe.

»Man hat ihn hinterrücks ermordet!« schrie Harald. »Es war einer von deinen Leuten, Mistui! Als nächsten werden sie mich umbringen!«

»Mäßige dich, Harald«, entgegnete der Obodritenkönig, indem er sich gewaltsam aus der Umarmung löste. »Es kränkt mich, dich so reden zu hören. Laß es nicht soweit kommen, daß ich darüber nachzudenken beginne, was es mich kostet, dir Gastfreundschaft zu gewähren.«

»Mistui, Bruder«, sagte Harald und verzog das

Gesicht zu einem kläglichen Lächeln. »Ich werde dir den Schaden tausendfach vergüten. Du sollst nicht nur Burgundaland bekommen, ich will dir auch Gunhild zur Frau geben, die Witwe des Königs von Jorvik.«

»Was soll ich mit einer Frau anfangen, die mir keine Kinder mehr gebären kann?« fragte Mistui.

»Sie ist meine Schwester«, antwortete Harald. »Soviel ich weiß, hat sich noch kein Slawenkönig rühmen können, der Schwager des Königs von Dänemark zu sein.«

Mistuis Antwort war ein fauchender Furz, den er fahren ließ, ohne daß es ihn nach seiner Deutung zu verlangen schien. Denn während Jaczko noch beflissen schnüffelte, wandte er sich zum Gehen und sagte: »Da du dich von Mördern umgeben siehst, werde ich dafür sorgen, daß niemand zu dir vorgelassen wird außer einer Magd, die euch Essen und Trinken bringt.« Damit verließ er den Raum. Keiner von ihnen sollte König Mistui wiedersehen.

Seit diesem Tag war die Magd ihre einzige Verbindung zur Außenwelt. Sie war in jungen Jahren als Sklavin nach Holmgard verkauft worden und hatte dort die Sprache der Waräger erlernt. Sie erzählte, die Dänen seien damit beschäftigt, einen schwimmenden Turm zu bauen, und ein ähnliches, auf Rundhölzern ruhendes Gerüst sei unweit des südlichen Tores im Entstehen begriffen. Unter Mistuis Männern mehrten sich die Stimmen, die den Obodritenkönig zum Einlenken aufforderten; auch Jaczko empfehle ihm, die Zeit bis zur Fertigstellung der Türme für Verhandlungen zu nutzen. Das seien beunruhigende Nachrichten, meinte Bue der Dicke, und Björn stimmte ihm zu.

Harald schien von alledem nichts wahrzunehmen. Er kauerte, die Arme um seine Knie geschlungen, in einer Ecke und starrte vor sich hin, während ihm der Speichel von den Lippen troff. Hin und wieder entschlüpften ihm Worte, die im einzelnen zwar verständlich waren, zusammengenommen jedoch keinen Sinn ergaben. Eines Tages erwachte er aus der Erstarrung und begann, auf allen vieren im Raum herumzukriechen. Als Björn ihn fragte, was er suche, packte Harald ihn am Hals und schrie, er vermisse seinen Zahn und fordere ihn zurück, da einer von beiden ihn gestohlen habe. Dann stürzte er sich auf Bue, doch dieser stieß ihn so heftig gegen die Wand, daß Harald das Bewußtsein verlor. Dadurch verwirrten sich seine Sinne noch mehr; als er wieder zu sich gekommen war, deutete er auf Bue und flüsterte: »Wer ist dieser Mann, dessen Anblick mich martert? Stell fest, was er will, und befreie mich von seinen Forderungen, wenn du kannst, damit er mich nicht mehr verfolgt.«

Am Abend, als sie die Speisen brachte, berichtete die Magd, einer von Mistuis halbwüchsigen Söhnen sei den Dänen in die Hände gefallen. Nun verlange Odinkar Harald Blauzahn im Austausch gegen Mistuis Sohn, und er habe angedroht, diesem für jeden Tag, um den der Obodritenkönig seine Entscheidung hinauszögere, einen Finger abschneiden zu lassen. Zwei Finger, wollte die Magd gehört haben, seien Mistui bereits überbracht worden.

»Mistui wird ihn ausliefern, das steht außer Frage«, sagte Bue. »Wir müssen Harald in Sicherheit bringen, solange noch Zeit dafür ist.« Er gab der Magd eine Goldmünze und versprach ihr eine weitere, wenn sie die Tür unverriegelt ließe. In ihren

Augen lag ein ungläubiges Staunen, während sie die Münze in der Hand wog. Als sie gegangen war, öffnete Bue die Tür und verschwand für eine Weile.

»Komm her, kleiner Mann«, sagte Harald. Björn setzte sich neben ihn. »Kennst du mich?«

»Du bist König Harald, Gorms des Alten Sohn, Herr«, antwortete Björn.

»Ich will dir etwas anvertrauen«, fuhr der König leise fort. »Ich bin aus Glas. Meine Beine sind aus Glas, meine Arme sind aus Glas, mein ganzer Körper ist aus Glas. Ich wage nicht, mich zu rühren, weil ich Angst habe, ich könnte zersplittern, weißt du? Hier, fühl meine Hand.«

Sie war kalt und schlaff. Die Hand eines Toten, dachte Björn.

»Andere verrotten, wenn sie gestorben sind. Ich bin zu Glas geworden«, sagte der König. »Willst du so freundlich sein und den Leuten erzählen, Harald Blauzahn sei zu Glas geworden?«

»Das werde ich tun, Herr«, versprach Björn.

»Es steht schlimm um mich, nicht wahr?« fragte der König plötzlich mit klarer Stimme.

»Ja, Herr.«

»Ich habe alles gehört. Laßt mich hier. Es kommt auf das gleiche hinaus, ob ich hierbleibe oder fliehe, Björn Bosison.«

In jenem Augenblick geistiger Klarheit, erzählt Björn, habe König Harald Bues Absicht durchschaut. Dennoch habe er sich nicht gesträubt, als Bue ihn von seinem Lager gezerrt und sich wie einen Sack über die Schulter geworfen habe.

Es war kurz nach Mitternacht, als sie aufbrachen. Sie tappten durch ein Gewirr dunkler Gänge, bis sie zu einer Treppe gelangten, die in engen Windungen zu einer eisenbeschlagenen Tür hinabführte. Bue schob die schweren Riegel zurück und öffnete sie. Einige tangbewachsene Stufen tiefer war ein Steg, und an diesem dümpelte ein flacher Kahn.

Das Boot schien einem Fischer zu gehören, denn am Bug lag ein Bündel alter Netze. Auf dieses setzte Bue den König. Er selbst ließ sich auf der Ruderbank nieder und bedeutete Björn, im Heck Platz zu nehmen. Dann stieß er den Kahn vom Steg ab. Geräuschlos glitt er auf das im Mondlicht flimmernde Haff hinaus. Bald darauf wurden sie von einer Brise erfaßt; kleine Wellen plätscherten gegen die Bordwand, und das Boot drehte sich langsam, bis es dem Wind seine Breitseite zukehrte. Die Jomsburg versank hinter einem Wald aus verkrüppelten Bäumen; meerwärts ragten die Masten der dänischen Langschiffe über einen sanft geschwungenen Dünenrücken empor.

»Worauf wartest du noch, Bue?« hörte Björn den König fragen.

Bue antwortete nicht. Er legte die Riemen aus und ruderte das Boot mit kurzen Schlägen. Am Kielwasser sah Björn, daß er mehrfach den Kurs wechselte, einmal sogar ein Stück in die Richtung zurückfuhr, aus der sie gekommen waren. Wollte er mögliche Verfolger täuschen oder durch zielloses Umherrudern Zeit gewinnen?

König Harald sprach leise vor sich hin. Von Jelling sprach er und den Steinen, die er für Gorm und Thyra gesetzt hatte, von Treulosigkeit und Verrat war die Rede, und mehr als einmal vernahm Björn den Namen dessen, dem er die Schuld an seinem Unglück gab. Dann richtete er sich auf und sagte: »Hallgerd wollte nicht schwanger werden, sooft ich sie auch beschlief. Da flößte ihr Thyra einen Trank ein, und so kam es, daß sie den Zwerg gebar. Er ist aus Hexensud entstanden, nicht aus meinem Samen. Ja, so muß es sein. Der Zwerg, der sich Sven Gabelbart nennt, ist nicht mein Sohn.«

Ein Möwenschwarm flatterte vom nahegelegenen Ufer auf und wirbelte kreischend zum Wald hinüber. Bue zog die Riemen ein und lauschte mit halbgeöffnetem Mund. Jemand mußte die Möwen aufgescheucht haben.

Nun geschah etwas, was Björn mit jener eigentümlichen Erstarrung erlebte, in die ein Angsttraum den Träumenden zu versetzen pflegt. Bue zieht eine Eisenstange unter der Ruderbank hervor. Sie ist armlang und muß sehr schwer sein, denn er braucht beide Hände, um zum Schlag auszuholen. Harald streckt ihm abwehrend eine Hand entgegen. »Nimm dein Schwert dafür, Bue«, sagt er. »Erschlag mich nicht wie einen Hund.« Die Eisenstange trifft ihn mitten auf den Kopf. Mit einem dumpfen Knall zerbirst die Schädeldecke; aus Nase und Ohren quillt blutiger Brei. Die Finger seiner emporgereckten Hand krümmen sich zu einer Kralle, während der Körper des Sterbenden wie unter Fieberschauern zu zittern beginnt. Ein zweiter Schlag zerschmettert ihm den Brustkorb. Pfeifend entweicht die Luft aus seinen Lungen. Dann ein Röcheln. Dann Stille.

Bue der Dicke wandte sich zu Björn um. Auf seiner Stirn glitzerten Schweißtropfen. »Jetzt ist Sven Gabelbart rechtmäßig König von Dänemark«, sagte er.

Björn spürte, wie eine kalte Wut in ihm aufstieg. »Warum hast du ihn umgebracht?« preßte er hervor. »Hätte es nicht genügt, ihn den Dänen auszuliefern?«

»Sven wird es mir zu danken wissen, daß ich es übernahm, den Alten aus dem Weg zu räumen«, entgegnete Bue der Dicke. »Denn nun kann er seine Hände in Unschuld waschen.«

Plötzlich sah Björn Bues feisten Nacken in riesenhafter Vergrößerung, und er sah seine eigenen Hände, die ihn mit aller Kraft umklammert hielten. Bue würgte, als ob er sich erbrechen müsse, er versuchte, Björns Hände abzuschütteln, griff, als ihm dies nicht gelang, nach der Eisenstange. Björn hörte, wie sie fauchend die Luft durchschnitt, er warf sich zur Seite, prallte mit dem Hinterkopf auf den Dollbord und stürzte ins Wasser.

Sein Körper drehte sich langsam um die eigene Achse, während er immer tiefer in eine von grünlichen Schlieren durchwobene Dunkelheit sank. Einmal bemerkte er über sich die zerfließenden Umrisse des Kahns. Er sah, wie ein Ruderblatt durch die Wasserfläche brach und dunkle Ringe auf ihr hinterließ. Dann gruben sich seine Finger in körnigen Sand. Das Wasser des Haffs war nicht tief. Vielleicht konnte er, wenn er sich aufrichtete, den Kopf aus dem Wasser heben. Doch dort oben lauerte Bue auf ihn mit schlagbereiter Eisenstange; er würde ihn erschlagen, wie er Harald Blauzahn erschlagen hatte. Björn kroch, schwebte, flog über den Grund des Haffs. Er streift die wiegenden Wipfel eines Tangwalds. Er ist ein Fisch, ein Vogelfisch, ein Vogel. Hinter dem Wald ist es hell. Gelbes Licht gleißt auf glatten, spiegelnden Flächen. Sie sind aus Eis. Er fliegt über eine Eiswüste. Unter ihr atmet das Meer. Wenn er flatternd auf der Stelle verharrt, kann er sehen, wie sich die Eisplatten heben und senken. Auf einer Eisscholle sitzt groß und breitschultrig die

Hexe Hyrrokkin. Ihre Augen sind grün. Ihre Haare sind Schlangen; sie ringeln sich um ihr faltiges Gesicht. Sie winkt Björn zu sich, und er setzt sich auf ihre Schulter. Da wird sein Gefieder allmählich schwarz. Er ist ein Vogel, ein Nachtvogel, die Nacht.

17

Sie hatte rötliches Haar und graue Augen. »Thordis«, stammelte er. Sie schüttelte lächelnd den Kopf und beugte sich tiefer zu ihm herab. Nun erkannte er sie. Es war das Gesicht seiner Tochter. Es waren Vigdis' graue Augen, die er auf sich gerichtet sah.

Sie legte seinen Kopf in ihren Schoß und gab ihm zu trinken. Das Getränk schmeckte nach ranzigem Tran; er spürte, wie es seine Sinne belebte. Er roch das Meer. Er hörte, wie der Wind im Tauwerk sang.

Er sah über sich ein braunes Segel vor blaßblauem Himmel und schaumgekrönte Wellen, soweit das Auge reichte.

Am Stand der Sonne las er ab, daß sie nach Westen segelten. Das Schiff war ein schmaler, leicht gebauter Achtruderer, ähnlich jenem, den sie auf der Reise nach der Jomsburg erbeutet hatten. Die Besatzung bestand aus einem halben Dutzend verwegen aussehender Männer. Einer stand am Ruder, die anderen lagen schlafend auf dem Deck.

Vigdis trug Männerkleidung. Ihre Haut war von der Sonne gebräunt, und auf ihrer Oberlippe wuchs dunkler Haarflaum. Ihre Züge waren schärfer geworden, doch Björn fand, daß dies ihrer Schönheit nicht schade. Er schloß die Augen und sagte: »Rede zu mir, damit ich glauben kann, daß du wirklich bist.«

»Ich bin so wirklich wie du und das Schiff und die Männer dort«, antwortete sie.

»Sprich weiter«, bat er. »Es tut gut, deine Stimme zu hören. Erzähl mir, wie es geschehen konnte, daß ich aus dem Dunkel des Totenreichs ins Leben zurückgekehrt bin.«

»Das wäre eine Geschichte, wie du sie zu erzählen liebst, Vater, denn sie steckt voller Zufälle und merkwürdiger Begebenheiten«, entgegnete Vigdis. »Doch ich bin nicht geübt im Geschichtenerzählen. Laß mich also in dürren Worten berichten, daß du dein Leben mehreren verdankst. Der eine war Poppo, der mir davon Kenntnis gab, daß König Harald aus der Stadt geflohen sei und dich gezwungen habe, ihn zu begleiten. So machte ich mich auf die Suche nach dir. Der andere war ein Mann von Gautland namens Harald, einer von Thorgrims Leuten. Ihr hattet ihn als Gefangenen mit euch genommen, doch beim ersten Angriff der Dänen gelang es ihm, aus der Jomsburg zu entweichen. Auf Umwegen kehrte er zu Thorgrim zurück, und von ihm erfuhr ich mehr über dich, als mir zu wissen lieb war. Darauf ging ich zu Odinkar, um ihm zu sagen, daß du es nicht verdient hättest, das gleiche Schicksal zu erleiden wie König Harald und Bue der Dicke, falls Mistui euch ausliefern würde. Das war in jener Nacht, als man dich mehr tot als lebend auf Odinkars Schiff brachte. Der Zufall wollte es, daß Odinkar tags zuvor eine Botschaft von Poppo erhalten hatte, und dieser verdankst du es mehr als meinem Bitten, daß der Gode dich mir überließ. Seitdem sind zwei Tage vergangen, die du in tiefer Bewußtlosigkeit verbrachtest.«

»Was ist mit Bue geschehen?«

»Odinkar hat ihn in Ketten legen lassen, damit Sven selbst über sein Schicksal entscheide. Haralds Leichnam aber soll nach Roskilde gebracht werden, wo Sven ihn nach christlichem Brauch bestatten will.«

Björn blickte überrascht zu ihr auf: »Hat Sven Gabelbart den alten Göttern abgeschworen?«

»Poppo sagt, die Geburt seines Sohnes habe ihn auf eine Weise geläutert, daß der Tag nicht mehr fern sei, an dem er ihn taufen werde.«

»Ich dachte mir, daß Poppos Name fallen würde, wenn von solch erstaunlicher Wandlung die Rede ist«, schmunzelte Björn. »Wie geht es dem alten Fuchs?«

»Du solltest nicht so von ihm reden, Vater«, wies Vigdis ihn zurecht. »Er war in großer Sorge um dich und hat mehr zu deiner Rettung beigetragen als jeder andere.«

»Außer dir«, warf Björn ein.

»Ich bin deine Tochter«, antwortete Vigdis.

»Mir ist, als hätte ich Nebel im Kopf«, sagte Björn. »Wenn ich wieder klarer zu denken vermag, mußt du mir alles noch einmal erzählen.« Er sah noch die Sonne dottergelb im Meer versinken, bevor ihn der Schlaf überkam. Als er erwachte, war es heller Tag. Vigdis stand neben dem Vordersteven. Sie trug jetzt ein Kettenhemd und einen leichten Helm; in der Rechten hielt sie einen Speer. Die Männer hatten die Riemen ausgelegt und ruderten das Schiff mit kurzen, ruckartigen Schlägen. Björn setzte sich auf und sah die grünen Ufer der Förde an sich vorübergleiten. Das Laub zeigte schon die ersten braunen Flecken, und zwischen den Bäumen leuchtete das matte Gelb der Stoppelfelder. Starenschwärme ballten sich in Klumpen und zerstoben zu löchrigem Gespinst, während hoch über ihnen Wildgänse ihre schwankenden Keile in den Himmel trieben. Erinnerungen wurden in ihm wach, Erinnerungen an Spätsommertage, die er reglos wie ein Stein im Schilf verbracht hatte.

»Du hättest mich wecken sollen, Tochter«, sagte Björn, als er mit steifen Gliedern zu ihr auf das Vorderdeck gehumpelt war. »Die Sandbänke vor der Förde sind ein tückisches Fahrwasser für einen, der sich dort nicht auskennt.«

»Ich unterließ es aus gutem Grund, deinen Rat einzuholen, Vater. Denn es hätte dich sicher betrübt, daß ich gleichwohl getan hätte, was mir richtig erscheint.«

»Ach, Vigdis«, seufzte er. »Du kleidest dich nicht nur wie ein Mann, du fängst auch an, wie ein Mann zu reden. Hast du vergessen, daß du eine Frau bist, noch dazu eine ausnehmend schöne?«

»Die Männer pflegen mich hin und wieder daran zu erinnern«, entgegnete sie. »Doch vermag ich nicht einzusehen, weshalb ich mich damit begnügen sollte.«

»Jener Harald, den wir Gaut nannten, erzählte mir, du seist unter die Seeräuber gegangen«, fuhr Björn nach einer Weile fort. »Ich werde mich wohl an den Gedanken gewöhnen müssen, daß dies keine seiner erfundenen Geschichten war.«

»Solange ich zurückdenken kann, war es mein Wunsch, ein eigenes Schiff zu haben. Thorgrim Flachnase versprach mir eines von seinen, wenn ich ihm helfen würde, Aldeigjuborg zu plündern. So kam es, daß ich ihn auf diesem Beutezug und einigen weiteren begleitete. Als wir jedoch zurückkehrten, konnte er sich seines Versprechens nicht mehr erinnern. Da nahm ich mir ein Schiff.«

Björn brach in Lachen aus: »Dann ist es wahr, daß du dem Wikingerhäuptling ein Schiff gestohlen hast?«

»Ich habe nur in Besitz genommen, was mir gehört, Vater.«

»Aus deinen Worten spricht ein starker Eigensinn«, sagte Björn. »Es wird nicht leicht sein, einen Mann zu finden, der dich zu bändigen versteht.«

»Darin gebe ich dir recht«, schmunzelte Vigdis. »Der Mann, der mich erobern will, muß klug sein und von sanftem Gemüt. Solchen Männern begegnet man selten draußen auf dem Meer.«

»Du wirst also, wie es mein Wunsch ist, an Land bleiben und fortan ein seßhaftes Leben führen?«

»Nichts erschiene mir weniger verlockend.«

»Ich könnte es dir befehlen«, ereiferte sich Björn. »Denn ob du eine Frau bist oder ein Mann oder auch beides zugleich, ich bin immer noch dein Vater!«

»Lieber Vater«, antwortete Vigdis und lächelte so betörend, daß Björn seine strenge Miene nur mit Mühe zu wahren wußte, »du bist viel zu gescheit, mir einen Befehl zu erteilen, von dem du weißt, daß ich ihn nicht befolgen würde.«

Nun konnte sich auch Björn eines Lächelns nicht mehr enthalten. »Mir ist, als hörte ich Poppo reden. Hat er dich gelehrt, so listig mit Worten umzugehen?«

»War es listig, was ich sagte?« fragte sie verschmitzt.

Gegen Abend tauchte hinter einer Biegung der große Stein auf, der unterhalb von Bosis Hof am Ufer lag. Grau und mächtig thronte er auf seinem Spiegelbild, umgeben von Leere. Denn wo zuvor Schilf, Gestrüpp und Wald gewesen waren, dehnten sich jetzt bis ans Wasser hinunter grüne Wiesen. Weiter oben lagen Häuser; mehr als zwanzig zählte Björn. Aus dem Hof war ein Dorf geworden, und auch dieses sollte Bosis Namen tragen.

»Willst du, daß wir anlegen, Vater?«

»Ich kehre nicht gern an einen Ort zurück, an den mich nichts mehr bindet als Erinnerungen. Ich will ihn so im Gedächtnis behalten, wie er war, als mein Vater noch lebte.«

»Dein Bruder Tore ist ein großer Mann geworden.«

»Das mag sein«, sagte Björn. »Doch nur einer von Bosis Söhnen kann sich rühmen, daß er sich die Gunst zweier Könige erwarb.«

Bald gelangten sie zu der Stelle, wo sich die Förde am Fuß des Steilufers zu einer schmalen Fahrrinne verengt. Sie fanden sie durch einen herabgestürzten Baum versperrt. Während die Männer daran gingen, ihn aus dem Weg zu räumen, fiel Björns Blick auf einen Raben, der nur wenige Schritte entfernt am Ufer hockte. Sein Gefieder war zerzaust und mehr grau als schwarz, und sein Schnabel war schartig wie ein altes Schwert. Als er merkte, daß Björn ihn wahrgenommen hatte, stieß er ein heiseres Krächzen aus, hob mit trägem Flügelschlag vom Boden ab und ließ sich ein Stück weiter auf einem Stein nieder. Daran erkannte Björn, daß es Hugin war, denn so hatte ihn der Rabe schon einmal in Gris des Weisen Höhle gelockt.

Er watete an Land und folgte Hugin. Der Rabe führte ihn hüpfend und flatternd auf einem kaum noch erkennbaren Pfad am Uferhang empor, dann durch dichtes Gebüsch. Etwas ließ Björn plötzlich stocken. Er blickte sich um, und nun wußte er, was seinen Schritt gehemmt hatte: Er stand vor dem Versteck, wo Vagn ihn einst aufgespürt hatte. Er sah ihn wieder mit erhobenem Speer hinter sich stehen, sah Vagns Gesicht, die Eiszapfen in seinem Bart. Die Erinnerung weckte in ihm keine Gefühle mehr. Er hatte Vagn getötet, und mit Vagns Tod war auch sein Haß erloschen.

Vom Rand des Steilufers blickte er zur Burg hinüber. Die Palisadenwand ähnelte einem Kamm mit ausgebrochenen Zähnen; durch die Lücken zwischen den Stämmen schimmerte das Wasser. Nichts deutete darauf hin, daß die Burg bewohnt war, und als er noch etwas näher heranging, sah er, daß die Hütten bis zum Erdboden niedergebrannt waren.

Eine Hand berührte seine Schulter. »Komm, Vater. Wir können weiterfahren.«

»Gris der Weise hat seinen Raben nach mir ausgeschickt«, sagte Björn. »Er will, daß ich zu ihm komme.«

»Du träumst, Vater. Als du mir von Gris erzähltest, war er schon ein uralter Mann. Er muß längst gestorben sein.«

»So wäre es ein Toter, der mich zu sich ruft, und mir stünde eine Begegnung bevor, von der nicht viele erzählen können, Tochter. Geh also zum Schiff zurück und warte dort auf mich.«

»Ich werde dich begleiten«, erwiderte Vigdis, und sie sagte es so, daß Björn es nicht der Mühe wert fand, sie umzustimmen.

Es fing schon an, dunkel zu werden, als sie zu Gris' Höhle gelangten. Die Eschenwurzel war in sich zusammengesunken und von hohem Farnkraut umwuchert, der Eingang ein dunkles Loch, gerade groß genug, daß Björn sich bäuchlings hindurchzwängen konnte.

Eine schwüle, stickige Luft schlug ihm entgegen. Inmitten der Finsternis tanzten winzige Flammen auf einem Holzscheit. Allmählich nahm Björn außer ihnen noch anderes wahr. Er sah bleiche Pflanzen, die von der Decke herabhingen, Pilze unterschiedlicher Art und Größe, einen Haufen Unrat. Gris den Weisen sah er nicht. Doch nun geschah es, daß sich der Unrat zu bewegen begann und die Gestalt des Alten annahm. Mit einem zärtlichen Schnalzlaut schwang sich der Rabe auf seine Schulter.

»Ist gut, Hugin, ist gut«, flüsterte Gris.

Er glich einem verwitterten Baum. Das zerlumpte Gewand, die Arme, das Haar: alles war mit einer dünnen Moosschicht bedeckt. Zwischen seinen Fingern wuchs Gras, sein Bart war mit Schlingpflanzen durchflochten. Auch bewohnte ihn mancherlei Getier; Björn sah Spinnen, Käfer und Würmer, und in seinem verfilzten Haar nistete ein kleiner Vogel.

»Ich wußte, daß ich dich noch einmal sehen würde, ehe ich ganz vermodert bin, Björn Bosison«, sagte Gris. »Aber du kommst nicht allein. Wen hast du bei dir?«

»Vigdis, meine Tochter.«

»Ruf sie herein«, sagte Gris.

Vigdis kam auf allen vieren herbeigekrochen und setzte sich neben Björn. Er legte etwas Reisig auf das Feuer, damit der Alte sehen konnte, wie schön sie war.

Gris der Weise strich sich das Haar aus der Stirn und richtete sein Auge auf sie. Er musterte sie lange, und Björn fiel ein, daß dieses Auge alles war, was er jemals von Gris' Gesicht gesehen hatte. Was mochte sich noch hinter dem dichten Haarschleier verbergen?

Endlich brach der Alte sein Schweigen und sagte: »Ihr Anblick tut mir wohl; nach langer Zeit fühle ich wieder, daß mein Herz noch schlägt. Doch es ist nicht ihre Schönheit allein, die mich erfreut. Ich sehe eine Frau vor mir, von der man noch viel hören wird. Eines Tages wird man sie die ›Meerkönigin‹ nennen.« Dies sagte Gris der Weise Vigdis voraus, und seine Prophezeiung sollte sich erfüllen. Doch davon erzählt eine andere Geschichte.

Gris schenkte ihr seinen Stock, der die Form einer Schlange hatte und mit rätselhaften Figuren verziert war. »Gib gut auf ihn acht, er könnte dir nützlicher sein als ein Schwert«, sagte er. Dann bat er sie, ihn mit Björn allein zu lassen.

»Ich habe nur ein Auge, aber ich sehe damit mehr,

als andere mit zweien«, fuhr Gris nach einer Weile fort. »Wenn du sie auch deine Tochter nennst, nie und nimmer entsprang sie deinem Glied, Björn Bosison. Doch sei bedankt, daß du einen Sterbenden mit ihrem Anblick erfreutest.«

»Ich hatte nicht gehofft, dich noch lebend anzutreffen«, sagte Björn.

»Lebe ich denn?« fragte der Alte. »Manchmal ist mir, als blickte ich mit eines anderen Auge, als redete ich durch eines anderen Mund, während ich selbst schon zu Erde geworden bin. Wer aber lieh einem Haufen Erde Auge und Mund, Björn Bosison?«

»Ich kenne keinen außer dir, der darauf eine Antwort wüßte.«

»Ein Gott vielleicht? Einer von den müden alten Göttern, deren Tage gezählt sind? Will er, daß ich für ihn sehe, daß ich für ihn rede?« Dann bauschte sich der Haarschleier vor seinem Gesicht, und Björn hörte ihn leise singen, und in den Gesang mischten sich Worte, uralte Worte:

Schwarz wird die Sonne, die Erde
sinkt ins Meer, vom Himmel
stürzen die heiteren Sterne.

So sprach Gris der Weise, und es schien, als gäben ihm die Strophen neue Kräfte, denn seine Stimme wurde lauter und wohltönender, und sein bemooster Körper geriet in immer heftigere Bewegung, als er nun den großen Gesang vom Weltende anstimmte:

Brüder kämpfen
und bringen sich Tod,
Brudersöhne
brechen das Sippengesetz;
arg ist die Welt,
Ehbruch furchtbar,

Schwertzeit, Beilzeit,
Schilde bersten,
Windzeit, Wolfzeit,
bis die Welt vergeht.

Dann versank er in Schweigen, und Björn dachte über den geheimnisvollen Mann nach, der älter sein mußte als jeder Mensch. Der von Dingen wußte, die dem menschlichen Verstand verschlossen bleiben. Der nur ein Auge hatte und einen Raben auf der Schulter trug. Konnte es sein, daß Gris selbst einer der alten Götter war, ein abtrünniger Gott? War er von Asgard geflohen, um der Ragnarök zu entgehen, die er so wortgewaltig auszumalen verstand? Doch da riß Gris ihn aus seinen Gedanken.

»Was ist aus dem Mann geworden, der mich seinen Vater nannte?« fragte er.

»Er ist tot«, antwortete Björn und erzählte, wie Thormod ums Leben gekommen war.

»Er war nicht mein Sohn«, sagte Gris der Weise. »Ich habe nie ein Weib geschwängert. Ich will nicht in anderer Gestalt fortleben als der eines Wurms, einer Spinne, eines Pilzes. Aber nun erzähl, wie es dir ergangen ist in der langen Zeit, die ich sterbend unter diesem Baumstumpf verbrachte.«

So kam es, daß Björn eine ganze Nacht lang von seinen Abenteuern berichtete, denn der Alte schien, ungeachtet seines körperlichen Verfalls, von unersättlicher Wißbegier besessen. Mit Fragen, beifälligen Äußerungen und Gebärden, aber auch solchen des Unmuts oder des Zorns entlockte er Björn immer neue Geschichten, und dieser sah sich nicht ungern gedrängt, seinen reichen Schatz an Erlebnissen vor Gris dem Weisen auszubreiten. Als er schließlich erschöpft verstummte, graute schon der Morgen.

»Du mußt jetzt gehen«, sagte der Alte. »Wir werden uns nicht wiedersehen, aber du sollst wissen, daß ich dich von allen Menschen am besten leiden konnte.«

»Bist du ein Gott, Gris?«

Er hörte den Alten leise kichern.

»Zeig mir dein Gesicht«, bat Björn.

»Was davon übrig ist, lohnt nicht das Ansehen; Mund und Auge machen kein Gesicht, Björn Bosison«, sagte Gris der Weise. »Doch nun geh! Hugin wird dir den Weg zeigen.« Dann ließ er sich langsam zu Boden sinken und verschmolz, ein moderndes Gerippe, mit dem modrigen Untergrund.

Kurz vor Sonnenaufgang kehrte Björn zum Schiff zurück. Vigdis weckte die Männer, als sie ihn kommen sah. Sie schoben das Schiff ins Wasser und ruderten es auf die Förde hinaus. Die Untiefen glitten vorüber, die Burg. Die verkohlten Stümpfe der Palisaden hoben sich schwarz vom Himmel ab. Am Fuß des Steilufers lag ein durchlöcherter Schild. Etwas weiter die Stelle, wo das tote Mädchen angetrieben war, und wieder sah Björn ihr erstarrtes Lächeln. Dann der See, weithin bedeckt mit rötlich schimmernden Nebelschwaden. Das Schiff tauchte in sie ein; sie waberten vielgestaltig vorüber, rochen nach Wald und brackigem Wasser. Dann die Landenge. Zu beiden Seiten traten die Uferböschungen aus dem Nebel hervor, um gleich darauf wieder in ihm zu versinken. Vigdis gab den Männern ein Zeichen, die Riemen einzuholen, und nun trieb das Schiff lautlos durch die Nebelschleier, hinter denen die Stadt liegen mußte. Unversehens drängte sich Björn der Gedanke auf, die zerstörte Burg könnte ein Vorbote schlimmeren Unheils gewesen sein. Verhüllte der Nebel das Bild einer verwüsteten, niedergebrannten, von ihren Bewohnern verlassenen Stadt?

Doch dann mischten sich Farbtupfer in das Grau, dehnten sich zu kantigen Flecken und nahmen die Gestalt von Schiffen und Häusern an. Da war die Stadt: der obere Teil schon im Licht der Morgensonne, während in den Straßen der Unterstadt noch schattenlose Dämmerung herrschte. Der Rauch der Herdfeuer stieg senkrecht aus den Dächern empor; kein Windhauch bog die zarten Säulen. Es war ein Anblick, bei dem wir gern länger verweilen würden, ginge unsere Geschichte nicht dem Ende zu.

Bue der Dicke mußte den Mord an König Harald mit dem Leben bezahlen. Sven Gabelbart ließ ihm das Herz aus der Brust schneiden und zeigte es ihm mit den Worten: »Sieh dein verräterisches Herz!« Harald Blauzahn wurde mit königlichem Pomp im Dom zu Roskilde bestattet, und es wird erzählt, daß man Sven am Grabe seines Vaters habe weinen sehen. Den Vorschlag seiner Ratgeber, Haralds Namen mit dem Zusatz ›der Große‹ zu schmücken, lehnte er hingegen ab. Auch sich selbst wollte er später aus naheliegenden Gründen nicht auf solche Weise geehrt sehen. So blieb es seinem Sohn Knud vorbehalten, als erster dänischer König diesen Beinamen zu tragen.

Björn sollte die Stadt am Ende der Förde nicht wieder verlassen. Er erreichte ein hohes Alter und zeugte noch mehrere Kinder mit Asfrid und anderen Frauen. Es heißt, er sei in späteren Jahren dazu übergegangen, seine Geschichten für Geld zu erzählen, was ihn noch reicher gemacht und seinem Ansehen nicht geschadet habe. Mit Poppo verband ihn zeitlebens eine enge Freundschaft. Trotz aller Bemühungen, ihm die Macht des Christengottes vor Augen zu führen, gelang es dem Bischof jedoch nicht, Björn zu taufen. Er blieb ein Heide wie sein Vater Bosi, der einst von Schonen über das Meer gekommen war.

ANMERKUNGEN

Adaldag

Erzbischof von Hamburg um die Mitte des 10. Jahrhunderts. Ihm waren u.a. die Bistümer Schleswig, Ribe und Aarhus unterstellt.

Aethelred

Sohn des englischen Königs Edgar. Genannt »Der Ratlose«. Floh vor ** Sven Gabelbart Anfang des 11. Jahrhunderts in die Normandie. Nach den historischen Quellen hieß seine Frau Emma. Er starb 1016.

Aldeigjuborg

Alt-Ladoga. Handelsplatz zwischen Ilmensee und Ladogasee im Mündungsgebiet des Wolchow.

Ansgar

Der »Missionar des Nordens«, ca. 801-865. 831 Erzbischof von Hamburg, 847 Erzbischof von Bremen.

Asgard

Sitz der nordischen Götter. Ein befestigter Herrensitz, von Riesen erbaut. Sein Zentrum war ** Walhall.

At-Tartuschi

Arabischer Kaufmann und Reiseschriftsteller aus dem Kalifat Cordoba. Besuchte ** Haithabu um 950, nach anderen Quellen um 970.

Audumla

Die mythologische »Urkuh«. Entstand aus dem schmelzenden Eis. Aus ihrem Euter kamen vier Ströme und nährten ** Ymir. Aus dem salzigen Eis leckte sie ein männliches Wesen: ** Buri.

Back

Aufbau auf dem Vordeck eines Schiffes.

Balder

oder Baldur. Nordischer Gott, Sohn ** Odins mit ** Freya. »Der Leuchtende«, eine Lichtgestalt unter den sonst sehr menschlich gezeichneten Göttern. ** Loki tötet ihn, aber nach der ** Ragnarök kehrt Balder aus dem Totenreich zurück und wird das Oberhaupt einer neuen Göttergeneration.

Beitiàss

Mit Hilfe dieses Wendebaums wurde die Vorderkante des Segels steif durchgesetzt, so daß das Schiff gut gegen den Wind kreuzen konnte.

Berserker

Rasende, halb wahnsinnige Raufbolde, die im Kampfesrausch furchtbare Kräfte entwickelten und nachher in Ohnmacht fielen. Vermutlich versetzten sie sich durch Pilze in einen rauschartigen Zustand. »Sie waren toll wie Hunde oder Wölfe, bissen in ihre Schilde und waren stark wie Bären oder Stiere. Sie mähten alles nieder, und weder Feuer noch Eisen taten ihnen etwas an.« (Snorri) Die moderne Forschung sieht in ihnen Psychopathen, die, wenn sie zu mehreren auftraten, einander in der Schlacht bis zum Wahnsinn aufhetzten.

Bestla

Riesentochter. ** Bor zeugte mit ihr drei Götter: ** Odin, ** Wili und ** We.

Bjarmen

auch ›Beormas‹, altnordisch ›Bjarmer‹. Sie werden meist den Kareliern zugerechnet. In altnordischen Quellen bezeichnet ›Bjarmaland‹ das ganze Gebiet um das Weiße Meer.

Blutsbrüder
Galt genausoviel wie leibliche Bruderschaft. Ritus: Man tauchte die Hände in Tierblut, oder jeder trank vom Blut des anderen, oder man düngte ein Rasenstück mit dem vermischten Blut. Die Blutsbrüderschaft war eines der integrierenden Elemente der nordischen Sozialstruktur.

Blutrache
Eine heilige Pflicht, die von den Göttern auferlegt war und deren Nichterfüllung von ihnen geahndet wurde.

Bor
Riese, Vater der Götter ** Odin, ** Wili und ** We.

Burgundaland
Heute Bornholm.

Buri
Die Kuh ** Audumla leckte ihn aus dem salzigen Eis. Sein Sohn war ** Bor.

Danegeld
Eine Steuer, die man den Dänen zahlte, um von Überfällen verschont zu bleiben. Ab 840 in Frankreich (Karl der Kahle zahlte in Silber), seit 865 auch in Ostengland. In einem angelsächsischen Gedicht werden die Worte eines dänischen Abgesandten so wiedergegeben:
»Wir müssen einander nicht umbringen, wenn ihr reich genug seid.«

Danelag
Bedeutet: »Dänisches Rechtsgebiet«; der von den Dänen eroberte und kolonisierte Teil Englands. Umfaßte das Gebiet von der Themse bis nach Chester.

Danewerk
Bedeutet: »Die Verteidigungsanlage der Dänen«. Kurz nach 800 von dem dänischen König Göttrik begonnen (neuere Forschungen datieren den Baubeginn auf das Jahr 737), um sein Reich gegen den fränkischen Kaiser zu schützen. Die seitdem ständig weiter ausgebaute Wallanlage erstreckte sich von der Schlei im Osten bis zur Eider im Westen und ist auch heute noch teilweise erhalten.

Dollbord
Obere Planke auf dem Bootsbord.

Drachenkopf

War am Vordersteven der ** Langschiffe angebracht. Sollte die Meerdämonen verjagen, aber auch die Feinde in Angst versetzen. Näherte man sich einem Land in friedlicher Absicht, wurde der Drachenkopf abgenommen, um die (guten) Landgeister nicht zu vertreiben.

Dyflinn

auch Dubh-Linn (schwarzer Weiher), heute Dublin. Wurde Hauptstadt eines norwegischen Königreichs und ab 917 eines der wichtigsten Handelszentren Westeuropas.

Eadred

König von Wessex. Vertrieb ** Erik Blutaxt 954 aus York.

Egil

Sohn des Skallagrim, isländischer ** Skalde, etwa 910-990. Unternahm einen Raubzug in die Ostsee und plünderte u.a. Lund. Von ihm erzählt »Die Saga von Egil«.

Erik Blutaxt

Norweger; letzter Wikingerkönig von ** Jorvik, bis 954.

Erik der Rote

Norweger. Mußte nach Island fliehen und besiedelte von dort aus Grönland. Sein Sohn Leif entdeckte um 1000 das heutige Amerika.

Freya

Nordische Göttin, ** Freyrs Schwester. Göttin der Liebe und der Fruchtbarkeit, aber auch Todesgöttin der Frauen. Anführerin der Walküren; die Hälfte der in einer Schlacht Getöteten fiel ihr zu.

Freyr

Nordischer Gott, Bruder ** Freyas. Wie diese war er ein Kind ** Njörds, der beide mit seiner Schwester zeugte. Der Gott des Beilagers, sorgte für Wachstum und Vermehrung der Menschen, Tiere und Pflanzen, herrschte über Regen und Sonnenschein. Sein Wagen wurde von Gullinborsti, einem Eber mit goldenen Borsten, gezogen. Ein Bildstein im Tempel zu Uppsala zeigte ihn mit einem überdimensionalen Penis.

Fünf Burgen

Fünfburgenland. »The Five Buroughs«, befestigte Städte, der Mittelpunkt von ** Danelag. Die fünf Burgen waren Lincoln, Stamford, Leicester, Nottingham und Derby.

Gautland

Götaland in Südschweden.

Ginnungagab

Der »Urraum«, Raum der magischen Kräfte, die sich noch nicht einer göttlichen Ordnung fügten. Im nördlichen Teil war Ginnungagab voller Rauhreif und Staubregen, im südlichen voller Glut und Funken. In der Mitte entstand ein lauwarmer Raum, aus dem der Riese ** Ymir geboren wurde.

Glück

Unpersönliches und unverdientes, von den Göttern kommendes Heil. Der Glückliche übte Faszination auf andere aus. Den Unglücklichen mied man. Für das Unglück eines Stammes oder Volkes (Mißernten, Hungersnot, Seuchen, verlorene Kriege) wurden der Häuptling oder König persönlich haftbar gemacht; sie wurden verjagt oder geopfert. Das Opfer eines Königs war das höchste, das man den Göttern anbieten konnte.

Gode

Heidnischer Priester vornehmer Herkunft, der meist zugleich auch ein mächtiger Häuptling war. Das Amt des Goden war erblich und konnte beim Aussterben der Sippe nur durch Kauf oder Schenkung erworben werden.

Gorm der Alte

Dänischer König seit 936, verheiratet mit ** Thyra und Vater ** Harald Blauzahns. Starb 950.

Grima

Gesichtsmaske, die oft einem Wolfskopf ähnelte, daher »Wolfsmaske«. Über ihre Bedeutung ist wenig bekannt. Man weiß nur, daß die Grima bei besonderen Gelegenheiten getragen wurde; sie konnte auch an der Kapuze des Mantels oder am Wams befestigt werden. In der Gongu-Hròlfs-Saga heißt es:
»Ärmel waren daran und oben eine Kapuze und Masken vor dem Gesicht.«

Haithabu

Bedeutendster Handelsplatz Nordeuropas im 10. Jahrhundert. Am westlichen Ende der Schlei gelegen, nahe der heutigen Stadt Schleswig. Seit etwa 900 von einem Halbkreiswall umgeben, der noch heute besteht. Wurde oft zerstört und in bunter Folge von schwedischen, dänischen und sächsischen Potentaten beherrscht. Die Stadt wurde auch Sliaswich, Slesvic, Sliestorp, Haedum, Hedeby oder Hathabyr genannt. 1066 wurde Haithabu endgültig zerstört; seine Bedeutung als Handelsplatz ging zunächst auf Schleswig über, später auf Lübeck.

Halbbrakteat

Dünne Silbermünze von 0,2-0,7g Gewicht, die sehr wahrscheinlich in ** Haithabu geschlagen wurde.

Hammaburg

Keimzelle der heutigen Stadt Hamburg, ein 130 mal 130 m großes Kastell. Seit 845 immer wieder von ** Wikingern überfallen und geplündert.

Harald Blauzahn

Dänischer König von etwa 950-986, Sohn ** Gorms des Alten und ** Thyras. Wurde um 960 von ** Poppo getauft. Nach Auseinandersetzungen mit seinem Sohn ** Sven Gabelbart floh er in die ** Jomsburg und starb dort. Ob der Zahn, der ihm zu seinem Beinamen verhalf, wirklich blau war, ist umstritten. Manche sehen in dem altdänischen Wort für ›blau‹ auch ein Synonym für ›groß‹.

Harald Graumantel

König von Norwegen um die Mitte des 10. Jahrhunderts, Sohn ** Erik Blutaxts. Starb 970.

Harald Schönhaar

Norwegischer König im 9. Jahrhundert.

Heimdallsöhne

In »Wölwas Weissagung« werden die Kinder der Menschen so genannt. Heimdall, der Gott mit dem Kampfhorn, war der Wächter der Götter.

Heerbann

Mittelalterliche Bezeichnung für das vom König erlassene militärische Aufgebot zur Heerfahrt sowie für diese selbst.

Hengist

Führte (der Sage nach) gemeinsam mit seinem Bruder Horsa die Angelsachsen um 450 n.Chr. nach England.

Hermann der Billunger

Ein Markgraf Kaiser Ottos I., ** Wichmanns Onkel.

Hochsitz

Der vornehme Hausherr saß in der Wohnhalle auf einem thronartigen Stuhl mit hohen Pfosten. War man unterwegs auf der Suche nach neuen Wohnsitzen, warf man diese Hochsitz-Stützen ins Meer und folgte ihnen. Wo sie an Land trieben, ließ man sich nieder.

Holmgang

Zweikampf, der auf einer Insel ausgetragen wurde und nur mit dem Tod eines der Kontrahenten enden durfte. Zuweilen fand der Holmgang auch statt, um durch ein Gottesurteil wichtige politische Fragen zu entscheiden.

Holmgard
Später Nowgorod.

Horath
oder Hored. Nahm an der Synode von Reims 948 als Bischof von Schleswig teil.

Hugin
Zwei Raben hatte ** Odin immer bei sich: Hugin und Munin. Ihre Namen bedeuten »Gedanke« bzw. »Erinnerung«. Die Raben meldeten Odin alles, was auf der Erde vor sich ging. In Schlachten trugen die ** Wikinger oft ein Banner vor sich her, auf dem ein Rabe abgebildet war.

Hyrrokkin
Mythologische Hexe. Reitet auf einem Wolf und benutzt eine Kreuzotter als Zügel. Sie stößt ** Balders Totenschiff mit solcher Kraft ins Wasser, daß die Erde bebt. Auf einem Bildstein in Hunnestadt in Schonen aus der Zeit um 1000 ist sie dargestellt.

Jarl
Großbauer mit hinreichendem Landbesitz und Reichtum, um sich ein Hausgefolge und eigene Schiffe zu halten. In der Rangordnung kam ein Jarl gleich hinter dem König.

Jelling
Dänischer Königssitz in Südjütland seit etwa 940, als ** Gorm der Alte dort residierte.

Jomsburg
Sagenhafte Wikingerburg an der Ostseeküste, auch Jumne oder Jumneta genannt. Könnte in der Nähe der heutigen Stadt Wollin gelegen haben. Nach den Sagas eine nordische Militärbasis und unabhängige Wikingerkolonie.

Jomswikinger
Verschworene Kriegergemeinschaft, die, der Sage nach, die ** Jomsburg bewohnte. Die Jomswikinger übten strenge Disziplin, verschmähten den Umgang mit Frauen und verachteten den Tod. Zu ihren herausragenden Gestalten zählten ** Palnatoki und ** Styrbjörn.

Jorvik
auch Eoferwic, heute York. Von norwegischen ** Wikingern gegründet. War um das Jahr 1000 »voll der Schätze von Händlern meist dänischer Rasse«.

Kirjalaland
Karelien, etwa zwischen dem Ladogasee und dem Weißen Meer.

Knorr
auch Knarr; hochseetüchtiges Handelsschiff. 15-18 m lang, 4-5 m breit, wurde mit 5 bis 15 Mann gefahren.

Knud der Große
auch Knut. Sohn ** Sven Gabelbarts, König von England und Dänemark von 1014-1035.

Kote
Kegelförmiges Zelt mit einer Öffnung an der Spitze für den Rauchabzug.

Langschiff
auch Drachenschiff – d.h. Schiff mit einem ** Drachenkopf am Steven. Kriegsschiff; konnte 70 Mann, 400 kg Waffen, 2500 kg Wasser und Lebensmittel, 500 kg sonstige Fracht transportieren. Üblicherweise ca. 30 m lang und ca. 5 m breit. Die Segel waren meistens weiß, aber auch mit farbigen Längsstreifen versehen. Die Schiffe der Könige und Häuptlinge trugen oft Purpursegel.

Liafdag
oder Liufdag, Bischof von Ribe um die Mitte des 10. Jahrhunderts.

Loki
Halb Gott, halb Teufel. Sohn eines Riesen. ** Odins Blutsbruder. Loki ist ein boshafter Spötter, klug und listig. Er ist der Erzeuger mehrerer Ungeheuer, gebiert aber auch selbst, so das achtfüßige Pferd ** Sleipnir. Moderne Forscher nennen ihn einen »Psychopathen unter den Göttern«, das »Produkt einer mythologischen Spekulation«.

Lundenwic
Heute London.

Miklagard
auch Mikligard, d.h. die große Stadt; Byzanz, später Konstantinopel, heute Istanbul.

Mistui
Fürst der ** Obodriten um 938.

Mjölnir
Der von Zwergen geschmiedete Kampfhammer des Gottes ** Thor. Er verfehlt nie sein Ziel und kehrt nach jedem Wurf von selbst in Thors Hand zurück.

Muspellheim
Das Reich des Feuerriesen Surt. Liegt im Süden des ** Ginnungagab.

Nidaros
Heute Trondheim an der norwegischen Westküste.

Niflheim
Liegt im Norden des ** Ginnungagab. Ein kaltes Nebelgebiet, identisch mit der Totenwelt.

Njörd
Ein sehr alter nordischer Gott. Zeugt mit seiner Schwester ** Freya und ** Freyr. Gott der Seefahrt, der Winde und des Reichtums. Sprachlich hängt ›Njörd‹ mit ›Nerthus‹ zusammen, nach Tacitus der Name einer nordwestgermanischen Fruchtbarkeitsgöttin.

Obodriten
Stammesverband der Westslawen; vorwiegend im heutigen Mecklenburg und Ostholstein ansässig. Einer ihrer Hauptsitze war Oldenburg (Starigard) in Holstein. 1066 sollen sie ** Haithabu zerstört haben.

Odin
Der germanische Hauptgott, eine prachtvolle, dämonische, schreckeinflößende Gestalt. Seinem Streben nach Weisheit opfert er ein Auge; aus reiner Wißbegier erhängt er sich. Ein launischer, herzloser Gott des Krieges und der gefallenen Krieger. Er entdeckt die ** Runen und kennt ihre Macht. Odin ist auch der Gott der ** Skalden. Wer auf dem Schlachtfeld fällt, wird von den Walküren nach ** Walhall gebracht und dort in Odins Heerscharen eingegliedert.

Odins Tafel
In ** Walhall versammelt ** Odin die mutigsten Krieger nach ihrem Tod zu ausgedehnten Trinkgelagen.

Odins Met
Metapher für ›Dichtung‹.

Otto I.
der Große, 912-973. Deutscher König seit 936, seit 962 Kaiser.

Otto II.
955-983. Deutscher König seit 961, Kaiser seit 967.

Pikten
Schottische Urbevölkerung. Siedelten im Norden Schottlands, vor allem auf den Inselgruppen der Shetlands, Orkneys und Hebriden.

Palnatoki
oder Palnatoke. Sagenhafter Gründer der ** Jomsburg.

Poppo
Mönch; taufte um 960 König ** Harald Blauzahn. Nach Widukinds Bericht demonstrierte er ihm die Macht des Christengottes, indem er sich selbst der Feuerprobe unterzog. Bei Sieverstedt, Kreis Schleswig-Flensburg, liegt das kleine Dorf Poppholz mit dem sog. Taufstein, wo Bischof Poppo um 966 viele Heiden, darunter auch König Harald getauft haben soll.

Ragnarök
»Letztes Geschick«, »Untergang der Götter«. Dem Weltende geht voraus der letzte Kampf zwischen Göttern und Riesen und deren Verbündeten. Sie vernichten sich gegenseitig. Dann stirbt die Erde in einem gewaltigen Brand, den der Feuerriese Surt entfacht. Aus dem Chaos entsteht eine neue, friedliche Welt, über die der aus dem Totenreich zurückkehrende Lichtgott ** Balder wacht.

Reginbrand
Bischof von Aarhus um die Mitte des 10. Jahrhunderts.

Richard
Mitte des 10. Jahrhunderts Herzog der Normandie.

Runen
Die in Stein, Metall oder Holz geritzten graphischen Zeichen der Runenschrift. Die Runen besitzen nicht nur einen Lautwert, sondern repräsentieren auch einen Begriff. Der Name ›Rune‹ deutet auf eine Kunst, die Eingeweihten vorbehalten war. Der Gott der Runenweisheit war ** Odin.

Schafsinseln
Färöer, Inselgruppe im Nordatlantik. Wurde von Norwegen aus zur Zeit ** Harald Schönhaars besiedelt.

Schanzdeck
Achterster (hinterster) Teil des Oberdecks.

Schanzkleid
Verlängerung der Schiffsaußenhaut über das Deck hinaus, durch Schanzkleidstützen versteift und mit Wasserpforten versehen.

Si tacuisses
Lateinisch: »Hättest du geschwiegen«.

Sigmund
Sohn des Brestir; Held aus der Färösaga.

Skalde
Hofdichter, der das Lob seines Brotherren sang. Nebenher verfaßten

die Skalden auch Gedichte über religiöse Themen und Stegreifsprüche. Sie bedienten sich einer reich ornamentierten poetischen Sprache. Ihre auffälligste Stilfigur war die ›Kenning‹, die eine Person oder ein Ding mit zwei oder mehr Wörtern statt mit einem einzigen bezeichnet. So z.B. »Wellenpferd« für »Schiff«, »Schildlärm« für »Kampf«, »Schildlärm-Gott« für »Krieger«.

Skaneyrr
auch Eyrr, heute Skanör in Südschweden.

Skarthi
oder Skarthe. Auf dem Runenstein von Busdorf (Schleswig), heute im Wikinger-Museum in Haithabu, nennt König Sven ihn seinen ›himthiga‹, was bedeutet, daß er sein persönlicher Gefolgsmann war.

Skiringssal
Bedeutender Handelsplatz an der westlichen Einfahrt zum Oslofjord; seit Anfang des 9. Jahrhunderts.

Sleipnir
** Odins achtbeiniges Pferd. Sein Vater ist der Riesenhengst ** Swadilfari, seine »Mutter« der mephistophelische Gott ** Loki.

Styrbjörn
Einer der sagenhaften ** Jomswikinger.

Svalbard
Spitzbergen, Inselgruppe im Nordpolarmeer.

Sven Gabelbart
Dänischer König von 986-1014, Sohn ** Harald Blauzahns. 1013 übernahm er auch die Königswürde des ** Danelag. Sein Beiname – dänisch: Tveskaeg – leitet sich von der zweizinkigen Heugabel her; die Eßgabel gab es damals noch nicht.

Swadilfari
Riesenhengst, der ** Loki schwängerte, worauf dieser mit dem achtbeinigen Fohlen ** Sleipnir niederkam.

Terfinnen
›Ter‹ ist ein alter Name für die Halbinsel Kola. Die Terfinnen waren wahrscheinlich ein nomadisierender Lappenstamm.

Thing
Volks-, Heeres- und Gerichtsversammlung, auf der alle Rechtsangelegenheiten, auch die Entscheidung über Krieg und Frieden, behandelt wurden. Es fand unter freiem Himmel statt, konnte bis zu drei Tagen dauern und begründete für alle Freien die Pflicht zum Erscheinen mit Waffen.

Thingsprecher

Er übte die Funktion eines ›Corpus iuris‹ aus: zu Beginn eines ** Things zitierte er die traditionellen Gesetzesformeln, um sie jedermann in Erinnerung zu rufen.

Thor

Nordischer Gott, im Unterschied zu ** Odin ein volkstümlicher Gott, der Gott des alltäglichen Lebens. Der Donner rollte, wenn er mit seinem Bockgespann über den Wolken fuhr, und mit seinem Hammer ** Mjölnir schleuderte er Blitze. Er war auch der Gott des Ackerbaus und der Fruchtbarkeit. Die ** Wikinger nannten sich ›Thors Volk‹. Unzählige Ortsnamen zeugen von seiner Beliebtheit.

Thyra

Dänische Königin, Frau ** Gorms des Alten, Mutter ** Harald Blauzahns.

Troll

Männlicher oder weiblicher Dämon in Riesen- oder Zwergengestalt.

Tröndelag

Landschaft um Trondheim im mittleren Norwegen; reiches Ackerland.

Tröndur i Göta

oder Thrand, Gestalt aus der Färösaga.

Tyr

Einarmiger Kriegsgott. Bevor sich der Glaube an ** Odin durchsetzte, galt er als der kühnste und mutigste Gott.

Ulfberht

Berühmter rheinischer Waffenschmied. Sein Name galt als Markenzeichen.

Vagar

Zwei Inseln der Lofoten im nördlichen Norwegen.

Wagrien

Landschaft in Ostholstein, benannt nach dem slawischen Stamm der Wagrier.

Walhall

** Odins Festsaal in ** Asgard, eine riesige Halle mit 640 Toren.

Walvater

Einer von ** Odins zahlreichen Namen.

Waräger
oder Wäringar. Aus Schweden stammende Mitglieder einer Kaufmannsgilde und kriegerische Eidgenossen. Bildeten im 10. Jahrhundert die Oberschicht im westlichen Rußland. Wurden später die Leibgarde der Kaiser von Byzanz.

We
Einer von ** Odins Brüdern.

Wenden
Ursprünglich deutsche Bezeichnung für die Slawen.

Wichmann
Neffe des Herzogs ** Hermann Billung. Verbündete sich mit den Slawen und Dänen gegen Kaiser Otto I. und damit gegen seinen Onkel. Mußte Otto I. den Unterwerfungseid leisten, was ihn jedoch nicht daran hinderte, weiterhin gegen den Kaiser zu konspirieren.

Wikgraf
Stellvertreter des Königs. Höchste Instanz der Handelsmetropolen, verantwortlich für die äußere Sicherheit sowie für Recht und Marktfrieden.

Wikinger
Die Herkunft des Wortes ist ungewiß; es wird sowohl auf das nordische Wort »vig« = »Kampf«, als auch auf »vik« = »Bucht« zurückgeführt. Im Altnordischen steht das Nomen »viking« für Piraterie oder Raubzug; ein »vikingr« ist einer, der »zur See kämpft«. Mittlerweile ist das Wort zu einem festen Begriff geworden, der alle Menschen skandinavischer Herkunft in der Zeit zwischen 800 und 1050 bezeichnet, gleich welcher Art ihre Tätigkeiten oder Absichten waren.
Nach Kurt Schietzel waren es oft die überzähligen Söhne von Bauern, die sich nach der Aussaat zusammentaten und auf Abenteuer ausfuhren. Dabei machten sie Beute, kehrten also mit einem Zubrot heim. Wenn es einmal geglückt war, versuchten sie es im nächsten Jahr wieder. Auf diese Weise wurden aus Bauern Seefahrer und Räuber, später auch Kolonisatoren. Da die Wikinger nicht nur selber mordeten, sondern ihren Gegnern in fremden Ländern – manchmal auch den eigenen Leuten – scharenweise zum Opfer fielen, ergab sich aus den Wikingerfahrten so etwas wie eine natürliche Regulierung des Bevölkerungswachstums. In etwa blieb die Zahl der Einwohner Nordeuropas trotz realer Zuwachsraten durch die »Wikinger-Dezimierung« konstant. Hinzu kam, daß viele Wikinger in die Dienste fremder Könige traten und dort meist den Tod fanden.

Wili
Einer von ** Odins Brüdern.

Ymir
oder Aurgelmir. Der sechsköpfige Urzeitriese, das älteste Lebewesen der Welt, aus den Schmelzwassern des Gletschereises entstanden.

Ynglinge
Altschwedische Königsdynastie mit Sitz in Uppsala.

Island
Schafsinseln
Nidaros
Tröndelag
Skiringssal
Gautl
Limfjord
Jütland
Schonen
Jelling
Haithabu
Hammaburg
Dyflinn
Jorvik
Danelag
Lündenwic